고진
荒神

옮긴이 이규원

한국외국어대학교에서 일본어를 전공했다. 문학, 인문, 역사, 과학 등 여러 분야의 책을 기획하고 번역했으며 현재 전문 번역가로 활동중이다. 옮긴 책으로 미야베 미유키의 『이유』, 『얼간이』, 『하루살이』, 『미인』, 『진상』, 『피리술사』, 덴도 아라타의 『가족 사냥』, 다치바나 다카시의 『천황과 도쿄대』, 쓰네카와 고타로의 『야시』, 『천둥의 계절』, 사토 다카코의 『한순간 바람이 되어라』, 『슬로모션』, 슈카와 미나토의 『도시전설 세피아』, 『새빨간 사랑』, 마쓰모토 세이초의 『마쓰모토 세이초 걸작 단편 컬렉션』, 『10만 분의 1의 우연』, 『범죄자의 탄생』, 우부카타 도우의 『천지명찰』, 구마가이 다쓰야의 『어느 포수 이야기』 등이 있다.

* 이 도서의 국립중앙도서관 출판예정도서목록(CIP)은 서지정보유통지원시스템 홈페이지(http://seoji.nl.go.kr)와 국가자료공동목록시스템(http://www.nl.go.kr/kolisnet)에서 이용하실 수 있습니다. (CIP제어번호 : CIP2015031816)

* 표지에 쓰인 작품
– 쓰키오카 요시토시(月岡芳年)의 『月百姿』 중 〈吉野山夜半月 伊賀局〉

미야베 월드 제2막
고진
荒神
宮部みゆき
미야베 미유키 지음 | 이규원 옮김
북스피어

† 일러두기

- 등장인물의 이름이 헛갈려서 내용 파악이 어렵다는 분들을 위해 표지 뒷날개 안쪽에 등장인물 소개란을 만들어 두었습니다.
- 본문의 모든 주는 옮긴이 주입니다.

차례

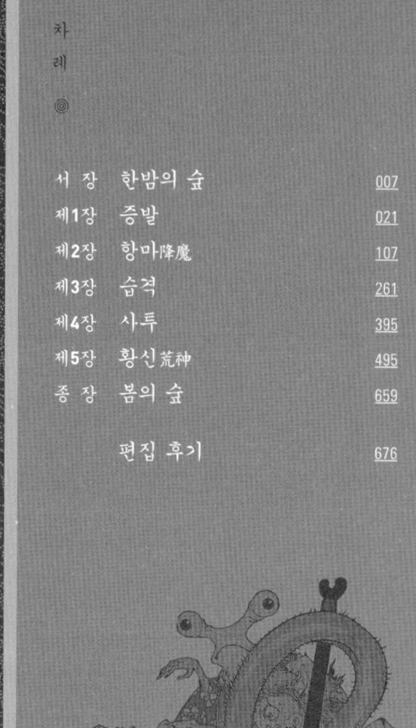

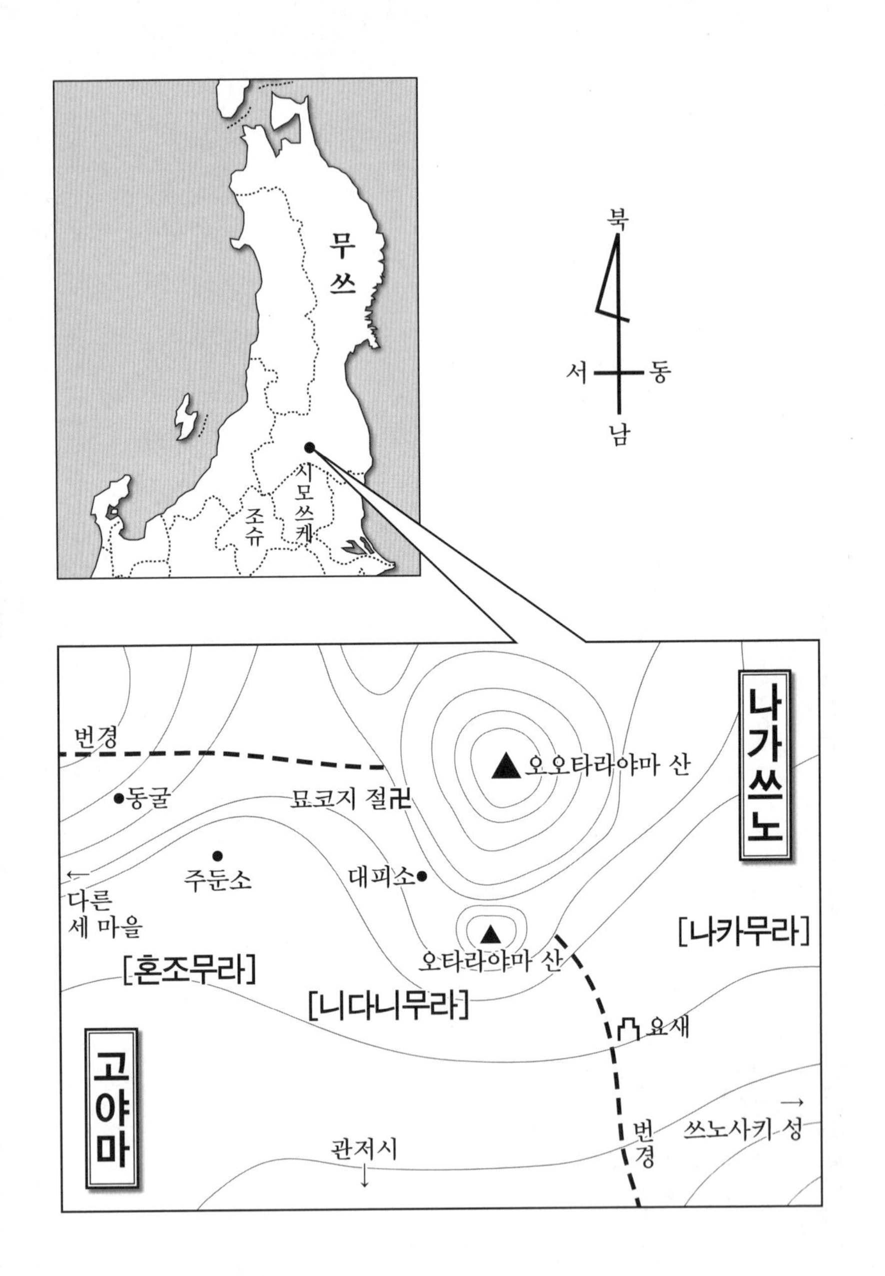

무쓰
시모쓰케
조슈
북
서
동
남
나가쓰노
번경
오오타라야마 산
동굴
묘코지 절卍
주둔소
대피소
← 다른 세 마을
오타라야마 산
[나카무라]
[혼조무라]
[니다니무라]
고야마
요새
번경
쓰노사키 성 →
관저시 ↓

서장

밤의 한숲

고꾸라질 듯이 달리고 또 달렸다.

발가락이 움켜쥐는 흙의 감촉이 낯설었다. 이쯤 왔으면 오타라야마 산을 거의 다 올랐을 텐데.

미노키치는 다리의 힘을 늦췄다. 달리기를 멈추자 온몸에서 맥이 빠져 비틀거리며 쓰러졌다. 힘겹게 두 팔을 번대고 고개를 들어 가슴을 들썩이며 숨을 몰아쉬었다.

한밤중의 숲 속에서 들리는 소리는 자신의 거친 숨소리가 전부였다. 미노키치 말고는 아무도 없었다.

—먼저 가! 오타라야마에 오르면 폭포골로 내려가!

미노키치를 파수막에서 쫓아내며 할배가 큰 소리로 외쳤다. 폭포골을 향해 오 리쯤 내려가면 니다니무라의 대피소가 있다.

마을 주민들이 매달 몇 번씩 지나다니는 곳이라 미노키치도 몸으로 익힌 곳이지만, 이렇게 칠흑 같은 밤이라 감각이 낮과 같지 않았다.

오늘은 낮부터 흐렸고 밤이 되었어도 달과 별이 구름 뒤에 숨었다. 그래도 위에 있는 달이 옅은 구름을 뚫고 희미한 빛을 내려 준 덕분에 등롱 하나 없이 여기까지 달려올 수 있었다. 주위 산봉우리들이 풀솜모자일본 전통 혼례에서 신부가 쓰는 하얀 모자. 옛날에는 방한용 모자로도 쓰였다 같은 구름을 쓰고 달빛을 희뿌옇게 반사하고 있지만, 그 미약한 빛은 허공과 산, 어둠과 숲, 오솔길과 덤불만 겨우 보여 줄 뿐 지리까지 드러내 주지는 못한다.

정말 이쪽으로 오르는 게 맞나?

떨리는 손으로 땅바닥을 쓸어 보았다. 꺼칠꺼칠한 감촉이 오타라야마小平良山의 보드라운 흙과는 분명히 달랐다. 오오타라야마大平良山 산의 흙이다. 그래서 겨우 잠깐 더 숨을 돌릴 수 있었다.

땅을 꽉 움켜쥐자 뾰족한 자갈들 때문에 손바닥이 아팠다. 열한 살 미노키치의 손바닥은 아직 여물지 않았다. 발바닥도 마찬가지다. 게다가 미노키치는 맨발이다. 대피소에 도착하면 짚신이 있겠지만 거기까지는 조금 더 고생해야 할 것이다.

오오타라야마 위에서 바람이 으르렁거리며 달려 내려왔다. 삼월 십일. 이 정도 고도에서는 산골이라도 눈이 녹고 도처에 봄의 전조가 싹튼다. 그러나 산꼭대기에서 내려오는 바람은 여전히 차가워, 주저앉은 미노키치의 볼을 후려치고 식은땀에 젖은 몸을 위협했다.

왜 안 오는 거야, 할배.

니다니무라 마을은 어깨 너머로 내려다보이는 쪽에 고여 있는 암흑 저편에 있다. 등불도 불빛도 보이지 않고, 귀청을 찢는 비명도 들리지 않았다. 이미 끝났나? 아니면 여기가 바람이 불어오는 쪽이라 소리가 제대로 들리지 않는 것뿐일까?

—잘 들어! 오타라야마를 오르면 폭포골로 내려가야 해. 계속 바람을 안고 가면 안 돼.

—할배는?

—나도 금방 가마. 그 전에 먼저 혼조무라에 알려야 해. 대피소에서 기다려!

할배는 꾸중이라도 하듯이 말한 뒤 총을 꼬나들고 촌장 집을 향해 뛰어갔다. 할배가 뛰어가는 쪽에서 마을 남자들의 노성과 여자들이 울부짖는 소리가 어지럽게 들려왔다. 쿵쿵 울리는 오싹한 땅울림과 뭔가 부서지는 요란한 소리도 들렸다. 가구나 집기만이 아니라 오두막 지붕이 무너지고 기둥이 쓰러지는 듯한 묵직한 소리였다.

대체 그건 무엇일까.

미노키치는 할배와 함께 둘이서 산다. 산림 개척 일은 하지 않고 젊었을 때부터 오로지 포수로 살아 온 할배는 사냥이라면 마을에서 으뜸이라, 촌장도 산짐승 막는 일이라면 할배에게 의지했다. 단둘이 파수막에서 살아 온 까닭도 거기가 마을을 지키는 데 가장 알맞은 곳이었기 때문이다.

그러면서도 할배는 어린아이에게 총을 잠깐 보여 주는 것조차 저어했다. 총을 들고 마을로 들어가야 할 때는 거적으로 둘둘 말고 새끼줄로 묶어서 감추었다. 이 물건은 꼭 필요한 사람만 만져야 한다면서 미노키치조차 만지지 못하게 했다. 너는 포수가 되면 안 돼. 개척 일꾼이 돼라. 미노키치는 그런 말을 들으며 자랐다.

그런 할배가 총을 감추지도 않고 마을로 달려갔다. 허리에 찬 작은 단지 안의 불씨가 빨간 점이 되어 할배와 함께 금세 멀어져 갔다.

불과 사반 각약 30분쯤 전이었다. 곤히 자다가 들깨워진 탓에 미노키치는 여전히 잠기운을 떨치지 못하고 있었다. 일어나! 어서 달아나! 다급한 노성이 그를 몰아세웠다. 그 목소리와 함께, 밖에서 마을 사람들의 고함 소리가 간간이 들려왔다.

어둠 속에 깊이 잠들었던 마을. 뭔가가 마을로 들어와 주민들을 해치고 있다. 어린 미노키치도 그 사실은 알 수 있었다. 아직 곰이 나올 철은 아니다. 들개 떼? 그놈들이 일찌감치 마을에 출몰하는 해는 흉년이 된다고 했다.

"올해는 산바람이 영 이상해."

어제였나, 그제였나, 구름 사이로 얼굴을 내민 해를 올려다보며 그렇게 중얼거리던 할배의 모습을 미노키치는 기억하고 있다.

"골짜기를 타고 올라오는 바람이 구름을 오오타라야마로 밀어 올리는구나. 그런 건 처음 봐."

바람이 이상해진 탓에 들개들도 여느 해와 다르게 움직이는 걸까?

"할배, 들개가 내려왔어?"

눈을 덜 뜬 채 묻는 미노키치에게, 할배는 탄환을 세어 작은 가죽 주머니에 넣으면서 돌아보지도 않은 채 대답했다.

"그건 아냐."

그럼 인간사냥? 내처 물으려다가 꾹 참았다. 묻기가 두려웠다. 입 밖에 내면 현실이 되어 버릴 것 같았다.

왜 이렇게 안 와, 할배.

캄캄한 숲에서 안간힘을 다해 일어났지만 움직일 수가 없었다. 숨은 여전히 가쁘고 무릎은 후들거렸다. 빨리 와, 할배. 빨리 좀 오란 말이야. 혼자 있으니까 무섭잖아.

그때 컴컴한 숲 너머 니다니무라가 있는 쪽에서 불길이 솟아올랐다. 미노키치의 눈에는 야음 밑바닥에 있는 지옥 가마솥의 뚜껑이 조금 열리며 불길이 혀를 날름거리는 것처럼 보였다.

역시 인간사냥이었어. 마을에 불을 질러 사람들을 모두 몰아가는 거였어.

돌아가자. 혼자 도망칠 수는 없어. 할배를 도와야 해.

걸음을 내딛었을 때 뒤쪽 덤불이 흔들리며 사람 목소리가 들렸다.

"미노키치, 거기 미노키치냐?"

헤엄이라도 치듯 덤불을 헤치며 머리를 내민 사람은 고스케였다. 께느른한 목소리로 알 수 있었다.

"고스케 아저씨, 그런 데서 뭐 해?"

뭐 하냐니, 라고 하며 고스케가 덤불에서 기어 나왔다.

"그런 걸 보면 도망치는 수밖에. 겐 영감은 같이 오지 않았냐?"

미노키치의 할아버지 이름은 겐이치여서 마을 사람들은 겐 영감이라고 부른다.

"할배는 마을로 뛰어갔어."

"허어, 그럼 이미 글렀네."

두 손으로 땅바닥을 짚은 채 고스케는 고개를 가로저었다.

"글렀다니, 우리 할배는 포수야. 들개 따위한테 질 리가 없잖아."

"그게, 들개라고?"

미노키치가 쥐어 짜낸 용기는 상대방의 맥없이 흔들리는 목소리에 금세 무너졌다.

그런 놈. 고스케는 그렇게 말했다. 그런 놈이 나타났다고.

고스케는 마을의 골칫거리였다. 산림 개척도 안 하고 농사도 안 짓고 생계는 아내한테 떠넘긴 채 술만 마셨다. 니다니무라 같은 산촌에 이런 자한테까지 돌아갈 술이 있을 리 없다. 그래서 고스케는 숲에서 채취한 나무열매나 풀뿌리를 숙성해서 직접 술을 담갔다. 그런 일에는 묘하게 솜씨가 좋았지만, 어깨너머로 배운 '원숭이 술'원숭이가 나무 구멍 따위에 저장해 둔 열매가 자연 발효되어 술처럼 된 것이나 다름없는 술이라, 고스케는 그냥 취해 있을 뿐만이 아니라 늘 정신도 흐리멍덩했다.

그런 사람이 하는 말이다. 여느 때라면 미노키치도 흘려듣고 말았겠지만.

"그럼 그게 뭔데?"

고스케의 표정까지는 확인할 수 없었다. 비쩍 마른 주걱턱만 겨우 알아볼 수 있었다.

"누가, 불을 지른 거여?"

그 자리에 앉아 마을을 향해 절이라도 하듯 양손을 모은 뒤 얼빠진 목소리로 나무아미타불, 나무아미타불이라고 중얼거리기 시작했다.

살펴볼 것도 없었다. 지옥의 가마솥 뚜껑이 더 크게 열려 불길이 활활 번지고 있었다.

"나는 변소에서 졸고 있었어. 덕분에 목숨을 건졌지."

고스케가 스스로도 믿기지 않는다는 듯이 헛소리처럼 중얼거렸다.

"동네 사람들은 이미 글렀어."

양손을 더 바쁘게 비벼댔다. 눈물을 흘리고 몸을 떨면서, 나무아미타불, 나무아미타불을 되뇌었다.

미노키치는 부르르 진저리를 쳤다. " 아저씨, 그거, 인간사냥이었어?"

고스케는 눈을 감고 합장한 채 고개를 저었다. "단조 놈의 우두마두牛頭馬頭들은 사람은 잡아가도 마을에 불을 놓지는 않아."

사람들은 이웃한 나가쓰노 번藩에도 시대 때 영주가 소유한 땅과 통치 기구의 실권자 소야 단조가 수족처럼 부리는 수하들을 지옥 옥졸에 빗대어 '우두마두'라 불렀다.

여기는 산악 지방이라 바다가 없다. '나무판 한 장 아래는 지옥'이라는 뱃사람들 이야기는 모르지만, 숲 하나 능선 하나로 지옥과 극락이 갈린다. 저쪽 나가쓰노 번이 지옥이고 이쪽 고야마 번은 극락이다. 번주藩主님 우류가 계시는 한 고야마는 극락이다.

"미노키치, 그만 가자."

고스케가 눈물, 콧물을 줄줄 흘리며 비칠비칠 일어섰다.

"네가 도망치지 않으면 겐 영감도 이승을 못 떠."

"이상한 소리 하지 마!"

"그, 그게 아니라."

어린 미노키치의 일갈에 주눅이 드는 고스케는 배알이라곤 요만큼도 없는 남자다.

"그럼 나 혼자 간다. 촌장한테 알려야 하거든."

오타라야마를 북쪽을 보고 올라갔다가 동쪽으로 내려가면 나가쓰노, 서쪽으로 내려가면 고야마로 들어가게 된다. 니다니무라 대피소와 폭포골을 지나 오 리쯤 더 내려가면 혼조무라가 있고, 이 근방 다섯 마을을 관장하는 촌장이 그 혼조무라 마을에서 산다.

할배도 그렇게 말했다. 혼조무라에 알려야 해. 하지만 고스케 같은 술주정뱅이 말을 촌장님이 곧이곧대로 믿어 주실까? 니다니무라에서 무슨 일이 벌어졌는지 고스케가 제대로 전할 수 있을까?

"고스케 아저씨, 그건 정말 뭐였어? 알면 말해 봐."

고스케는 수척한 팔로 달달 떨리는 제 몸을 감싸고 목을 움츠린 채 멀리서 더욱 거세게 타오르는 불길을 바라보았다.

"저건…… 산이야."

산이 주린 거야.

"겐 영감한테 못 들었니? 나는 너보다 어릴 적에 우리 할아버지한테서 들었어. 산골에는 옛날얘기도 많고 무서운 얘기도 많아. 후루사와의 아기 잡아먹는 은행나무라든지 묘코지 절妙高寺의 울지 않는 종이라든지."

"아저씨네는 할아버지나 아버지나 다 술주정뱅이잖아."

무슨 말을 해도 못 믿어. 미노키치가 저도 모르게 악담을 하자 고스케는 더욱 주눅이 들어 제 가슴팍에다 대고 중얼거렸다.

"그래도 없는 얘기 지어 내는 거 아냐. 예전에 우리 할아버지가 그랬어. 산이 주리면 아무 대책도 없다고. 진정하실 때까지 숨어 있는 수밖에 없다고."

중얼거리던 소리가 문득 원망하는 투로 바뀌었다.

"산림 개척이니 뭐니 해서 자꾸 산을 들쑤시니까 그렇지!"

그렇게 일갈한 고스케는 등을 돌리고 비칠비칠 걷기 시작했다. 오른발은 맨발이고 왼발에만 짚신이 겨우 매달려 있다. 평소 뜀박질을 하는 사람도 아니므로 아마 발 어디를 다쳤을 것이다. 맨발인 오른발을 질질 끌고 있었다.

미노키치는 추레하기 짝이 없는 고스케의 뒷모습을 애써 외면했다. 마을로 돌아가자. 불길을 피해 이쪽으로 도망쳐 오는 사람들과 마주칠지도 모른다.

다시 한 줄기 바람이 달려와 미노키치의 몸 한쪽을 후려쳤다.

이번 바람은 차갑지 않았다. 오오타라야마 정상에서 내려오는 바람도 아니었다. 그보다 더 가까운 데서 오는 듯했다. 오솔길 너머 덤불 한쪽이 묘하게 수런거렸다.

비린내!

이상하네. 이 냄새는 뭐지?

미노키치는 움직일 수 없었다. 한 걸음도 내디딜 수 없었다. 고개를 돌릴 수도 없었다.

덤불은 여전히 수런거리고 있었다. 그냥 수런거리기만 하는 것이 아니었다. 그 수런거림이 옮겨 가고 있었다. 오솔길을 따라 어둠 속을 옮겨 다니고 있었다.

밤바람이 낮게 으르렁거렸다. 으르렁거리며 움직였다.

아니, 그냥 밤바람이 아니었다.

눈동자만으로 그 움직임을 좇았다.

뒤쪽에서 흐읍, 하고 숨을 들이마시는 듯한 소리가 들렸다. 한순간이었다.

"고스케 아저씨?"

밤의 밑바닥에서 벌겋게 타오르는 불빛은 저 멀리 있었고 미노키치를 에워싼 어둠은 한층 짙었다.

고스케의 대답은 들리지 않았다.

마음을 굳게 먹고 뒤를 홱 돌아보았다.

고스케는 보이지 않았다. 벌써 멀리 가 버렸나? 그 발걸음으로, 이렇게 금방 자취를 감출 정도로 멀리?

문득 두려움이 몰려와 튀어오르듯이 몸을 움직여 방금까지 고스케가 있던 곳으로 뛰어갔다.

짚신 한 짝이 떨어져 있었다.

그 짚신에 축축하고 검은 얼룩 같은 것이 묻어 있었다. 피다.

덤불이 들썩거리고 어둠이 꿈틀거렸다.

—저건…… 산이야.

미노키치는 빼도 박도 못할 만큼 명백하게, 주위를 에워싼 어둠이 자신을 덮치는 것을 느꼈다.

증발

1

무엇에 놀랐는지 신사 숲에서 새들이 일제히 날아올랐다.

고비나타 나오야는 읽고 있던 편지에서 눈길을 들어 아담한 신사의 띠 지붕을 올려다보았다. 하루하루 온기를 더해 가는 봄 햇살에 눈을 가늘게 떴다.

숲 속 신사의 좁은 경내는 어릴 적부터 나오야가 즐겨 찾던 곳이다. 북으로 오오타라야마 봉우리가 올려다보이고, 돌아보면 완만하게 내려가는 구릉지 너머, 석고石高곡물, 산림자원, 해산물 등의 수확량과 토지 및 건물 등의 가치를 쌀 생산량으로 환산한 수치. 1석은 성인 남성 한 사람이 한 해에 먹는 쌀의 양을 나타내며 대략 150kg에 상당한다. 이러한 석고제를 바탕으로 세금 징수 등이 이루어졌다 일만 석의 고야마 번을 다스리는 우류의 저택과 그것을 에워싼 시가지가 한눈에 보인다.

고야마는 무쓰동북의 아오모리, 이와테, 미야기, 후쿠시마 등을 이르는 옛 명칭. 오슈라는 별

칭도 있다 남단, 시모쓰케와의 경계선 역할을 하는 산악 지대에 있는데, 옛날에는 '加山'라 쓰고 '가야마'라 읽었다. 작은 산들이 자락을 겹치며 서 있는 풍경에서 나온 지명이다. 이 지명은 세키가하라 전투 후 우류씨가 이곳에 번을 세우는 것을 허락받았을 때 '고야마香山'로 바뀌었다.

우류라는 성은 여러 지방에 있지만, 에치젠과 이와키의 우류는 명문으로 알려져 있다. 무쓰의 우류씨는 그 시조로 더듬어 올라가 보면 그저 이 지방의 토호일 뿐, 명문이란 영예를 받을 만한 가문은 전혀 아니다. 그러나 세상이 난마처럼 헝클어졌던 시절에 이 지역과 주민들은 주가主家인 나가쓰노의 류자키의 '버리는 돌'이라 불리며 동정을 받았는데, 이 땅과 백성들을 끝까지 지켜낸 것은 우류씨라는 이 무명의 일족이었다.

주민들은 우류의 소박한 저택을 관저라 부르고, 그 주위에 형성된 시가지를 관저시라 불렀다. 번주의 발치에 납작 엎드린 성시城市가 아니라 번주를 흠모하며 모여들어 생겨난 시가지였다. 이 지역이 겪은 고난의 역사를 잘 아는 사람의 눈에는 분명 그렇게 보일 것이다.

달력상으로는 이미 봄이지만 삼월 중순이 되자 관저시에 제대로 된 봄이 왔다. 이때부터 월말까지 꽃이란 꽃이 모두 피기 시작한다. 한 해 중에서 이 관저시가 가장 아름답게 치장하는 계절이다.

'이젠 솜옷이 거추장스럽군.'

산책 나가실 거면 이걸 걸치세요, 라면서 오스에가 좇아 나와 입혀 주었지만, 환한 햇살과 화창한 하늘 아래 나서니 영 볼품없어 보일 정도였다.

'나의 긴 겨울도 끝났다.'

하지만 이렇게 스스로 판단해 봐야 소용없다. 어서 돌아가지 않으면 오스에는 물론이고 이오리 선생도 잔소리를 할 것이다. 나오야는 편지를 접어 품에 넣고 경내 구석 그루터기에서 몸을 일으켰다. 기다렸다는 듯이 뒤에서 목소리가 들렸다.

"오, 여기 있었군!"

시노 다쓰노스케가 통나무를 엮어 만든 소박한 도리이신사의 입구에 세우는 문 아래를 지나 어기적어기적 걸어왔다. 호통이라도 치는 듯 굵은 목소리를 내지만 얼굴은 너그럽게 웃고 있다.

고비나타 가와 시노 가는 둘 다 고야마 번에서는 평사平士 가문으로, 관저를 에워싼 제2벽 내에 집을 가지고 있다. 양가 부모가 절친한 사이라 나오야와 다쓰노스케도 형제처럼 자랐다.

작년 시월 말 나오야가 고쇼번주 곁에서 경호와 잡무를 담당하는 무사로, 측근인 만큼 대개 출세 코스였고, 유력 가문의 자제가 선발되었다에서 물러나 외곽의 이와타에 자리한 요양소로 옮긴 뒤로는 만난 적이 없었다. 요양소의 병자를 면회할 수 있는 사람은 가족으로 제한되었다. 다쓰노스케는 사람을 보내 병세를 알아보기도 하고 한번은 직접 찾아온 적도 있지만 이오리 선생의 허락을 받지 못했다. 나오야도 고뿔 한번 걸린 적이 없을 만큼 건강한 다쓰노스케에게 병으로 핼쑥해진 얼굴을 보여 주고 싶지 않았다.

"긴고, 네가 여기서 얌전히 기도를 하다니 별일이구나. 종파는 언제 바꿨냐?"

나오야도 건강한 목소리로 응했다. 긴고는 다쓰노스케의 아명이다.

"내가 신령님께 기도하는 게 곰이 아기를 어부바해 주는 것처럼 요상한 일이라도 되나?"

"또 엉뚱한 소리!"

다쓰노스케는 소리 내어 웃으며 나오야의 어깨를 가볍게 쳤다.

"근육이 다 없어졌네. 돌아오면 내가 조련해서 단단한 근육을 붙여 주마."

다쓰노스케는 관저시에 있는 후에이류不影流 홋타 도장의 우등생이다.

"오노 님께 다 들었다. 네가 다 나았다고 하더라. 다행이야."

이와타에 자리한 요양소, 즉 고야마 번이 운영하는 치료소의 우두머리는 본도(내과)를 전문으로 하는 의원 오노 이오리이다. 의원 집안인 오노 가는 우류 가의 친척이며, 이오리와 그의 형, 번의로 일하는 세이사쿠는 번주 우류 히사노리의 종형제에 해당한다. 때문에 무사들은 오노 가 사람들을 부를 때 '나리'를 붙이는데, 요양소에서는 그냥 친근하게 '이오리 선생님'이라고 부른다.

"주군을 곁에서 모시는 고쇼라는 직책만 아니라면 당장 요양소를 퇴소해 관저에서 근무해도 괜찮을 거다. 이참에 너도 가이바라 님께 청원해서 번사番士로 복직하는 게 어때?"

관저시 주민들의 발길이 뜸한 신사 숲에 단둘이 있다는 편안함 때문에 다쓰노스케는 거리낌 없이 말했다.

나오야는 기뻤다. 다 나았다. 이제 나는 병자가 아니다.

하지만—.

"긴고, 산에 들어가냐?"

다쓰노스케는 닷쓰케바카마무릎 아래 바지통을 좁게 만들어 활동에 편리한 하의에 붓사키바오리말을 타거나 여행할 때 입는 상의로, 등솔기 아래쪽 절반을 터 놓아 칼을 차기 편리하다를 입고 등에는 진가사 삿갓얇은 철이나 가죽, 종이 등으로 만든 투구 모양의 삿갓. 주로 하급무사가 외출할 때 착용했다을 매달고 있었다. 고야마의 진가사 삿갓은 다른 지방 것과 달라서, 귀를 겨우 가릴 정도로 짧은 삿갓 테두리에 기름 먹인 삼끈을 휘감쳐 놓았다. 이렇게 하면 삿갓 테두리에 눈이 얼어붙지 않는다.

이게 바로 고야마 번사가 산번山番산속의 국경 요새에 들어가 장기간 경계 근무를 하는 일에 나설 때 갖추는 차림이다. 칼 두 자루무사는 큰 칼과 와키자시라고 하는 작은 칼을 차고 다녔다 외에 단도를 찰 때도 있다. 산길에서 나뭇가지를 쳐낼 때 쓴다.

나오야의 물음에 다쓰노스케는 고개를 끄덕이고 굵은 눈썹을 미간 쪽으로 모았다.

"네 말을 따라하려는 건 아니지만, 곰이 아기를 어부바해 주는 것만큼이나 요상한 일이 일어났다."

엉뚱한 이야기를 하는 데도 얼굴에 웃음기가 없었다.

"실은 북부 2조의 니다니무라 주민들이 모두 도망쳤다."

나오야가 눈을 동그랗게 뜨자,

"고 추측된다" 하고 얼른 덧붙였다. "자세한 상황은 나도 몰라. 하카리야가 기별을 보낸 것이 어제, 그것도 한밤중이었던 데다 그 소식을 전한 자가 너무 흥분한 탓에 무슨 소린지 종잡을 수가 없었어."

그래도 니다니무라 열다섯 세대의 집이 불타거나 부서졌고 주민은 한 명도 남지 않고 자취를 감추었다. 그것만은 분명한 사실이라고 했다.

하카리야'하카리'는 저울이란 뜻는 혼조무라에 사는 촌장 가문이 지닌 옥호이다. 고야마에서는 촌장 집안에 옥호를 내리는 관습이 있는데, 연장이나 행운을 부르는 물건을 옥호로 삼는 경우가 많았다.

"하카리야는 어떻게 그걸 알았지?"

"십이일 정오, 혼조무라에서 북부 2조 다섯 마을의 장로 모임이 열렸는데, 니다니무라의 조베에만 결석했다는 거야."

대리인을 보내지도 않았다. 아무 기별이 없었다. 그래서 조베에가 날짜를 착각했을 거라고 생각한 혼조무라에서 사람을 보냈다가 참상을 알게 된 것이다.

"조베에를 만나러 갔던 하카리야의 심부름꾼이 겁에 질려 입에 거품을 물고 뛰어왔다더군."

하카리야의 당주이며 다섯 마을을 통괄하는 혼조무라의 촌장 긴지로는 마을 남자들을 불러 모아 니다니무라로 달려갔다. 참상은 틀림없는 사실이었다. 남자들이 소리쳐 니다니무라 사람들을 불러도 아무런 대답도 들려오지 않았다.

이런 이야기를 들을 때 고야마 사람이라면 누구나 떠올리는 생각을 나오야가 말했다.

"또 소야 단조의 짓이겠지?"

다쓰노스케는 미간을 모은 채 고개를 가로저었다.

"놈들은 마을을 불태우지는 않아. 그렇게까지 하면 나중에 자신들이 궁지에 몰리거든."

"주민들이 서로 옥신각신 다투다가 불이 난 건지도 모르지."

"하카리야도 그렇게 생각한 모양이야. 하지만 땅바닥에 기름을 뿌린 흔적이 있었다고 하더군."

"그럼 역시 누군가가 습격해서 불을 질렀군."

"지금까지는 그 우두마두들도 그런 식으로 행동한 적이 없어."

나오야와 이야기하면서도 다쓰노스케는 뭔가 생각에 골몰한 모습이었다.

"그럼 왜 주민들이 다 도망쳤다고 하는 거지?"

"그건 하카리야가 하는 말이고."

눈을 깜빡이고 나서 다쓰노스케는 나오야의 얼굴을 보았다.

"자기가 책임져야 할 주민들이 동네에서 깨끗이 사라진 거야. 촌장으로서는 일단 주민들이 부역과 세금을 피해 도망했다고 보고하고 머리를 조아리는 수밖에 없겠지. 사실은 니다니무라 주민들은 그냥 피신한 거야. 피신하지 않고는 견딜 수 없는 뭔 일이 일어난 거지. 내 생각은 그래."

그러나—, 하고 말을 멈춘 다쓰노스케는 잠시 후 이야기를 계속했다.

"주민들이 도망친 방향이 납득이 가질 않아. 하카리야 남자들이 발자국을 따라가 보니 모두 마을 동쪽으로 도망쳤다고 하더군. 어쩌면 북쪽의 오오타라야마로 갔는지도 모르지만, 여하튼 서쪽으로는 아무도 가질 않았어. 실제로 혼조무라를 찾아온 자도 없었고."

"어떻게 그런 일이—,"

"그래" 하며 다쓰노스케가 고개를 끄덕였다. "고야마 주민들이 나가쓰노로 넘어갔다는 거지."

"그렇다면 역시 인간사냥을 당한 거야. 그놈들에게 쫓겨 나가쓰노 쪽으로 넘어갔겠지."

아까 나오야가 그랬던 것처럼 다쓰노스케도 신사 숲 위로 펼쳐진 하늘을 올려다보며 눈이 부신 듯 샛눈을 떴다.

"니다니무라가 어떤 곳인지 알아?"

나오야는 살짝 발끈하며 대답했다. "당연히 알지. 가본 적은 없지만 니다니무라뿐만 아니라 북부 2조의 다섯 마을이 어떤 곳인지도 잘 안다."

사방이 산으로 둘러싸인 고야마에서 '북부 X조', '남부 X조'라는 호칭은 그 방면의 산악 지대에서 개간이 얼마나 이루어지고 있는지를 나타낸다. '1조'는 전답으로 치면 1500평 정도에 해당하는 면적이다.

고야마 일대를 뒤덮은 산림에는 예로부터 향목이나, 약재로 쓰이는 열매가 나는 떨기나무 류와 산야초가 많이 자생했다. 번이 창설된 직후부터, 이것들을 단지 자연의 선물로 알고 자가용으로만 이용하는 데 그치지 않고, 채취하여 충분히 조사하고 적극적으로 재배하여 번의 상품으로 만들고자 하는 움직임이 시작되었다. 이를 위해 산을 개척하여 밭으로 일구거나 잡목림을 베어 내고 특정한 나무를 식림하는 사업을 두루 일컬어 '산림 개척'이라고 불렀다.

그 과정은 이루 말할 수 없이 힘겨운 일이었다. 고야마의 험준한 산들은 인간에게 쉽게 길을 내주지 않았다. 길부터 닦아야 하는 곳이 태반이었다. 산림 개척에 착수해도 겨울철에는 눈 때문에 아무 일도 하지 못했다. 전년 봄부터 가을까지 혼신의 힘을 쏟아서 가꾼 숲이나 밭도 겨울 한철이 지나면 혹한에 모두 얼어 죽거나 눈사태에 유실되는 일도 종종 있었다.

곰이나 들개도 경계해야 했다. 산림을 개척한다는 것은 짐승의 영역을 침범하는 것이기도 했다.

산림 개척은 번 남쪽 산에서 시작되어 서쪽으로, 이어서 동쪽으로 진행되었다. 백 년이 채 안 되는 세월이 지난 지금은 가장 어려운 북쪽 산악 지대만 남았다. 니다니무라를 비롯한 다섯 마을에는 그 북부의 산림을 개척하는 사람들이 살고 있다.

북부 산림을 개척하기 힘든 데는 혹독한 추위가 무엇보다 큰 이유지만, 또 하나, 이곳에 우뚝 솟은 오오타라야마가 존재하기 때문이다. 이 산은 지역 주민들에게 예로부터 산신이 사는 신성한 산이었고, 입산 금지령이 떨어진 산이었다. 그리고 인접한 나가쓰노 번에 속한 산이었다. 오오타라야마는 그 발치에 혹처럼 솟은 오타라야마라는 작은 산을 거느리고 있는데, 작은 산 오타라야마는 고야마에 있고 큰 산 오오타라야마는 나가쓰노에 있는 것이다.

물론 두 산을 뒤덮은 숲과 바위에 번경藩境이 그어져 있는 것은 아니었다. 번경은 지도상으로만 존재했다. 험준하고 깊은 숲은 오랫동안 인간의 출입을 완강히 거부해 왔다. 세상에 평화가 찾아오기 이전의 전국시대 때에도 이 산을 넘은 군대는 없었다.

그런 산지에 마침내 개간 인력이 들어가 현재 오타라야마까지 개간이 진전되었다. 애초에 북부 3조가 목표였지만 2조까지 달성한 것만으로도 훌륭한 성과였다. 더 북상하면 오오타라야마에 접근하므로 나가쓰노를 자극하기가 쉽다.

안 그래도 고야마가 산림 개척에 힘써서 향목과 약재를 주산물로 내다 팔기 시작하자 나가쓰노는 이에 예민하게 반응했다. 식생에 어떤 차이가 있는지는 몰라도 오타라야마 동쪽에 위치한 나가쓰노에서는 고야마에서 흔히 볼 수 있는 품종들을 볼 수 없었다. 먼 전란의 시대에는 소규모이긴 해도 금광 몇 군데를 운영하여 소득을 올리던 나가쓰노는 산에서 금 이외에 다른 부를 얻을 수 있다고 생각조차 하지 않았거니와 이를 궁리하지도 않았다.

십 년쯤 전부터 고야마 산産 향목과 약재, 특히 상처에 쓰는 약이 용하다는 평판이 에도와 간사이 지역에 퍼지자 나가쓰노는 그 명성과 이득을 가로챌 기회를 노렸다.

생각해 보면 우스꽝스럽기도 하고 서글픈 일이기도 했다. 거슬러 올라가면 나가쓰노와 고야마는 한 뿌리에서 났기 때문이다. 지금도 두 번은 공식적으로는 주번主藩과 거기에 속한 지번支藩의 관계를 맺고 있다.

하지만 나가쓰노는 그렇게 생각하지 않았다. 본래 나가쓰노를 다스리는 류자키씨의 가신에 불과했던 우류씨가 세키가하라 전투를 계기로 류자키씨의 영지를 가로채 번으로 삼았다고 인식했고, 부당하게 빼앗긴 토지와 주민들이므로 이를 되찾는 것은 권리가 아니라 의무라고 여겼다.

두 번의 영지는 고야마에서 보자면 북쪽과 동쪽에서 맞붙어 있다. 이 동쪽에 쌍방이 각각 작은 요새를 설치하고 경계에 임했다.

하지만 북쪽에서는 그게 어려웠다. 길조차 없는 산악 지대이기 때문이다. 또 나가쓰노가 이곳을 차지해 봐야 무슨 재물이 나오는 것도 아니라고 생각하던 시절에는, 두 번은 산신이 사는 오오타라야마를 올려다보며 서로 노려볼 뿐이었다.

하지만 북부 2조까지 산림 개척이 진행되자 상황이 달라졌다. 최근 수년간 나가쓰노가 공공연하고 빈번하게 인간사냥을 저지른 것도 그래서일 것이다. 나가쓰노 관리들은 동쪽 요새를 통해 당당하게 번경을 넘어왔다. 나가쓰노에서 고야마로 도망한 농민들을 색출해서 끌고 가겠다는 것이 명분이었다.

사실 나가쓰노에서 압정에 시달리다 못해 고야마로 도망하는 주민들은 예전부터 있었다. 이런 도망은 막부가 정한 향촌법에 어긋나는 범죄이므로, 아무리 딱해도 고야마는 그들을 구제할 수 없었다. 다만 난폭하게 대하지 않고 병자나 부상자는 치료해 준 뒤에 나가쓰노로 돌려보내는 수밖에 없었다.

팔 년쯤 전이었나. 소야 단조라는 자가 나타나 나가쓰노 번주 류자키 다카모치의 측근이 되어 권세를 휘두르게 된 뒤로는 상황이 더욱 나빠졌다. 단조는 기마대를 이끌고 고야마로 넘어와 도망한 주민뿐만 아니라 고야마의 주민까지 끌고 갔다. 주번인 나가쓰노 주민들의 도주를 도왔으니 처벌해야겠다는 것이 그들의 명분이었다.

이는 그들에게 참으로 편리한 명분이었다. 실제로는 나가쓰노에서 도망 온 농민이 없는 데도 그들을 잡겠다는 구실로 번경을 넘어와,

"너희가 도망을 돕지 않았느냐. 어디로 도망가게 했는지 자백을 받아야겠다."

하며 고야마 주민들을 끌고 갈 수 있기 때문이다. 이 뻔뻔한 짓이 시작된 뒤로 도망친 농민을 추적하는 나가쓰노 관리들은 '인간 사냥꾼'으로서 공포의 대상이 되었고 '우두마두'라고까지 불리게 되었다.

물론 주민을 빼앗긴 고야마의 우류 가가 손가락 빼물고 구경만

했던 것은 아니다. 사건이 일어날 때마다 강력히 항의하고 돌려보내라고 요구했지만 나가쓰노는, 아니 소야 단조는 이리저리 말을 돌리며 쉽게 응하지 않았다. 도망을 도운 혐의로 노역 처분을 내려 고야마 주민을 몇 년씩이나 나가쓰노에 억류했다. 그냥 옥에 가둬 둘 뿐만 아니라 노역에도 동원하는데, 그야말로 마소처럼 모질게 노동을 시켜서 잡혀간 자들은 대개 풀려나기 전에 목숨을 잃었다.

혹은 주민을 풀어 주는 대가로 막대한 벌금을 내라고 요구하기도 했다. 고야마가 지금까지 피땀 흘려 키워 낸 향목과 생약 제조 기술, 혹은 개간이 진전된 산을 하나 넘기라고 압박하기도 했다. 어쨌거나 뻔뻔한 요구였지만, 주민을 인질로 잡힌 고야마는 그때마다 힘겹게 교섭에 임해야 했다.

세상에 평화가 찾아온 지 백 년. 도쿠가와 쇼군가도 5대 쓰나요시 공이 다스리게 되었다. 이제 누구도 전쟁을 벌일 수 없고 가령 전쟁을 벌인다 해도 고야마에는 승산이 없었다. 나가쓰노는 압정과 착취로 주민을 쥐어짜면서도, 아니, 쥐어짜기 때문에 지금도 일정한 군사력을 유지하며 고야마를 위협하고 있었던 것이다.

이런 상황이므로 니다니무라를 비롯한 북부 2조의 다섯 마을은 단순히 북부 산림 개척의 최전선으로 그치지 않았다. 가까이에서 서로 노려보는 나가쓰노와 고야마의 화약고이기도 했다. 여기에 불이 붙으면 지금까지 내연해 온 갈등이 폭발하여 불길이 크게 번지기 십상이다.

그 니다니무라 주민들이 고야마에서 하필이면 나가쓰노 쪽으로 도망했다는 것이다.

쉬 믿어지지 않는 이야기였다. 촌장 하카리야도 몹시 화를 내고 있지 않을까? 혹은 니다니무라가 봉기라도 일으킬 조짐이 있어서 그걸 상부에 숨기려고 하는지도 모른다.

"우리가 곧 조사하러 가기로 했지만."

한숨을 한 번 짓고 나서 다쓰노스케가 말했다.

"이번 일이 아니라도 나는 원래 다음 달부터 북부 2조에서 근무하기로 되어 있었어."

고야마에서는 경계 업무를 맡은 무사를 일괄적으로 '번사'라고 부른다. 조직 체계로는 '반카타番方무관 계통 관리'에 속하며, 보병조, 철포조, 기마조로 구분되어 있고, 5인 1조 부대를 '번조'라고 부른다. 그리고 관저를 지키는 무사나 관저시를 지키는 무사, 산촌을 지키는 무사 모두가 번사이다. 관저에서 근무하는 번사와, 주민과 밀착하여 근무하는 번사 간의 차이를 없애고 '고야마 영토를 지킨다'는 의식을 고취하기 위해 매년 근무지를 바꾸며 경계 업무에 임하도록 정해 놓았다.

시노 가 사람들은 대대로 번사였고, 다쓰노스케의 아버지는 보병조 조장까지 진급했다. 장남 다쓰노스케도 보병조 소속으로 작년부터 일 년간 관저에서 근무했다. 올봄부터는 산번에 배치된다는 것이다.

"혼조무라로 가나?"

야마부교山奉行의 북부 2조의 주둔소가 그곳에 있다. 야마부교는 번의 산림 개척 전반을 지휘하는 감독청이다.

"음. 산으로 들어가기 전에 너를 여유롭게 병문안하고 싶었는데 이렇게 경황없이 만나서 유감이야."

강인한 얼굴에 웃음이 돌아왔다.

"네 와병으로 연초에 새해인사도 못 하고. 이제 다 나았으니 얼른 나쓰랑 혼인해야지. 그거 부탁하러 왔다."

나쓰는 다쓰노스케의 두 살 아래 누이동생으로, 나오야의 약혼녀이다.

"나 혼자 정할 수 있는 일도 아니고……."

"나쓰는 승낙했어. 이제 다른 혼담은 들은 척도 하지 않아."

나오야는 죽마고우의 시선을 피하려는 듯 고개를 숙였다. 그러나 다쓰노스케는 친구 앞에서 자세를 바로 하고 진지한 표정으로 고개를 숙였다.

"내 누이, 잘 부탁한다. 네가 맡아 준다면 나도 아무 여한이 없어."

"또 이상한 소리 한다."

이제 산에 들어가면 영영 못 돌아올 사람처럼 말한다.

"산번 근무는 딱 일 년이면 끝나잖아."

"그렇지. 그런데 내 말이 뭐가 이상해서?"

유쾌하게 웃는다.

"그런데 아까 읽던 건 뭐야?"

“아, 편지야. 어제 도착한 거야. 요양소에서는 편하게 읽을 수가 없어서—.”

다쓰노스케는 말허리를 자르듯 한쪽 눈썹을 치켜세웠다. “혹시?”

나오야는 고개를 끄덕였다. “기쿠치 엔슈 님이 보내신 편지야.”

지난해 가을 기쿠치 엔슈라는 화가가 무쓰를 여행하다가 고야마에 들렀다. 엔슈는 에도 후카가와의 유복한 상인 집안의 아들인데 어릴 적부터 화가를 꿈꾸며 열심히 배웠고, 그 재능을 인정받아 사가미 번의 어용화가 집안인 기쿠치 가의 양자로 들어갔다. 작년의 여행은 견문을 넓히라는 양부의 명에 따라 번의 허락을 얻어 무쓰 각지를 돌아본 여행이었다.

고야마로 들어온 엔슈는 관저시에 자리한 고에이지 절光榮寺에 묵었다. 그곳은 대부분의 번사 집안의 보리사집안의 묘와 위패를 모신 절이며, 고비나타 가의 묘도 이 절에 모셨다.

작년 구월 초, 선친의 칠 주기 때 그 절을 찾은 나오야는 엔슈와 처음 만나 이야기를 나누다가 금세 의기투합했다. 나이는 엔슈가 열 살이나 많지만, 그는 그림 이야기가 나오기 무섭게 아이처럼 눈을 반짝이며 끊임없이 이야기를 이어나갔다. 그 이야기는 나오야의 귀에도 즐거운 것이어서, 엔슈가 고야마를 떠날 즈음에는 이미 절친한 사이가 되었다. 그 뒤로 편지도 몇 번 주고받았다.

“너한테 직접 온 거냐?”

"아니, 주지 스님을 통해서 받았지."

그럼 문제없겠군, 하고 다쓰노스케는 말했다. "혹시 있지도 않은 음모를 캐겠다고 하면 곤란하니까."

죽마고우가 하고자 하는 말은 나오야도 잘 알았다.

"누가 봐도 꺼릴 게 없는 내용이야. 그림 이야기뿐이라고. 지금 엔슈 님은 여기서 그린 밑그림을 바탕으로 대작을 작업하고 계시다는군."

5대 쇼군 쓰나요시는 취임 직후부터 몇 가지 개혁과 쇄신을 단행했다. 그중에서도 세상을 가장 놀라게 한 것은 여러 번주들의 기강을 혹독하게 잡아, 막부에 조금이라도 불손한 태도를 보인 번주는 가차 없이 엄벌에 처한 일이었다.

그 첫 번째가 엔포 9년1681년 유월, 전 정권 시절에 이미 판결이 난 에치고 분쟁에 대하여 재심을 실시하고, 번주 마쓰다이라 미쓰나가에게 가이에키고위 무사에 대한 처벌로, 무사 신분을 박탈하고 영지나 성, 저택 등을 몰수하는 것 처분을 내리고, 전 쇼군 이에쓰나 밑에서 이 분쟁에 대한 심리를 담당했던 다이로大老로주들 중 제일 높은 지위 사카이 다다키요와 로주老中막부의 최고 관직으로 여러 명이 이 직위에 임명되었다 구세 히로유키까지 처벌한 사건이다. 둘 다 모두 이미 세상을 뜬 뒤라, 그 아들들에게 자택 연금 처분을 내렸다.

그 뒤로 십 년이 채 안 되는 동안 아카시 번, 요코스카 번, 나가누마 번, 도사 나카무라 번, 노베오카 번에 감봉과 전봉번주의 영지를 다른 곳으로 바꾸는 처분, 가이에키, 폐번 처분이 내려졌고, 재작년인 겐로쿠 5년1692년에는 무쓰 지방에서도 시라카와의 번주 마쓰다이라 다다히로가 번의 내분에 대한 문책을 받아 영지가 데와 지방의 야마가타로 바뀌었다.

쓰나요시가 그렇게 냉혹하고 과감한 조치를 취할 수 있었던 까닭은 단순히 쇼군의 권위가 서 있었기 때문이 아니었다. 그는 보고자의 이해관계나 사사로운 정으로 왜곡되지 않은 정보, 자기 귀로 곧장 들어오는 정확하고 상세한 정보를 공적인 보고에 의존하지 않고도 확보할 수 있었다. 현 정권의 수면 아래에서 소리 없이 움직이는 막부의 밀정들이 존재했던 것이다. 그들을 활용하는 데에서 5대 쇼군은 역대 어느 쇼군보다 적극적이고 능란했다.

막부 밀정의 눈초리는 온 나라 구석구석에서 번뜩였고 그들의 귀는 온갖 소리를 주워 모았다. 나오야가 엔슈에게 들은 바로는 그런 감시를 풍자하는 시들이 에도에서 활발하게 퍼지고 있다고 한다.

무쓰 산악 지대에 자리한 조그만 번이라 해도, 세키가하라 전투 이래의 묵은 원한 때문에 서로 노려보고 있는 나가쓰노와 고야마에게 다른 번의 그런 불상사는 결코 남의 일이 아니었다. 양자가 주번과 지번으로 연결된 이상, 이곳에서 일어나는 분쟁은 막부의 눈에 내분으로 비칠 것이다. 그리고 쇼군 쓰나요시는 번 내 파벌 다툼을 여간 증오하는 게 아니다.

뿌리를 짚어 보면 주종 관계에 있는 두 번이 지금도 여전히 영지를 놓고 대치하면서 주민들을 빼앗고 있는 모습은 유교를 받드는 쓰나요시가 가장 혐오하는 다툼일 수밖에 없다. 그러므로 결코 막부에 알려져서는 안 된다.

때문에 고야마에서는 이방인의 출입에 촉각을 곤두세웠다. 누가 막부의 밀정인지 알 수 없는 만큼 이방인은 될수록 번 내로 들이지 않는 것이 상책이었다. 번사뿐만 아니라 나오야 같은 야쿠카타役方문관 계통 관리나 주군의 처첩을 위해 일하는 자들에게도 종종 주의를 촉구했다.

상황이 그러하니 다른 지방의 화가라는 사람과 편지를 주고받을 계제가 아니라고 다쓰노스케가 완곡하게 나오야를 타박한 것이다.

"네 눈에는 경솔하게 비칠지 모르지만 나도 충분히 조심하고 있어. 엔슈 님은 신원이 확실한 분이고, 내가 받은 편지는 반드시 주지 스님께도 보여 드려."

"됐다, 알았어."

다쓰노스케는 나오야를 밀어내는 시늉을 해 보였다.

"뭐, 너도 지금이나 그런 도락을 즐길 수 있는 거지. 요양소를 나와서 집으로 돌아오면—."

"물론 매사 신중하게 열심히 근무해야지."

나오야의 확고한 말투에 다쓰노스케의 얼굴에 웃음이 떠올랐다.

"좋아, 나는 이만 가 볼게. 같은 소리 또 해서 미안하지만, 나쓰를 잘 부탁해."

경쾌하게 몸을 돌려 신사 숲 속의 오솔길을 따라 내려간다.

'정말 집요하군.'

혹시 나쓰가 혼담에 대해 불안해하는 말이라도 한 걸까? 매사 솔직한 다쓰노스케이다. 그랬다면 사실대로 말했을 것이다. 저렇게 머리를 숙이며 부탁하는 태도는 전혀 그답지 않았다.

나오야는 친구의 뒷모습을 바라보며 문득 정체 모를 불안을 느꼈다.

'두 번 다시 못 볼 사람 같지 않은가.'

저도 모르게 불러 세우려다 꾹 참았다. 다쓰노스케의 모습이 오솔길 저쪽으로 사라졌다.

2

신축 공사장에서 나무망치 소리며 힘찬 고함 소리가 여기저기서 어지럽게 들려온다.

지반 다지기가 끝나고 기초를 만들기 시작한 것이다. 공사장 옆에는 굵은 목재들이 쌓여 있다. 오늘은 줄을 띄우는 날인지 곧 들어설 저택의 윤곽을 따라 말뚝을 박고 있었다. 그 소리가 아침 공기 속에서 낭랑하게 울려 퍼졌다.

"우와!"

합숙소로 돌아가는 언덕길 중간에서 걸음을 멈춘 오센이 환성을 질렀다.

“오다이님, 저기 좀 보세요. 저 말뚝에서 저 말뚝까지가 저택의 폭이 되는 건가요? 저기 조금 튀어나온 곳이 부엌이고요?”

이마에 손차양을 하고 까치발을 하는 것만으로는 부족해서 깡충깡충 뛰기까지 한다.

“오센도 참. 뭘 그렇게 어린애처럼 좋아해.”

오센은 열여섯 살, 아카네는 서른여덟 살이다. 모녀라고 해도 좋을 만큼 나이 차가 큰지라 오센이 아이처럼 말해도 전혀 이상할 게 없었다. 아카네도 어느새 미소를 지었다.

“저렇게 큰 집을 짓는 공사는 이 마을에 처음이에요. 좋은 구경거리 났네요.”

양손을 모은 오센이 당황한 듯이 얼른 그 손으로 입을 가리며 고개를 꾸뻑 숙였다.

“죄송해요. 오다이님 저택인데 제 집이나 되는 것처럼 굴어서.”

“내 집이 아니라 나카무라의 누에가 살 집이야.”

“예!”

오센은 다시 고개를 꾸뻑했고, 허리를 펴는 김에 등에 진 보퉁이를 추슬렀다. 그 안에는 촌장 나가하시 가에서 싸 준 자잘한 일용품이 들어 있었다.

깨지는 물건은 없었지만 그런 보퉁이는 품에 보듬는 것이 하녀다운 자세일 것이다. 그걸 아무렇지도 않게 등에 질 만큼 오센은 털털한 아가씨였다.

아카네도 일일이 잔소리하지 않았다. 산골살이에 그런 격식 따위는 아무 쓸모가 없을뿐더러, 지금은 여기 나카무라에서 '오다이님'으로 대접받는 처지이지만 실은 아카네도 산골에서 자란 사람이었다. 오센의 투박한 쾌활함에 반가움 비슷한 감정을 품지 않을 수 없었다.

나카무라는 나가쓰노 번 서쪽, 오오타라야마와 그 아래 오타라야마의 산자락에 있는 깊은 숲 속에 위치해 있다. 산에 논밭을 일구고 숯을 구워 근근이 살던 마을인데, 나가쓰노가 양잠에 힘을 쏟기 시작하자 여기에서도 뽕나무를 심고 누에를 치게 되었다. 지금 아카네와 오센이 걷고 있는 오솔길 주변도 뽕나무밭이다.

아카네가 조슈 우에쿠사 고리郡에 있는 법화종 계열의 작은 절에서 살다가, 나가쓰노 번으로 건너와 이곳 나카무라에 정착한 뒤 네 번째로 맞는 봄이 왔다. 이곳 나가쓰노는 우에쿠사 고리보다 봄이 꼭 한 달이나 늦지만 그만큼 기쁨은 더 크다. 화창한 햇살에 눈이 부셔 샛눈을 뜬 아카네는 오센을 재촉해서 다시 걷기 시작했다.

육 년 전 여름에, 열여섯 살 때 헤어져 십육 년간이나 기별이 없던 오라버니 이치노스케가 무쓰 나가쓰노 번에서 녹을 먹고 있을 뿐 아니라 번주 류자키 다카모치에게 능력을 인정받아 '근위대御側番方衆' 최측근으로서 두터운 신임을 받고 있다는 사실을 알았다. 그때 오라버니가 소야 단조曾谷弾正라는 이름으로 불린다는 것도 알았다. 오라버니가 소야라는 성을 어디서 얻었는지는 몰라도 오누이의 본래 성은 아니었다. 낯선 이름이었다.

우에쿠사 고리에 위치한 그 절은 지쇼지自照寺라 하며, 온후하고 뭐든 남 돕기를 좋아하는 주지 지코는 신도들의 존경을 받았다. 아카네는 이 절의 살림채에서 일하면서 아버지처럼 돌봐 주는 주지의 시중을 들었고, 검소하지만 일하는 보람을 느끼며 살고 있었다. 그러던 어느 날 화려하게 차려입은 나가쓰노의 전갈꾼이 찾아와 오라버니 이치노스케, 즉 소야 단조가 하나밖에 없는 누이동생 아카네를 나가쓰노로 부른다는 소식을 전했다.

아카네는 이 사실에 놀라기보다는 일단 믿기지가 않았다.

'오라버니가 살아 있다니.'

오라버니의 인생은 시작부터 평탄하지 못했다. 둘은 세상 물정을 배우기도 전에 집을 잃었다. 부모는 돌림병으로 죽었다고 했다. 아카네는 부모 얼굴도 기억하지 못했다. 고아가 된 오누이는 지쇼지에 맡겨졌지만, 절 생활에 금방 익숙해진 아카네와는 달리 이치노스케는 절을 싫어하고 불도를 싫어하고 지코 스님을 싫어하고, 물려받을 가문도 지켜야 할 신분도 없는 자기 운명을 저주하며 전혀 안정을 찾지 못했다.

오라버니의 고삐 풀린 망아지 같은 기질에는, 그러나 영명함이 숨어 있었다. 똑똑하고 패기가 넘치기 때문에 이치노스케가 이렇게 거칠게 반항하는 거라고 생각한 지코 스님은 그를 고리부교쇼郡奉行所 각 번에서 농촌 지역의 정무 전반을 담당하는 곳의 평사 집안에 맡겼다. 이치노스케가 열 살 때 일이다.

오누이의 가문과 비교도 할 수 없이 지체가 낮은 집안이었지만 그래도 무사 집안이었다. 이로써 이치노스케는 충성해야 할 주군을 얻게 된 셈이다.

"이치노스케한테는 부처님의 자비보다 무사의 긍지가 필요한 거야."

지코 스님의 말에 담긴 뜻을 이해할 수 있는 나이는 아니었지만 아카네는 절을 떠나 양부모 집으로 가는 오라버니의 옆모습에서 희미하게나마 그때까지 본 적이 없는 환희를 발견하고 작은 가슴을 쓸어내렸다.

하지만 이치노스케는 관례를 올리기 무섭게 양부모집을 뛰쳐나왔다. 그리고,

"이번이 너를 마지막으로 보는 거다."

지쇼지를 찾아와 아카네에게 몰래 이별을 고했다.

오라버니는 뭔가에 분노하거나 좌절해서 양가를 뛰쳐나온 것이 아닐까? 직접 묻기는 두려웠지만 오라버니의 얼굴과 표정으로 대강 짐작할 수 있었다.

"오라버니는 앞으로 어떡할 거야?"

"에도로 간다."

물정 모르는 시골 애송이 무사가 아무 뒷배도 없이 에도로 올라가 봐야 뾰족한 수가 있을 리 없다. 오라버니 말대로 살아서 얼굴을 보는 것은 이것이 마지막이겠구나, 하는 불길한 확신에 아카네는 눈물을 흘렸다.

그 오라버니가 살아 있다니.

뿐만 아니라 작은 번이지만 녹을 먹으며 요직에 앉아 있단다. 이렇게 번의 전갈꾼을 보내 누이동생을 곁으로 불러들여 같이 살고 싶다고 한다.

아카네가 모르는 세월을 겪어 온 오라버니는 나가쓰노에서 가정을 꾸렸고 곧 자식도 태어난다고 했다. 물려받을 가문과 부모를 잃은 이치노스케는 아무 연고도 없는 무쓰 지방의 나가쓰노라는 곳에서 혼자 힘으로 집안을 일으켜 세운 것이다.

그래도 아카네는 망설였다. 냉큼 오라버니 곁으로 달려가고픈 마음이 들지 않았다.

나가쓰노에서 재삼 전갈꾼이 왔다. 아카네의 결심을 부추기려고 번번이 귀한 옷감이나 장신구 따위를 가져왔다. 이치노스케가 나가쓰노로 영입되는 계기였던 무술시합 일화며 성실하게 일하고 있는 근황, 번주 다카모치의 신임이 얼마나 두터운지에 대해서도 전갈꾼은 열띠게 들려주었다.

그런 이야기들은 태풍처럼 아카네의 마음속을 지나갔다. 오랫동안 아카네의 내부에 잔잔하게 자리 잡고 있던 것들을 마구 어지럽혀 놓았다. 그 잔잔함은 체념이기도 하고 구원이기도 했는데.

결국 아카네는 스스로 마음을 정할 수 없었다. 오라버니의 전갈꾼이 처음 찾아온 뒤로 해가 두 번이나 바뀔 때까지 망설이던 아카네가 마침내 나가쓰노로 옮기기로 결심한 까닭은 지코 스님이 세상을 떠났기 때문이다.

"조금이라도 망설여진다면 이치노스케 곁으로 가지 마라."

자기 마음에 귀를 기울여 아무리 작은 속삭임일지라도 '안 돼' 하고 경계하는 소리가 들리면 그 목소리를 따라라. 그렇게 일러 준 아버지 같은 스님을 여의고 그저 불안했기 때문만은 아니다. 불도에 귀의한 것도 아니고 어디로 시집을 가지도 않은 채 절 살림채에서 일하며 지코 스님을 시중들어 온 아카네에게는 확실한 자기 위치라는 것이 없었다. 신도 중에는 아카네와 주지의 관계를 의심하는 자도 있었다. 불상 앞에서도 그렇게 추악한 생각을 떠올리는 것이 인간이라는 종자였다.

당시 아카네는 서른네 살. 지쇼지에 틀어박혀 꽃 같은 시절을 다 흘려보냈다. 지코 스님이라는 뒷배를 잃은 그녀에게 친절히 혼처를 찾아 주려는 신도도 있었지만, 개중에는 첩살이가 분명한 혼담도 있었다. 이 또한 어쩔 수 없었다. 아카네는 이미 적령기가 한참 지났던 것이다. 하지만 아카네의 귓가에 "섭섭하지 않게 해 줄게"라고 속삭이면서 노골적으로 접근한 남자가 예전에 지코 스님과 친했고 주변 사람들이 깊게 신뢰하는 지역 유지라는 사실에 참으로 어이가 없고 실망이 컸다.

객사할 각오로 혼자 절을 떠나 버릴까? 주변의 친절을 은혜로 알고 내키지 않는 혼담이라도 받아들여야 하나? 아니면 오라버니에게 의탁할까?

그런 고민을 눈치채기라도 한 것처럼 다시 나타난 오라버니의 전갈꾼 앞에서 아카네는 마침내 고집을 꺾었다. 그야말로 좌절하고 상심한 상태에서 나가쓰노행 권유에 매달리듯 응하고 말았던 것이다.

나중에야 짐작했지만, 오라버니는 아카네의 생활을 파악하기 위해 오래전부터 손을 써둔 모양이었다. 그게 아니라면 그 절묘한 시기에 전갈꾼이 나타날 수는 없었을 것이다.

'내가 또 오라버니에게 휩쓸려 버리는구나.'

기왕이면 뜬구름처럼 높은 바람을 타고 맑은 하늘을 흘러가면 오죽 좋을까만, 언감생심 이 몸이 그런 가뜬함을 바랄까.

죽은 줄 알았던 오라버니가 살아 있다. 더구나 혼자 힘으로 출셋길을 찾아내고 집안을 일으키고 있다. 여느 경우라면 쌍수 들어 환영해야 마땅할 경사인데도 아카네는 망설이지 않을 수 없었다. 이제는 그 이유를 아는 사람이 아무도 없었다. 유일하게 한 사람, 그 이유를 알고 굳게 비밀을 지켜 준 지코 스님은 이제 이승 사람이 아니었다.

곁에서 안내하는 전갈꾼조차 그녀의 침울한 모습을 내심 의아하게 바라보는 가운데 아카네는 깊은 고독을 느끼며 나가쓰노 땅을 향해 여행길에 올랐다.

무쓰의 삼만 석 번 나가쓰노는 옛날부터 이곳에서 번성해 온 향사 일족인 류자키씨가 다스리는 곳이다. 이 가문이 소유한 성城은 쓰노사키 성이라고 한다.

산사의 스님이면서도 박학했던 지코 화상 덕분에 아카네는 읽고 쓰기를 어느 정도 배울 수 있었다. 그래서 '津'라는 한자에 나루터라는 의미가 있음을 알고 있었다. 하지만 가도 가도 산밖에 안 보이고, 바다도 없고 큰 호수도 없는 지역에 왜 나가쓰노永津野라는 이름이 붙었을까? 아카네가 품은 작은 의문은 꼬불꼬불한 산길을 오르고 언덕을 넘어 그 땅을 처음 내려다본 순간 깨끗하게 풀렸다.

나가쓰노 한복판에는 마치 산이 자취를 감춘 듯이, 평평한 고원이 흡사 선착장 잔교처럼 가늘고 길게 자리 잡고 있었다. 이 모습이 지명의 유래였다. 쓰노사키津の先란 성의 이름도 그 잔교 같은 고원의 한쪽 끝에 자리 잡은 데서 나온 이름이다.

쓰노사키 성의 성시는 무가저택과 무사의 공동주택, 상가와 주택들이 여러 겹을 이루며 성을 에워싼 형태로 자리 잡고 있다. 중신들과 상사번에 속한 무사는 상사, 평사, 하사로 계급이 나뉘었고, 상사는 기마가 허용된 상급 무사를 말한다가 사는 곳을 제1벽, 평사와 하사가 사는 곳을 제2벽과 제3벽, 그 바깥쪽에 상가가 줄지어 선 곳을 '외곽'이라고 부른다. 아카네가 망설이던 일 년 반 남짓 동안 '근위대'의 수석으로 승진한 소야 단조는 제1벽 내에 중후한 저택을 하사받아 살고 있었다.

아카네는 그 저택에서 오라버니와 재회했다.

어릴 적 모습이 분명 남아 있었다. 곧게 뻗은 콧날. 야위었던 턱에는 살이 붙어서 나이에 걸맞은, 아니 지금의 신분에 걸맞은 관록을 풍겼다. 아카네가 기억하는, 오라버니의 타고난 승부욕을 잘 보여 주던 살짝 치켜 올라간 눈썹도 재회의 기쁨에 순하게 처져 있었다.

"오랜만이다, 아카네."

그는 허리를 구부려 아카네의 손을 잡고 잠시나마 목멘 소리로 말했다.

"잘 와 주었다."

그러고는 고개를 들어 주위를 둘러보며 대령해 있던 식솔들을 향해 자랑스레 목소리를 높였다.

"이 사람이 내 하나뿐인 누이동생이다. 어떠냐. 내 누누이 말한 대로 대단한 미인 아니냐."

식솔들은 하나같이 젊은 사람들이었다. 주군을 보며 덩달아 감격의 눈물을 흘리는 자도 있었다.

오라버니 이치노스케, 즉 소야 단조는 떨어져 지낸 세월의 어느 때 왼쪽 눈을 잃었다. 까만 안대로 감춘 그 눈에 무엇이 자리 잡고 있는지는 아카네도 얼핏 봐서는 알 수 없었다. 다만 하나 남은 오른쪽 눈에는, 두 눈으로 아카네를 날카롭게 바라보던 열여섯 살 때의 그날 밤보다 더 날카로운 빛이 깃들어 있는 듯이 보였다.

"나나 너나 역성들어 줄 사람이 한 명도 없다. 이 세상에는 적밖에 없다."

광적인 눈빛을 띠고 그렇게 속삭이던 그때보다.

여독을 풀자 아카네는 단조의 처 오토와와 두 살배기 딸 이치노히메도 만났다. 멀리서 불러들인 시누이를 신기한 듯 꼼꼼히

뜯어보는 오토와는 인형처럼 사랑스러운 여인이었다. 단조의 처, 혹은 아카네의 올케라기보다는 처녀처럼 보이는 사람이었다. 아카네를 무서워하거나 저어하기보다 호기심 어린 시선을 솔직하게 던졌다. 몸은 여자이고, 단조의 처로서 자식도 낳았지만, 여전히 순진한 아이의 마음을 갖고 있었다.

잠시 뒤 아카네는 오라버니한테서가 아니라 오라버니가 붙여 준 하녀를 통해서, 오토와가 '오쿠라님御蔵様'이라 불리며 존경받는 류자키 가 친척의 딸이며, 단조와 결혼한 것도 번주 류자키 다카모치가 손수 주선한 결과라는 이야기를 들었다.

"오쿠라님의 따님이 가신과 결혼하는 것은 매우 드문 일이랍니다. 수석님은 그 정도로 주군의 신임이 두터우십니다."

단조는 자기 저택 안에서도 '수석님'이라 불리고 있었다.

'벼락출세한 사람답네.'

아카네는 지쇼지라는 좁은 절에서 성장했다. 그러나 절이라는 곳은 인간의 맑음과 탁함이 응축되어 모여드는 장소이다. 속세에서 몸을 부대끼며 살지는 않았지만 아카네의 머릿속에도 세상물정이 쌓일 만큼 쌓였다.

그런 아카네의 눈에 많은 것이 들어왔다.

의지할 데 없이 떠돌다가 발탁되어 짧은 기간에 측근 중의 측근으로 출세한 소야 단조에게, 대대로 류자키 가를 모셔 온 나가쓰노의 중신들은 마음을 열어 주지 않았을 것이다. 소야 저택의 식솔들이 하나같이 젊은 까닭은 단조를 주군으로 모시려는 고참

인재가 없기 때문일 것이다.

거의 전례가 없는 결혼이라는 단조와 오토와의 결합도 대대로 번의 중추를 맡아 온 중신들 눈에는 억지스러운 일로 비치면서, 어디서 굴러먹다 온 놈인지 알 수 없는 신참을 지나치게 편애하는 처사로 보였을 것이다. 아니나 다를까, 오토와와 이야기하다가,

"다카모치 님은 어릴 적부터 고집이 셌던 분이라고 들었지만, 지금도 그 기질이 여전하셔서 중신들이 힘들어한다고 합니다."

라는 말을 들을 수 있었다.

이곳 생활에 어느 정도 익숙해진 뒤에도 아카네는 단조와 차분히 대화할 짬이 없었다. 단조가 너무나 바빴기 때문이다. 아카네로서는 차라리 다행이다 싶었다. 소식도 모르고 살아온 세월을 함께 돌아보고 오라버니의 이력을 찬찬히 듣기 전에, 나가쓰노의 현실과 오라버니가 지금 이곳에서 어떤 상황에 처해 있는지 따위를 조금이라도 더 많이 파악해 두고 싶었다.

에도 번저에도에 둔 번주의 저택에 살던 류자키 다카모치는 부친의 급작스러운 타계로 나이 열일곱에 번주가 되었다. 달리 형제가 없고 누이 하나만 있을 뿐이니 번을 물려받을 각오는 되어 있었겠지만, 뜻밖에 부친이 급사한 것이었다. 번주님이 영지에서 와병 중이라는 급보 직후에 곧바로 부고가 날아들어 온, 경황없는 상황이었다고 한다.

번주로 취임한 뒤 처음으로 번으로 내려온 청년 번주는 무사

의 상무정신을 높이 평가한 선친의 덕을 기린다는 취지로 쓰노사키 성시에서 오랫동안 열린 적이 없던 무술시합을 개최하기로 결정했다. 널리 인재를 모으기 위해 시합에서 연전연승한 자를 번사로 채용하겠다고 발표했다. 그러자 태평 시대에 일자리를 얻지 못하고 떠돌던 낭인주군이 없는 무사 무사들이 구름처럼 모여들었다.

이치노스케도 그런 낭인들 가운데 하나였다. 그는 무술시합에 참가한 낭인들을 연거푸 거꾸러뜨리고, 마지막 시합에서 나가쓰노 번 검술 강사마저 깨끗하게 무찔러 청년 번주의 마음을 사로잡았다.

아카네도 오라버니의 검술 실력에 대해 알지 못했다. 오라버니가 조슈 우에쿠사 고리의 고리부교쇼에 근무하는 양부모와 살 때부터 그 방면으로 일찌감치 이름을 날렸다는 사실도 알지 못했다. 그 이후 실력을 더욱 연마했을 것이다.

다만 그의 검술은 '야검野劍정통적인 검술이 아니라 실전 위주의 변칙 검술을 뜻하는 말'이라는 평을 듣는다고 했다. 역시 하녀가 사람들이 하는 이야기를 무심코 옮겨 주었는데, 하녀는 그 말이 그다지 좋은 의미를 가진 말이 아니라는 점도 모르는 듯했다.

아카네와 헤어진 뒤 이리저리 떠돌던 오라버니는 자기 말대로 에도로 올라갔다. 그러고는 상당 기간을 에도에서 생활했다고 한다. 자연스러운 에도 말씨가 이를 말해 주었다.

아카네는 생각해 보았다. 부친을 병으로 허망하게 여의고 삼만 석의 나가쓰노 영지를 책임지게 된 젊은 번주는 이치노스케의 강력한 '야검'뿐만 아니라, 에도에서 나고 자란 자라면 누구라도 친밀감을 느끼지 않을 수 없는 그의 에도 말씨에서도 저항하기 힘든 매력을 느꼈던 것은 아닐까.

이런 억측의 근거로는 부족할지 모르지만 소야 저택에는 나가쓰노 사투리를 쓰는 자가 없었다. 모두 '수석님'을 따라 에도 말을 쓰고 있었다. 하녀에게 묻자,

"새 주군께서 오신 뒤로 성에서도 모두 에도 말을 쓰게 되었다고 합니다"라고 했다.

단지 주군이 그걸 좋아하기 때문이란다.

아카네는 멀리 떠나고 나서야 비로소, 자신의 혈육처럼 느껴지는 조슈 지방의 저 무뚝뚝한 사투리를 그리워하게 되었다. 사람한테는 그런 기질이 있는지도 모른다. 번주의 처자식을 에도에 붙들어 두는 막부 정책은 많은 번주를 다스리는 데 효과가 있을 것이다. 하지만 대를 거듭하다 보면 사람의 그런 기질이 다르게 나타날지도 모른다.

여하튼 주군에게 발탁되어 눈부신 영달을 누리는 오라버니의 처지는 오로지 젊은 주군의 마음 하나에 달려 있었다. 그리고 오라버니 단조는 주군의 마음을 확실하게 붙잡았다.

류자키 다카모치는 스무 살을 겨우 몇 해 전에 넘긴 젊은이였다. 정실에게서 이미 적자를 얻었다. 첩도 얻었으니 앞으로 자식은 더 태어날 것이다. 어지간한 실책이 없는 한 이 주군의 치세에는 소야도 건재할 것이다.

게다가 아카네의 오라버니는 수완가였다. 검술 실력으로 녹봉을 받게 된 단조가, '주군이 원하신다면 떠돌이 무예가 한두 놈 정도는 개 키우는 셈 치고 받아들일 수 있다. 내다버리는 셈 치고 녹봉 좀 떼어 주면 된다'는 정도로 무시하던 중신들 코앞에서, 불과 몇 년 만에 정치에 관여하는 것까지 허락받는 존재가 될 수 있었던 까닭은 그만큼 일을 잘했기 때문이다.

'근위대'는 본래 주군의 신변 경호를 최우선으로 한다. 주군을 가까이에서 모시는 위치라고 해서 자기 직분을 뛰어넘는 행동이 허용되는 것은 아니다. 그런 비판적 의견을 물리치면서까지 젊은 번주가 소야 단조를 중용하게 된 까닭은 그가 내놓은 몇몇 시책에 감탄했기 때문이라고 한다.

그 가운데 하나가 나가쓰노에 양잠업을 도입하는 것이었다.

누에를 쳐서 고치를 얻고 견사를 뽑아 견직물을 생산한다. 그러려면 산이나 숲을 개간해서 누에의 먹이가 되는 뽕나무를 심어야 한다. 북부 지방에서 양잠은 널리 이루어져 왔지만 무슨 까닭인지 나가쓰노에는 산업으로 뿌리내리지 않았다. 혹독한 긴 겨울과 싸우며 힘겹게 논농사를 지어 온 나가쓰노 주민들은 번을 부양할 쌀 생산량을 유지하는 데 급급했던 것이다.

예전에는 이 근방에도 규모는 작지만 양질의 금광산이 몇 군데 있었다. 그 금광은 에도 막부가 들어서기 전에 모두 바닥을 드러냈지만, 가령 그것들이 남아 있었다면 이 땅은 쇼군가의 직할령으로 편입되어서 류자키씨는 나가쓰노를 비워 줘야 했을 것이다.

아무튼 풍족했던 시절은 기억에서 쉽게 지워지지 않게 마련이다. 나가쓰노에는 지금도 광맥 발굴을 생업으로 하는 '금광꾼'들을 관할하는 직책이 남아 있을 정도다.

그런 내력을 제대로 알지 못하는 젊은 번주에게 단조는 양잠의 가치를 설파했다. 주민을 직접 부양하는 쌀만 경작할 것이 아니라 번 재정을 윤택하게 하는 사업으로 비단을 생산하자는 것이다. 전쟁이 사라진 뒤 에도나 교토, 오사카에서 부귀한 상인들이 득세하게 되었으니, 앞으로 사람들은 먹고 입는 데 궁하지 않게 될 것이고 나아가 사치를 부리는 시대가 올 것이다. 단조는 주워들은 지식이 아니라 실제로 에도 시중에서 생활해 본 경험으로 번주 류자키 다카모치를 설득했다.

양잠이 활발한 모리오카 번이나 이치노세키 번과 친분을 쌓고 예를 다하여 가르침을 청한다면 기술 도입은 결코 어렵지 않다. 조금이라도 선견지명이 있는 위정자라면 다른 번에 기술을 가르쳤다가 나중에 경쟁하게 될까 두려워하기보다는, 서로 식산에 힘써서 시장을 크게 키우는 것이 득책임을 알 것이다. 다른 번에서 견직물을 취급하는 상인들이라면 더욱 그럴 것이다.

류자키 다카모치는 이 헌책을 즉각 받아들였다. 그가 나가쓰노의 지난 경험에 연연하지 않는 백지 상태의 청년이었다는 것, 솔직하고 활달한 기질이라는 것도 단조에게는 다행이었다.

이리하여 나가쓰노 내에서 대규모 양잠이 본격적으로 시작되었다. 그로부터 삼 년째 되는 해에 아카네가 나가쓰노에 들어온 것이다.

번 도처에 번주가 몸소 지정한 '누에치기 마을'이 있어서 양잠을 주업으로 하고 있다는 것. 그곳에서는 남녀 주민이 모두 땀 흘려 일한다는 것. 단조가 식산 정책의 감독자로서 종종 각지를 돌아보며 주민들을 격려하고 성과를 직접 확인한다는 것. 소야 저택에서는 젊은 무사, 종자, 하녀 할 것 없이 슬쩍 운만 띄워도 모두 희희낙락해서 수석 나리의 공을 말해 주었다. 그런 이야기들을 듣다 보니 아카네도 점점 마음이 끌리게 되었다.

'나도 일하고 싶다.'

뜬풀처럼 흘러 다니다 오라버니에게 기댈 수밖에 없었던 무력한 처지라는 사실은 잘 알고 있었다. 그래도 오라버니 곁으로 흘러와 빈둥거리고 있는 것은 너무나 하찮은 인생처럼 느껴졌다. 아울러 원래는 의지하지 말았어야 할 오라버니에게 흘러와 버린 데 대한 자괴감을, 적어도 몸뚱이라도 멀리 떼어 놓음으로써 얼마간 덜고 싶은 마음도 있었다.

아카네는 오라버니에게 누에치기 마을 중 아무 데에나 보내 달라고 부탁했다.

"제가 솔선해서 배우고 열심히 일하는 것이야말로, 양잠업으로 나가쓰노 주민의 살림을 넉넉하게 만들고 싶다는 번주님과 오라버님의 바람에 부응하는 길이겠지요."

단조는 매우 놀란 표정을 지었다.

"이 저택에서 지내는 게 싫으냐?"

"저에게는 과분한 생활입니다."

"격에 맞는 집안을 골라 널 시집보낼 생각이다. 그래서 알맞은 사람에게 중매를 부탁해 놓은 참이야."

게다가 머지않아 주군이 이 저택에 행차하시기로 되어 있단다.

"오토와를 병문안한다는 명목이다."

단조의 어린 처 오토와는 허약한 체질이라 감기나 두통으로 몸져눕는 일이 잦았다. 물론 친척을 병문안한다는 것이니 나무랄 데 없는 구실이 되어 줄 테다.

"주군은 전부터 단조가 자랑하는 누이동생을 한번 만나 보고 싶다고 말씀해 오셨다. 너에게도 주군을 뵙는 것은 더없이 영예로운 일이다. 주군의 자비로운 배려에 대해 네가 직접 인사를 올릴 수 있는 좋은 기회이기도 하지."

아무리 누이라 해도 다른 지방에 뿌리 내리고 살던 아카네를 불러들이는 데에는 번주의 허가가 필요했다. 단조는 이 일을 두고 자비 운운하는 것이다.

"오라버니."

예전처럼 부르며 아카네는 외눈박이 오라버니를 쳐다보았다.

"외람된 말이지만 그건 경솔할 뿐 아니라 교만한 생각인 듯해요. 이 저택의 모든 식솔이 오라버니를 쳐다보고 있으니 좀 더 신중해야 합니다."

어디서 굴러먹다 온 자인지 모르는 떠돌이를 중신으로 발탁해 주었을 뿐 아니라, 역시 어디서 굴러먹다 온 여자인지 모르는 그

누이동생을 만나 보겠다고 행차를 하겠단다. 그것을 원하는 사람도 문제이지만 반색하는 사람도 문제다.

"훈계조로 말하는 모습이 지코 스님을 꼭 닮았구나."

단조는 아카네를 외면하며 짤막하게 웃었다. 안대에 가려진 쪽을 이쪽으로 향하고 있어서 오라버니의 눈도 재미있다는 듯이 웃고 있는지는 알 수 없었다.

"주군께서 몸소 이 저택까지 행차하시는 것이 황공하다면 네가 성으로 들어가 알현하겠니? 괜찮으니까 데려와 보라는 말씀도 있으셨다."

뭐, 입성하라고 해서 그대로 주군에게 시집을 가라는 건 아니다, 하며 또 웃었다.

"너는 여전히 곱지만 주군을 사로잡기에는 나이가 조금 많지."

이번에는 아카네에게로 얼굴을 돌렸으므로 오라버니의 눈이 웃고 있음을 알 수 있었다.

"놀리지 마세요. 저는 나름대로 오라버니에게 보탬이 되기를 바라는 거예요."

"좋은 집안에 시집가는 것이 가장 보탬이 되는 길이다."

"혼기를 놓친 저 같은 것에게 이제 와서 무슨 혼담이 들어오겠어요. 괜히 무리하다간 자칫 오라버니 체면만 상하게 될 거예요."

아카네가 입을 꼭 다물어 버리자 단조도 얼굴에서 웃음을 지웠다.

"아카네."

육 척 가까운 신장의 위장부가, 나이와 지위에서 오는 관록까지 갖추고 있었다. 아카네는 주눅 들지 않으려고 눈도 깜빡하지 않으려 했다.

"너는, 내가 무섭니?"

아카네의 마음 밑바닥에 살얼음이 끼었다. 팽팽한 긴장의 실이 둘 사이를 이었다.

그 물음에 답하는 대신 아카네는 다른 물음을 내놓았다. "오라버니도 종종 스님을 생각할 때가 있겠죠?"

단조는 흠, 하고 코웃음 소리를 냈다. "별로 기억나지 않아. 너와는 달리 나는 금방 절에서 쫓겨났잖니."

익살맞은 말투에, 가슴속 살얼음은 그대로였지만 팽팽하던 실이 툭 끊어졌다.

"스님이 쫓아낸 게 아니죠. 오라버니가 중 되기는 싫다고 울자 스님께서 양부모를 찾아 주신 거죠."

"처음부터 출셋길이 막혀 있는 고리부교의 말단 관리 집안을 말이지."

"하지만 그 집안에서 오라버니의 기반이 쌓인 거 아닌가요?"

단조는 대답하지 않았다.

"우에쿠사 고리에 전갈꾼을 보낼 거라면, 저를 데려오기 전에 먼저 그 양부모님에게 불효와 배은을 사죄해야 했어요."

단조는 다시 "흥" 하는 소리를 내며 편안하게 웃었다.

"정말이지, 넌 하나도 안 변했구나. 정말 잔소리가 많아. 누이

동생이 아니라 엄격한 누나 같아."

"그럼 앞으로는 제가 누나가 될까요? 어려운 얘기도 아니네요."

아카네와 단조는 실은 쌍둥이다.

"허튼소리!"

그렇게 말하며 단조는 살짝 미간을 찡그렸다. "이제 와서 굳이 다짐 놓을 필요도 없겠지만, 이 얘기는—."

아카네는 고개를 끄덕였다. "알아요. 사람들한테는 제가 한 살 터울의 동생이에요. 지금까지 그랬던 것처럼 그렇게 해 둘게요."

무가나 상가에는 '집안을 쪼갠다, 재산을 쪼갠다'고 해서 쌍둥이를 저어하는 풍조가 있다. 그래서 예전에 이치노스케를 양자로 보낼 때 그쪽 의향을 고려하여 둘을 연년생 오누이로 하기로 했던 것이다.

지쇼지의 지코 스님은, '보물을 한 번에 두 개나 얻는 격'이라며 쌍둥이를 반기는 지방도 있다고 아카네에게 일러 준 적이 있다. 사람의 마음이란 지방 따라, 기후 따라, 빈부 따라 제각각이다. 시대가 바꿔 놓을 때도 있다.

—그러니 너희 오누이는 언제 어디서든 의좋게 지내야 한다.

그 따듯한 목소리가 귓가에 살아나 아카네는 혼잣말처럼 말했다. "오라버니와 다시 이런 얘기를 하게 될 줄은 꿈에도 몰랐어요."

단조가 얼른 말했다. "나는 늘 생각했어."

둘의 눈이 부딪히자 단조가 먼저 피했다.

그때 아카네는 지금까지 생각도 해 본 적 없는 것을 떠올렸다.

—너는 내가 무섭니?

그렇게 물은 오라버니 역시 아카네를 두려워하는 것은 아닐까?

재회를 늘 마음속에 그려 왔다고 했다. 하지만 그건 오누이의 정 때문만은 아닐 것이다. 그저 두렵기 때문에 잊지 못하고 단념하지도 못했던 것 아닐까? 그래서 아카네를 불러들였고, 이렇게 멀리 가려고 해도 애써 말리지 않는 것이다. 아니, 말릴 수가 없는 것이다.

이때 오간 대화는 그게 전부였지만 얼마 지나지 않아 아카네는 다시 단조의 부름을 받았다.

"나가쓰노 서쪽, 고야마와의 번경 근처에 나카무라라는 마을이 있다. 촌민 모두가 열심히 누에를 치는 곳이지. 물론 이곳 성시하고는 모든 게 달라서 살기엔 불편한 곳이지만, 네가 좋다면 그리로 가도 좋다."

역시 주군의 허락은 얻어 놓았다고 했다.

"단조의 누이동생은 여자이지만 충심이 깊고 기개가 높다고 칭송해 주셨다. 조만간 주군께서 몸소 순시를 하실 예정이다. 너도 이참에 주군을 알현한다면 성 안의 까다로운 무리들도 뭐라고 하지 못할 거다."

아카네는 오라버니에게 머리를 깊이 숙였다. "제 고집을 들어주셔서 고마워요."

"네 신변을 지켜 줄 번사는 내가 골라 주마. 하녀는 네가 편하게 부릴 수 있는 아이를 데려가면 된다."

"오라버니, 저는 일하러 가는 거예요. 그런 배려는 필요 없을뿐더러 방해가 될 거예요."

그러자 단조는 쓴웃음을 지었다. "역시 너답다. 그렇게 말할 줄 알았다. 그래서 나카무라로 정한 거다."

그 마을 가까이에 번경을 지키는 요새가 있어서 단조에게 충성하는 번사들이 주둔하고 있다고 했다.

"나카무라의 촌장도 나에게 충성을 바치는 사람이다. 네가 원하는 대로 해줄 거다."

결국 단조의 손바닥을 벗어나지 못했지만, 처음 부탁할 때 이 정도는 각오한 바였다. 수석님 누이동생분이 '원하시는 대로' 해주겠다고 작정한 촌장조차 눈을 휘둥그레 뜰 만큼 성실하게 일하는 모습을 보여 주자.

"그럼 안심하고 떠나겠습니다."

아카네가 나카무라로 이주하기로 하자 소야 저택에서 작별을 가장 슬퍼해 준 사람은 뜻밖에도 단조의 처 오토와였다.

"친언니 같아서 좋았는데."

혼자 남는 슬픔을 토로하며 애달프게 눈물까지 지었다. 제발 생각을 바꿔 달라고 호소하는 모습에 아카네마저 눈물을 흘리고 말았다.

"저 같은 것 없어도 오토와 님에게는 수석님이 계시잖아요."

이 위로는 결코 빈말이 아니었다. 소녀 같은 이 사람에게 속을 다 터놓을 수는 없었다. 하지만 그런 오토와에게 미안해서라도 오라버니와 거리를 두려는 것이다.

한겨울의 깊은 눈을 피하기 위해 봄이 오기를 기다려야 했으므로 이듬해 사월에 아카네는 나카무라로 이주했다. 소야 저택에서 일 년 남짓 지낸 셈이다. 제 딴엔 검소하게 지내려고 신경 썼지만 작은 절 살림채에서 허드렛일을 하던 시절과는 딴판으로 유복하고 안락하게 지낸 덕분에 타고난 미모에 세련미가 더해졌다.

단조가 말했듯이 나카무라는 이웃 고야마와 가깝다. 아카네가 기거할 곳으로 빌린 집은 '합숙소'라 불리는 저택이다. 번경 수비를 위해 견고한 요새를 건축하기 전까지 경비 번사들이 지내던 곳, 주둔하는 곳으로 쓰였던 데서 이런 이름이 생겨났으며, 지금까지 빈집으로 남아 있었다.

아카네는 이 저택의 새 주인이 되었고, 주민들에게 '오다이님'이라는 존칭으로 불렸다.

'오다이'라는 말은 나가쓰노의 무가나 유력한 상인 집안, 대농 집안 등에서 당주의 누이를 가리키는 존칭이다. 다른 집안으로 시집을 가도 친가에서는 계속 이렇게 부른다.

아카네도 이곳에 와서야 매일 들어 보게 된 나가쓰노 사투리는, 너무 독특해서 일일이 뜻을 묻지 않을 수 없는 물건 명칭이나 감정을 표현하는 단어는 제쳐 놓고, 어휘 이음매나 말끝을 길게 끌기 때문에 느긋하게 들렸다.

"긴 겨울을 넘기다 보면~ 사람들 성격도 느긋해지지요~. 그도 그럴 것이~ 얼굴이 꽁꽁 얼어 버리니까~ 말할 때 입을 크게 벌리질 않아요~. 그러니 말이 입 안에서만 배엥뱅 돌고~ 무슨 얘기든 느긋하게 들리는 겁니다요~."

그렇게 일러 준 사람은 나카무라를 관장하는 촌장, 나가하시가의 당주 모자에몬이다. 아카네에게는 아버지뻘 정도의 나이였다. 그 따뜻한 인품은 지쇼지의 지코 스님을 떠올리게 하기도 했다.

나가쓰노 사투리로는 '오다이님'도 '오다아님' 정도로 들린다. 이것이 입에 붙어서 '오다아니'가 되는 경우도 많지만, 아카네를 부를 때만은 누구나가 '오다이님'이라고 정확하게 발음했다.

번주의 측근인 근위대의 수석 소야 단조의 누이동생이라는 사실에 주눅이 들어, 그런 분을 한동네에서 모시자면 앞으로 얼마나 눈치를 보며 살아야 하나 하고 두려워하던 나카무라 주민들은, 아카네가 양잠을 배우고 누에치기를 돕고 여러분과 함께 일하기 위해 왔습니다, 부디 잘 가르쳐 주십시오, 라고 말하며 다소곳이 고개를 숙이자 눈을 휘둥그레 떴다. 모자에몬도 나중에 아카네에게,

"혹시 여우가 둔갑한 여자 아니냐고 다들 수군댔지요."

하고 웃으며 털어놓았다. 그 말에 아카네의 가슴에 있던 묘한 부담감도 대번에 사라졌다.

아카네는 "소야 저택은 지루했어요"라고 말하며 흐뭇한 눈길로

주위 산과 숲을 올려다보았다. 그녀는 취사와 청소, 물 긷기까지 열심히 했으며, 더구나 하나같이 능숙했다.

"저는 조슈 산골에 있는 법화종 절의 살림채에서 자랐어요. 여인성불을 가르치는 은혜로운 법화경의 가르침은 부처님 곁에서 여인을 내치는 경우가 없답니다. 남자든 여자든 솔선해서 일하는 사람이 존경을 받지요."

나카무라 주민들은 금세 아카네와 친해져서 마음을 열어 주었다. 아카네가 그들에게서 많은 것을 배우며 양잠 일을 익히자 오다이님이라는 호칭에는 형식적 존중이 아니라 친밀감이 섞이게 되었다.

아카네 역시 나카무라에 정을 붙였다. 네 번째 봄을 맞이한 지금은 양잠의 모든 것을 숙지하고 길쌈에도 능숙해졌다.

이런 생활의 바탕에는 오라버니라는 존재가 있었다. 하지만 그 바탕 위에 쌓은 신용은 아카네가 제 힘으로 얻어낸 것이었다. 그것이 자랑스럽고 행복하여, 장차 이 마을에 뼈를 묻을 수 있다면 어렵게 나가쓰노까지 흘러든 이 떠돌이 삶에도 의미가 있는 거라고 생각하게 되었다.

오늘 아침 아카네는 오센을 데리고 촌장 집을 방문하고 오는 길이었다. 매달 한 번 모자에몬의 가족들과 아침을 먹는 일이 관례로 되어 있었다.

나카무라로 이주했을 때 소야 저택에서 데려온 하녀 두 명이 곁에 있었지만 산골 생활이 힘들어 늘 침울해하기에 일찌감치 성시로 돌려보냈다. 그 뒤 모자에몬의 알선으로 마을 주민들이 그때그때 합숙소에 와서 도와주었다. 그리고 오센은 아카네를 곁에서 시중드는 하녀로서는 세 번째 하녀였다.

그 전의 두 하녀도 성격 좋고 부지런했지만 첫 하녀는 좋은 혼처가 나타나 혼인을 했고, 두 번째 하녀는 혼인 후에도 자식을 얻지 못하다가 다행히 임신을 하면서 그만두었다. 그 때문인지 오다이님을 모시면 좋은 일이 생긴다는 소문이 돌아, 요즘은 마을 처녀들과 젊은 부인들이 제비뽑기까지 해서 하녀를 정한다고 한다.

합숙소는 본래 번사들이 주둔하던 건물이라 경계나 전투에 대비해 튼튼하게 건축되어 믿음직스러웠지만, 천장이 높고 모든 방이 넓어서 난방이 어려웠다. 해서 가까이에 새로 터를 닦고 건물을 신축하는 중이었다. 다만, 이참에 집집마다 조금씩 기르는 누에들을 한데 모아서 기를 수 있는 건물로 짓자고, 모자에몬과 아카네의 생각이 일치했다.

눈 녹기를 기다렸다가 공사를 시작했으므로 이제 겨우 착공한 참이었지만, 새 집이 완공되면 그곳에서 누에를 기르기 위해 더 많은 주민이 드나들며 열심히 일하게 될 터였다.

"오다이님! 오다이니임!"

다급한 목소리가 들리더니 가스케가 합숙소로 통하는 완만한 언덕길을 뛰어내려 왔다. 그도 이 마을의 청년 가운데 하나로 매일 성실하게 일한다. 나이는 열일곱 살로, 오센의 오빠뻘이지만 음전한 성격 탓에 번번이 오센에게 닦달당하는 모습이 사랑스럽고 재미있다.

그 가스케가 크게 당황했는지 거의 구르다시피 뛰어내려 왔다.

"죄송해요, 올라오시는 모습이 보여서."

낯빛이 바뀐 채 숨을 헐떡인다.

"무슨 일이지?"

아카네는 가스케를 부축해 주려고 팔을 잡았다가 그가 바르르 떨고 있음을 알았다.

"소에이 님이 뒷산에서 다친 아이를 발견하셨어요."

방금 합숙소에 옮겨다 뉘어 놓은 참이라고 했다.

"많이 다쳤니?"

"다치기도 많이 다쳤지만 굶주려 있는 데다 추위에 얼어서 당장이라도 죽을 것 같아요."

매사 조심스러운 가스케는 무릎을 후들거리면서도 아카네 손에 의지하려고 하지 않았다. 스스로 진정하려고 애쓰는지 이 대목에서 숨을 골랐다.

"요만한 꼬마예요. 어떡하다 여기 뒷산에서 쓰러졌는지."

"뭐해, 가스케!"

오센이 소매를 걷어붙이고 나설 기세로 말했다.

"당장 물 끓여야 하고, 광목도 많이 필요해. 소에이 님을 거들어야지."

"응, 응."

오센에게 고개를 끄덕여 보이지만 가스케의 낯은 여전히 파리했다. 아카네는 어리둥절했지만 한 가지 짚이는 점이 있었다.

"다친 아이에게 무슨 특이한 점은 없었니?"

가스케의 입가가 바르르 떨렸다. "그 꼬마가 허리에 찬 수건에 저울 그림이 그려져 있었어요."

"저울 그림?"

아카네는 고개를 갸웃거리며 곁에 있는 오센을 돌아보았다. 야무진 하녀의 표정이 금세 굳어 버린 것을 보고 흠칫 놀랐다.

"그게 무슨 뜻이지, 오센?"

오센은 아카네의 물음은 무시하고 가스케에게 바짝 다가서서 소리 죽여 물었다.

"옥호 말이지?"

오센이 가스케보다 나이는 어린데 목소리는 더 단단하다. 가스케가 고개를 주억거렸다.

오센은 표정이 굳은 채, "알겠어"라고 대답하면서 힘차게 고개를 끄덕였다.

"가스케, 이거, 다른 사람한테는 말하지 마."

"당연하지!"

"꼭이야!"

"아, 알았다니까."

가스케는 뛰어서 합숙소로 돌아갔다.

아카네는 멍하니 지켜보며 서 있었다.

"오센, 무슨 말이지? 옥호라면 촌장 옥호를 말하니?"

오센은 떡하니 버티고 선 채 아카네의 얼굴을 보았다.

"예. 우리 촌장님은 '다가야'다가'는 나무통을 옥죄는 테'라는 옥호를 갖고 있어요."

"그래, 알아. 그럼 '하카리야'는?"

오센은 조금 전보다도 더 목소리를 낮췄다. "고야마 쪽 촌장의 옥호예요."

그제야 아카네도 사정을 짐작했다.

"그럼 그 다친 꼬마는 고야마 아이겠구나."

이곳 나가쓰노와 이웃한 고야마 번을 말한다.

"예. 합숙소 뒷산은 오타라야마로 이어지거든요. 번경을 넘어 왔겠죠."

그치만 잠깐 실수로 넘을 만한 산은 아닌데, 라고 오센은 심각한 얼굴을 하며 말했다.

"일이 어렵게 됐네요. 소에이 님도 산에 올라가는 건 좋지만, 왜 그런 이상한 아이를 발견하셔서."

이 아가씨까지 몸을 떨고 있다.

"오센." 아카네가 오센의 손을 잡았다. "어쨌든 빨리 돌아가자."

조금 전의 어리둥절한 기분은 가시고 아카네의 가슴에도 무거운 것이 드리워졌다.

'혹시 그 아이는.'

고야마에서 인간사냥을 당하다가 간신히 도망쳐 온 건 아닐까.

그렇다면 사정이 어떻든 간에 도와야 한다. 오센이나 가스케한테는 미안하지만 내게는 그렇게 해야 할 의무가 있어, 하고 아카네는 생각했다.

3

사카키다 소에이는 보름쯤 전부터 합숙소에서 지내는 나그네이다.

나이는 서른이 넘었을 것이다. 아카네가 나가하시 가에서 처음 그와 인사를 나누었을 때는 무성한 머리칼을 하나로 묶어 내리고 후줄근한 여행용 하카마주름이 잡힌 하의와 각반을 착용하고 있어서 평범한 나그네보다는 무슨 떠돌이 무예가처럼 보였다. 그 풍모에 아카네는 오라버니 이치노스케도 예전에 이랬을까 하는 생각이 문득 들었을 정도였다.

아카네는 사실 소에이의 신분이나 처지, 여행 목적 따위는 잘 모르지만, 아마 촌장 모자에몬은 잘 알고 있을 것이다. 지금 나가쓰노는 여행허가증을 확인하기 전에는 이방인을 마을에 묵게 하는 것은 물론이고 통과시키는 것조차 금지했다.

사실 어느 번이나 이방인 출입을 엄격하게 통제한다. 세상에 평화가 찾아오고 도로가 정비되어 사람들은 어느 지방으로든 갈 수 있게 되었다. 하지만 그러려면 그에 걸맞은 절차가 필요하다. 설사 검술가가 무예 수행을 위해 떠나는 여행이라고 해도 아무 때나 떠날 수 있는 것이 아니다. 실제로 아카네의 오라버니도 에도에서 무쓰로 떠나기 전에 연줄이 있던 신카게류 도장 사범을 통해 허가증을 얻었다고 들었다.

소에이는 쓰노사키 성시의 여관에 투숙했다가 나카무라 촌장의 손자 다이치로를 만난 것을 계기로 나카무라에 오게 되었다. 다이치로는 조부의 명으로 성시에 갔다가 갑자기 고열로 드러눕고 말았다. 번화한 성시이긴 했지만 집을 떠나 낯선 곳에서 끙끙 앓고 있을 때 마침 같은 여관에 투숙했던 소에이가 친절하게 간병해 주었다. 덕분에 금세 회복한 다이치로는 에도로 돌아가는 길이라는 소에이에게 잠시 자기 마을에 와서 머물다 가라고 권했다. 눈 녹기 시작할 철에 번경을 넘자면 눈사태를 만날 위험이 크다. 급한 여행이 아니라면 잠시 머물며 때를 기다리는 것이 안전하다.

다이치로의 권유대로 나카무라를 찾아온 소에이는 촌장 나가하시 가에서 환대를 받았다.

다이치로의 부친은 모자에몬의 외아들이었는데, 혼인하고 다이치로가 태어난 직후에 불행히도 요절하고 말았다. 해서 모자에몬에게 다이치로는 더욱 귀한 핏줄이었다. 그러나 이미 번듯한 성인이고 장차 촌장이 되어 나카무라를 관리해야 할 손자이므로 마냥 응석받이로 놔둘 수 없어서 종종 촌장 대리로 성시에 보내

곤 했다. 다이치로가 혹시 불행한 사고라도 당하면 나가하시 가는 대가 끊기고 만다. 그 귀한 손자를 보살펴 준 은인이므로 모자에몬도 소에이를 극진하게 대접했다.

그런데 정작 소에이는 그런 후대가 거북했던 모양이다.

소에이가 나가하시 가에 머물고 닷새쯤 지났을 때 합숙소에서 조금 심상치 않은 일이 일어났다. 집 주위에서 들개 짖는 소리가 들렸던 것이다. 첫째 날 밤에는 으르렁거리는 소리뿐이었지만 다음 날 밤에는 뒤뜰에 발자국이 남아 있었고, 사흘째 밤에는 만일을 위해 담 안으로 들여 놓았던 닭들을 잡아먹었다.

들개는 오오타라야마에도 있고 오타라야마에도 있다. 오오타라야마는 예로부터 산신이 계시는 신역으로 알려져서 사람들이 드나들지 않으므로 짐승이 살기에 좋았을 것이다.

그러나 산짐승들은 함부로 마을에 내려오지 않는다. 특히 들개는 오오타라야마와 오타라야마에 눈이 많이 쌓여 있을 철에는 이 근방 산이나 숲에서 자취를 감춘다. 무리 지어 사는 들개에게는 나름의 영역과 먹이를 잡아먹는 규칙 같은 것이 있다. 그런데 왜 유독 올해는 이렇게 이상한 행동을 보일까.

촌장의 지시로 주민들은 경계를 강화하여 며칠간은 밤새 횃불을 밝히거나 불침번을 섰다. 들개들의 이상한 행동은 그 사흘째 밤을 끝으로 자취를 감추었고 그 뒤에는 아무 일도 없었다. 사람들은 가슴을 쓸어내렸지만 모자에몬은 우려를 거두지 않았다.

합숙소에 기거하는 사람은 아카네와 오센, 남자로는 가스케와 이곳이 빈집이었을 때부터 관리하며 살아 온 노인뿐이다. 아카네는 해가 떠 있는 시간에는 양잠일이나 길쌈을 하러 나가는 데다, 합숙소는 튼튼한 건물이라 걱정이 없었으므로 이 인원 구성으로도 충분했다.

하지만 이런 일이 벌어졌으니 도저히 마음을 놓을 수 없다. 일찌감치 대책을 세워야 했다. 요새에 알려 경비대를 보내 달라고 하자는 모자에몬의 제안을 아카네는 깨끗이 사양했다.

"그렇게 사양하실 일이 아닙니다. 오다이님의 안전을 위해서라면 요새 번사님들도 두말없이 달려와 주실 겁니다."

"그래서 사양하는 거예요."

평소와 달리 고집을 부리는 아카네의 모습에 모자에몬의 표정이 어두워졌다. 모자에몬은 나가쓰노에서 요새와 요새 경비 번사가 어떤 의미를 지니고 있는지, 이들을 통솔해서 지휘하는 소야 단조의 의도는 무엇인지, 아카네 이상으로 잘 알았다.

촌장은 고쳐 앉은 다음 말투까지 달리 해서 말했다.

"오다이님, 얘기가 나온 김에 긴히 말씀드릴 게 있습니다."

그때 모자에몬에게 찬물을 끼얹듯 장지문 밖에서 목소리가 날아들었다.

"실례합니다."

모자에몬과 아카네는 나가하시 가의 안채에 마주 앉아 있었다. 그 목소리가 들리고 한 박자 뒤에 장지가 드르륵 열렸고 소에이가 얼굴을 디밀었다.

"합숙소의 오다이님이 오셨다고 해서 인사를 드릴까 합니다."

방금 오가던 대화를 일부 들었을 테고 모자에몬의 날카로운 표정도 보았을 텐데 소에이는 태연하게 말했다.

"어떻습니까. 그 뒤로 들개가 내려오지는 않습니까?"

"예. 염려해 주신 덕분에."

"그런데 누구한테 물어봐도 요즘 철에 들개가 내려온 것은 이상한 일이라고 하더군요. 이상한 일이라는 것은 한번 일어나면 왠지 자꾸 일어나게 마련인데, 걱정이 많으시겠습니다."

그렇게 말하고는 모자에몬에게,

"나를 합숙소로 보내 주겠소, 촌장? 이래 봬도 무사나부랭이라 산짐승 정도는 이 검으로 물리쳐 오다이님을 지켜 드리겠소."

촌장에게 제안하면서도 눈은 아카네에게 웃음을 짓고 있었다.

아카네가 냉큼 응했다. "오, 고마우신 말씀."

"예에? 아니, 오다이님, 그건—,"

"그간 신세 많았소, 모자에몬 씨. 덕분에 지난 며칠은 용궁에서 호강한 기분이었습니다."

모자에몬이 끼어들 새도 주지 않고 이야기를 매조지고 말았다. 소에이는 바로 떠날 준비를 시작하여, 나가하시 가에서 내준 말쑥한 옷을 벗고 원래대로 후줄근한 여장 차림을 한 다음 칼과 봇짐만 챙겨 들고 합숙소로 옮겨 갔다.

"오, 이제야 살 것 같습니다."

소에이는 쓴웃음을 지으면서 고개를 숙이며 말했다.

"저 같은 촌놈은 그런 환대를 받으면 오히려 숨이 막힙니다."

이리하여 그는 합숙소의 급조된 번사—본인 말을 빌리면 호위꾼이 되었다.

그는 성품이 대범했다. 합숙소 경비 상태를 능숙하게 점검하고 가스케를 비롯한 다른 사람들에게 내리는 이런저런 지시들에도 빈틈이 없었다. 한가할 때는 마을을 어슬렁어슬렁 돌아다니거나 합숙소에 있는 낡은 책들을 들춰 보기도 하며 느긋하게 지냈다.

종잡기 어려운 묘한 사람이었다. 아카네보다 젊었지만 어떤 때는 불쑥 노회한 면을 드러내기도 했다.

보통 타향 사람을 깊이 경계하는 오센과 가스케도 소에이하고는 금세 가까워졌다. 그도 그럴 것이 촌장이 보증한 호위꾼처럼 비쳤기 때문이다. 오센은 그를 의지하면서도 할 말이 있으면 거침없이 했다. 특히 소에이가 마을을 벗어나 태연하게 뒷산에 올라가는 것을 발견하면 심하게 잔소리를 했다.

"소에이 님, 산에서 길을 잃으면 어쩌시려고 그래요!"

"너무 타박 말아라. 합숙소 지붕이 보이는 곳까지만 올라갈 테니까."

"마을이 빤히 보이는 지점에서도 길을 잃기 때문에 산이 무섭다는 거예요!"

"그럼 오센, 네가 앞장서서 산길을 가르쳐 줄래? 타관 사람 눈에 여기 산 풍경은 다 신기하기만 하구나. 잠깐 부탁하자."

"정 그러시면 하는 수 없죠. 다만 그런 일이라면 가스케가 하는 게 더 낫겠네요."

매사 이런 식이다. 그러고 보니 소에이는, 내내 비어 있던 합숙소를 혼자 관리하느라 말상대도 없이 지내고 주민들에게 '영감'이라고만 불려서 어느새 제 이름도 까먹고 살던 노인과 대화하면서 그의 본명을 떠올리게 했고, 실은 그가 마을의 최연장자라는 사실도 알아냈다.

"그래도 다들 저를 영감이라고 부르는걸요."

"그럼 그렇게 부르도록 하지."

소에이 또한 합숙소에 자리를 잡자마자 말투를 고친 데다가, 아카네도 오다이님이 아니라 아카네 님이라고 불렀다. 아카네는 오랜만에 듣는 자기 이름에 조금 놀랐다. 그러고는 그렇게 놀란 제 모습에 또 놀랐다. 마음이 따뜻해지는 놀라움이었다.

아카네와 오센이 합숙소로 달려가자 안에서 영감이 나타났다.

"오셨습니까. 이건 또 무슨 일이랍니까."

"다친 아이는?"

"동쪽 방에 눕혀 놓았습니다."

"알았어요. 고마워요."

아, 그리고, 하며 목소리를 낮추었다.

"여기 상황이 정리될 때까지 촌장님한테는 알리지 말아 주세요. 시끄러워지면 안 되니까."

"예, 알겠습니다요."

아카네는 동쪽 방으로 서둘렀다.

"아카네예요. 지금 돌아왔습니다."

다친 아이는 천을 깐 얇은 담요 위에 똑바로 누워 있었다. 과연 몸이 가느다란 꼬마—사내아이였다. 옷은 내의 하나만 남기고 다 벗겼고, 곁에 앉은 소에이가 소년의 팔을 잡고 천천히 굽혔다 폈다 해 보고 있었다.

"다행히 뼈에는 아무 이상이 없는 것 같습니다."

소년에게서 시선을 떼지 않은 채 이번에는 어깨를 짚어 보며 소에이가 말했다.

"뒷산 숲속에 나무 밑동의 뿌리들이 복잡하게 얽혀서 작은 동굴처럼 되어 있는 곳이 있는데, 그 구멍에 머리를 박고 쓰러져 있더군요."

턱 아래 목까지 신중하게 쓸어 보며 소에이가 고개를 끄덕였다.

"이쪽은…… 음, 갈비뼈도 괜찮은 것 같군요."

"찰과상뿐인가 봐요."

"높은 데서 굴러 떨어졌거나 미끄러졌겠지요."

타박상도 입었겠지만 피부가 냉기에 질려서 멍을 쉽게 알아볼 수가 없었다.

"방금 영감에게 물을 끓이라고 일러두었습니다. 골절만 없다면 체온 정도로 데운 물에 몸을 푹 담가 줘도 괜찮을 겁니다."

동쪽 방은 해가 비쳐 들어 환했다. 영감과 가스케가 화로들을 다 모아서 들여다 놓았는지 여기저기에 화로들이 있었고, 덕분에 실내에는 온기가 가득했다.

소에이 뒤에 대야가 하나 놓여 있고 소년에게서 벗겨낸 옷가지가 들어 있었다. 여기저기 찢어졌지만 일단 핏자국은 보이지 않았다.

"등을 살펴보죠. 아카네 님, 잠깐 도와주세요."

둘은 힘을 모아 소년의 몸을 천천히 뒤집었다.

수척한 등에 상처가 몇 군데 나 있었다. 피는 멎어서 딱지처럼 말라붙었다. 뭔가에 찔린 듯한, 동그란 상처다. 오른쪽 어깨 뒤에서 옆구리까지 점점이 이어져 있어서 그 상처들을 연결하면 살짝 휜 호가 그려질 것 같았다.

'칼자국은 아니야.'

우선 그 점에 안도했다. 아카네는 참았던 숨을 토했다.

소에이는 상처 주변을 손가락으로 짚어 보았다.

"그리 깊은 상처는 아닌 것 같군요. 이 정도면 더운 물에 담갔다가 다시 피가 나오더라도 지혈만 하면 괜찮을 겁니다."

나카무라에는 의원이 없다. 산골에서는 주민들의 지혜와 궁리만으로 병자와 부상자에 대응한다. 합숙소에도 커다란 약상자가 있었다.

"다친 데 바르는 약도 있고, 지혈제와 해열제도 있어요."

"다행이군요. 오센의 부친이 생약에 해박하다고 들었습니다만."

"예, 여기에 비치된 것도 다 오센네에게서 받은 겁니다."

그때 가스케가 들어왔다.

"소에이 님, 물이 끓었습니다."

"좋아, 그리로 옮기자."

가스케가 소년을 안아 올려 천천히 욕실로 옮겼다. 소에이는 자리에서 일어나 소매를 걷어붙인 뒤 품에서 어깨끈을 꺼내 재빨리 소맷자락을 고정했다. 한판 싸우려고 나서는 사람 같았다.

"소에이 님."

아카네가 불안한 마음에 그만 입을 열었다.

"저 역시 몸이 얼었을 때 어떻게 처치해야 하는지는 잘 모르지만, 갑자기 더운 물에 담그기보다는 몸을 문질러 줘서 천천히 데워 주어야 한다고 들었습니다만."

"맞습니다. 저도 저 꼬마를 발견했을 때 정신을 차리게 하려고 얼굴과 온몸을 문질러 주었죠."

근데 살갗이 벗겨지더군요, 하고 소에이는 말했다.

"조금 문질렀을 뿐인데 그 자리가 금세 벗겨져 버리는 겁니다."

몸 전체가 냉기에 굳어서 금방 알아채지 못했지만 자세히 살펴보니 피부 곳곳이 이미 벗겨졌고, 그 자리에는 얼음도 서리도 아니고 피도 아닌 뭔가가 들러붙어 있었다고 한다.

"저 꼬마는 그런 상처를 입은 뒤 살갗을 상하게 하는, 아니, 차라리 녹여 버린다고 해야 맞을지 모르겠지만, 그런 뭔가를 뒤집어썼거나 그것에 범벅이 되었을 겁니다. 그렇다면 다소 무리를 해서라도 일단 그걸 닦아 줘야 할 것 같아서요."

"알겠어요. 주제넘게 나서서 미안해요."

"저 역시 어림짐작으로 대처하는 거라서 이게 정말 맞는 처치인지 어떤지는 모릅니다. 그러니까 아카네 님이 사과하시기에는 아직 이른 거죠. 그보다 오센을 집으로 보내서 타박상과 화상에 쓰는 약을 가져다 달라고 일러 주시겠습니까?"

"고약 말이군요."

"꼬마의 상처와 피부가 저 지경이니 갑자기 강한 약을 쓰면 안 되겠지만, 오센의 부친이라면 알아서 주시겠지요."

"당장 보낼게요."

"아, 그리고 또 하나."

소에이는 아카네의 눈을 쳐다보며 일단 입을 꾹 다물었다.

"이건 아카네 님한테는 말씀드리기 쉬워도 오다이님한테는 드리기 힘든 부탁인 것 같은데요."

뒤쪽에 있는 대야를 힐끗 쳐다보았다.

"저 아이의 옷가지 중에 아주 골치 아픈 것이 있다면서요?"

아카네는 잠자코 고개를 끄덕였다.

"그 사실을 한동안 비밀로 해 주시겠습니까. 저 대야에 있는 옷은—,"

"태워 버리는 게 좋을까요?"

대담한 물음이 놀라웠는지 소에이가 눈썹을 치켜세웠다.

"아뇨, 아직 조사할 게 남아 있습니다."

"알겠어요. 그럼 저는 아무것도 보지 않은 거예요. 앞으로 무얼

봐도 보지 않은 겁니다. 오센과 가스케와 영감님도 아무것도 모릅니다. 그렇게 알라고 말해 둘게요."

일단 고야마 소년을 숨겨 두기로 결정한 것이다. 아카네에게 망설임은 없었다.

"어디 사는 누구인지 모르는 아이입니다. 단서도 없고, 산에서 길을 잃고 죽어 가던 아이입니다."

소에이의 입가가 희미하게 휘어져 올라갔다.

"고맙습니다."

아카네는 오센을 불러 집으로 급히 보낸 다음 동쪽 방 판자문과 유키미 장지바깥 풍경을 방 안에서 구경하기 위해, 일부분을 위아래로 밀어 여닫을 수 있게 만든 장지. 중세 이후로 설경을 감상하는 풍속에서 비롯되었다를 열어 바깥 공기를 조금 들였다. 잠깐 나갔다가 다시 들어오면서 알아챘는데, 온기 속에 피비린내는 아니지만 어딘지 비릿한 냄새가 희미하게 감돌았던 것이다.

'뭘까.'

맡아 본 적이 없는 냄새.

다시 숯불을 키워 온기를 보태고 담요 위의 천도 새로 갈아 주었다. 잠시 후 이번에는 소에이가 다친 소년을 안고 돌아왔다. 깨끗이 닦고 더운 물로 데운 몸에는 욕의가 입혀져 있었다.

마침 오센도 심부름을 마치고 뛰어 돌아왔다. 작은 꾸러미를 꼭 안고 들어온다.

"오, 핏기가 살아났네요."

소년의 얼굴을 들여다본 오센은 눈물을 흘릴 듯한 표정을 띠었다.

"정말 다행이네. 이제 괜찮아졌군요."

"음, 아마 목숨은 건진 모양이다. 오센, 아버지가 약을 내주시더냐?"

"예. 집에 만들어 두었던 걸 전부 주셨어요. 다친 상태를 자세히 알게 되면 다시 거기에 맞게 내주겠다고 하셨어요."

"고맙구나."

소에이는 깨끗해진 소년의 몸에 즉시 처치를 시작했다. 소년은 여전히 눈을 감고 깊은 잠에 빠져 있었다. 머리카락이 헝클어졌다.

아카네가 손가락으로 가만히 정돈해 주었다. 가슴이 저리도록 아팠다.

'미안해.'

처치가 끝나자 아카네와 소에이는 다친 소년이 입고 있던 옷가지를 조사하기로 했다.

대야에 담긴 옷가지를 들출 때 아카네는 새삼 깨달았다. 비릿한 냄새. 아까 맡았던 그 냄새는 여기서 나는 것이었나.

소에이도 살짝 얼굴을 찡그렸다. "비린내가 나네요."

생선 내장이 썩는 듯한 악취였다.

"욕실에서 이 아이를 씻길 때도 이런 냄새가 물씬 피어오르더군요."

소에이는 조심스러운 손놀림으로 대야에서 옷가지를 꺼내면서 코 가까이 대고 냄새를 확인했다.

"이 아이의 살갗을 망가뜨린 뭔가가 이 역겨운 냄새의 원인인 것 같습니다."

아카네도 그렇게 생각했다. 이 소년은 왜 그런 물질을 뒤집어썼을까.

"낡을 대로 낡은 고소데통소매 옷로군요. 허리에는 띠 대신 삼끈이 감겨 있고, 신발은 없어요. 부적이나 명찰 같은 것도 없고, 있는 것이라고는 수건뿐이군요."

과연 하카리야 옥호가 찍혀 있는 수건이었다.

"아무리 봄기운이 완연하다 해도 산에 들어갈 때 이렇게 얇은 옷만 입으면 몹시 추울 텐데 말입니다."

"소에이 님, 이건 잠옷이 분명해요. 이 아이는 잠을 자다가 뭔가에 놀라서 급하게 맨발로 도망쳐 나왔을 거예요."

그 광경을 상상하니 아카네는 다시 가슴이 미어졌다. 대체 무엇에 쫓겼을까.

"어쨌거나 어렵게 살던 아이 같군요."

"산골 아이들이 다 그렇죠."

잠옷인 듯한 상의를 펼쳐 보니 그 찢어진 상태가 한눈에 드러났다. 역시 칼은 아니다. 싹둑 잘린 자리는 전혀 없고, 찢어졌거나 뜯어져 있을 뿐이다. 구멍 난 곳도 있었다.

"여기 등에 나란히 난 구멍을 보면—."

소에이가 하나, 둘, 손가락으로 가리켰다. 굵은 송곳으로 뚫어 놓은 듯한 구멍이다.

"이 아이 등에 난 상처와 일치합니다."

연결해 보면 완만하게 휜 호를 이루고 있다. 상당히 커다란 호의 일부처럼 보인다.

소에이는 팔짱을 꼈다. "이빨 자국 같기도 합니다만."

아카네가 눈을 동그랗게 떴다.

"이렇게 커다란 들개도 있나요?"

이것이 이빨 자국이라면 그 동물은 말보다 훨씬 큰 짐승일 것이다.

"아뇨, 들개가 아니라,"

곰이라든지, 하며 소에이는 자신 없는 투로 대답했다. 아카네는 그만 웃고 말았다.

"소에이 님, 곰은 사람을 이렇게 공격하지 않아요."

"그럼 다른 대형 짐승 중에 짚이시는 게 있습니까?"

아카네로서는 짐작 가는 바가 없었다.

"영감님에게 물어볼까요? 이 근방 산이라면 영감님이 제일 잘 알아요."

"그러죠. 어쨌거나 이건 사람의 소행이 아닙니다. 안심하세요."

아카네는 소에이의 초연한 얼굴을 쳐다보았다. 그녀의 마음을 알아채고 있었던 모양이다.

"그러니까 이번에는, 아카네 님의 사과가 이르다는 게 아니라 애초에 아카네 님이 사과하실 일도 아니라는 겁니다. 마음고생하실 필요 없어요."

소에이는 그렇게 딱 잘라 말하고 자리에서 일어났다.

"아이가 쓰러져 있던 곳 주변을 다시 한 번 살펴보고 오겠습니다. 어쩌면 또 누가 있을지도 모릅니다."

"혼자 가려고요?"

"실은 인원이 좀 있었으면 좋겠지만 촌장한테 비밀로 해 두자니 도움 받을 방법이 없군요."

"아, 그러네요."

아카네는 입술을 깨물었다. 소에이는 가볍게 웃었다.

"뭐 아직 해가 높은걸요. 제가 아무리 산을 모른다 해도 이 아이를 이렇게 만든 짐승한테 잡아먹힐 일은 없으니까요."

이래 봬도 호위꾼 아닙니까, 하고 말했다.

"이 아이는 스스로 깨어날 때까지 기다리도록 하죠. 입이 탈 테니까 종종 물로 입을 적셔 주세요."

"알겠어요. 순찰 도는 번사를 조심하세요."

아카네는 끝내 걱정을 드러내고 말았다.

"알겠습니다."

소에이는 밖으로 나갔다. 아카네는 깊이 잠든 소년의 머리맡에 혼자 남았다.

순진한 얼굴이었다. 산골에서 자란 아이답게 손발이 야물어 보였다. 겨우 이 나이에 손바닥이 단단했고 손가락 뿌리 쪽에는 못이 박혔다. 부모님 일을 돕고 있을까?

집에는 부모도 있고 형제자매도 있을 것이다. 그들은 어떻게 되었을까? 소년이 살던 고야마의 마을에 대체 무슨 일이 있었던 걸까.

'정말 오라버니 탓이 아니면 좋겠는데.'

소야 단조의 명령에 따른 잔혹한 인간사냥.

이곳 나카무라의 평온한 생활 속에서 유일하게 그녀의 마음을 어둡게 만드는 것이 있다면 그것이 전부였다.

성시에 있을 때는 아무것도 몰랐다. 제1벽이나 제2벽은 물론이고 외곽에서도 소야 단조를 비난하는 사람은 없었다. 속으로는 단조를 싫어하고 의혹의 눈초리로 바라볼 법한 중신들도 웃는 낯을 꾸몄다.

하지만 번의 다른 곳에서는 분위기가 달랐다. 아카네도 성시를 벗어난 뒤에야 오라버니의 다른 얼굴을 보게 되었다.

단조는 최대한 빨리 양잠업을 일으키고 나가쓰노에 정착시키기 위해 강압적인 수단을 동원했다. 일방적으로 몇몇 마을과 산촌을 지정해서 누에치기와 뽕나무 재배를 명령한 것이다. 산을 새로 개척해서 뽕나무밭을 만들자면 시간이 오래 걸리니까 기존 전답을 밀어 버리게 했다.

물론 그런 마을이나 산촌에는, 몇 년간 세금을 낮춰 주거나 양잠업이 성공적으로 궤도에 오르면 장려금을 주는 등의 '사탕'도 준비되었지만, 애초에 번주의 명령을 거스르면 어떻게 되는지 주민들은 잘 알고 있었다. '채찍'은 벌써부터 주민들 코앞에서 날뛰고 있었던 것이다.

본래 나가쓰노는 세금 징수에 인정사정이 없었다. 막부가 인정한 석고, 소위 표고表高와 실질적인 재정 수준을 나타내는 내고內高 표고는 막부가 현지 실사를 통해서 결정한 해당 번의 석고이고, 내고는 번주가 농민이나 가신들의 토지에 매긴 석고. 즉 표고는 쇼군-번주 사이의 계산이고, 내고는 번주-가신 사이의 계산. 따라서 표고와 내고는 원칙적으로 일치해야 하지만, 각 번에 대한 막부의 현지 실사 이후 세월이 흐르면서 전답 개간이 진행되고 농업 기술이 발달하는 등의 요인으로 내고는 점점 높아져서 표고와 내고 사이에 간격이 벌어지는 것이 일반적이었다 사이에 차이가 거의 없는 점은 나가쓰노 주민들이 늘 먹고사는 데 급급했다는 것, 그리고 류자키씨의 역대 당주들이 아무 대책도 없이 주민들의 우직한 노동에만 의지해 왔다는 것을 잘 보여 준다.

그런 연유로 어이없는 일이지만, 번주 쪽은 주민으로부터 세금을 확실하게 징수하는 요령과, 세금을 내지 못한 주민에 대한 제재, 즉 채찍 사용에 능하게 되었다.

소야 단조의 양잠 진흥책은 이런 토양 위에서 펼쳐졌다. 그리고 채찍 소리에 떨면서도 이 새로운, 그러나 난폭한 정책에 저항하는 주민들은 놀랍게도 적지 않았다.

험준한 산을 개간해서 밭을 일구고 북부의 선선한 여름에 맞는 볍씨를 찾아 악착같이 고생해 온 농민들은 나가쓰노의 쌀에 애착을 품고 있었다. 쌀농사를 줄이고 그 자리에 뽕나무를 심어라, 돈이 되는 비단을 만들어라, 라는 무모한 명령에 농민들이 불안을 느끼는 것도 무리가 아니었다. 쌀농사를 줄이면 누가 우리 끼니를 책임져 주나? 사람이 뽕잎을 먹고 살 수는 없지 않은가. 비단을 팔아 돈을 버는 것은 우리가 아니라 성시의 상인들 아닌가.

나가쓰노에서 생존해 온 주민들에게는 이 땅과 산을 누구보다 잘 안다는 자긍심이 있고 고집도 있었다. 에도에서 자라 이곳 사정을 잘 모르는 젊은 주군과, 그 주군의 비위 맞추는 데나 능한 이방인이 무엇을 안단 말인가.

그런 반항을 소야 단조는 힘으로 가차 없이 찍어 눌렀다. 번주의 위세를 등에 업고 아무 망설임 없이 혹독하게 처벌했다. 집과 논밭을 몰수하고 옥에 가두고, 또는 수옥물을 넣은 감옥에도 처넣었다. 상대가 장로나 촌장이라도 전혀 봐주지 않았다.

한편 단조에게 아군이라고 할 만한 자들도 나타났다. 처음에는 마지못해 그의 시책대로 밭을 뒤엎고 양잠에 힘썼지만 뜻밖에 만족스러운 성과를 맛본 주민들. 혹은 처음부터 자진해서 양잠 진흥책을 받아들이고 기대한 대로 빛을 발견한 자들이다.

이곳 나카무라의 촌장 나가하시 모자에몬은 후자의 대표적인 인물이다. 가난한 지역에서 쌀농사에만 매달리며 배고프게 사느니 과감하게 새 시책을 따라 보자, 하고 모험에 나선 것이다.

그리하여 소야 단조를 따를지 말지를 놓고 나가쓰노 사람들은 두 편으로 갈라졌다. 그 갈라진 인심을 반영하여 위정자 측도 분열했다. 단조의 눈에 들려고 애쓰는 자와 그를 거꾸러뜨리고 몰아내려는 자로 갈렸고, 이 쌍방은 둘로 갈라진 주민들을 규합하거나 은밀히 선동했다.

두 세력도 반드시 고정된 것은 아니었다. 쌀농사에서 양잠으로 어렵게 전환한 마을이라도 흉작이 든 해에는 불만의 목소리가 튀어나왔다. 생활의 균형이 허망할 정도로 쉽게 깨져 나가면 지난달까지 단조를 추종하던 자들이라도 이달부터는 그를 증오하게 된다. 그렇게 흔들리는 인심을 이용하려는 성내 세력도 있었다.

아카네의 오라버니 소야 단조는 이러한 동향도 놓치지 않았다. 이런 상황까지도 처음부터 계산에 넣어 둔 것 같았다.

그가 종종 실시하는 영내 순시는 양잠이 얼마나 진흥했는지를 확인하기만 하는 행사가 아니었다. 자신에게 거스르는 자들을 위협하는 행사였고, 나가쓰노라는 작은 세상에서 지금 누가 득세하고 있는지, 누가 번주 류자키 다카모치의 신임을 얻고 있는지를 주민들에게 과시하는 행사이기도 했다.

추종하는 자는 따뜻하게 격려하고, 거스르는 자는 혹독하게 박해하여 생각을 바꾸도록 압박한다. 같은 주민이라도 비호받는 자와 탄압받는 자 사이에 골이 생겨났고, 서로 증오하고 배척하는 감정은 점점 깊어졌다.

아카네는 나카무라에서 '수석님의 누이동생'으로 호의적인 대접을 받았다. 다른 지역에서는 '그 악마의 누이동생이라고?' 하며 두려워했을 것이다. 가령 나카무라에서 남쪽으로 산을 하나 넘은 곳에 있는 아카이시무라라면 어땠을까. 피땀 흘려 일군 논을 지키려다가 장로는 잡혀가고 남자들 태반은 다른 지역으로 끌려간

비극의 마을이다. 남은 아녀자들과 노인들만으로 양잠을 했지만, 역시 그것으로는 먹고살기가 힘들어 야반도주하는 자가 속출한 바람에 지금은 거의 폐촌이 되다시피 했다.

농민의 도망을 방치하면 번의 질서가 무너지고 다카모치 공의 위엄에 흠결이 생긴다. 번의 노동력이 줄어드는 것도 뼈아픈 일이다. 그래서 단조는 도망자를 잡아들이기 위해 뛰어난 번사들을 선발하여 부대를 만들었다. 이 부대는 늘 번경을 감시하고 있다. 몇 년 전부터는 단조가 영내 순시를 할 때 당당하게 그를 수행하고 있다.

소야 단조의 우두마두라 불리며 공포의 대상이 된 이 번사들은 검은 옷을 입고 무기와 방어구를 착용했고, 도깨비처럼 뿔이 난 가면으로 얼굴을 가렸다. 그리고 질풍처럼 빠르게 산길을 달렸다.

아카네는 나카무라에 살면서 이러한 사실들을 조금씩 알게 되었다. 듣고도 못 들은 척, 알고도 모르는 척하며 내심 그런 이야기들을 모아 왔다.

나카무라는 단조를 따르는 모자에몬이 다스리는 곳이므로 아카네에게 아무 문제의식도 없었다면 그런 이야기들이 그녀의 주의를 끄는 일은 없었을 것이다. 그럼에도 아카네가 현실을 파악하고 만 것은 그녀에게나 모자에몬에게나 불운한 일이었다.

그 계기는 아카네가 합숙소에 정착한 직후에 겪은 작은 사건이었다. 요새에서 돌림병에 걸렸다고 짐작되는 병자가 나타나자 번사 두 명이 약을 구할 겸 나카무라에도 혹시 같은 병이 돌고 있지 않은지 살펴보러 나온 것이다.

그때까지 아카네는 요새 번사를 직접 본 적이 없었다. 나카무라는 단조가 신임하는 지역이므로 번사들이 엄격하게 순시하지도 않았다. 들개가 출몰하고 나서야 모자에몬은 당황했는데, 아카네는 처음부터 자기 주거지에 번사를 배치하여 경비하는 것을 애써 거절했고, 단조도 그편이 도리어 눈에 띄지 않아서 괜찮겠다고 납득했다. 그러므로 아카네 앞에 단조에게 충성하는 번사가 나타난 것은 이때가 처음이었다.

아카네는 촌장 나가하시 가의 초대를 받아 갔다가 그곳에서 그 번사들의 인사를 받았다.

성시 제1벽에 있는 소야의 저택에서 일하던 자들이 그랬던 것처럼 요새의 번사들 역시 젊었다. 체구가 단단하고 눈빛이 형형한 무사들이었다. 모자에몬은 그들을 극진히 대접했고, 두 번사는 마치 쇼군의 정부인이라도 만난 듯 겸손한 태도로 아카네를 정중하게 대했다.

그런데도 아카네는 왠지 서늘한 기운을 느꼈다.

스스로도 알 수 없었다. 이 번사들의 무엇이 그랬을까. 그들의 어떤 점이 아카네의 목덜미와 두 팔에 소름을 돋게 했을까.

번사들이 요새로 돌아가고 나서 얼마 지난 뒤에야 아카네는 문득 깨달았다.

'그 두 사람의 눈이다.'

험상궂은 눈은 아니었다. 다만 그 눈에 깃든 그윽하고 강렬한 빛이 아카네는 두려웠다.

예전에 지쇼지 절에서도 그런 눈빛을 가진 사람을 만난 적이 있다. 지코 스님 곁에도 있었다.

뭔가를 외곬으로 생각하고, 그 대상에 아무런 의심도 없고, 느슨해진 적도 없는 눈초리. 가령 그 생각의 대상이 부처님의 가르침이라 해도 상대방 눈에 그런 깊은 빛이 깃드는 것을 사람들은 좋아하지 않는다. 적어도 사람의 감정을 존중하는 이라면.

나가쓰노 주민에게 그 번사들은 어떤 존재일까. 이때부터 아카네는 의문을 품었다. 그 뒤로 마을 주민이나 마을을 드나드는 사람들에게 기회만 되면 짐짓 아무렇지 않게 물어보거나 그들이 자기 생각을 말하게 해서, 그렇게 다른 사람들의 의견을 들어 왔다.

그리하여 요새 번사들이 '소야 단조의 우두마두'라는 것, 그리고 그들의 실제 행적을 알게 되었다.

아카네의 배경을 아는 주민들은 단조와 그 번사들이 얼마나 대단한지는 말해 주어도 사악하다고 비난하지는 않았다. '우는 아이도 울음을 뚝 그친다'는 번사들의 위세를 칭송했지만 뒤집어 보면 그 칭송은, 번사들이 단조를 마뜩잖아 하는 사람들에게 얼마나 무서운 존재인지를 증명해 주는 것이다. 야반도주한 농민들을 잡아들이는 번사들의 공훈담은 아카네에게 그런 '괘씸한 도망자'가 애초에 왜 생겨났는지를 생각하게 했다.

'오라버니는 사람들을 밀어붙이고 있어.'

벼락출세자가 자신의 영달을 위해 나가쓰노 주민을, 나아가 번 자체를 둘로 쪼개 놓고 자기편에 서지 않는 자들을 학대하고 있다.

아카네의 그런 속내를 모자에몬은 어느 정도 짐작하는 듯했다. 그렇기 때문에 들개 소동 당시 합숙소 경비를 번사에게 맡기고 싶지 않다는 아카네를, 자리를 고쳐 앉으며 설득하려고 했을 것이다. 모자에몬은 양잠 진흥책을 제일 먼저 받아들임으로써 소야 단조라는 우승 후보마에 운명을 건 사람이다. 그러므로 단조의 하나뿐인 누이동생 아카네가 오라버니를 차가운 눈빛으로 바라보는 것이 도저히 이해되지 않을 것이다.

하지만 아카네로서는, 다른 일에서는 순리를 따르고 인정도 많은 모자에몬이 어째서 오라버니의 행동을 모르는 척하는지, 어떻게 소야 단조를 지지할 수 있는지, 그 모습이 더 의아하고 수상쩍기만 했다.

아무리 옳은 일이라도, 또는 옳아 보이는 일이라도 거기에 반대하는 자를 힘으로 찍어 누르고 몰아붙이는 것은 옳지 못하다.

이 소박한 원칙을 아카네는 지코 스님에게서 배웠다. 때로는 불적佛敵과 싸우는 것도 마다하지 않겠다는 기개는 바람직하지만, 다른 사람에게 엄청난 피를 흘리게 하고, 골육을 베는 잔혹함을 부처님은 결코 반기시지 않는다는 것이 지코 스님의 굳은 신념이었다.

거기에 비추어 볼 때 아카네의 오라버니는 명백히 인간의 도리를 외면한 사람이었다.

요즘은 단조의 우두마두가 번 내뿐 아니라 이웃 고야마에까지 들어가 도주 농민을 사냥하고 있다. 그때 도주 농민을 숨겨 준 고야마 주민까지 싸잡아 체포해 오는 일도 있다고 한다. 그것이 '인간사냥'이다.

나가쓰노 번과 고야마 번은 주번主藩과 지번支藩의 관계를 맺고 있다. 두 번이 그런 관계로 정착되기까지 오랜 내력이 있는 모양이다. 에도 막부가 들어서기 전으로까지 거슬러 올라가는 그 내력을 아카네는 아직 잘 몰랐지만 나가쓰노가 영지를 놓고 고야마와 오랫동안 다투어 온 데다, 단조가 고야마 주민을 납치하고도 떳떳해하는 이유도 그런 내력 때문인 듯했다. 이를 뒷받침하듯 고야마에서도 사태를 확대하는 대응은 삼가 왔고 인간사냥은 지금껏 계속되고 있다.

아카네가 할 수 있는 것은 아무것도 없었다. 그래서 '차라리 이런 사실을 모르는 게 나았다' 하고 낙담할 때도 있었다.

하지만 지금은 다르다. 지금 아카네의 눈앞에는 핏기를 잃은 채 상처투성이 몸뚱이로 깊이 잠든 아이가 있다. 도망쳐 온 이유가 무엇이든 고야마 사람이라는 이유만으로도 이 아이의 목숨은 위태롭다. 살려야 한다.

아카네의 내면의 목소리를 알아듣기라도 한 것처럼 소년이 작게 신음 같은 소리를 냈다.

아직 잠에서 깨어나지는 않았다. 하지만 표정이 움직였다. 미간을 찡그리고 이를 앙다문다. 몸을 웅크리려고 하지만 다친 손발은 뜻대로 움직이지 않고 손끝만 움찔한다. 무릎이 덜걱덜걱 부딪히며 흔들린다.

아카네는 소년의 얼굴에 얼굴을 가까이 대고 숨을 죽였다. 숨이 느껴진다. 얕고, 빠르고, 불규칙하다.

"괜찮아."

이마에 가만히 손을 얹고 불러 보았다.

"이제 무서운 건 없어. 내가 옆에 있단다."

소년은 얼굴을 더욱 찡그리고 어깨와 다리를 움직여 몸을 뒤집으려고 했다. 아니, 꿈속에서 여전히 뭔가에 쫓기는 듯했다. 그 뭔가를 피해 도망치려 하고 있었다.

그 모습이 안쓰러워 아카네는 저도 모르게 소년에게 바짝 다가앉아 두 팔로 안아 주려고 했다. 목덜미 밑으로 한 팔을 집어넣어 상체를 일으켰다. 소년의 몸이 한번 강하게 뒤로 젖혀졌다가 이내 힘이 빠지면서 아카네에게 기울었다. 앙다문 입에서 울음소리가 새어 나왔다.

"괜찮아, 괜찮아. 울지 마. 안심해도 돼. 무서운 거 하나도 없단다."

소년의 머리를 제 어깨에 기대게 하고 부드럽게 천천히 흔들어 주었다. 소년의 호흡이 더 빨라졌다.

그러고는 밭은기침을 연발했다. 콜록콜록, 하며 욕지기를 하는 듯했다. 아카네는 편하게 숨 쉬게 해 주려고 소년의 윗몸을 세우려 했다.

그때 소년이 갑자기 악을 썼다.

"할배!"

눈을 번쩍 떴다. 그러나 눈가가 찢어지겠다 싶을 만큼 크게 벌어진 눈 어디에도 초점이 없었다. 외마디 외친 채 힘없이 벌어진 입가에서 피 섞인 침이 한 가닥 길게 늘어졌다.

"정신이 들었구나."

아카네는 안도한 나머지 눈물이 나왔다. 소년을 더욱 꼭 안아 주려고 무릎을 들이밀고 팔에 힘을 주었다.

"너는 다친 몸으로 숲 속에 쓰러져 있었단다. 우리가 잘 치료했으니까 이제 괜찮을 거야."

소년은 여전히 눈을 휘둥그레 뜨고 있었다. 아래턱을 덜덜 떨었다. 몸은 오그라드는데 머리는 몽롱한 듯했다. 악몽에서 안간힘을 다해 도망쳐 나왔지만 완전히 깨어나지는 못했다.

"안심해. 여기에는 무서운 게 전혀 없단다. 넌 이제 괜찮아."

아카네의 목소리에 소년이 그제야 이쪽을 보았다. 커다란 눈이 깜빡였다. 그 눈동자를 들여다보며 아카네는 웃음을 지었다.

"어디 아픈 데는 없니? 쑤시는 데는 없어?"

여전히 넋이 나간 채 소년은 희미하게 고개를 가로저었다. 아아, 말이 통했다! 아카네는 또 눈물이 나왔다.

"이름이 뭐지?"

소년의 눈이 희미하게 흔들렸다.

"나는 아카네라고 해. 이 집에 살고 있지."

아카네가 주위를 둘러보는 시늉을 하자 소년의 눈도 덩달아 움직였다. 놀란 눈빛이다. 공포가 섞여 있지는 않았다. 소년의 경련이 잦아들었다.

"다친 데가 다 아물 때까지 이 집에서 푹 쉬면 돼. 걱정할 거 전혀 없단다."

소년이 고개를 끄덕였다. 그러고는 입속으로 작게 중얼거렸다.

아카네는 귀를 기울였다. "뭐라고?"

"……미노키치."

"이름이 미노키치구나."

아까 외친 '할배'는 자기 할아버지인 걸까?

"미노키치, 혹시 할아버지랑 같이 있었니? 둘이서 도망친 거야?"

소년은 이번에는 고개를 가로저었다. 눈은 금세 어둡게 흐려졌고 다시 이가 딱딱 부딪힐 정도로 몸을 떨었다.

"……할배."

그렇게 중얼거리고 고개를 격하게 가로젓기 시작했다.

"할배, 할배, 할배."

"괜찮아, 미노키치. 생각하지 않아도 돼. 미안해."

아카네는 당황하며 미노키치를 안아 주었다. 아카네의 품속에서 미노키치는 벌벌 떨며 여전히 도리질을 했다.

"사람들이, 모두, 모두."

"사람들이 모두?"

"나, 혼자는 무서워."

"그래, 혼자서 무서웠지?"

아카네는 미노키치의 머리를 쓰다듬으면서 작심하고 물어보았다.

"그런데 미노키치. 무슨 일이 있었던 거니? 얼마나 무서운 일이기에 도망친 거야?"

미노키치는 어금니를 악물었다. 꽉 다문 이 틈새로 갈라진 목소리가 새어 나왔다.

"……산이."

목에서 쌕쌕거리는 소리가 났다.

"산이, 주렸어."

그러고는 눈을 꼭 감고 어딘가로 쿵 떨어지듯 다시 잠에 빠져들었다.

산이 주렸다. 아카네로서는 영문을 알 수 없는 말이었다.

미노키치의 몸을 다시 눕혀 놓고 식은땀에 젖은 이마를 쓰다듬어 주는데 오센이 상황을 살펴보러 들어왔다.

"깨어났나 보죠? 아, 다행이다."

둘은 잠시 안도의 말을 주고받았다.

"오다이님, 소에이 님은 어디 가셨어요?"

아카네가 설명하자 오센은 몹시 못마땅한 표정을 지었다.

"뒷산에 올라가는 모습을 마을 사람들한테 들키지나 말아야 할 텐데. 아버지한테 소에이 님이 산책하다 넘어져서 다쳤다고, 그래서 고약이 필요하다고 했거든요."

"아, 그랬구나."

이런 자잘한 점까지 신경 써야 한다는 점에서 거짓말은 쉽지 않다.

"미안하다. 오센이 나 때문에 거짓말을 했구나."

"오다이님 탓이 아니에요. 제가 알아서 둘러댄 거예요."

잠자는 미노키치의 얼굴을 바라보며 오센은 스스로를 달래려는 듯 연방 고개를 끄덕였다.

"다 나으면 오타라야마를 넘어 서쪽으로 도망갈 수 있게 해 주죠."

인간사냥은 무서워요, 라고 말한다. 아카네의 귀에는 '인간사냥은 옳지 않다'고 말하는 것처럼 들렸다. 그 옳지 않은 일에 저항은 못할망정 가담하고 싶지는 않다. 그런 말처럼 들렸다.

"근데 오센, 산이 주렸다는 말은 무슨 뜻이지?"

오센은 눈을 동그랗게 떴다.

"나가쓰노 말인가? 이 아이가 그러더구나. 산이 주렸다고."

"글쎄요……. 그런 말도 있나……."

오센은 쓰지 않는 말이고 들어본 적도 없다고 했다.

"고야마 말이 아닐까요?"

"바로 이웃 번인데 그렇게 말이 다를까?"

"제 할아버지 말로는, 나가쓰노와 고야마는 옛날에 한 지방이었대요. 하지만 언젠가 사이가 틀어져서 두 지역으로 갈라졌다고 하니까 말도 조금 달라졌겠죠."

"아, 그래, 영감님과 가스케한테도 물어봐야겠다. 좀 불러 줄래?"

가스케가 먼저 들어왔다. 온순함이라는 미덕을 가진 가스케는 그만큼 소심한 성격인 모양이다. 그는 오센보다 훨씬 겁을 먹고 있었고, 미노키치가 깨어났다고 하자 더욱 두려워했다.

"오다이님, 아무래도 이 아이는 촌장님께,"

"아이가 좀 더 회복되면 내가 알릴 거야. 가스케는 걱정하지 마."

가스케 역시 오센과 마찬가지로 '산이 주렸다'는 말을 알지 못한다고 했다.

그와 자리바꿈하듯 영감이 들어왔을 때 마침 소에이도 뒷산에서 돌아왔다. 빈손이었다. 숲에서 아무것도 발견하지 못했다고 한다. 그는 미간을 좁히며 심각한 표정을 짓고 있었다.

아카네는 둘에게 미노키치가 깨어났을 때의 모습을 설명했다.

"산이 주렸다?" 소에이가 고개를 갸웃거렸다. "무슨 말이지, 영감?"

영감은 눈을 끔쩍끔쩍했다. 흙을 만지다 왔는지 손이 지저분하고 손톱 밑이 까맸다. 그 손등으로 코밑을 쓱 훔쳤다.

"아주 오래전에 쓰던 말입니다."

"영감님은 아는군요? 무슨 뜻이죠?"

"알기는 하지만, 설마 그런 일이 있겠습니까."

"말이 안 되는 이상한 말이라는 건가."

영감은 등을 동그랗게 구부리고 아카네가 아니라 소에이에게 대답했다.

"주렸다는 말은 좋지 못한 말이에요."

"부정한 말인가 보군."

"배가 너무 고파서 환장한 걸 말합니다요."

"굶주렸다는 말인가?"

"그냥 굶주린 것이 아니라……."

영감은 표현하기가 어렵다기보다는 말하고 싶지 않다는 듯한 기색이었다.

"예전에, 그러니까 류자키 번주님께서 우에스기 님을 도와서 싸우시던 시절에."

이 말에 소에이가 웃었다. "그렇다면 아주 먼 옛날 얘기 아닌가."

영감은 떨떠름한 표정을 지으며 고개를 끄덕였다. "예. 허나 웃을 일이 아닙니다요. 나가쓰노도 고야마도 옛날에는 늘 전쟁에 휘말려서 산도 불타고 논밭도 망가지고."

한 전투에서—하고, 영감은 낮은 목소리로 말했다.

"산성을 공격하면서 먹을 것을 끊은 적이 있답니다."

"보급로를 차단했군."

"그 탓에 정말 끔찍한 일이 벌어졌다고 합니다요."

적군 백 명 정도가 그 전투로 죽었다고 한다.

"그 뒤 한동안 밤만 되면 '주렸어', '주렸어' 하는 원한 맺힌 목소리가 들렸다고 합니다."

그 목소리가 너무나도 컸던 탓에 보초를 서던 나가쓰노 장병들 중에서는 공포에 짓눌려 앓아눕는 자까지 나왔다.

"그 산성은 다음 전투 때 함락당해 불타 버리고 말았답니다. 그 와중에 이번에는 나가쓰노 무사들이 많이 죽었다지요. 칼을 휘두르다 죽었는데 어찌된 영문인지 다들 주렸어, 주렸어, 라고 말하면서 죽었다는 겁니다."

오싹했다. 그리고 슬펐다.

"그러니까 '주렸어'라는 말은 그냥 배가 고프다, 굶었다는 말이 아니다. 너무 굶주려 분노와 원한에 사무쳤다, 그런 말이겠군."

"그럼 산이 주렸다는 말은,"

"말이 안 되는 말이지요."

전에 들어본 적 없는 강한 말투로 영감이 일갈했다. 아카네와 소에이도 놀랐다.

"어떻게 그렇게 장담할 수 있지?"

"이 산의 산신님은 아주 자비로우시니까요."

"산신님은 굶주릴 일도 없나?"

"저희가 정성스럽게 제사를 올리니까요."

그때 영감이 문득 낯을 찡그리고, "우류 놈들은 어떤지 모르지만" 하고 내뱉듯이 말했다.

"그자들은 옛날부터 천벌 받을 놈들이었지."

이 역시 평소의 영감답지 않은 강한 말투였다. 소에이가 어색한지 손가락으로 콧등을 긁적였다.

"뭐, 하는 수 없지. 미노키치가 깨어나서 더 자세히 얘기할 때까지 기다리는 수밖에."

아카네는 고개를 끄덕이고, 지금은 꿈도 안 꾸는지 얌전한 숨소리를 내고 있는 미노키치의 이마를 다시 한 번 만져 보았다.

이 아이는 무엇을 본 걸까.

항마 降魔

1

다쓰노스케와 헤어지고 나서 며칠 뒤, 나오야는 이와타의 요양소에서 오노 이오리의 진료실로 불려갔다.

햇볕 따뜻한 활짝 갠 오후였다. 중정에 면한 툇마루를 지나면서 안쪽을 들여다보니 큰 방에 베개를 나란히 하고 누운 환자들도 오늘은 편안한 모습이었다. 병문안하러 온 사람들도 얼굴이 밝았다.

그러고 보니 오늘은 아직 오스에의 얼굴이 보이지 않네, 하고 나오야는 생각했다. 흔치 않은 일이다.

오스에는 나오야가 병에 걸리자 어머니 기에가 혼자 사는 제2벽의 고비나타 가와 이 요양소 사이를 부지런히 오가며, 저쪽에서는 기에를 시중들고 이쪽에서는 나오야를 보살폈다. 그것이 오스에의 일과였다.

간병을 소임으로 하는 남녀가 요양소에서 일하고 있기에 나오야는 오스에가 없어도 특별히 불편하진 않았다. 하지만 오스에가 말을 듣지 않았다. 병자는 많은데 간호인 수는 정해져 있다. 이래서는 간병이 알뜰하지 못할 터이니 나오야 님이 불편하실 게 뻔하다고 처음부터 단정 짓고는 고집스레 매일 찾아왔다. 게다가 결코 입을 쉬지 않았다.

너그러운 이오리 선생조차, "철써기처럼 시끄러운 처자"라고 하면서 못마땅한 얼굴을 했지만 오스에는 아랑곳하지 않았다. 게다가 요양소 간호인들과도 친해져서 툭하면 한나절 동안이나 눌러앉아 일을 하곤 했다. 집에 안 가 봐도 괜찮으냐고 도리어 나오야가 걱정할 정도였다.

이오리 선생의 진료실은 동쪽 방이다. 그 앞에 있는 작은 다다미방에서는 늘 선생의 제자나 조수가 약초를 말리거나 약연으로 약재를 빻고 있다.

오늘은 아무도 없었다. 장지 너머도 쥐 죽은 듯 조용했다.

"고비나타 나오야입니다."

그렇게 고하자 곧 대답이 들렸다.

"어서 들어와요."

진료에 사용하는 자잘한 도구와 약, 흰 천, 붕대 따위가 가지런히 정돈된 선반들이 방을 둘러쌌고, 벽에는 인체도가 붙어 있었다. 이를 배경으로 책상 앞에 앉아 있는 오노 이오리가 붓으로 뭔가를 쓰고 있었다.

진료실에도 다른 사람은 없었다. 여느 때라면 선생의 조수인 젊은 의원 둘이 번갈아 가며 일을 거들고, 오마쓰라는 최고참 간호인이 곁에 대기하고 있기 마련인데.

이 방의 장지는 문살을 움직여 광량을 원하는 대로 조절할 수 있게 만들어져 있었다. 나오야는 문을 닫는 김에 문살 쪽도 단단히 닫았다.

몸을 돌리자 이오리 선생이 벼룻집에 붓을 놓고 이쪽으로 돌아앉는 참이었다. "역시 눈치가 빠르군요."

첫 마디부터 가라앉은 목소리였다.

"내밀한 이야기가 있어서 오시라고 했습니다."

고야마 우류씨의 친척 중에는 아랫볼이 도톰하고 온화한 인상을 가진 사람이 많다. 이오리 선생도 그런 축이라, 단단하고 커다란 덩치 위에 사람 좋아 보이는 통통한 얼굴이 놓여 있다.

"원래대로라면 고비나타 씨를 이미 퇴소시켜야 마땅한데,"

이오리 선생은 환자가 무사 신분일 경우 가문의 격이나 벼슬을 막론하고 존칭을 쓰며 대화한다.

"이렇게 미루어서 미안합니다. 걱정스러운 일이 일어나서요."

어디가 아프기라도 한 것처럼 이오리 선생이 낯을 찡그렸다.

"실은 그제 저녁 사부로지 님이 또 고열에 시달리셨습니다."

나오야의 가슴에 어두운 덩어리가 드리웠다.

"용태가 어떠십니까?"

이오리 선생은 어깨를 힘없이 늘어뜨리고 괴로운 듯 나오야의 얼굴을 쳐다보았다.

"지난번 고비나타 씨의 상태와 같습니다. 아침에는 열이 떨어졌다가 저녁에는 오르고. 그리고 마른기침을 하고."

"밤에 잠자기도 힘들 정도지요" 하고 나오야가 덧붙였다.

"그래요. '간도리' 증상입니다."

고야마에 종종 나타나는 풍토병이다. 폐병의 일종으로, 열이 올랐다 내려가기를 반복하는 증상과 심한 기침이 특징이다. 건강한 성인이라면 이 병으로 죽는 일은 거의 없다. 하지만 어린이나 노인은 고열과 기침으로 인해 체력이 소모되어 목숨을 잃기도 한다. 임신부의 경우 태아의 발육에 문제가 생긴다. 더러는 유산하기도 한다.

'간도리'란 '神取'나 '神獲'에서 나온 말 같다. 신이 숨을 거두어 가다, 빼앗아가다, 라는 뜻이겠다. 고야마의 사록에도 이 병이 처음 나타난 때가 분명하지 않다고 적혀 있을 만큼 오래전부터 있었던 병인데, 중증일 경우엔 반년 동안 기침으로 고생하기도 한다. 이를 천벌로 무겁게 받아들인 데서 그런 병명이 생겨났을 것이다.

문제는 이 지방 사람들이 그런 벌을 받아 마땅한 짓을 저질렀는가, 하는 점이다. 실은 나오야도 이 병을 앓으면서 비로소 뼈저리게, 그리고 얼마간 분노를 느끼며 진지하게 이에 대해 생각해 보았다.

"참으로 안타까운 일이기는 하지만, 선생님, 사부로지 님의 발병과 이미 완쾌한 제가 퇴원을 못하는 일이 무슨 상관이 있습니까?"

"전혀 짐작이 안 됩니까?"

"네, 모르겠군요."

거짓이었다. 짐작하는 바는 있었다.

"유라 님은 고비나타 씨가 앓은 '간도리'가 사부로지 님 몸으로 들어온 거라고 생각합니다. 병이란 그런 게 아니라고 형님이 설득했지만."

이오리 선생의 형님이란 번의藩醫 오노 세이사쿠를 말한다.

"아무리 설명해도 유라 님은 듣지 않아요. 고비나타는 어떻게 지내는가, 사부로지에게 병을 떠넘기고 혼자서만 뻔뻔하게 회복했는가, 라고 분노하면서 물었다고 합니다."

뻔뻔하게 회복하다니.

"형님은 저와 말을 맞추어 고비나타 씨는 아직 병에서 회복하지 못했다고 고했습니다."

보호해 준 것이다.

"고맙습니다."

나오야는 자세를 바로 하고 고개를 숙였다. 이오리 선생은 말없이 고개를 희미하게 가로저었다.

나오야의 몸에 '간도리' 증상이 나타난 때는 작년 시월 말이다. 그 며칠쯤 전부터 종종 한기를 느꼈는데, 그날 아침에는 마른기침이 자꾸 나와서 기에와 오스에의 얼굴이 새파래졌다.

나오야는 이오리 선생에게 진찰을 받고 즉시 요양소에 들어갔다. 나오야는 열은 그다지 오르지 않았지만 처음부터 기침이 심했다.

나오야는 나이가 젊고 몸도 건장했다. 다만 운 나쁘게 '간도리'에 걸렸을 뿐이므로 치료받고 양생해서 나아 버리면 그만이었다. 한번 '간도리'에 걸린 사람은 다시 걸리지 않는다.

그런데 이때 '나아 버리면 그만'일 수 없는 일이 고야마의 중추인 우류씨의 관저 안채에서 일어났다.

유라는 번주 우류 히사노리의 첩으로, 가신들이나 관저시 사람들은 '관저마님'이라 불렀다. 번주의 본처와 장남을 에도에 인질로 잡아 두는 막부의 정책 때문에 어느 번에나 번주의 외로움을 달래 주는 첩이 있었다. 유라도 그런 여인이었다.

그리고 히사노리가 유라를 통해 얻은 아들 사부로지는 올해 여덟 살이다. 이 아들이 나오야가 발병하기 불과 이틀 전에 역시 '간도리' 증세를 보여 오노 세이사쿠의 진료를 받았다. 사부로지도 기침이 심하여 유라를 비롯한 안채 여인들이 크게 낭패했다.

그런데 나오야가 '간도리' 증세를 보여 이와타의 요양소에 입원하자 사부로지의 증상이 즉시 사라졌다. 거짓말처럼 깨끗하게 나은 것이다.

이런 일이 일어났을 때 분별 있는 어른이라면 사부로지의 행운을 기뻐하고, 똑같은 시기에 나오야가 발병한 것은 우연일 뿐이라 생각하고 넘어갔을 것이다.

하지만 유라는 달랐다. 이 사건에서 의미를 찾아내고 말았다.

—고비나타가 내 아들 대신에 병을 떠안아 준 거야.

이런 해석이 나온 데에는 우선, 나오야가 번주를 곁에서 모시는 고쇼라는 점, 그래서 유라와 사부로지에게 얼굴과 성품이 알려져 있었다는 점이 컸다. 작은 번의 관저인 만큼 소탈하게 생활하는 데다 우류 히사노리의 성품이 너그럽기도 해서, 고야마에서는 고쇼, 고고쇼관례를 올리기 전의 소년 고쇼, 저택 잡무를 담당하는 고요가카리가 필요시에는 규방 일까지 맡았다. 바깥채와 안채가 엄격하게 구분되어 있지 않았던 것이다.

총명하고 눈치가 빠르고 무엇보다 (이는 시노 다쓰노스케가 종종 놀리는 점이지만) 외모가 준수하므로 나오야는 유라에게 처음부터 좋은 인상을 주었다. 이는 나오야 자신도 알고 있었다.

그래서 이때도 고쇼 우두머리를 통해 유라가 그렇게 말했다는 전언을 들었을 때 나오야는 순순히 '이 고비나타가 사부로지 님 몫까지 병을 앓고 회복해 보이겠습니다'라고 말했던 것이다.

깊이 생각하고 한 말은 아니었다. 떠오르는 대로 말했을 뿐 나중에 문제가 되리라는 생각은 전혀 들지 않았다.

사부로지는 '간도리'에 걸렸지만 가볍게 넘겼다. 홍역이나 천연두를 가볍게 치르는 복 많은 사람이 있다. 나오야도 이오리 선생의 지시를 잘 지키며 요양에 전념해서 하루 빨리 회복하면 그만이었다.

—그러면 끝나는 일인데.

나오야가 회복된 지금 사부로지에게 '간도리' 증세가 나타나다니. 이 역시 우연일 뿐이다. 하지만 지난번 우연을 우연이라 생각하지 않았던 유라는 이번 우연도 우연이라고 믿지 않았다.

—사부로지에게 병을 떠넘겼구나.

지난번 판단이 이런 판단으로 연결되었다.

이오리 선생의 표정은 어두웠다. "고비나타 씨, 이번 일은 자칫 당신의 목숨뿐만 아니라 고비나타 가의 존폐로 이어질 수도 있습니다."

"그건 조금 지나친 걱정 같군요, 선생님."

"유라 님 같은 여인의 생각을 가볍게 여기면 안 됩니다. 일단 무슨 말을 꺼내면 결코 물러서지 않습니다. 그러니 주군도 양보하시고 마는 겁니다. 당신이 상록을 받게 된 과정을 돌이켜 보세요."

상록이란 임기 연한까지 중요한 직무를 잘 수행했거나 두드러진 공적이 있는 연로한 가신에게 글자 그대로 상으로 주는 녹을 말한다. 다쓰노스케의 말을 빌리면 '명예로운 구휼미'이다.

지금 나오야는 그런 녹을 받고 있다. 젊은 나이에 전례가 없는 포상이었다. 요양소에 들어온 직후에 그 결정문을 가져다준 고쇼우두머리는 감탄하는 척하면서도, 쓰디쓴 것을 깨문 듯한 얼굴을 하고 있었다.

—관저마님께서 사부로지 님의 병을 떠맡아 준 너의 충심을 치하하고 싶다시며 주군께 무리하게 청원해 주신 덕분에 내려진 결

정이다. 고맙게 생각해라.

무리한 청원이라고 했다. 그러했던 후의가 이제 역풍이 되어 불어오고 있다.

"이럴 때 유라 님의 심기를 해치면 당신의 복직은 고사하고 고비나타 가까지 멸문당할지도 모릅니다. 누누이 말하지만 유라 님은 그런 짓도 능히 해치울 수 있는 여자입니다."

자기 편한 대로 판단해서 칭찬하거나 질책하고, 주기도 하고 빼앗기도 한다.

"참으로 갑갑한 노릇이긴 하지만 주군도 유라 님한테는 약하십니다. 그런 여자의 어디가 그리 좋으신 건지, 저나 형님이나 통 이해하지 못하고 있습니다만."

유라는 상사의 딸이다. 부친은 원래 고하타부교쇼군의 깃발을 관리하는 직책에 속한 도신부교쇼에 소속된 하급 관리이었다. 십 년 전 관저에서 열린 꽃놀이 다회에서 주군 눈에 띄어 첩이 되었다고 한다.

이 뜻밖의 꽃가마에 대하여 누구라도 유라의 배후에서 모종의 음습한 권력 쟁탈 꿍꿍이가 벌어지고 있고 유라는 꼭두각시에 불과하지 않을까 하고 추측하고 싶겠지만, 유라의 부친은 딸이 주군의 첩으로 들어간 직후 졸중으로 죽었고, 대를 이을 아들도 없었다. 유라는 외동딸이라 본래대로라면 데릴사위를 들여서 대를 이었을 것이다. 그녀의 집안은 중신이나 명문가와 거리가 먼, 그저 예전부터 우류씨를 모셔온 평범한 무가였다.

주군은 친가를 잃은 유라를 불쌍히 여겨 더욱 총애했다. 마침내 사부로지가 태어나자 둘 사이는 더 돈독해졌다. 유라의 환심을 사려는 자들이 썩은 고기에 날벌레 꾀듯 그녀의 주위로 모여들었다.

한편 내세울 만한 무가 출신이 아니라는 이유로 유라를 얕잡아 보는 사람도 있었다. 우류씨 혈족인 오노 가 사람들도 그런 쪽이었다. 그래서 결코 '관저마님'이라 부르지 않고 그냥 '유라 님'이라고 불렀다.

—종이인형처럼 속이 빈 여자.

한 번뿐이지만 이오리 선생이 그렇게 내뱉은 말을 들은 기억이 있다.

—그 어리석고 생각 없는 여자가 고약한 당파에 놀아나서 고야마 번을 망치지나 않으면 좋으련만.

번을 망칠지 어떨지는 제쳐 두고, 고비나타 가를 망치는 정도라면 유라도 얼마든지 가능하다. 이오리 선생 말대로 주군은 평소 너그럽고 지성 있는 인물이지만 왠지 이 애첩한테는 맥을 못 춘다.

고비나타 가는 대대로 기마조의 군마 책임자였다. 나오야의 부친은 말을 좋아하고 승마에 능할 뿐 아니라, 몸소 말을 키우고 번식시키는 데도 열심이었고, 전 주군의 신임도 두터웠다. 둘은 군신의 경계를 넘어 가까이 교류하는 사이였고, 나오야가 어린 나이에 고고쇼로 발탁된 것도 그 덕분이었다.

나오야는 성실한 태도와 실력을 인정받아 현 번주 히사노리의 고쇼가 되었다. 나오야의 부친은 기뻐했다. 나는 말을 좋아하니까 군마 책임자로 만족했지만, 우리 집안을 생각하면 너 같은 인재가 나와 참 다행이로구나—.

그 나오야가 고비나타 가를 멸망으로 몰고 갈지도 모른다.

"정말 웃을 일이 아니군요, 선생님. 저는 어떻게 하면 됩니까?"

"일단 여기에서 꼼짝 말아요. 사부로지 님이 앓고 계신데 당신은 팔팔하게 돌아다닌다는 사실이 들통날 경우가 가장 두렵지요. 유라 님이 당신 상태를 알아보려고 여기로 사람을 보내면 병세가 나빠져서 격리해 두었다고 둘러대겠습니다."

관저마님이 설마 그렇게까지 하실까. 아니, 정말 하시려나? 관저마님의 비위를 맞추려는 자들이 그렇게 할까?

"형님이 온힘을 다해 사부로지 님을 치료하고 있어요. 사부로지 님이 회복하시는 게 이번 사태의 가장 바람직한 해결책이니까요."

나오야도 그렇게 되기를 간절히 바란다. 자기 처지가 심각해질 수 있다는 상황은 제쳐 놓고라도 사부로지 님이 건강하시길 바란다. 다만 조금 의아한 것이 있었다.

"사부로지 님의 작년 병은 '간도리'가 아니었나요?"

"모르겠습니다. 형님도 아직 진단을 내리지 않았습니다."

그때 병이 '간도리'이고 이번 병은 그냥 감기일까? 혹은 그 반대일까?

"사부로지 님은 불행하게도 두 번째 '간도리'에 걸리신 건지도 모릅니다. 드물게는 있을 수 있는 일이라고 합니다. 같은 병이라도 어린이가 걸릴 때와 어른이 걸릴 때는 그 양상이 다르고요."

나오야는 잠시 생각하고 나서 감히 이렇게 물었다.

"선생님, 만일 사부로지 님에게 불상사가 일어날 경우,"

이오리 선생은 끝까지 듣지도 않고 자세를 고쳤다. 그 온화한 눈가에 결연한 기운이 떠올랐다.

"그때는 제가 당신과 자당을 피신시켜 드리겠다고 약속드립니다."

나오야도 고쳐 앉았다. "뭐라고 말씀드려야 할지. 선생님의 그 말씀만으로도 저는 복을 넘치게 받은 셈입니다."

"그렇게 느긋한 말만 하면 어떡합니까. 어머님 심정도 생각해야지."

살짝 따끔하게 질책하고 나서 말한다.

"오늘 아침 오스에가 왔을 때 마님께 전해 드리라고 편지를 쥐여 주고 쫓아 보냈습니다. 당신이 퇴원할 수 없게 된 사정을 적은 편지입니다."

이오리 선생은 몹시 괴로운 표정을 지었다.

"마님이 몹시 슬퍼하실 게 분명하니 잘 위로해 드리라고 오스에한테 일러두었습니다. 걸걸하고 말 많은 아가씨이지만 기운과 충성심은 넘쳐나더군요. 그 아이가 곁에 있으면 마님도 조금은 든든해하실 겁니다."

그랬군. 그래서 오늘은 오스에의 얼굴이 보이지 않았던 것이다. 지금도 제2벽 저택에서 어머니 곁을 지키고 있을 것이다.

"만일의 사태가 벌어졌을 때는 오스에를 어떻게 할지도 생각해야 해요."

정말 그 아이는 훌륭한 일꾼이다.

"저는 무사이고 어머니도 무가 출신입니다. 가문의 명리보다 주군의 명을 따르는 것이 삶의 원칙. 각오는 되어 있습니다. 그러나 오스에는 다르니까요."

연루시킬 수는 없다.

"고비나타 씨."

연장자로서 연하를 타이르기 위해 이오리 선생은 소탈하게 나오야를 불렀다.

"주군의 애첩이 부리는 변덕과 트집은 주군의 명이 아닙니다. 그걸 동일시하면 안 돼요."

그 말을 끝으로 이오리 선생은 나오야를 방으로 돌려보냈다. 똑같은 툇마루를 걷는 데도 조금 전에는 편하게 쉬는 것처럼 보였던 병자들이 지금은 다르게 보였다. 바깥세상은 봄이 왔다고 들떠 있는데 자신들은 여기 갇혀서 멀거니 천장만 바라보고 있다. 봄날을 주체하지 못하는 이 몸이 원망스럽구나.

'갈 때는 좋았지만 돌아올 땐 무섭다고 하더니.'동요 〈通りゃんせ(지나가세요)〉의 일절.

방에 돌아오니 밝은 햇살 속에 먼지가 부옇게 떠다녔고 한 평 반짜리 마루방 구석에는 작은 고리짝 두 개가 반듯하게 쌓여 있었다. 언제라도 퇴원할 수 있도록 짐을 꾸려 두었던 것이다.

잠시 넋을 놓고 그 고리짝 앞에 앉아 있었다.

요양소의 이쪽 건물은 가신들이 이용하는 곳으로, 본래는 벽을 터서 공동으로 사용해야 했다. 나오야에게만 널문을 세워 한 평 반짜리 옹색한 일인용 방을 만들어 준 이유는, 전례 없는 상록을 받은 이 스무 살 청년을 호의적으로 바라보는 번사가 여기 요양소에도 별로 없기 때문이다.

—우연히 같은 시기에 병을 앓았을 뿐인데 주군이 너무 편애하시는군.

—대체 어떻게 아부를 떤 거야?

—고비나타와 관저마님은 묘한 관계에 있는 게 아닐까?

"나리!"

갑자기 날아온 소리에 나오야는 움찔 놀랐다. 오스에가 곁에 무릎을 꿇고 앉아 눈을 동그랗게 뜨고 있었다.

"뭐냐, 그 표정은?"

"나리야말로 두 눈 뜨고 주무신 건 아니고요?"

오스에는 관저시의 채소가게 딸이지만 고야마 사투리는 그리 심하지 않다. 매사 거침없이 말해서 시끄러운 사람처럼 비치는데, 그런 점에서 손해를 보는지도 모른다.

"무슨 소리야?"

"무슨 소리냐뇨? 나리, 정신은 멀쩡하신 거예요?"

음, 하고 나오야는 모호하게 대답했다.

"어머니는 어떠시냐?"

"마님은 훌륭한 분이세요!"

오스에는 살짝 발끈한 투로 말했다.

"이만한 일로 낙담하실 분이 아녜요. 강하시니까."

물론 그렇다. 감기 한 번 앓은 적이 없을 만큼 건강했던 부친이 나오야의 관례를 기다렸다는 듯이 병으로 쓰러져 보름도 못 버티고 타계하고 말았을 때도 어머니는 사람들 앞에서 눈물 한 방울 흘리지 않았다.

나오야는 벌떡 일어났다. "오스에, 산책이나 가자."

"네? 나리는 숨어 계셔야 하는 거 아녜요?"

"얼굴을 가리면 돼. 그래, 여기서 일하는 사람에게서 한텐서민들이 작업복으로 입었던 겉옷을 좀 빌려와 줄래? 그걸 걸치면 요양소 간호인처럼 보일 거다."

둘은 요양소 뒤뜰을 통해 밖으로 나갔다. 이와타의 요양소는 관저시 변두리에 있어서 곁길을 지나 관저시 외곽을 빙 돌아가면 사람들과 마주칠 걱정 없이 어디로든 갈 수 있다.

"고에이지로 가자. 엔슈 님 편지를 전해 주신 주지 스님께 인사를 드려야 해."

"나리, 그 요상한 화가인지 뭔지 하는 분이랑은 여전히 편지를 주고받으세요?"

오스에마저 시노 다쓰노스케가 한 말과 비슷한 소리를 한다.

"긴고도 뭐라고 하더군."

"그럼요, 당연하죠. 시노 님은 훌륭한 분이시니까."

"긴고가 훌륭해? 어머니랑 견주면 어느 쪽이 더 훌륭하냐?"

"자꾸 쓸데없이 농담만 하시면 마님께서 싸 주신 반찬은 없는 줄 아세요."

바로 뒤를 따라오는 오스에는 나오야보다 머리 하나 이상 작다. 이렇게 작은 데도 할 말은 다 하고 산다. 철써기처럼 시끄럽다는 이오리 선생의 비유가 정말 절묘하다.

"너도 시집갈 나이가 됐는데 그렇게 건방 떨면 신랑감 못 찾는다."

오스에는 박색도 예뻐 보인다는 열여덟 살이다.

"저는 시집 같은 거 안 가요. 죽을 때까지 마님을 모실 거예요."

목소리에 힘을 주거나 오기를 드러내는 기색도 없이 태연하게 말했다.

"나리가 나쓰 님과 혼인하시면 마님은 저를 데리고 따로 사실 거라고 전부터 말씀하셨거든요."

"나는 그런 얘기 들어본 적,"

없다고 말하려다가 나오야는 말꼬리를 흐렸다.

그래, 나쓰다. 그 사람한테도 내가 이렇게 위험한 처지에 몰렸다는 것을 알려야 한다. 그래서 빨리 혼담을 깨지 않으면 만일의 사태가 일어날 경우 시노 가까지 연루되고 만다.

공교롭게도 지금 시노 가에는 다쓰노스케가 없다. 당주인 그의 부친에게 이야기하면 일이 시끄러워질 것이다. 다쓰노스케를 통할 수 없다면 나쓰와 직접 이야기해서 그녀 쪽에서 혼담을 거절하는 형식을 취하게 하는 수밖에 없다.

"오스에, 나쓰 님은 이제 우리 집에 오지 않을 거다."

대답이 없다. 나오야가 돌아보니 오스에가 걸음을 멈추고 고개를 숙이고 있었다. 입술이 일그러지도록 입을 꾹 다물고 있다.

"나쓰 님이 불쌍해요."

우는 듯한 목소리였다.

"시노 님도 불쌍하고요."

그런 목소리와 얼굴로 오스에가 전한 바에 따르면 산번 근무를 위해 떠나기 전에 다쓰노스케는 고비나타 가에 찾아와 잠시 어머니와 이야기하며 나오야의 회복을 기뻐했다고 한다.

"돌아가실 때는 저한테까지 당부하셨어요."

―이제야 나쓰 문제가 해결되었구나. 오스에가 더 힘들어지겠지만, 앞으로 나쓰를 잘 부탁한다.

"긴고 녀석이 그런 인사까지 했다고?"

오스에는 킁, 하고 콧물을 들이마셨다.

"마침 잘됐다. 주지 스님을 뵐 이유가 하나 더 늘었군."

주지 스님에게 부탁해서 나쓰와 절에서 만날 수 있게 연락해 달라고 하자.

"그래도 나쓰 님은 얼굴도 곱고 성품도 훌륭하시니 금방 좋은 혼처를 찾으실 거다."

"하지만 시노 님은 나쓰 님이 나리와 혼인하실 날을 기대하셨어요."

나오야도 같은 심정이었다. 죽마고우 다쓰노스케와 처남매부 사이가 되는 것이다.

"하는 수 없지. 뜻대로 안 되는 것이 세상일이야."

길은 완만한 내리막이 되었고 관저시 풍경은 덤불 너머로 사라졌다. 이를 기다렸다는 듯이 오스에의 말투가 변했다. 냉랭해지고 날카로워졌다.

"뜻대로 안 되는 정도가 아니죠. 나리는 아무 잘못도 없는데 이런 궁지에 몰리시고."

"상록을 받을 만큼 출세했잖아."

"전혀 반가워하지 않으셨잖아요."

나오야는 침묵으로 얼버무렸다.

"나리."

오스에가 묘하게 목소리를 낮추었다.

"관저마님과 친한 사이라는 거, 사실이에요?"

그 소문 말이군. 고비나타 나오야와 관저마님, 즉 고하타부교쇼 도신의 딸 유라 님이 해괴한 사이라더라. 그래서 관저마님이 고비나타를 이상하게 편애하고, 사람 좋은 주군은 속도 모르고 애첩의 청이라면 다 들어주신다더라.

"근거 없는 황당한 소문이다. 애초에 나이부터가 맞질 않잖아. 신경 쓰지 마라."

나오야는 웃음으로 얼버무렸다.

"그러고 보니 다쓰노스케가 이런 말을 했지."

—주군의 측실은 대개 우리 이웃에 사는 처녀가 오르는 자리야.

남녀 간의 일은 모르는 거거든, 이라는 말도 했다.

"물론 유라 님은 정실 마님처럼 우리와 동떨어진 명문가 출신이진 않으셔. 그렇다고 함부로 말하는 건 잘못이다. 주군에 대한 불충이기도 해. 그렇게 생각 없는 사람은 아니겠지?"

잠시 대답을 망설이던 오스에가 마침내 작은 목소리로 말했다.

"저는 그저 관저마님 때문에 나리와 마님이 고생하시는 게 분할 뿐이에요."

"그렇다면 사부로지 님이 얼른 낫게 해 달라고 기도하자. 오스에도 정성으로 기도해 줘."

고에이지의 낡은 산문과 기와를 얹은 당당한 본당이 시야에 들어왔다. 여기서부터는 오르막길이 된다.

고에이지는 관저시가 내려다보이는 나지막한 언덕 위에 있었다.

역시 요양소에서 나오기를 잘했다. 이 절 공기를 쐬면 마음이 평온해진다. 산문을 지나면서 나오야는 숨을 크게 들이마셨다.

하지만 고에이지에서는 기묘한 소동이 벌어지고 있었다.

2

"이게…… 무슨 일이지?"

흠칫 놀라 걸음을 멈춘 나오야는 겨우 그렇게 중얼거렸다.

"이렇게 죄스러운 일이."

곁에 있던 주지 엔야 스님의 목소리도 무겁게 가라앉았다. "이렇게 엉망이 되도록 까맣게 몰랐다니 참으로 면목 없는 일입니다."

둘은 고에이지 본당 서쪽의 육각당 안에 있었다. 중앙에 모신 것은 약사여래상이다.

고야마의 호에이잔 산에는 우류씨의 보리사인 정토종 고신지 절光信寺이 있다. 고에이지는 창건 이래 사백 년 넘는 역사를 가진 이 절의 분원이며, 그래서 대부분의 가신, 관저시의 큰 상인들이 신자로 등록되어 있다.

이 약사여래상도 본래는 고신지에 있던 불상인데, 오 년 전 여기로 옮겼다. 높이 사 척이 채 안 되는 작은 목상이라 육각당 형태를 그대로 모방한 계단형 받침대 위에 올려놓았다. 덕분에 나오야가 살짝 올려다볼 만한 위치에 있었다.

약사여래는 중생을 병마로부터 지켜 주고 치유해 주는 자비심 많은 부처님이다. 배우지 못한 사람들에게도 친근하다. 또 고야마가 생약 정제와 판매를 재정의 근간으로 삼은 뒤로는, 생약을 취급하는 자들의 수호자로 더욱 숭앙받는 부처님이 되었다. 때문에 신도가 아니라도 주지의 허가를 얻어 이 육각당에 들어와 예배하는 관저시 사람들도 있었다.

이곳을 찾는 사람들은 작은 목조 불상의 온화한 미소 앞에서 고개 숙여 합장하고, 마음을 정화한다. 이곳은 그런 장소였다. 나오야도 어머니와, 혹은 나쓰나 다쓰노스케와 함께 이 부처님께 절하고 평온한 한때를 보낸 적이 여러 번 있었다.

그 육각당이 어지럽혀져 있다.

불상 발치에 장식한 꽃은 흩어졌고, 경단과 과자 같은 공물은 접시째 받침대에서 떨어져 굴러가 있고, 크고 작은 나무 부스러기들이 흩날려 있다. 받침대 일부는 거칠게 뜯겨 나갔다.

약사여래상을 에워싼 육각당 벽에는 신도들이 봉납한 에마절과 신사에 기원할 때 바치는 말 모양의 판가 죽 걸려 있는데, 그 가지런했던 열도 헝클어져 있었다. 게다가—.

“이건, 피군요.”

받침대 주위에도 기원 에마에도, 심지어 약사여래상 가슴에도 검붉은 핏방울이 꽤 튀었다. 나오야는 무릎을 꿇고 근처 공양물 접시에 묻어 있는 그 검붉은 자국에 손가락을 대 보았다. 이미 굳어 있었다.

“예. 그런데 묘하게도 피가 불당 내에만 남아 있군요.”

엔야 스님은 체구가 작은 노인이다. 나오야의 어깨와 주지의 머리가 나란할 정도였다. 노인의 눈빛이 불안스레 흔들리고 있었다. 가사를 걸친 수척한 어깨도 평소보다 구부정해 보였다.

"이곳을 어지럽힌 자가 상처를 지혈하고 피를 닦은 뒤에 도주했겠지요."

"역시 그런 건가요."

낙담한 주지의 옆얼굴을 쳐다보며 나오야가 목소리를 낮췄다.

"스님, 지샤에는 아직 신고하지 않으셨겠지요?"

사찰과 신사에 관한 일들을 관장하는 지샤부교소를 말한다.

눈길을 든 엔야는 고개를 끄덕였다.

"아무래도 이키치가 이 난행에 대해 뭔가 알고 있는 듯합니다."

이키치는 이 절에서 일하는 남자다. 서른 가까운 나이에 덩치가 크고 힘도 좋았지만 다른 사람과 어울리기를 꺼린다고 할지, 누군가와 어울리는 데 서툴렀으며 지능도 조금 모자란 데가 있었다. 그래도 언제 봐도 늘 부지런히 일하고 엔야 스님에게 충직하다. 이키치를 낮춰 보는 사람은 '그놈의 충성은 소의 충성과 같다'고 말하지만 나오야는 그렇게 생각하지 않았다.

"실은 오늘 아침, 뒷간 들보에 목을 매달려고 하는 이키치를 마침 하쿠엔이 발견했습니다. 크게 꾸짖어 근신하게 했습니다."

하쿠엔은 엔야의 수제자이다. 이키치한테는 못 당해도 하쿠엔 역시 마음만 먹으면 엔야 스님 정도는 번쩍 들어서 멜 수 있는 체격을 갖고 있다. 다른 사람이었다면 이키치를 제압할 수 없었을 것이다.

"하쿠엔이 겨우 달래서 이키치를 제게 데려왔는데 그 소동이 벌어지는 동안 동자승 하나가 육각당의 참상을 발견한 겁니다."

고에이지 절로서는 참으로 경황없는 아침이었다.

"그 뒤로 이키치는 내내 울고 있습니다. 그 커다란 덩치를 웅크리고 눈물을 흘리며 저에게 잘못했다고 하는데, 정작 왜 사죄하는지 모르겠습니다. 말투가 원래 그래서 제대로 알아들을 수가 없더군요."

하지만 이 두 사건이 서로 무관한 것은 아닐 거라고 했다.

"저도 그렇게 짐작이 가는군요. 이키치는 어딘가 다쳤나요?"

엔야 스님은 잠자코 고개를 저었다.

둘은 서로 말을 맞춘 것처럼 새삼 육각당의 참상을 둘러보았다. 그렇다면 이 피는 이키치의 것은 아니다.

"지금 어디 있습니까?"

"제 발로 장작 창고로 들어가 내내 울고 있다고 합니다."

"또 목을 매려고 하진 않을까요?"

"스스로 목을 매달아 죽으면 지옥에서 얼마나 무서운 벌을 받게 되는지 하쿠엔이 찬찬히 들려주었으니까 이젠 엄두를 못 낼 겁니다."

나오야가 저도 모르게 미간을 찡그리는 모습을 보았는지 엔야 스님이 희미하게 쓴웃음을 지었다.

"이키치한테는 아이 겁주듯이 말하지 않으면 통하질 않습니다."

덩치는 커도 속은 아이라는 것이다.

"우리가 이키치에게서 알아내지 못한 사정을 번의 조사관들이 밝혀낼 수 없을 겁니다. 또 인내심을 가지고 조사해 주기를 바라기도 힘들겠지요. 아무것도 밝혀지지 않은 상태에서 그 순진한 사람이 엄벌을 받는다면 딱하지 않겠습니까."

나오야의 심정도 똑같았다.

"알겠습니다, 주지 스님. 제가 잠깐 이곳을 살펴봐도 되겠습니까?"

"그럼요, 얼마든지."

그렇게 말하고 엔야 스님은 삭정이 같은 손을 얼굴에 대며 한숨을 토했다.

"조금 전 고비나타 님이 오셨을 때는 하늘이 돕나보다 했습니다. 이키치가 평소 고비나타 님을 잘 따르고 늘 보고 싶어 했으니까요."

나오야가 얼굴을 보며 캐물으면 이키치도 터놓고 얘기할지 모른다. 그걸 바라고 이와타의 요양소로 동자승을 보낼까 하던 참이었다고 한다. 마침 그때 나오야가 제 발로 나타난 것이다.

물론 나오야는 언제나 성실하게 일하는 이키치를 좋게 보았고 만날 때마다 말 한 마디라도 따뜻하게 건네려고 했다. 하지만 이 절에 묵은 화가 기쿠치 엔슈를 만나려고 자주 드나들게 된 이후부터 그렇게 한 것이었다. 그전까지는 이키치를 잘 알지 못했고, 알려고 한 적도 없었다.

"주지 스님."

나오야도 주지를 따라 한 손으로 얼굴을 가리더니 그 손 그늘 아래에서 귀띔하듯 말했다.

"자세한 말씀은 나중에 드리겠지만, 실은 주지 스님께 조심스레 청하고 싶은 것이 있어서 들렀습니다."

호오, 하면서 엔야가 손을 내리고 나오야의 얼굴을 보았다.

"그렇다면 조심에 조심을 더해서 들어 드려야지요."

이 삭정이 같은 스님은 이해가 빨라서 고맙다.

나오야는 요양소 한텐을 벗어 엔야 스님에게 맡긴 뒤 옷자락을 걷어 올리고 한 발 한 발 신중하게, 까치발을 하다시피 해서 약사여래상과 받침대 옆으로 다가갔다.

나오야는 한 바퀴 돌며 살펴보았다. 피가 튄 양상, 물건들이 부서진 상태로 보건대 적어도 두 명 이상이 몸싸움을 한 것은 틀림없다고 추측했다. 몸싸움은 약사여래상 앞에서 벌어졌다. 뒤쪽에는 부서진 물건이 별로 없었고 피도 튀지 않았다.

다만 불상 받침대의 경우, 뒷부분의 제일 아랫단이 가장 심하게 부서졌다. 낫 같은 것으로 찍어서 부순 듯한 구멍이 나 있다. 구멍을 더 넓히려고 손을 집어넣어 주변을 뜯어 냈을 것이다. 받침대를 구성하는 나무판은 의외로 얇아 성인 남자라면 쉽게 부술 수 있을 듯했다.

나오야는 쪼그려 앉아 구멍 속을 들여다보았다. 먼지가 많은지 탁한 냄새가 났다.

"스님. 이 안에 뭔가가 있었던 것 같군요."

도적은 필시 그 '뭔가'를 노리고 이런 짓을 저지른 듯하다.

"발밑을 조심하세요."

주지가 곁으로 오자 나오야는 저도 모르게 그 수척한 손을 잡아 주었다. 엔야 스님은 가만히 그 자리에 쪼그려 앉았다.

그러고는 "맞아요, 그 속에"라고 하면서 받침대 밑에 뻥 뚫린 검은 구멍을 가리킨다. "분명히 거기에 있었습니다. 다만, 그냥 넣어 둔 게 아닙니다."

여기에 봉한 거라고 한다.

"이 불상을 이리로 옮길 때 고신지 주지 스님이 맡기신 것입니다."

나오야는 당혹스러웠다. 약사여래상 발밑에 뭔가를 넣어 둔다. 바로 부처님의 공력으로 모종의 사악한 것을 가둬 두려는 의도이리라.

"대체 어떤 겁니까?"

"에마라고 들었습니다."

양손으로 사방 한 척쯤 되는 형태를 그려 보인다.

"크기는 이만하고, 여기 보이는 봉납 에마와 같은 것입니다."

나오야는 고개를 들어 육각당 벽에 걸린 수많은 에마를 쳐다보았다.

"다만 광목천으로 여러 겹 싸고 굵은 새끼줄로 이중으로 묶은 다음 매듭에는 부적까지 붙여 놓았습니다. 아주 오래된 것 같았습니다."

의아함과 곤혹스러움에 나오야는 눈을 깜빡였다.

"봉납 에마를 봉한다?"

고야마에서는 사람들이 에마를 신사가 아니라 절에 봉납한다는 점, 그리고 에마에 그려 넣는 그림의 소재가 한정되어 있다는 점이 독특하다.

이러한 에마를 절에 봉납하는 이유는 거기에 그려진 물건이 망자에게 바치는 공양물이기 때문이다. 망자의 영혼이 망자의 나라인 저승에서 불편을 원망하는 일이 없도록 신변용품, 옷, 장신구, 장난감이나 기호품 따위를 그려서 바친다.

그러므로 공양하는 시기도 정해져 있다. 바로 피안彼岸 때 바친다. 피안이 끝나 망자가 다시 저승으로 돌아갈 때 선물로 들려 보낸다는 의미로 그런 에마를 봉납한다. 피안은 봄과 가을에 이레씩 있는데, 해마다 봉납 에마를 두 번 바칠 수 있는 집은 유복한 집뿐이고, 보통 사람들은 수확기인 가을에만 봉납하는 경우가 많다.

이 풍습은 고야마에 뿌리를 내려서 아무리 작은 절일지라도 봉납 에마를 걸어 두는 울타리가 설치되어 있다. 폐사의 무연고 묘지 옆에, 돌보는 이도 없이 비에 젖고 색 바랜 망가진 에마들을 매단 채 쓰러져 가는 울타리 풍경을 읊은 옛 시가 있을 정도다.

이 풍습이 처음 시작되었을 때는 아마 사람들이 손수 에마를 만들어 봉납했겠지만, 지금은 각 절마다 에마를 관리해서 신도들의 요구에 따라 에마를 맞춤 제작한다. 봉납하는 신도의 재력에 맞춰 크기나 재질이 달라지고, 사용되는 안료의 질에도 차이가 있다.

그리고 이 에마에 그림을 그리는 일은 고야마의 하사下士 집안에 알맞은 부업거리이기도 했다. 그림의 소재가 제한되어 있으므로 꼭 화가가 아니더라도 손재주만 조금 있으면 누구나 그릴 수 있다.

이런 에마이니 화풍도 매우 밝고 화려하며, 불길한 그림은 찾아볼 수 없다. 그런데 그런 에마를 봉해 두다니.

"스님은 그 에마를 보셨습니까?"

엔야는 천천히 고개를 저었다.

"저는 못 봤습니다. 고신지의 주지 스님도 인계만 했을 뿐 보지는 못했다고 하시더군요."

아무도 봐서는 안 되는 것이라고 했단다.

"그래서 매듭에 부적을 붙여 놓았군요."

굵은 새끼줄로 묶어 두었다는 점도 심상치 않다새끼줄에는 악귀를 막는 주술적 힘이 있다고 믿었다.

"고신지에 있었을 때도 이 약사여래상 받침대에 숨겨져 있었다고 하더군요."

그래서 불상 속에 들어간 채 이곳으로 옮겨진 건가.

"이 약사여래상을 여기로 옮긴 까닭은 이 지역 신자들의 오랜 숙원을 주군께서 들어주셨기 때문이라고 들었습니다만."

엔야 스님은 고개를 끄덕였다. "맞습니다. 관저시 사람들이 언제든지 이 부처님을 뵐 수 있도록 손을 써 주셨지요."

이 불상은 이곳 주민들에게 실제로 그런 존재가 되었다. 생약 정제와 판매를 생업으로 하는 자들에게 이 부처님을 예배하는 일은 곧 위안을 얻는 일이기도 했다.

이 약사여래상은 존귀한 모습이지만 사랑스러운 분위기를 풍긴다. 키가 작은 데다 얼굴이 살짝 동안이기 때문일 거라고, 나오야도 평소 느꼈다.

주변에서 어떤 일이 일어나도 불상의 미소는 미동도 하지 않는다. 다만 예배하는 이의 마음이 흔들리면 불상의 따뜻한 미소도 수수께끼처럼 보인다.

"애초에 그 에마는 누가 언제 봉납한 것이죠?"

"모릅니다. 저도 들은 바가 없습니다. 다만 고신지에 숨겨져 있었다는 것은 우류 님의—."

엔야 스님은 말끝을 흐렸다. 나오야도 더 이상은 캐묻지 않기로 했다.

그렇게 위험하고 오싹한 내력을 가진 것이 이렇게 거칠게 도난당했다. 도둑의 목적은 무엇일까. 무엇을 하려는 걸까?

"도적은 범행을 저지르다가 여기서 누군가와 싸우다가 다쳤거나 상대방을 해치고 도주한 것 같습니다."

"절 식구들 중에 다친 사람은, 이키치 외에도 달리 없습니다. 그건 제가 이미 알아봤습니다."

엔야 스님은 나오야의 말을 자르듯이 재빨리 그렇게 말했다.

"알겠습니다. 이키치한테 얘기를 들을 수 있을지 제가 한번 시도해 보죠."

다시 자그마한 주지의 손을 잡고 조심스레 육각당의 쌍여닫이 문까지 돌아왔다.

"이곳엔 한동안 사람을 들일 수 없겠군요."

"뭐든 변명을 대야겠지요. 쥐가 나온다거나 비가 샌다거나."

나오야는 서둘러 본당 뒤쪽으로 돌아갔다. 이키치가 틀어박혀 있는 장작 창고 앞에 하쿠엔 스님과 함께 오스에가 쪼그려 앉아 있었다. 창고 문에다 대고 뭐라고 열심히 말하는 모습이었다.

"아, 나리."

오스에가 얼른 일어나 작은 몸을 쥐어짜는 듯한 태도로 말했다.

"이키치 씨가 이제야 울음을 그쳤어요. 당신처럼 덩치 커다란 남자가 왜 이렇게 아기처럼 우느냐고 제가 한참 꾸짖었거든요."

오스에 뒤에 힘없이 서 있는 하쿠엔 스님이 쓴웃음을 애써 참으면서 나오야에게 목례했다.

"그래? 수고했다."

나오야는 오스에의 손을 끌어당겨 얼굴을 가까이한 다음 낮은 목소리로 얘기했다.

"이제부터는 내가 얘기하지. 너는 하쿠엔 스님과 함께 주지 스님에게 가서 두 분에게 요즘의 내 어려운 처지를 말씀드려 줄래?"

오스에도 목소리를 낮췄다. "제가 말씀드려도 돼요? 나쓰 님

얘기도요?"

"그래, 부탁한다. 너니까 믿고 맡긴다. 하지만 오스에, 소란하게 만들면 안 돼. 여기서 하는 얘기는 전부 비밀이니까. 알겠지?"

"알겠어요!"

덩치 커다란 승려와 작은 하녀가 자리를 비키자 나오야는 방금 오스에가 그랬던 것처럼 장작 창고 문 앞에 쪼그려 앉았다. 주먹을 쥐고 한 번, 두 번, 판자문을 가볍게 두드렸다.

"이키치, 나다. 고비나타 나오야. 이 문을 열고 얼굴 좀 보여 주지 않겠어?"

곧 빗장을 벗기는지 덜걱 하는 소리가 나고 판자문이 덜컹 열렸다. 이키치의 커다란 얼굴이 보였다. 한참을 운 탓인지 눈꺼풀이 부어 있었다. 콧물이 나올 때마다 손으로 훔친 탓에 코 밑이 빨갛게 변했다.

목을 매려는 시도는 형편없이 끝난 듯했다. 멧돼지 같은 그의 목에는 아무 흔적도 없었다. 아아, 다행이다.

"이봐, 이키치, 왜 사람 겁주고 그래. 왜 그렇게 위험한 짓을 했어. 네가 죽어 버리면 내가 슬프잖아. 내 어머니도 가슴이 미어질 텐데."

그 말에 이키치는 금세 다시 울기 시작했다. 뚝뚝 떨어지는 눈물이 알알이 굵다.

엔야 스님은 아까 그렇게 말했지만, 이키치가 친밀감을 품고 있는 대상은 오히려 어머니 기에 쪽이었다. 기에는 신도들 가운데 누구 하나 제대로 대해 준 적이 없는 이 불목하니에게 애써 신경을 써 주었다. 법사나 성묘를 위해 왔다가 만나면 친절하게 말을 건네주고 더러 음식도 나눠 주고, 헌 옷을 해체하여 상의를 지어 주기도 했다는 것을 나오야는 알고 있었다.

"으으, 어어, 우우."

이키치는 신음하는 듯한 소리를 내며 울었다.

"나도 거기에 들어가도 될까? 차분하게 얘기 좀 하게."

장작 창고에 들어선 나오야는 뒤쪽을 힐끗 쳐다보고 아무도 없음을 확인한 뒤 판자문을 닫았다.

한 평쯤 되는 창고의 절반을, 실어 내기 편하도록 다발로 묶어 쌓아 올린 장작더미가 차지하고 있다. 축축해지지 않도록 땅바닥에 바로 쌓지 않고 그 밑에 대발을 깔아 놓았다. 이키치가 만든 대발이었다. 그에게 이런 재치가 있다는 점을 기에는 제대로 알아보았고, 그를 따뜻하게 대해 주었다.

나오야는 이키치의 손에 휴지를 쥐여 주고, 그가 눈물, 콧물을 닦는 모습을 보면서 간곡하게 말했다. 육각당의 그러한 구조는 아무한테도 말하지 않겠다. 그게 밖에 알려져서 네가 혼날 일은 없으니까 안심해라. 다만 네가 왜 이렇게 마음고생을 하는지 다들 걱정하고 있다.

잠시 후 이키치가 겨우 말을 했다.

"저, 저 때문입니다요."

육각당이 망가진 것이 자기 탓이라는 말 같다.

"문단속과 경비를 게을리했다는 건가?"

눈을 꽉 감은 채 이키치는 고개를 거칠게 가로저었다. 저 때문입니다요, 제 잘못이에요.

나오야는 눈을 조금 크게 떴다. "그건 무슨 말이지? 왜 네 탓이라는 거야?"

몸을 부르르 떨며 숨을 토한 이키치는 고개를 숙인 채 갈라진 손톱 밑에 까만 때가 낀 손가락들을 마주 비비면서 주물렀다.

"방금 주지 스님한테서 듣고 알았는데, 육각당 불상 밑에 무슨 중요한 물건이 들어 있었다고?"

이키치가 다시 몸을 부르르 떨었다.

"그 중요하다는 물건은 오래 묵은 봉납 에마라고 하던데, 그런 물건이 왜 거기 숨겨져 있다가 이렇게 험하게 도난당했는지, 누가 뭐에 쓰려고 훔쳤는지, 주지 스님이나 나나 통 짐작이 가질 않아. 너는 어때?"

이키치의 작은 눈동자에 단단한 빛이 깃들었다. 뭔가 알고 있는 것이다.

나오야는 이키치의 투박한 손에 제 손을 포갰다. 이키치의 손은 차게 식어 있었다.

"뭐든 아는 게 있으면 말해 주지 않겠어? 비밀로 해야 하는 얘기라면 나도 아무한테도 얘기하지 않을게. 주지 스님께도 말하지 않겠어. 너와 나만 아는 얘기로 해 두자고. 약속해. 그러니까 말해 봐."

이키치는 작심했는지 입술이 일그러지도록 입을 꾹 다물더니 나오야의 손을 가만히 밀어내며 고개를 들었다.

"……무서운 겁니다."

갈라진 목소리로 말했다.

"그건, 무서운 거라고요."

"숨겨져 있던 봉납 에마가 무서운 거라는 말이지?"

여러 겹으로 싼 뒤 굵은 새끼줄로 묶고 부적까지 붙여 놓았다.

"어떻게 무섭다는 거지?"

"밖에 드러내면, 안 돼요."

이키치의 입술이 덜덜 떨렸다.

"'조시이' 재앙이 일어나요."

'조시이'는 고야마에서도 옛날에 쓰던 말로, '심하다', '세차다'라는 뜻이다.

"이키치는 그걸 어떻게 알았지?"

"로쿠 영감님한테서 들었어요."

로쿠 영감님, 로쿠조라는 노인은 전임 불목하니다. 어려서 부모를 잃고 고에이지에 맡겨진 이키치를 이렇게 키워 준 사람이다. 여든 넘도록 살다가 재작년 가을에 잠자듯 세상을 떠났다.

"로쿠 영감님이 죽기 전에 말했어요. 그건 끔찍하게 무서운 거니까 절대로 감시를 게을리하지 말라고."

감시를 소홀히 해서는 안 된다. 나오야도 조금 긴장되었다.

"그렇게 무서운 것이 오 년 전까지는 저 불상과 함께 고신지에 있었다. 너도 알지?"

이키치는 고개를 빠르게 끄덕이고 기억을 떠올리는지 샛눈을 떴다.

"불상을 여기에 모실 때, 로쿠 영감님, 무서운 얼굴로, 아주 싫어했어요. 그때는 로쿠 영감님이 왜 그러는지, 저도 몰랐어요. 왜 그렇게 화가 났느냐 물어도, 아무 말도 없었고."

그러니까 로쿠조는 이미 오래전에 약사여래상과 그 봉납 에마의 내력을 알고 있었을 것이다. 그래서 그것이 고에이지로 오는 게 싫어서, 혹은 두려워서 그렇게 화를 냈을 것이다.

"로쿠 영감도 주지 스님한테는 그 이야기를 하지 않았을까?"

이키치는 굵은 목을 움츠렸다.

"말하면 안 돼, 안 되고말고."

아마 로쿠조도 이 말투 그대로 말했을 것이다. 날카롭고 단호한 말투였다.

"아무한테도 말하면 안 돼요. 그거, 무서운 거예요. 그건—."

부정 탄 거예요. 난해한 대목을 암송하듯이 이키치는 이 말을 힘겹게 입에 담았다.

"재앙이 온다. 로쿠 영감님이 그랬어요."

부정. 재앙. 고신지 주지는 엔야 스님에게 이런 얘기들은 전하지 않았다. 그렇다면 로쿠조는 두 주지보다 잘 알고 있었다는 말이다.

"이키치는, 본 적 있어?"

당치도 않다는 듯 이키치는 몸을 잔뜩 웅크리며 도리질을 했다.

"로쿠 영감은 봤을까?"

"로쿠 영감님도, 본 적 없어요. 봤다면 그렇게 오래 못 살았어요, 고비나타 님."

보았다면 수명이 단축되었을 거라고 이키치는 몸을 떨며 말했다. 그리고 그의 입이 내처 움직였다.

"그래서 제가, 절대로 안 된다고, 말하고 또 말하고 그랬는데. 엔슈 님, 그만두세요, 그런 걸 보면 목숨을 잃어요, 하고—."

이키치는 이 대목에서 입을 멍하니 벌리고 눈도 크게 뜬 채 침묵하고 말았다.

나오야도 너무 놀라 그 순간 목소리가 나오지 않았다.

"엔슈 님이?"

나오야의 날카로운 반응에 이키치는 몸을 뒤쪽으로 뺐다. 커다란 덩치를 물리다가 머리와 등이 장작더미에 부딪혔다.

"엔슈 님이 뭘 하셨다는 거지?"

이키치의 눈에 다시 눈물이 고였다. 나오야는 그의 어깨를 붙들고 힘껏 흔들었다.

"울지 마. 우는 건 이제 그만해. 그보다 얘기 좀 해 봐. 엔슈 님이 그 봉납 에마에 대해서 너에게 뭐라고 하셨지?"

이키치는 입으로 숨을 쉬며 울음을 참으려 애쓰고 있었다.

"엔슈 님이, 어떻게 알았는지, 그 불상 밑에 에마가 있다는 걸 알고 있었어요."

아연실색하는 수밖에 없었다. 그 엔슈 님이?

"보고 싶다고, 했어요. 꼭 보고 싶으니, 이키치가, 도와 달라고."

하지만, 저는 싫었어요. 이키치는 눈을 깜빡여 눈물을 떨어뜨렸다.

"안 된다고, 봐 달라고, 미안하다고 했어요. 엔슈 님, 안 돼요, 못 해요. 저는 로쿠 영감님 말씀을 지켜야 해요. 하지만 엔슈 님이, 자꾸 조르고, 그러다가 그분이 안 보여서, 저는."

기쿠치 엔슈가 고에이지를 떠나자 이키치는 일단 안심했다고 한다.

이키치의 어깨를 붙든 나오야의 손이 아래로 툭 떨어졌다.

엔슈 님이 그런 난폭한 짓을 하시다니. 봉인된 에마를 보고 싶다고 조르며 이키치를 은밀히 괴롭히셨다니.

'어째서?'

기쿠치 엔슈는 그 약사여래상 발밑에 그런 괴이한 에마가 있다는 것을 알고 있었다?

고야마의 가신 고비나타 나오야가 모르는 것을, 고신지와 고에이지의 주지들이 감추어 온 것을, 그 내력으로 짐작건대 상당히 중대한 비밀인 게 분명한, 봉인된 에마를 타향 출신 화가가 어떻게 알았을까.

그림에 관한 거라면 앞뒤 재지 않는 기쿠치 엔슈가 이키치의 귀띔으로, 혹은 엔야 스님의 부주의한 발설로 우연히 그 존재를 알고, 무슨 일이 있어도 꼭 보고 싶다고 생각한 것이 아니다. 그랬다면 나오야도 이해할 수 있다. 나오야가 아는 기쿠치 엔슈는 그런 사람이다. 그림과 관련된 일에는 분별심이 사라진다.

하지만 현실은 그것과는 순서가 반대였다. 엔슈는 처음부터 봉인된 에마가 존재한다는 것을 알고 있었다. 이 점이 문제다.

'그 사람은 고야마에, 이 관저시에, 무엇을 하러 왔던 걸까.'

그런 화가와 아직도 편지를 교환하고 있느냐고 한쪽 눈썹을 치켜세우며 경계하던 시노 다쓰노스케의 얼굴이 떠올랐다. 오스에한테서도 싫은 소리를 들었다. 하지만 나오야 자신은, 엔슈 님은 신원이 확실한 분이고 그분의 이야기와 편지의 주제는 오로지 그림뿐이라고 하면서 웃었다.

웃을 일이 아니었는지도 모른다.

'그 사람은 어떤 사람일까?'

뭔가가 팔을 건드리는 바람에 나오야는 흠칫 놀라며 목을 움츠렸다. 눈물을 글썽이는 이키치가 걱정스럽게 손을 뻗어 나오야의 팔을 잡으려는 참이었다.

"아직도, 열이."

그 말에 자신도 느꼈다. 몸을 떨고 있었다. 그래서 이키치가 걱정한 것이다.

고열 때문이 아니다. 지금 나오야의 몸을 떨리게 만드는 것은 분노였다. 불신이었다. 그리고 주변 사람들의 염려를 무시하고 사람 좋아 보이는 나그네 화가를 철석같이 믿어 버린 경솔함에 대한 깊은 후회였다. 나는 정말 멍청이였어.

"아, 미안. 나는 괜찮아. 병은 벌써 다 나았어."

이제 와서 당황해도, 분노해도, 겁에 질려도 아무 소용없다. 침착해야 한다.

"고, 고비나타 님."

이키치가 애원하듯 물었다.

"엔슈 님은, 지금 어디 숨어 있어요? 저, 그 사람이 절을 떠나서 다행이다, 생각했는데, 아직 관저시에 있더라고요."

"아냐, 이키치. 엔슈 님은 이제 관저시에 안 계셔. 고야마 내에도 안 계시고."

"하지만, 불당을 망가뜨린 건 보나 마나 그 사람이에요!"

달리 누가 있겠느냐고, 이키치는 그렇게 생각하고 있었다. 그래서 엔슈와의 일을 숨겨 온 자신을 책망하고 있었던 것이다.

"그렇게 단정하는 건 잘못이야, 이키치."

아이의 마음을 가진 덩치 커다란 남자의 눈동자를 물끄러미 들여다보며 나오야가 말했다.

"엔슈 님이 그 봉납 에마를 보여 달라고 끈질기게 조르셨다고 해도 그건 이미 지난 일이야. 간밤에 육각당이 그렇게 어지럽혀진 것과는 아무 관계없어. 엔슈 님은 오래전에 사가미 번으로 돌아가셨어. 이 고야마에서 뭘 하실 수 있는 처지가 아냐."

그렇게 말하며 고개를 끄덕여 보이자, 이키치도 의심쩍은 표정을 띠기는 했지만 덩달아 고개를 끄덕였다. "예, 예."

"그러니까 너는 이번 일에 아무 잘못도 없어. 네 잘못은 전혀 없다니까. 자, 마음 추스르고 일이나 열심히 해."

굳어 있던 이키치의 입가가 그제야 풀어졌다. 격려하듯 미소를 지어 보이면서도 나오야는 속으로 머리를 감싸고 있었다.

이키치에게 일러준 만큼 쉬운 상황은 아니었다. 아직은 육각당 사건에 기쿠치 엔슈가 연루되지 않았다고는 단언할 수 없다. 그가 고야마를 떠났더라도 누군가에게 부탁해서 훔치게 했을 수도 있다. 처음부터 다른 사람과 손을 잡았을 가능성도 있다.

지금으로서는 어느 쪽이든 가능성이 있었다.

본존을 모신 본전 옆방에서 엔야 스님과 오스에가 여전히 이야기를 하는 중이었다. 주지는 나오야를 보자 걱정스러운 얼굴로 주변을 얼른 살펴본 뒤 오스에에게 칸막이 문을 잘 닫으라고 일렀다.

"얘기 들었습니다, 고비나타 님. 한가한 얘길랑 접어 두고, 이대로 이 절에 머무시는 게 좋겠습니다. 저희가 고비나타 님을 숨겨 드리지요."

오스에의 얼굴도 찬성의 빛을 띠고 있었다. 하지만 나오야는 거절했다.

"그건 안 됩니다, 스님."

"허나—."

"스님은 사부로지 님이 다시 '간도리'를 앓으신다는 소식을 들으셨나요?"

"오, 아뇨, 아무 소식도 못 들었습니다. 물론 고신지에서는 알고 있겠지만."

우류씨의 보리사인 만큼 가지기도를 올릴 테니까요, 라고 말했다.

"작년 가을 처음 발병하셨을 때도 가지기도를 크게 올렸지요."

엔야의 말투가 착잡하다.

"본래 그런 기도는 우리가 자주 하는 것도 아니고, 부처님의 가르침도 아니지만, 관저마님이 원하신다면 해 드리지 않을 수 없습니다."

관저마님은 사랑하는 외동아들의 병을 고치기 위해 할 수 있는 일은 다 해 볼 것이다. 그리고 그마저 효과가 없을 경우에는 누군가에게 책임을 물을 것이다.

"이건 저와 고비나타 가가 감당해야 할 시련입니다."

나오야가 단호하게 말하자 엔야 스님과 오스에가 얼굴을 마주 보았다.

"그렇게 마음을 굳히셨다면 하는 수 없지요."

엔야 스님은 한숨을 지었다. 오스에는 몸을 움츠리고 있었다.

"시노 가의 나쓰 님에게는 제가 알아서 연락하겠습니다. 어떻게든 연락하겠습니다."

"죄송합니다." 나오야는 머리를 깊이 숙였다. "주지 스님, 이키치는 이제 걱정하지 않으셔도 될 겁니다. 육각당이 망가진 것은 자기가 경계와 문단속을 게을리한 탓이라고 자책하더군요. 그건 네 착각이라고 설명하자 납득한 것 같습니다."

나오야는 거짓말에 서툴고 뭘 감추는 데도 서툰 사람이다. 눈 앞에 있는 노승 엔야에게 미안했고 이렇게 어설픈 태도로 노승의 안광을 속일 수 있을까 하는 불안감에 식은땀이 흐를 것 같았지만, 명민한 주지 스님도 거듭되는 사건 사고에 정신이 산란해졌는지 순순히 받아들였다.

"고맙습니다. 조용히 사람을 수배해서 곧 육각당을 수리하겠습니다. 이키치한테도 거들게 해야겠지요."

"고신지에는,"

"그쪽도 지금 경황이 없을 겁니다."

안 그래도 난처해 보이는 주지는 쓰디쓴 것을 깨문 듯이 말했다.

"게다가 육각당을 어지럽힌 자들이 앞으로 어떻게 나올지 아직 모르니까요. 어쩌면 훔친 물건을 볼모로 우리에게 뭔가를 요구할지도 모릅니다."

나오야는 놀랐다. 이는 날카로운 시각이었다.

"그렇군요. 하긴 도난당한 물건이 물건이니까요."

봉해져 있던 무서운 비밀. 쓰기에 따라서는 뭔가에 도움이 될 수도 있는 비밀일까?

"스님, 지금 제 처지가 이렇지만, 이런 처지이기 때문에 더 과감하게 움직일 수도 있을 겁니다."

이미 궁지에 몰린 몸이다.

"혹시 무슨 일이 있으면 언제든 연락을 주십시오. 달려오겠습니다."

힘주어 말하고 고에이지를 나섰지만 왔던 길을 돌아갈 때 오스에에게 잔소리를 들었다.

"그렇게 중요한 약속을 함부로 하시면 어떡해요?"

"너야말로 스님 앞에서는 아무 말도 못하다가 밖에 나오니까 말이 많구나."

"자꾸 그런 식으로 나오시면 이제 나리가 어떻게 되든 저는 모릅니다."

냉랭하게 대꾸하는 오스에를 문득 보니 눈에 눈물이 맺혀 있었다.

"왜 그래, 너답지 않게."

오스에는 고개를 숙이고 손으로 눈가를 훔쳤다.

"나리는 무섭지도 않으세요?"

저는 무서워요, 하고 작은 소리로 말했다.

"왜 이렇게 나쁜 일들이 자꾸 일어날까요."

"사부로지 님의 병과 고에이지 사건은 별개야. 그리고 오스에, 벌써 잊었냐? 좋은 일도 있었잖아. 내가 '간도리'를 털고 이렇게 완쾌됐잖아."

오스에는 걸음을 멈추고 나오야의 얼굴을 올려다보았다.

"……시노 님은 안녕하신 걸까요?"

나오야도 허를 찔린 듯 표정을 수습하지 못했다.

"역시 나리도 걱정하시는군요."

"산번 근무는 원래 힘드니까."

"아녜요. 이번에 시노 님이 북부 다섯 마을로 급하게 떠나신 건 산번 근무가 아니라 뭔가 심각한 일이 일어난 탓이잖아요?"

나오야는 눈을 가늘게 떴다. "왜 그런 말을 하지?"

"제2벽에서도 소문이 퍼지고 있어요. 다섯 마을 가운데 하나가 완전히 불탔다는 둥, 주민이 전부 사라졌다는 둥."

"나가쓰노 우두마두들의 인간사냥은 새삼스러운 일도 아니잖아."

"전에는 인간사냥이 있었다고 해도 가신들이 그렇게 급하게 산에 들어가지 않았어요."

"그럼 이번에는 뭐라는 거냐?"

오스에는 나오야를 똑바로 쳐다보았다. "나가쓰노와의, 전쟁이 시작되는 건가요?"

나오야가 웃었다.

"제2벽 내 저택들에서 일하는 하녀들은 요즘 모이기만 하면 그런 소문을 쑥덕거리나?"

오스에는 심각하게 말한 것이 제풀에 어색해서 입을 다물고 말았지만, 아직 할 말이 남은 표정이었다.

"걱정 마, 오스에."

나오야는 자그마한 하녀의 등을 가볍게 쳐 주었다.

"이 태평한 세상에 전쟁 같은 걸 시작할 바보는 나가쓰노에도 없을 거다. 아무리 욕심 많고 거친 놈들이더라도."

전쟁 같은 것은 감히 엄두도 못 낸다.

"전쟁을 벌이는 순간 나가쓰노 번은 몰수당하고 말 거다."

"하지만 에도 쪽에 화살을 쏘겠다는 건 아니잖아요. 나가쓰노가 빼앗으려고 하는 건 우리 고야마니까."

"쇼군께서 정해 주신 영지를 잘 다스리는 것이 번의 소임인데 이웃 번과 시끄럽게 싸운다면 그건 쇼군을 거역하는 거나 다름없는 불충한 짓이야. 번을 다스리는 것이란 그런 것이야."

그래서 고야마는 잔혹한 인간사냥을 당해도 공개적으로 항의하지 못하고, 꾹 참고 교섭하고, 금품을 건네주고 인질을 데려오기를 거듭해 왔다.

"그렇다면 나가쓰노가 당당하게 먼저 전쟁을 시작한다면 잘된 일 아닌가요? 그럼 우리는 구제받을 테니까요. 잘못은 나가쓰노에 있다는 것이 분명해지면 막부도 나가쓰노는 처벌하고 우리는 봐주시겠지요?"

나오야는 정색하고 말했다. "오스에, 말을 함부로 하면 안 돼."

씩씩한 하녀는 예, 죄송해요, 하고 기가 죽어 대답했다.

"자, 이쯤에서 헤어지자. 어머니를 잘 부탁한다. 주제넘게 고야마의 앞날을 걱정하기보다 고비나타 가에나 전념해라."

덤불 속 갈림길에서 오스에를 쫓아 보내고 그녀의 작은 뒷모습을 바라보던 나오야는 요양소 한텐의 앞섶을 여미고 서둘러 걷기 시작했다.

이키치를 위로하고 오스에를 훈계했지만 정작 가장 동요하고 있는 사람은 자신이다. 등이 서늘했다.

'엔슈 님이 혹시 나가쓰노 쪽 사람이라면.'

그 성격 좋고 호감을 주는 사람이 정말 사가미 번의 어용화가 집안인, 기쿠치 가의 양자 엔슈라는 인물일까? 이름과 신분을 속인 것은 아닐까?

주고받은 그 편지들도 정말 사가미에서 오고 사가미로 전달된 것일까? 그렇게 꾸미고 있었던 것은 아닐까? 이키치가 말한 의혹은 의외로 정확한 것이어서 기쿠치 엔슈는 아직 고야마에 숨어 있는지도 모른다. 지금은 다른 이름과 신분을 내세우고 있겠지. 간첩이라면 그 정도는 식은 죽 먹기일 것이다.

세상에 드러내면 재앙이 온다는 그것. 고야마와 우류씨가 끔찍하게 두려워하는 비밀스러운 존재의 냄새를 맡고, 그것을 훔쳐내서 뭔가에 이용하려고 한다. 그 범인으로 제일 먼저 의심해야 할 대상은 나가쓰노 사람들이다. 고야마에 재앙을 일으키고 그 혼란을 틈타—.

하지만 어떤 재앙을? 나오야의 생각은 거기서 헝클어졌다. 다쓰노스케가 말해 준, 니다니무라의 불가해한 주민 실종. 고야마 주민이 나가쓰노로 도주했다는 것.

그렇게 정신없이 도망쳐야만 하는 일이 일어났다. 그 일과 봉납 에마 도난 사건은 연관이 있을까?

아니, 잠깐만. 이건 앞뒤가 바뀐 생각이군. 니다니무라 주민들이 도망한 사건이 먼저 일어났고, 봉납 에마 도난은 바로 지난밤 일이다. 쉽게 연결될 만한 사건들이 아니다.

'나야말로 선불리 생각하면 안 되겠군.'

기쿠치 엔슈에 대해서도 마찬가지다. 자꾸 나쁜 쪽으로만 생각하면 다른 가능성은 보이지 않게 된다. 뭔가 더욱 어처구니없는 사정, 까밝히면 너털웃음만 나올 사정이 있는지도 모른다. 서두르면 안 돼. 나오야는 그렇게 자신을 타일렀다.

이런저런 생각을 하며 이와타의 요양소에 도착하여 몰래 방으로 돌아가는데 복도에 있던 간호인이 알아채고 뛰어왔다.

"고비나타 님, 어딜 다녀오세요? 가이바라 님의 심부름꾼이 찾아오는 바람에 저희가 얼마나 쩔쩔맸는지 아세요?"

방금 겨우 돌려보낸 참이라고 식은땀을 흘리며 말한다.

"고생시켜서 미안하군. 이오리 선생님은 어디 계시지?"

"진료실에 계세요. 선생님이 감쪽같이 연기해 주셨지만, 가이바라 님의 심부름꾼이 투병중인 고비나타 님 얼굴을 확인하기 전에는 못 돌아간다고 고집을 피우면 어떡하나 싶어 저희도 가슴을 졸였어요."

가이바라 님이란 고야마의 '오키가로置家老' 가이바라 신에몬을 말한다. 오키가로란 번의 직책이 아니라 우류씨를 대대로 모시는 가령家令에 해당하며, 가이바라 가가 유일하다. 본래는 '시오키가로仕置家老'시오키'에는 '징계'라는 뜻이 있다'라고 했다는데, 이는 집안일들을 일임받아 소소한 사안이라면 일일이 주인에게 물어보지 않고 상벌을 내릴 권한을 가지고 있었다는 데서 유래한 이름이라고 한다. 요즘은 관저의 바깥채와 안채 사이를 연결하는 역할을 하고 있고, 안채에 관한 일에서는 조다이가로城代家老 번주가 에도에서 지내는 동안 성이나 관저를 관리하는 가로보다 큰 권한을 갖고 있다. 당연히 주군의 신변 경호나 안채를 담당하는 번사를 관리 감독하는 자리이기도 하며, 나오야가 관례를 치르기도 전에 고고쇼로서 관저 안에서 근무하게 된 것도 이 가이바라 신에몬이 발탁해 주었기 때문이다. 다쓰노스케가 나오야에게 '복직할 때는 가이바라 님에게 부탁해서 고쇼를 그만두고 번사가 돼라'고 말한 데에는 이런 사정이 있었다.

가이바라 신에몬은 성실하고 온화한 인물이며 결코 경솔한 아첨꾼이 아니다. 그런 사람이 나오야의 병상을 알아보려고 요양소로 사람을 보냈다는 것은 사부로지의 발병으로 관저마님의 불안과 분노가 점점 심해져서 주변 사람들이 달래느라 애를 먹고 있다는 뜻일 테다.

'주군은 어떻게 생각하실까.'

해가 지고 나오야가 작은 병실에 얌전히 앉아 있을 때, 오노 이오리 선생이 발소리를 죽이며 찾아왔다. 그의 날카로운 표정을 보는 순간 나오야는 상황이 나빠졌음을 짐작했다.

"사부로지 님 용태는 어떻습니까?"

"큰일입니다. 심각하시답니다."

점심때까지는 고열과 기침으로 고생하면서도 관저마님이나 오노 세이사쿠 의원이 말을 걸면 고개를 끄덕이고 물도 마실 정도였는데, 저녁이 되자 갑자기 심한 발작을 일으켜 많은 피를 토한 뒤 잠만 자고 있다고 한다.

"맥도 약해지고 있답니다. 이래서는 각오를 해 둬야 하는지 모르겠습니다."

의원의 눈빛은 봄날 밤보다 어두웠다.

"유라 님은 비분에 겨워 혼란에 빠졌습니다. 이 재앙이 대체 누구 탓이냐고 울부짖으며 전혀 진정하지 못하고 있답니다."

누구 탓이냐. 나오야는 비명 같은 그 목소리가 생생하게 들리는 기분이었다.

"사태가 이렇게 악화되었으니 당신도 이제는 병이 도졌다는 변명만으로는 무사할 수가 없게 되었습니다."

나오야는 숨이 흐트러지지 않도록 애썼다.

"각오라면 벌써 되어 있습니다."

짐짓 결연한 눈빛을 띠며 토해 낸 말이었는데 이오리 선생이 문득 눈웃음을 지었다.

"너무 앞서가지 말아요. 고비나타 씨, 지금 혼란에 빠진 사람은 유라 님뿐입니다. 주군께서는 그분 말을 곧이곧대로 받아들이시지 않습니다."

나오야는 몸을 움찔하고 말았다.

"작년 가을 이후 지금에 이르기까지 주군께서는 유라 님 기분을 맞춰 주셨습니다. 남자라면 아끼는 여자의 기분을 살려 주고 싫어 하지요. 아마 당신도 가까이서 보았을 겁니다."

물론 조금 지나치게 응석을 받아 주기는 했다고, 의원은 말을 이었다. "네, 응석을 많이 받아 주셨죠. 당신에게 상록까지 내리신 건 지나쳤습니다."

하지만 해가 되지 않는다면 괜찮겠지. 그래서 유라도 만족하고 고비나타도 양생에 전념할 수 있다면 좋은 일 아닌가. 아마 그 정도로 생각하셨을 것이라고 한다.

"좋게 말하면 너그러우신 것이고 나쁘게 말하면 대충대충 넘기신 것이죠. 그게 주군의 성격입니다."

친척이니까 할 수 있는 말이었다.

"허나 상황이 이렇게 되었으니 주군께서도 계속 그렇게 대하실 수 없지요. 애첩의 집착 때문에 가신 한 사람이 위태로워졌습니다. 그걸 방관하실 만큼 어리석은 주군은 아닙니다."

"그러나 낮에 가이바라 님이 여기로 사람을 보내시지 않았습니까. 그것도 주군의 뜻에 따른 조치였을 텐데요."

역시 유라의 비위를 맞춰 주는 시늉을 냈던 것이었다.

"지금 주군께서는 그간의 경솔한 대처를 깊이 후회하신다고 합니다."

—병은 어느 누구의 탓도 아니다. '간도리'는 사람들이 서로 주고받을 수 있는 병도 아니고 남에게 떠넘기거나 남의 몫을 대신 앓아 줄 수 있는 병도 아니다. 이번 소동은 내 잘못이다. 유라가 처음에 그런 말을 꺼냈을 때 바로 꾸짖어서 생각을 바로잡아 주

지 않은 내 잘못이다.

나오야는 놀랐다.

주군은 지금 어린 아들을 잃을 판이다. 제 핏줄이 죽음의 문턱에 있는 모습을 지켜보는 슬픔과 고통 속에서도 그런 생각을 하고 계신다. 겨우 고쇼 한 명 때문에.

속에서 북받쳐 오르는 부끄러움의 불길에 나오야는 내장이 다 익어 버리는 기분이었다.

"그토록 두터운 신임을 받으면서도 저는 그때 주제넘게 '사부로지 님 몫까지 병을 앓고 회복해 보이겠습니다'라고 경솔한 말을 했습니다."

그때 관저마님의 칭송에 나오야는 분명 득의양양했다. 허황된 말씀을 하시네, 하고 내심 관저마님을 비웃으면서도 총애를 받는 자기 처지에 한껏 기분이 들떴던 것이다.

"나중에 뉘우친다고 해서 '후회'라고 합니다. 앞일을 다 안다면 세상에 고생할 사람 아무도 없겠지요."

이오리 선생은 냉담하게 말하고 나오야를 재촉했다. "자, 어서 옷을 갈아입어요. 당신은 당장 피신해야 합니다."

"피신?"

"도망쳐서 어딘가에 숨으란 말입니다."

시간을 벌려면 그 수밖에 없다고 했다.

"사부로지 님이 이대로 세상을 떠나시면 주군이 곁에서 아무리 달래고 꾸짖으셔도 유라 님의 감정은 금방 다스려지지 않을 겁니다. 고비나타를 잡아다 사부로지 머리맡에 무릎을 꿇리고 목을 쳐 달라고 조르겠지요. 그러면 당신 목을 쳐야 하는 가신은 또 무슨 봉변이랍니까."

짐짓 허풍 떠는 투로 말하는 이오리 선생은 어디가 아프기라도 한 것처럼 낯을 찡그리고 있었다.

"자식 잃은 어미의 슬픔도 조금은 생각해 줘야 합니다."

유라 님이 저러는 까닭도 전적으로 응석 때문만은 아니라는 말이다.

"시간이 필요합니다. 당신이 사라지는 것이 가장 좋아요. 준비는 해 두었습니다. 곧 시노 가에서 사람이 데리러 올 겁니다."

나오야는 당황했다. "시노라고 하시면."

"반카타 보병조 조장 시노 효고노스케 님입니다."

다쓰노스케의 아버지이다.

"가이바라 님과 상의한 결과 시노 님이 당신을 숨겨 주기로 했습니다."

나오야가 판 무덤을 다쓰노스케의 부친까지 나서서 메워 주겠다는 것이다.

3

"가즈오키만 살아 있었으면."

시노 효고노스케는 나오야의 부친 이름을 거론하며 불쾌한 듯 콧김을 뿜었다.

"네가 상록을 받는다고 할 때, 그런 격식에도 없는 포상을 받는 것은 경솔한 짓이다, 분수도 모르고 날뛰지 말라고 꾸짖고 머리를 박박 민 뒤 고에이지에 집어넣어서라도 못 받게 만들었을 거다. 그러면 이런 골치 아픈 처지에 몰리지도 않았을 테지."

시노 가와 고비나타 가의 당주들은 다쓰노스케와 나오야가 그런 것처럼 형제같이 자란 죽마고우였다. 둘은 아들들에게 엄격하고, 존경을 받는 아버지였다.

"면목 없습니다."

둘은 시노가의 본채 뒤에 있는 별채에 마주 앉아 있었다. 이곳은 제2벽에서도 손꼽힐 만큼 넓은 저택으로, 무기고도 갖추고 있어서 대대로 번사 대장을 역임하는 사람이 기거하는 집이다. 하지만 이 별채는 효고노스케가 직접 지은 건물이었다.

십 년 전 효고노스케의 아내가 '간도리'를 앓았다. 증상이 심해 이와타의 요양소에서 두 달이나 양생해서 간신히 병은 넘겼으나 '간도리'의 고열 때문에 몸이 크게 쇠약해져서 내내 자리보전을 했다. 그런 아내를 편히 쉬게 해 주려고 별채를 지었고, 결국은 이 방에서 아내의 임종을 지켜보았다.

'간도리' 때문에 위기에 몰린 나오야가 이제 그 별채에 은신하려는 것이다. 그만큼 두 집안 사이에는 깊은 인연이 있다. 또 그 연을 끊지 않아 주는 게 고마웠다. 나오야는 효고노스케가 쓴웃음을 지으며 "이제 됐다"라고 말할 때까지 개구리처럼 납작 엎드려 있었다.

이 시간이 되도록 효고노스케는 무사 예복을 입고 상투까지 단정하게 틀어서 언제라도 관저로 뛰어들어 갈 수 있게끔 준비하고 있었다.

첩의 아들이라도 우류씨의 핏줄이 타계한다면 중신들은 즉시 관저에 모여야 한다. 효고노스케는 보병조를 이끌고 특별 경계에 임해야 한다. 그런 상황에 대비하고 있다는 것은―.

'역시 매우 위중하시구나.'

나오야는 새삼 차디찬 손에 가슴을 짓눌리는 기분이었다. 위태로울 정도로 짧아진 등롱 심지 역시 피신하는 처지의 켕기는 심정을 표현해 주는 듯했다.

"이제 와서 훈계를 늘어놔 봐야 잔소리밖에 안 되겠지. 마침 너도 병을 털고 난 몸이니 주군과 가이바라 님이 사태를 수습해 주실 때까지 여기서 얌전히 쉬고 있어라."

"예. 근신하고 있겠습니다."

시노 부자는 많이 닮았다. 다쓰노스케를 이십 년쯤 늙게 하고 키를 조금만 줄이면 효고노스케가 될 것이다. 턱없이 진지한 얼굴로 엉뚱한 말을 던지는 점도 닮아서,

"요양소 간병인인 척하며 고에이지에 얼쩡거리는 짓도 여기서는 있을 수 없다."

그 말에 나오야는 크게 놀랐다. "어떻게 그걸."

묻고 나서야 짚이는 게 있었다. 나쓰다. 주지 엔야에게서 기별을 받았을 것이다.

볕에 그을린 효고노스케의 얼굴에 눈주름이 깊게 자리 잡고 있어서, 그가 말을 하면 눈꼬리가 그 주름살에 묻히고 만다. 기분 좋을 때와 나쁠 때는 그 묻히는 정도가 묘하게 달라진다는 것을 나쓰한테서 들었다. 아버지의 기분은 눈주름을 보면 알 수 있거든요.

지금 그 주름살이 어떤 기분을 보여 주는지 나오야는 제대로 읽어 낼 수 없었다.

"그런데 나오야, 고에이지에 무슨 일이 생긴 거냐?"

번사가 힐문하는 투로 물었다.

"나쓰가 너와 사부로지 님께 자비를 베풀어 달라고 약사여래님께 기도드리러 그 절에 갔는데, 그 골동품 같은 중놈이 육각당에 쥐가 끓어 잠시 폐쇄한다면서 예배를 허락하지 않았다더군."

그리고 쥐? 라고 말하며 코웃음을 친다.

"그 육각당이 쥐가 끓을 정도로 허술하게 지어졌단 말인가? 말도 안 되는 핑계지. 무슨 일 때문에 법당을 열어 주지 않지?"

나오야는 망설였다. 엔야 스님과 이키치에게 그 사건을 비밀로 하겠다고 약속했기 때문이다.

하지만 시노 효고노스케는 고참 번사 가운데 한 사람이다. 앞으로 육각당을 침범한 도적을 잡거나 도난당한 봉납 에마를 찾기 위해서라도 번사의 도움이 필요하다. 일단은 사실대로 말하는 게 좋겠다.

"말씀을 드리자면, 괴이한 일이 있었습니다."

이야기를 듣는 효고노스케의 눈꼬리는, 나오야도 분명히 알 수 있을 만큼 불쾌함을 드러내는 주름살에 묻혀 갔다.

"시노 님은 그런 괴이한 봉납 에마가 있다는 이야기를 들어 보신 적이 있습니까?"

효고노스케는 못마땅한 얼굴을 한 채 "없다"고 대답했다.

"본래 고신지에 숨겨 놓았던 거라면 가신들 가운데 누구의 짓이라고 볼 수는 없겠군. 가신이었다가 추방당한 자일 거야."

그건 나오야도 같은 생각이었다.

"다만 불상과 함께 고에이지로 옮기도록 허락받았다고 하니, 봉인할 당시에는 어땠는지 몰라도 오 년 전에는 우류 가에게도 그리 꺼림칙한 물건은 아니었던 게 아닐까? 그게 아니라면 불상은 고에이지로 옮기더라도 봉인한 물건은 고신지에 그대로 남겼겠지."

이 의견에는 이론이 있다. 육각당 약사여래상 받침대는 처음부터 그 속에 뭔가를 감추려고 만든 것처럼 보인다. 그 봉납 에마는 다른 장소에는 감출 수 없는 물건이다. 이 존귀한 불상에 봉해 두지 않으면 안 된다는 의지가 느껴진다.

"부적으로 봉인해 두었단 말이지."

"예, 엔야 스님이 직접 보셨다고 합니다."

"우류 가의 시조는 주술에 능하여 삼라만상을 기도로 움직이는 힘을 갖고 있었다는 전설이 있지."

나오야는 금시초문이었다.

"나도 네 아버지한테서 딱 한 번 들었을 뿐이야."

효고노스케는 먼 데를 보는 듯 실눈을 떴다.

"삼라만상을 움직인다는 것은 결국 날씨를 바꾸는 힘이 있다는 말이겠지. 옛날에 전쟁의 승패는 쌍방의 군사력이나 장수의 지휘보다는 날씨나 풍향에 좌우되는 일이 많았으니까."

개개의 전투 결과만을 말하는 것이 아니다. 장마가 길어지면 돌림병이 돌고, 땡볕이 계속되면 땅이 메말라 수확이 줄고 군량미가 부족해진다.

"그래서 군대를 지휘하는 자는 날씨를 좌우할 수 있는 주술사를 중시했던 거다."

그렇지만, 이라고 하면서 고개를 갸웃거린다.

"주군 가문에 오늘날까지 그 혈맥이 남아 있는지 어떤지는 모르겠군. 술법이라면 더 말할 것도 없고. 사실 주군께서는 주술 따위를 아주 싫어하시거든."

사부로지 님의 '간도리' 치료를 위한 가지기도도 관저마님의 뜻을 존중해서 이루어진 것이었다.

시노 효고노스케는 주먹을 쥔 양손을 예복 무릎에 올려놓은 채 나오야의 얼굴을 보았다.

"주술이니 기도니 하는 것은 그걸 믿는 자의 마음에 힘을 발휘하지. 믿음 없는 자에게는 효과도 없어. 괴이한 에마가 봉인되어 있다고 소란을 떠는 건 겁쟁이들이나 하는 짓이야."

예, 하고 나오야도 순순히 대답했다.

"나는 오히려 그 화가가 마음에 걸린다."

효고노스케의 눈매가 날카롭다.

"그냥 호기심 많은 화가라면 다행이지만 화가로 위장한 수상한 자였다면—."

"역시 나가쓰노 사람일까요?"

그러자 놀랍게도 효고노스케는, "아니야" 하며 나오야의 말을 막았다.

"나가쓰노 사람이 멀리 떨어진 사가미의 어용화가로 위장한다는 건 엉뚱해도 너무 엉뚱해. 오히려 막부 쪽 인물인지도 모르지."

나오야는 온순해지다 못해 간이 오그라들었다.

"하지만 막부가 괴이한 옛날 봉인물 같은 것에 그렇게 집착할까요?"

번정藩政과 무관하고, 막부에 대한 고야마의 충성이나 복종의 여부와 관계가 있는 것도 아닐 것이다.

"모르지. 다만 여러 번주에 대한 쇼군의 가혹한 조치를 돌이켜 보면, 아무리 사소한 실수나 비밀이라도 일단 세상에 알려지면 가이에키나 전봉의 계기가 될 수 있다는 건 분명해. 봉인물의 정체도 모르고, 봉인한 까닭도 알 수 없는 만큼 우리로서는 짐작할 길이 없군."

괴이한 사건이 없는지 눈을 부릅뜨고 경계하는 수밖에 없다.

"그 괴이한 사건이 가령 곰이 아기를 업어 주더라는 식의 우스운 일일지라도 아무튼 경계를 게을리하면 안 돼. 육각당 사건은 내가 조용히 조사해 보지."

곰이 아기를 어부바해 준다느니 하는 엉뚱한 이야기는 북부 다섯 마을의 중심지 혼조무라로 떠난 다쓰노스케가 신사 경내에서 꺼냈던 말이다. 그는 아마 집에서도 그런 비유를 들며 아버지와 대화했을 것이다.

나오야는 무릎을 조금 디밀었다.

"시노 님, 니다니무라 주민 실종 건에 대하여 다쓰노스케의 조사대로부터 무슨 보고가 왔습니까?"

효고노스케의 눈주름이 문득 일그러졌다.

"비둘기는 돌아왔는데."

고야마에서는 전서구를 이용한다.

"첫 보고에는 니다니무라가 다 불타고 주민들이 모두 사라졌다는 내용뿐이었어."

"그 뒤에는요? 전갈꾼은요?"

더욱 우려하는 표정을 지으며 효고노스케가 고개를 저었다.

"혼조무라 주둔소에는 산번 근무를 하던 번사들도 있었을 텐데요. 아니면 촌장이 직접 전갈꾼을 보내도,"

나오야는 이야기를 하다가 말았다. 효고노스케의 안색을 보고 방금 그 질문이 무의미하다는 사실을 알았기 때문이다.

"조사대뿐만 아니라 혼조무라에서 올라온 보고도 없나 보군요."

그렇다면 니다니무라에서 일어난 '뭔가'가 북부 2조 다섯 마을의 중심지인 혼조무라로까지 확산된 것은 아닐까?

"그 뒤로 며칠이 지났습니까. 번사를 추가로 파견해야 하는 건 아닌가요?"

"서둘지 마라. 이런 일에는 순서란 게 있다. 개척촌 생활이 워낙 힘드니까 야반도주하는 자가 나와도 이상할 게 없지 않느냐."

"하지만 전에 없던 상황입니다. 정말 야반도주가 맞는지 어떤지도 모르잖습니까. 무엇보다 어르신,"

나오야는 그만 그렇게 부르고 말았다.

"다쓰노스케의 안부가―."

"안부가 왜?"

효고노스케는 미간에 주름을 깊게 지으며 나오야의 말을 막았다.

"지금 네가 그런 일로 고민할 처지냐? 북부 2조보다 네 집안 걱정이 먼저지. 제2벽의 저택을 혼자 지키고 계실 네 어머니 심정을 생각해라."

"어머니는 그 아버지의 아내 되는 분입니다. 이런 일로 낙담할 만큼 약한 분이 아닙니다. 설사 주군의 배려가 미치지 못해서 제가 할복한다고 해도 어머니는 침착하게."

"못난 놈!"

시노 효고노스케가 버럭 소리를 질렀다.

"나나 가이바라 님이 네놈을 걱정해서 이러는 줄 아나! 주군께서 애첩의 아집에 밀려 애꿎은 가신을 처단했다가 훗날 웃음거리로 남으실까 두려워서 말리고 싶은 것뿐이다!"

효고노스케의 침 한 방울이 나오야의 볼에 튀었다. 미지근했다. 나오야는 몸을 부르르 떨었다.

'이것이 충성심이라는 건가.'

"그러니까" 하고, 효고노스케는 목소리를 낮추었다. "너는 어머니를 위해서라도 목숨을 아껴야 하지 않겠느냐."

그것이 효라는 것이다.

"면목 없습니다."

나오야는 자세를 바로 하고 새삼 엎드려 절했다.

"제가 잘못 생각했습니다."

시노 가의 보호를 받아야 할 사람은 나오야가 아니다. 어머니 기에이다.

"어머니를 잘 부탁드립니다. 주군의 위신이 다치는 일이 없도록 이 몸 하나는 얼마든지 피할 수 있습니다."

시간만 벌면 되는 것이다.

"그러나 기왕 도피할 거라면 굳이 이곳에 은둔할 필요가 있겠습니까."

나오야는 효고노스케의 얼굴을 똑바로 쳐다보았다.

"저를 혼조무라로 보내 주십시오."

아들을 꼭 닮은 시노 효고노스케의 눈이 크게 벌어졌다.

"무슨 소린가 했더니."

"저는 어차피 도피해야 할 몸입니다. 산속으로 도피한다고 무슨 문제가 있겠습니까. 북부 2조에서 무슨 일이 일어나고 있는지 제 눈으로 확인하고 오겠습니다."

좀 더 빨리 이런 생각을 해야 했다. 이렇게 한다면 그다지 쓸모없는 몸이라도 고야마에 얼마간 보탬이 될 수 있을 것이다.

"그 산속에서 뭔가 중대한 사태가 일어나 모두 꼼짝 못하고 있는지도 모릅니다."

"너무 앞서가지 마라. 너는—,"

"첫 보고를 끝으로 감감무소식이라니." 이번에는 나오야가 효고노스케의 말을 잘랐다. "우리 고야마 번사다운 태도가 아닙니다. 다쓰노스케답지도 않고요. 어르신도 이상하다고 느끼실 겁니다."

논리로는 설명할 수 없는, 노련한 번사의 직감으로. 다쓰노스케를 그런 기질로 키운 아버지의 체감으로.

마음 같아서는 당장 산에 올라가고 싶을 것이다. 규율과 절차에 묶여 있는 번사 처지만 아니라면. 그저 한 사람의 부모로서 뜻대로 움직일 수만 있다면.

"게다가 저는 고에이지에서 도난당한 괴이한 에마도 마음에 걸립니다."

세상에 드러내면 재앙이 떨어진다는 그것. 천벌이 내린다는 그것. 그 에마에 어떤 의미가 담겨 있든 불안함을 참고만 있기는 싫었다.

"다 군걱정일 뿐이라고 생각하신다면 다쓰노스케가 이 피신자의 목덜미를 잡고 산에서 끌고 내려올 때 다쓰노스케와 함께 얼마든지 웃어 주십시오."

샛눈을 뜨고 또 꾸짖을 것처럼 날카롭게 나오야를 일별한 시노효고노스케가 말했다.

"혼자 가는 건 허락할 수 없다."

"예?"

"너는 산을 몰라. 혼자서 북부 2조에 도착할지도 의심스럽다."

그렇게 말하고는 불쑥 칸막이 장지를 향해 불렀다. "나쓰!"

냉큼 "예" 하는 대답이 돌아왔다. 놀라는 나오야 앞에 나쓰가 장지를 열고 나타났다. 언제부터 대기하고 있었을까.

"다 들었지? 채비를 부탁한다."

그렇게 이르고 효고노스케는 하카마 자락을 펄럭 울리며 벌떡 일어섰다.

"고비나타에게 야지를 딸려 보내야겠다. 떠날 채비도 야지가 하라는 대로 하면 된다."

"알겠습니다."

나쓰가 손가락으로 방바닥을 짚으며 고개를 숙였다. 효고노스케는 딸 곁을 지나며,

“행여 말리지 마라.”

그렇게 이르고 나갔다.

희미한 등잔 불빛 속에서, 방 안에 단둘이 남은 나오야와 나쓰는 서로 마주 보았다.

나쓰의 볼은 속이 비칠 듯이 희었고 희미하게 솜털이 반짝였다. 아버지와 오빠를 닮은 눈매에, 동그란 눈이 귀엽다. 어떤 상황에서나 상대를 감싸 주는 듯한 그 눈빛의 따스함을 나오야는 누구보다 잘 알고 있었다.

“완쾌하신 걸 축하드려요.”

나쓰의 목소리가 떨렸다. 나오야는 고개를 끄덕였다. 그러고는 나쓰에게 다가앉아 손을 잡았다. 이 순간은 말이 필요 없었다.

한편 효고노스케가 ‘야지’라고 부른 사람은, 아까 나오야가 이와타의 요양소에서 시노 가로 옮길 때 데리러 와 준 청년이었다.

은밀히 연결해 준 이오리 선생은 청년을 ‘시노 가의 하인’이라고 말했고, 나오야는 상황이 상황인지라 그와 이야기를 나누지는 못했다. 다만 어둠을 틈타 그의 뒤를 따르면서 나오야도 어느새 짐작한 사실이 있었다.

제2벽의 저택으로 가려면 고에이지 절로 갈 때와 달리 나무나 덤불에 숨어서 이동할 수 없다. 거리를 지나가자면 여기저기에 있는 순찰의 눈도 피할 수 없다. 하지만 젊은이는 전혀 멈칫하는

기미도 없이, 건물의 그늘과 다리 밑, 좁은 골목처럼 시선을 피할 수 있는 곳들을 교묘하게 골라가며 나오야를 안내했다. 그래서 짐작했다. 이 청년은 아마 효고노스케의 '지네'겠구나.

고야마 번에서는 간자, 즉 은밀히 활동하는 자를 '지네'라고 부른다. 지네처럼 어디로든 소리 없이 숨어들고, 신출귀몰이라 쉽게 잡히지도 않기 때문이다. 필요하면 암살까지 해내므로 독을 품은 지네에 비유했다는 설도 있다.

본래 그늘에서 사는 자들이다. 내력이 불분명한 자가 그 역할을 맡는 경우도 있다. 시노 가는 대대로 번사 집안이므로 어릴 때부터 키워 온 지네가 있어도 이상할 게 없고, 아무리 나오야가 시노 가와 친해도 그 존재를 알지 못한 건 이상한 일이 아니다.

새삼 가까이서 보니 야지는 열일고여덟 살 정도로 보였다. 믿음직스럽게 보이지 않을 만큼, 지네치고는 젊다. 체구는 호리호리했는데, 그래서 그렇게 소리 없이 가뿐하게 움직이는지도 모른다.

특이하게도 머리를 아주 짧게 쳤다. 짧은 솜옷을 걸쳤고, 목에는 낡은 수건을 둘러서 목 위로는 수행승 같은 모습이었다. 하지만 농부처럼 차려 입었다. 시내의 가게로 치면, 아직 수습 직원이라 문양이 들어간 한텐은 입지 못한 채 주인에게 호통을 들으며 심부름을 다니는 사환의 차림새라 할 수 있다.

이목구비는 단정했다. 눈썹, 콧대, 입매가 단도로 베어 낸 듯 날카롭다. 광대뼈가 나오고 눈두덩이 깊었다. 눈은 이른바 삼백

안눈동자가 치우쳐 흰자가 많이 보이는 눈인데, 작고 까만 눈동자가 어디에 초점을 맞추고 있는지 가늠하기가 쉽지 않았다.

"야지는 우리 집안의 이런저런 일들을 음지에서 처리해 주는 사람이라 지금까지 나오야 님에게 인사할 일이 없었어요."

야지를 돌아보는 나쓰의 눈빛에 친밀감이 담겼다.

"그래도 야지는 벌써 오 년째 저희 곁에서 일했어요. 눈치 빠르고 손재주가 남달라서 어지간한 수선은 혼자 해결합니다."

모처럼 칭찬을 해 주어도 당사자는 못 들은 척하고 있다.

"그래요? 시노 가에 귀한 일꾼이 있었군요."

나쓰는 진지하게 고개를 끄덕이고,

"예. 그리고 나오야 님, 실은 야지도 북부 2조와 인연이 있는 사람입니다만……."

고아입니다, 라고 계속 설명했다.

"개척되기 전에는 묘코지라는 절만 있었다는데, 당시 갓난아기였던 야지가 숲에서 울고 있다가."

묘코지의 스님에게 발견되었다고 한다.

"원래는 그대로 불가에 남을 사람인데, 일하는 것이 싹수가 보인다고 해서 아버지가 주지 스님께 부탁해서 데려왔답니다."

그리고 지네로 키웠군, 하고 나오야는 내심 납득했다. 둘이 자신을 화제로 삼는 데도 야지는 여전히 어디를 보는지 알 수 없는 눈빛을 띤 채 조용히 무릎을 꿇고 있었다.

"아까 밤길을 안내해 주었을 때 전혀 주저하거나 겁내는 기미가 없어서 나도 감탄했습니다."

그 말에 나쓰가 환하게 웃었다.

"그래요, 야지는 그런 일을 잘해냅니다. 밤이나 낮이나 눈이 밝아요. 무엇에 놀라는 일도 없습니다."

"그렇더군요. 믿음직합니다."

나오야의 칭찬에 나쓰는 다시 야지를 힐끗 쳐다보았다. 야지는 여전히 반응이 없다.

"네, 야지는 정말 의지가 돼요. 산에서 자란 사람답게 산에 대해 모르는 게 없고 날씨도 잘 맞춥니다. 바람과 구름만 보고 내일 날씨를 맞추어서 여러 번 놀랐답니다."

참으로 든든한 종자다.

"사람들 앞에 나설 수 있는 신분은 아니지만 아버지와 오빠가 검술도 가르쳤어요. 그래서 길 안내를 해 드릴 뿐만 아니라 나오야 님을 지켜 드릴 수도 있을 거예요."

다만—하고 말하며, 나쓰는 시선을 내렸다.

"야지는 말을 거의 안 해요."

그러고 보니 아까부터 내내 그랬다.

"저는 오래전부터 친하게 지내 왔지만, 그래도 야지가 잠깐 중얼거리는 소리를 들어본 것이 전부예요. 오빠도 오랫동안 야지를 벙어리로 알았을 정도입니다. 그런데도 그렇게 눈치가 빠르니 대단하다고."

다쓰노스케다운 말이다.

"야지는 사람을 봐도 인사를 안 하고 물어도 대답이 없습니다. 그 점은 미리 용서를 구할게요."

"그래도 말을 알아들으니까 나는 괜찮습니다."

아까 밤길을 걸었을 때도 야지는 눈짓, 고갯짓, 손짓만으로 나오야를 안내했다. 그래도 아쉬울 것 없이 임무를 완수했다.

"야지는 지혜롭습니다. 어쩌면 우리의 생각보다 더 현명한지도 몰라요. 감이 매우 빠르고……."

오빠와 마찬가지로 올곧은 성격이라 무엇을 숨기는 데 서툰 나쓰가 문득 말을 망설였다. 나오야는 잠시 기다렸다.

나쓰는 양손 손가락들을 꼭 마주 쥐더니 작정한 듯이 나오야를 쳐다보았다.

"야지는 이렇게 하고 싶다, 저렇게 하고 싶다, 제 입으로 먼저 말하는 일이 없어요. 시키는 일은 우직하게 해내지만 투정 부릴 줄도 모르고, 자기 의견이나 원하는 걸 말하지도 않아요."

그런데 이번에 다쓰노스케가 조사대의 일원으로 산에 들어갈 때는 이례적인 모습을 보였다고 한다.

"야지가 오빠를 따라가고 싶다고 졸랐어요."

자기도 북부 2조로 보내 달라고.

"그런 일은 처음이었어요. 정말 간절하게 오빠에게 졸랐습니다."

하지만 조사대 일원으로 입산하는 다쓰노스케가 혼자서만 종자를 데려갈 수는 없었다. 게다가 야지는 이렇게 별종이다.

"결국 달래다 못한 오빠가 끝내 꾸짖다시피 해서 떼어 놓고 떠났지만, 그 뒤로 야지는 내내 침착하지 못한 모습이었어요."

나오야의 눈에는 지장보살처럼 차분해 보이는데.

"야지의 평소 모습을 모르면 느낄 수 없겠지만……."

"아, 아닙니다. 나쓰 님의 말이 맞겠지요."

"나오야 님." 나쓰는 떨리는 목소리를 진정하려는 듯 입가에 손을 댔다. "저는 오빠가 입산하기 전부터 야지가 뭔가를 감지한 것 같다는 생각을 금할 수 없어요. 북부 2조에 뭔가 매우 위험한 일이 일어났다는 것을."

나오야도 신사에서 다쓰노스케와 헤어질 때 불길한 예감을 느꼈다. 하지만 그것은 고야마에게 중요한 땅인 북부 2조의 다섯 마을 가운데 한 곳에서 주민이 모두 사라진 기묘한 사태를 놓고, 서로가 상대방의 얼굴에서 불안을 읽어 낸 탓이었다. 야지도 다쓰노스케의 표정에서 불안을 느꼈던 것은 아닐까.

"그래도 관저시에 살면서 깊은 산속 상황을 구체적으로 짐작하기는 어렵겠지요."

새나 쥐 같은 야생동물은 천재지변을 예감한다고 하고 들개나 여우나 곰 같은 짐승도 위기에 민감하다고 한다. 하지만 인간이 그렇게 하기는 힘들 것이다.

나쓰의 불안을 조금이나마 덜어 주고 싶어 나오야는 미소를 보여 주었다. 하지만 나쓰는 도리어 심각한 눈빛을 띠며 작심한 듯 말했다.

"야지라면 가능해요. 야지는 산신의 든든한 가호를 받는 특별히 선택된 사람인 것 같아요."

호오, 어마어마한 말이군. 고야마와 나가쓰노 일대를 관장하시는 오오타라야마 산신님이 특별히 보살피는 사람이라니.

나오야의 놀라움과 희미한 쓴웃음을 감지했는지 나쓰는 몸을 앞으로 기울이며 말했다.

"갓난아기였던 야지가 버려진 숲은 산림 개척이 시작되지도 않았던 북부 2조였어요."

당시 늦가을이라 숲 속의 나무들은 잎을 다 떨구었고 조석으로 하얀 입김이 나올 만큼 쌀쌀했다고 한다.

"단 하룻밤이라지만 그런 숲 속에서 갓난아기가 살아남는다는 게 가능한가요? 굶주리지도 않고, 얼어 죽지도 않고, 짐승에게 잡혀먹지도 않고."

그저 운이 좋았던 것은 아닐까.

"산신의 가호가 있었던 게 분명해요."

야지는 산신의 사자이다. 산의 기를 느끼고, 산에 해박하며, 산의 이변을 감지하는 능력이 있다. 그래서,

"무슨 일이 일어나도 야지만 곁에 있으면—."

나쓰는 불쑥 눈물을 글썽였다.

"그러니까 나오야 님, 저는, 가지 말라고는 하지 않겠어요."

떨리는 말이 나오야의 가슴에 깊숙이 꽂혔다.

야지가 심상치 않은 모습을 보이며 다쓰노스케를 따라가겠다

고 졸랐지만 들어주지 않았다. 나쓰는 내내 후회했을 것이다. 그런데 이번에 나오야가 북부 2조로 가게 되었다. 이제는 야지의 힘을 빌리자. 그러면 틀림없이 무사할 것이다. 오빠도 나오야도 무사히 돌아올 것이다. 나쓰의 마음은 그 바람으로 가득했다.

웃음을 지운 나오야는 엄숙한 표정을 띠고 고개를 끄덕였다.

"나쓰 님, 분명히 약속하겠습니다. 산에 들어서면 무슨 일이든 야지가 하자는 대로 할게요. 그리고 산신의 가호 아래 소임을 마치고 다쓰노스케와 함께 돌아오겠습니다."

힘주어 말하자 야지가 그제야 작고 까만 눈동자로 나오야를 쳐다보았다. 나오야는 그 눈동자를 향해서도 힘차게 고개를 끄덕였다.

한밤중에 관저시를 빠져나가 북부 2조로 오르는 산길로 접어든 뒤 처음 만난 대피소에서 동 트기를 기다렸다. 산속으로 더 깊이 들어가려 해도 해가 뜬 뒤가 아니면 발밑이 위험하다.

대피소는 거적 지붕을 올린 간단한 창고로, 산길에 간간이 설치되어 있다. 그 안에 짚신이나 새끼줄, 광목, 약 따위가 비치되어 있다. 큰 고갯길 같은 요소에 있는 대피소는 크기도 숯막 정도되고, 안에는 땅화로와 빗물을 모으는 단지가 마련되어 있어서 갑작스러운 비바람을 피하거나 하룻밤 묵을 수 있도록 되어 있다. 고야마의 산촌에 사는 사람들, 자주 산을 드나드는 사람들에게 마음 든든한 설비였다.

그러고 보니 기쿠치 엔슈가 이 설비에 크게 감탄하여 그림으로 그려 두겠다고 일삼아 산에 올랐다가 더욱 감탄하면서 돌아왔다.

—참으로 유익한 설비로군요. 그렇게 비품을 넣어 두어도 전혀 도난당하지 않는다는 점도 훌륭합니다.

고야마의 정치가 안정되어 있고 주민들의 심성이 훌륭하다는 증거라고 말했다.

그런 일화도 엔슈의 수상쩍은 행적을 알고 있는 지금은 떠올리기가 착잡했다.

관저시 외곽에서 이 대피소까지는 오르막길이었지만 거리는 십 리가 채 안 된다. 그런데도 나오야는 벌써 숨이 차고 발바닥이 아팠다. 몸이 완전히 둔해지고 말았다.

나오야는 산번 근무를 하는 번사들과 똑같은 차림으로 출발했다. 한편 야지는 시노 저택에서 입었던 옷을 그대로 입고 나왔고, 삿갓을 쓰고 허리에 작은 가죽 주머니를 찼을 뿐 단도조차 준비하지 않았다. 도중에 마른 나뭇가지를 하나 주워 들었지만, 무슨 도움이 되겠나 싶을 만큼 가느다란 나뭇가지였다.

동녘에 서광이 비치고 얼마 남지 않은 별들이 드문드문 깜빡였다. 나오야가 하늘을 올려다보며 숨을 골랐을 때 야지가 이쪽으로 몸을 돌렸다. 삿갓을 벗어 등 뒤로 내리고 나뭇가지를 발치에 던져 놓은 뒤 양손을 어깨높이로 쳐들고 가볍게 흔든다.

"어? 왜?"

나오야가 묻자 야지는 이번에는 옆으로 돌아서서 허리춤에 손을 댔다. 그러고는 다시 양손을 흔들었다. 묘한 수수께끼였다.

나오야도 한번 똑같이 따라해 보았다. 야지는 고개를 끄덕이고 양팔을 옆으로 힘차게 벌렸다. 나오야가 똑같이 따라하자 다시 고개를 끄덕이고 이번에는 목을 돌렸다.

알고 보니 이렇게 몸을 풀어 주라고 재촉했던 것이다.

"알았다. 네가 하는 대로 따라하지."

둘이서 한동안 그렇게 하고 있자 몸이 따뜻해졌다. 굽힐 때마다 우드득 소리가 나는 것 같았던 무릎도 움직임이 한결 부드러워졌다.

"고맙다, 야지."

동이 텄다. 나오야의 말을 듣는 건지 마는 건지, 눈부신 아침 해에 샛눈을 뜬 야지는 삿갓을 깊숙이 눌러쓰고는, 다시 나뭇가지를 주워든 다음 몸을 홱 돌려 걷기 시작했다. 나오야도 그 뒤를 따랐다.

해님은 새가 날개를 펴고 날아오르듯 봄 하늘에 힘차게 떠오른다. 산이 잠에서 깨어난다. 흙냄새, 새싹 냄새, 아침 이슬의 광채. 야지는 숨을 몰아쉬면서 산길을 오르는 나오야를 종종 돌아보았다. 다시 손짓을 해 보인다.

"이번엔 뭐지?"

야지는 걸음을 멈추고 제자리에서 발을 굴렀다. 콧구멍을 넓히며 심호흡을 했다. 그러고는 다시 걷기 시작하다가 멈춰서 나오야를 돌아보고 똑같은 행동을 반복했다.

"너와 똑같은 보폭으로 걷고 똑같은 간격으로 숨을 쉬라는 거냐?"

그러자 야지는 손에 든 작은 나뭇가지로 자기 발치를 가리켰다. 짚신 자국이 나 있다.

"네 발자국을 디디라는 거야? 알았다, 알았다."

시키는 대로 하자 처음 얼마 동안은 도리어 더 힘들었다. 하지만 점차 편해지고 가쁘던 숨도 편해졌다. 게다가 야지가 디딘 자리는 어떤 비탈이어도 안정감 있게 디딜 수 있었다. 조금 어긋나게 디디면 돌멩이를 밟거나 발이 쉽게 미끄러졌다.

야지는 앞길을 막는 잔가지나 얼굴 앞에 드리운 덩굴류를 손에 든 나뭇가지를 움직여 교묘하게 피했다. 일일이 후려쳐서 자르지 않고 가볍게 제칠 뿐이다. 나무가 산길을 가로지르며 쓰러져 있으면 그것을 넘을 때 나뭇가지로 톡톡 쳐서 나오야의 주의를 촉구했다. 더 험한 곳을 만나면 그곳에서 나오야를 기다렸다가 도와주었다.

나오야는 금방 이해할 수 있었다. 야지의 산행은 산을 거스르지 않았다. 누군가 밟고 지나간 흔적이 있는 데도 야지가 굳이 덤불이나 풀밭으로 들어설 때는 의아하기도 했지만, 순순히 따라가 보면 수월하게 지나갈 수 있었다. 야지의 눈에는 온전한 통행로가 보이는 것이다.

이렇게 해서 북부 2조로 향하는 산길을 절반쯤 올랐을 때였다. 오오타라야마 봉우리의 잔설殘雪이 아름다운 줄무늬처럼 보이는 곳에 다다랐을 때, 산자락에 자리한 관저시 쪽에서 북소리가 울려 퍼지기 시작했다.

나오야는 흠칫 놀라 걸음을 멈추었다. 관저시는 이미 멀어져서 한 덩어리의 경치가 되어 있었다. 관저 외벽의 화재 감시탑 꼭대기에 매달린 커다란 종이 햇빛을 받아 반짝 빛났다.

이때 둘은 급한 오르막을 오르는 중이었다. 야지가 왜 멈추었냐고 표정으로 물었다.

"야지, 이건 등청하라는 북소리야."

나오야는 야지처럼 목에 감았던 수건을 풀어 얼굴을 훔쳤다. 그러고는 그대로 잠시 눈을 감았다.

"사부로지 님이 타계하셨구나."

지금 울리는 북소리의 이유로는 그것밖에 떠올릴 수가 없었다.

마침내 올 때가 왔다. 나을지 모른다는 바람은 허망하게 사라졌다.

어머니는 강인한 사람이다. 오스에도 곁에 있다. 당황하지 않고 견뎌내 줄 것이다. 요양소 이오리 선생은 고비나타 나오야가 종적을 감춘 탓에 처벌을 받지 않을까?

죄송할 뿐이다. 하지만 지금 여기서 발길을 돌리면 아무한테도 보탬이 안 된다.

"야지, 서두르자."

야지가 가볍게 손을 쳐들어 걸음을 내딛는 나오야를 말렸다. 허리에 찬 수통을 가리킨다.

"아, 그래? 물을 마셔야지."

조금 전에도 그랬다. 휴식하며 땀을 식힐 때마다 물을 마셨다. 많이 마시면 안 된다. 흘린 땀만큼만 보충한다.

북소리가 점점 빨라졌다. 관저시에서 이만큼 멀어지자 아이들의 장난감 북이 내는 가벼운 북소리처럼 들렸다.

첩의 아들이라도 장남이 분명한데 이름을 '사부로지三郞次'라고 지은 까닭은 그래야 더 건강하게 자란다는 속신俗信 때문이었다. 하지만 '간도리'는 그런 경계를 뚫고 어느새 숨어들어 와 사부로지를 저승으로 데려가고 말았다.

가엾다. 서 있기도 불편한 자리였지만 나오야는 애써 옷매무새를 가다듬고 관저 쪽을 향해 합장했다.

문득 야지가 움직였다. 재빨리 나오야에게 다가가 오른손으로 그의 어깨를, 왼손으로 머리를 확 밀었다.

"무슨 짓이야!"

나오야도 순간 발끈했다. 하지만 야지의 표정을 보자 분노는 놀라움으로 바뀌었다.

둘은 그 자리에 쪼그려 앉았다. 야지는 엎드려뻗쳐 자세를 취하여 몸 전체로 나오야를 가렸다.

산 위에서 한 줄기 바람이 둘을 향해 불어 내려왔다. 그 바람은 코를 찌르는 냄새를 가득 품고 있었다. 더구나 뜨뜻미지근했다. 봄날의 싱그러운 온기와는 전혀 달랐다. 욕지기를 자극하는 온기였다.

고오오오오. 어떤 짐승이 으르렁거리는 듯한 소리.

잠시 후 야지가 재빨리 몸을 일으켰다. 이미 그 얼굴에서는 방금 보인 긴박한 표정이 사라져 있었다. 둘을 감싼 숲도 쥐 죽은 듯 조용했다.

'그건 뭐였지?'

그 바람은 흡사 숨결 같았다. 내장이 썩은 짐승이 토해 내는 숨 같았다.

문득 살펴보니 나오야의 두 팔뚝에 소름이 돋아 있었다.

4

아침 햇살이 쏟아지는 합숙소 뒤뜰의 댓돌에 미노키치는 오도카니 앉아 있었다.

이제야 병상에서 일어나 돌아다닐 수 있게 되었다. 몸 곳곳에 짙게 남은 타박상 흔적과, 희미한 화상 흉터처럼 보이는, 살갗이 벗겨지다시피 했던 부분 말고는 밖에서 뛰어다니는 아이들과 다를 것이 없었다.

다만 기운이 없었다.

그도 그럴 만했다. 툇마루 끝에 앉은 아카네는 고개를 살짝 내밀어 미노키치의 작은 등을 지켜보며 한숨을 지었다.

미노키치는 자신이 겪은 일들을 거의 기억하지 못했다. 아무리

애를 써도 기억이 살아나지 않았다.

자기 이름. 오타라야마 근처 니다니무라라는 산촌에서 겐이치라는 포수 할아버지와 단둘이 살았다는 것. 그것은 금방 기억해 냈다. 하지만 뒷산에서 소에이에게 발견되기 전, 마을에 무슨 일이 일어났는가. 이야기가 이 대목에 이르면 미노키치의 작은 얼굴은 금방 굳어 버리고 눈꺼풀은 바르르 떨리고 눈은 초점을 잃었다.

"미노키치, 정신 차려."

아카네가 몸을 살짝 흔들어 주면 얼굴에 찬물을 맞은 것처럼 움찔하며 정신을 차린다.

"저, 지금, 어……, 예?"

"괜찮아. 괜찮아."

본인도 기억해 내려고 애쓰는 것이다. 고개를 갸웃거리고 머리를 감싸 안고. 뭐가 어떻게 된 건지 본인도 알고 싶은 것이다. 니다니무라에서 미노키치와 할아버지에게 무슨 일이 일어났는가. 그러나 생각이 나질 않는다. 두꺼운 벽에 가로막힌 것처럼 기억이 캄캄했다.

"아마도 네 마음이 너를 보호하려고 기억을 막아 놓은 것 같다."

소에이가 그렇게 말하자 아카네도 미노키치 못지않게 놀랐다.

소에이는 덥수룩한 수염을 쓰다듬으며 씁쓸하게 웃었다. "아카네 님까지 그런 얼굴을 하고 놀라시다니요."

사람 마음이란 꽤 잘 만들어진 거라고 했다.

"말하자면 커다란 그릇처럼 기억을 담아 두는 역할을 하는데, 그 안은 다시 작은 방들로 나뉘어 있습니다. 그리고 각 방마다 담아 두는 기억도 다르고 이용하는 방식도 다 다릅니다. 방마다 뚜껑을 덮었다 열었다 할 수도 있고요."

미노키치의 마음은 니다니무라에서 겪은 일에 아직 뚜껑을 덮어 두기로 작정했다는 것이다. 뚜껑을 열고 기억을 꺼내면 마음의 주인인 미노키치가 그 무게에 짓눌려 쓰러지고 말 테니까.

아카네와 미노키치는 얼굴을 마주 보았다. 그런 행동이 자연스레 나올 만큼 둘은 친해졌다.

"소에이 님, 지금 그 얘기, 또 나를 놀리려는 거죠?"

스스럼없이 말할 수 있게 되자 이 소년도 오센이나 가스케의 사투리와 비슷한 사투리를 쓴다는 것을 알았다.

소에이는 손을 품에 찔러 넣고 짐짓 얼굴 한쪽만 일그러뜨렸다.

"요놈 봐라. 내가 널 놀린다고?"

"그래요" 하고 미노키치는 입을 삐쭉거렸다. "소에이 님은 놀리는 거 좋아하시잖아요."

아카네는 그만 웃음을 터뜨리고 말았다.

사실 소에이는 이 아이와 말을 나누게 된 뒤로 가끔 이상한 이야기를 했다. 아카네를 가리켜 하늘에서 내려온 천녀라는 둥, 자신은 바다를 걸어서 건너온 대단한 요술사라는 둥, 오센과 가스케는 자기가 종처럼 부리는 귀신이라는 둥, 이 집은 자기가 요술을 부려서 만든 헛것이라는 둥, 영감은 인간처럼 생겼지만 실은 오백 년 묵은 거북이라는 둥.

지금 미노키치에게 이곳이 고야마가 아니라 나가쓰노라는 사실을 가르쳐 주는 건 가혹하다. 그래서 소에이는 미노키치가, "여기는 어디죠? 다들 누구세요?" 하고 물을 때마다 그렇게 아이를 홀리며 얼버무렸다.

지금도 배우처럼 과장된 표정으로,

"이 몸은 천축에서 많은 장수를 부려 천하를 정복한 위대한 요술사란다, 아하하하!"

소에이의 허풍을 미노키치는 전혀 진담으로 받아들이지 않았다.

"미안해요."

좀처럼 웃음을 그치지 못하는 아카네는 여전히 배우처럼 무서운 표정을 짓고 있는 소에이와 뚱한 얼굴을 하고 있는 미노키치에게 사과했다.

"아카네 님이 그렇게 대놓고 웃어 버리시니 비빌 언덕이 없잖아요."

그제야 무서운 표정을 푼 소에이가 머리를 긁적였다.

"미노키치, 내가 조금이라도 천축의 요술사처럼 보이지 않았냐?"

"천축이 뭐예요?"

아카네는 또 한바탕 웃었다. 아마 소에이는 최소한 '어디?'라고 묻기를 바랐을 것이다.

"천축은 바다 너머에 있는 커다란 나라다. 그리고 미노키치, 네가 있는 이곳은, 네가 겐이치 할아버지와 즐겁게 살았을 때 천축보다 더 먼 곳으로 여겼던 곳이란다."

여전히 시치미 뗀 말투로 소에이가 불쑥 이야기하자 아카네의 웃는 얼굴이 금세 얼어붙었다.

"여기는 나가쓰노에 속한 나카무라라는 마을이다. 네가 살던 니다니무라에서 보자면 오타라야마를 너머 동쪽에 있는 곳이지."

"소에이 님!"

얼른 말을 막으려는 아카네에게 소에이가 말했다.

"미노키치는 괜찮아요. 그치?"

미노키치는 잠시 눈으로 허공을 더듬다가 바쁘게 깜빡거리고 다시 아카네를, 소에이를 쳐다보았다. 뭔가를 탐색하듯 유심히 본다.

"그럼, 나, 잡혀온 거예요?"

앳된 목소리로 곧장 물었다. 움찔하는 아카네에 개의치 않고 소에이가 기쁜 듯이 웃었다.

"금방 그렇게 생각할 줄 안다는 건 네 머리가 나가쓰노와 고야마의 험악한 관계를 제대로 알고 있다는 말이구나. 이거 큰일 났네 하고 겁이 났니? 여기 손을 대고 확인해 봐."

미노키치는 그가 말한 대로 순순히 한 손을 왼쪽 가슴에 댔다.

"두근거려요."

"그래? 조금 무서운가 보다. 하지만 무서워할 거 전혀 없어. 아카네님은 너를 잡아온 게 아니고, 너를 잡아가려는 사람이 나타나도 절대로 넘겨주시지 않을 테니까."

"거, 건강해지면, 몰래 고야마로 돌려보내 줄게."

아카네는 급히 말하다가 목소리가 목에 걸렸다.

"그러니까 안심하고 여기 있어도 돼."

"다만, 밖에 나가면 안 돼. 아카네 님, 나, 오센, 그리고 가스케와 영감. 이 다섯 사람 외에는 누구에게도 얼굴을 보이면 안 돼. 누가 오면 숨어야 해. 네가 여기 있는 게 알려지면 아카네 님이 큰일 난다."

아이한테는 너무 부담스러운 말이었다. 하지만 미노키치는 주눅 들지 않았다. 고개를 크게 한 번 끄덕이고,

"예, 알았어요."

하고 똑똑하게 대답했다. 겐이치라는 할아버지가 버릇을 잘 가르친 듯했다.

"네가 마을에서 일어난 일들을 기억해 내도 견딜 수 있겠다고 네 마음이 확신하면, 지금은 닫혀 있는 그 방의 뚜껑이 열리게 될 거야."

미노키치의 심장이 있는 쪽을 손가락으로 살짝 건드리고 소에이는 계속 말했다.

"그러면 우리도 너희 마을에 무슨 일이 일어났는지 알 수 있겠

지. 그럼 안심하고 너를 니다니무라로 돌려보내도 좋을지 어떨지 판단할 수 있을 거다. 그러니까 그때까지는 여기 있어. 알겠지?”

반 각쯤 전에 그런 얘기를 나누었다. 그 뒤 미노키치는 작은 등을 이쪽으로 향한 채 오도카니 앉아 있다.

한동안 그냥 내버려두는 게 좋다는 것은 알고 있다. 이렇게 눈여겨보고 있다는 걸 알면 도리어 좋지 않겠지. 아카네는 그렇게 자제하며 그 자리를 떠났다.

요즘 아카네는 하루 종일 일을 하는 날이 많았다. 새 집이 완성되기 전에는 양잠 규모를 더 늘릴 수 없는 데다 누에를 돌봐줄 인력도 한정되어 있다. 한편, 마을 여자들은 나가쓰노 특유의 무늬가 들어간 견직물을 만들 수 없을지 이런저런 방법을 놓고 궁리를 거듭하고 있고, 아카네도 거기에 참여하고 있다.

나카무라의 길쌈 가옥은 촌장 나가하시 가가 지금의 저택을 짓기 전에 살았던 널찍한 단층 건물을 개조한 건물로, 칸막이를 튼 넓은 마루방에 베틀 열 대를 죽 늘어놓았다. 바깥으로 갈고리처럼 돌출한 부분은 본래 마구간이었는데 그곳에도 마루를 깔아서, 피륙이나 견사를 보관하거나 얼레나 연장을 손질하는 방으로 사용했다. 해서 이 방은 수습 아가씨들이 자주 사용했지만, 오늘은 달랐다. 낯선 남자가 접이식 책상 앞에 앉아 붓을 들고 있다.

누구지? 성시에서 가끔 찾아오는 견직물 상인인가? 늘 오던 점원은 틈만 나면 아카네에게 잘 보이려고 졸졸 따라다녀서 여름철 모기떼보다 불쾌했다. 다른 점원으로 바뀌었으면 했다.

나이는 소에이와 비슷해 보였다. 양 소매를 어깨끈으로 단속한 모습이 그럴듯해 보였고 생글생글 웃는 얼굴은 견직물이라는 아름다운 물건을 취급하는 상인다웠다. 하지만 저 넓은 사카야키머리카락을 정수리 부근까지 민 형태가 의아했다. 넓은 사카야키는 무사의 상징이며 상인한테는 어울리지 않는다.

"어서 오셔요, 오다이님."

길쌈을 하는 여인들의 우두머리격인 노파 오소메가 아카네를 맞아 주었다.

"늦어서 죄송해요."

"천만에요. 사카키다 님이 다치셨다던데, 좀 어떠세요?"

소에이가 산에서 다쳤다는 거짓말은 여기서도 편리하게 쓰였다.

"가만히 누워 있지 않으니까 잘 나으시질 않네요. 그래서 오센이 화가 많이 났어요."

"저런. 금방 낫기가 어렵겠다 싶으면 촌장님 댁으로 옮겨 가시는 게 좋아요. 거긴 하녀도 많으니까. 아니면 우리 중에 누가 가서 병구완이라도 할까요?"

천만의 말씀. 정말이지 뭔가를 숨기기 위해 거짓말을 한다는 것은 쉽지 않다.

"아뇨, 오센 하나면 충분해요. 그보다 오소메 씨, 저쪽에 계신 분은 누구시죠?"

그 남자는 빙글빙글 웃는 낯으로 가옥을 둘러보며 열심히 붓을 놀리고 있었다.

"꽤 기분이 좋아 보이시는데, 상가 점원이신가요?"

"아, 저분, 오다이님에게 아직 인사드리지 않았나요? 촌장님 댁 손님인데."

아카네는 지난 며칠 동안 나가하시 가에 들르지 않았으므로 알 길이 없었다.

"화가랍니다."

오소메는 잘 깨물리지 않는 것을 겨우 깨물듯이 이가 듬성듬성 빠진 입을 크게 놀리며 말했다. 처음 입에 담아 보는 말인 모양이다.

"사가미 분이라는데, 촌장님 댁에 잠시 묵으신대요."

떠돌이 화가인가? 나가하시 모자에몬의 권한만으로 외부인을 나카무라에 들일 수는 없으니, 필시 성의 허락을 받고 왔을 것이다.

아카네의 시선을 느꼈는지 그 화가가 손을 멈추고 붓을 내려놓았다. 아카네도 조심스레 그에게 다가갔고, 서로 정중하게 인사를 나누었다.

"오다이님이 오셨을 때 바로 인사를 드려야 했는데, 무례를 용서하십시오."

화가는 기쿠치 엔슈라고 했다. 기쿠치 가는 사가미 번의 어용화가 집안이라고 한다.

그렇다면 시원한 사카야키도 당연한 것이었다. 그는 소탈하게 후후 웃었다.

"저는 에도 후카가와의 상인 집안에서 태어났습니다. 인연이 닿아 기쿠치 가에 양자로 들어갔지만, 꼭 가문을 물려받기로 정해진 것은 아니어서, 스승이기도 한 양부의 제자들과 별반 다를 것 없는 처지입니다."

수련을 게을리했다가는 양부의 눈 밖에 나서 쫓겨날 거라고 아무렇지도 않게 말한다.

"나가쓰노에는 그림을 그리러 오신 건가요?"

"무쓰 각지를 여행하며 발길 닿는 곳의 경치나 진기한 것들을 그리고 있습니다."

이것이 수행이라고 했다.

"이런 길쌈 가옥 풍경이야 다른 지방에서도 쉽게 볼 수 있을 텐데요."

"그러나 여러분 얼굴은 쉽게 볼 수 있는 것이 아닙니다."

무슨 말인지 몰라 아카네가 고개를 갸웃거리자 엔슈는 다시 환하게 웃음을 지었다.

"얼굴에서 빛이 납니다. 여기서 일하는 것이 행복하고 하루하루 일하는 보람을 느끼기 때문이겠지요. 저는 많은 곳을 여행했지만 주민들 얼굴이 이렇게 빛나는 곳은 드뭅니다."

나가쓰노 주민들은 다른 지역보다 뒤처진 양잠업을 일으키려고 한마음으로 매진하고 있다. 성과가 나타나 살림이 피면 더욱 사기가 오르고 의욕이 끓어오를 것이다. 이는 분명 좋은 일이다.

그러나 조건이 있다. 소야 단조에게 복종해야 한다는.

"이 양잠 장려책은 오다이님의 오라버니 되는 분의 발안이었다고 하더군요."

아카네의 켕기는 마음이나 '장려책'의 이면을 알 리 없는 엔슈이므로, 그의 표정은 밝기만 했다.

"오라버니는 타지 사람이어서, 다른 지방에서는 널리 이루어지는 산업이 나가쓰노에서는 왠지 발달되지 않았다는 것을 금방 알아챘을 뿐입니다."

화제를 바꾸고 싶어서 아카네는 엔슈의 손 아래를 들여다보았다. "오, 정말 길쌈 가옥 사람들을 그리시는군요."

"예. 아직은 대강 밑그림뿐입니다."

그는 이런 밑그림이나 소묘에 사용하는 것으로 짐작되는, 한쪽을 철한 커다란 공책을 한 장 한 장 들춰 가며 그림을 보여 주었다. 베틀 앞에 앉은 여인들. 얼레를 돌리는 처녀들. 어머니들이 베를 짜는 동안 갓난아기를 돌보며 공방 구석에서 노는 아이들. 필묵통의 붓 한 자루만으로 굵은 선과 가는 선, 쪽 뻗은 선과 둥글게 휜 선을 자유자재로 구사하여 인물의 생생한 동작과 공방에 흐르는 공기까지 그려 냈다. 아카네는 화가의 통통한 얼굴을 다시 쳐다보았다.

"일하시는 데 방해되지 않도록 최대한 조심하고 있으니 여기에 오다이님을 그려 넣어도 되겠습니까?"

"엔슈 님이 그리고 싶은 그림이 보였다면 얼마든지 그리세요."

오호—, 하며 엔슈가 감탄했다.

"역시 오다이님이시군요. 화가인 저에게 '그림이 보였다면'이라고 말씀하시다니."

아첨이 아니라 정말로 감탄한 것처럼 보였다. 화가라는 별난 직업을 가진 사람들은 대개 이렇게 솔직하고 무엇 하나 감추려고 하지 않는지도 모른다. 조금 부럽기까지 했다.

그 뒤 아카네가 베를 짜고 있을 때 촌장 모자에몬이 찾아왔다. 열심히 그림을 그리고 있는 엔슈를 보고,

"아, 여기 계셨군요."

하고 커다란 목소리로 말하더니 아이를 꾸짖을 때처럼 양손을 허리춤에 댔다.

"조반을 드시고 나가셔서 감감무소식이니, '철포 탄환'이란 선생님 같은 분을 두고 하는 말이군요."

"선생님이란 호칭은 빼 주세요, 촌장님."

엔슈는 웃으며 대답하면서도 붓질을 쉬지 않았다. 촌장이 들어오자 공방 여인들이 보여 주는 새로운 분위기가 그의 흥미를 끈 것이다.

"그런데 조호지 절長寶寺의 창고 말입니다만, 주지 스님이 허락하셨습니다. 언제든 편할 때 가면 보실 수 있습니다."

마침 간식 시간이라 모자에몬은 다과를 들면서 말했다.

"허나 역시 오래된 물건이고, 거기에 넣어 둔 이래 손질한 적도 없답니다. 해서 곰팡이가 피거나 갈라져서 도저히 볼만한 게 못

될지도 모릅니다.”

“괜찮습니다. 여하튼 직접 손에 들고 구경하고 싶군요.”

아카네가 모자에몬에게 무슨 이야기냐고 눈빛으로 물었다. 그러자 엔슈가 대답했다.

“이 지역에는 옛날에 에마를 공양하는 풍습이 있었다고 들었습니다.”

“소원을 적어 넣는 그 에마 말인가요?”

모자에몬이 고개를 저었다. “지금은 완전히 사라진 풍습이니 오다이님이 모르시는 게 당연합니다.”

나가쓰노에서는 봉납 에마를 신사가 아니라 절에 바친다. 저승에 간 망자가 생활하는 데 부족함이 없도록 신변 물품을 에마에 그려서 공양하는 것이다. 저승에서 이렇게 누리며 살 수 있게 해 달라는 바람을 담아서 호사스러운 물품을 그리는 경우도 많았다고 한다.

“그러므로 에마라고 해도 결코 작지 않습니다.”

모자에몬은 양손을 가볍게 벌려 허공에 직사각형을 그려 보였다.

“우리가 매년 가을 피안이 시작될 때 바쳤던 에마는 이 정도 크기였지요.”

“제법 크군요. 그것도 창고에 남아 있으면 좋겠습니다만.”

아카네는 여전히 이해가 되지 않았다. “봉납 에마를 바치는 관습은 왜 사라졌죠?”

촌장은 주변을 힐끗 보았다. 여자들은 간식을 먹으며 수다를 떨기에 여념이 없었다.

"금지령이 떨어졌습니다."

절이나 신사에 에마를 바치는 것, 금품을 받고 에마에 그림을 그려 주는 행위가 일체 금지되었다.

"조상님을 위해 에마를 바칠 뿐이라면 전혀 탓할 것이 없지만, 봉납 에마가 유행하게 되자 에마에 그림을 그리는 일이 쓰노사키 성시에 있는 무가의 부업거리가 되었습니다."

엔슈가 짝, 하고 박수를 한 번 쳤다. "아하, 하사들은 부업에 열심이니까요. 녹봉만으로는 먹고살 수 없으니, 어디나 다 그렇지요."

역시 조심하지도 않고 거침없이 말한다. 봉납 에마에 그림을 그리는 일은 재주와 교양이 조금은 있어야 할 수 있는 것이므로 나가쓰노 번 하사가 생활비를 버는 데 꼭 맞는 부업이었다.

모자에몬은 목소리를 낮췄다. "그게 주군의 노여움을 샀어요. 호사품을 그려서 돈을 벌다니, 나가쓰노의 무사가 할 짓이 아니라고."

이십 년쯤 지난 일이라고 하므로 류자키 다카모치의 부친 시대였다. 선대 주군은 무사가 걷는 길은 험하고 고고해야 한다고 믿는 군주였으며 투박한 기풍을 선호했다.

"이 금지령 때문에 당시 절에 보관되어 있던 에마를 모두 꺼내 불태웠지요. 다만 신도의 소원이 담긴 에마를 불태우면 안타깝다며 에마를 몰래 숨겨 둔 절도 있었습니다."

나카무라의 고찰 조호지도 그런 절 가운데 하나라고 한다.

"엔슈 님은 그걸 보고 싶어 하시는군요."

이제야 무슨 이야기인지 이해가 되었다. 엔슈는 고개를 크게 끄덕이며 눈알을 반짝였다.

"그림을 업으로 하는 화가보다는 부업 삼아 그리는 무사에게 봉납 에마를 맡기는 경우가 많아지면서 독특한 기법이 생겨난 것으로 보입니다. 글이라면 몰라도, 그림이라면 지체 낮은 무사들은 대개 체계적으로 배우지 않으니까요."

부업이니 주문을 받아 그림을 그리는 형식인 데다, 주문을 받은 이들도 일정한 규칙이나 기초 정도는 공부했어도 저마다 어깨너머로 배운 대로 그리는 바람에 곳곳에 서툰 묘사나 취향이 남았다. 따라서 독특한 표현을 보여 주게 되었다고 엔슈는 열띠게 말했다.

"문외한의 그림이 엔슈 님 같은 뛰어난 분에게 무슨 참고가 될까 싶은데요."

"천만에요. 저는 아직 미숙합니다. 보고 듣는 모든 것들이 그림 수련의 밑거름이 됩니다."

모자에몬은 눈가의 주름을 깊게 만들며 쓴웃음을 지었다. "성시에서 저희 집에 도착하자마자 마구간 앞에 주저앉아 화선지부터 펼치시더군요. 얼마나 놀랐는지 모릅니다."

"나카무라의 마구간 구조가 재미있어서요. 사람 사는 공간과

붙어 있는데, 마가리야L자 평면도를 보여 주는 전통 민가와 달리 중간에 부엌이 있더군요. 중정이 있어서 그곳에 우물을 둔 집도 있고요."

엔슈는 본인 말대로 무쓰 여기저기를 돌아보는 듯했다. 아카네가 슬쩍 떠보았다. "엔슈 님은 나가쓰노에 오시기 전에는 어디에 계셨나요?"

"보름쯤 전까지 센다이에 있었습니다. 그전에는 도노에 있었고요."

손가락을 꼽아가며 자신이 들른 지역을 몇 군데 말했다.

"여기 나가쓰노에서는 경치와 풍속 말고도 오오타라야마를 꼭 그려 보고 싶습니다. 산신이 계시는 산이라고 하더군요."

"예. 정말 아름다운 산이지요."

"험준해서 올라가기 힘들겠지요? 산신이 계시다고 알려진 산은 대개 그렇더군요."

"입산이 금지된 곳이라," 모자에몬이 슬쩍 끼어들었다. "올라갈 수 없습니다."

엔슈는 짓궂은 방해에 초조해진 아이 같은 얼굴을 했다. "어떻게 좀 안 될까요? 원경과 근경을 다 그리고 싶거든요."

"산에 관한 한 저희도 마음대로 못합니다."

아카네가 슬쩍 물어보았다. "고야마와 교섭해 보셨나요?"

모자에몬이 펄쩍 뛸 듯한 태도로 반응했다.

"오다이님, 무슨 말씀을!"

그는 둘 사이에서 어리둥절해하는 엔슈에게 말했다.

"저쪽에서도 틀림없이 입산을 금지했을 겁니다. 아주 오래전부터 오오타라야마에는 산신님이 계시다고 했으니까요."

"아, 그렇습니까."

낙담하는 화가의 대답에 아카네는 내심 실망했다. 엔슈는 아직 고야마에는 들르지 않았단 말인가. 조금이라도 그쪽 상황을 안다면 슬쩍 이야기나 들어 볼까 했는데.

왠지 마음이 안정되지 않아 아카네는 평소보다 조금 일찍 합숙소로 돌아왔다. 와 보니 오센과 영감과 미노키치가 부엌에 모여 있었다. 오센이 밥을 짓고 영감과 미노키치가 거들고 있었다. 셋은 입을 모아 "오다이님 돌아오셨습니까" 하고 인사했다.

"오늘은 미노키치가 기특하게 일을 거들고 있구나. 그렇죠, 영감님?"

영감은 안 그래도 좁쌀 같은 눈을 더 가늘게 뜨며 고개를 끄덕였다.

"뒤뜰을 쓸고 콩 껍질 까고, 조와 피도 빻고."

오센이 죽 늘어놓자 미노키치가 끼어들었다. "버, 버섯도 따오고."

"버섯은 아직 이르지 않나."

놀라는 아카네에게 오센은 낯을 찡그렸다.

"소에이 님이 데려가셨어요."

"뒷산에 올라가니까 무섭지 않던?"

미노키치는 어색하게 고개를 끄덕였다.

"버섯은, 아직 없었지만요."

핑계가 어설펐다. 자리공 따러 간다고 하면 괜찮았을 텐데.

"뭔가 기억이 나거나 기분이 언짢아지지 않던?"

"전혀요" 하면서 도리질을 하는데 미노키치의 목 동작이 이상했다. 머리도 오른쪽으로 살짝 기울어 있다.

"미노키치, 여기가 아픈 거 아니니?"

손가락으로 만져 보니 목 오른쪽에서 뒤쪽까지 딱딱하게 뭉쳐 있다. 동작이 이상한 것도 그 탓으로, 목을 돌리거나 뒤로 젖히지 못하는 듯했다.

"갑자기 돌리면 더 나빠질지도 몰라."

그때 뒤뜰을 돌아왔는지 소에이가 통용문으로 불쑥 얼굴을 내밀었다.

"아아, 배고프다. 냄새 좋은걸! 오센, 오늘 저녁 반찬은 뭐지?"

기분 좋게 큰 소리로 묻고 나서야 아카네를 알아보았다. "아카네 님, 돌아와 계셨군요."

"지금 그런 인사가 나옵니까!"

당사자 미노키치는 눈만 끔뻑거리고 아카네와 오센이 설명을 하자 소에이는 미노키치의 목을 만져 보았다.

"에이, 소란 피울 정도는 아니군요."

근육이 뭉쳤을 뿐이라고 했다.

"이리 와봐. 고쳐 줄 테니까."

그는 미노키치를 데리고 아이가 잠을 자는 동쪽 방으로 갔다.

아카네도 따라갔다. 외출했다 돌아온 소에이가 발도 씻지 않고 들어온 탓에 복도에 커다란 발자국이 듬성듬성 찍혔다. 그래서 오센이 또 화를 냈다. 아카네가 웃음을 참으며 살펴보니 미노키치도 웃음을 참고 있었다.

"들어 와서 여기 엎드려라."

미노키치는 아카네의 얼굴을 힐끔 보고 나서 방 한복판에 엎드렸다. 새삼 이렇게 보니 몸이 가늘고 발도 작다.

"그때 동굴 같은 곳에 머리를 처박고 하룻밤 보낸 것 같더구나. 그러니 목이 뭉칠 만하지."

베개를 잘못 베어 목이 뭉친 것과 비슷한 거라고 했다.

"하지만 지금까지는 아무렇지도 않았는데요."

엎드린 미노키치는 콧등을 다다미에 대며 말했다.

"다른 데가 더 아플 때는 느끼지 못하지. 사람 몸은 아주 잘 만들어졌어. 여러 군데가 동시에 아프지는 않아."

소에이는 미노키치의 옆에 앉아 양손으로 아이의 목과 등과 옆구리를 주물렀다.

"여기가 아프니?"

"네."

"여기는?"

"안 아파요."

"무릎을 구부려 봐."

미노키치는 얼른 발을 번쩍 들며 무릎을 구부렸다. 그 바람에 몸을 조금 숙이고 있던 소에이는 소년의 뒤꿈치에 얼굴을 얻어맞았다.

"어이, 어이, 이러다 내가 다치겠다."

아카네는 다시 웃고 말았다.

"흠, 역시 그냥 뭉친 거다. 미노키치, 힘을 빼고 편안하게 있어."

소에이는 미노키치의 오른쪽 엉덩이 아래를 주무르기 시작했다. 엄지손가락으로 꾹꾹 누르듯이 주물렀다.

"에헤헤" 하고 미노키치가 웃었다. "간지러워요."

그러자 소에이는 손바닥으로 미노키치의 오른쪽 엉덩이 아래를 철썩철썩 때리기 시작했다. 때릴 때마다 미노키치의 어깨까지 흔들리니까 꽤 세게 치는 것이다.

이러다 어디가 잘못되는 것은 아닐까. 말려야 할지 말지 아카네가 망설이고 있는데, 뒤에서 발소리가 들리고 오센이 나타났다.

"어? 소에이 님, 미노키치가 아프다고 한 곳은 목이에요, 궁뎅이가 아니라."

그랬다. 아카네도 그래서 당황했던 것이다.

소에이는 천연덕스러운 표정을 짓고 있었다.

"알아."

그대로 계속 철썩철썩 때리고 엄지로 꾹꾹 눌렀다. 미노키치가 목을 울리며 "크크크" 하고 웃었다.

"웃을 때가 아냐, 미노키치. 소에이 님이 네 궁뎅이를 목덜미로 착각하고 계신단 말이야."

됐다, 라고 하며 소에이가 손을 멈췄다. "미노키치, 일어나서 목을 돌려 봐라."

미노키치는 발딱 일어나 일동 앞에 앉아 조심스레 목을 돌려보았다. 아이의 눈이 동그래졌다.

"아프지 않아요."

작은 손으로 제 목덜미를 문지른다.

"뻣뻣하지도 않고요!"

아카네와 오센도 미노키치의 목덜미를 만져 보았다. 아까는 그렇게 딱딱했던 목덜미가 정말로 부드러워졌다.

"소에이 님, 뭘 어떻게 한 거예요?"

소에이는 입을 다문 채 웃었다. "제가 뭐랬어요, 요술사라니까."

아카네도 오센도 그저 놀랄 뿐이었다.

"미노키치, 다시 한 번 엎드려 봐. 다른 곳도 해 줄 테니까."

미노키치가 왼쪽 견갑골 근처가 조금 결린다고 하자 소에이는 소년의 왼팔을 비틀어 올려 손바닥이 천장을 향하게 했다.

"어! 그러다 어깨 빠지겠어요!"

"오센, 괜찮으니까 잠자코 지켜보자."

"미노키치, 내가 셋을 셀 동안 이 자세로 있는 거다. 내가 팔을 내리려고 힘을 줄 테니까 너는 팔이 내려가지 않도록 버텨. 셋을

다 헤아리면 힘을 빼는 거다. 알았지?"

하나, 둘, 셋. 소에이가 "좋아" 하고 말하자 미노키치는 힘을 빼며 팔을 툭 떨어뜨렸다. 이 짓을 여러 번 반복한 뒤 미노키치를 일으켜 심호흡을 하게 했다.

"어때?"

"이제 안 아파요!"

미노키치가 두 팔을 힘차게 돌렸다. 그 주먹이 소에이의 코를 정통으로 쳤다.

통증이 깨끗이 가신 미노키치는 욕실 물을 데우려고 준비하는 가스케를 거들려고 뒤뜰로 나갔다. 오센은 부엌으로 돌아왔다.

"그건 '활법'이라는 기술입니다."

예전에는 특별히 신기한 기술도 아니었다고 소에이는 말했다. 미노키치의 주먹에 얻어맞은 콧잔등이 빨갛다.

"전장에 나선 무사들이 다음 전투에서도 잘 움직일 수 있게 지치고 아픈 몸을 회복하려고 서로 궁리해서 발전시킨 기술이죠."

그래서 전쟁으로 세월을 보내던 시절에는 무사들 사이에 널리 알려져 있었다고 한다.

"화살과 칼에 다친 상처나 골절 같은 것은 못 고칩니다. 그러나 피로에서 오는 결림이나 마비 혹은 염좌라면, 당장 버틸 수 있는 만큼 개선할 수 있고, 완치할 수도 있어요. 전쟁에서 중요한 기술이지요. 승승장구할 때는 말할 것도 없지만, 패주할 때도 최대한 많은 병력이 자력으로 움직일 수 있어야 하거든요."

오센이 대야와 수건을 가져다주자 소에이가 지저분한 발을 닦았다.

"그런 기술이 이렇게 신기한 재주가 되었다는 건 세상이 그만큼 평화로워졌다는 거죠. 좋은 일이에요."

좋은 일이라고 말하는 목소리에 평소의 그답지 않게 살짝 가시가 있는 것처럼 느껴져서, 아카네는 귀를 콕 찔린 기분이었다.

소에이가 지저분해진 수건을 빨려고 하자 아카네가 손을 내밀며 말렸다.

"아뇨, 아카네 님한테 이런 일을 떠넘길 수 없죠."

"괜찮아요."

대야 물로 수건을 빨면서 아카네가 물었다. "그럼 소에이 님은 나가쓰노 식으로 말하자면 의원 가문 출신이 아니라 번사 가문 출신이군요."

"예. 사카키다 가는 의원 집안이 아닙니다."

그렇게 말하고 소에이는 흥흥 하고 코로 웃었다.

"자존심만큼은 내다팔아도 될 만큼 풍족했던 가난뱅이 고케닌 쇼군 직속 하급 무사입니다. 나흘을 굶어도 이쑤시개를 물고 다닌다고 하는 무사 집안이지요."

그 말투에서도 가시가 느껴졌다. 집안 어른과 갈등이 있었나? 떠돌아다니는 처지와 집안 사정이 무슨 관련이 있는 것일까?

애초에 이 사람은 어떤 사람일까? 그것을 물어볼 좋은 기회인지도 모른다. 그런 궁리를 하는 아카네의 심중을 헤아리기라도 한 듯이 소에이는 씨익 웃어 보였다.

“그래도 뭐, 제가 이렇게 떠돌아다닐 수 있는 것도 그런 집안 출신, 그런 신분이기에 가능한 거니까 너무 나쁘게만 말하면 천벌을 받겠죠.”

지금은 이 정도로 만족하고 더 캐묻지 마라. 아카네는 그런 뜻으로 받아들였다. 굳이 감출 일은 아니지만 굳이 말하고 싶지 않은 일이라면 누구나 가지고 있다. 아카네도 마찬가지다. 아니, 애써 감추고 싶은 것이 있다.

“저녁밥 전에 험담으로 입맛을 망치면 안 되니까요.”

“네, 그래요.”

수건을 꼭 짜며 아카네가 미소를 지었다. 이 사람은 도저히 당해 낼 수가 없다.

“하지만 소에이 님, 생각할수록 신기하군요. 왜 아픈 목을 고치는 데 엉덩이를 치는 거죠?”

“아, 아무렇게나 철썩철썩 때리는 건 아닙니다.”

소에이는 쑥스러운 듯이 웃는다.

“사람 몸에는 우선 골격이 있고 그 위에 살이 붙어 있죠. 그리고 뼈와 살, 살과 살을 근육과 힘줄이 이어 줍니다.”

전부 연결되어 있지요, 하고 자기 팔을 굽혔다 폈다 했다.

“목을 지탱하는 근육은 등에서 허리를 지나 엉덩이 밑까지 한 줄기로 죽 이어져 있어요. 그래서 목 언저리가 뭉치거나 쑤실 때 엉덩이 근방을 풀어 주면 목도 좋아집니다. 뭉친 데가 풀어지면 혈액 순환이 좋아지고 움직임도 부드러워지지요."

실을 팽팽하게 당기다가 한쪽을 늦추면 자연히 다른 쪽도 느슨해진다. 그와 같은 원리일까?

"사지 달린 동물은 모두 그렇습니다. 몸 전체가 다 연결되어서 움직이죠."

"그럼 미노키치의 팔을 이렇게 비틀어 올린 까닭은요?"

"뒷산에서 쓰러진 미노키치는 평소에 취할 리 없는 자세로 하룻밤을 보냈습니다. 그대로 굳어져 버린 팔 근육에 역방향의 힘을 가해서 풀어 준 겁니다."

활법은 강한 힘이 필요한 기술이 아니므로 요령만 터득하면 아카네도 할 수 있다고 했다.

"몸은 다치거나 지쳤을 때 스스로 치유하려고 합니다. 그것을 살짝 거들 뿐이지요."

그렇군요, 하며 아카네가 고개를 끄덕였을 때, 창문 밖에 펼쳐진 뒤뜰에서 자지러지는 비명이 들려왔다.

미노키치의 목소리였다. 아카네는 자기 얼굴에서 핏기 가시는 소리가 들린 듯했다. 소에이가 펄쩍 뛸 듯이 일어나 창문을 넘어 밖으로 뛰어나갔다. 아카네도 뒤뜰로 뛰어갔다.

"왜 그래!"

장작 창고 옆에 가스케와 미노키치가 쪼그려 앉아 있었다. 둘은 쪼갠 장작을 묶어서 정리하는 중이었던 모양이다. 도끼는 창고 문가에 기대어져 있고 빗자루는 땅에 널브러져 있다.

미노키치는 가스케의 품에 얼굴을 묻고 막무가내로 매달리고 있었다. 온몸으로 보호하듯이 미노키치를 꼭 안은 가스케는 낭패한 나머지 눈빛이 흔들리고 있었다.

"가스케, 미노키치가 왜 그러지?"

아카네가 숨을 죽이며 물었을 때 장작 창고 그늘을 들여다보던 소에이가 뒤를 돌아보았다. 아카네를 본 그는 미간을 찡그렸고, 얼굴이 험악해졌다.

"오, 오다이님, 배, 뱀이 나왔어요."

미노키치가 자꾸 파고드는 바람에 가스케가 쿵, 하고 엉덩방아를 찧고 말았다.

"뱀?"

"구렁이예요. 꽤 큽니다."

잠자고 있어요, 하고 소에이가 말한다.

"아카네 님은 뱀이 무서우시지 않나요?"

"저는 산골에서 컸거든요."

미노키치의 등에 손을 대자 떨림이 고스란히 느껴졌다. 이를 앙다물고 떨고 있었다.

"미노키치, 다들 여기 있으니까 괜찮아."

아카네는 소년의 등을 가만히 쓸어 준 뒤 일어나 창고 그늘을 들여다보았다.

저도 모르게 감탄하고 말았다. "오, 정말 크네요."

똬리를 틀어서 가늠하기는 어렵지만 어른이 두 팔 벌린 길이는 됨직한 구렁이로, 대가리가 아카네의 주먹만 했다. 똬리의 절반은 덤불에 가려져 있다. 이렇게 사람 그림자가 가까이서 어른거려도 태평하기만 하다.

배가 부른 것이다. 토끼라도 삼킨 참인지 배가 크게 부풀었다.

"빗자루로 쓸면서 창고 뒤쪽으로 가던 미노키치가 갑자기 비명을 지르며 저한테 달려오더라고요."

가스케는 아기를 안듯이 미노키치를 안아 주고 있었다.

"미노키치, 뱀은 배가 불러서 자고 있어. 안 물어. 무서울 거 하나도 없다니까."

소에이의 말에 미노키치는 가스케의 품에 머리를 묻은 채 도리질을 했다. 아카네가 곁으로 다가가 다시 등을 쓸어 주려고 하자 움찔하며 가스케를 떠밀다시피 한 뒤 도망치기 시작했다.

"얘, 기다려!"

소에이가 껑충 뛰어가 미노키치의 목깃을 움켜쥐고 끌고 돌아왔다. 눈을 휘둥그레 뜨고 이를 악문 미노키치가 양손을 허우적거리고 다리를 버둥거리며 도망치려고 했다.

"미노키치, 정신 차려!"

소에이는 미노키치의 몸을 잡아 자신과 마주 보게끔 휙 돌려세운 다음 양 어깨를 붙들고 흔들었다. 아이의 머리가 덜걱덜걱 흔들렸다. 눈동자가 위로 쏠렸다.

"날 봐! 미노키치, 날 보라고!"

소에이가 코가 닿도록 얼굴을 가까이 대고 큰 소리로 불렀다. 미노키치는 온몸을 버대고 저항하며 여전히 도망치려고 했다.

곤혹스러운 표정을 띠고 엉거주춤하게 서 있는 가스케가 미노키치를 불렀다. "뱀들은 이제 막 땅속에서 나오는 참이야."

소에이가 미노키치의 볼을 찰싹 때렸다. 위로 쏠려 있던 눈동자가 제자리로 돌아오고 덜걱거리던 목도 중심을 잡았다.

가스케는 열심히 설명했다. "뱀이 잠이 덜 깨서 이런 곳에 나온 거야. 물지는 않아."

아카네는 더 가까이 다가가 목을 빼고 들여다보았다. 배가 불러 잠에 취해 있는 뱀도 역시 주위의 소란이 거슬렸는지 똬리를 풀고 덤불 속으로 스륵스륵 사라져 갔다.

"미노키치, 뱀은 이제 없어. 가 버렸어. 더 이상 무서워하지 않아도 돼."

미노키치의 눈이 초점을 찾아, 바로 앞에 바짝 다가와 있는 소에이의 얼굴을 알아보았다.

"나, 나는."

목소리가 또렷하지 않다. 소에이가 허리띠에 꽂아 둔 수건으로 미노키치의 입가에 묻은 거품을 닦아 주었다.

"어때, 조금 마음이 놓여?"

미노키치는 소에이의 눈을 쳐다보며 고개를 끄덕였다. 그런 다음 아카네와 가스케를 보고 이번에는 소리 내어 "예" 하고 대답했다.

"나랑 같이 숨을 크게 쉬어 보자."

들이마시고, 내쉬고, 들이마시고, 내쉬고. 미노키치의 얼굴에 핏기가 돌아왔다.

아카네는 가스케에게 귀띔했다. "여기는 됐으니까 가서 오센을 도와주렴."

가스케는 걱정스레 연방 뒤를 돌아보며 집 안으로 들어갔다.

"미노스케, 한 가지 묻자."

소에이는 아이의 여린 어깨를 안은 채 엄한 목소리로 물었다.

"예전에 그런 큰 뱀한테 혼난 적이 있냐?"

미노키치의 볼에 굵은 땀이 주르륵 흘러내렸다.

"아뇨."

"그럼 왜 그렇게 뱀을 무서워하지?"

아이의 매끈한 이마에 주름이 잡힌다. 미노키치는 말을 고르는 듯했다.

"뱀…… 은 아니지만."

그놈이 뱀과 비슷하거든요, 하고 중얼거린다.

소에이는 의아한지 미간에 주름을 지었다.

"그놈?"

미노키치의 눈동자가 다시 위쪽으로 올라가려고 했지만 이번에는 스스로 참아 냈다. 아이는 입술을 꼭 깨물고 두 주먹을 세게 쥐었다.

"그리고, 정말, 엄청나게 컸어요."

다시 이를 앙다물고 있는 데도 미노키치는 희미하게 떨기 시작했다.

"미노키치, 무슨 소린지 모르겠구나. 그놈이라니, 그게 어떤 건데?"

힐문하듯 묻는 소에이를 보다 못해 아카네가 끼어들었다. "소에이 님, 그렇게 다그치지 말아요."

"조용히 해 주세요!"

소에이는 날카롭게 제지하면서 미노키치에게서 시선을 떼지 않았다.

"그놈이란 게 뭐지? 뱀과 비슷하지만 뱀은 아니고?"

잠시 뜸을 두고 나서 미노키치가 고개를 끄덕였다.

"그리고, 아주 크단 말이지? 어느 정도나 크지?"

"파수막보다 커요."

"파수막이라니?"

"집. 할배랑 살던 집."

"미노키치와 할아버지가 살던 집?"

"네."

"이 장작 창고만 한 집이냐?"

"더 커요!"

미노키치는 싫다고 도리질을 하듯 고개를 젓더니 문득 발끈한 것처럼 빠르게 말했다.

"할배는 우리 동네 파수꾼이거든요. 파수막은 할배가 마을 형들의 도움을 받아 지은 거예요. 나도 조금만 더 크면 오두막 짓는 것 정도는 도울 수 있다고 말했는데."

"알았다, 미노키치, 잘 알았으니까."

미노키치는 숨을 죽이고 잠깐 입을 다물고 있다가 낮게 중얼거렸다.

"그건…… 산이에요."

"뭐? 무슨 말이야?"

"고스케 아저씨가 그랬어요."

"고스케는 누구지? 니다니무라의 주민이냐?"

"예."

"너와 같이 있었니?"

"하지만, 금방 없어지고 말았어요."

"놓쳐 버린 거냐?"

미노키치는 대답하지 않았다. 그대로 굳어 버린 사람처럼 가만히 있었다. 뭔가를 떠올리며 마음의 눈으로 보고 있다. 다시 보고 있다. 다시 체험하고 있다.

마침내 몸을 부르르 떨고 비로소 소에이의 눈을 들여다보며 이렇게 물었다.

"소에이 님은 여행을 많이 하셨죠?"

소에이는 가볍게 눈을 깜빡거렸다. "응? 뭐, 여기저기 다녀보기는 했는데."

"다른 산에도 그런 게 있나요?"

거기서 말이 끊겼다. 미노키치의 눈동자가 흔들렸고, 몸이 희미하게 떨리면서 두 무릎이 후들거렸다.

소에이는 미노키치에게 얼굴을 더 가까이 들이밀고 목소리를 한껏 낮춰 천천히 물었다.

"그런 거라니, 어떤 걸 말하는 거지?"

미노키치는 이를 앙다물고 있다.

"더 자세히 말해 봐. 어떤 거지?"

아카네도 숨을 죽이고 미노키치의 작은 얼굴을 쳐다보았다. 뭘 말하고 싶은 거지? 무엇을 보았지?

속삭이는 목소리로 미노키치가 말했다.

"괴, 괴물."

그 말에 비로소 둑이 터졌다. 두 눈에서 눈물이 쏟아졌고 미노키치는 이에서 딱딱 소리가 나도록 몸을 벌벌 떨었다.

"동네 사람들 모두, 그놈한테, 그 괴물한테 잡아먹혔어요! 고스케 아저씨도, 우리 할배도 돌아오지 않아요. 우리 동네 최고 포수인데!"

으앙, 하고 소리 내어 울기 시작한 미노키치를, 소에이는 달래기보다는 오히려 손을 떼고 내버려두었다. 미노키치는 양손으로 얼굴을 가리고 몸을 떨며 울었다.

"나도, 산길에서, 그놈한테 먹혔어요. 도망칠 수가 없었어요. 그놈의 커다란 아가리가 눈앞에 나타나, 숨이 막히고, 캄캄하고, 아무것도 볼 수 없어서, 나는, 나는"

합숙소에 고였던 공포와 분노를 모두 게워 내듯이 외치는 그 말에 아카네와 소에이는 그저 망연자실할 뿐이었다.

5

고비나타 나오야가 야지의 등만 쳐다보며 묵묵히 산길을 오르고 또 올라서 힘겹게 도착한 니다니무라는 각오했던 것보다 더 참담한 모습으로 변해 있었다.

모두 부서지고 불타 버렸다. 인기척은 전혀 없었다. 있는 것이라고는 죽음의 기운과 죽음 같은 정적뿐이었다. 산새들이 지저귀는 소리도 들리지 않았고 생쥐 한 마리 보이지 않았다. 마을 남쪽을 흐르는 냇물에서도 물고기가 자취를 감추었다.

조사를 위해 파견된 번사 부대는 어디로 갔을까? 삿갓 하나 떨어져 있지 않았다.

나오야는 아무 말도 못하고 있었고, 이때 마침내 야지가 입을 열어 대신 말했다.

"여기엔 목숨 붙어 있는 게 하나도 없어."

표정은 날카롭지만 말투는 차분했다. 뜻밖의 부드러운 목소리였다.

"그, 그래?" 하고 나오야가 말했다. 안 돼, 내가 겁을 집어먹으면 어쩌자는 거야.

"주변을 조사해 보자."

둘이 구역을 나눠 무너지거나 불탄 집들을 조사했다. 주민들이 손에 잡히는 대로 농기구와 연장을 들고 뭔가와 싸운 듯한 흔적이 보였다. 화재 원인은 한 가지가 아닌 듯했다. 난리 통에 등불이 쓰러져 불이 난 곳도 있고 명백히 기름을 뿌리고 불을 지른 곳도 있었다.

마을을 에워싼 숲 속으로 깊이 들어갔다가 더 기이한 것을 발견했다.

"이건 뭐지?"

잡초를 평평하게 다져 놓았다. 짚방석만 한 크기였다.

야지가 무뚝뚝하게 대답했다. "발자국."

그 형태를 보고 나오야도 그렇게 생각하기는 했다. 발가락처럼 생긴 자국이 희미하게 보인다. 하지만 감히 믿기지가 않아서 그렇게 물었던 것이다.

"이렇게 큰데?"

야지는 고개를 끄덕이고 콧잔등에 잔주름을 모았다. "냄새도 남아 있어."

동요한 탓인지 나오야는 아무 냄새도 맡지 못했다. 이마의 땀을 훔치고 푸른 하늘을 우러러보았다. 지금은 이 밝은 햇볕이 마음 든든하다.

"여기 있어 봐야 소용없어. 혼조무라로 가보자."

혼조무라는 북부 2조 다섯 마을의 중심지다. 하카리야라는 옥호를 가지고 촌장을 맡고 있는 이즈미 긴지로가 있고 산번 번사들의 주둔소도 있다. 조사를 맡은 번사 부대도 지금 거기에 있는지도 모른다.

관저시에서 니다니무라까지는 한나절쯤 걸리고, 니다니무라에서 혼조무라까지의 거리는 대략 이십 리이다. 병에서 막 회복한 나오야의 걸음으로도 일 각약 2시간이면 충분히 도착할 수 있다.

"너도 빨리 다쓰노스케를 만나고 싶겠지."

야지는 매달리다시피 하며, 니다니무라로 떠나는 다쓰노스케를 따라가고 싶다고 호소했다고 한다. 그 심중을 헤아려 이렇게 말해 보았지만 대답이 없었다. 야지의 옆얼굴은 차가웠다. 야지는 나오야에게는 눈길도 주지 않은 채 재빨리 앞장서서 걷기 시작했다.

마을에서 서쪽으로 뻗은 오솔길에는 아무 일도 없었던 것처럼 작은 꽃들이 하얗게 피어 있었다. 길은 잘 다져졌고 주위 나무들도 가지가 잘 정리되어 있었다. 니다니무라 주민들의 근면한 생활을 보여 주는 듯했다.

하지만 잠시 걸어가자 눈을 의심할 만한 것이 기다리고 있었다.

강렬한 악취를 풍기는 기괴한 덩어리. 얼른 가까이 다가선 나오야는 소스라치게 놀랐다. 그것은 여러 사람의 뼈와 옷이 뒤엉켜 있는 덩어리였다. 시체들은 녹아서 질척질척했다.

"이, 이건."

질척거리는 덩어리 한쪽에서 사람 발이 튀어나와 있었다. 치밀어 오르는 욕지기에 나오야는 저도 모르게 몸을 웅크렸다. 순간 식은땀이 솟았다.

"끔찍해."

야지가 중얼거리는 소리가 들렸다.

"아마 다른 곳에도 있을 거야. 찾을 건가?"

그 물음에 나오야는 겨우 고개를 들었다. "찾으면 무슨 도움이 될까? 한 명이라도 살릴 수 있을 것 같아?"

야지는 고개를 저었다.

"그럼, 계속 가."

도망치는 걸음을 보여서는 안 돼. 나오야는 자신을 꾸짖었다.

게다가 잠시 뒤에는 숲 속 나뭇가지에 아무렇게나 걸려 있는 삿갓 하나를 보았다. 벼랑 아래 구덩이에 떨어져 있는 칼집도 보았다. 산번 번사가 사용하는 짧은 마상창이 덤불 속에 버려져 있는 것도 보았다. 자루가 부러져 있었다.

이제 불안을 넘어 공포에 시달리면서도 나오야는 간절한 심정으로 생각했다. 긴고, 너는 무사한 거지? 혼조무라 주민들을 보호하며 이 사태에 어떻게 대응할지 궁리하고 있겠지.

"야지, 하나 물어보자."

침묵이 힘겨워 나오야는 숨을 몰아쉬면서 야지의 날렵한 등에다 대고 물었다.

"나쓰 말로는 네가 산에 해박하다고? 이건 대체 뭐지? 어떤 놈의 소행인지 짐작이 가나?"

야지는 말이 없었지만 이때 나오야가 미끄러지자 재빨리 손을 뻗어 일으켜 주었다. 그러고는 말했다. "빨리 가야 해."

그 눈초리는 결연했다.

"살아 있는 사람을 빨리 만나야 해."

만나서 이야기를 들어 봐야 한다. 지금은 그것이 급선무다. 이것저것 생각하며 겁에 질려 있으면 행동만 느려질 뿐이다.

"그렇구나. 미안하다. 자, 가자."

그러나 도착해 보니 혼조무라에도 아무도 없었다.

화재가 난 흔적은 없었다. 하지만 이곳 역시 파괴의 흔적이 뚜렷이 남아 있었다. 니다니무라보다 세 배는 큰 마을인 데다 건물도 많은데, 크게 부서지지 않은 건물은 산번 주둔소와 촌장 저택 정도였다. 나머지 민가와 오두막 따위는 벽이 부서지고 판자 지붕이 망가지고 기둥이 부러져 있었다. 우물은 무너지는 바람에 저절로 메워졌고, 나무통들이 땅에 나뒹굴었다. 개중에는 무언가에 밟혀 부서진 듯한 나무통도 있었다.

"어어이! 어어이!"

야지가 소리쳐 불러도 아무 대답이 없었다. 아직 봄기운이 느껴지지 않는 산바람이 불어와 흙먼지를 피워 올렸다.

"늦었나."

낙담한 나머지 무릎이 맥없이 꺾였다. 야지의 어깨에 기대어 주둔소 안으로 들어가 보니 무구 선반도 흐트러져 있고, 흙바닥은 발자국들로 어지러웠다.

"둘러보고 온다."

야지는 즉시 주둔소를 나갔다. 나오야는 피로와 낙담에 꼼짝도 할 수 없었다. 스스로 생각해도 한심하고 미안했지만, 움직이기가 두려웠다.

만약 이곳에서도 저 끔찍하고 기괴한 해골 덩어리와 맞닥뜨린다면. 그 속에서 다쓰노스케의 머리를 발견하고 만다면.

눈앞이 캄캄해졌다. 손으로 얼굴을 감쌌다. 나쓰의 미소가 눈꺼풀 속에 떠올랐다. 시노 효고노스케의 질타가 귓전에 울렸다.

정신 똑바로 차려, 고비나타 나오야! 네가 원해서 온 거잖아.

뛰는 소리가 다가왔다. 야지다. 돌아왔다.

"사람들 발자국이 있어."

마을 서북쪽으로, 그러니까 산의 더 높은 곳으로 난 발자국이라고 한다.

"여러 명이 숲을 헤치고 올라간 발자국이야. 생긴 지 얼마 안 됐어."

야지의 목소리는 어딘지 들떠 있었다. 강렬한 눈빛. 땅을 확고하게 디딘 두 다리.

나오야는 숨을 들이마셨다. 나도 넋 놓고 있을 수 없다. 그 발자국을 따라가 보면 누군가 있을지 모른다. 희망은 있다.

나오야가 야지에게 손을 내밀었다.

"야지, 이 약해 빠진 자를 일으켜 줘. 어깨가 빠져도 좋으니 힘껏 당겨!"

야지는 정말로 가차 없이 팔을 당겼다. 나오야는 그 힘을 빌려 벌떡 일어섰다.

"좋아, 가자!"

온몸이 부르르 떨렸다.

덤불을 헤치고 나무 사이를 지나 비탈을 올랐다. 애초에 사람이 다닐 만한 곳이 아니었다. 숲을 헤치고 올라간 것으로 보이는 발자국도 야지가 아니었으면 알아채지도 못했을 테다. 산을 잘 모르는 나오야는 열심히 야지만 따라갈 뿐이었다.

마루 하나를 넘은 뒤 앞쪽에 더 험한 바위산이 나타났을 때 근처에서 불쑥 밝은 목소리가 들렸다.

"아, 산번 번사님이시다!"

올려다보니 작업복 차림의 젊은 아가씨가 있었다. 돌출한 바위벽 가장자리에 서 있는 그 아가씨가 뒤를 돌아보더니, 양손을 흔들며 더 커다란 목소리로 이렇게 외쳤다.

"촌장님! 여러분! 산번 번사님들이 오셨어요! 도와주러 오셨어요!"

혼조무라 주민들은 촌장 하카리야, 즉 이즈미 긴지로의 지휘 아래 이 바위산 옆구리에 뚫린 동굴에 숨어 있었다.

나오야와 야지는 긴지로의 마중을 받으며 동굴로 들어갔다. 어둑한 동굴은 입구는 좁았지만 속이 깊었고, 여러 갈래로 갈라져 있었다.

"아주 오래전, 도쿠가와 님이 천하를 놓고 다투셨을 때보다 훨씬 옛날에 있었던 일입니다. 고야마에서도 나가쓰노처럼 금을 캘 수 없을까, 금이 없으면 은이나 구리라도 좋으니 뭐라도 캐 보자, 하며 산을 여기저기 파헤친 적이 있다고 합니다."

이곳도 그렇게 파헤친 곳 중 하나로, 본래는 작은 동굴이었는데 사람을 동원해서 이렇게 확장해 놓았다고 한다.

나오야는 처음 보는 풍경에 놀랐지만 야지는 여전히 태연했다.

"결국은 아무것도 캐지 못했지만, 이 동굴이 이런 식으로 도움이 될 줄이야……. 아버지의 옛날얘기를 들어 둔 게 다행이었지요."

하카리야 긴지로의 나이는 마흔. 얼마 전 타계한 부친을 이어 촌장이 되었지만 충만한 기력과 체력으로 일찌감치 주민들의 믿음을 얻었다. 이 동굴로 피신하기까지의 과정을 들려주는 긴지로의 씩씩한 말투와 차분한 행동거지에, 나오야도 커다란 짐을 그에게 맡긴 듯한 기분이 들었다.

신사 숲에서 다쓰노스케한테 들었던 대로, 혼조무라 주민들이 니다니무라의 참사를 제일 먼저 파악했다. 긴지로는 주둔소의 산번 번사에게 지시를 받고 마을 남자들을 모아 니다니무라로 달려갔다가 심상치 않은 사태가 일어났음을 대번에 깨달았다.

"주둔소 번사님들과 혼조무라 주민들은 나가쓰노의 우두마두들의 짓이라고 한탄했지만, 저는 처음부터 그렇게 생각하지 않았습니다."

그래도 단순히 세금과 부역을 피해서 도망친 거라면 왜 마을을 불태웠는지 알 수 없다.

"만일 뭔가에 공격을 받고 도망친 거라면 그 상대는 짐승일 거라고 생각했지요."

단언할 수는 없었다. 여하튼 일행은 서둘러 혼조무라로 돌아가 '뭔가'의 습격에 단단히 대비하는 데 전념했다. 그럴 때 시노 다쓰노스케를 비롯한 조사대 번사들이 도착했다. 니다니무라를 둘러본 뒤에 혼조무라에 도착한 번사들 역시 여우에라도 홀린 듯한 얼굴을 하고 있었다고 한다.

"그리고 숲 속에서 커다란 발자국 같은 것들을 발견했다고 하시더군요."

나오야도 본 그것.

"그 말을 듣고 저는 역시 짐승 짓이 틀림없다고 말씀드렸지만, 조사대 대장님은 몹시 화를 내셨습니다."

이런 천치 같은 놈. 바보 같은 소리 하지 마라. 곰이라고? 들개 떼라고? 대체 어떤 짐승이 마을 하나를 텅 비게 만들 수 있단 말이냐. 주둔소 천장이 떠르르 울리도록 이렇게 노성을 질렀다고 한다.

"물론, 그건, 그 말씀이 옳습니다만……."

주둔소에서 근무하던 산번 번사들과 조사대 번사들의 의견이 갈라져, 앞으로 어떤 대책을 강구할지를 두고 논쟁이 일어났다.

그러다가, 이건 인간사냥이 틀림없다, 그러니 당장 나가쓰노의 요새를 쳐야 한다는 강경론까지 나왔다.

이미 밤이 깊었다. 그리고 니다니무라를 둘러싼 수수께끼의 '답'이 혼조무라에 나타났다.

혼조무라는 마을 동쪽에 감시를 세우고 화톳불을 밝히고 있었다. 산번 번사와 마을의 포수 들도 번갈아 가며 경계를 섰다.

그것은 그런 경계에 아랑곳하지 않고 공격해 왔다.

"그런 짐승은 지금까지 본 적도 없고 들어본 적도 없습니다."

괴물이었어요—라고 긴지로는 말했다.

"커다란 도마뱀 같기도 하고 뱀 같기도 하고 두꺼비 같기도 하고, 그러면서 곰처럼 짖는."

전말을 전하는 그의 말투는 담담하고 평온했다. 어둠 속, 혼란한 와중에 목격한 것을 당황하지 않고 최대한 상세히 전하려 노력하고 있음을 금방 알 수 있었지만, 들으면 들을수록 기괴하고 신기해서 믿기지가 않았다.

"혼조무라에는, 산번 번사 세 분을 포함해 서른두 명이 있었습니다. 지금 여기에는 열세 명이 남아 있습니다. 어쩌면 산으로 도망쳐서 다른 마을이나 관저시로 간 사람이 있을지도 모릅니다."

니다니무라처럼 전멸하지 않았던 까닭은 다른 무엇보다도 번사들이 싸워 준 덕분이라고 했다. 주둔소에서 기탄없이 논쟁을 벌이던 그들도 막상 위급한 상황이 닥치자 즉각 호흡을 맞춰 분전했다.

바위산 동굴의 갈라진 통로 안쪽에 있는, 예전에는 각종 연장을 두었던 곳으로 짐작되는 약 두 평짜리 동굴 방에서 이 대목까지 듣고 난 나오야는 더 이상 참지 못하고 이렇게 물었다.

“조사대 번사 중에 시노 다쓰노스케라는 사람이 있었을 텐데.”

말이 끝나기도 전에 하카리야 긴지로의 얼굴이 괴로운 듯 일그러졌다.

“시노 님은…….”

그 표정만으로도 대답을 짐작할 수 있었다.

‘긴고는 혼조무라를 지키다 죽었구나.’

나오야의 안색에 긴지로도 상대방이 이해했음을 눈치챘는지 합장하듯이 두 손을 모았다.

“대장님이 바보 같은 소리 하지 말라고 저를 꾸짖으셨을 때.”

—대장님, 그러지 말고 들어 보십시오. 산에 대해서라면 산에 사는 주민이 번사들보다 더 잘 압니다. 하카리야의 말을 그냥 물리치시면 안 됩니다.

“시노 님이 옹호해 주셨습니다.”

다쓰노스케다운 행동이었다. 나오야는 시선을 바닥으로 내린 채 고개만 끄덕이고 있었다.

야지는 등 뒤에 조용히 서 있었다. 곁에 있어도 모를 만큼 기척이 없는 야지이지만, 이때는 등 뒤에서 뭔가가 느껴졌다. 슬픔, 후회, 그리고 분노. 그것을 확인하기가 두려워 나오야는 차마 야지를 돌아보지 못했다.

"번사는 한 명도 남지 않았습니까?"

"두 분이 살아남으셨습니다."

모두 조사대 번사로, 한 사람은 크게 다쳐 아직도 의식이 없고, 한 사람은 괴물의 타액인지 뭔지를 맞고 오른쪽 어깨부터 등까지 화상을 입었는데, 그 부상을 견디고 있다가 습격이 끝난 뒤 관저시를 향해 하산했다고 한다.

"고야마의 모든 번사를 모아서 그 괴물을 죽이기 전에는 분이 풀리지 않을 거라고 하셨습니다."

그 번사 이름은 다카바 진고로라고 했다. 나오야도 기억하는 이름이었다. 연장자이긴 하지만 다쓰노스케가 부대 안에서 친하게 지내던 인물이다.

첫 습격 당시 이 동굴로 피신한 긴지로 일행은 숨을 죽인 채 하루하루 목숨을 이어 왔다. 그러나 관저시에서 번사들이 달려와 줄 기미는 없었다.

다카바 진고로는 산을 내려가기 전에 기진맥진해서 쓰러진 걸까? 아니면 관저시에서 그의 보고를 온전히 믿어 주지 않아 시간이 지체되고 있는 걸까? 물론 자기 눈으로 보기 전에는 도저히 믿지 못할 일이기는 했다.

다카바 진고로는 괴물의 타액 같은 것에 맞아 화상을 입었다고 했다. 나오야는 니다니무라 숲에서 발견한 참혹한 해골 더미를 떠올리지 않을 수 없었다. 사람의 몸이 녹고 있던—.

"이 동굴은 그나마 안전하군요."

"예. 닥치는 대로 삼키던 괴물도 아직 이 근방에는 나타나지 않았습니다."

주민들은 입고 있던 옷만 그대로 걸친 채 도망쳤다. 물은 멀지 않은 곳에서 길어다 먹을 수 있지만, 식량과 옷은 마을에 고스란히 남겨 두고 왔다. 그래서 가끔 남자들 몇 명이 그것들을 가지러 마을로 내려갔다.

"괴물이 다시 마을에 들어온 흔적은 없습니다. 하지만 돌아가자니 또 무슨 일이 있을지 알 수 없어서요."

나오야도 동감이었다. 하카리야는 결단력이 있고 현명했다.

"다섯 마을 중에 다른 마을은요?"

"사람을 보내기가 두려워 알리지 못했습니다. 다만 다카바 님이 나머지 세 마을은 주민도 적고 더 서쪽에 있으니까 금방은 공격당하지 않을 거라고 하셨습니다."

—그보다 식인 괴물은 나가쓰노의 요새를 공격할 것이다.

그럴까? 그런 생각은 해 본 적도 없었지만, 그럴듯한 의견이었다. 나가쓰노의 요새는 니다니무라에서 멀지 않고, 이른 봄이면 이곳 산지의 변덕스러운 바람은 산을 날려 버릴 기세로 동에서 서로 부는 일이 잦다. 그 바람이 니다니무라 근방을 어슬렁거리는 괴물의 코에, 요새에 주둔한 우두마두들의 냄새를 실어다 줄지도 모른다.

"이곳에 걷지 못하는 부상자가 몇 명 있습니까?"

"대여섯 명이……."

그렇다면 번사의 보호 없이 열세 명이 한꺼번에 관저시로 내려가기는 어렵다. 모여서 이동하면 괴물에게 들킬 가능성도 커진다. 모처럼 안전한 장소에 있으니 일단은 섣불리 움직이지 않는 것이 좋지 않을까.

"상황은 알겠습니다. 나와 야지는 당장 관저시로 돌아가겠습니다."

시노 효고노스케에게 상황을 보고해야 한다.

"두 분이서요? 위험합니다."

"야지가 있어서 괜찮습니다."

"도착하기 전에 해가 떨어질 텐데요."

나오야는 걱정할 것 없다고 긴지로를 다독인 뒤 말했다.

"나는 번사는 아니지만 반카타 보병조 조장 시노 효고노스케님에게 직접 명을 받았습니다."

조장에게 보고하면 당장이라도 번사 부대를 보내 줄 것이다. 모두 무사히 산에서 내려올 수 있다, 조금만 더 견디면 된다, 고 굳게 약속했다. 아무리 황당한 괴물 이야기라도 낱낱이 보고하면 믿어 줄 것이다.

아니, 반드시 믿게 해야 한다.

"얼른 믿기지 않는 이야기이기는 합니다."

아카네는 자기 방에 붙어 있는 곁방에서 소에이와 마주 앉아 있었다.

나카무라 일대는 이런 계절일지라도 해가 떨어지면 여전히 날씨가 쌀쌀하다. 등롱과 손화로가 부드러운 빛과 온기를 발했다.

겪은 일, 보고 들은 것들을 엉성하게나마 이야기한 미노키치는 지칠 대로 지쳐서, 어깨의 짐을 부려 놓은 듯한 표정을 띤 채 잠들어 있었다.

"그러나 미노키치가 이야기를 꾸며 낸 것 같지는 않습니다. 애초에 이 아이가 거짓말을 꾸며 낼 이유도 없고요."

아카네는 내심 불안했다.

"하지만 미노키치는 여기가 나가쓰노라는 걸 알고 있어요."

소에이는 콧잔등을 긁적였다. "제가 적당히 둘러댄 거짓말이 들통 났으니까요."

"그래서, 사실은 우두마두에게 인간사냥을 당했지만, 사실대로 말할 수 없어서 사람 잡아먹는 괴물 이야기로 바꾼 것은 아닐까요?"

소에이가 웃음을 터뜨렸다. "미노키치는 똑똑한 아이지만 그렇게까지 영악하지는 않습니다."

"그럴까요……."

"그거, 아카네 님의 나쁜 버릇입니다. 좋지 않은 사건이라면 곧장 오라버니와 결부 짓고, 오라버니의 잘못은 곧 자기 잘못으로 생각하시는 것 말입니다."

그는 소곤거리는 목소리로 말하면서 유쾌하게 웃었다. 아카네는 조금 주눅이 들었다.

"아, 죄송합니다. 게다가 이건 웃을 일이 아니네요."

웃음을 지우고 소에이가 계속 말했다.

"미노키치가 본 괴물이 무엇이든 고야마의 니다니무라가 짐승 때문에 막대한 피해를 입은 게 틀림없어 보입니다."

그게 미노키치의 악몽이 아니라면, 그 일로 니다니무라는 괴멸되었다고 봐야 한다.

"산짐승 때문에 그런 사태까지 일어날 수 있을까요?"

아카네도 미노키치의 말을 의심하는 것은 아니었다. 하지만 장작 창고보다 큰 산짐승이, 더구나 사람을 공격하고 잡아먹는다고 하니 너무 황당하지 않은가.

"애초에 이 근방 산속에서 그런 커다란 식인 짐승이 생존할 수나 있나요? 옛날얘기에 나오는 큰 뱀도 허무맹랑하게만 들리는 지방인데."

북부 지방의 자연은 야생 동물에게 가혹하다. 이곳 산악山岳은 오두막보다 큰 짐승을 부양할 만큼 먹이가 풍족한 곳이 아니다.

니다니무라에는 분명 무슨 변고가 일어났을 것이다. 어쩌면 정말로 들개나 곰이 공격했을지도 모른다. 하지만, 혼란에 빠진 주민들 자신의 공포와 지레짐작의 악순환이 사태를 악화시켜 마을을 황폐하게 만들지 않았을까?

캄캄한 산속에서 그런 심리가 '괴물'을 만들었다.

하지만 아카네가 그렇게 설명하자 소에이는 냉정한 얼굴로 도리질을 했다.

"아카네 님, 잊으셨나요?"

"네?"

"미노키치의 등에 점점이 남아 있던 이상한 상처 말입니다. 그건 이빨 자국이었어요."

아카네는 말문이 막혔다.

"그래요, 괴물의 이빨 자국입니다."

완만하게 호를 그린 기묘한 상처.

"게다가 처음에 미노키치는 생선 썩은 내 같은 악취를 풍기는 질척질척한 것에 범벅이 되어 있었어요. 그 탓에 아이의 피부가 벗겨지려고 했죠."

그 악취. 미노키치를 눕혀 놓았을 때 방에서도 풍겨 나왔다.

"저 아이는 '나도 잡아먹혔다'고 말했어요. 그렇다면 그 악취의 원인은 괴물의 침일 겁니다. 혹은 내장에 있던 신물이었는지도 모르지요."

이야기가 더욱 엉뚱해진다. 아카네는 애써 웃어 보였다.

"소에이 님, 아이가 하는 말을 곧이곧대로 믿는군요."

"물론입니다. 앞뒤가 맞는 얘기니까요."

"하지만 그 아이는 살아 있어요. 어디가 잘려 나갔거나 녹아내린 것도 아닙니다. 정말 괴물이 삼켰다면 그 정도로 넘어갈 수는 없겠지요."

"아마 일단 삼켰다가 뱉었겠죠."

소에이가 너무 자신 있게 말하는 바람에 이번에는 아카네도 진심으로 웃고 말았다.

"미노키치는 괴물의 입에 맞지 않았던 걸까요?"

"그렇겠죠."

소에이는 진지하기 짝이 없다.

"그 괴물은 뱀은 아니지만 뱀을 닮았다. 그렇다면 뱀과 비슷한 습성을 가졌다고 해도 이상할 게 없겠죠. 아카네 님, 모르십니까? 뱀 중에는 먹이를 삼켜서 배가 꽉 찼더라도 더 영양분이 있음직한 먹이, 또는 두고두고 배부를 만한 먹이를 발견하면 배 속에 든 것을 토해 내고 새 먹이를 삼키는 고약한 놈도 있습니다."

아카네가 잠자코 있자,

"뭐, 그냥 미노키치가 운이 좋았던 건지도 모르지만요."

그렇게 덧붙이고 다시 콧잔등을 긁적였다.

아카네는 입을 다문 채 부젓가락으로 손화로의 재를 가볍게 정리했다. 소에이는 그 손놀림을 지켜보았다.

"앞으로 어떻게 하면 좋을까요?"

미노키치를 어떻게 하면 좋을까.

"정말로 무슨 일이 일어났는지 조사해 봅시다." 소에이가 냉큼 대답했다.

"미노키치 외에도 살아남은 니다니무라 주민이 있을지도 모릅니다. 아니, 반드시 있을 겁니다. 미노키치의 할아버지만 해도 죽었다고 장담할 수는 없어요. 저 아이를 걱정하며 지금도 열심히 찾아다니고 있는지도 모릅니다."

그러면 좋으련만, 하고 아카네도 생각했다.

"하지만 나가쓰노와 고야마 사이에서는 쉬운 일이 아닙니다."

"물론 무작정 고야마로 들어가기는 힘들 겁니다. 그러나 나가쓰노 쪽에 있는 요새까지는 갈 수 있습니다."

"그것도 그럴듯한 이유가 없으면—."

소에이가 문득 고쳐 앉고 고개를 꾸뻑 숙였다.

아카네는 흠칫 놀랐다. "소에이 님?"

"죄송합니다. 용서해 주십시오."

두 손으로 바닥을 짚고 사죄하나 했더니 고개를 들고 빙긋이 웃는다.

"오센한테는 말하지 말아 주세요. 그 아이가 알면 또 시끄러워질 테니까요."

무엇을 사과하고 있는지를 깨닫자 아카네는 어이가 없었다.

"소, 소에이 님, 이미 요새에 다녀온 거예요?"

"예."

"예, 라니요! 왜 그런 위험한 짓을."

"아뇨, 뒷산을 어슬렁거리며 여기저기 살피다 보니 어느새 요새 근처더군요. 그래서 멀리서 상황을 관찰하는 정도라면 괜찮을 것 같아서."

"번사한테 들키지는 않았나요?"

"지금까지는 무사했습니다."

"지금까지라니—."

한두 번이 아니었다는 말인가.

"소에이 님!"

"아, 아카네 님, 목소리가 큽니다."

두 손을 들어 아카네를 가로막는 시늉을 하며 소에이는 난처한 듯이 웃었다.

"구차한 변명처럼 들리겠지만 저도 처음부터 그럴 생각은 아니었습니다. 다만 미노키치를 발견한 뒤로, 그래요, 두 번째로 뒷산에 올라갔을 때로군요. 그 아이가 도망칠 때 지나왔다고 짐작되는 길을 조사하고 있는데 숲 속에서 번사 두 명과 마주쳤어요."

아카네가 다시 긴장하려고 하자 소에이도 "아, 놀라실 것 없어요" 하고 말했다.

"얼른 덤불 속에 숨은 뒤, 큰일 났다, 벌써 미노키치를 들켰나, 하고 긴장했는데, 번사들은 나카무라로 내려가는 게 아니었어요."

두 번사는 칼 두 자루 외에 활을 갖고 있었지만 말은 타지 않았고, 단조 휘하의 우두마두들이 쓰는 특유의 가면도 쓰고 있지 않았다. 열심히 주변을 살펴보고 덤불을 헤쳐 들여다보고, 때로는 무릎을 꿇고 땅바닥에 얼굴을 가까이 대기도 했다.

"그들도 누군가를 혹은 뭔가를 찾고 있는 것 같았습니다."

들키지 않도록 충분한 거리를 두고 관찰하느라 대화까지는 듣지 못했다. 안타까웠지만, 잠시 후 번사들이 주위를 살펴보며 종종 코를 킁킁거린다는 것을 알았다.

"이렇게 킁킁, 말입니다. 그러고는 뭐라고 하면서 고개를 갸웃거리곤 했어요. 미노키치의 몸에서 풍긴 악취에 우리도 그렇게 킁킁거렸잖아요."

아카네는 그제야 입을 다물고 고개를 끄덕였다.

"그래서 생각했죠. 어쩌면 니다니무라 주민이 요새 안에 있는 건 아닐까? 잡아들인 건지 구해 준 건지는 알 수 없는 데다 살아 있는지 죽어 있는지도 모릅니다. 다만 요새 번사들도 미노키치를 발견한 우리와 비슷한 상황에 처해서, 그 이상한 악취를 맡고 대체 산에서 무슨 일이 일어났는지 궁금해하는 게 아닐까 싶었지요."

그래서 소에이는 이튿날 아침 일찍 합숙소를 빠져나가 이번에는 곧장 요새를 향해 뒷산을 올라갔다.

"나카무라에서 요새로 가는 길은 거의 길이라고 할 수도 없는 샛길입니다. 영감한테서 그 길에 대해 들었지요. 제가 졸라서 가르쳐 주었으니 영감을 꾸짖지는 말아 주세요."

영감은 나카무라에서 나이가 가장 많은 사람이다. 이 근방 산이라면 제 손바닥처럼 훤하다. 하지만 그동안 아무도 영감에게 산에 대해 묻지 않았다.

"제가 막연히 생각했던 것처럼 대단한 요새는 아니더군요."

오로지 실용성만을 생각해서 지은 건물이었다. 눈이 높이 쌓이는 겨울은 몹시 춥기 때문에 번사들의 고생이 이만저만이 아니라고 촌장 모자에몬이 말했다.

"사람이 지내는 곳보다 마구간이 더 넓을 정도입니다. 그런데 그 훌륭한 마구간 바로 뒤에 급히 지은 게 분명한 감옥이 있었어요."

대울타리를 둘러쳐 만든 감옥으로, 창을 든 감시병이 서 있었다.

"그 감옥에 남자 두 명이 갇혀 있었습니다."

차림새로 보건대 산골 주민이었다. 부정한 방법으로 관문을 통과하려는 도둑 같은 부류는 아니었다.

"둘 다 흙투성이였고 쇠약해질 대로 쇠약해진 듯했습니다. 한 사람은 가스케 또래의 젊은이로, 간신히 바닥에 앉아 있었고, 다른 사람은 노인인데, 축 늘어져 있더군요."

아카네의 심장 박동은 불길한 속도로 빨라졌다.

"니다니무라 주민들일까요?"

"그런 대우를 받는 것을 보면 그렇게 짐작됩니다."

소에이의 말투는 씁쓸했다. "그 감옥은 나카무라와 요새를 오가는 길에서는 보이지 않습니다. 아마 눈에 안 띄게 지어 놓은 것 같습니다."

감시가 엄하여 그 둘에게 접근하기는 어려웠다. 그래도 소에이는 빈틈을 노리기 위해 시간을 달리 해서 몇 번인가 가 보았다.

"세 번째로 몰래 갔을 때는 둘 다 보이지 않더군요."

아카네는 소에이가 요새에 여러 번 접근한 사실에 분노하지 않았다. 대신 그들의 가련한 모습을 상상했고, 가슴이 미어졌다.

"두 사람이 죽었거나 처형되었다면 어딘가에 시체가 있을 겁니다. 그 얼굴을 살펴보고 몸에 지닌 것을 뭐든 갖고 돌아온다면 미노키치에게 보여 주고 확인받을 수 있겠다는 생각에."

소에이는 요새 주변을 뒤져 보았다.

"쉽게 찾을 수 있더군요."

요새 북쪽 비탈에, 역시 서둘러 매장했는지 엉성하게 만든 무덤이 있었다고 한다.

"다만, 아무래도 그 무덤은," 하고 말하더니 소에이는 낯을 찡그렸다. "감옥에 있던 두 사람의 시체를 매장했다고 보기에는 너무 컸습니다."

"그럼, 다른 사람들도?"

"아마도요."

요새에 갇힌 직후에 죽었을까? 처음부터 시체로 발견되었을까? 어느 쪽이든 한두 명이 아닌 듯했다.

"그만한 무덤이라면 맨손으로는 쉽게 파낼 수 없습니다. 연장과 인력이 필요하고 우물쭈물하다가는 발각되겠지요. 일단 포기하는 수밖에 없었습니다."

일단, 이라고 주저 없이 말한다. 이 사람은 정말 대담한 걸까, 그저 태평한 것일 뿐일까.

"그 사람들이 모두 니다니무라에서 도망쳐 왔다면 당연히 요새에서 성시의 오라버니에게 보고했을 텐데……."

번경에서 일어나는 일들은 아무리 사소해도 소야 단조의 귀에 들어갈 것이다.

"소야 님은 바쁘신 몸입니다. 즉각 시찰하러 달려오실 수는 없겠지요."

"하지만 고야마 주민이 이쪽으로 도망쳐 온다는 건 애초에 있을 수 없는 일이잖아요?"

아카네는 강하게 말했다가 제 풀에 흠칫 놀랐다. "요새에 갇혀 있던 사람들이 정말 니다니무라 주민들이라면 번사들은 왜 산속을 수색하지 않을까요? 도망쳐 온 주민들이 아직 산속에 있을지도 모르는데. 즉시 이 마을에도 수색하러 와야 할 것 같은데 말입니다."

"수상한 자가 나카무라로 숨어요? 소야 단조 님에게 충성을 바치는 나가하시 모자에몬이 촌장으로 있는 이 나카무라가, 고야마에서 도망친 자들을 숨겨 주었을지도 모른다고 의심할 거라는 말씀입니까?"

소에이가 한쪽 눈썹을 치켜세웠다.

"뭐, 요새의 대관이나 번사들이 보자면 마을 촌장 따위는 아무것도 아니죠. 나카무라를 수색하겠다고 몰려가 모자에몬 촌장의 자존심을 해치면 곤란하다고 생각할 리도 없고요."

하지만 아카네 님은 다르죠, 하고 소에이는 말했다.

"본인은 어떻게 생각하실지 모르지만, 신분으로 보자면 아카네 님은 단조 님의 혈육이고 누구보다 강력한 아군이십니다. 그런 아카네 님이 사시는 이 마을에, 오다이님이 사시는 이 나카무라에 고야마에서 온 도망자들이 숨어 있을 거라 의심하며 수색한다는 것은, 단조의 우두마두들에겐 주군을 의심하는 짓인 거나 다름없지요."

그런 것쯤은 아카네도 잘 알았다. 그렇기 때문에 미노키치를 숨겨 주기로 결심했다. 소에이는 이런 사정을 굳이 친절하게 설명해 주고 있다.

"하지만 저를 배려해서 나카무라를 언제까지 이대로 놔두어 줄지는 의문이군요."

"말씀하신 대로입니다. 그러나 그들도 지금의 우리처럼 당황하고 있는 게 아닐까 짐작합니다. 요새에 있던 니다니무라 주민들이 미노키치가 들려준 이야기와 똑같은 이야기를 했다면, 오, 그래? 그것 참 큰일이구나, 하면서 순순히 믿어 주지는 않았을 겁니다."

덩치가 파수막보다 큰 식인 괴물에게 쫓겨서 목숨만 겨우 건져 도망쳐 왔다.

—모두 잡아먹혔어요.

"요새의 번사들도 직접 조사해서 확인해 보지 않는 한 경솔하게 움직이지 못할 거라는 말인가요?"

수석님 귀에 이런 황당한 이야기를 그대로 보고할 수는 없지 않은가.

"제가 그들이라면 그렇게 생각할 겁니다. 실제로 저도 오늘 미노키치가 그렇게 말해 주기 전까지는, 한동안 요새의 동향을 지켜보면서 번사들이 뭔가 발견해 주기를 기다릴 생각이었으니까요."

이제 그럴 여유는 사라졌다. 소에이는 문득 자세를 고쳤다.

"뒷산에서 만난 번사들이 냄새 같은 것을 추적하고 있었던 까닭은 요새에 있는 니다니무라 주민들이 미노키치처럼 악취를 풍겼기 때문에, 그래서 그런 냄새를 풍기는 다른 도망자를 찾고 있는 거라고 생각했습니다. 그러나 그뿐이 아닐지도 모릅니다."

"또 뭐죠?"

소에이는 아카네의 눈을 똑바로 바라보았다.

"그 악취가 요새 근처에 감돌고 있다면? 번사들이 그 냄새를 쫓아 그 근원을 찾고 있었던 거라면?"

금방 이해한 것은 아니었다. 아카네는 소에이가 무슨 말을 하는지 이해한 순간 하마터면 웃음을 터뜨릴 뻔했다.

그런데, 웃을 수가 없었다.

"고야마의 니다니무라를 공격한 괴물이 나가쓰노의 번경을 지키는 요새 근처까지 와 있다는 건가요?"

"그렇다고 해도 전혀 이상할 게 없습니다."

어린아이도 넘은 산이다. 파수막보다 커다란 짐승이라면 더 쉽게 넘을 것이다.

"니다니무라는 괴멸되어서 이제 먹이가 없어요. 괴물은 먹이를 찾아 산속을 돌아다니고 있을 겁니다. 고야마의 오타라야마 기슭 상황은 모르지만, 나카무라는 이 근방의 하나뿐인 개척 마을입니다. 고야마에서도 사정은 그리 다르지 않을 겁니다."

니다니무라에서 사람이 사라지면 괴물은 먹이를 찾아 다른 곳으로 이동할 것이다.

"괴물이 사람 자취를 찾아, 먹이 냄새를 맡으며 나가쓰노로 건너온다면 번경에 있는 요새가 가장 가깝습니다."

요새 다음은 여기 나카무라이다.

"요새 번사들은 주민과는 달리 무장한 무사들입니다. 괴물이 나타나면 무찔러 줄지도 모릅니다. 그렇다면 차라리 잘된 일이지요."

"아, 그렇군요. 그래요!"

아카네가 반갑게 고개를 끄덕이자 소에이가 환하게 웃었다.

"하지만 잠자코 기다리고 있는 것도 갑갑하군요. 그래서 아카네 님, 저는 내일이라도 요새로 가 볼까 생각중입니다."

떳떳하게 방문하겠다는 말이다.

"구실이야 얼마든지 댈 수 있습니다. 저는 합숙소의 오다이님을 경호하는 자입니다. 또 들개가 내려왔다고 해도 좋겠죠."

이 대목에서 손가락으로 턱을 쥔다.

"요즘 합숙소 근처에서 생선 썩은 듯한 악취가 난다고 번사들에게 슬쩍 운을 띄워 보는 수도 있죠."

아카네는 입을 꾹 다물고 잠시 대답하지 않았다. 뭔가를 생각하는 모습이었다.

이윽고 작정한 듯이 말했다. "그건, 좋은 생각이 아니군요."

"호오, 안 됩니까?"

"소에이 님은 외지 사람입니다. 더구나 녹봉에서 자유로운 홀가분한 처지예요. 같은 무사라고 해도 매사 거만하게 행동하는 요새 번사들이 소에이 님에게 호락호락 넘어가지는 않을 거예요."

"그들 눈에 저는 무사 축에도 끼지 못할까요?"

"아마 그럴 겁니다. 애초에 당신에게는 아리송한 구석이 있으니까."

소에이는 머리를 긁적였다. "흠, 이거 어렵군요. 하지만 달리 묘안이 있습니까?"

"요새에는 제가 다녀올게요."

아카네는 짐짓 점잔 빼는 표정을 지어 보였다.

"오라버니의 매부리코를 떠올리면 얄밉기 짝이 없지만, 소야 단조의 동생으로서 여기 나카무라에 사는 만큼 슬슬 고집을 꺾고 먼저 요새에 찾아가 인사를 할 때가 되었어요. 마침 나카무라에서 요새를 방문할 알맞은 구실도 있으니까."

구실? 고개를 갸웃거리는 소에이에게 이 순간만큼은 '오다이 님'의 관록을 내비치며 아카네는 싱긋 웃어 보였다.

하산할 때 야지는 아까와는 다른 길을 택했다.

"왜 다른 길로 가지, 야지?"

야지는 즉시 대답했다. "같은 길로 돌아가면 눈치채."

위험해, 하고 말한다.

"그래? 그게 산짐승의 습성인가."

야지는 고개를 저었다. "아니. 하지만, 그 괴물은 똑똑해."

추측이 아니라 단언이었다.

"혹시 야지는 그 괴물을 알아? 산골에 내려오는 옛날얘기가 있다던가."

"그런 건 아냐."

"기괴하고 무서운 놈이라서 그래?"

야지는 잠깐 뜸을 둔 뒤 낮은 목소리로 대답했다.

"그냥 금기니까."

무슨 의미인지 나오야는 이해하기 힘들었다. 야지가 '금기'라는 어려운 말을 사용한 것도 신선한 놀라움이었다.

산을 오르다가 북소리를 들었던 근방까지 내려왔을 때는 해가 완전히 진 상태였다. 반달은 구름 뒤에 숨었고 별도 보이지 않았다. 빛이라고는 야지가 허리에 찬 등롱에서 나오는 불빛이 전부였다.

관저시의 불빛이 평소와 달랐다. 관저와 관저시 전체를 에워싸듯 요소마다 화톳불이 타오르고 있었다. 그와 대조적으로 평소 해가 진 뒤에 더 북적거리는 번화한 중심가에서는 등불 빛이 사라져 있었다. 마치 숨을 죽이고 있는 듯했다. 상점이 많은 거리의 가게들도 외등을 전부 꺼 버렸는지, 푸르스름한 기운이 남아 있는 초저녁 밤하늘 아래에서도 알아볼 수가 없었다.

상점들은 사부로지의 죽음으로 가무음곡이 금지된 탓에 일찍 문을 닫았을 것이다. 하지만 대형 원을 이룬 화톳불들은 설명이 되지 않는다.

그 수수께끼는 곧 풀렸다. 야지가 갑자기 달려나가 어두운 덤불로 뛰어들더니 곧 사람 하나를 질질 끌고 나왔던 것이다. 산번 차림을 한 덩치 큰 남자였다.

"오, 다카바 님 아닙니까."

틀림없었다. 아는 얼굴이었다. 혼조무라에서 살아남았다는 번사였다. 역시 산을 다 내려가지 못하고 쓰러져 있었나, 하고 생각했는데, 정신을 잃은 그의 어깨에는 붕대가 감겨 있고 약 냄새도 났다. 치료가 되어 있다.

나오야가 계속 큰 소리로 부르고 야지가 수통의 물을 입에 흘려 넣어 주자 다카바 진고로가 의식을 찾았다. 그도 나오야의 얼굴을 알아보고,

"고비나타, 자네, 고비나타 맞지?"

"예, 다행히 무사하시군요."

"내가 무사한 게 대수인가. 잘 듣게, 지금은 아무도 관저시에 드나들 수 없어."

반카타 무사들이 출입을 봉쇄했다고 한다.

"왜 그런 짓을? 다카바 님이 이런 모습으로 재앙을 보고하셔도 들여보내 주지 않는단 말입니까?"

"북부 2조에서 일어난 재앙이 문제가 아니야. 사부로지 님이 누

군가의 저주로 돌아가셨다고 하더군."

즉 암살이라는 말이다. 관저가 발칵 뒤집혀 한바탕 소동이 일어났고 범인 색출이 시작되었다. 때문에 모든 번사를 동원해서 관저시를 엄중하게 봉쇄했다고 한다.

나오야는 대답할 말이 얼른 떠오르지 않았다. 다카바 진고로는 노골적으로 말했다.

"자네는 고쇼 아닌가. 이런 사태를 부를 만한 위험한 싹이 관저 안채에서 싹트고 있었다는 것을 전혀 몰랐나? 몰랐다고는 못 하겠지?"

주군이 관저마님을 깊이 총애하고 사부로지 님을 아끼면 아낄수록 불안을 느끼는 자들이 있었을 것이다.

"그거야……. 그런다고 주군께서 정실 마님과 도련님을 소홀히 하실 리는 없습니다."

"주군의 생각이 어떤지 보다, 이런 상황에서는 주변 사람들의 생각과 추측이 문제를 만들지."

가신들이 적자를 지지하는 파와 사부로지를 지지하는 파로 갈라져 사사건건 반목한다. 자기 당파가 지지하는 공자를 위해 책략을 꾸민다.

"어디서나 후계를 둘러싼 싸움은 이런 식으로 벌어지지. 그게 인간의 기질이고 세상의 습관 같은 것인데, 왜 일찌감치 손을 써두지 않으셨을까. 가이바라 님도 도움이 안 돼. 오키가로라는 신분만 부풀어 오른, 종이호랑이 아닌가."

부상과 피로로 쇠약해졌어도 다카바 진고로는 크게 한탄하며 눈물을 뚝뚝 흘렸다.

"결과적으로 이런 소동이 벌어진 데다, 나 원, 이렇게 한심할 수가. 내가 보병조 최고의 창술 명수라고 주군께 붉은 장창을 하사받은 몸인데, 관저 대문은커녕 제2벽 문조차 통과하지 못하고 문전박대를 당하다니."

사부로지 님을 죽인 불충한 일당을 뿌리 뽑을 때까지 누구의 출입도 허락하지 않는다. 물러가라, 라고 했단다.

"그렇다면 다카바 님, 부상은 어디서 치료받으셨습니까?"

"아, 이와타의 요양소."

관저시에서는 어려움에 빠지면 누구나 이오리 선생의 얼굴을 떠올리게 마련이다.

"병자만 있는 곳이라 역시 경비가 허술하더군. 어렵게 숨어들어 가서 오노 선생에게 치료를 받았네."

그리고 선생에게서 상황을 전해 듣고, 아무리 보고하려고 해도 지금은 관저에서 귀를 기울여 주지도 않고 그럴 여유도 없다는 사실을 알았다. 그래서 북부 2조 사람들에게 구조의 손길을 내밀어 주지 않을 거라 체념하고 혼자 돌아가는 중이라고 했다. 그렇게 끔찍한 괴물이 어슬렁거리는 북부 2조에 힘없는 주민들을 방치해 두는 건 산번 무사의 수치라고, 씩씩거리며 말한다.

"그런데 이렇게 산속에서 정신을 잃고 말다니."

무리도 아니었다. 다카바 진고로는 만져 보면 금방 알 수 있을 만큼 열이 높았다.

"다카바 님, 이와타의 요양소로 돌아가시죠."

진고로는 눈을 부릅떴다. "당치않아! 혼조무라 주민들을 포기하라는 건가."

"이런 몸으로 돌아가 봐야 방해만 될 뿐입니다."

"관저에서 잔시중이나 들던 약골 주제에 이 다카바 진고로를 우습게 보나!"

으르렁대면서도 비칠비칠 주저앉아 버린다. 야지가 그를 안아 일으켰고 나오야도 이 덩치 큰 남자를 부축했다.

어렵게 산을 내려와 이와타의 요양소 불빛을 보자 그제야 생각난 듯이 다리가 후들거리기 시작했다. 하지만 안도할 여유는 없었다. 북부 2조의 산속이나 관저시나 난관에 빠진 것은 마찬가지였다.

야지가 몰래 요양소 담을 넘어 들어갔다가 잠시 후 돌아와 손짓을 했다. 뒷문에서 이오리 선생이 촛대의 불빛을 손바닥으로 가리며 기다리고 있었다. "어서 이리로."

나오야가 쓰던 한 평 반짜리 방에 진고로를 숨기고 처치를 끝낸 뒤, 선생의 진료실로 자리를 옮긴 뒤에야 한시름 놓았다.

"여기로도 번사들이 순찰하러 오지만, 한동안은 괜찮아요. 나 원 참, 그 몸으로 산을 오르는 건 무리라고 했는데."

이오리 선생의 얼굴도 피로한 기색이 짙었다.

"고비나타 씨도 무사해서 다행입니다. 그런데 북부에서 식인 괴물이 날뛰고 있다는 것이 사실입니까? 아니면 다카바 님이 뜬소문을 전한 겁니까?"

"유감스럽게도 사실입니다. 다카바 님은 멀쩡하시고, 혼조무라 주민들을 걱정하시는 겁니다."

진료실 구석에 앉은 야지는 어둠에 녹아들어 있었다. 이오리 선생이 탄식했다.

"하지만 너무 황당한 이야기라……."

"그렇습니다. 하지만 선생님, 저로서는 사부로지 님이 저주를 받아 돌아가셨다는 이야기가 그에 못지않게 황당한 이야기로 들립니다. 대체 어떻게 저주를 받으셨다는 거죠?"

선생은 양손을 무릎에 얹고 다시 한 번 탄식했다.

"저도 아직 자세한 상황은 모르지만, 사부로지 님 방바닥 밑에서 저주가 적힌 인형이 나왔다고 합니다."

이 인형 때문에 사부로지 님이 두 번이나 '간도리'를 앓은 것은 아닌가. 다들 놀라서 소란스러운 와중에 하녀 하나가 도망쳤고, 그녀를 잡아서 심문하니 혀를 깨물고 죽었다. 이렇게 소동이 시작되었다고 한다.

나오야는 너무 놀라 말문이 막혔다. 다른 지방이라면 몰라도 사람의 병을 고치는 생약으로 재정을 지탱하려 애쓰는 이 고야마에, 더구나 관저 안에, 여전히 저주 인형이니 저주문이니 하는 것을 믿는 자들이 있다니.

"그런 어리석은……."

이오리 선생의 얼굴이 어두워졌다. "그렇지요. 그러나 고비나타 씨, 병을 누구에게 넘기느니 받느니 하는 이야기라면 저나 고비나타 씨나 질릴 정도로 듣고 있지 않습니까."

나오야가 흠칫하며 눈을 깜빡였다.

"선생님, 그 말씀은,"

"예. 고비나타 씨도 저주 암살을 꾸민 일당에 가담하지 않았을까 싶어 번사들이 더 심하게 추적하고 있습니다."

그 또한 괜한 트집이라고 반론하려다가 나오야는 입을 다물었다. 지금 관저에는, 특히 관저마님과 그 주변을 에워싼 사람들에게는 차분한 논리가 통하지 않는다.

"어머니는요? 어머니는 체포되지 않았습니까?"

"안심하세요. 가이바라 님의 중재로 어머님의 신병을 고에이지에 맡기기로 했습니다."

어머니는 엔야 스님 곁에 있다는 것이다.

"오스에가 시중을 들고 나쓰 님도 같이 있습니다."

"네? 나쓰가?"

저도 모르게 나쓰를 이름으로만 불러 버린 나오야의 친근함에 이오리 선생이 미소를 지었다.

"약혼자의 어머님이라면 시어머님이나 마찬가지이니 곁에서 모실 수 있게 허락해 달라고 간곡히 부탁하고 고에이지로 가셨습니다."

"그렇습니까……."

"부친인 조장님은 관저에서 나오지 못하고 오라버니는 산번 근무로 부재중이라 시노 가도 경황이 없을 겁니다. 그러니 나쓰 님도 차라리 고에이지에 가 있는 편이 안전할 겁니다."

믿고 의지하던 야지까지 곁에 없다. 그런데 다쓰노스케는—.

"나쓰 님의 오라버니는 혼조무라에서 죽었습니다."

나오야가 신음하듯 말했다.

"주민들을 지키려고 괴물에 맞서다가 죽은 겁니다."

이오리 선생도 침묵했다. 나오야는 무릎을 세웠다. "선생님, 고에이지에 다녀오겠습니다. 나쓰 님과 어머니를 만나야겠습니다."

"안 됩니다!"

제지가 아니라 질타하는 말투였다.

"관저시는 지금 고양이 한 마리 돌아다닐 수 없을 만큼 엄중하게 경비되고 있어요. 지금 당신이 체포되면 상황만 더 어려워질 뿐이라는 걸 모르겠습니까!"

풀이 죽은 나오야를 야지도 냉정한 눈초리로 쳐다보고 있었다.

"그럼 곧장 관저에 다녀오겠습니다. 주군께, 그게 힘들다면 적어도 가이바라 님에게 면회를 청하고 저간의 사정을."

"그 역시 대책 없는 말이군요. 안 그래도 황당하게 들리는 괴물 이야기인데, 혐의를 받고 쫓기는 당신이 호소한다고 누가 믿어주겠습니까."

좀 차분하게 생각하라고, 나오야의 빰을 치는 듯한 말을 한다.

"산으로 돌아간다."

야지가 불쑥 말했다. 목소리는 낮았지만 흔들림 없는 결의가 담긴 선언이었다.

"구조 부대는 글렀어. 그럼 주민을 지켜야지."

"그런 건 나도 알아! 하지만 우리 둘이 돌아간다고 뭐가 달라지겠어."

"아무튼 둘 다 잠시 쉬어요. 지금 먹을 걸 준비하라고 시킬 테니까."

이오리 선생은 지체 없이 일어섰다.

"저도 약을 준비하지요. 연고, 화상에 듣는 고약, 해열약—다카바 님의 말에 따르면 그 괴물인지 뭔지가 입으로 무슨 무서운 걸 쏜다고 하더군요."

"예. 몸을 즉시 태워 버리는 무서운 침 같은 겁니다만……."

이오리 선생은 낯을 찡그렸다. "그럼 그건 내장에 들어 있는 신물이겠군요. 그러나 그렇게 독한 신물을, 그것도 멀리 쏘아서 먹이를 공격하는 짐승도 있습니까……. 자, 여하튼 신물에 대항할 방법이 있는지 조사해 보지요."

이오리 선생과 자리바꿈하듯이, 이곳에서 나오야를 간병하던 간호인이 주먹밥과 더운 물을 가져왔다. 간호인은 야지의 차림새에 당황하면서도 나오야의 무사함을 기뻐해 주었다.

"고맙다."

"저야 이오리 선생님 분부대로 따를 뿐입니다요."

머리도 몸도 혼란스러워 눈을 감아도 잠이 오지 않을 것 같았는데, 지칠 대로 지친 몸은 정직해서 어느새 꾸벅거린 듯하다. 누군가의 목소리에 눈을 뜨니 이오리 선생이 야지에게 약 꾸러미를 건네주며 뭐라고 말하고 있었다.

"신물을 막을 때는 무기나 방어구 같은 쇠붙이보다는 널빤지나 막대기, 담쟁이 같은 것이 더 좋을 거다. 쇠붙이는 신물에 녹고 해로운 연기를 만드니까. 그 연기를 마시면 아마 허파가 망가질 거야."

나오야는 얼굴을 비비며 일어나 앉았다.

"우리 간호인들은 찌든 때를 닦아 낼 때, 뜨거운 물에 '오로'라는 나무 열매를 짓이겨 넣어 만든 약을 사용합니다. 그런데 이 약을 발라 두면 화상을 쉽게 입지 않는다고 해요. 괴물이 뱉는다는 신물을 막는 데 조금은 효과가 있을지도 모릅니다."

"'오로'라고요?"

"알아" 하고 야지가 말했다. "혼조무라 숲에 많아."

고야마는 생약의 산지다. 이런 지혜를 살리지 않을 까닭이 없다.

둘은 서둘러 채비했다.

"다카바 님이 조금 회복되면 제가 형님을 통해서 가이바라 님에게 면담을 청하겠습니다. 다카바 님의 심한 상처를 보여 드리면 괴물 이야기도 믿어 주시겠지요."

뜻대로 관저를 움직일 수 있게 되면—.

"저도 최대한 빨리 북부 2조로 가겠습니다. 부상자를 치료해야죠. 지금 있는 동굴이 안전하다면 그곳에서 움직이지 않는 것이 좋아요."

"그렇게 하겠습니다. 혹시 다카바 님에게 들으셨나요? 엄청나게 먹어치우는 그 괴물이 사람 냄새를 쫓는 거라면 다음 표적은 나가쓰노의 요새일 가능성이 크다고 하시더군요."

"허어, 그래요?"

이오리 선생은 눈을 휘둥그레 떴다가 이내 밝은 표정을 지었다. "그렇게 된다면 희망이 보이지 않겠습니까?"

"희망?"

"나가쓰노의 우두마두들은 최정예 부대입니다. 괴물을 무찔러 줄지도 모르죠."

그런 생각은 해 보지 않았다. 괴물이 동쪽으로 넘어가 준다면 시간을 벌 수 있겠다고만 생각했는데, 듣고 보니 그럴듯했다.

하지만 야지는 고개를 저었다.

"우두마두도 괴물을 죽일 수 없다는 말이야?"

야지는 입술을 깨물었다. "기습당하면 소용없어."

놀라서 허둥댈 것이고, 눈앞에 벌어지는 참상에 낭패하다가 제압당하고 말 거라고 한다.

"인간은 식인 짐승에 약하니까."

나오야는 이오리 선생과 얼굴을 마주 보았다.

"아니, 그렇지도 않을 거야." 이오리 선생은 애써 목소리에 생기를 넣었다. "나가쓰노의 우두마두가 괴물한테 금방 전멸해 버리지는 않겠지. 북부 2조와 달리 그쪽 요새는 고립되어 있지 않아. 전갈꾼을 급파하면 주변이나 성시에서 즉시 번사들이 달려올 거다."

용맹하기로 이름난 나가쓰노 무사들은 자존심을 걸고라도 그 탐욕스러운 괴물을 무찌를 것이다.

"차라리 우리도 나가쓰노에 도움을 청하는 것이 좋을지도 몰라요."

나오야는 말문이 막혔다. 온몸의 피가 요란하게 역류하는 기분이었다.

"그게 무슨 말씀입니까, 선생님!"

"쉿! 목소리가 큽니다."

"잔혹한 인간사냥으로 우리 주민을 괴롭혀 온 나가쓰노의 우두머리들에게 도움을 청하다니요."

"그럼 어떻게 주민들을 구할 겁니까? 일각을 다투는 이 위급한 상황에 당신에게 무슨 대책이 있습니까?"

그렇게 물으니 대답할 말이 없었다.

"고야마와 나가쓰노는 뿌리를 거슬러 올라가면 같은 지방이에요."

목소리를 낮춘 이오리 선생이 나오야를 설득하려는 듯이 윗몸을 기울이며 말했다.

"계속 싸우고 증오하는 것은 불행한 일입니다. 괴물 퇴치를 계기로 화목해질 수만 있다면 그야말로 전화위복이라고 할 수 있겠지요."

오노 가는 고야마 번주 우류 가의 친척인데 어떻게 이런 말을 할 수 있단 말인가. 나오야는 분노로 가슴이 막혀 고통스러울 지경이었다.

"요새로 가 볼게."

야지가 대신 대답했다. 이오리 선생에게 고개를 끄덕여 보인다. 이오리 선생도 야지에게 말했다. "음, 부탁한다."

"저는 동의 못 합니다!"

분노한 나오야를 회피하려는 듯이 선생이 말했다. "니다니무라를 탈출한 주민이 나가쓰노 요새에 잡혀 있거나 그들에게 구조되었을 수도 있습니다."

그런가? 왜 그 생각을 못 했을까. 고야마 주민들이 나가쓰노 쪽으로 도망한 것이 사태의 시작이었다.

"요새로 간다."

나오야를 놔두고 야지가 자리에서 일어섰다. "서두르면 아직 늦지 않았을지도 몰라."

괴물이 나가쓰노 요새를 공격하기 전에 알릴 수만 있다면 대응할 준비를 갖출 수 있다. 이오리 선생 말처럼 그곳에 니다니무라 주민이 있다면 살릴 수도 있을 것이다.

그 논리는 나오야도 이해했다. 그러나 고야마 번사로서의 감정이 허락하지 않았다.

"나 하나면 돼."

나오야는 야지의 얼굴을 보았다. 사람들 속에 있으면 그림자 같고 산에 들어가면 바람과 같은 야지가 처음으로 '나'라는 말로 의지를 드러냈다.

이어서 야지는 차갑게 내뱉었다.

"당신한테는 무리야."

"그, 그게 무슨 소리야!"

"당신은 긴고 님이 아냐."

그런 신분을 가진 자가 쓸 수 있는 말본새가 아니었다. 나오야는 당장 칼을 뽑아 야지를 베어 버려도 된다. 아니, 그래야 마땅하다.

하지만 힘이 솟지 않았다. 허망하게 몸만 부르르 떨릴 뿐이었다.

물론 다쓰노스케였다면 당장 둬야 할 수를 두는 데 온 힘을 다할 뿐 공연한 생각은 하지 않았을 것이다. 의분이니 증오니 고야마 번사의 긍지니 하는 것들은 모두 다음 문제였을 것이다.

"선생님."

나오야는 어금니를 악물고, 잠자코 대화를 지켜보던 이오리 선생에게 말했다.

"뒷일을 부탁합니다."

"알겠습니다." 의원이 대답했다. "부디 조심해요. 당신들도 목숨을 가벼이 여겨서는 안 됩니다."

어둠을 틈타 요양소를 빠져나온 나오야와 야지는 다시 산길로 들어섰다. 이번에는 곧장 번경으로 향했다. 야지의 걸음에는 망설임이 없었다. 나오야는 주먹을 꽉 쥐고 안간힘을 다해 따라갔다.

습격

1

요새에 들어가기 위해 아카네가 생각해 낸 구실은 '삿갓 납품' 이었다.

나가쓰노 무사들이 착용하는 삿갓은 두 종류다. 겨울용은 챙이 좁고 테두리를 가죽으로 휘감쳤다. 눈이 얼어붙는 것을 방지하기 위해서다. 여름용은 강한 햇살을 막기 위해 챙이 넓고 테두리를 삼끈으로 휘감쳤다. 이 삿갓을 가져다주고 교환해 주는 일이 '삿갓 납품'이다. 성에는 정해진 전속 삿갓가게가 있지만, 산골에 근무하는 무사에게는 대관소나 요새 근처 마을이 납품한다.

해마다 두 번, 봄과 가을에 납품하는 것이 관례이다. 마침 봄철 납품 시기였다. 낡은 삿갓을 회수하고 겨우내 만들어 둔 새 삿갓을 바치는데, 그 전에 먼저 촌장이 요새를 방문하여 '삿갓 납품 목록'을 바치고 요새의 우두머리인 대관에게 허가를 받아야 한다.

삿갓을 납품하는 일은 마을의 명예이므로 요새 측에서 거드름을 피우는 것이다. 따라서 촌장 모자에몬이 납품 목록을 지참한다.

그 모자에몬과 동행하여 요새에 들어가겠다는 것이 아카네의 생각이었다. 아카네가 요새의 번사들을 마뜩잖게 본다는 것, 즉 오라버니 소야 단조에게 반발하고 있음을 감지한 모자에몬의 호감을 살 기회이기도 하므로 일석이조라고 할 수 있다.

아니나 다를까, 촌장은 아카네의 부탁을 크게 환영했다.

"오다이님이 몸소 대관님을 찾아가셔서 번사님들을 위로해 주신다니 얼마나 좋은 일입니까" 하고 말하며 아카네에게 큰절이라도 할 기세였다.

"삿갓 납품 전에 요새를 방문하는 의식은 우리 마을의 중요한 관례잖아요. 저도 언젠가는 촌장님을 따라 요새에 들어가 인사를 할까 하던 참이었어요."

아카네는 시치미를 떼며 말했다.

"그렇다면 좀 더 일찍 말씀해 주시지 그러셨습니까."

"천만에요. 번경을 지키는 중요한 요새에 아녀자가 쉽게 드나드는 것도 좋은 일은 아니잖아요."

이렇게 일이 계획대로 착착 진행된다고 생각했지만 한 가지 장애물이 나타났다. 화가 기쿠치 엔슈가 어떻게 이야기를 들었는지 자기도 꼭 요새에 가 보고 싶다, 데려가 달라고 부탁한 것이다.

"요즘 같은 태평한 시절에도 나가쓰노와 고야마의 번경을 지키는 요새에서는, 번사들이 전투 준비를 철저히 한 채 수비에 임하고 있다고 들었습니다. 다른 지방에서는 볼 수 없는 광경이지요. 꼭 제 눈으로 보고 싶습니다. 허락해 주신다면 그림도 그리고 싶습니다."

사카키다 소에이 못지않게 태평한 사람이구나, 하고 아카네는 어이없어했다. 귀는 용케 밝은 듯한데, 요새의 번사들이 무장한 까닭은 인간사냥을 하러 가기 위해서라는 말은 못 들었나 보지? 아니면 우두마두들의 만행을 알면서도 모르는 척하나?

'화가라는 사람들은 다 이렇게 호기심이 왕성한가?'

모자에몬도 못마땅한 얼굴을 했지만 엔슈는 일개 개인이 아니라 사가미 번이라는 뒷배가 있는 사람이었다. 엔슈가 나가쓰노에 왔을 때도 그쪽에서 걸맞은 인사를 한 것 같았다.

"성시에서 이 마을로 오셨을 때도 루스이야쿠번주가 에도에서 지낼 동안 영지 전반을 관리하는 중신 나리께서 귀한 손님이니 정중하게 맞으라고 엄중한 지시를 내리셨습니다."

그렇다면 이 화가를 방해물이 아니라 기회로 삼으면 되지 않을까? 뭐든지 보고 싶고 그리고 싶다는 엔슈를 앞세우면 요새 내부를 안내받으며 돌아볼 수 있을 것이다.

나가하시 가와 요새 사이를 전갈꾼이 오가, 아카네가 소에이와 대책을 상의하고 나서 겨우 하루가 지났을 뿐인데 그녀는 벌써 요새로 출발하게 되었다.

출발을 앞두고 오센이 그렇게 성가실 수 없었다. 오다이님, 뭘 입으실래요? 머리는 어떻게 할까요?

"오센, 나는 놀러가는 게 아니야."

"오다이님, 놀러가시는 게 아니니까 이러는 거죠. 삿갓 납품을 위해 요새에 가실 때는 촌장님도 가문이 박힌 예복을 입으신단 말이에요. 오다이님도 예복을 입으셔야죠."

결국 머리는 시마다마게가장 일반적으로 틀어올린 머리모양로 틀고, 아카네가 조슈 지쇼지 절에서 딱 한 벌 가져온 린즈 게이초고소데린즈는 무늬가 있고 윤이 흐르는 비단. 게이초고소데는 주로 에도 시대 초기(1615~1644)에 많이 만들어진 화려한 옷이다를 입었다. 전형적인 어머니 복장이다.

"가마를 준비하지 못해 정말 면목이 없습니다."

"천만의 말씀이에요. 촌장님도 걸어가시잖아요."

나카무라에는 말이 끄는 수레는 있어도 가마는 없었다. 나가쓰노는 산세가 험하고 흙이 단단해서 말을 타려면 뛰어난 기술과 훈련이 필요하고, 번사라도 산길에 익숙해지기 전에는 쉽게 낙마한다고 한다. 그런 곳이므로 사람들은 주로 자신의 튼튼한 두 다리에 의지했다.

기쿠치 엔슈는 종아리에 각반을 단단히 두르기는 했지만, 평소와 같은 옷차림에 까만 하부타에얇고 부드러운 비단 하오리짧은 상의만 걸치고 나타났다. 사가미 번의 어용화가 가문, 기쿠치 가의 문장이 들어가 있다.

"이럴 때를 대비해서 하오리만은 늘 가지고 다닙니다."

나가하시 가의 식솔과 짐꾼과 하녀 두 명이 모자에몬, 아카네, 엔슈를 따라갔다. 삿갓을 실제로 만드는 마을의 공방 주인과 그 식솔도 함께했다. 일행은 요새로 가는 십 리 남짓 되는 산길을 걸었다. 꽃들이 만발하고 산제비가 날아다니는 봄날 아침이었다.

삿갓 납품 전에 방문하는 일은 어려운 소임이었지만, 관계자들에게는 익숙한 행사이기도 했다. 소에이의 말을 빌리면 '나카무라와 요새를 왕래하는 정상적인 길'은 잘 정비되어 있고 연일 쾌청한 날씨로 길이 말라 있어서 걷는 데 어려운 점은 없었다.

아카네는 오다이님을 수행하고 싶다고 조르는 오센을 전에 없이 냉정하게 물리치고 출발했다. 돌아가면 사과해야겠다고 생각할 만큼, 아카네는 꿈쩍도 하지 않았다.

미노키치의 '괴물' 이야기. 소에이가 거기에서 이끌어 낸 추론. 어느 쪽이나 웃어넘길 수 없었지만, 이런 밝은 햇살 아래 숲 속을 지나가다 보니 어느새 불안이 옅어졌다. 이 아름다운 산에 사람을 잡아먹는 괴물이 숨어 있을지도 모른다니—.

그런 생각을 하는 아카네의 뒤에서 공방 주인 일행과 나가하시가의 식솔들이 이야기를 나누었다.

"올해는 산제비가 별로 보이질 않네요. 마을 근처 숲에는 둥지를 틀지 않은 건지."

"어디 제비뿐인가. 다른 새들도 올봄엔 다들 조용하구먼."

"그러고 보니 얼마 전 합숙소에 들개가 내려왔다고 하던데, 오다이님이 무사하셔서 천만다행이지."

산짐승들의 작은 변화. 아카네는 저도 모르게 귀를 기울이느라 걸음이 흐트러졌다.

"오다이님, 괜찮으세요?"

기쿠치 엔슈가 얼른 옆으로 왔다. 방금 그는 길에서 본 겹벚꽃이 보기 드문 색을 띠고 있다며 수선을 피우다가 일행을 놓쳤다.

"엔슈 님은 이런 산행에 익숙하시군요."

화가는 오늘도 기분이 좋고 원기가 넘쳐 보였다.

"특별히 익숙한 건 아니지만 여기저기 다니다보니 두 다리가 단단해진 모양입니다."

"저는, 화가란 공방에 틀어박혀 새하얀 화선지 앞에서 붓을 들고 몇 날 며칠 고뇌하는 사람이라, 여행은커녕 외출할 일도 거의 없을 줄 알았어요."

"아, 그건 화가가 어디에 뜻을 두었느냐에 따라 다릅니다."

흐뭇한 듯이 숲 냄새를 맡으며 엔슈는 싱글벙글 웃었다.

"그 화가가 무엇을 그리기를 원하느냐, 꿈꾸느냐, 지향하느냐에 따라 다르다고 할까요."

일행의 앞을 가로지른 산제비 한 마리가 바람을 타고 미끄러지듯이 날며 멀어져 갔다. 엔슈는 눈을 가늘게 뜨고 그 모습을 바라보았다.

"이 세상의 온갖 풍경을 그리고 싶은 화가는 방방곡곡 여행을 하고, 사람들 마음속에 있는 것을 그리고 싶은 화가는 방 안에 틀어박히지요. 아, 그 반대 경우도 있습니다만."

밖을 그리기 위해 안을 응시하고, 안을 그리기 위해 밖을 바라보는 화가도 있다는 것이다.

"어렵군요."

"부처님 가르침처럼 어렵게 생각하면 어렵고 쉽게 생각하면 쉽습니다."

또다시 사카키다 소에이처럼 반응하는 이 화가도 사람을 어리둥절하게 만드는 걸 좋아하는 것 같다.

그때 앞에 있던 모자에몬이 일동을 돌아보며 말했다.

"요새가 보이는군요. 저 숲 너머에 있습니다, 오다이님."

아카네는 삿갓 챙을 살짝 올리고 그쪽을 올려다보았다. 그러고는 바로 삿갓을 내렸다.

나가쓰노와 고야마의 번경을 지키는 오타라야마 요새가 멀리서 봐도 온통 새카만 모습으로, 푸르른 숲 속에 웅크리고 있다.

"까마귀처럼 까만색이군요."

살짝 땀이 밴 얼굴에 웃음을 지으며 모자에몬이 자랑스레 말했다.

"외벽이고 바닥이고 지붕이고 할 것 없이 전부 '그을린 널'을 대서 그렇습니다."

표면을 불로 태워서 숯 층을 만든 판재라고 한다.

"불화살에 맞아도 불이 붙지 않아요."

오, 정말 놀랍군요, 하고 엔슈가 호들갑을 떨었다. 아카네는 그 들뜬 목소리가 귀에 거슬렸다.

불화살에 강하다? 그렇게 전쟁을 준비하고 싶을까? 아니면 전쟁을 도발하고 싶은 걸까?

소에이는 이런 사실을 알려 주지 않았다. 그에게는 진기한 풍경이 아니었던 것일까? 아카네가 이미 알고 있다고 생각했는지도 모른다.

합리적인 근거는 없다. 조리 있게 설명할 수도 없다. 하지만 아카네는 창공을 불길하게 도려내고 있는 검은 요새를 올려다보며 문득 두려움에 사로잡혔다.

한편 그즈음 합숙소에서는.

"오센, 언제까지 뚱하니 부어 있을 거야. 부엌일을 끝내야지."

주변 청소를 마친 가스케가 통용문으로 얼굴을 들이밀며 말했다.

오센은 그 소리에 더 짜증을 냈다.

"누가 뚱하니 부어 있다는 거야! 부엌일은 한참 전에 끝냈는데!"

실제로 끝냈다. 방금까지 미노키치도 거들었다. 설거지를 한 뒤 그릇의 물기를 닦고 밥상을 닦고 나서, 오늘 아침에 사용한 솥을 닦고 있는 참이다.

"아, 미노키치도 있었구나."

가스케는 겸연쩍게 웃으며 미노키치를 쳐다보았다.

"청소하는 김에 사방에 뱀 퇴치제도 뿌려 놓았으니까 이제 무서워할 거 없다."

네, 하고 고개를 끄덕인 미노키치가 고맙다는 인사를 하려는데 오센이 끼어들었다. “가스케, 그런 쓸데없는 소리는 왜 해? 또 생각나잖아!”

미노키치를 등 뒤로 숨겨 보호하는 시늉을 한다. 가스케는 당황하며 물러섰다.

“어……, 미안.”

“아녜요. 고맙습니다.”

미노키치가 똑똑히 말하자 오센과 가스케는 둘 다 눈을 동그랗게 떴다.

“미, 미노키치.”

“나 이제 괜찮아요. 여기저기 아픈 데도 다 나았어요.”

고맙습니다, 하고 다시 한 번 인사하며 고개를 꾸뻑 숙였다.

“고맙기는, 미노키치.”

“너 정말 똘똘하구나. 인사도 반듯하게 할 줄 알고. 착하네.”

둘의 웃는 얼굴에 미노키치도 마음이 따뜻해졌다. 기뻤다. 덩달아 웃어 보았다. 그래, 웃음을 잊지는 않았구나.

“오센 누나, 다음엔 뭘 할 거예요? 내가 도와줄게요.”

“그래? 그럼 우물가에 있는 대야에 빨랫감이 수북해.”

“내가 하는 청소도 도와줘. 오늘은 이 집 방바닥을 전부 훔쳐야 하니까.”

세 사람은 기분 좋게 얘기하며 일을 시작했다.

‘나가쓰노 사람들, 악귀가 아니었어.’

친절하고 부지런하고 마음이 따뜻하다. 미노키치는 생각했다.

우리 동네 사람들이랑 똑같잖아.

세상 물정을 알기 시작할 무렵부터 오타라야마 너머는 지옥이고 이쪽은 극락이라고 배워 왔다. 나가쓰노는 지옥이고, 거기엔 무서운 악귀나 불쌍한 망자 같은 사람들만 산다고.

그런 이야기를 의심할 만한 근거가, 자신의 주위에는 없었다. 북부 2조의 산림 개척에 종사하는 다섯 마을 주민들은 하루하루 끼니를 잇는 데 여념이 없어 당장 눈앞의 일밖에 생각하지 않았다. 먼 곳을 볼 필요가 없으며, 괜히 멀리 내다봤다간 곤란한 처지에나 빠질 뿐이라고 믿었다.

그 무서운 사건에 휩쓸려—아니, 말 그대로 꿀꺽 삼켜져서 캄캄한 암흑 속에 있다가, 어찌어찌하여 그곳을 뛰쳐나왔고, 죽어라 도망을 친 다음 어디선가 기진맥진해서 쓰러져 버린 모양이다. 그 전후 일들은 지금도 잘 기억나지 않는다.

이 집에서 눈을 떴을 때 미노키치는 저승에 온 줄 알았다. 나는 역시 죽은 거야. 봐, 앞에 천녀님도 계시잖아. 천녀님이 나를 품에 안아 저승으로 데려다주셨구나.

하지만 천녀인 줄 알았던 사람은 아카네 님이었고, 우스꽝스러운 허풍을 떠는 소에이 님이 나타났으며, 오센 누나와 가스케 형, 그리고 신선보다 더 늙어 보이는 영감님도 있었다.

다섯 마을은 개척촌이어서 기력과 체력이 떨어진 노인은 정착할 수 없었다. 미노키치는 합숙소 영감님 같은 고령의 노인을 처음으로 보았다.

그래도 이곳은 저승이 아니었다. 자신은 분명히 이승에 머물러 있었다. 다만 정신없이 도망치다가 번경을 넘어 버린 듯했다.

나가쓰노는 지옥.

적어도 합숙소는 그런 낌새를 요만큼도 풍기지 않았다. 따뜻하고 먹을 것 많고, 자신에게 말쑥한 옷도 입혀 준다. 아카네 님은 친절하고, 곁에 오시면 늘 좋은 냄새가 난다. 오센 누나는 커다란 목소리로 잘 웃고, 역시 커다란 목소리로 소에이 님과 가스케 형을 꾸짖고, 둘은 오센 앞에서 늘 쩔쩔맨다. 하지만 사이가 나쁜 것은 아니다.

여기에서는 아카네 님이 가장 높은 분이고, 그다음이 소에이 님 같다. 무사인데도 아카네 님보다 높지 않은 까닭은 사카야키를 하지 않고 낡은 하카마를 입었기 때문일까? 오센 누나와 가스케 형과 영감님은 합숙소에서 일하는 사람들이다. 세 사람 모두 부지런한데, 특히 영감님이 정정하시다는 것엔 깜짝 놀랐다. 어제도 오늘도 사다리를 놓고 지붕으로 올라가셨다. 봄이 되면 니다니무라에서도 그렇게 하므로 무엇을 하시는지 짐작할 수 있었다. 겨우내 망가진 곳이 없는지 지붕을 점검하시는 것이다. 하지만 그런 할아버지가—.

아무도 위험하니 그만두라고 말리지 않았다. 영감님은 말이 없을 뿐 아니라 그림자처럼 조용히 돌아다니니까 다들 알아차리지 못하는지도 모른다. 알아도 영감님이라면 괜찮다고, 안심하고 맡기는지도 모른다.

합숙소는 훌륭한 집이다. 살림도 풍족하다. 아카네 님은 아마 합숙소 밖에서도 높은 사람일 것이다.

그래서 여기만 지옥이 아닌 건가? 이 마을은 나카무라라고 하는 듯하다. 나카무라는 지옥이고 합숙소만 별천지일까? 하지만 안쪽 방에 누워 있을 때 마을 사람들의 웃음소리가 바람을 타고 날아오기도 했다. 그렇다면 나카무라도 지옥은 아닌 건가.

지옥은 오히려 그날 밤의 니다니무라였다.

'할배.'

나는 정신을 똑바로 차려야 한다. 할배는 산길까지 도망쳐 오지 못했다. 마을에서 도망쳐 나오지 못했다. 할배는 이미 살아 있지 않다. 그런 상황에서는 무리다. 아무도 살아남지 못했다.

용케 도망친 고스케 아저씨도, 자신도 끝내 도망치지 못했다.

그놈. 괴물이 쫓아왔으니까.

뱀처럼 미끈미끈했다. 그날 밤의 희미한 빛으로도 알아볼 수 있었다. 그리고 덫을 엄청나게 크게 만든 것처럼 생긴 커다란 아가리.

안 돼. 떠올리면 안 돼. 그런데 나는 어떻게 살아난 거지? 그놈이, 그 괴물이 쳐들어온다는 걸 사람들에게 알리라고 산신님이 나만 도망치게 해 주셨을까?

"어머! 정말이네. 가스케가 여기에 지네를 걸어 놓았어."

오센이 갑자기 커다란 소리를 질러 미노키치는 상념에서 빠져나왔다.

"얘, 미노키치, 이게 뱀을 퇴치하는 부적이래."

양손 가득 빨래를 안고 있는 오센이 웃으며 뒤를 돌아보았다. 미노키치는 대야 옆에서 일어섰다.

합숙소 우물은 뒤뜰에 있고, 바로 옆에 빨래 건조장이 있다. 땅바닥에 기둥을 몇 쌍 세우고 거기에 장대를 질러 놓았다.

앞쪽 기둥의, 미노키치의 배꼽 높이쯤에 작은 짚공예품이 조그만 못으로 박혀 있다. 지네 모양이다.

"뱀은 지네라면 질색하거든. 그래서 짚으로 만든 지네가 뱀을 퇴치하는 부적이 된 거야. 너무 작아서 다리 개수는 모자라지만 그래도 잘 만들었네. 가스케는 손재주가 좋거든."

어제 혼비백산한 미노키치를 보고 당장 부적을 만들어 놓은 것이다. 미노키치의 가슴속에 다시 따뜻한 것이 차올랐다.

마침 그때 소에이와 가스케가 모퉁이를 돌아 다가왔다. 소에이는 통소매 윗도리와 작업복 바지를 입고 각반을 착용했다. 칼은 와키자시만 찼고 등에는 괭이를 지고 있다.

"아, 여기 있었구나, 오센."

소에이는 활달하게 소리치며 저벅저벅 걸어왔다.

"합숙소에 죽순을 캘 연장이 있을 것 같은데, 좀 빌릴까."

그를 졸졸 따라온 가스케가 초조한 얼굴을 하며 말했다. "제가 말씀드렸잖아요, 소에이 님, 죽순은 아직,"

"너무 일러요!"

가스케를 대신해서 오센이 쏘아붙였다.

"소에이 님, 곧 죽어도 무사라는 분이 그게 무슨 꼴이에요. 농사일이라도 하시게요?"

"죽순 캐 오려고."

멀뚱하게 대답하는 소에이의 앞에서 가스케가 초조해하고 오센이 짜증을 내는 이유를 미노키치도 짐작할 수 있었다.

"소에이 님, 뒷산에 가시면 나도 데려가 줘요."

미노키치의 말이 뜻밖이었는지, 아니면 똑 부러지는 말투에 놀랐는지, 셋 다 몸이 굳어 버린 듯했다.

미노키치는 마른침을 꿀꺽 삼키고 다시 한 번 말했다.

"나도 뒷산에 가고 싶어요. 산에 올라가면 그날 밤 일이 더 많이 기억날지도 모르잖아요."

제일 먼저 표정이 풀린 사람은 소에이였다. 그는 우뚝 선 채 미노키치를 물끄러미 내려다보며 말했다.

"끔찍한 기억이 떠오를 텐데."

"네."

"괜찮겠어?"

미노키치는 주먹을 꼭 쥐었다. "네. 견뎌 내지 못하면 마을 사람들 전부가 어떻게 되었는지 계속 모를 테니까요."

소에이는 흐음, 하고 코로 숨을 내쉬었다.

"실은 말이야, 내가 캐려고 하는 건 아주 무서운 죽순이야. 왜 무섭냐 하면 그 죽순은 우리는 모르지만 너라면 잘 아는 죽순일지도 모르거든."

오센이 미간을 잔뜩 찌푸렸다. "소에이 님, 또 허풍이에요?"
그러자 희한한 일이 일어났다. 가스케가 오센의 말을 가로막고 나선 것이다. "오센, 소에이 님도 다 생각이 있으시겠지."
희한한 일을 당한 오센은 순순히 주눅이 들었다.
"하, 하지만."
가스케는 오센에 개의치 않고 미노키치에게 다가와서 어깨에 손을 얹었다.
"미노키치, 방금 소에이 님이 그렇게 말씀하셨는데도, 너, 정말 갈 거야?"
미노키치만 잘 알지도 모른다는 죽순. 그것은 니다니무라의 죽순일 것이다.
그 순간 이해가 되었다.
'마을 사람들을 찾으러 간다는 말이구나.'
미노키치는 가스케의 눈을 보며 "네" 하고 대답했다. 그러고는 소에이의 얼굴을 올려다보며, "데려가 줘요" 하고 말했다.
"가만히 앉아 있기보다는 소에이 님을 돕고 싶어요."
"좋아. 그럼 따라와."
소에이가 턱을 당기며 고개를 끄덕였다. 오늘 아침은 어쩐 일인지 덥수룩한 수염을 깨끗이 면도했다. 그 반질반질한 턱을 손가락으로 살짝 긁으며 입가에 미소를 떠올린다.
"역시 넌 배짱이 좋단 말이야."
"그럼 저도 갈래요."

가스케가 말하자 오센이 펄쩍 뛸 듯이 놀랐다.

"가스케까지 왜 그래? 오다이님이 집을 비우신 사이에 다들 뒷산에 올라가겠다니."

역시 드물게도 소에이가 투박한 손으로 오센의 머리를 마구 쓰다듬었다.

"미안하다, 오센. 하지만 아카네 님이 요새에서 번사들 관심을 끌고 계실 테니까 지금이 좋은 기회다."

혹시 아카네 님과 소에이 님이 미리 계획을 짠 걸까, 하고 미노키치는 생각했다.

"잠깐 기다려 주세요. 준비를 할게요. 미노키치, 이리 와."

가스케가 서둘러 채비를 해 주었다. 그와 미노키치는 소에이의 것보다 자루가 더 짧은 괭이를 하나씩 들었다. 그리고 대나무 수통 세 개. 뭔가를 가지고 돌아올 때를 대비하여 빈 바구니를 짊어진 가스케는 미노키치의 목에 수건을 감아 주었다.

"이건 아무 인장도 없는 수건이야."

뒤뜰로 나서자 소에이가 기운을 되찾은 오센에게 한참 잔소리를 듣고 있었다. 왜 저만 따돌리시는 거죠? 오다이님한테 꾸중 들으셔도 전 몰라요!

"소에이 님, 이걸."

가스케가 품에서 작은 물건을 꺼냈다. 짚으로 짠 지네였다.

"뱀 퇴치 부적이에요."

"뱀은 지네를 싫어한대요" 하고 미노키치도 거들었다.

소에이는 눈을 가늘게 떴다. "오오, 이거 고맙군. 이거 더 있나? 좋아, 미노키치한테도 달아 둬. 허리춤에 끼워 두면 돼."

"여기에 담배의 댓진을 발라 두면 더 효과가 좋대요."

"뱀이 댓진을 싫어하나? 흠, 좋은 거 배웠다."

"소에이 님."

오센이 오늘 아침 아카네에게 동행을 거절당했을 때처럼 다시 뚱한 얼굴을 하고 말했다.

"산에서 누군가한테 들키면 미노키치에 대해 뭐라고 둘러대시려고요?"

"글쎄다, 으음, 으음……."

생각해 보지 않은 듯했다.

"심부름으로 소에이 님을 찾아온 성시 여관의 머슴이라고 할까요?"

소에이가 눈을 동그랗게 떴다. "가스케, 너 제법이구나. 그렇게 하자. 이름은—미요키치. 너무 낯선 이름으로 바꾸면 본인도 잊어버릴 테니까."

"미요키치." 미노키치는 손가락으로 콧등을 누르며 외웠다. "나는 미요키치."

"성시에서 모처럼 머슴이 심부름을 와서, 죽순을 선물로 들려 보내려고 내가 데려온 거지."

"자리공." 바로 오센이 무뚝뚝하게 말했다. "죽순은 너무 이르다고 몇 번을 말씀드려야 아시겠어요."

"알았다, 알았어. 자리공 캐러 왔다고 하자."

"그래도 아무한테도 들키지 않는 게 가장 좋다면 얼굴과 손을 검게 칠하셔야죠."

산에서 얼굴과 손발의 피부는 뜻밖일 만큼 하얗게 도드라져 보인다. 미노키치도 할배한테 들어서 알고 있다.

"그렇군. 어떻게 하면 좋지?"

"흙을 바르세요. 아, 마당의 저쪽 흙은 안 돼요. 막 거름을 뿌린 곳이니까."

스스로도 놀랐지만 미노키치는 쿡쿡 웃고 말았다. 소년의 웃는 얼굴에 덩달아 웃을 뻔한 오센은 애써 참는 듯 입술이 일그러지도록 입을 꾹 다물었다.

"근데 미노키치. 소에이 님이나 가스케나 본다라베니까."

"네? 그게 뭐죠?"

"본다라베. 고야마에서는 이런 말 안 써? 덜렁거리고 무턱대고 움직이는 사람이란 뜻이야."

두 본다라베가 미노키치의 이마와 볼에 흙을 발라 주었다.

"그러니까 요새를 지키는 번사들한테 들키면 너만이라도 도망쳐야 해."

"난 번사 같은 거 무섭지 않아요, 오센 누나."

"무슨 소리니. 너희 고야마 사람이 어떻게 요새의 번사를 무서워하지 않을 수 있어?"

우리도 무서운데. 오센은 말이 나온 김에 한다는 듯이 한마디

덧붙였다.

미노키치는 흠칫했다. 나가쓰노 사람들도 우두마두를 무서워 한다?

"좋아, 그럼 출발할까. 집 잘 지켜 줘, 오센. 하긴 우리도 점심 전에는 돌아올 거다."

소에이가 느긋하게 말한 다음 앞장서서 뒷산으로 가는 길을 걷기 시작했다. 조금 올랐을 때 미노키치의 뒤에서 가스케의 목소리가 들려왔다.

"아, 영감님."

합숙소 지붕 위에서 영감이 세 사람을 바라보고 있었다. 허리에 안전 끈을 묶고 지붕 꼭대기를 붙들고 있다. 가스케가 손을 흔들자 영감도 손을 흔들어 주었다.

소에이는 뒷산을 오르는 데 익숙해졌을 것이다. 게다가 지금은 분명 서두르고 있었다. 미노키치는 그의 걸음을 따라가다가 종종 숨을 헐떡였다.

맑은 하늘과 산속의 숲. 짐승이나 다닐 법한 험준한 곳을 누비며 올라가도, 아니, 그런 곳이기 때문에 더욱더 이 계절에 산이 보여 주는 아름다움에 푹 빠져서 미노키치는 무서움을 거의 느끼지 못했다. 그날 밤 공포에 휩싸여 도주했을 때 지났던 경로를 기억해 내지 못하는 것이 오히려 다행이었다.

합숙소가 보이지 않는 곳까지 올라가 한숨 돌렸을 때 소에이가 입을 열었다.

"미노키치, 어제 네가 한 이야기를 가스케한테 들려줘도 되겠지?"

"예."

소에이는 간단히 이야기를 들려준 뒤 말했다. "내가 파헤치려고 하는 건 급조된 흙무덤인데, 틀림없이 사람이 묻혔을 거야."

니다니무라 사람들이 요새에 갇혀 있던 게 분명하다. 몇 사람은 죽어서 매장되었다. 미노키치의 낯빛이 금세 어두워지자 '괴물' 이야기에도 당혹스러운 듯 고개만 갸웃거리던 가스케가 크게 낭패했다.

"소, 소에이 님, 이제 그쯤에서."

"아니, 미노키치는 괜찮을 거다. 각오하고 따라왔을 테니까. 그렇지?"

미노키치는 입을 꾹 다물고 고개를 끄덕였다. "예, 나는 괜찮아요."

"하지만 소에이 님, 그런 괴물이 나올지도 모르는데 큰 칼은 왜 빼 두고 오신 거예요?"

"어? 아니, 와키자시만 있으면 충분해. 사실 큰 칼은 다케미쓰竹光대나무에 은박을 입혀 진검처럼 꾸민 가짜 칼. 죽도라 하지 않고 짐짓 명품인 것처럼 다케미쓰(竹光)라고 불렀다거든."

"네에?"

"작년 이맘때였나, 사카다에서 노자가 떨어져서 칼을 잡히고 돈을 빌렸는데 결국 그대로 넘어가 버리고 말았지."

"네에에?"

가스케가 얼빠진 얼굴을 하며 놀란다. 미노키치는 수건으로 땀에 젖은 얼굴을 훔치고, 몸이 떨리려고 하는 것을 꾹 참았다.

'어차피 칼 가지고는 그놈을 당해 내지 못해.'

만나면 도망치는 수밖에 없다.

소에이가 다시 산을 오르면서 말했다. "하지만 가스케, 너도 배짱이 두둑하구나. 괴물 이야기를 해도 무섭지 않냐?"

"산에는 원래 짐승이 많으니까요."

미노키치로서는 답답할 정도로 차분하다.

"아버지가 나무꾼이라 짐승 얘기를 많이 들었거든요. 짐승이 사람을 덮칠 때는, 하도 굶주려서 제정신이 아니거나 다쳤을 때, 그리고 새끼를 키울 때래요."

그래도 산에서 딱 마주치지 않는 한 그런 일은 거의 없다고 한다.

"짐승도 사람한테는 가까이 가고 싶어 하지 않아요. 특히 낮에는 짐승이 사람보다 더 잘 보니까요."

냄새도 훨씬 잘 맡고, 라고 말한다.

"들개처럼 밤눈 좋은 짐승은 어두울 때 아니면 떼 지어 마을로 내려가지 않고요."

급한 비탈 때문에 몸을 숙여 손으로 땅을 짚으며 소에이는 살짝 끙 소리를 냈다.

"그럼 가스케는 미노키치가 본 괴물이 뭐일 것 같아?"

가스케는 조심스레 미노키치를 바라보았다.

"뱀처럼 보였다고 하지만, 그렇게 엄청나게 크다면 역시 곰이 아닐까요?"

"곰은 뱀처럼 거죽이 미끈하지 않아."

"병에 걸렸거나 다쳐서 털이 다 빠졌다거나."

미노키치는 저도 모르게 대꾸했다. "그렇게 큰 곰이 어디 있어요!"

힘주어 말하느라 발이 미끄러졌다. 넘어지려고 하자 가스케가 잡아 주었다.

"캄캄할 때는 낯선 것이 더 크게 보이거든. 우리 아버지가 종종 말했지."

"흐음……. 다쳤거나 병에 걸려서 먹이를 먹지 못해 굶주린 곰이라면 제정신을 잃고 마을로 내려와도 이상할 게 없다는 말인가."

아니, 아니야, 그게 아냐. 그런 게 아니었다고. 미노키치는 속으로 소리쳤다. 소에이 님이나 가스케 형이나 그놈을 못 봐서 저렇게 말하는 거다. 한번만 보면 내 말이 진짜라는 걸 알 텐데.

—그런 걸 보면 도망치는 수밖에.

고스케 아저씨의 늘어진 목소리가 귓가에 살아났다.

—그건, 산이야.

그때는 무슨 말인지 알 수 없었지만, 지금은 고스케 아저씨가 무슨 말을 하려고 했는지 알 수 있다. 그건 산이다. 괴물은 산의 화신이다.

왜일까? 왜 지금은 알 수 있는 걸까.

기억을 떠올리려고 마음의 눈에 힘을 모았다. 그 커다란 아가리. 커다란 그림자. 잡초 덤불을 스르륵스르륵 누비며 다가오던 그것은, 그것은—.

안 돼. 미노키치는 보려고 하는 데도 마음의 눈이 꾹 감아 버린다.

"아, 내가 해 둔 표시다."

옆에 있는 나뭇가지에 마른 덩굴이 칭칭 감겨 있다.

"오른쪽으로 크게 돌아가야 해. 바위들이 울퉁불퉁 솟아 있으니 숨어서 가면 요새에서는 안 보일 거다."

"소에이 님, 한두 번 와 보신 게 아니군요?"

"오센한테는 아무 말 마라."

바위 그늘에 몸을 숨기려고 애쓰지 않아도 애초에 비탈이 급해서 엉금엉금 기다시피 하지 않으면 지나갈 수 없었다.

"미노키치, 도망칠 때 여기를 지나갔던 건 아니지?"

"……모르겠어요."

"너를 발견한 장소는 훨씬 아래쪽이다. 돌아갈 때 들러서 가르쳐 주마."

소에이는 정말 죽순이라도 캐러 온 사람처럼 태평한 말을 했다.

바위 비탈을 우회하여 통과하자 다시 똑바로 서서 오를 수 있었다. 가스케가 앞쪽을 가리켰다.

"소에이 님, 이 근처군요?"

"음, 거의 다 왔어. 어떻게 알았나?"

"나무를 베어서 빈터를 만들어 놔서요. 산에 사는 사람들은 쓰레기장을 만들 때 이렇게 하거든요."

셋 다 땀을 흘리고 숨을 헐떡이며 마침내 목적지에 당도했다.

소에이가 '무덤'이라고 한 까닭은 그 꼭대기에 표식 같은 막대기가 꽂혀 있었기 때문일 것이다.

그게 없었다면 그냥 커다란 흙더미다.

"여길 파는 건가요?"

"음, 그래."

소에이는 등에 진 괭이를 내렸다. 가스케는 쪼그려 앉아 무덤을 만지더니 손으로 긁어 보았다.

"흙이 부드럽네요. 만든 지 얼마 안 됐어요."

그렇게 말하고는 문득 흠칫했다.

"소에이 님, 요새는 어느 쪽이죠?"

소에이는 하늘 한가운데를 향해 조금씩 높아져 가는 해의 건너편을 가리켰다. 서쪽이다.

"저 숲 너머다. 여기서는 생각보다 멀어."

"그럼 역시 여기는 쓰레기를 파묻은 자리가 아닐까요?"

"여하튼 파 보자."

셋은 옆으로 나란히 서서 무덤 한쪽 면 뒤에 숨은 뒤 그 옆구리를 파기 시작했다. 곧 소에이의 괭이 끝에 천 조각이 걸렸다.

"어? 뭐지?"

잡아당겨 보니 찢어진 수건의 일부였다. 작은 조각이라 무슨 무늬나 표시가 있는지는 확인할 수 없었다.

"미노키치, 잠깐 뒤로 물러나 있어."

커다란 등으로 미노키치의 시야를 가린 소에이는 자루가 짧은 괭이로 바꿔 들고 흙을 긁어내기 시작했다.

마침내 소에이가 손을 멈추고 낮은 목소리로 말했다.

"가스케, 이걸 봐 봐."

소에이의 손 아래를 들여다본 가스케는 놀라서 비명을 지를 뻔하다가 가까스로 참았다. "으으" 하고 목에 걸린 듯한 목소리가 새어 나왔다.

"미노키치, 여길 보면 안 돼."

그러나 미노키치는 마음을 굳게 먹고 앞으로 나섰다. 소에이가 얼른 밀어내려고 했지만 소년의 진지한 눈초리에 압도되었는지,

"끔찍하구나."

하고 중얼거리며 미노키치의 어깨를 안아 주었다.

소에이가 파낸 것은 팔이었다. 오른팔. 가늘어서 여자의 팔 같았다. 흙으로 범벅이 된 채 핏기가 없었다. 많이 상했지만 구더기는 끓지 않았다.

소에이는 괭이를 내려놓고 양손으로 그 가느다란 팔 주변의 흙을 조심스레 긁어냈다. 흙을 치워 나가자—.

그 팔은 팔꿈치에서 잘려 있었다.

이번에는 가스케가 "히익!" 하는 소리를 냈다.

미노키치는 눈을 휘둥그레 뜬 채 팔꿈치까지밖에 없는 그 팔을 바라보았다. 손톱 다섯 개 밑에는 다 흙이 끼여 있었다. 니다니무라의 여인은 모두 부지런하고 남자들과 함께 힘든 일을 할 때도 있다. 이것만으로는 누구 팔인지 알 수 없다.

"칼자국은 아니야."

팔을 살피며 소에이가 말했다.

"이쪽 번사들 짓은 아닌 것 같군."

미노키치는 고개를 끄덕였다. "잡아먹힌 거예요."

잘린 자리는 마치 누더기 같았다. 잡아 뜯겨진 것처럼 보이기도 했다.

"그 괴물이 먹다 남긴 거예요, 소에이 님."

소에이는 절단부가 너덜너덜한 팔을 만진 자신의 손가락들을 말없이 마주 비비고 있었다. 그러다가 코끝에 대고 냄새를 맡았다.

"그때 미노키치의 몸에서 맡은 냄새는 나지 않아. 날짜가 많이 지난 탓이겠지."

미노키치는 손으로 흙을 헤쳤다. 좀 더 있을 것이다. 또 누군가 있을 것이다.

가스케는 조심스레 고개를 들고 주변을 둘러보았다.

"저는 저쪽에서 파 볼게요."

가스케는 두 사람 곁을 떠나 무덤 반대쪽으로 이동했다. 그가 손등으로 눈두덩을 훔치고 있다. 무섭고 불쌍해서 눈물이 나왔을 것이다.

미노키치는 이상하게 눈물이 나오지 않았다. 언젠가 소에이가 들려준 대로 마음속의 눈물을 내는 방에 뚜껑이 덮여 있는지도 모른다. 그 뚜껑을 열어 버리면 소리 내어 우는 것 말고는 아무 일도 할 수 없게 된다. 그러니 지금은 그래서는 안 된다는 뜻 같다.

잠시 후 이번에는 괭이 날에 머리카락이 엉켰다. 소에이는 즉시 괭이를 내던지고 손으로 흙을 파냈다. 미노키치도 곁에서 거들었다.

사람 머리가 나왔다. 다행히 저쪽을 향하고 있었다. 주변의 흙을 긁어낸 뒤 소에이가 조심스러운 손놀림으로 얼굴을 돌렸다. 뻥 뚫린 눈이 미노키치를 올려다보았다. 쪽진 머리가 거의 풀렸다. 목 아래 듬직한 어깨는 아직 흙에 묻혀 있다. 옷을 입고 있었다.

이목구비와 옷의 무늬가 눈에 익었다. "이치 형이에요."

구장 집에 얹혀살던 구장의 조카였다. 일찍이 부모를 여의고, 나는 아저씨네 군식구니까, 하며 열심히 일하던 힘 좋은 청년이었다.

"이치 형을 꺼내 주려면 흙을 더 파내야겠구나."

소에이는 그렇게 말하고 일단 자리에서 일어섰다. 양손에 묻은 흙을 탁탁 턴다. 그러고는 그 자리에서 움직이지 않았다.

"소에이 님?"

소에이는 무덤 건너편에 쪼그려 앉아 짧은 괭이를 놀리고 있는 가스케의 뒤쪽을 바라보고 있었다. 눈도 깜빡이지 않고 응시하고 있다.

미노키치가 일어서서 소에이가 바라보는 쪽을 보려고 옆으로 조금 움직였다.

가스케가 알아차리고, "왜?" 하고 물었다.

미노키치까지 얼어붙은 듯 가스케의 뒤쪽을 바라보았다.

"제, 제 뒤에 뭐가 있어요?"

왠지 오싹해졌는지 가스케가 이쪽으로 오려고 했다. 소에이가 얼른 제지했다.

"멈춰, 가스케. 거기 그대로 있어."

"하, 하지만."

"위험한 건 아냐. 네가 거기 있어서 그림자가 생긴 덕분에 눈에 띈 거야."

"뭐, 뭐가 보이는데요?"

"뒤를 돌아봐. 허리를 구부리고 있어. 똑바로 일어서면 그림자 길이가 달라지니까."

가스케가 괭이를 가슴 앞에 쥐고 엉거주춤한 자세로 등을 돌렸다.

"보이냐?"

가스케가 온몸을 움직이며 끄덕였다.

그곳은 자갈 섞인 땅으로, 삭정이나 낙엽이 떨어져 있고 듬성듬성 잡초가 우거져 있었다. 그래서 다소 울퉁불퉁한 부분이 있어도 눈에 띄지 않는다. 소에이가 말한 대로 가스케의 그림자가 절묘한 각도로 드리워지지 않았다면 바로 곁을 지나가도 알아차리지 못했을 것이다.

하지만 일단 분간하고 나니 그냥 지나칠 수가 없었다. 하나를 알아차리자 다른 흔적들도 시야에 들어오기 시작했다.

점점이 이어져 있다. 다만 그 '점점'의 간격이 꽤 넓다. 사람 보폭의 몇 배는 된다.

발자국이었다.

땅바닥으로 선명하게 파고든 발가락 세 개. 사람으로 치면 뒤꿈치에 해당하는 부분은 역 삼각형처럼 생겼고 크기는 방석만 했다.

"미노키치, 가스케, 저런 발자국을 남기는 짐승으로는 뭐가 있지?"

가스케는 대답하지 못하고 도리질만 했다.

"뱀처럼 매끈하고 발이 있어. 두꺼비 발을 닮았고."

듣고 보니 그렇다. 그러나 미노키치의 마음속에서는 그 괴물과 잘 연결되지가 않았다.

"하지만 개구리 같은 거랑 비교할 수도 없을 만큼 동작이 빨랐어요."

“그럼 도마뱀인가.”

그렇지만 너무 크잖아—하고 소에이는 신음하듯이 말했다.

“아무리 커도 잘해야 곰만 할 거라고 생각했는데, 이 발자국을 보면 그 정도로는 어림도 없을 것 같다.”

그는 미노키치의 머리에 손을 툭 얹었다.

“미안하다. 네 얘기를 소홀히 했어.”

“근데 소에이 님.”

미노키치는 발자국 하나를 가리켰다.

“이쪽으로 왔다가 돌아갔어요.”

“응?”

“이 발자국, 숲 너머에서 무덤 앞까지 왔다가 다시 숲 속으로 물러갔어요.”

봐요, 저기, 그리고 저기. 미노키치는 발자국을 하나하나 눈으로 좇으며 손으로 가리켰다.

무덤 너머에서 가스케가 다시 몸 전체로 끄덕거렸다. “미, 미노키치 말이 맞네요.”

소에이는 까치발을 했다가 허리를 숙였다가 눈을 가늘게 떴다가 이마 위에 손차양을 하며 열심히 살펴보았다.

“내 눈엔 그것까지는 알 수 없구나. 너희 눈에는 잘 보이나 보지?”

미노키치와 가스케는 얼굴을 마주 보고, “예” 하고 대답했다.

“그럼 따라가 보자.”

"네에에?"

가스케가 몸을 젖혔다. 소에이는 파낸 흙과 시체와 팔뚝을 재빨리 묻기 시작했다.

"이렇게 묻어 놓아도 괴물은 사람 고기 냄새를 맡을 거다. 먹다 남긴 거라면 자기 냄새도 묻어 있겠지. 그래서 여기에 들러 봤을 거야."

그러므로 다시 돌아올 수 있다. 이곳은 이미 괴물의 영역이다.

"여기 계속 있으면 더 위험할지도 몰라. 차라리 쫓아가서 놈을 찾아내는 거다."

"어…… 그럴까요."

"가스케, 바람이 어느 쪽에서 불지?"

가스케는 인지에 침을 묻혀 똑바로 세워서 풍향을 확인했다.

"저쪽인데요."

"좋아. 내가 앞장서고 미노키치를 중간에 놓고 가스케가 뒤에서 와라. 우리는 언제나 바람을 안고 가도록 신경 써야 해."

짐승을 추적할 때는 반드시 그렇게 해야 한다. 다만 산바람은 장소에 따라 선회할 때가 있고, 고도가 조금만 달라져도 풍향이 바뀌므로 판단이 어렵다. 할배가 그렇게 말했다.

미노키치는 숲이 시작되는 곳까지 달려가 이 나무 저 나무를 올려다보며 견주어 보았다. 음, 어떤 나무가 좋을까.

굵기가 어른 몸통쯤 되는 칠엽수에 부드러워 보이는 덩굴이 감겨 있었다. 잎에 코를 대자 풀 냄새가 난다.

"미노키치, 뭐해?"

"소에이 님, 이거."

덩굴을 잡아당겨 잘라낸 뒤 쳐들어 보였다.

"이걸 몸에 감아요. 그다음엔 잎을 씹는 거예요. 풀 냄새로 사람 살 냄새를 지우는 거죠."

"그런 얘기는 처음 듣는데."

"할배가 늘 이렇게 했어요."

소에이는 더 긴 덩굴을 잡아당겨서 먼저 미노키치의 몸에, 그다음에 자기 몸에 둘둘 감았다. 가스케도 둘둘 감고 있다.

"좋아, 이제 됐다."

셋은 숲으로 들어갔다. 누가 그들을 지켜봤다면 아마 웃음을 터뜨렸을 것이다. 몸에는 덩굴을 칭칭 감고 얼굴과 손발에는 흙을 발라 다들 제 딴엔 의욕적인 모습이었지만 주뼛거리는 기색을 숨기지는 못했다.

숲 속에는 길다운 길이 없었다. 하지만 여기저기서 사람이 오간 흔적이 눈에 띄었다. 거치적거린 나뭇가지가 꺾여 있다거나 덤불이 밟혀 있기도 했다.

"여기 번사들은 말을 타고 다니겠지?"

소에이가 소리 죽여 물었다.

"예. 나카무라에 올 때는 늘 말을 타고 왔어요. 인간사냥을 할 때도—."

"그런데 말발굽 자국이 보이질 않아."

“이런 곳에서 말을 타지는 못하겠죠.”

애당초 나가쓰노를 에워싼 산악 지대는 말에게도 버거운 곳이라고 가스케는 말했다.

“그러니까 산에서 말을 능숙하게 타는 번사들은 그 점만으로도 대단한 겁니다.”

“그렇군. 미노키치, 고야마에서는 어떠냐? 너도 말 잘 다루지 않냐?”

미노키치는 고개를 가로저었다. “니다니무라에도 말이 없어요. 거기도 산이 험하거든요.”

말이 발굽을 잘 다치고 먹이가 부족해서 금방 약해지고 만다.

“산림 개척이 끝난 남부나 서부에는 말도 있고 소도 있대요. 북부 2조의 다섯 마을도 조금만 더 개척하면 된대요.”

“산림 개척이란 게 뭐지?”

“나무를 베어 낸 뒤 밭을 만들어 약초를 키우는 거예요.”

가스케가 흠, 하고 콧소리를 냈다. “우리가 뽕나무밭 만드는 거랑 비슷하네.”

“뽕나무밭이라면 고야마 산골에도 있어요. 누에도 치고.”

“누에치기보다 약초 재배가 더 활발해?”

“벌이가 더 좋거든요.”

가스케는 고개를 갸웃거렸다. 미노키치도 같은 심정이었다. 나가쓰노에는 약재가 되는 약초가 안 자라나?

“나가쓰노와 고야마는 산 하나를 사이에 두고 있는 이웃이나 마찬가지야" 하고 소에이가 말했다. "몇 가지 다른 점은 있어도 비슷한 점이 더 많겠지. 너희 사투리도 내 귀에는 비슷하게 들려."

그렇게 이야기하던 소에이가 문득 입을 다물고 걸음도 멈췄다. 미노키치와 가스케도 입을 다물었다.

소에이는 오른손 손가락을 세워 둘에게 주의를 촉구했다.

"무슨 소리 안 들려?"

미노키치는 귀를 기울였다. 이 계절답게 숲 속 나뭇가지들을 차례로 어루만지면서 지나가는 바람이 나무를 흔들어 상쾌한 수런거림을 일으키고 있다. 다만 그뿐이었다.

마찬가지로 귀를 기울이던 가스케의 오른쪽 귀가 움찔했다.

"예, 소에이 님, 들려요."

가스케는 그렇게 중얼거리며 목을 움츠리고 주변을 둘러보았다.

"무슨 목소리 같은데."

미노키치의 귀에는 아직 들리지 않았다.

"가스케 형, 어떤 목소리예요?"

"이상한 목소리야……. 꼭…… 마치……."

소에이는 진지한 얼굴을 하고 말했다.

"코 고는 소리 같아."

엉뚱한 비유에 평소라면 웃었겠지만 아무도 웃지 않았다.

"발자국은 계속 이어지고 있나?"

“예, 저기에도 하나.”

가스케가 왼쪽 앞을 가리켰을 때 미노키치의 귀에도 그 소리가 들렸다. 배 속까지 떨리게 만드는 낮은 소리. 정말 코 고는 소리를 닮았다. 코 고는 소리 중에서도 굵고 큰 축이다. 고스케 아저씨가 잔뜩 취해 쓰러져 잘 때 이런 소리로 코를 골아서 모두 흰 눈으로 쳐다보곤 했다.

“가까이에 있는지도 모르겠다.”

할 일을 내팽개치고 숲 속에서 낮잠을 자는 번사…… 는 아니다.

“몸을 낮춰. 천천히 가.”

“소에이 님, 이파리를 한 장 더 씹어요.” 미노키치는 덩굴 잎을 잘게 찢었다. “짐승은 우리 숨 냄새를 맡으니까.”

셋은 발소리를 죽여 걷기 시작했다. 소에이의 허리춤을 미노키치가 붙잡고, 가스케가 미노키치의 어깨를 잡고 있었다. 셋 다 숨을 죽였지만 콧숨이 도리어 거칠어졌다.

“발자국이 끊겨 버렸네.”

대신에 뭔가 더 큰 것을 질질 끌고 간 듯이 잡초가 짓이겨진 자리가 보였다.

가스케의 말을 기다렸다는 듯이 코 고는 듯한 소리도 딱 멈췄다.

소에이가 등을 펴고 길게 숨을 한 번 토한 다음 수건으로 이마의 땀을 훔쳤다.

"요새가 보인다. 저건 감시대인가."

숲 너머 왼쪽에 자리한 검은 건물이 머리를 높이 내밀고 있다. 세 사람은 요새의 발치를 크게 우회하며 숲을 지나온 것이다.

"왜 저렇게 새카맣죠?"

"전투에 대비해서 그을린 나무판을 댔을 거야. 나도 이런 요새는 처음 본다."

역시 나가쓰노는 전쟁을 좋아하는구나, 라고 소에이가 비웃듯이 말했다.

"새카만 요새라니, 아카네 님이 싫어하실 만한 풍경이군. 지금쯤 뭘 하고 계실까."

그래? 아카네 님은 요새 안에 계시는구나. 미노키치는 갑자기 걱정이 되었다. 어서 합숙소로 돌아가셔야 할 텐데.

"가스케, 왜 그래?"

가스케는 눈을 깜빡거리고 고개를 좌우로 갸웃거리며 앞쪽을 보고 있었다.

"저거…… 이상하네요."

손으로 가리킨 곳은 그 자리만 나무가 없는 공터였고, 햇볕이 환하게 내리쬐고 있었다. 아무리 깊은 숲일지라도 더러 이런 공터가 있다는 것을 미노키치도 경험으로 알고 있었다. 지표 바로 밑에 거대한 바위가 있어서 나무가 뿌리를 내리지 못한다거나 수맥이 흐른다거나 독을 품은 풀이 자란다거나 그 이유는 다양하다.

다만 가스케가 이상하다고 말한 곳은 확실히 조금 이상했다. 그냥 햇볕을 받고 있기만 한 게 아니라 그곳만 불룩 솟아 있다. 커다란 혹처럼.

게다가 듬성듬성 이끼가 나 있다. 다른 곳에서는 저런 이끼가 보이지 않았다. 이끼는 나무줄기를 타고 자랐고, 땅바닥에는 없었다.

"저것도 무덤…… 은 아니군."

소에이가 한 발 내딛으려고 할 때 부르르, 하는 소리가 들렸다. 셋은 동작을 딱 멈추었고 숨도 멈추었다.

부르르. 다시 한 번.

그리고 코 고는 소리를 세 배쯤 키운 듯한 소리 혹은 목소리.

"부르르릉."

솟아 있는 커다란 혹이 부르르 떨렸다. 한 번, 두 번. 떨릴 때마다 흙과 자갈과 마른풀이 흘러 떨어졌다. 미노키치는 귀 바로 옆에서 뭔가가 딱딱거리는 소리를 들었다. 가스케의 이빨이 부딪히는 소리였다. 저도 모르게 와락 달려들었다.

"쉿, 조용히!"

그러자 가스케는 양손으로 제 입을 막았다. 그러더니 이내 한 손을 떼어 미노키치의 입을 막았다. 미노키치의 이빨에서도 딱딱거리는 소리가 났던 것이다.

소에이는 몸을 낮추고 칼자루에 손을 대고 있었다. 눈빛이 이글거렸다.

커다란 혹은 이제는 분명하게 부르르 떨면서 일어섰다. 둘둘 말려 몸뚱이 밑에 숨어 있던 꼬리가 드러났다. 어이없을 정도로 길었다. 얼핏 봐서는 그 길이를 가늠할 수 없었다. 굵은 부분은 통나무 정도, 가는 부분도 어른 손목 정도. 이쪽에서는 끝이 보이지 않았다.

미노키치는 움찔하며 몸을 떨었다. 내가 저 꼬리를 뱀으로 착각했던 건가? 하지만 전혀 매끈하지 않잖아. 지금은 흙과 낙엽을 뒤집어써서 그런가?

흙 범벅이 된 괴물은 꼬리를 이쪽으로 향하고 있다. 볕을 쬐며 잠자고 있었을 것이다. 세 사람을 알아차리지 못했다. 아직 잠에서 덜 깼는지도 모른다.

"가스케, 미노키치."

소에이가 앙다문 이 사이로 밀어내는 듯한 작은 목소리를 냈다.

"움직이지 마."

다시 한결 큰 부로오오옹 소리가 들렸다. 괴물이 아가리를 크게 벌리고 하품을 한 것이다.

골이 띵할 만큼 지독한 악취가 풍겼다. 미노키치는 내장이 온통 뒤집히는 기분이었다. 이 냄새. 기억난다.

괴물이 조금 움직였다. 작은 동산 같은 몸뚱이를 지탱하는 굵고 짤막한 다리가 보였다. 다리만 보면 도마뱀을 꼭 닮았다. 며느리발톱이 뒤꿈치에 달려 있지는 않았다. 그러나 앞을 향한 발톱

세 개는 놀랄 만큼 크고 날카로워, 발톱이라기보다는 엄니 같았다.

몸은 두꺼비, 다리는 도마뱀, 꼬리는 뱀. 피부에는 얼룩무늬가 있다.

딸깍, 하는 소리가 났다. 소에이가 언제라도 칼을 뽑을 수 있도록 와키자시를 칼집에서 살짝 빼 놓은 것이다.

'그런 칼로는 어림도 없어요.'

미노키치는 말해 주고 싶었지만 목구멍이 말라 목소리가 나오질 않았다.

괴물이 불쑥 움직이기 시작했다. 작은 동산 같은 몸뚱이가 일단 동그랗게 변했다가 쑤욱 펴졌다.

그 탓에 한 줄기 바람이 일었다. 흙먼지가 일고 자갈이 튀어 미노키치의 얼굴로 날아 왔다. 순간 눈을 꽉 감은 미노키치는 얼굴을 돌리면서, 소리를 지를까 봐 양손으로 제 입을 틀어막았다. 먼저 가스케가, 이어서 소에이가 미노키치를 보호하려고 앞으로 나섰다.

바람이 잦아들었다.

괴물은 사라지고 없었다. 그 거대한 몸뚱이가, 작은 동산이, 바닥에서 툭 솟아 있던 혹이 사라졌다.

"어디로…… 갔지?"

발소리는 들리지 않았다. 숲 속 나무에 부딪히는 소리도 들리지 않았다. 그냥 사라졌다. 그런 동작만 보면 괴물은 역시 뱀을 꼭 닮았다.

"둘 다 물러나 있어."

소에이가 몸을 숙이고 조금 전까지 괴물이 있던 자리로 살금살금 다가갔다. 괴물의 거구, 굵은 몸통이 떡하니 자리 잡고 있었던 흔적이 선명하게 남았다. 엄청나게 무거운 놈이었던 것이다.

근처 덤불에 몸을 절반쯤 감추고 상체만 내민 자세로 주변을 살피던 소에이가 어깨를 크게 들썩이며 숨을 쉬었다.

"없네."

그 말에 즉각 주문이 풀린 듯한 미노키치와 가스케가 소에이 곁으로 뛰어왔다.

"진짜 잽싼 놈이야."

"배, 뱀이었어." 가스케가 떨리는 목소리로 말했다. "그놈, 다리를 오므리고 뱀처럼 미끄러지며 숲 속으로 사라졌어."

요새 쪽으로 향하는 비탈에는, 잡초가 짓눌린 흔적이 남아 있었다. 가스케의 말대로 괴물은 다리를 감추고 몸을 구불거리며 나아가는지, 그 흔적에도 얕게 팬 부분과 깊게 팬 부분이 있었다.

"가스케, 미노키치를 데리고 나카무라로 돌아가."

소에이의 눈매와 입매는 전에 본 적이 없을 만큼 날카로웠다.

"괴물이 있다는 것이 확인됐다. 나카무라가 위험해. 촌장을 만나 네가 본 걸 전부 얘기하고 마을을 단단히 지키라고 얘기해라."

"초, 촌장님은 지금 오다이님과 함께 요새로 가셨는데요."

소에이는 낙담하며 혀를 찼다. "젠장, 그랬지. 그럼 다이치로라도 좋아. 누구라도 좋아. 만날 수 있는 사람은 다 만나. 한 사람쯤은 네 얘기를 진지하게 들어주는 사람이 있을 거야."

"단단히 지키라니, 어떻게 하라는 거죠?"

"여자들을 마을 가운데로 모아. 아무도 혼자 돌아다니지 말고 산에 들어간 사람들은 즉시 사람을 보내서 불러들여. 심부름을 가는 사람도 혼자 가서는 안 돼."

예, 예, 하고 가스케가 고개를 끄덕였다.

"마을 외곽에 감시인을 세워서 이상한 일은 없는지 살펴봐야 해. 횃불도 많이 준비해 둬. 남자 모두에게 괭이든 가래든 낫이든 무기가 될 만한 걸 들라고 해. 그리고 물을 많이 끓여 놔. 비상시에는 끓는 물도 훌륭한 무기가 된다."

하나하나 나열할 때마다 소에이는 스스로도 고개를 끄덕였다.

"그 괴물의 피부는 굉장히 두꺼운 갑옷 같았다. 어지간한 칼보다 끓는 물이 더 효과가 있을지도 몰라."

게다가 짐승은 대개 불을 싫어한다. 미노키치는 기억을 떠올렸다. "니다니무라가 불탄 이유는 누군가 괴물을 쫓으려고 불을 질렀기 때문인지도 몰라요."

"그래. 하지만 집이 불타 버리면 사람도 피할 곳을 잃어버려."

지시받은 사항들을 머릿속에 집어넣었는지 가스케는 꿀꺽, 침 삼키는 소리를 한 번 내고 짚신 끈을 다시 묶었다.

"그럼 출발해, 미노키치."

미노키치는 도리질을 했다. "마을에는 가스케 형 혼자서 돌아가요."

"무슨 소리야, 너."

"소에이 님은 괴물을 뒤쫓으실 거잖아요."

"놈이 요새 쪽으로 향했으니까. 번사들한테도 알려야 해."

"나도 따라갈래요. 몰래 요새에 들어가 니다니무라 사람을 찾을래요."

미노키치는 주먹을 꽉 쥐어 보였다. 소에이는 잠깐 망설이다가 말했다.

"좋아, 알았다. 미노키치는 나랑 간다. 가스케, 지금이라면 나카무라에는 아직 시간이 있어. 그런 괴물에게 한 명이라도 잡아먹힐 수는 없잖아. 잘 부탁한다. 단단히 대비해 줘."

"예. 소에이 님, 오다이님을 지켜 주세요."

"물론이지."

소에이는 왔던 길을 구르듯이 뛰어서 돌아가는 가스케의 뒷모습을 보다가 미노키치를 재촉했다.

"지금부터는 언제 또 그 괴물과 딱 마주칠지 몰라. 정신 단단히 차려야 해."

괴물의 흔적을 밟으며 비탈을 올라갔다. 둘 다 양손으로 땅바닥을 짚으며 올라갔다.

"소에이 님, 칼로는 그놈을 못 당해요."

"아무래도 그렇겠지. 하지만 그놈도 짐승이야. 어딘가 무른 데가 있을 거야. 눈이든 목이든."

급소 말이야, 라고 말했다.

"하지만 골치 아프군. 아까 보니까 주변 상태에 따라 몸 색깔과 윤기를 바꿀 수 있는 것 같다. 풍경에 녹아들어 제 모습을 감추는 거야."

그래서 미끈미끈해 보이기도 하고 땅에 솟은 둔덕처럼 보이기도 하는 것이다.

"발자국을 남길 정도니까 걷는 데도 능숙할 거야. 아까처럼 다리를 오므리고 뱀처럼 배로 미끄러질 수도 있고."

모르겠군—소에이는 거친 숨을 몰아쉬며 중얼거렸다.

"대체 놈의 정체는 뭐지?"

2

아카네는 요새에서 지루함과 싸우고 있었다.

그을린 널을 댄 외관에 어울리게 내부 역시 철저히 실용적으로 만들어 장식다운 장식도 없었다. 다만 구석구석 잘 청소해 놓아서 먼지 하나 보이지 않았다. 기둥도 바닥도 얼굴이 비칠 듯이 닦여 있었다.

'삿갓 납품 목록'을 바치는 의식은 그런 요새 안의 유독 화려하게 꾸민 객실에서 치러졌다. 화조풍월을 빼곡히 새긴 채색 란마채광이나 통풍을 위해 문 위 상인방과 천장 사이에 설치하는 창. 장식된 도코노마바닥을 한 층

높여 만들어 놓은 곳의 기둥. 소나무와 둥근 달에 금박을 입힌 장지의 그림. 권위적인 의식이 진행되는 동안 엔슈는 내내 입을 멍하니 벌리고, 매혹된 건지 놀란 건지 웃음을 터뜨리려는 건지 알 수 없는 묘한 표정을 띠고 있었다.

이곳 대관은 마흔이 넘은 키가 작고 배가 튀어나온 남자로, 나가쓰노 야마부교의 부하치고는 상당한 가문 출신인 듯했다. 처음 본 아카네가 그런 사실을 알 수 있었던 까닭은, 의식이 끝나고 오찬 주연이 벌어졌을 때 그가 기분 좋게 아카네에게 다가와 이런 저런 자랑을 늘어놓았기 때문이다.

의식을 치르는 동안 상체를 젖히고 상좌에 거만하게 앉아 있던 대관은 의식이 끝나기 무섭게 아카네를 상좌로 불러올려 침이라도 흘릴 듯한 얼굴을 하고 치근거렸다. 오오, 수석님 누이분께서 이리 천녀님처럼 미녀이실 줄이야. 게다가 베 짜기의 고수라고 하시니 그야말로 직녀 아니십니까, 하며 경박한 말을 늘어놓았다.

아마도 이 작은 사내의 취향대로 꾸민 듯한 요란한 객실에, 아카네의 눈길을 끄는 것이 딱 하나 있었다. 간소하게 표구한 두루마리 하나가 서쪽, 즉 고야마를 향해 걸려 있었던 것이다.

'오라버니 글씨구나.'

'보은報恩'이란 두 글자. 소야 단조의 필체다. 가로획이 오른쪽으로 올라가는 버릇이 뚜렷하고 글자 주위에는 힘을 주체하지 못한 듯 먹물이 튀어 있다.

이 객실은 요새의 망루 바로 밑에 있었다. 도코노마의 맞은편에만 장지문이 있고, 상좌에서 볼 때 왼편에는 가느다란 살을 끼운 나무 문이 있다. 아마 그 너머에 곁방이 있을 것이다. 오른쪽에도 문지방이 있으니 원래는 똑같은 나무 문이 있었을 테지만 지금은 트여 있다. 옆에는 널을 깐 좁은 통로가 있다. 밀어 올려서 열고 버팀목으로 받쳐 두는 형식의 창문들이 나란히 나 있다. 고야마와 싸운다면 공격해 오는 적군에게 화살을 쏘기에 알맞은 구조이다.

그래서 더욱 이해할 수 없었다. 오라버니는 왜 고야마 쪽을 향해 '보은'이라는 글자를 걸었는가. 소야 단조가 갚아야 할 은혜를 베푼 사람은 동쪽 쓰노사키 성에 있는 류자키 다카모치 공이 아닌가.

이 두루마리를 돋보이게 하려는 의도인지 도코노마에는 두루마리가 걸려 있지 않았고, 역시 대관의 취향을 보여 주는 요란한 색채의 도자기 하나만 놓여 있었다. 꽃은 꽂혀 있지 않았다. 아까부터 작업복 차림의 남자들만 술과 요리상을 내오고 있는 점을 보고 이 요새에는 손님을 위해 꽃꽂이를 할 만한 여자가 없다는 것을 짐작할 수 있었다.

또 하나 빤히 보이는 사실이 있다. 여자를 밝히는 이 대관은 도코노마에 있는 도자기와 같은 장식물에 불과했다. 그냥 가마와 같은 존재일 뿐, 소야 단조의 꼭두각시조차 못 되는 자였다.

번의 직제職制와 질서를 지키기 위해서는 허울뿐인 대관이더라도 파견해야만 하는데, 그 자리에는 머리나 그 내용물이나 깃털처럼 가벼운 인물이 알맞다는 오라버니의 생각이, 모자에몬과 엔슈를 앞에 두고 일찌감치 예복을 풀어헤친 채 취한 대관의 얼빠진 모습 너머로 빤히 보였다.

이 요새는 성시의 소야 저택과 마찬가지로 오라버니의 것이다. 수석님이 주인이다.

그리고 이곳의 진정한 주인을 모시는 수하들 중 한 사람이, 이 의식이 시작될 때부터 술자리가 한창인 지금까지 전혀 웃지도 않고 서쪽 창가의 통로 끝에서 가만히 대기하고 있었다.

"저자는 이와이 한노조라고 합니다."

주연에 앞서 대관이 거만하게 손짓하며 그를 아카네에게 소개했다.

"보시는 대로 젊은 사람이고 기마 경호조의 병졸이었으나 수석님 눈에 띄어 작년 가을에 이곳 번사로 발탁되어 성시에서 여기로 왔습니다."

"처음 뵙습니다. 아카네입니다."

아카네의 말에 당사자는 두 주먹을 바닥에 대고 아카네에게 깍듯이 절하며 제 이름을 밝히더니 강인한 목소리로 "황송합니다!" 하고 말했다.

"오늘은 이 이와이가 아카네 님과 저분—으음."

"기쿠치 엔슈입니다" 하고 화가가 싹싹하게 말했다.

"두 분에게 요새를 안내해 드리겠습니다. 거칠고 보잘 것 없는 곳이지만, 아카네 님은 이곳을 처음 찾아 주신 것으로 압니다."

"예. 그래서 흥미가 많아요. 나카무라에 사는 자로서 저희를 지켜 주시는 번사님들이 요새에서 어떻게 일하시는지 보고 싶었습니다."

"제 마음도 오다이님의 마음과 같습니다."

이런 말을 주고받는 동안에도 이와이 한노조는 눈을 내리뜬 채 꼼짝도 하지 않아 숨은 쉬고 있는지 궁금할 정도였다.

이 사람도 젊다. 성시의 소야 저택에 있는 다른 자들도 마찬가지였다. 소야 단조에게 심복하여 따르는 자들은 모두 젊고 혈기 왕성하다.

이곳 무사들은 모두 무장을 했다. 대관과 관리 네댓 명을 제외하면 아무도 정장을 입지 않았다. 통소매 상의와 닷쓰케바카마 차림이다. 갑옷은 입지 않았지만 그 속에 받쳐 입는 미늘속옷과 어깨 보호대, 몸통 보호대를 착용한 그들은 비늘 같은 것이 달린 정강이 보호대를 짤깍짤깍 울리며 활보했다. 장비들을 모두 옻칠을 한 듯 윤이 나는 까만색이었다.

엔슈는 눈알을 반짝이고 있었다. 분명 아름답고 용맹한 인상이다. 화가를 매혹하는 소재일 것이다. 하지만 불길한 인상도 풍긴다.

주연에 함께한 나가하시 모자에몬은 실은 전혀 마시지 않았는지 아카네가 지루해하고 있음을 눈치챈 모양이다.

"대관님, 진수성찬을 내주셔서 참으로 즐거웠습니다. 그럼 이제 이만—."

그래서 자리가 파했다. 아쉬워하는 대관에게 마음에도 없는 감사의 인사를 정중하게 남기고 아카네는 얼른 자리에서 일어나 하좌에 있는 젊은 무사를 불렀다.

"거기 이와이인지 뭔지 하는 분, 일어나세요. 안내를 부탁합니다."

이런 투로 말하는 것은 처음이었다. 실은 입에서 심장이 튀어나올 듯한 심정이었지만, 지금은 이런 말본새가 어울릴 터였다.

아니나 다를까, 이와이 한노조는 "옛!" 하고 재깍 대답했다.

"엔슈 님, 가시지요. 먼저 어딜 보고 싶으세요?"

순진하게 웃는 화가는 술을 꽤 여러 잔 들이켰을 텐데도 취한 기미가 없었다. 물놀이 가는 아이처럼 신이 났다.

"이야, 어디부터 봐야 하나. 이거 고민되네요. 여기나 저기나 다 진기한 풍경이라서요."

"그럼 먼저 아래까지 내려갈까요?"

아카네는 그렇게 말하고 한노조에게 고갯짓을 했다. 한노조가 앞장서서 가파른 사다리형 계단을 내려갔다. 걸음걸이와 소소한 몸동작 모두 힘 있고 절제되어 있다.

엔슈가 옆걸음으로 신중하게 계단을 내려가며 말했다. "아, 그렇지, 여기엔 커다란 마구간이 있다고 하던데, 그걸 볼 수 있을까요?"

마구간. 아카네는 깜짝 놀랐다. 소에이가 보았다는 급조된 감옥은 마구간 옆에 있다고 했다.

“기쿠치 선생님은 군마에 관심이 많으십니까?”

평범하게 이야기하는 이와이 한노조의 목소리는 젊은이답게 시원했다. 나가쓰노 사투리는 거의 없었다.

“아뇨, 그렇진 않습니다. 나가하시 가에서 들었습니다. 여기는 몹시 험준한 지역이라 말을 타고 다니기가 어렵다고 하더군요.”

아카네 일행이 지나가자 보초를 서거나 무기를 손질하고, 책상 앞에 앉아 바쁘게 일하던 번사들이 일일이 일어나 자세를 바로 했다. 그럴 때마다 그들이 착용한 장비가 요란하게 울려서 아카네는 마치 전장을 달려가는 전령이라도 된 기분이었다.

그래도 엔슈는 전혀 아랑곳하지 않는 투로 말했다.

“그러니까 번사님들의 승마 실력이 얼마나 대단하냔 말입니다. 게다가 말을 소중히 다루시는 점에서도 보통 사람들이 미칠 바가 아니라고 하더군요.”

“물론 산속에서 발이 되어 주는 군마는 우리에게 동료만큼 소중합니다.”

계단을 다 내려가 지면에 섰다. 마루가 설치되어 있고 그 앞에 흰 모래를 깐 마당이 있다. 체포한 자들을 문초하는 곳이 분명한데, 과연 이 요새에 이런 ‘정식’ 규문소를 이용할 일이 있을까?

“다만, 험준한 산도 능히 넘고 눈사태보다 빠르다는 나가쓰노의 말은 용맹한 대신에 성질이 거칠고 주인을 가립니다. 선생님도 함부로 다가가시면 위험합니다.”

"아, 그렇습니까."

"자리를 잡고 그림을 그리신다면 산의 임무를 마치고 성시로 내려간 말을 그리시는 게 좋습니다. 쓰노사키 성 마장에 몇 마리 있을 겁니다."

"그럼 나가하시 가를 통해 청원해 보지요. 그런데 저는 그 사나운 말을 그리고 싶군요."

철책을 설치한 외벽을 따라 건물 뒤로 돌아갔다. 젊은 번사와 화가의 대화를 들으며 아카네는 내심 조마조마했다. 정말 이렇게 아무 절차도 없이 마구간을 보여 줄까? 말썽이 생기는 것은 아닐까.

어느새 아카네보다 앞서 가던 엔슈가 환성을 질렀다. 마구간이었다. 말들의 발굽 소리와 콧김 소리가 들린다. 역시 새카만 건물로, 마방 울타리까지 까만 것을 보니 여간 정성을 들인 시설이 아니었다. 문마다 물에 탄 금가루로 류자키 가의 가문을 그려 놓았는데, 비바람에 시달려 지워지고 있었다.

대울타리를 두른 감옥은 보이지 않았다.

당연한 일 아닐까? 아카네 일행이 방문한다는 것을 알고 있다. 만에 하나 눈에 띄는 일이 없도록 철거해 버리면 되는 일이다.

갇혀 있던 사람들은? 소에이가 본 두 사람은 이미 죽었을 것이다. 다른 사람은 없었을까? 있었다고 해도—.

그제야 어떤 생각이 떠올라 아카네는 가슴이 미어졌다.

그 사람들 역시 아카네 일행이 방문하기 전에 처분해 버린 것은 아닐까?

소에이의 의견은 다른 듯했지만, 아카네는 이 요새에서 일어나는 일은 전부 소야 단조의 귀에 들어간다고 생각했다. 자잘한 일이니까, 쓸데없는 일이니까, 라는 이유로 이곳 번사들이 수석님에게 보고하기를 망설일 거라는 생각은 들지 않았다. 고야마에 관계된 사항이라면 아무리 소소한 일, 하찮은 이야기라도 보고할 것이다. 심복이라는 자들은 그렇게 행동하게 마련이다.

'오라버니가 니다니무라 사람들을 죽인 거야.'

무엇이든 오라버니 단조 탓으로 돌리고, 또 자기 탓이기도 하다고 생각하는 것은 아카네의 나쁜 버릇이라고 말하면서 소에이는 웃었다. 하지만 사실이 그런데 어쩌겠는가.

"오, 오오, 이럴 수가."

낯선 인간들이 다가오자 말들이 흥분해서 발을 굴렀다. 마구간지기가 열심히 달랬다. 술을 마셔도 빨개지지 않던 엔슈의 볼이 이 광경에 흥분해서 홍조를 띠고 있다.

"오다이님, 잠시 기다려 주실 수 있습니까."

벼루와 밑그림 공책을 꺼낸 엔슈는 마구간지기가 의자를 가져다준 것도 모르고 선 채로 붓을 놀리기 시작했다.

"예, 얼마든지."

마구간지기가 아카네에게도 의자를 권했지만 거절했다. 서 있고 싶었다.

이와이 한노조는 곁에 서서 기다렸다. 그의 허리에는 칼 두 자루 외에 여인들이 품는 단검처럼 생긴 작은 칼이 꽂혀 있었다. 그러고 보니 요새 안에서 본 번사들도 대개 그랬다.

"그 단도는 어디에 쓰는 건가요?"

그렇게 묻자 한노조는 놀란 얼굴을 했다. 아카네가 친밀하게 말을 건네다니, 예상을 뛰어넘는 일이었으리라.

눈매가 차갑고 눈썹이 길다. 긴 겨울이 끝난 참이라 아직은 볕에 심하게 그을지 않았다. 이렇게 단련되어 있지 않았다면 미소녀로 착각할 법한 미장부였다.

"숲에서 잔가지나 덤불을 없앨 때 씁니다."

"아, 그렇군요. 내가 자란 조슈 지방의 산속에서는 말 채찍으로 쳐서 잔가지나 덩굴을 없애죠. 거기에도 약간의 요령이 필요해서, 서툴게 휘두르면 채찍이 감겨서 낙마하고 말아요."

한노조의 눈에 더욱 놀라워하는 기색이 떠올랐다. "오다이님도 승마를 익히셨습니까?"

아카네는 웃었다. "갈기털도 듬성듬성한 늙은 말을 몇 번 타본 게 전부예요. 아주 순한 말이라 콧잔등을 쓸어 주면 좋아했는데, 소매가 젖도록 침을 흘려서 곤란했지요."

그립다. 오랜만에 조슈의 추억을 세세하게 떠올렸다.

아카네의 밝게 웃는 얼굴과 소탈함이 한노조에게 통했는지 그의 입가가 풀어졌다.

그때 한층 날카롭게 비명 같은 말울음 소리가 들렸고 마구간에 묶여 있던 말 몇 마리가 머리를 흔들며 소동을 피우기 시작했다.

"어이! 왜 그래!"

마구간지기와 마침 애마를 돌보고 있던 번사들이 그쪽으로 달려갔다. 회색 반점 무늬 말, 얼룩말, 검정말 등 모두 몸집이 굵고 다리 관절이 탄탄한 대형 말들이었다.

"나는 괜찮으니까 어서 가서 도우세요."

한노조에게 어서 가 보라고 하자 그는 "그럼!"이라는 말을 남기고 마구간으로 뛰어갔다. 마구간지기와 함께 고삐를 당기고 고함을 질러 흥분한 말들을 진정시키려고 한다.

"워, 워. 가만히! 가만히! 너네 왜 이렇게 흥분하는 거야."

말은 의외로 겁이 많아서 작은 소리나 낯선 것이 슬쩍 스치기만 해도 놀라서 날뛸 때가 있다. 아카네도 그것은 알고 있었다.

'그래도, 이상하네.'

날뛰는 말이 있는가 하면, 같은 마구간에 있는 데도 사람에 비유하자면 '잔뜩 겁에 질린' 모습으로 고개를 숙인 채 구석에 모여 있는 말들도 있다.

기쿠치 엔슈는 그림을 그리느라 여념이 없었다. 종종 일어나 위치를 바꾸고, 때로는 쪼그려 앉아 올려다보기도 하고 목을 길게 빼고 들여다보기도 한다.

아카네는 주위를 둘러보았다. 이 요새는 마구간에서 일어난 소동 정도로는 동요하지 않는 모양이다. 누가 뛰어나오지도 않았다. 건물 반대쪽인지, 어느 가까운 곳에서 훈련을 하는 구령소리가 들려왔다. 얍! 합! 합! 하는 힘찬 소리였다.

마구간이 있는 이쪽은 급한 비탈에 면해 있고 대나무가 그 비탈에 빽빽하게 자리 잡고 있었다. 그 탓인지 이쪽에는 따로 담이 없었다. 여기는 요새의 동쪽이므로 아침 해가 잘 들 것이다. 올려다보아야 하는 대숲에 아침 해가 비껴들면 아마 멋진 풍경이 펼쳐지리라.

이런 훌륭한 대숲에서도 죽순은 아직 이르지. 아카네는 기억을 떠올리며 웃었다.

말들이 겨우 차분해졌다. 창공에는 구름이 떠 있고 바람은 푸르른 숲 냄새를 풍겼다.

아카네는 눈을 감고 심호흡을 한 번 했다. 이제 어떡할까? 엔슈는 어디를 보고 싶어 할까. 이런 요새에 누군가를 숨겨 둔다면 어디에 가둬 둘까? 건물 위쪽은 아니다. 무엇보다 너무 좁다. 이 요새는 생김새는 요란하지만 그리 큰 건물은 아니다.

지하. 지하 감옥이 있을까?

대숲이 수런거렸다. 바람이 불었다.

피웅, 피웅.

아카네는 눈꺼풀을 열고 대숲 쪽으로 시선을 던졌다. 바람에 수런거리는 부드러운 대나무들. 하지만 그것만이 아니다. 대나무들이 뭔가에 밀렸다가 튕겨 오르면서 소리를 내고 있었다.

피웅. 하나가 휘었다가 원래 모습으로 서고, 이어서 다른 대나무들이 잇달아 그렇게 움직였다.

이렇게 키가 큰 대숲이다. 밑에서 사람이 돌아다니는 정도로는 대나무들이 저런 식으로 움직이지 않는다. 말 몇 마리가 달려서 지나간다고 해도, 아카네가 한 손으로는 완전히 움켜쥐지도 못할 만큼 굵은 저 대나무들이 힘없이 휘어질 것 같지 않았다.

마음 한구석이 바르르 떨렸다.

설마.

아카네는 그 자리에서 움직이지도 못한 채 피웅, 피웅, 소리를 내는 대나무를 응시하고 있었다. 대나무가 휘었다가 다시 펴지는 현상은 왼쪽 비탈에서 마구간을 향해 이동하고 있었다.

대숲이 사라지고 비탈이 끝나는 곳까지 이제 네다섯 칸 정도. 이제 가까이 왔다—.

그때 대숲의 움직임이 문득 멈췄다. 한층 날카로운 소리를 내며 대나무 몇 그루가 튕겨 올라온 뒤로는 바람에 술렁거리기만 할 뿐이다.

아카네는 어느새 참았던 숨을 토했다.

말들도 조용했다. 날뛰던 말들뿐 아니라 겁에 질려 구석에 모여 있던 말들도 느긋하게 움직이기 시작했다. 마구간지기가 목과 몸통을 쓸며 달래 주자 기분이 좋은지 콧잔등을 비비며 응석을 부린다.

"이와이 씨."

아카네는 자기 목소리가 이상해지지 않은 것에 안도했다.

"이제 다른 데로 가요. 엔슈 님은 가만 내버려 두면 하루 종일이라도 여기서 말들을 그리고 계실 테니까."

얼른 떠오르는 대로 이렇게 말을 이었다.

"아까 대접받은 음식은 하나같이 다 맛있더군요. 이 깊은 산속에서 식재를 조달하고 상하지 않게 보관하는 것도 쉽지 않은 일이겠죠. 식량 창고는 어느 쪽이죠? 뭔가 좋은 장치라도 해 두었다면 잘 보았다가 합숙소 식솔들에게도 가르쳐 주고 싶군요."

"창고 말입니까."

조금 전 입가가 미소로 풀어졌을 때처럼, 한노조의 미간이 재빠르게 살짝 일그러졌다.

"창고나 헛간 같은 데는, 무엇이 들어 있든 오다이님께 보여 드릴 만한 곳이 못 됩니다. 괜히 옷만 더러워집니다."

보여 주고 싶지 않다는 말이다. 하지만 왜 저렇게 언짢은 얼굴을 하지?

"내가 실례했군요. 하지만."

"오다이님, 오다이님!"

엔슈가 밑그림 공책을 옆구리에 끼고 뛰어왔다. 눈을 동그랗게 뜨고 있다.

"방금 저기서 들었는데, 번사님들은 순찰을 나갈 때 모두 얼굴에 가면을 쓰신다고 합니다. 아주 독특한 관례 아닙니까. 다른 지방에서는 들어 본 적도 없고 본 적도 없습니다."

아카네는, "그래요?"라고밖에 할 수 없었다. 이와이 한노조도 이번에는 노골적으로 낯을 찡그렸다. 말 많은 마구간지기 놈이 호기심 많은 화가에게 공연한 말을 했구나.

"이와이 씨, 그 가면을 보여 주실 수 없습니까?"

엔슈가 소매에 매달릴 것처럼 한노조를 졸랐다.

"그냥 나무를 깎아 만든 가면입니다. 저희가 출동할 때 쓸 뿐이지 특별히 별난 가면은 아닙니다."

"아뇨, 아뇨, 충분히 희귀한 가면일 겁니다. 제발 보여 주시면 안 되겠습니까."

살갑게 싱긋벙긋 웃고, 아무 데서나 그림을 그리며, 아이처럼 흥분하는가 하면 의외로 술은 세다. 사람 좋아 보이는 이 화가가 아카네는 왠지 처음으로 미심쩍게 느껴졌다.

엉뚱하게 마구간을 보고 싶다고 하더니 다음에는 우두마두의 상징인 가면을 보자고 조른다. 아카네가 내심 켕겨 하는 것, 나가쓰노의 급소라고도 할 수 있는 부분을 정확히 짚는다. 그냥 우연일까? 아니면 아카네와 주변 사람들의 생각보다 더 많은 것을 알고 탐색하는 것일까.

'정말 화가가 맞나?'

이와이 한노조는 엔슈에게서 한 발 뒤로 물러나며 정중하게 말했다. "알겠습니다. 그럼 보여 드리지요."

"오오, 고맙습니다!"

팔짝 뛸 것처럼 좋아하는 엔슈는 아카네의 손을 잡고 공손하게 고개를 숙였다.

"가면을 쓰는 규칙은 오다이님의 오라버니이신 수석님의 생각이셨다고 하더군요. 무슨 까닭이라도 있는 걸까요?"

"그, 그래요? 저는 몰랐습니다."

"가면은 마구간 창고에 마구와 함께 보관돼 있습니다. 이쪽으로 가시죠."

발걸음을 돌릴 때 얼핏 보인 한노조의 옆얼굴은 분명 분노하고 있었다.

창고는 마구간 뒤에 있다고 한다. 마방 사이의 좁은 통로를 지나야 했다. 말의 콧김 소리가 지척에서 들렸고 독특한 냄새가 코를 찔렀다.

창고는 마구간 건물 구석에 그을린 나무 벽을 세워 구획해 놓은 곳으로, 의외로 널찍했다. 번사들이 옷을 갈아입고 장비를 장착하는 방으로도 쓰이는지 안장, 등자, 재갈 등이 가지런하게 걸려 있거나 놓여 있었다.

이곳에도 밀어 올려서 열고 버팀목으로 받쳐 두는 형식의 창문이 설치되어 있었고, 지금은 거기로 양광이 비껴들고 있었다. 창문은 아카네의 가슴 정도 높이에 위치했다. 밖에서 다른 마구간지기가 청소를 하는지 대빗자루를 들고 있었는데 아카네에게는 그의 가슴 위쪽만 보였다. 그는 한노조와 아카네를 발견하자 일손을 멈추고 허리를 숙였다.

"괜찮아요. 하던 일 계속하세요."

아카네가 그렇게 말하고 한노조도 고개를 끄덕이자 마구간지기는 얌전히 하던 일로 돌아갔다.

살쩍의 흰머리가 눈에 띄는 노인이었다. 적갈색 작업복을 입고 있었다.

창고 귀퉁이에 모서리를 쇠붙이로 보강한 옷 고리짝이 놓여 있었다. 한노조는 그 앞으로 걸어가 뚜껑을 열었다. 자물쇠 고리가 달려 있지만 자물쇠는 없었다.

"자, 손에 들고 구경하시죠."

한노조는 옆으로 물러나며 무뚝뚝하게 말했다. 엔슈는 팔짝 뛰듯이 앞으로 나아갔다.

"오, 이렇게 훌륭할 수가……."

연기하는 게 아니라 진심으로 감탄한 목소리를 낸다.

고리짝 속에는 어른 얼굴보다 훨씬 커다란 목각 가면이 아무렇게나 쌓여 있었다.

좀 더 화려한 모습을 상상했던 아카네는 살짝 맥이 빠졌다. 엔슈가 손에 들고 혀로 핥기라도 할 것처럼 살펴보는 가면은 정말 소박한 목조 가면으로, 사실대로 말하자면 솥뚜껑에 눈, 코, 입만 뻥 뚫어 놓은 듯한 물건이었다. 솥뚜껑과 다른 점이라면 윗부분의 좌우가 튀어나왔다는 건데, 이는 뿔을 표현한 것처럼 보였다. 보기에 따라서는 고양이나 개의 귀 같기도 했다.

착용할 때는 가면 좌우 구멍에 꿴 무명 끈을 귀에 거는 듯했다. 가면 색은 검정으로, 더구나 칙칙한 검은색이었고 무명 끈도 까맸다.

"가면에 그을음을 발랐습니다."

아카네의 의문에 답하듯이 한노조가 말했다. "순찰을 마치고 돌아올 때마다 그을음을 발라 둡니다. 다음 순찰을 나갈 즈음에는 가면에 그을음이 스며들어 있어서 착용해도 얼굴에 묻지 않습니다."

그렇군요, 하고 말하며 아카네는 가만히 고개를 끄덕였다. 엔슈는 넋을 빼앗긴 모습으로 가면을 하나하나 꺼내서 살펴보았다.

"각 번사님마다 정해진 가면이 있는 것은 아니군요."

"이런 물건이라서 누가 무엇을 써도 별 차이가 없으니까요."

"아뇨, 차이가 있습니다."

다 듣고 있었는지 엔슈가 둘을 돌아보았다.

"가면마다 미묘하게 표정이 다릅니다. 어디서 가면을 만듭니까? 이 요새에 가면 장인이 계시나요?"

한노조는 쓴웃음을 지었다. "장인을 데리고 있어도 될 만큼 이곳은 한가하지 않습니다. 성시의 장인이 만든 가면을 여기로 가져온 겁니다."

"그럼 오라버니가 알아서 처리하고 있는 거군요."

"예. 수석님이 알아서 하십니다."

"오라버니는 무슨 생각으로 이런 걸 만들게 해서 번사님들에게 쓰게 하는 걸까요?"

아카네의 말투에 미처 숨기지 못한 가시가 있었는지 한노조는 가볍게 눈을 깜빡이고 자세를 바로 했다.

"가면은 이 요새의 번사가 인간이 아니라 나가쓰노를 지키는 법률의 구현자가 되었음을 보여 주는 상징입니다."

인간이, 아니라고?

“나가쓰노는 긴 겨울마다 눈에 갇히는 북부 산악 지대의 번입니다. 살 길이 한정되어 있고, 예전에 번성했던 금 광산이 바닥을 드러낸 뒤 주민들은 오래도록 가난에 허덕여 왔습니다.”

이 번을 다시 일으키고 백성을 살찌우고 번을 부유하게 만든다. 그러기 위해서는 새로운 산업이 필요하고, 그 산업을 진흥하기 위한 강력한 법이 필요하다.

“그러나 번사도 사람의 자식입니다. 법을 어기고 부국을 게을리하는 민초를 벌하는 것이 소임이라지만 인간으로서 대치하자면 마음이 흔들리거나, 망설이거나, 정에 휩쓸리는 일도 있습니다.”

번경을 지키고 양잠 진흥책에 반대하는 민초를 징벌하는 번사는 누구나가 두려워하는 존재여야 한다. 눈감아 달라고 애원하는 목소리에 굴복하는 인간다운 마음이 있어서는 안 된다.

“이 가면을 쓸 때 우리는 주군이 정하신 법의 화신이 됩니다. 사람이 아니게 됩니다. 해서 민초의 눈물에도 흔들리지 않습니다.”

아카네는 저도 모르게 반문했다. “인간사냥을 당하는 사람들의 한탄에도, 살려 달라는 애원에도 마음이 흔들리지 않는다는 거군요.”

놀랐는지 엔슈가 슬쩍 아카네의 팔꿈치에 손을 댔다. “오다이님, 무슨 말씀이십니까?”

아카네는 이와이 한노조의 얼굴에서 눈을 떼지 않았다. 정면으로 젊은이를 쳐다보며 그 눈동자 속을 응시하고 있었다.

한노조도 거기에 맞섰다. 볼 테면 얼마든지 보라는 듯이 시원한 눈을 크게 뜨고 전혀 동요하지 않았다.

'이 사람은 진심이구나.'

소야 단조에게 진심을 바치고 있어.

분하지만 아카네는 먼저 눈길을 내렸다.

"당신들에게 그토록 신임을 받는다니 오라버니는 복 받은 사람이군요."

어디 하나 기댈 곳 없는 떠돌이, 태어날 때부터 외톨이였는데.

이와이 한노조는 가볍게 숨을 토한 뒤, 둘 사이에서 얼굴이 굳어 버린 엔슈에게 말했다. "가면을 간소하게 만든 까닭은, 우리를 법의 화신으로 바꾸기 위한 상징이 가면인데, 단순한 도구에 불과한 가면이 스스로 가치나 권위를 갖게 되면 안 된다는 수석님의 깊은 생각 때문입니다."

소야 단조의 전권으로 성시에서 가면이 만들어지고 있는 까닭도 이 일에 권리나 이해관계가 끼어들지 못하게 하기 위함이라고 한다.

"어쩌면 성시 아녀자들이 부업으로 가면을 만들고 있는지도 모릅니다. 그래도 전혀 문제가 되지 않습니다. 그러나 기쿠치 엔슈님."

"예."

한노조의 진지한 말투에 엔슈는 정신을 차린 듯했다.

"선생님도 사가미 번을 모시는 분이니까 아시리라 봅니다. 우리 번사들은 목숨보다도 주군의 명령을 수행하는 것을 중요하게 여깁니다. 그러나 명령을 수행하는 것은 남에게 보여 주기 위함도 아니고 위압적으로 과시하기 위함도 아닙니다. 하물며 이 가면은 나가쓰노 안에서만 의미를 띠는 물건입니다."

"아, 알겠습니다."

"해서 이 가면을 그림으로 그리는 것만은 삼가 주셨으면 합니다. 부탁드립니다."

이와이 한노조는 고개를 숙였다.

당신이 말하는 주군은 번주 류자키 다카모치 님이 아니라 소야 단조 아닙니까? 그렇다면 소야 단조는 전횡하는 것 아닙니까?

아카네는 그 물음을 꾹 눌러 두었다. 엔슈가 손에 든 가면을 살펴보기 위해 고개를 숙였다.

그리고 거의 동시에 일어난 일이었다.

"억!"

창고 밖에서 목소리가 들렸다. 이어서 쿵 소리가 났다. 창문이 닫혀 창고 안이 어두워졌다.

"무엄하다! 무슨 일이냐!"

그늘에 삼켜진 창고 안에서 날카롭게 목소리를 높인 한노조는 정강이 보호대를 울리며 창으로 다가갔다.

즉시 창문을 밀어서 열고 밖을 내다보았다. 아무도 없었다. 다시 쿵 소리가 났다. 뭔가 가벼운 물건이 쓰러지는 소리였다.

"어이, 무슨 일이냐!"

"거기 누구냐?"

사람 목소리가 다가왔다. 한노조가 창밖으로 몸을 내밀었지만 바닥으로 떨어져 버린 창문 버팀목에 손이 닿지 않는 듯했다.

"이와이 씨."

아카네의 심장 박동이 빨라지기 시작했다.

"괜찮으니까 이제 여기서 나가죠."

엔슈는 가면을 옷 고리짝에 넣고 뚜껑을 닫았다. 햇살이 드는 곳은 밝았지만 그만큼 이쪽은 어둡게 그늘졌다.

"누구 목소리였나요?"

어리둥절해하는 엔슈의 물음이 끝나기도 전에 다시 마구간의 말들이 날뛰기 시작했다. 히히힝 소리가 비명 같았다.

"이와이 씨, 마구간을 통하지 않고 밖으로 나갈 수 있나요?"

"예, 이쪽으로—."

한노조가 안쪽 문을 열자 햇살이 비집고 들어오듯 쏟아졌다.

어서, 어서 밝은 곳으로 나가고 싶어.

말들이 술렁인다. 발길질을 하고 마구간 안을 빙빙 돈다. 말들을 달래는 마구간지기들의 목소리도 동요의 빛을 띠고 있다.

밖으로 한 발 내딛은 순간 아카네는 대숲이 다시 휘청거리며 내는 피웅 피웅 소리를 들었다.

"대체 무슨 일이지?"

뒤에 있던 한노조가 놀란 듯이 몸을 도사리며 아카네의 앞으로 나섰다.

"오다이님, 뒤로 물러나세요."

아카네는 멈춰 섰다. 대숲이 요동친다. 아까보다 훨씬 심하고 훨씬 넓은 범위에서 꿈틀거리며 잎과 잔가지를 우수수 날리고 있다.

비릿한 냄새. 이 냄새라면 낯설지 않은데.

"한노조, 무슨 일인가!"

덩치 커다란 번사가 마구간 모퉁이를 돌아 이쪽으로 뛰어왔다. 몸통 보호대를 차고 머리에 띠를 두른 그는 조금 나이가 들어 보였지만 한노조의 동료 같았다.

"전혀 모르겠어. 조금 전에 간키치가 여기 있었는데."

그제야 아카네도 깨달았다. 청소를 하던 노인. 대빗자루가 창 아래에 쓰러져 있다. 그 앞에는 창문 버팀목이—.

사람만 보이지 않는다.

"역겨운 냄새가 나는데, 저건 뭐지? 회오리바람인가?"

어지럽게 꿈틀거리는 대숲을 두 번사가 날카롭게 노려보았다.

"요새 안으로 들어가세요!" 아카네가 다급히 말했다. "여기 있으면 안 됩니다. 자, 어서!"

엔슈가 곤혹스러운 표정을 지었다.

"이유는 나중에 얘기할게요. 지금은 일단 도망쳐요!"

소에이 말이 맞았다. 그 악취의 원인이 요새 곁에 와 있다.

니다니무라는 텅 비었으니 먹이가 없었을 것이다. 사람 냄새를 쫓는 괴물이 어디로 향했을까?

"어이, 한노조, 저길 봐!"

덩치 커다란 번사가 손으로 가리켰다. 아카네도 엔슈도 그쪽을 보았다. 대숲에서 적갈색 작업복이 춤추듯 펄럭이며 떨어졌다. 상의였다.

'간키치라는 노인의 작업복이다.'

옷만 보일 뿐 사람은 보이지 않았다.

"간키치의 옷인가? 내가 가져오지."

발을 내딛는 한노조를 아카네가 말렸다.

"안 됩니다!"

젊은 번사의 입가에 달래는 듯한 웃음이 떠올랐다. "오다이님, 걱정 마세요. 여기는 산속이고 지대가 높은 곳입니다. 변덕스러운 바람이 대숲을 흔들고 있는 겁니다."

"아뇨, 그게 아녜요!"

양손을 쳐들어 막으려고 하는 아카네를 피하며, "실례" 하고 인사한 뒤 한노조는 대숲 속으로 성큼성큼 걸어 들어가 비탈을 오르기 시작했다.

"오다이님, 안색이 창백합니다."

엔슈가 걱정스레 다가와 부축해 주었다. 그때 대숲에서 혼비백산한 사람의 비명 소리가 들려왔다.

"으아아아악!"

경악한 목소리. 그리고 뚝 끊겼다.

"한노조!"

덩치 커다란 번사도 놀란 얼굴을 했다.

이제 여긴 안 된다. 아카네는 엔슈의 손을 꽉 쥐고 힘껏 당기며 뛰기 시작했다.

"어서! 요새 안으로!"

방금 그 비명 소리를 듣고 번사들이 여기저기서 뛰어나왔다. 그들의 흐름을 거스르고 있는 탓에 좀처럼 앞으로 나아갈 수 없었다.

"오다이님, 위험합니다."

엔슈가 보호하려고 막아 주었다. 아카네는 저도 모르게 그의 어깨에 매달렸다.

"엔슈 님, 제발 제 말을 들어주세요!"

"아, 예."

"이 산에는—,"

그렇게 말하다가 아카네는 입을 다물었다.

아카네를 보호하려고 몸을 웅크린 엔슈의 머리 위로 뭔가가 쓰윽 나타났다.

바로 그것. 미노키치가 그토록 무서워하던 커다란 뱀.

그것은 뒤쪽에서, 마구간 모퉁이에서 몸뚱이를 구불거리고 있다. 꿈틀거리고 있다. 낫처럼 구부러진 모가지를 바짝 세우고 있다.

하지만 뱀이라면 모가지 위에 대가리가 있을 터. 게다가 이렇게 두 갈래로 갈라져 있을 리가 없다.

이건, 꼬리다.

아카네의 머리가 그걸 이해하기를 기다렸다는 듯이 땅울림과 함께 짐승의 굵은 포효가 울려 퍼졌다.

3

미노키치의 몸이 막대기처럼 꼿꼿이 얼어붙었다. 옆에서 소에이도 움찔하며 몸을 긴장시켰다.

"저건—."

둘이 지금 막 달려가려는 요새 쪽에서 포효가 들려왔다. 소에이는 검은 요새를 올려다보았다. 얼굴에서 핏기가 가셨다.

아까 그들이 발견한 괴물은 잠에서 막 깨어난 참이었다. 그러나 지금 그 소리는 잠에서 완전히 깨어난 소리였다. 사냥이 시작된 것이다. 굶주림을 없애는 포식의 시간이 온 것이다.

"미노키치, 정신 똑바로 차려."

그 소리에 미노키치는 자신을 질타하여 몸을 움직였다. 팔꿈치를 편다. 무릎을 구부린다. 입을 벌린다.

동작 하나하나 의식하며 움직이려고 애쓰지 않으면 할 수가 없었다. 미노키치의 몸은 굳어 버린 채 돌이 되려고 하는 듯했다. 돌이 되면 아무것도 느끼지 않는다. 무섭지 않다. 숲 속의 나무와 돌멩이는 어떤 괴물이 나타나도 무서워하지 않는다.

"크, 크, 큰일이에요."

애써 목청을 키워 말해 보았다. 공포 때문에 혀가 놀지 않았다.

"아, 아카네 님, 을, 구해야죠."

소리 내어 그렇게 말하자 마음이 조금은 강해졌다. 아카네 님이 요새에 계신다. 괴물이 덮치고 있는 요새에, 지금.

"좋아, 바로 그거야!"

소에이는 미노키치의 머리를 쓱쓱 쓰다듬어 준 뒤, 자, 서두르자, 라고 말하며 뛰기 시작했다. 미노키치도 뒤를 따랐다.

요새를 에워싼 숲이 흔들리고 있다. 이곳에서 올려다보는 요새 꼭대기에 간간이 사람들의 그림자가 어른거렸다. 다시 포효. 이어서 우렁찬 고함 소리. 이번 소리는 무사들의 고함 소리다. 나와서 맞서! 맞서! 하고 외치는 소리가 띄엄띄엄 들렸다.

"나가쓰노 요새 번사들은 매우 강하다고 들었다."

숨 가쁘게 올라가며 소에이가 말했다. "괴물을 쓰러뜨리고 모가지를 매달아 줄 거다."

미노키치는 이를 앙다물고 대꾸했다. "저놈, 모가지는, 내가 칠래요."

니다니무라 사람들의 원수.

"오, 그렇구나. 미안, 미안."

숲은 깊었고, 나무들 사이를 달려가는 둘의 애가 탈 정도로 요새는 멀었다. 올려다보면 가까워 보이는데, 비탈을 오르다 보면 오히려 멀어져 가는 것처럼 느껴지기까지 한다. 미노키치는 초조한 나머지 몇 번인가 미끄러져서 소에이의 힘을 빌려 일어나곤 했다.

요새 번사들은 모두 나와서 괴물과 맞서고 있을 것이다. 우렁찬 고함 소리, 지시를 내리는 목소리, 비명, 아우성. 그 소리들이 뒤섞이고 점점 높아져서 바람을 타고 날아와 둘의 귀를 쳤다.

쿵! 땅이 흔들리자 미노키치가 고꾸라졌다. 소에이도 양손으로 땅바닥을 짚고 설설 기었다.

"어이쿠, 안 되겠다."

다시 한 번 발밑에서 진동이 전해졌다. 숲이 흔들리고 나무 부스러기들이 떨어졌다.

"괴물이 발을 굴렀나."

그렇게 말한 소에이는 미노키치를 부축하다가—,

"안 돼, 엎드려!"

하고 외치며 온몸으로 미노키치를 덮어서 가려 주었다.

그 순간 이들 위로 돌풍이 지나갔다. 생선이 썩어 문드러진 듯한 악취를 품은 돌개바람이 요새 쪽에서 불어 내려온 것이다. 나무들은 흔들리다 못해 잔가지가 부러져 나가 사방으로 날아갔다.

"설마 이게 콧김은 아니겠지."

미노키치는 기억을 떠올렸다. 그날 밤 니다니무라에서도 이런 돌개바람이 마을의 집들을 휩쓸었다.

"저 바람은 괴물이 데려온 거예요."

"뭐라고?"

"괴물이 날뛰면 산도 날뛰는 거예요. 소에이 님, 저 바람은 산의 바람이에요."

미노키치도 소에이도 코를 찌르는 악취가 몸에 배고 말았다. 저 바람에 휩쓸린 사람은 모두 그렇게 된다.

'산의 노여움을 산 증거야.'

시간이 흐른 뒤에도 아카네는 그때 일들을 똑똑히 기억한다. 떠올리려고 하지 않아도 문득문득 뇌리를 스치고 눈앞에 또렷이 떠오른다. 자꾸자꾸 떠오른다. 그래서 기억하고 있다기보다는 잊히지 않는다고 해야 옳은지도 모른다.

기쿠치 엔슈는 공포에 질린 아카네의 표정을 눈앞에서 본 뒤 대체 자기 뒤에 무엇이 있나 싶어 뒤를 돌아보려고 했다. 같은 처지에 있다면 누구라도 그렇게 행동할 것이다.

그 순간 괴물이 포효했다. 다른 소리로 착각하려야 착각할 수도 없는, 살아 있는 짐승의 소리 외의 그 무엇일 수도 없는 포효였다. 하지만 소리가 가장 낮아진 순간에는 커다란 징 같은 금속을 때리는 듯한, 온몸을 징징 울리는 진동이 거기에 섞여 있었다. 그 진동에 아카네는 무릎이 떨리고 다리가 마비되어 버릴 것 같았다.

엔슈도 마찬가지였을 것이다. 동시에 그는 짐승의 노성에 소스라치게 놀라 목을 움츠렸다. 이 두 가지 동작이 그를 구했다.

바로 그 순간 엔슈의 목을 감아올리려던 괴물의 꼬리가 표적을 잃고 옆으로 비켜 나갔다. 꼬리는 다시 한 번 높이 솟구쳤다. 아카네는 뱀에게 위협당하는 개구리처럼 꼼짝 못한 채 그저 엔슈의 손을 잡고 그 자리에 얼어붙어 있었다.

그때 화살 몇 대가 허공을 가르며 날아와 괴물의 꼬리를 스치고 지나갔다. 괴물의 포효에 마비되어 있던 아카네의 귀가 정상으로 돌아왔다. 번사들이 날카롭게 외치는 소리가 들렸다.

"활을 쏴! 쏴!"

"에잇, 추악한 두꺼비 같은 놈!"

"이거나 먹어라, 괴물 놈아!"

화살이 비처럼 날아왔다. 이어서 번사들은 칼과 창으로 공격하기 시작했다. 괴물의 꼬리는 스스로 의지를 가진 생물처럼 꼿꼿이 서서 허공을 좌우로 가르며 번사들 쪽으로 다가갔다.

"이리로 가요! 요새 안으로!"

아카네는 엔슈의 손을 끌고 뛰기 시작했다.

"오, 오다이님, 저건 대체."

"뛰어요! 도망치지 않으면 죽어요!"

대숲에 들어간 이와이 한노조는 어떻게 되었을까. 한입에 삼켜지고 만 건가.

"위험해!"

엔슈가 아카네의 등을 콱 미는 바람에 그녀는 얼굴을 땅에 박을 듯이 넘어져 바닥을 굴렀다. 빗나간 화살 한 대가 아카네의 머리통을 아슬아슬하게 스쳐, 오늘 아침 오센이 예쁘게 올려 준 머리채를 뚫고 지나갔다. 아카네의 풍성한 머리칼이 풀려서 어깨로 흘러내렸다.

"아, 이런 실례를! 죄송해요."

"아뇨, 고맙습니다."

우물쭈물하다가는 괴물과 함께 화살에 맞아 죽고 말 것이다. 아카네는 머리가 헝클어진 채 엔슈와 손을 마주 잡다시피 하며 규문소 옆까지 도망쳤다. 숨이 차고 심장이 목구멍 밖으로 튀어나올 것 같았다.

"위로! 높은 곳으로 올라가요."

요새 위쪽에서도 번사들의 목소리가 어지럽게 들려왔다. 감시탑에서 괴물을 공격하는 듯했다. 몇 사람이 가파른 사다리 계단을 구르듯이 내려와 커다란 망치 같은 것을 들고 밖으로 뛰어나갔다.

"자, 어서."

엔슈는 검은 상의 옷자락을 허리띠 속에 꾸겨 넣고 아카네를 재촉했다.

"오다이님이 먼저 가세요. 발밑을 조심하시고."

그 말을 기다렸다는 듯이 요새 전체가 쿵, 하고 흔들렸다. 아카네는 난간도 없는 사다리에서 굴러떨어질 뻔했지만 엔슈가 잡아주었다.

"저 망치로 괴물을 때리고 있는 건가."

엔슈의 말투는 여전히 털털했다.

"일단 높은 곳으로 가요."

저 괴물의 눈이 닿지 않는 곳으로. 미노키치가 살던 니다니무라를 단 한 마리가 괴멸시켰다. 아카네는 두 팔과 다리로 매달리다시피 하며 계단을 올라갔다.

쿵! 다시 요새가 흔들렸다. 머리 위에서 그을음이 하늘하늘 떨어져 내렸다. 그을음이 들어가 따가운 눈을 마구 비비고 계속 올라갔다.

이층과 삼층에서도 번사들이 창가와 감시대에 모여 활을 쏘고 창을 날리고 돌멩이를 던지며, 지상에서 괴물과 싸우는 동료들에게 지시를 내리고 있었다. 그야말로 전쟁터 같은 광경이었다.

쾅! 쾅! 위에서 총소리가 터졌다. 엔슈가 웃었다.

"오, 총을 쏘고 있군요!"

아카네의 마음도 기대로 부풀었다. 계속 총을 쏘아서 죽여 주세요. 저 괴물을 쓰러뜨려 주세요.

위층에는 주연이 벌어진 대관의 방이 있었다. 둘이 올라가자 사다리 계단 옆에 나가하시 모자에몬이 주저앉아 있었다.

"촌장님!"

"오, 오다이님, 용케 무사하셨군요!"

엔슈도 무릎걸음으로 다가가 촌장의 손을 잡았다. "얼굴이 핼쑥해요. 어디 다치신 데는?"

"아뇨, 다친 데는…… 없습니다만……."

실내는 한바탕 싸우기라도 한 것처럼 온통 어지러웠다. 쟁반이 뒤집히고 그릇이 깨지고 짚방석은 여기저기 어지럽게 흩어져 있었다.

요새의 총포조는 이곳 창가에 진을 치고 있었다. 두 열로 늘어서서 아래쪽을 향해 열심히 총을 쏜다. 화약 냄새가 코를 찔렀다.

"대관님은요?"

모습이 보이지 않는다. 이미 도망쳤는지도 모른다. 모자에몬은 입을 반쯤 벌린 채 고개를 가로저을 뿐 눈에 초점이 없었다.

엔슈가 당황해서 두리번거렸다. "밑그림 공책을 떨어뜨리고 왔네요."

그래도 품에서 필묵통을 꺼낸 뒤 뒤쪽 장지를 돌아다보았다. 찢어져서 구멍이 나 있다. 엔슈는 그 창호지를 찢기 시작했다.

"여기에다 그려야겠어요."

"이 와중에 무슨 태평한 소리를!"

"오다이님, 걱정하지 마세요. 이제 괜찮아요. 아무리 저 괴물이 크고 꼬리가 길어도 여기까지 안 닿아요."

우우으, 하고 모자에몬이 신음했다. 촌장은 주저앉아 있는 것이 아니라 허리를 다쳐서 움직이지 못하는 것이었다.

다시 총이 연달아 발사되었다. 푸르스름한 화약 연기가 감돌았고 독한 냄새가 콧구멍을 찔렀다. 총포조 번사들은 의기양양했다.

"조준! 조준!"

“저 괴물 놈, 눈은 어디 달린 거야!”

“꼭 뚱뚱한 도마뱀 같군. 머리 옆, 사람으로 치면 귀가 달린 위치에 눈이 있을 거다.”

“눈을 노려! 다리를 쏴서 움직이지 못하게 해!”

한 발 쏠 때마다 총구멍에 총탄을 밀어넣는 전장前裝식 총은 연사가 불가능하다. 이 총포조 번사들은 2인 1조로 나뉘어 두 정의 총을 사용했다. 한 사람은 격발하고, 다른 사람은 총탄을 장전하는 역을 맡아 공격하고 있다. 잘 훈련된 매끄러운 동작에는 흐트러짐이 없었다.

“이제 곧 여기 번사님들이 괴물을 쓰러뜨려 주실 겁니다.”

쿵, 하고 다시 요새 전체가 흔들렸다. 아카네는 얼른 손으로 바닥을 짚었지만 엔슈는 웃으면서 그렇게 말했다.

“괴물 놈, 이제 죽을 때가 다 돼서 제대로 서 있지도 못하는 거 아닐까요.”

비틀거리다가 요새 건물에 부딪혔을 거라는 말일까?

“저놈이 살아 있을 때 전체 모습과 동작을 봐 두고 싶습니다.”

그 말을 하기 무섭게 엔슈는 허리를 숙이고 창가로 다가갔다. 총포조 번사들이 무리지어 있는 곳이므로 한가로운 구경꾼이 끼어들 여지는 없다. 그래도 마치 밥찌꺼기를 탐하는 들개처럼 주뼛거리며 조심조심 바깥을 내다보려고 한다. 왼손은 창호지 조각, 오른손은 붓을 들고 있는데, 결연한 표정만은 번사들 못지않았다.

모자에몬이 다시 낮게 신음하며 한 손으로 아카네의 소매를 잡고 다른 손은 엔슈 쪽으로 뻗었다.

"아, 안 됩니다."

"촌장님, 위험해요."

그때였다. 창가에 무리지어 있던 총포조 번사들을 향해 밑에서 물 한 바가지가 날아왔다.

그 찰나 아카네는, 가스케와 오센이 빨래나 목욕을 끝낸 뒤 영차 하고 대야를 들어 올려 남은 물을 땅바닥에 뿌리는 모습을 떠올렸다. 그릇에 담긴 물을 그렇게 허공에 뿌리면 좍 퍼지면서 떨어진다.

아래쪽에 있는 괴물을 공격하기 위해 모두 상체를 숙이고 있던 번사들은 그 물을 머리부터 고스란히 뒤집어쓰고 말았다.

다음 순간, 그들은 비명을 지르기 시작했다.

그냥 소리만 지르고 있는 게 아니었다. 춤을 추듯 펄쩍펄쩍 뛰기 시작했다. 양팔을 쳐들고 발을 밟고 얼굴을 마구 긁어대고 장착한 방어구를 벗으려 애쓴다. 발을 동동 구르다가 쓰러져, 그대로 일어나지 못하고 데굴데굴 바닥을 구른다.

그들의 몸에서 연기가 피어올랐다. 화약 연기는 아니었다. 하얗고 탁한 증기 같은 연기로, 콧구멍을 지지는 듯한 이상한 악취를 풍겼고, 슈우슈우 하는 이상한 소리를 냈다.

"악, 뜨거, 뜨거워! 얼굴이 탄다!"

번사 하나가 토시를 벗으려고 애썼고 다른 사람은 몸통 보호대를 벗었다. 둘 다 살이 녹고 있었다. 토시를 꼈던 번사는 손목까지 새빨갛게 탔다.

"이, 이건 뭐지!"

"눈이, 눈이 안 보여!"

얼굴을 마구 긁던 번사가 균형을 잃고 창틀에 부딪혀, 비통한 비명을 남기면서 추락했다.

"우우, 아아, 아아."

모자에몬은 계속 신음했다. 눈물, 콧물을 흘리며 아카네의 손을 더욱 꼭 쥐었다.

눈앞에서 벌어지는 아비규환에 촌장과 마찬가지로 기겁해서 주저앉아 있던 아카네는 그때 알아차렸다.

'이 냄새는.'

기분 나쁘게 끈적이며 악취를 풍기는 물질에 범벅이 되었던 미노키치의 피부는 빨갛게 벗겨졌고 마치 녹아내린 듯한 상태를 띠었다.

괴물의 침이나 내장에 있던 신물. 소에이는 그렇게 말했다.

"엔슈 님, 거기서 물러나세요!"

경악하여 우두커니 서 있던 엔슈는 이제 총을 내던지고 우왕좌왕하는 번사들을 피해 뒷걸음질을 하다가 엉덩방아를 찧었다.

그 순간 실내가 어두워졌다. 거대한 무언가가 재빨리 창가로 다가오며 햇빛을 막은 것이다.

아카네는 보았다. 사람 팔만 한 길이에 폭도 제법 되는 붉은 살코기 띠가, 신물을 뒤집어쓴 채 서로 밀치며 아우성치는 번사들을 훑고 지나가자 서너 명이 한꺼번에 그 띠에 둘둘 감겨 허공으로 사라졌다.

"으아악!"

용맹한 번사들도 크게 낭패하여 혹자는 창에 매달리고 혹자는 엉금엉금 기어서 도망치려고 했다. 총이 바닥에 떨어졌다. 벗어던진 방어구에서 여전히 슈우슈우 소리를 내며 피어오르는 증기에 숨이 콱 막힐 것 같았다.

다시 햇빛이 가로막혔다.

"위험해! 도망쳐! 도망쳐!"

아카네는 목청껏 소리쳤다. 번사들은 아우성치며 창가에서 도망치기 시작했다.

붉은 살코기 띠가 마치 젖은 빨래를 바닥에 태질하듯 묵직한 소리를 내며 한쪽 창틀에 들러붙었다. 지상에서 위로 뻗어 올라온 것이다. 그러고는 단숨에 밑으로 잡아당겼는지 창틀이 허망할 만큼 맥없이 떨어져 나갔고 벽이 부서졌다. 눈 깜짝할 사이에 그쪽 벽이 절반쯤 사라졌다.

바람이 불어왔다. 한순간 드리운 정적 속에서 대숲이 수런거리는 소리를 들었다.

쿵!

아카네는 눈을 의심했다. 모자에몬은 눈을 감아 버렸다. 엔슈는 눈을 부릅떴다.

벽 절반이 없어져서 허공에 붕 뜬 듯한 꼴이 된 복도의 가장자리에 발톱 세 개가 콱 박혀 있다.

괴물의 발톱이다. 이곳으로 올라오려고 한다.

"젠장! 저 괴물 놈!"

"떨어뜨려! 떨어뜨려!"

번사 몇 명이 용감하게 다시 일어나 총을 집어 들었지만, 탄환을 발사하는 대신 개머리판으로 밑에 있는 괴물을 후려쳤다.

포효. 아카네의 귓속까지 흔들렸다. 악취 나는 괴물의 숨이 돌풍처럼 불어오자 번사들이 얼굴을 돌렸다. 그 틈에 괴물의 꼬리가 허공에 호를 그리며 번사들 쪽으로 날아왔다.

옆에서 날아든 꼬리에 번사들은 맥없이 지상으로 추락했다. 괴물의 꼬리가 허공을 가르는 소리를 아카네는 똑똑히 들었다. 다음 순간 빙글 돌아 다시 날아온 두 가닥의 꼬리가 남아 있던 벽을 때려 산산조각 냈다. 대관이 자랑하던 객실은 보기 흉한 난파선처럼 구멍이 뚫린 데다 기울어 가고 있다.

그렇다. 아카네는 느꼈다. 몸이 기운 탓이 아니다. 건물 전체가 창가 쪽으로, 왼쪽으로 기울고 있는 것이다.

"오, 오, 오다이님."

엔슈가 엉금엉금 기어서 돌아왔다. 그의 등 뒤에서 몇 명 남지 않은 번사들이 부상에 신음하고 있었다. 얼굴을 알아보기 힘들 만큼 화상을 입은 번사는 이미 죽은 것처럼 보였다.

"도, 도망쳐요. 아래, 아래로."

쿵! 다른 발톱이 마룻바닥으로 파고들었다가, 다시 움켜쥐려고 일단 떨어졌다. 그러자 더 이상 매달린 괴물의 무게를 이겨 내지 못했는지 통로의 마룻바닥이 고스란히 떨어져 나가, 요란한 소리를 내면서 괴물과 함께 추락했다. 그곳에 쓰러져 있던 번사들과 주인 잃은 총 몇 정이 함께 떨어졌다.

땅이 울렸다. 괴물이 바닥에 부딪힌 것이다. 그 격한 진동에 요새 전체까지 부르르 떨렸다. 지금까지 겪은 진동 중에서 가장 커다란, 마치 지진 같은 땅울림이 전해져 왔다.

이 객실만이 아니다. 요새 자체가 기울기 시작했다.

“오다이님, 촌장님, 정신 차려요! 도망쳐야 해요. 아래로, 빨리 아래로 내려가요”

여긴 무너져요, 하고 엔슈가 말했다. 핏기 없는 얼굴인데 눈에만 빨갛게 핏발이 섰다.

“뒤로 돌아 엎드려서 계단을 내려갑시다. 아기처럼 기어서 내려가야 해요. 일어섰다가는 다음 진동에,”

벽이 사라지자 창공이 훤히 보였다. 분노한 괴물이 맹렬하게 포효하자 벌써 몇 번째인지 알 수 없는 진동이 닥쳤다.

“추락하고 맙니다. 자, 어서 가요.”

아카네와 엔슈가 달려들어 모자에몬을 어렵게 일으켜 세웠다. 학질 환자처럼 벌벌 떠는 촌장은 무릎을 꿇고 상체를 일으키는 것조차 제대로 하지 못했다.

“기운 내세요. 보세요, 밖에서는 여전히 번사님들이 싸우고 계세요. 아마 저 괴물을 물리쳐 주실 겁니다."

엔슈 말대로 괴물의 포효와 함께 번사들의 격분한 목소리가 들려왔다. 목소리는 전혀 수그러들지 않았다. 하지만 싸우기 위한 호령이라기보다는 공포에 질린 비명처럼 들리기도 했다.

"대, 대관님도, 저렇게."

모자에몬이 눈물을 흘리며 말했다.

"기분 좋게 취했다, 하시며 창가에 서 계셨다가 갑자기 낚아 채여서 허공으로."

괴물의 꼬리인지 붉은 살코기 띠인지가—아마 괴물의 혀인 듯한데—칭칭 감아 잡아먹었거나 내동댕이쳤을 것이다.

"촌장님은 용케 무사하셔서—."

다행이라고 말하려고 하는데 한층 심한 진동이 닥쳤다. 뭔가가 바닥을 쳐 올린 듯했다. 객실 다다미가 마술처럼 뿔뿔이 날아올랐고 바닥 한복판에 커다란 구멍이 났다. 동시에 방 전체가 크게 기울어, 어렵게 엉거주춤 섰던 모자에몬은 벌렁 넘어지고 말았다.

건물이 삐거덕거렸다. 이 소리 역시 비명처럼 들렸다. 더구나 점점 높아졌다. 거기에 호응하듯 객실도 벽이 사라진 쪽으로 점점 기울었다.

"촌장님!"

아카네와 엔슈가 손을 뻗어 보았지만 모자에몬의 팔이나 소매를 붙들기에는 한발 늦었다. 덜컹! 이번에는 분명 어딘가가 부서져 내렸다. 이 검은 요새가 중상을 견디지 못하고 무릎을 꿇은 것이다. 금세 경사가 급해졌고 머리를 아래로 향하고 쓰러진 촌장은 벽이 사라진 쪽으로 무력하게 미끄러졌다. 촌장은 바닥에 뚫린 구멍 테두리에 얼른 매달렸지만 날카롭게 부서진 부분이었는지 억, 하며 손을 떼었다. 그러자 더는 멈추지 못하고 미끄러져 내려가, 눈과 입을 크게 벌린 채 인형처럼 허공으로 내동댕이쳐졌다.

아카네와 엔슈도 뭐든 붙들지 않으면 모자에몬처럼 추락하고 말 터였다. 안간힘을 다해 사다리 계단까지 당도해서, 올라올 때처럼 한 단 한 단 매달리다시피 하며 아래로, 아래로 내려갔다.

바로 아래층에는 이제 아무도 없었다. 어떻게 이렇게 되었는지는 몰라도, 바닥을 지탱하던 들보 하나가 부러져 그 바닥 위로 튀어나와 있었다. 괴물이 토하는 신물의 냄새는 나지 않았지만, 녹아내리고 있는 무기와 방어구가 여기저기 흩어져 있었다.

"여기도 다들 괴물한테—,"

엔슈가 이렇게 말했을 때 천장이 떨어져 내렸다. 아까까지 그들이 있던 객실의 바닥이었다. 아카네는 더 이상 견딜 수가 없어서 비명을 질렀고, 머리를 숙이며 눈을 감은 채 사다리를 계속 기어 내려갔다.

쿵! 덜컹! 연달아 건물이 흔들렸다. 요새가 삐걱거리는 소리가 더 커지고 바깥에서 들리는 번사들의 노성에는 어쩔 수 없이 비명이 섞이기 시작했다.

"저 괴물은 요새를 박살 낼 작정이에요."

"그렇게 꾀가 있는 괴물이 있다는 말은 동화에서도 들어 본 적이 없어요. 이야기책에도 그런 얘기는 없어요."

그러나 실제로 요새는 심하게 흔들리며 망가졌고, 숨통 끊기는 소리를 내며 기울고 있지 않은가.

간신히 일층에 내려선 아카네와 엔슈는 넓은 봉당으로 나갔다가 다리가 마비되어 버렸다.

벽이 없었다. 대숲에 면한 쪽의 벽이 무참하게 부서지고 뜯겨나갔다. 그 바깥의 지면에는, 피 보라가 일었는지 거뭇한 얼룩들과 수많은 화살이 흩어져 있었고, 번사 몇 명이 쓰러져 있었다.

싸움 장소는 뒤쪽으로 다시 이동한 듯했다. 땅울림, 뭔가를 때리는 소리, 번사들의 고함 소리, 격렬한 진동. 다시 괴물이 포효했고 몇 사람의 비명이 겹쳐서 들려왔다. 뜨거! 뜨거워! 으악, 살려 줘!

"엔슈 님, 어서 여기를 뜹시다. 나카무라로 돌아가요."

번사들이 힘겹게 괴물과 대치하는 동안에.

"우리는 여기 있어도 아무 도움도 안 돼요. 어서 나카무라로 돌아가 모두에게 이 소식을 알려야 해요."

괴물이 번사들을 잡아먹고 요새를 평정해 버린다면 그다음에는 나카무라 차례다. 이미 시간문제처럼 보였다.

다시 그을음과 먼지가 우수수 떨어졌다. 이곳 천장도 위험하다.

"—연기다."

깊은 충격에 얼이 빠져 있던 엔슈의 얼굴이 문득 긴장의 빛을 띠었다.

"지독한 냄새가 나는 연기입니다, 오다이님."

아카네는 연기도 안 보이고 냄새도 맡을 수 없었다. 코가 제 기능을 못 하게 되었다. 여기고 저기고 할 것 없이 괴물이 뱉어 낸 악취가 가득 차 있기 때문이다.

"어디선가 불이 난 겁니다. 부엌인가?"

"그보다는 빨리 밖으로 나가요."

몸을 획 돌렸을 때 앞쪽에서 불길이 얼핏 보였다.

벽에 면한 쪽 땅바닥에 한 줄기 선이 있다. 그 위를 불길이 가볍게 달려간다. 아카네와 엔슈가 도망치려고 하는 바로 그 방향.

아카네의 코도 그제야 냄새를 맡았다. 연기 냄새가 아니었다. 기름 냄새. 누군가가 기름을 뿌리고 불을 붙였다. 왜 이런 어리석은 짓을! 불이 나면 사람이 숨을 곳도 없어져 버린다.

한 줄기였던 불길이 미풍에 휩싸이며 벽을 타고 올라갔다.

"이 요새는 불에 강하다는데—,"

엔슈가 허둥대며 말했지만, 그 말은 틀렸다. 화재에 강한 것이 아니라 외부에서 날아오는 불화살에 강할 뿐이다. 내부에서 불이 나면 다른 건물과 다를 것이 없다.

화르륵. 불길이 단숨에 퍼져서 아카네 일행의 퇴로를 막았다. 열기가 확 다가왔다.

"서, 서둘러요!"

얼굴을 젖히고 소리를 지른 엔슈는 제정신을 잃고 바로 왼쪽 벽의 뻥 뚫린 곳을 통해 밖으로 도망쳤다. 아카네도 그 뒤를 따랐다.

뛰쳐나오고 보니 그곳은 괴물과 번사들이 싸우고 있는 한복판이었다. 그리고 형세는 분명해져 있었다.

제대로 서 있는 번사는 이제 몇 명 되지 않았다. 나머지는 모두 쓰러졌다. 웅크리고 있다. 짓밟히고 있다. 그들을 다 헤아리더라도 인원이 크게 줄었다. 잡아먹혔거나 어디로 내동댕이쳐진 것이다.

아카네는 처음으로 괴물의 전신을 볼 수 있었다.

아카네와 엔슈는 괴물 바로 뒤에 서 있었다. 둘이 입을 멍하니 벌리고 올려다보는 것은 머리 위로 높이 솟은 길고 강인한 꼬리였다. 번사 두 명을 휘감아 강하게 조이고 있다. 한 명은 꼬리에 두 다리를 감긴 채 거꾸로 매달려 있어서, 축 늘어진 팔이 허공에서 흔들렸다. 또 한 사람은 몸통을 감겼는데, 그 역시 저항하는 기미가 전혀 없었다. 아카네 쪽을 향한 눈은 활짝 뜨여 있고 목은 오른쪽으로 힘없이 기울었다. 너무 심하게 기울었다. 목뼈가 부러진 것이다.

괴물의 덩치는 그야말로 작은 동산 같았다. 튼실하게 뚱뚱하며, 보는 눈을 의심할 만큼 크게 자라 버린 기형적인 도마뱀.

아카네 일행을 알아챘는지 괴물이 이쪽으로 돌아섰다.

전체적으로 땅딸막하고 둥글둥글하다. 머리와 몸통의 굵기가 거의 똑같다. 그 사이에 살짝 들어간 곳이 있어서 머리와 몸통이 어렵게 분간이 가는 정도다. 사지는 짧고, 발톱 세 개가 튀어나온 커다란 발은 거체를 지탱하고 있으면서도 몸통 밑에 깔린 것처럼 보인다.

이 몸뚱이는 대체 뭐란 말인가. 딱딱해 보이는 비늘에 덮여 있는데, 그 비늘이 햇살 아래에서 조금씩 색을 바꾼다. 대숲을 향하고 있는 쪽은 대숲 색이고, 요새를 향하고 있는 쪽은, 삐걱삐걱 흔들리며 점점 기울어 가는 건물의 검게 그을린 판재를 닮은 색이었다. 그런데 그 색이 순식간에 잿빛으로 변했고, 초록 개구리 같은 색으로 바뀌었다가, 다시 그을음 색으로 돌아갔다. 그렇게 변화하는 도중에 괴이하게 번들거렸다. 이것만 보면 미노키치가 말한 대로 뱀을 닮았다.

아카네는 괴물이 이쪽으로 돌아섰다고 생각했다. 엔슈도 그렇게 생각했을 것이다. 슬금슬금 뒷걸음질을 한다.

무엇을 근거로 뒤를 돌아보았다고 생각했을까. 입이 보였기 때문이다. 지금은 다물고 있다. 가로 길이가 족히 한 길은 될 것이다. 도마뱀의 아가리. 두꺼비의 아가리. 그 위에 있는 것은 아마 콧구멍일 테다. 얇고 일그러진 혹 같은 돌기에 구멍 한 쌍이 뚫려 있었다.

그러나 이를 근거로 '얼굴'이라고 판단하기에는 결정적으로 모자란 것이 있었다.

눈이다. 이 괴물에는 안구가 없다. 눈두덩도 없다. 이야기책에 나오는 외눈박이 괴물 따위가 아니다. 아예 눈이 없었다.

'이건 짐승이 아니야.'

아카네는 꼼짝도 못한 채 눈을 깜빡이는 것조차 잊고 그렇게 생각했다.

이것은 뭔가의 화신이다. 부정이나 재앙, 혹은 악의가 덩어리를 이룬 것이다.

'얼마나 불행하고 얼마나 끔찍한 존재란 말인가.'

너에게 이름은 있니? 다른 생물과 같이 '생명'이 있니?

목소리로 나오지 못한, 마음으로 외치는 물음에 대답하려는 듯 괴물의 입이 천천히 벌어지기 시작했다. 검붉은 아가리 속에 박힌 날카로운 이빨들이 나란히 드러났다. 붉은 살코기 빛깔의 무서운 혀 덩어리도 보인다.

엄니처럼 날카로운 이빨 사이에 잡다한 것들이 끼어 있었다. 인육 조각, 천 조각, 부러진 화살 등.

괴물 건너편에서 번사들이 활을 쏘았다. 이미 화살도 바닥나고 있었다. 두 대, 세 대가 날아와 괴물의 대가리와 목덜미에 부딪쳤다가 아무 상처도 입히지 못하고 날벌레처럼 허망하게 떨어지고 말았다.

활도 총도 무력했다. 저 신비한 비늘인지 피부인지 모를 괴물의 갑옷에는 아무 소용이 없었다. 눈을 노리라고 외치던 번사는 노릴 눈이 없다는 사실을 알았을 때 얼마나 놀랐을까?

번사 하나가 큰 칼을 뽑아 들고 힘차게 고함을 지르며 달려들었다. 어깨 보호대는 떨어져 나갔고 각반이 녹아 정강이 피부가 벗겨졌으며, 온통 피범벅이다.

괴물이 날카롭게 돌아보았다. 그 살코기 빛깔의 혀가 튀어나와, 달려들던 번사를 장난감처럼 쳐 날리고 그 기세를 몰아 다른 번사들까지 감아 올려 대숲 너머로 던져 버렸다.

이어서 머리 위에서 요란하게 부서지는 소리가 들려왔다. 괴물의 꼬리가 계속 감고 있던 두 번사를, 마치 사람이 주먹을 쥐고 뭔가를 치는 듯한 태도로 요새 삼층 벽에 후려친 것이다. 이미 그을린 판재 벽이 떨어져 나간 삼층은 이 타격에 어이없이 부서졌고 절반 이상이 나뭇조각으로 변했다.

꼬리가 파도처럼 꿈틀거리고 나자 거기에 감겨 있던 두 번사의 모습을 찾아볼 수가 없었다. 또다시 괴물은 사람이 물건을 움켜쥐듯이 두 갈래 꼬리로 남은 삼층 바닥을 쥐더니 건물 전체를 끌어내릴 것처럼 잡아당겼다.

요새가 기우뚱했다. 사람이 비틀거리다 쓰러지듯이. 감시대에 널브러져 있던 번사들의 시체 혹은 신체의 일부가 뿔뿔이 떨어졌다. 건물 내부에서 타오르던 불길이 이 파괴로 출구를 발견하고는 펄펄 날뛰듯이 바깥 공기 속으로 뛰어들더니 솟구쳐 올랐다.

"무너진다!"

엔슈가 소리치면서 아카네의 팔을 붙잡고 반대쪽으로 도망치기 시작했다.

활활 타오르며 기와가 쏟아져 내렸다. 아카네는 무너지는 요새에서 눈을 뗄 수가 없었다. 불이 붙은 기둥이, 지붕이, 들보가, 마룻바닥이 괴물을 덮치듯이 쓰러졌다. 제발 그대로 괴물을 묻어 주었으면! 괴물을 뭉개 버려!

다음 순간, 다시 믿기 힘든 일이 일어났다. 눈으로 좇기도 힘든 속도로 괴물은 혀를 감추고 꼬리를 말아 뒷다리 사이로 넣으며 네 다리를 접었다. 아카네는 접었다는 표현을 떠올릴 수밖에 없었다. 거구에 비하면 작은 다리지만, 그래도 발톱이 달린 튼실한 다리인데, 이제는 괴물의 아랫배에 찰싹 달라붙어 보이지도 않았다.

괴물은 거대하고 뚱뚱한 뱀 혹은 거머리 같은 모습으로 변하자 온몸을 꿈틀 뒤집어, 막 무너져 내린 요새의 파편들을 어이없을 정도로 교활하게 피했다.

요새가 땅을 진동시키며 무너졌다.

괴물의 모습이 사라졌다. 다시 몸 색깔을 바꾼 것이다. 대숲이 흔들리며 크게 휘청거렸다. 여기저기서 말들이 날카롭게 울어댔다. 마구간에서 도망쳐 흩어졌던 말들이 불을 보고 겁을 내는 것이다.

엔슈에게 떠밀리고 끌려가던 아카네는 문득 정신을 차리자 어느새 뛰고 있었다. 요새 밖으로 뛰어나가 숲 속으로 뛰어들었다. 익숙지 않은 예복이 무거웠다. 옷자락이 발에 감겼다. 딱딱해진 얼굴로 도망치는 엔슈는 아카네의 손을 놓지 않았다. 아카네의 발이 미처 쫓아갈 수가 없었다.

"자, 잠깐!"

아카네가 소리치면서 넘어졌다. 발목에 통증이 치달았다.

그녀는 엔슈의 부축을 받고 일어섰다. 뒤에서 괴물의 포효가 두 번, 세 번. 시커먼 연기와 열기.

"그, 그놈, 어디로 갔죠?"

엔슈가 덜덜 떨리는 목소리로 물었다. 눈동자가 이리저리 흔들린다.

"눈도 없던데 어떻게 보고 있을까."

다시 포효. 가까워지고 있다. 이 둘을 쫓고 있는 것이다. 냄새? 소리? 아니면 인간의 몸으로는 상상도 할 수 없는 엉뚱한 방식으로 '보는' 걸까?

"오다이님, 아무래도 저놈은 동작이 빠릅니다. 뛰어서 도망치기는 틀렸어요. 숲에 들어가서 숨읍시다."

가쁜 숨을 몰아쉰 아카네는 접질린 발목의 통증을 참으며 재빨리 오비기모노의 허리끈를 풀기 시작했다.

"무, 뭐 하세요?"

"이런 예복, 거추장스럽기만 해요."

아카네가 오비와 고소데를 벗어던지자 엔슈도 그제야 생각난 듯이 옷자락을 걷어 올려 허리춤에 질러 넣고 그녀에게 등을 내밀었다.

"오다이님, 업히세요."

"아뇨, 괜찮아요."

다시 괴물이 울부짖는 소리가 들렸다. 그 소리와 함께 어디선가 희미하게 "아카네 님" 하고 부르는 소리가 들렸다. 아카네는 흠칫하며 귀를 기울였다.

"그래, 나무에 오르는 거야!" 엔슈의 얼굴에 희색이 떠올랐다. "오다이님, 나무에 올라가 본 적 있으세요?"

"어, 어릴 때 자주 올랐죠."

"좋아요, 나무에 올라가 놈을 피합시다."

시커먼 요새의 기이한 위용은 흔적도 없이 사라졌다. 피어오르는 검은 연기에 불티가 섞여 있다.

다시 "아카네 님!" 하고 부르는 소리가 들렸다. 잘못 들은 것이 아니었다. 아카네는 간절한 심정으로 주변을 둘러보았지만 엔슈가 팔을 힘차게 끌어당겼다.

"자, 일어나세요. 이쪽입니다!"

엔슈가 이끄는 대로 숲 속으로 들어가 적당한 나무를 찾았지만 막상 쩍쩍 갈라진 나무줄기에 손을 대고, 까치발을 해도 닿지 않는 나뭇가지를 올려다보니 절망감에 눈앞이 캄캄해졌다. 무리야. 나는 이제 몸이 가벼운 소녀가 아니야. 못 오르겠어.

"저는 저쪽 덤불이나 잡초 속에 숨을래요. 엔슈 님은 나무 위로 올라가세요."

그런 아카네를 비웃는 것처럼 열기와 악취를 품은 바람이 거칠게 불어와 덤불을 출렁이게 하고 잡초를 고꾸라뜨렸다.

"소용없어요. 어디에 몸을 숨기든 땅 위에 있으면 금방 들키고 맙니다."

엔슈는 마구간에서 날뛰던 말들이 그랬던 것처럼 발을 동동 구르며 주위를 이리저리 둘러보았다. 마침내—.

"오, 저건?"

그는 소리를 지르며 얼른 달려가더니 완만한 비탈을 올라갔다. 그러고는 "오오, 오오" 하고 외치며 뛰어 돌아왔다.

"오다이님, 우물이 있어요! 꽤 깊어 보이는데, 바닥에 돌이 많이 쌓여 있습니다."

그곳에 숨읍시다, 하고 말하며 엔슈는 아카네를 이끌었다.

쓰러지고 구르면서 달려갔다. 엔슈가, 자, 저깁니다, 하며 가리킨 것은 둥근 돌을 담처럼 쌓아 올려서 만든, 묵은 우물이었다. 둥근 돌들 사이에서 잡초가 자랐고, 이끼가 끼었다. 썩은 나무 뚜껑이 바로 옆에 떨어져 있었다. 엔슈가 벗겨 냈을 것이다.

"이, 이런 곳에."

들여다보니 아기 머리만 한 돌과 흙덩이가 쌓여 있었다. 물은 완전히 말랐다.

버려진 마른 우물이었다.

"어떻게 숨죠?"

"시고키오비(허리띠의 일종. 옷감에서 적당히 잘라내 가공하지 않은 천을 그대로 허리에 감아 옷의 기장을 조절했다)를 풀어 주실래요? 그걸 오다이님 허리에 이렇게 감아서 꼭 묶어 주세요."

시키는 대로 하자 엔슈는 튼튼하고 부드러운 비단 시고키오비의 한쪽 끝을 쥐고 적당한 나무로 걸어가 굵기가 어른 몸통쯤 되는 줄기에 칭칭 감고 단단히 매듭을 지었다. 시고키오비는 나무줄기와 아카네 사이에 길게 늘어졌다. 이것을 엔슈가 잡아당겨 손에 여러 차례 감은 뒤 꼭 쥐었다.

"단단히 잡고 있을 테니까요."

"하지만 엔슈 님은."

"저는 이 나무에 오를 겁니다. 오다이님, 어서요!"

괴물의 소리는 들리지 않았고 기미도 느껴지지 않았다. 그래서 더 무시무시했다.

아카네는 신발과 버선을 벗어 맨발이 된 다음 시고키오비를 양손에 쥐고 우물 속으로 내려갔다. 희미하게 녹 냄새가 났다.

"한 번에 다 내려가지 않으셔도 됩니다."

힘주어 시고키오비를 잡고 있느라 어금니를 악물었는지 엔슈의 목소리가 일그러져 있었다.

화가이므로 힘쓰는 일과는 인연이 멀 텐데 하는 행동은 알찼다. 시고키오비는 과연 조금씩 풀려, 발가락으로 우물 안벽을 디디며 천천히 내려가는 아카네를 지탱해 주었다.

"오다이님, 시고키오비는 이게 다입니다. 바닥에 닿으셨습니까?"

이층집 높이 정도를 내려갔을 것이다. 가장 위에 있던 커다란 돌에 발가락이 겨우 닿았다. 머리 위로 창공이 동그랗게 보였다.

"아직 바닥에 닿지 못 했어요." 아카네가 소리를 질러 대답했다. "하지만 매달려 있을 수 있어요. 엔슈 님도 어서 숨으세요!"

"알았습니다, 오다이님, 마음 단단히 가지세요. 틀림없이 무사할 겁니다!"

상황에 어울리지 않는 밝은 목소리를 끝으로 엔슈의 말은 끊겼다.

묵은 우물의 통 모양 어둠 속에 홀로 숨은 아카네는 최대한 천천히 숨을 쉬려고 했다. 가슴과 배 사이에 묶은 허리띠가 체중 때문에 차차 조여들었다. 호흡이 얕아지고 빨라졌다. 공포가 이 상태에 박차를 가한다. 괴롭다. 머릿속이 띵하고 눈앞이 흐려진다.

문득 눈물이 쏟아졌다. 합숙소 사람들을 생각한 것이다. 오센, 영감님과 가스케, 소에이, 그리고 미노키치. 괴물은 정말 있었다. 그 아이는 진실을, 참말을 이야기했던 것이다.

눈물이 방울방울 떨어지는 가운데 정신이 점점 아뜩해졌다.

미노키치와 소에이는 아카네와 엔슈가 있는 곳의 반대편에 당도했다. 요새 내부로 통하는 간소한 검문소가 있었다. 평소엔 감시병이 있을 테지만 지금은 아무도 없었다. 뿐만 아니라 검문소 문이 활짝 열려 있었다. 둘은 일단 검문소 그늘에 몸을 숨겼다. 요새 내부는 소란했다. 사람들이 아우성치는 소리와 말 우는 소리와 발굽 소리가 어지럽게 들려왔다.

"저게, 그놈인가" 하고 소에이는 신음처럼 말했다.

미노키치도 한낮의 햇빛 아래에서 괴물의 전신을 자세히 보기는 처음이었다. 모양, 크기, 몸뚱이의 색깔. 모든 것이 미노키치의 기억과 달랐지만 그 동작은 한밤중에 오타라야마의 산길을 넘다가 마주친, 끔찍한 그것의 동작과 일치했다. 강인하고 부드럽고 딱딱하다. 묵직하고 미끈미끈하고 빠르다.

거대한 체구, 그에 못지않게 커다랗고 흉하게 생긴 대가리. 사냥감을 꽉 무는 방식의 덫을 떠올리게 하는 아가리. 터무니없이 크고 뚱뚱하지만 도마뱀이나 두꺼비를 많이 닮았다. 네 다리는 어둡고 축축한 곳에서 잽싸게 도망치는 도마뱀의 그것과 꼭 닮았다.

한밤의 어둠 속에서 미노키치가 뱀으로 착각한 까닭은 괴물의 두 부위 때문이었다. 하나는 끄트머리가 둘로 갈라진 긴 꼬리. 또 하나는 살집이 두툼하고 폭이 넓은 데다 기다란 혀.

미노키치의 온몸이 그때의 기억을 떠올렸다. 저 혀가 나를 감아서 삼켰던 거다. 미끌미끌한 감촉은 괴물의 혀의 감촉이었다. 머리부터 삼켜지는 찰나에 들여다본 암흑은 괴물의 위로 통하는 식도였다.

"저놈, 몸 색깔이 변하고 있어."

괴물의 피부는 불에 그을린 판재로 마감한 요새 벽에 다가가면 거멓게, 땅바닥 가까이에서는 흙빛으로 변했다가 다시 본래 색깔로 돌아왔다.

변하지 않는 것은 쩍 벌린 아가리와 독립된 생물처럼 활발하게 움직이는 혀의, 탁한 피를 닮은 검붉은 살코기 색깔뿐이었다.

그 색깔을 드러내며 괴물이 포효했다.

요새 번사들은 용감하게 괴물에 맞서고 있었다. 번경을 지키는 소야 단조 직속의 정예 무사들이다. 자기 눈뿐만 아니라 정신 상태까지 의심하게 만들 법한 괴물의 습격에도 결코 겁에 질리지 않았다. 화살을 쏘고 창으로 찌르고 칼을 휘둘렀다. 머리 위에서 빵빵 소리가 연달아 터졌다. 총이다. 중앙 망루 아래층에 총포조가 늘어서서 납 탄환을 우박처럼 쏘고 있다.

그러나 효과가 없다. 화살은 전부 튕겨 나온다. 창도 칼도 괴물의 피부에 상처 하나 내지 못한다. 맞서던 번사들은 금세 잡아먹히거나 혀나 꼬리에 맞아 날아가거나 날카로운 발톱이 난 못생긴 발에 짓밟힌다.

게다가 괴물은 종종 기묘한 동작을 취했다. 단단한 머리를 부딪치거나 뒷다리로 차올리고 때로는 앞다리로 후려쳐서, 요새의 이층 정도 되는 곳을 공격한다. 그럴 때마다 그을린 판재가 부서졌다. 계속된 공격에 바닥이 무너지고 기둥과 들보마저 부러졌다.

"소에이 님, 저놈은 요새를 무너뜨릴 생각인가 봐요."

"생각을 해? 저런 짐승이?"

"그래요."

소에이는 바보 같은 말이라고 하지 않았다. 이 괴물이 무슨 짓을 하든 더는 놀라지 않는다.

"아카네 님이 아직 요새 안에 계실 거다. 가자, 미노키치. 저기 통용문이 있다."

소에이는 이 투박한 요새 안에서 유일하게 사람 사는 냄새가 나는 곳을 가리켰다. 나무통이 쌓여 있고, 빨래와 도롱이 여러 벌을 널어 놓은 곳이었다.

"어어이, 아카네 님, 무사하세요? 아카네 님!"

소에이가 큰 소리로 부르며 달리기 시작했다. 그때 둘의 발밑이 크게 흔들렸다. 번사들의 노성에 비명이 섞였다. 요새가 기울고 있었다.

한 번, 또 한 번 충격과 진동. 얼른 머리 위를 올려다본 미노키치는 검은 망루가 살짝 절을 하듯 건너편으로 기우는 것을 보았다.

가장 요란한 파괴음과 번사들의 아우성이 터져 올랐다. 소에이와 미노키치는 머리를 감싸며 그 자리에 쪼그려 앉았다.

"뜨거! 뜨거워! 아악!"

번사들의 비명이다. 미처 언어를 이루지 못하는 고통과 공포의 아우성도 섞여 있었다.

"뜨겁다니, 뭐야, 왜들 저러는 거지?"

방금 그 일격으로 요새가 요란하게 삐걱거리며 기울었다. 마구간도 파괴되었는지, 아니면 말들이 공포로 흥분해서 울타리를 부수었는지, 발굽 소리도 요란하게 한 마리, 또 한 마리 뛰쳐나왔다. 장착하다 만 안장이나 등자를 질질 끌고 있기도 했다. 눈이 먼 것처럼 담에 몸뚱이를 부딪치거나 건물 주변을 빙 돌아 정문으로 달아나거나 검문소를 빠져나가기도 했고, 개중에는 담을 가볍게 뛰어넘은 말도 있었다. 몇 마리는 쪼그려 앉은 소에이와 미노키치의 바로 옆을 스쳐 지나갔다.

"놈은 말은 잡아먹지 않는 것 같군."

"사람 고기를 더 좋아하는 거예요."

야생 짐승은 나름대로 지혜를 터득했을 때 인간을 공격하게 된다. 할배가 가르쳐 준 적이 있다. 사람은 말이나 사슴보다 느리다. 게다가 단단한 다리와 발굽이 있어서 발길질로 저항할 수 있는 것도 아니고, 산토끼처럼 구멍에 숨을 수도 없고, 이로 물 수도 없다. 그러니까 손쉬운 먹잇감이 되는 것이다. 그러면서도 고기가 연하고 내장은 가득 차 있으니 배불리 먹을 수 있다.

"어어이, 거기 누구 없소?"

불쑥 들려온 목소리에 미노키치와 소에이는 쪼그려 앉은 채 얼굴을 마주 보았다. 쿵! 심한 땅울림 뒤로 불길하게 날카로운 삐걱삐걱 소리가 이어졌다.

"누구 없소? 여기서 꺼내 주시오!"

소에이가 재빨리 일어나 주위를 둘러보며 큰 소리로 물었다.

"어디? 어디야?"

"여기요, 꺼내 주시오!"

있는 힘껏 소리친 목소리는 갈라져 있었다. 조금 흐릿한 이 음성은 가까운 곳에서 들려왔다.

"소에이 님, 나무통 뒤요!"

삼 단으로 쌓은 나무통들 뒤에 통풍구 같은 작은 격자창이 있다. 거기로 손가락 두 개가 튀어나와 있었다.

"여기요, 여기!"

울음이 섞인 듯한 남자 목소리였다. 미노키치는 흠칫 놀랐다. 귀에 익은 목소리였다.

"어디에 있지?"

"부엌 안쪽에 있는 창고요."

"젠조 아저씨? 젠조 아저씨 아녜요?"

문득 남자의 목소리가 사라졌다가 이내 한껏 튀어 올랐다. "너, 미노키치냐?"

"네! 바로 꺼내 드릴게요!"

통용문을 통해 안으로 뛰어들자 적갈색과 남색 작업복을 입은 남자 네다섯 명이 펄쩍 뛰어오를 듯이 놀라며 뒤를 돌아다보았다. 소에이가 와키자시를 뽑아들고 일갈했다.

"여기 있다간 다 잡아먹힌다! 우물쭈물하지 말고 당장 숲으로 도망쳐라!"

작업복 남자들은 요새에서 허드렛일을 하는 일꾼들일 것이다. 불로라도 괴물을 물러가게 하려고 했는지 횃불, 장작더미, 촛대 등 여하튼 불을 붙일 수 있는 것이라면 모조리 모아 놓았다. 요리사인지 부엌칼을 든 남자도 있다.

"번사들과 함께 싸울 생각인가? 안됐지만 그따위로는 어림도 없어."

소에이의 질책과 동시에 건물 전체가 흔들리면서 끼기긱 소리를 냈다. 낯이 파래진 작업복 남자들은 벌벌 떨면서 몸을 더욱 웅크렸다.

미노키치가 말했다. "뒷문으로 나가 숲으로 도망치면 돼요. 아까 말들도 그쪽으로 도망쳤어요."

"창고 문은 어디에 있지?"

하얀 칼날을 번뜩이며 소에이가 다그쳤다. 저, 저 안쪽입니다, 하고 말하며 한 남자가 손가락으로 가리켰다. 소에이와 미노키치는 부엌 안쪽으로 뛰어갔다. 다시 요새가 흔들리자 작업복 남자들은 비명을 지르며 밖으로 도망쳤다.

그 창고는 식량 창고이자 부엌에서 사용하는 도구들을 보관해 두는 곳이기도 했다. 나무 상자, 거적으로 둘둘 말아 놓은 꾸러미, 가마니, 항아리 따위가 가득 놓여 있었다.

"젠조 아저씨, 어디예요?"

"여기야, 여기."

가마니 더미 뒤쪽이었다. 둘이서 가마니를 치우자 쪼그려야 겨우 지나갈 수 있을 만한 높이의 격자문이 나왔다. 그 너머에 있는 사람이 보였다. 틀림없이 니다니무라의 젠조였다. 아내와 둘이서 약초밭을 가꾸는 사람이었다.

"자, 어서!"

젠조는 바닥을 기어서 상체를 내밀었다. 입구가 낮아서가 아니었다. 제 힘으로 일어설 수 없는 상태임을 미노키치도 알 수 있었다. 그는 몹시 쇠약했다. 온몸에 묻은 진흙은 메말라서 쩍쩍 갈라졌고, 몸에는 무수한 찰과상과 타박상이 있었다. 옷은 찢어졌고 피가 여기저기 묻어 있었다. 비쩍 마르고 창백해서 도깨비 같은 몰골이었다.

"오엔 아줌마는요?"

미노키치도 잘 아는 부인이다. 푸르대콩을 수확하면 잡곡에 섞은 뒤 간을 맞춰 맛있는 콩밥을 지어 주는 아주머니였다.

"아줌마도 괜찮아요? 오엔 아줌마! 미노키치예요!"

대답이 없었다. 젠조가 해골처럼 퀭한 얼굴을 일그러뜨리고 핏발 선 눈을 끔뻑거렸다.

"그 사람은 죽었다."

젠조는 아내의 시체와 함께 이곳에 갇혀 있었던 것이다.

"여하튼 어서 나와요. 부인도 꺼내 드릴 테니까."

소에이가 거들어 젠조와 오엔의 시체를 창고에서 끌어냈다. 미노키치는 젠조를 부축하고 소에이는 오엔의 시체를 메고 부엌으로 물러났다. 작업복 남자들은 도망치고 없었다.

그동안에도 요새는 내내 심하게 흔들렸고 머리 위에서 나뭇조각이나 회반죽 파편이 떨어졌다. 한층 심한 진동이 왔을 때는 우르르 무너지는 소리가 났다. 어디서 천장이 내려앉은 모양이다.

먼지와 쓰레기를 머리부터 뒤집어쓰며 소에이가 신음하듯이 말했다. "미노키치, 네 말이 맞구나. 그놈, 이 요새를 때려 부술 작정이야."

"고맙습니다, 나리."

젠조가 삭정이 같은 양팔을 내밀었다.

"마누라는 제가 데려가겠습니다."

혼자 서 있기도 위태로운 젠조의 모습에 소에이는 한순간 망설였지만 이내 오엔의 시체를 넘겼다. 젠조는 아내의 시체를 껴안으며 그 자리에 주저앉아 버렸다.

"좋아, 미노키치. 이 사람과 함께 밖으로 도망쳐. 아까 그 검문소에 숨어서 기다려라. 나는 아카네 님을 찾아올 테니까."

"소에이 님, 저 지경이라면 아카네 님도 벌써 밖으로 피하셨을지도 몰라요."

"그러셨으면 좋으련만."

그런 이야기를 주고받는 동안에도 요새는 흔들리고 있었다. 부엌을 통해 안으로 향하려 했던 소에이가 금방 돌아왔다.

"젠장, 위층 천장이 무너져서 통로가 막혔어. 다른 입구를 찾아볼게. 미노키치, 빨리 밖으로 나가. 여기도 위험해."

"아, 예."

아카네 님, 아카네 님! 소에이가 거리낌 없이 큰 소리로 부르면서 멀어져 갔다. 미노키치는 그제야 생각난 듯이 몸을 부르르 떨었고, 그러자 요새도 삐걱거리는 비명을 지르며 진동했다.

아직 목숨이 붙어 있는 탓에 부상과 오랜 굶주림과 갈증에 고통받고 있는 젠조의 모습은 똑바로 쳐다보기 힘들 정도로 참혹했다. 그러나 오엔의 죽은 모습은 그보다 더 참혹했다. 몸의 절반이 불에 타서 문드러져 있었다. 특히 얼굴에서 가슴까지의 부분이 심했는데, 오엔과 친하지 않았다면 못 알아봤을지도 모른다. 입 왼쪽이 문드러져 치열이 드러나 있었다.

"젠조 아저씨……."

미노키치는 젠조의 소매를 잡아당겼다.

"밖으로 나가요. 이 요새는 언제 무너질지 몰라요."

젠조는 저도 모르게 따뜻한 미소를 지으며 미노키치의 얼굴을 바라보았다.

"잘해 줬다. 넌 강한 사람이구나. 겐 영감은 어떻게 되었지?"

미노키치는 잠자코 고개를 가로저었다. 젠조는 웃음을 지웠다.

"그래? 하지만 네가 목숨을 건진 것이 무엇보다 큰 효도지."

미노키치는 가슴속에 북받쳐 오르는 것을 꾹 참았다. "예."

품 안의 시체를 꼭 껴안은 젠조는 미노키치를 빤히 올려다보았다.

"우리 동네 사람 누구랑 같이 있는 거냐?"

"나 혼자예요. 도망치다가 고스케 아저씨를 만났지만 금방 헤어졌어요."

"그런 술주정뱅이야 아무렴 어떠냐. 그래, 미노키치, 그 무사님은 어디 사람이냐?"

묻고 나서 대답을 기다리지 않고, "나가쓰노 사람이구나" 하고 내처 말했다.

"네. 나를 구해 주셨어요."

그렇게 대답한 뒤 미노키치도 중요한 사실을 알아챘다. "젠조 아저씨야말로 오엔 아줌마하고만 있었어요? 또 누구 없었어요?"

없어, 하고 젠조는 대답했다. 낮은 신음 같은 목소리. 초점 없던 눈동자가 어느새 생기를 되찾은 듯 번들거렸다.

"모두, 죽었어. 여기 끌려왔을 때는, 우리 마누라도, 다헤이도, 지로키치 영감도, 오키요도 간신히 살아 있었는데."

마을 사람들 이름이 줄줄이 나왔다.

"다들, 그 괴물 때문에 다쳐서, 차마 못 보겠더라. 오키요는 잡아먹힐 뻔해서 한쪽 팔을 잃었고."

그런데도 이 나가쓰노 요새의 악귀들이 하는 짓이라니.

"사람을 가둬 놓더니, 치료해 주기는커녕 먹을 물도 음식도 주질 않더라. 니다니무라가 괴물에게 당해서 겨우 목숨만 건져 도망쳐 온 거라고 목이 쉬도록 호소했건만, 들은 척도 하질 않았어. 웃기는 소리 마라, 왜 국경을 넘어 왔냐, 너희 정체가 뭐냐, 무슨 꿍꿍이냐, 하며 고문을 해대고."

젠조는 바르르 떨면서 눈물을 뚝뚝 흘리고 오엔의 시체를 더욱 강하게 끌어안았다. 시체는 이미 부패하기 시작해서, 젠조의 앙상한 손가락이 파고들자 피부가 움푹 꺼져 찢어질 것 같았다.

요새가 흔들렸고 밖에서 들려오는 괴물의 포효도 더 커졌다. 번사들이 밀리고 있다. 용맹한 호령 소리는 이미 들리지 않았다.

"젠조 아저씨."

젠조는 대답하지 않았다. 그는 오엔을 안고 비틀거리며 일어섰다. 그러고는 부엌의 넓은 공간으로 나왔다. 젠조의 눈이 주변을 둘러보았다.

어느 한 곳에서 멈추었다.

머리 위에서 떨어지는 파편은 이제 먼지나 쓰레기가 아니라 커다란 나뭇조각과 회반죽 덩어리, 벽토 덩어리로 변해 있었다. 서둘러야 한다. 미노키치는 문밖으로 고개를 내밀고 상황을 살폈다. 그 탓에 잠깐 젠조로부터 시선을 돌렸다.

"미노키치, 정말 너 혼자로구나."

그 목소리에 뒤를 돌아보니 옆구리에 오엔의 시체를 껴안은 젠조가 주방 도마에 놓여 있던 부엌칼을 쥐고 있었다.

"제, 젠조 아저씨."

"나가쓰노 놈들을 믿으면 안 돼!"

"하지만 그 사람들은,"

"가라, 미노키치. 씩씩하게 살아."

젠조는 날카로운 칼끝을 미노키치에게 들이댔다. "난 여기 남는다. 마누라와 동네 사람들을 훌륭하게 장사 지내 줄 거다."

마침 잘됐네, 일이 수월하겠다, 하며 주변에 있는 물건들을 찬찬히 훑어본다. 작업복 남자들이 모아 둔 불붙일 물건들.

"저 괴물을 이제 내가 불태워 죽이겠어. 우두마두 놈들도."

젠조는 원한과 분노에 사로잡혀 사람이 변해 버렸다.

"괴물을 죽이는 김에 나가쓰노 요새 하나를 없애 버리는 거다!"

"젠조 아저씨, 안 돼요, 그러지 말아요!"

"가! 날 말리면 너도 우두마두와 한패다, 미노키치!"

부엌칼을 휘두르니 미노키치도 더는 못 버티고 뒤로 물러나다가 부엌 문지방을 잘못 디뎌서 꽈당 자빠졌다. 벌떡 일어난 순간 천장이 우지끈 무너져 내려 문을 막아 버렸다.

"젠조 아저씨!"

땅이 흔들린다. 요새는 확실하게 한쪽으로 기울어 지붕이 절반쯤 보이지 않았다.

거짓말 같은 광경이었다. 악몽 같았다.

"미노키치!"

소에이의 목소리였다. 돌아보니 어깨에 사람 하나를 들쳐 메고 있었다. 가문이 찍힌 하카마 차림의 남자였다. 팔다리가 축 늘어졌고 옷도 여기저기 찢어졌다.

"소에이 님, 그 사람은,"

"나카무라의 촌장이다."

소에이는 등에 진 괭이를 어느새 잃어버렸고 와키자시만 허리에 차고 있었다. 온몸이 먼지투성이였고, 손에는 피가 묻었다.

"나뭇가지에 걸려 있었다. 심하게 다쳤지만 아직 숨은 붙어 있어."

"아카네 님은요?"

"안 계셔. 저쪽으로는 이제 요새로 못 들어와. 사방에 온통 시체밖에 없어."

한층 요란한 괴물의 포효. 둘이 저도 모르게 몸을 움츠린 순간, 격렬한 파괴음과 함께 요새는 허리를 구부리며 꼭대기부터 무너져 내렸다. 게다가 불길이 화르륵 솟구쳤다.

"저런! 왜 불이!"

소에이의 창백한 얼굴이 크게 일그러졌고 미노키치는 울음을 터뜨릴 듯한 표정을 띠었다.

"겐조 아저씨가 괴물을 불태워 죽이겠대요. 나가쓰노 우두마두들까지 저승길로 다 데려가겠다고."

"어리석긴!"

소에이는 고개를 가로젓고 촌장을 등에 업었다.

"미노키치, 일단 우리도 피하자."

미노키치가 일어나자 둘은 검문소를 향해 뛰기 시작했다. 그때 뒤에서 지독한 악취를 풍기는 돌풍이 불어와 아랫도리를 휘감았다. 돌풍은 이들을 나뭇잎처럼 가볍게 공중으로 띄워 거의 두 칸 정도 떨어진 곳으로 날려 버렸다.

촌장을 업고 있던 소에이는 땅바닥에 머리부터 내동댕이쳐졌다. 몸이 가벼운 미노키치는 더 멀리 날아가 데굴데굴 구르다가, 몸을 동그랗게 웅크리고 재빨리 일어났다.

믿기 힘든 것을 보았다.

괴물이다. 아까 그 바람은 정말 놈의 콧김이었다. 불과 두 칸 떨어진 곳까지 육박해 있었다.

"소, 소에이 님."

괴물의 모습에 넋을 잃은 미노키치의 팔다리는 돌이 된 것처럼 꼼짝도 하지 않았다. 신음하며 몸을 일으킨 소에이가 고개를 돌렸다가 위기를 알아챘다.

"미노키치, 나한테서 떨어져!"

"그, 그치만."

"엉덩이 들지 말고 뒤로 물러나. 천천히 물러나는 거다."

괴물은 이쪽으로 고개를 돌리고 있다. 커다란 아가리가 보이므로 저게 얼굴이 맞을 것이다. 하지만 이놈은 너무나 이상하다.

"소에이 님, 이놈, 눈이 없어요!"

소에이는 기절한 촌장을 안아 세우고 자신도 윗몸을 일으켰지만 완전히 일어서지는 않았다.

"오, 그렇구나."

정상적인 짐승은 아니란 말인가, 라고 소에이는 말했다. 모든 것을 깨달은 듯한, 혹은 체념해 버린 듯한 조용한 말투였다.

괴물은 미노키치와 소에이를 보고 있었다. 크고 흉하게 생긴 대가리를 기울이고 있다. 꼬리는 늘어뜨렸는지 말려 있는지 여기서는 보이지 않았다. 혀도 보이지 않았다.

뭘까, 이 고록고록 소리는?

괴물의 배에서 소리가 난다. 아니, 목에서 나는 소리인가? 안이 꽉 찬 축축한 간장통을 굴리는 듯한 소리. 그러고 보니 이놈, 산속에서 코를 골며 자고 있을 때보다 배가 더 불룩하다. 너무 많이 먹은 탓에 당장이라도 배가 터져 버릴 것 같은 인상이었다.

괴물이 반대쪽으로 고개를 기울였다. 눈앞의 먹이를 어떻게 먹을까. 어느 것부터 먹을까 하고 궁리하는 것처럼.

고록고록 소리가 더 커졌다. 목—대가리와 몸통을 연결하는 살짝 들어간 부분이 꿀럭꿀럭 움직였다.

아가리가 벌어졌다. 혀가 나왔다. 미노키치는 뒤로 물러나다가 멈춘 뒤 몸을 긴장시켰다.

괴물의 살코기 색 입속이 보였다. 깊숙이 숨겨진 이빨이 드러났다. 불룩 튀어나온 혀가 번들번들 빛났다.

평생 동안 목격할 만한 분량의 못 믿을 광경들을 오늘 아침 합숙소를 나와서 지금까지 다 본 기분이었다. 하지만 아직 덤이 남은 듯했다. 넋을 잃고 몸이 굳어 버린 미노키치와, 촌장을 안은 채 먼지로 범벅이 되어 주저앉아 있는 소에이의 앞에서 괴물이 토하기 시작했다. 입을 뻐끔뻐끔 벌리고 모가지와 배를 출렁이며 배 속 내용물을 게워 낸다.

맹렬한 악취에 미노키치도 토할 것 같았다. 악취가 너무 심해서 눈도 뜰 수 없었다. 코를 막고 입으로 숨을 쉬어도 악취가 맛으로 느껴지며 목구멍 안으로 스며들었다.

불룩하게 솟았던 괴물의 배가 푹 꺼져 간다. 게워 낸 것이 그 자리에 작은 동산처럼 자리 잡았다.

사람, 사람, 사람이다. 무기를 들고 있거나 방어구를 착용한 번사들. 작업복을 입은 남자. 몸 전체가 온전한 자도 있고 허리 위쪽만 남은 자도 있다. 다리 한쪽. 팔 하나. 뼈 혹은 뼛조각. 어느 것이나 질척하게 녹고 있고, 끈끈하고 냄새 나는 물기에 뒤덮여 있다.

"미노키치, 아무래도 저놈이 너도 이렇게 토해 낸 것 같다."

완전히 녹기 전에 운 좋게 게워 내진 것이다.

"이놈, 너무 많이 먹어서 배가 터질 것 같으니까 이렇게 배를 비워 두는 거야."

아주 심술 고약한 놈이야. 소에이는 꾸짖듯이 말했다.

"하긴 몸통 보호대나 미늘 갑옷까지 통째로 삼키니까 당연히 속이 거북하지, 괴물 놈아."

지금 무슨 소리 하는 거예요, 소에이 님.

"행운이 너를 두 번이나 구해 주진 않을 거다. 미노키치, 어서 나한테서 떨어져."

"소, 소에이 님은 어쩌시려고요?"

"어떻게든 알아서 할 테니까."

소에이는 마치 빗물 새는 데라도 고쳐 볼까, 라고 하듯이 태평하게 말하며 천천히 자리에서 일어났다. 시선을 괴물에게 고정한 채 축 늘어진 촌장을 땅바닥에 뉘어 놓은 다음 그 몸을 건너 앞으로 나아갔다.

괴물은 배를 깨끗이 비웠는지 트림을 하듯 커다란 아가리를 벌리고 구우욱 소리를 냈다. 그러고는 대가리를 쳐들어 소에이 쪽으로 돌렸다. 눈이 없어 어디를 보고 있는지 알 수 없었다. 코 끝은 소에이를 향하고 있어도 실은 미노키치를 먹으려고 노리고 있는지도 모른다. 그 자리에서 움직이지 않아도 저 긴 혀를 날름 내밀면 쉽게 닿을 만한 거리였다.

미노키치는 다시 엉덩이를 움직여 조금씩 뒤로 물러났다. 괴물이 목을 울리는 소리가 들렸다.

소에이는 일어나 몸을 숙이고 다리에 힘을 주었다. 와키자시 자루에 손을 대고 자세를 취한다.

"미노키치."

미노키치는 목이 바짝 말라 얼른 목소리가 나오질 않았다. 고개만 끄덕였다.

"내가 셋을 세면 발딱 일어나 도망쳐. 돌아보면 안 돼. 쏜살같이 도망쳐."

"으, 으, 예."

"자, 하나."

괴물의 대가리가 오른쪽으로 기울었다.

"둘."

괴물의 코에서 숨이 새어 나와 푸식! 하는 축축한 소리가 났다.

"셋!"

미노키치는 벌떡 일어나 몸을 홱 돌려 뛰기 시작했다. 소에이는 와키자시를 뽑아들고 괴물에게 돌진했다.

괴물이 포효했다. 소에이는 악취 나는 숨에 떠밀려 제자리걸음을 했다. 그때 괴물의 혀가 뻗어 왔다. 굵고 두꺼워서 축 늘어져 있을 때는 그냥 고깃덩이처럼 보이지만, 그 움직임은 실로 뱀처럼 빠르고 정밀하게 겨냥한 채찍질처럼 정확했다. 괴물은 눈으로 좇기도 힘들 만큼 재빠르고 교묘하게 혀로 소에이를 낚아채, 그의 몸을 칭칭 감아 옥죄며 대가리보다 더 높이 쳐들었다.

소에이의 두 발이 허공에서 버둥거렸다.

"합!"

그는 기합과 함께 와카자시를 내려쳐 괴물의 혀를 베었다. 몸에 감긴 부분을 긴 혀에서 잘라 내려는 것이다. 일격, 또 일격. 하얀 칼날을 내려치자 괴물이 비명을 질렀고 상처에서 피가 뿜어져 나왔다.

그 비명에 미노키치가 뒤를 돌아보았다. 괴물의 피가 얼굴로 떨어져 저도 모르게 손을 쳐들다가 넘어지고 말았다.

"소, 소에이 님!"

허공에 붕 뜬 소에이는 온 힘을 팔에 모아 칼을 내리치고 있었다. 대단한 힘이었다. 저렇게 몸통이 조이면 숨 쉬기도 힘들 텐데 팔에서 힘을 빼지 않았다. 그는 칼을 내리치고 또 내리쳤다. 그때마다 상처가 깊어지자 괴물은 고통과 분노에 몸부림치며 발을 쿵쿵 굴렀고, 사방으로 피가 뿜어 나와 빗물처럼 쏟아졌다.

괴물이 피를 흘린다. 놈도 생물이다. 무적은 아니다. 칼에 베이면 피가 난다.

"소에이 님, 힘내세요! 혀가 잘리고 있어요! 잘되고 있어요!"

괴물의 혀가 삼분의 일가량 잘리자 그만큼 힘이 사라져 소에이가 아래로 쑥 내려왔다. 땅바닥에서 한 길 정도 되는 높이다.

"이 괴물 놈아, 이거나 먹어라!"

한층 강한 일격이 가해지자 괴물은 목청껏 포효했다.

됐다! 하며 미노키치가 벌떡 일어난 순간, 발을 쿵쿵 구르던 괴물이 거대한 대가리를 획 쳐들었다. 힘을 쥐어짜내서 소에이를 휘둘러 뒤쪽으로 날려 버린다. 바람이 일어날 정도로 빠른 속도에 괴물의 혀는 소에이의 공격으로 생긴 상처 부분에서 뚝 끊어지고 말았다. 소에이는 몸에 단단하게 감긴 괴물의 혀와 함께 멀리 날아가 버리고 말았다.

이게 무슨 일인가! 미노키치는 그 자리에서 얼어붙었다. 저놈이 제 혀를 스스로 잘라 버렸다.

괴물은 혀를 감아 아가리 속에 집어넣었다. 그러자 피가 흘러나와 뚝뚝 떨어졌다. 괴물이 목을 울렸다. 이번에는 숨을 헐떡이는 소리가 아니라, 멀리서 들리는 천둥소리처럼 구릉구릉 울리는 소리였다.

우지끈. 괴물이 앞발을 내디뎌 미노키치에게 한 발짝 다가왔다. 종이 뭉치 버리듯 뒤로 던져 버린 소에이는 벌써 잊은 건가. 콧구멍이 움찔움찔 움직이며 미노키치의 냄새를 맡고 있다.

우지끈. 또 한 발 내디뎠다. 굵은 발톱. 그 바로 앞에는 소에이가 구출한 나카무라 촌장이 실신한 채 쓰러져 있다. 촌장의 옷에도 괴물의 피가 튀어 점점이 묻어 있다.

'그냥 놔두면 짓밟히고 말겠다.'

두 손으로 땅을 짚은 미노키치는 한순간 눈을 꽉 감고 마음을 굳혔다. 그러고는 벌떡 일어나 양손을 쳐들고 앞으로 나섰다. 첫 발을 내딛었을 때는 비틀거리고 말았지만 그다음에는 단단히 땅을 디딜 수 있었다.

"자, 이쪽이다, 이쪽!"

양손을 휘휘 저으면서 왼쪽으로 이동하며 뒷걸음질했다.

"이쪽이다, 덩치야. 나 여기 있다."

목소리만으로는 부족할 것 같아서 머리 위에서 손뼉을 짝짝 쳐 보았다.

괴물의 몸뚱이가 방향을 틀었다. 굶주렸다는 듯이 콧구멍을 움찔거린다. 좋아, 됐어.

"나 여기 있다! 이리 와!"

괴물이 미노키치의 목소리를 따라 쫓아오기 시작했다. 아가리 가장자리에서 다시 피가 뚝뚝 떨어졌다. 새빨간 피로 땅바닥이 검게 물들었다.

"속을 비우고 또 배가 고프다고? 멍청한 놈."

계속 뒷걸음질했다. 괴물은 미노키치를 따라 움직였다. 촌장 쪽으로는 주의를 돌리지 않았다. 몸뚱이 방향이 완전히 촌장을 비켜났다. 됐다, 됐어.

"날 먹고 싶어? 혀가 아플 텐데? 그래도 먹고 싶냐? 먹보 자식. 먹이다 싶으면 보이는 대로 다 먹고 싶으냐. 술이다 싶으면 보이는 대로 다 마셔 버리려고 하는 고스케 아저씨 같구나."

덜덜 떨면서도 미노키치는 계속 입을 놀렸다.

"넌 대체 어떻게 생겨먹은 괴물이냐? 너 같은 게걸스러운 먹보가 산의 신령님일 리가 없지. 너, 어디서 온 놈이야?"

계속 뒷걸음질하기도 어렵다. 미노키치는 돌멩이에 걸려 비틀거렸다. 괴물은 한 발 한 발 거리를 좁혔다. 작은 동산 같은 몸뚱이 뒤에 달린 긴 꼬리가 천천히 올라가는 것이 보였다.

혀가 아파 쓰지 못하니까 꼬리로 나를 감으려고? 저 큰 아가리 속으로 획 던져 넣으면 끝장이다. 한번은 살아났지만 이번에는 나도.

행운이 두 번 반복되지는 않을 것이다. 하지만 미노키치는 계속 뒷걸음질했다. 달리 어쩔 수가 없었다.

괴물이 꼬리를 머리 바로 위로 쳐들었다. 두 갈래로 갈라진 끄트머리가 미노키치를 예리하게 겨냥하고 있었다.

이제 틀렸다. 미노키치는 무릎이 후들거려 그 자리에 주저앉듯이 엉덩방아를 찧고 말았다.

괴물의 다리가 멈췄다. 꼬리만 머리 위에서 천천히 흔들린다.

그때.

"부르르릉."

콧김이다. 미노키치 뒤쪽이다. 부르르릉. 또 들렸다. 이 괴물이 내는 소리가 아니다. 더 작은 콧김 소리.

괴물에서 시선을 떼기는 무섭다. 하지만 뒤에 무엇이 있는지 확인하지 않는 것도 무섭다.

어느 쪽이나 다 무서워 꼼짝하지 못한다. 눈을 깜빡일 수조차 없다. 눈에 눈물이 고였다.

"부르르릉."

갑자기 발굽 소리가 들렸다. 다가온다. 기미가 느껴진다. 이것은—말이다.

당황해서 뒤를 돌아보려고 했을 때, 미노키치의 목 뒷깃을 말의 주둥이가 꽉 물었다. 물어서 번쩍 들어 올리며 잡아당긴다. 미노키치는 뒤로 끌려간다고 생각했다. 그 순간 주둥이가 뒷깃을 놓아 주었고 다시 부릉부릉 내는 콧김 소리가 들린 뒤 긴 콧잔등이 콩, 하고 뒤통수에 부딪혔다.

조심조심 시선을 들었다. 밤색 말 한 마리가 바로 뒤에 있었다.

마구간에서 도망쳐 나온 말일 것이다. 안장도 등자도 없는 말은 윤기가 흘러 아름다웠다.

'무섭지도 않나? 왜 여기 있는 거지?'

밤색 말은 미노키치를 내려다보고 있었다. 특이하게도 하얀 털이 이마에 꽃 모양으로 나 있다. 눈이 마주쳤다. 상냥하게 깜빡인다.

이 말은 괴물이 무섭지도 않나?

말은 가볍게 히힝 소리를 내며 머리를 위아래로 흔들고선 다시 미노키치의 뒷깃을 물고 잡아당겼다. 미노키치를 괴물로부터 떼어 놓으려는 것이다. 일어서, 라고 말하는 것 같기도 했다. 꼬리를 휙휙 휘두르고 있다.

괴물은 동작을 멈춘 상태였다. 대가리도 다리도 꼬리도 꼼짝하지 않는다. 콧구멍만 움찔거렸고, 목을 울리지도 않았다.

밤색 말은 미노키치의 뒷덜미를 끌어올렸다. 옷이 벗겨질까 봐 미노키치는 매달리듯이 일어섰다.

"히힝."

말은 미노키치를 해방시켜 주고 울었다. 흥분한 건 아니다. 미노키치는 재촉을 받고 있다고 느꼈다. '가자.'

괴물이 대가리를 뒤쪽으로 쓰윽 당겼다.

덤벼들려고 준비 자세를 취하는 것 같지는 않았다. 싸움에 진 개처럼 꼬리를 감추는 인상이었다. 더욱 믿기 힘든 점은, 그 거구를 뒤로 빼고 있다는 사실이었다. 조심한다고 할까, 경계한다고 할까. 무서워하는 것처럼 보이기도 했다.

미노키치는 괴물을 주시하면서 밤색 말로 다가가 그 목을 안았다. 말의 체온, 콧김이 미노키치의 볼에 느껴졌다.

"부르르르르."

괴물은 콧구멍으로 단숨에 숨을 내뿜은 다음, 흉포한 발톱을 오그리면서 네 다리도 함께 접어 몸에 붙였다. 흙먼지를 날리며 몸을 돌리더니 거대하고 퉁퉁하고 묵직한 뱀처럼 온몸을 구부렁거리며 요새 쪽으로 돌아가기 시작했다. 마술 같은 움직임이었고, 속도도 몹시 빨랐다.

긴 꼬리가 허공에 춤추듯 호를 그리며 미노키치와 밤색 말 위를 휙 스치고 사라졌다. 멍하니 입을 벌리고 있던 미노키치의 귀에 대나무가 휘어지면서 내는 피웅피웅 소리가 들렸고 마침내 땅이 진동했다.

꿀꺽. 미노키치의 목에서 소리가 났다. 참았던 숨을 쉬는 순간 기침이 터지고 말았다.

밤색 말이 미노키치에게 콧잔등을 비볐다. 미노키치는 그 목을 껴안았다.

“살려 줘서 고맙다. 너, 대단하구나. 괴물보다 세.”

목을 쓸어 주고 볼을 비비며 잠시 말의 온기를 온몸으로 느꼈다. 이 아이 덕분에 목숨을 건졌다. 아, 촌장님은 무사한가? 당황해서 촌장 곁으로 뛰어가 윗몸을 일으켰더니 그가 눈을 반쯤 떴다.

“촌장님, 촌장님, 정신 차리세요.”

촌장은 반개한 눈을 깜빡였다. 천천히 눈꺼풀이 다 열렸다. 눈동자에 초점이 없다.

“촌장님, 어서 여기서 도망치지 않으면 괴물이 또 올지도 몰라요.”

미노키치는 촌장의 몸을 흔들다가 밤색 말을 돌아다보았다. 말은 그 자리에 얌전히 서서 가볍게 발을 구르며 꼬리를 흔들었다.

“저기 말이 있어요, 보이세요? 어떻게든 일어나서 저 말을 타세요. 제가 같이 갈 테니까 나카무라로 돌아가요.”

촌장은 낮게 신음하고, 얼굴을 찡그리며 고개를 쳐들었다. 핏기 없는 입술이 움직였다.

“너는…… 어디 사는 아이냐?”

다행이다. 이 정도라면 어떻게든 될 것 같다.

"그보다 어서 일어나세요!"

소에이 님은, 아카네 님은 어떻게 되었을까. 불안과 공포와 슬픔에 가슴이 에이는 듯했다. 하지만 여기서 시간을 헛되이 보내면 안 된다. 미노키치 혼자 돌아다녀 본들 두 사람을 찾아내기는 힘들 것이다. 그보다 지금은 촌장님을 도와 나카무라로 돌아가 모두에게 알려야 한다. 이 자리에 소에이 님이 있었다면 아마 그렇게 시켰을 것이다. 미노키치는 어금니로 눈물을 씹어 삼켰다.

"촌장님, 제 팔을 붙드세요!"

오다이님, 오다이님.

누군가가 큰 소리로 부른다. 혼란에 빠져 뒤집힌 목소리. 오다이님, 오다이님. 아, 귀가 따가워. 머리가 빙빙 도는 것 같고, 누군가가 볼을 치고 있다.

나한테 왜 이러는 거지?

아카네는 눈을 떴다. 창공이 희끄무레하게 보인다. 오래된 우물 밑바닥에서 올려다본 동그란 하늘이 아니다. 머리 위 가득 펼쳐져 있다.

그 하늘을 세 개의 머리가 가리며 자신을 내려다보고 있었다. 해가 바로 위에 떠 있는 탓에 얼굴들이 시커멓게만 보였다. 그 가운데 하나가 아까 귀 아프게 자신을 부르던 목소리를 냈다.

"오다이님, 아아, 눈 떴다. 다행이다, 정말 다행이야."

누군가의 손이 어깨를 잡고 등을 받쳐서 상체를 일으켜 세웠다. 바로 옆에 묵은 우물이 있다. 밖으로 나온 것이다. 가만 보니 몸에 칭칭 감았던 비단 시고키오비도 풀려 있다.

"오다이님, 괴물은 사라졌어요. 무사히 넘겼어요. 저도 이렇게 멀쩡합니다."

수선을 피우는 사람은 기쿠치 엔슈였다. 먼지 범벅이 된 볼에 땀이 흘러내려 줄이 그어져 있었다.

"엔슈 님—."

아직 흐리멍덩한 머리를 흔들고 아카네는 몸을 꿈틀거렸다. 엔슈 님과 함께 있는 이 두 사람은 누구지?

"저는 고비나타 나오야라고 합니다. 이 사람은 제 종자 야지입니다."

엔슈 곁에 있는 산행 차림의 젊은 무사가 한쪽 무릎을 꿇고 등을 편 뒤 아카네에게 인사했다. 아카네는 얼핏 요새 번사 이와이 한노조를 떠올렸다. 나이와 생김새가 많이 비슷했다. 다만 이 젊은 무사는 사카야키를 했다.

아카네를 안아서 받쳐 주는 사람은 야지라는 종자였다. 머리를 짧게 쳤고, 역시 산행 차림이었다. 얼굴은 영리해 보였고, 입술이 얇았다.

"고비나타—님?"

내내 가슴이 옥죄였던 탓인지 목소리가 갈라져 제대로 말이 나오지 않았다.

"안심하세요" 하고 엔슈가 들뜬 목소리로 말했다. "고비나타 님은 제가 잘 아는 분입니다. 제가 고야마에 있을 때 아주 잘해 주셨지요."

들떠서 쏟아내는 말을 당사자 고비나타라는 젊은 무사가 어흠, 하고 헛기침을 해서 막았다.

"그만하시죠, 엔슈 님."

"예? 아, 예, 그러지요."

엔슈는 어색한 표정을 지었다가 문득 당황하며 하오리를 벗었다. 왜 그러나 했더니 아카네에게 입혀 준다. 그렇다. 예복을 벗고 무거운 오비도 풀어 버린 아카네는 속옷 차림이었던 것이다.

"저를 구해 주셨군요. 고맙습니다."

아카네는 자세를 바로 한 뒤 땅바닥에 손을 대고 고비나타라는 젊은 무사에게 고개를 숙였다.

"여기는 보시는 바와 같이 이렇습니다. 고비나타 님은 쓰노사키 성시에서 오셨나요?"

요새에서 피어오른 연기에 나카무라뿐만 아니라 주변의 다른 마을들도 변고를 알아차렸을 것이다. 하지만 연기를 보고 거기에서 달려왔다고 하기에는 너무 빠르다.

"엔슈 님과 아시는 분이군요. 이런 때에 여기서 만나게 되시다니, 대단한 우연이에요."

하지만 엔슈는 다시 어색한 표정을 띠었고 고비나타라는 젊은 무사도 곤혹스러운 듯 미간을 모았다.

"저는 아카네라고 합니다. 이 근처 나카무라에 삽니다. 이 참사를 마을에 빨리 알려야 할뿐더러 여기 있다가는 언제 다시 괴물을 만날지 모릅니다. 위험합니다. 모쪼록 고비나타 님도 나카무라로 함께 가 주세요."

일어서려고 하는 아카네를 야지라는 종자가 어깨를 눌러서 말렸다.

"오다이님, 다리를 다치셨잖아요. 잊으셨어요?"

엔슈의 말을 듣기 전에 오른쪽 발목에 날카로운 통증이 치달아 작은 비명을 질렀다.

"접질리신 듯합니다." 고비나타라는 젊은 무사가 말했다. "발목이 부었으니 아주 심한 상태입니다. 산길을 걷는 건 무리입니다."

"제가 업어 드리죠. 자, 가시죠."

등을 내미는 엔슈를 고비나타 나오야가 손을 쳐들어 말리며 아카네의 눈을 똑바로 쳐다보았다.

"여기서 얼버무리면 나중에 문제가 심각해질 겁니다. 사실대로 말하지요. 우리는 나카무라에 가지 않겠습니다. 아니, 갈 수 없습니다."

"하지만, 여기 있으면 위험합니다!"

"우리는 고야마 사람입니다."

아카네는 흠칫했다. 그러고 보니 아까 엔슈도 그렇게 말하지 않았던가. 제가 고야마에 있을 때, 라고.

"우리 번 북부 개척촌에 참변이 일어나서 자세히 알아보려고 산에 들어왔습니다만."

가슴에 이해의 빛이 켜지자 이번에는 아카네가 그의 말을 막았다. "니다니무라 사건 말씀이군요?"

고비나타 나오야의 눈이 휘둥그레졌다.

"아십니까?"

"가까스로 살아남은 그 마을의 아이에게서 들었습니다. 미노키치라는 사내아이입니다. 지금 제가 사는 합숙소에 숨어 있습니다."

무사합니다, 라고 아카네는 얼른 덧붙였다.

"자기 동네가 괴물에게 습격을 당했다고 미노키치가 말했을 때 처음에는 아무도 믿지 않았습니다. 하지만 괴물은 정말 있었어요. 그 아이한테 들은 것 이상으로 무서운 괴물이었습니다."

말을 하면서 아카네는 그제야 생각난 것처럼 몸을 떨기 시작했다. 이 부딪히는 소리가 희미하게 났다. 그녀의 어깨에 고비나타 나오야가 가볍게 손을 얹었다.

"괴물이라면 우리도 산 위에서 보았습니다."

차가운 시선으로 아카네를 쳐다보는 야지는 아무 말도 하지 않았다. 종자치고는 너무나 불손하고 무례하다. 하지만 고비나타 나오야의 얼굴에는 그걸 못마땅해하는 기미가 없었다.

그의 목소리는 착잡함과 고통으로 가득 차 있었다.

"요새가 무너지고, 번사들이 쓰러지고 잡아먹히는 것도 보았습니다. 이런 참상이 벌어지기 전에 알려 주고 싶었지만, 우리가 한 발 늦었군요. 우리 둘만으로는 어림도 없는지라—."

말을 멈추고 메마른 입술을 깨문다.

"아무것도 못 하고 지켜보는 수밖에 없었습니다. 용서하십시오."

"아뇨, 오히려 다행이에요."

아카네는 중얼거렸다. "두 분 목숨을 헛되이 하지 않을 수 있었으니까요."

엔슈도 고개를 끄덕였다. "예, 예, 오다이님 말씀이 맞습니다. 저도 저 나무 위에서 고비나타 님을 발견했을 때는, 아아, 이건 또 무슨 기적인가, 이게 바로 하늘이 돕는다는 건가 하고."

"그만하시죠, 엔슈 님."

고비나타 나오야는 다시 엔슈의 말을 차갑게 끊었다.

"괴물이 사라진 뒤 생존자가 없을까 싶어 돌아보다가 엔슈 님이 부르는 소리를 들었습니다. 물론 기적인 것은 맞지만,"

이 대목에서 엔슈를 날카롭게 노려보았다. 화가는 거북처럼 목을 움츠렸다.

"지금은 그걸 기뻐할 여유가 없습니다. 이곳의 이변을 알고 곧 나가쓰노 번사들이 달려오겠지요. 우리는, 여기서 잡힐 수는 없습니다. 어서 고야마로 돌아가 이 참사를 자세히 알려야 합니다."

정말 무시무시한 놈입니다—. 새삼 얼굴을 경직시키며 고비나타가 말했다.

"그을린 판재를 댄 요새를 그렇게 쉽게 때려 부수다니, 믿기지 않더군요."
"아무리 많은 인원을 동원하고 무기를 준비해도 소용없어요."
아카네의 망막에 요새 안팎에서 목격한 참극이 되살아났다.
"저는 분명히 봤습니다. 그 괴물한테는 화살도 탄환도 무력했어요. 칼도 튕겨 내더군요. 창으로 찔러도 갑옷 같은 비늘—그냥 두꺼운 껍질일지도 모르지만, 그 미끌미끌한 거죽을 꿰뚫기는 고사하고 상처 하나 내지 못했습니다."
그건 정상적인 짐승이 아니다.
"부정한 기운이 크게 뭉친 덩어리예요. 악의 덩어리가 일시적으로 생명을 지니고 움직이고 있는 거예요."
"오, 오다이님, 진정하세요."
달래는 엔슈에 아랑곳하지 않고 아카네는 고비나타를 똑바로 쳐다보았다.
"가까이서 보지 않으면 알 수 없으니까 말씀드리는 거예요. 그 괴물에게는 눈이 없습니다. 정말 눈이 없어요. 그런데도 먹이를 노리면 절대 놓치지 않고 재빠르게 잡아먹어요. 덩치도 그렇게 큰 데다 긴 혀와 꼬리를 구사하고, 사람 피부를 문드러지게 하는 액까지 뱉어 냅니다. 요새 번사 대부분이 그 액 때문에 목숨을 잃었습니다. 사람 힘으로는 도저히 쓰러뜨릴 수 없어요."
"그래도 쓰러뜨려야죠."
저도 모르게 불쑥 말하는 투로 고비나타 나오야가 대꾸했다. 입매와 눈매에 힘이 들어가 있지만 얼굴은 창백했고 몹시 지쳐 보였다.

'두려워하는구나.'

요새를 때려 부순 괴물에 아카네 못지않게 충격을 받고 주눅이 들어 버린 것이다.

엔슈가 분위기를 수습하려는 듯이 둘 사이로 끼어들었다. "여, 여하튼 지금은 일단 여기서 도망칩시다. 네?"

고비나타 나오야도 아카네에게서 눈길을 거둔 뒤 종자에게 고개를 끄덕여 보이며 일어섰다.

"야지, 돌아가자."

종자는 내내 차분했고 표정에도 변화가 없었다. 말없이 가뿐하게 일어선다.

"오다이님, 갑시다. 제 등에 업히세요."

아카네는 엔슈가 앞에 들이대는 등을 외면하고 제 힘으로 일어서려고 했다. "저는 나카무라로 돌아갑니다."

"여자 혼자서는 무리예요."

혼자?

"엔슈 님은 마을로 안 돌아가시나요? 나카무라 사람들이 걱정되시지 않나요?"

화가는 주눅이 들어 이마에 땀을 흘리기 시작했다. 그 모습에, 무슨 이유에선지 고비나타 나오야가 다시 씁쓸한 표정을 지었다.

"엔슈 님은 고야마에 급한 볼일이 생겨 나가쓰노로 돌아가실 수 없게 되었습니다. 저와 함께 가실 겁니다."

이런 지경에 이 무슨 기이한 말인가. 아무렇게나 둘러대는 것이 분명하다.

"알아서 하세요. 저는 돌아갈 겁니다."

"오다이님, 혼자 가시다가 괴물을 만나면 그걸로 끝입니다!"

그러자 야지가 소리도 없이 아카네에게 다가와 몸에 팔을 두르더니 번쩍 들어 어깨에 메고 말았다. 그리 큰 덩치도 아닌데 힘이 대단하다.

"무슨 짓이에요! 이런 무례한! 내려놔요!"

손바닥으로 야지의 등을 쳤지만 꿈짝도 하지 않는다. 엔슈는 오다이님, 오다이님, 하며 달래려고만 들었다. 야지는 아카네를 메고 막 출발한 고비나타 나오야를 따라 유유히 걸었다.

"오다이님, 정말 죄송합니다. 그러나 지금은 고비나타 님과 함께 계시는 게 안전합니다. 이 야지라는 사람도 이곳 산길에 훤하다고 합니다."

태평한 떠돌이 화가 녀석이 황당한 말을 한다. 야지의 등을 보는 자세로 몸이 꺾인 채 운반되는 아카네는 몸부림을 쳐서 저항했다.

"내려놔! 내려놓으라니까!"

아무 말이 없는 야지의 무뚝뚝함을 메우려는 듯이 고비나타 나오야가 어깨 너머로 힐끔 돌아보며 말했다. "무례인 줄 알면서 이러는 겁니다. 아카네 님, 나가쓰노에서는 상당히 높으신 분이라고 들었지만, 지금은 우리가 하자는 대로 따르시는 수밖에 길이 없습니다."

"누구 맘대로!"

그렇게 대꾸했을 때 아카네는 문득 느꼈다. 뭐지, 이 부드러운 감촉은. 야지라는 이 종자의 몸에—.

그때 엔슈가 다시 엉뚱하게 새된 목소리를 질렀다. "어, 저건 뭐죠?"

서쪽으로 가기 위해 네 사람은 일단 요새 옆으로 향하는 길을 걷고 있었다. 묵은 우물이 있는 숲 근방에서는 희박했던 연기 냄새가 점점 진해졌다. 불탄 자리의 열기도 남아 있었다.

그런데 그 속에 또 다른 이상한 냄새가 섞여 있었다. 아카네의 코는 그 냄새를 감지했다. 미노키치의 몸에서 났던 냄새. 요새의 총포조가 당했을 때도 똑같은 냄새가 났다.

야지가 발을 멈추었다. 고비나타 나오야의 목소리가 들렸다.

"이제 잠시 잔혹한 광경이 이어질 겁니다."

침통한 목소리였다.

"아카네 님, 제가 말씀드릴 때까지 눈을 감고 계세요. 부탁드립니다."

아카네의 가슴속에서 예리한 통증이 치달았다. 아무리 참혹한 광경인들 새삼 놀라겠는가. 그 잔혹함이 능히 짐작이 가니까 괴로울 뿐이다.

"걱정 말아요. 그보다 저를 좀 내려 줘요."

야지가 걷기 시작하자 아카네는 다시 부탁했다. "제발 부탁해요. 내려 줘요. 저 괴물이 어떤 짓을 했는지 자세히 알아야 마을 사람들을 지킬 방안을 짜낼 것 아닙니까."

잠시 뒤에, "예, 알았습니다" 하고 고비나타 나오야가 대답했다. "야지, 내려 드려."

야지가 들쳐 멜 때와 마찬가지로 아카네를 가볍게 땅에 내리면서 그녀를 부축하여 똑바로 설 수 있게 해 주었다. 뒤에 있는 엔슈의 창백한 얼굴이 보였다.

아카네는 숨을 죽이고 주변을 천천히 둘러보았다.

여전히 연기를 피워 올리는 요새 잔해 옆에 번사들의 시체 서너 구가 널브러져 있었다. 머리 혹은 손발이 없었다. 얼굴이 뭉개진 시체도 있었다. 요새가 무너질 때 높은 데서 추락했거나 발톱 달린 발에 짓밟혔을 것이다.

저도 모르게 고개를 돌리니 앞에 보이는 나뭇가지에 번사 두 명이 걸려 있었다. 괴물의 긴 꼬리에 맞아 거기까지 날아갔을 것이다.

엔슈가 손으로 얼굴을 가리고 눈물 젖은 목소리로 말했다.

"어떻게 이런 일이…… 어떻게……."

아카네의 목으로 무언가가 치밀어 올랐다. 투쟁과 참극의 와중에는 울 수도 토할 수도 없었다. 마음에 뒤늦게 닥친 거대한 파도에 휩쓸려 버릴 것 같다.

"엔슈 님." 아카네는 작은 목소리로 불렀다. "눈물을 닦고 저를 업어 주세요."

엔슈가 울면서 아카네를 등에 업었다.

주위 광경을 신중히 살피며 넷은 앞으로 나아갔다. 요새 북쪽 대숲이 보이는 근방까지 가자 더 처참한 광경이 기다리고 있었다. 흐물흐물 녹거나 몸이 여러 조각으로 찢긴 번사들 시체가 한데 뒤엉켜 작은 산처럼 솟아 있었다.

"우욱." 엔슈가 숨을 헐떡이며 구토를 참았다.

"그 괴물은 배가 가득 차면 토해 내는 습성이 있는 것 같아요."

고비나타 나오야가 소리 죽여 말했다. "자, 어서 갑시다. 보고 있어도 비참하기만 할 뿐입니다."

아카네 일행으로서는 알 길이 없었지만, 그것은 조금 전 미노키치와 소에이가 보는 앞에서 괴물이 게워 냈던 시체 덩어리였다.

그 시체 더미에서 아카네는 발견했다. 그 단정하던 얼굴의 절반은 볼 수 없었지만 절반은 남아 있었다. 시체 하나만 똑바로 누워 햇빛에 노출되어 있다.

"이와이 한노조예요."

엔슈가 흠칫 놀라 걸음을 멈춘 다음 합장했다.

야지가 몸이 굳어 우뚝 서 버린 고비나타 나오야의 곁을 가만히 떠났다. 어디 갔나 싶었는데 야지가 다시 나타났다. 손에 뭔가를 들고 있다.

어디에 떨어져 있었던 걸까. 우두마두가 쓰는 나무 가면이었다.

야지가 한노조의 시체에 다가가 얼굴에 그 가면을 가만히 얹어 놓았다.

"고마워요." 아카네가 말했다. "당신들에게는 적일 텐데."

장례 행렬처럼 침울하게, 그러나 달아나는 토끼처럼 신속하게 네 사람은 고야마를 향했다.

사투

1

'일이 점점 어렵게 되는군.'

혼조무라 주민들이 기다리는 동굴을 향해 서둘러 산길을 오르면서, 고비나타 나오야는 무거운 심정으로 생각했다.

'이건 또 무슨 인연이란 말인가.'

설마 이런 모습으로, 이런 사태가 벌어지고 있을 때 기쿠치 엔슈와 재회할 줄이야. 이것이 신의 뜻이라면 그 뜻을 의심하지 않을 수 없는 전개였다.

야지와 함께 나가쓰노 우두마두들의 소굴이 보이는 곳까지 다다랐을 때 요새는 마침 괴물의 습격을 받는 중이었다. 둘은 시야가 트인 나지막한 언덕 위에 있어서 상황을 전부 볼 수 있었다.

나오야는 처음으로 괴물을 보았다. 뱀 같은 비늘. 두꺼비 같은 배. 커다란 아가리. 독립된 생물처럼 자유자재로 움직이며 공격하는 긴 혀와 꼬리.

괴물은 요새 외벽을 기어올라 벽 일부를 뜯어내며 땅바닥으로 추락하더니 멀쩡하게 일어나 꼬리를 쳐들었다. 그러고는 목을 울리며 포효했다. 그 강력하고 빠른 동작에는 시선을 빼앗으며 매혹하는, 인간의 이성을 초월한 존재만이 가질 수 있는 신비한 힘이 있었다.

무엇보다도 피부 빛깔을 수시로 바꾸어 모습을 감출 수 있다는 점이 두렵다. 덩치가 저만한 짐승이 감쪽같이 시야에서 사라지다니.

나오야는 잠시 걸음을 멈추었다가 곧 정신을 가다듬은 뒤 요새를 향해 뛰어내려 가려고 했다. 하지만 야지가 허락하지 않았다. 괘씸하게도 나오야의 목 뒷깃을 움켜쥐고 끌어당겼다.

"소용없어. 이미 늦었어."

"무슨 소리야! 나는 무사다. 저런 꼴을 구경만 하고 있으란 거냐."

"무사든 농부든 저놈한테는 그냥 먹잇감이야."

"야지 이놈, 무례해도 너무 무례하다. 이거 놓지 못해!"

야지의 팔과 몸은 가죽 끈처럼 강인하고 부드러웠다. 나오야는 야지를 뿌리칠 수 없었다. 게다가 이번에는 멱살을 잡혀 호되게 흔들렸다.

"당신, 개죽음하려고 여기 왔어!"

야지는 그 일갈에 기가 죽은 나오야의 고개를 비틀어서 요새

쪽으로 향하게 했다. 요새는 이미 기울기 시작했다.

"잘 봐. 눈에 새겨 둬. 저게 어떻게 움직이는지, 어떤 짓을 하는지, 무슨 짓을 할 수 있는지를 똑똑히 기억해 두란 말이야."

야지의 강한 말에 나오야는 기가 꺾였다. 위협적인 괴물의 모습에 무릎이 풀렸다. 문득 야지가 옆을 떠나 나무를 탔다. 나오야는 그 자리에 주저앉아 가만히 있었다.

요새를 마구 부수며 닥치는 대로 먹어치우던 괴물이 마침내 자취를 감추었다. 요새에서는 불길이 솟아오르고 있었다.

야지가 나무에서 내려와 짤막하게 말했다. "괴물은 동쪽으로 갔어."

"그래?"

나오야는 기력을 쥐어짜내 일어섰다.

"살아남은 사람이 있는지 찾아보자."

불기운은 아직 수그러들지 않았고 요새 잔해는 언제 무너질지 모르는 위험한 상태였다. 그래도 애써 목청을 높이면서, 위축되려는 다리를 앞으로 밀어냈다. 먼지를 뒤집어쓰면서 잔해 사이를 돌아다니다가 엎어져 있는 자들의 얼굴을 확인했고, 가끔씩 소리를 쳤다.

"누구 없소! 니다니무라 사람 없소? 도와주러 왔소!"

그러나 대답하는 소리는 없었다. 나오야와 야지는 괴물이 게워 놓은 무참한 시체 더미를 발견했다. 더구나 방금 생긴 것이었다. 나오야는 니다니무라에서는 간신히 버텼지만 이번에는 끝내 견뎌

내지 못하고 토하고 말았다. 야지조차 표정이 굳었다.

요새 담 바깥의 동쪽 끝까지 수색하며, 벌써 몇 번이나 쉰 목소리로 소리를 질렀다.

"누구 없소?"

이 목소리가 나무 위에 피신해 있던 기쿠치 엔슈에게 닿았다.

"여기에요! 여기 있어요!"

딱 두 명뿐인 귀중한 생존자였다.

하지만.

'정말 골치 아프게 되었군.'

돌아갈 때도 앞장서서 가는 야지의 확고한 걸음걸이에는 변화가 없었다. 그리고 나오야의 뒤에는 그 두 사람이 있다.

화가와 함께 있던 아카네라는 여인은 기력이 다했는지 산길에 접어들기 무섭게 엔슈의 등에 업힌 상태로 혼절하고 말았다. 야지는 아카네의 목에 손가락을 대서 맥을 짚어 본 뒤 미간을 찡그렸다.

"너무 약해졌어. 빨리 돌아가자."

엔슈는 낭패했다. "어디로 돌아가자는 거죠? 관저시? 그렇다면 왜 내리막길로 가지 않는 겁니까?"

야지가 대답하려고 하자 나오야가 얼른 나섰다. "야지, 아무 말 마!"

일단 목소리를 거칠게 내고 보니 분노를 억제할 수 없게 되었다. 나오야 역시 약해졌다. 자신을 제어하기가 힘들어졌다.

“엔슈 님은 내 앞에서 화가인 척했지만 필시 다른 얼굴을 가진 분이다. 조심해라.”

엔슈는 흠칫 놀라더니 몹시 섭섭한 듯이 눈을 부라렸다.

“고비나타 님, 말씀이 심하시군요.”

항변하는 말투가 고까워서 나오야도 이렇게 대꾸했다. “사람을 기만해 놓고 여전히 뻔뻔하게 변명을—,”

“그만!”

칼로 자르듯이 야지가 제지했다.

“말이 많으면 숨이 차서 걸음이 느려져. 잠자코 따라와.”

종자에게 꾸중이나 들으니 체면이 말이 아니지만 지금은 야지가 옳다. 엔슈도 야지에게 압도당했는지 그때부터 얌전해졌다. 야지가 향하는 곳이 어디인지 몰라 종종 불안한 눈빛을 띠기도 했지만 내내 입을 다물었다.

나오야도 묵묵히 걸음을 옮겼다. 하지만 가슴속에서는 상념이 부풀어 오르고 머릿속에서는 온갖 생각이 소용돌이쳤다.

엔슈 님은 역시 나가쓰노의 첩자였나? 그는 아카네라는 사람을 ‘오다이님’이라고 불렀다. 고야마에서 그 말은 친척 여성에게 쓰는 경칭인데, 나가쓰노에서도 그런가?

괴이한 재앙에서 아슬아슬하게 도망쳐 나온 참인데도 아카네는 우아했고 아름다웠으며, 행동거지나 말본새에도 품위가 있었다. 필시 상당한 신분일 것이다. 그렇다면 엔슈 님을 부리는 위치에 있는 사람일까?

조만간 본인에게 확인해 보면 될 일이다. 지금은 생각하지 말자. 하지만 그렇게 의심을 눌러 놓자 이번에는 그 처절한 광경이 되살아나 나오야의 마음을 뒤엎었다.

'나는 긴고가 아니다. 긴고가 될 수도 없다. 하지만 나도 고야마 무사다. 겁에 질려 도망칠까 보냐.'

스스로 그렇게 타이르며 평정을 유지하려고 애썼다.

니다니무라까지 돌아오자 야지가 잠시 휴식을 취하라고 했다. 그는 나오야와 엔슈를 쉬게 하고 아카네를 나무 그늘에 눕혀 놓은 다음 냇물에서 마실 물을 퍼 왔다.

야지는 허리에 매단 가죽 주머니에서 환약을 꺼내 아카네의 입에 물려 주었다. 아카네는 그제야 깨어났지만 여전히 표정이 멍했다.

"……여기는?"

"니다니무라입니다" 하고 나오야가 말했다.

"여기가."

아카네는 눈을 천천히 깜빡이고 불타 버린 폐허를 둘러보았다.

"여기가, 그 아이의 고향 마을."

속삭이듯 그렇게 말하더니 어깨를 더욱 늘어뜨리고 말았다. 눈은 더욱 퀭해졌다.

동굴을 출발할 때 하카리야 긴지로가 벌꿀을 달여 만든 사탕을 싸 주었다. 북부 2조에서는 산에 들어가는 사람의 필수품이자 귀중품이라고 했다. 달고 소금기도 약간 있다. 그것을 빨아 먹자 엔슈의 얼굴도 생기를 조금 되찾았다. 나오야도 마찬가지일 것이다.

"오다이님과 저는 '삿갓 납품' 때문에 요새에 들어갔던 겁니다."

엔슈가 그제야 생각났다는 듯이 불쑥 말했다.

"나카무라의 촌장님과 함께,"

갑자기 사탕이 목에 걸리기라도 한 듯이 목멘 소리를 내더니 손으로 눈을 가렸다.

"미, 미안합니다."

야지가 화가의 등을 두드려 주었다. "이제 조금만 더 고생하면 도착이야. 각반을 다시 조여."

화가가 고개를 끄덕였다. "그래요. 그 일은 나중에 생각합시다."

화가의 눈시울이 빨갛다. 팽팽하던 감정이 느슨해지기 무섭게 눈물이 나온 것이다. 이 정체 모를 남자한테도 이런 구석이 있나.

야지가 아카네의 손을 잡고 재촉했다. "지금부터는 나한테 업혀."

"……아뇨, 걸을 수 있어요."

힘없이 사양했지만 역시 얼마 걷지 못한 뒤 무리임을 알았다.

"야지, 내가 업지."

나오야가 그렇게 제안하자 엔슈가 조금 두려워하는 눈빛을 띠었다가, 제 풀에 부끄러운지 이내 고개를 숙였다. 나오야는 잠자코 아카네를 업었다. 아카네는 나오야의 등에서 축 늘어졌다.

걷고 또 걸었다. 해가 서서히 기울었지만 나오야는 시간의 흐름을 느낄 수 없었다. 허수아비처럼 무표정하게 마냥 걸었다.

그리고—.

"아, 오신다! 촌장님! 고비나타 님이 오셔요!"

도착한 것이다. 망을 보던 동네 처녀의 씩씩한 목소리에 제정신을 차렸다. 현기증이 날 만큼 피로가 몰려왔다.

아무튼 지옥은 겨우 벗어난 셈이다.

"허어…… 큰일 날 뻔하셨군요."

하카리야 긴지로가 어깨를 떨어뜨리고 눈을 꿈쩍거리며 중얼거렸다.

"용케 무사히 돌아오셨습니다, 고비나타 님."

다시 동굴 속. 촛농이 덕지덕지 붙은 굵은 초의 불빛이 나오야와 긴지로의 얼굴을 비추고 있었다.

주민들에게 엔슈와 아카네를 돌봐 달라고 부탁했다. 기진맥진한 엔슈는 조용한 동굴에 자리 잡은 뒤 주민들의 친절한 시중을 접하자 그제야 안심했는지 무너지듯이 잠에 빠져들었다. 아카네도 인사불성 상태였다. 도망칠 염려는 없었다.

음식을 주었지만 나오야는 따뜻한 물밖에 넘기지 못했다. 야지는 그다지 지친 기색도 없이 식사를 마친 뒤,

"망을 봐야지" 하고 말하며 동굴 어디론가 사라졌다.

나오야는 긴지로와 마주 앉았다. 관저시로 내려가다가 다카바

진고로를 만나서 도와준 일, 사부로지의 죽음, 현재 관저시 출입이 봉쇄되었다는 것, 북부 2조의 산으로 되돌아와 번경을 넘어 나가쓰노의 요새까지 갔다가 목격한 것들. 나오야는 해야 할 이야기는 다 했지만 몸은 지칠 대로 지쳤다. 긴지로가 번번이 어깨를 쓸어 주며 위로했다. 이제 됐으니 좀 쉬세요, 누우세요, 하고 권해도 나오야는 여전히 긴장을 늦출 수 없었다.

"요새에 니다니무라 사람이 잡혀 있는지 어떤지는 알아내지 못했습니다. 발견했다고 해도 살릴 수 없었을 겁니다. 우두마두들까지 잡아먹히는 판이었으니까. 놈들의 소굴도 다 불타 버렸지요."

"그 요새가 말입니까……."

괴물에게 파괴되어 허망하게 잿더미로 변했다. 우두마두의 무서운 인간사냥을 여러 번 겪으며 그들의 힘 앞에서 무력감을 곱씹었던 긴지로인만큼 얼른 믿지 못하는 것도 무리가 아니었다.

곰곰이 생각해 보면 우스꽝스러운 이야기였다. 괴물의 짓이 아니라 돌개바람이나 눈사태 같은 자연재해로 일어난 일이었다면 하카리야는 오히려 쾌재를 불렀을 것이다. 우두마두가 전멸했단다! 주민들은 얼씨구나 좋다 하며 손뼉을 치고 잔치판을 벌였을지도 모른다.

하지만 우두마두들이 괴물을 죽였다면, 당장의 재앙은 사라졌어도 우두마두에 대한 주민들의 공포는 더 깊어졌을 것이다. 우르르 달려들어 그런 짐승을 죽일 수 있다면 괴물보다 더 무서운 존재가 아닐 수 없다.

어느 쪽이 더 좋을까? 어느 쪽을 원해야 했을까? 아니, 조금이라도 더 나은 것은 어느 쪽일까?

하지만 확실한 낭보도 하나 있었다. 나오야는 목소리에 힘을 주었다. "괴물은 요새 동쪽으로 갔습니다. 그쪽에 마을이 있다고 합디다. 그쪽 주민들 냄새를 맡고 갔다면 당분간은 이쪽으로 오지 않을 거예요."

그러나 긴지로의 표정은 어둡게 가라앉았다. 그는 목소리를 낮추어 가만히 말했다.

"관저에서 번사님들이 우리를 구조하러 와 주시지는 않겠지요?"

나오야는 눈을 끔뻑거렸다. 아아, 긴지로는 그걸 걱정하고 있었던 것인가.

"관저시 봉쇄도 잠깐이면 풀릴 겁니다. 그렇게 낙담할 거 없어요, 촌장. 마음 단단히 가집시다."

긴지로는 천천히 고개를 끄덕였다.

"관저시 출입이 봉쇄되긴 했지만 다카바 님을 쫓아 버린 번사는 상부 명령을 곧이곧대로 따를 줄 밖에 모르는 멍청이입니다. 다카바 님이 기운을 차리고 이오리 선생님을 통해서 상부에 보고하시면 상황은 틀림없이 달라질 거예요."

"하지만 버금도련님이 돌아가셨으니 예사로운 상황이 아닙니다. 우리 마을 따위, 관저 분들이 신경이나 써 주실지……."

관저마님의 장자 사부로지를 주민들은 '버금도련님'이라 불렀다. 번주 후계자는 아니지만 그에 버금가는 존귀한 아드님이라는 의미가 담겼을 것이다.

"물론 사부로지 님의 타계는 비상한 사태지요. 하지만 지금 우리가 그 일에 신경을 써 봤자 아무 소용이 없어요."

문제는 관저에서 번사 부대를 파견해 줄 때까지 이 동굴에 머물 것이냐, 괴물이 동쪽으로 가 있는 동안 서쪽으로 도망쳐 나머지 세 마을의 주민과 합류해서 번사 부대를 기다릴 것이냐, 였다.

"다친 사람을 버리고 갈 수는 없습니다. 우리는 여기 있어야 합니다."

"그러나 서쪽으로 도망치려면 지금이 기회입니다. 여기에 머물면 조만간 식량을 조달하기도 힘들어질 텐데."

나오야와 야지가 찾아온 탓에 식량 사정이 더 부담스러워졌을 것이다.

"서쪽으로 갑시다. 나머지 세 마을 중 가장 서쪽에 있는 건 어느 마을입니까?"

"다니가와무라입니다."

"그럼 그곳으로 갑시다. 내가 주민들을 설득하고 부상자를 옮길 방법을 마련해서 전원 이끌고 갈 테니까."

하카리야 긴지로가 다독이는 듯한 눈빛을 보냈다. "고비나타 님은 산번 무사가 아니시지 않습니까. 서쪽으로 가는 길은 험하고 힘듭니다."

모처럼 굳게 마음먹고 말했는데 하카리야가 거기에 찬물을 끼얹는 말을 하자 나오야는 울컥했다. 산골 촌장 따위한테까지 무시당한단 말인가.

"쓸데없는 걱정 마라! 나도 고야마 주민을 지키는 무사다!"

"고야마 주민만 지켜 주시나요?"

차가운 여인의 목소리가 울렸다. 놀라서 돌아보니 아카네가 망을 보는 야지를 밀어내다시피 한 뒤 무릎을 꿇고 있었다. 마을 아낙에게 빌렸는지 작업복을 입었다. 자세는 공손했으나 표정은 차갑고 목소리에는 힘이 있어, 마치 나오야를 힐난하고 있는 것 같았다.

"이봐, 야지."

망을 본다더니 어떻게 된 거냐고 나오야가 질타하기 전에 야지는 얇은 입술이 일그러지도록 입을 꾹 다물고 미간을 꿈틀 움직이더니, '나는 모르는 일'이라는 듯한 표정을 지었다. 저자는 대체 누구 편인가.

어디서부터 이야기를 들었을까. 사부로지 님의 죽음을 나가쓰노 사람에게 알려서 좋을 게 없다.

"치료해 주신 덕분에 발목 통증이 많이 가셨습니다."

아카네는 먼저 긴지로에게 고개를 숙였다.

"진심으로 감사드립니다. 하지만 저는 여기 있을 수 없습니다. 당장이라도 마을로 돌아가고 싶습니다. 부디 돌려보내 주십시오. 부탁드립니다."

아카네는 긴지로만 바라보며 정중한 말투로 청했다. 나오야는 당황했다.

"하카리야, 이분은—,"

"저는 나가쓰노 사람입니다."

아카네가 고개를 들고 제 입으로 간결하게 말했다.

"요새 근처의 나카무라에 삽니다. 방금 고비나타 님께서 괴물이 향하고 있는 중일 거라 말씀하신 곳은 바로 제가 사는 마을입니다."

날카롭게 비난하는 말투였다. 왜 비난하는 투인지는 나오야도 잘 알았다.

"고비나타 님은 아마 나가쓰노 사람들은 얼마든지 괴물의 먹이가 되어도 상관없다고 생각하시는 듯하지만."

"그런 뜻으로 한 말이 아닙니다."

"그럼 어떤 뜻이었습니까?"

아카네는 덤벼들 듯이 나오야를 쳐다보며 항변했다. 그러나 가까이 다가온 그녀의 눈동자에는 희미하게 눈물이 어려 있었다.

"나가쓰노 사람도 사람입니다."

앵돌아져 있던 나오야의 마음속 무언가가 문득 풀렸다.

"미안합니다."

저도 모르게 그 말이 새어 나왔다. 더는 말이 나오지 않았다.

"괴물이 나카무라를 습격하면 저와 친하게 지내던 사람들이 먹이가 되고 맙니다. 그 사람들이 걱정돼서 못 견디게 답답합니다."

아카네의 목소리는 떨리고 있었다.

"고비나타 님, 폐허로 변한 요새에서 그러셨지요. 괴물을 쓰러뜨릴 방법이 없다고 절망하는 저에게 그래도 쓰러뜨려야 한다고."

나오야는 분명히 그렇게 말했다.

"당신들이 적으로 증오하는 나가쓰노 번사들도 똑같은 마음가짐으로 괴물에 맞서는 겁니다. 주민을 보호하기 위해, 나가쓰노 땅을 지키기 위해, 무사의 긍지를 지키고 소임을 다하기 위해. 최소한 그 점은 인정하면서 생각해 주실 수는 없습니까?"

나오야는 귓불이 뜨거워지는 것을 느꼈다. 그 말로 아카네를 다독일 때 자신이 어떤 얼굴을 하고 있었을지 생각하니 더욱 부끄러웠다.

나는 산을 모른다. 얼마나 무서운지, 얼마나 험준한지도 알지 못한다. 나가쓰노 우두마두들의 소행을 증오해도, 영토를 침범당해 분노에 불타도, 그들과 직접 칼을 맞댄 적이 없고 납치된 주민을 되찾기 위해 굴욕을 참으며 교섭하고 머리를 숙인 적이 없다. 전부 산번 번사들에게 맡겼다.

모든 것을 머리로만 이해했을 뿐이다. 머리로 분노하고 머리로 증오했다.

'나는 긴고가 될 수 없다.'

수치심으로 몸이 타 버릴 것 같았다. 아카네의 얼굴을 차마 보지 못하고 고개를 떨어뜨렸다.

"나가쓰노에서 오신 아카네 님."

긴지로가 온화한 목소리로 끼어들었다.

"저는 여기 고야마 번 북부 2조 마을을 관리하는 촌장 하카리야 긴지로라고 합니다. 주제넘게 말씀드리는 걸 용서하십시오."

아카네는 작업복 소매로 눈물을 훔쳤다. "예."

"아카네 님 심정은 저희도 충분히 짐작합니다만, 그래도 지금 혼자 산에 들어가 마을로 돌아가신다 해도 괴물을 쓰러뜨리는 데 보탬이 될 수 없을뿐더러 공연히 목숨만 위태로워질 뿐입니다."

"하지만, 하지만……."

"아카네 님은 그 괴물이 뱀처럼 땅을 미끄러지며 달리는 것을 보셨습니까? 그런 속도로 산을 달리면 사람 발로는 도저히 따라갈 수 없습니다. 그러니 아카네 님은 상한 몸을 쉬시면서 저희와 함께 여기에 피해 계시는 게 좋겠습니다."

긴지로의 말을 들으며 아카네는 고개를 저었다. 눈물을 훔친 눈꼬리가 빨갛다.

"그래도, 저는, 최대한 빨리 나가쓰노로 돌아가야 합니다."

한시도 미룰 수 없다고 말한다.

"미안합니다. 제가 생각이 짧았습니다. 요새 옆 묵은 우물에서 구조될 때 엉금엉금 기어서라도 여러분 곁을 떠나야 했어요. 저는 고야마로 넘어오면 안 되는 거였어요."

"그러나 아카네 님은 발을 다쳐서 걸으실 수 없었습니다."

"네, 그러니까 차라리 그 자리에서 자해라도 해야 했습니다!"

비통하게 토로한다. 더는 참을 수 없는지 눈물이 잇달아 볼을 타고 흘러내린다. 나오야는 긴지로와 얼굴을 마주 보았다. 이렇게까지 말할 줄이야—.

"아카네 님, 당신은 어떤 분입니까?"

목숨을 잃는 한이 있더라도 고야마에 발을 들여놓아서는 안 되는 거였다고 말하는 나가쓰노 사람. 나카무라라는 산촌에서 단지 '오다이님'이라는 존칭으로 불리고 있는 사람이라면 이토록 강하게 후회하지는 않을 테다. 아카네의 신분은 훨씬 높은 것이다.

아카네가 고개를 들자 눈물에 젖은 볼이 짤막한 초의 불빛을 받아 반짝였다.

"저는 나가쓰노 번주 류자키 다카모치 님의 근위대 수석, 소야 단조의 누이동생입니다."

우두마두를 총괄하며 잔인한 인간사냥을 지휘해 온 지옥 옥졸의 우두머리가 오라버니란다.

이 말에 나오야도 할 말을 잃었다. 긴지로는 목구멍에서 딸꾹질 비슷한 소리를 내며 두 눈을 휘둥그레 뜨고 있을 뿐이었다.

눈물에 젖은 볼을 훔치지도 않고 아카네는 얼른 입을 열었다. '삿갓 납품'을 위해 나카무라의 촌장과 함께 요새를 방문했다는 것. 아카네 일행이 돌아오지 않아 지금쯤 나카무라에서도 소동이 일어났으리라는 것.

"나카무라가 이 이변을 성시로 보고하면 오라버니는 필시 번사들을 파견해서—아니, 손수 앞장서서 번경으로 달려올 겁니다."

그곳에서 괴물과 싸울지, 싸운다면 쓰러뜨릴 수 있을지, 아니면 희생자만 내고 끝날지, 아무것도 알 수가 없다. 다만 한 가지 분명한 것은.

"오라버니는 저를 찾아내기 전에는 포기하지 않아요. 포기하기는커녕 저를 찾는다는 것을 정정당당한 구실로 내세워,"

아카네의 말허리를 자르며 나오야가 말했다. "군대를 이끌고 당당하게 고야마로 넘어올 거라는 말이군요."

아카네는 고개를 끄덕였다. 세 사람 사이에 동굴의 암벽보다 단단하고 차가운 침묵이 드리웠다. 침묵에 짓눌려 호흡이 멎을 것 같았다.

"저는 오라버니를 지지하지 않습니다."

아카네는 작은 목소리로, 그러나 호소하듯 간절하게 얘기했다. "그래서 쓰노사키 성시를 떠나 일개 주민으로 나카무라에서 살아왔습니다. 고야마 분들에게는 변명처럼 들리겠지만 저도 나름대로 오라버니의 잘못된 정책에 분노하고 있었습니다."

그런데 이 무슨 어이없는 상황인가. 아카네는 양손으로 얼굴을 감쌌다.

"나 같은 건 요새에서 괴물한테 잡아먹혔어야 하는데."

나오야는 잔뜩 긴장한 채 어색하게 앉아 생각에 잠겨 있었다. 아니, 생각하고 있다고 여기지만, 머릿속에서는 상념만 어지럽게 맴돌고 있다. 곁에 있는 긴지로는 여전히 눈을 휘둥그레 뜨고, 온몸으로 고뇌하는 아카네를 쳐다보고 있었다.

아카네의 뒤쪽에서 야지의 목소리가 날아왔다.

"구실이라면 괴물만으로도 충분해."

세 사람은 흠칫 놀랐다.

"괴물 퇴치 하나만으로도 나가쓰노 군대가 번경을 넘을 이유가 돼."

야지는 이쪽으로 돌아서서 둥글게 웅크린 아카네의 뒷모습을 물끄러미 노려보고 있었다.

"그러니까 당신은 죽지 않고 고야마로 넘어오길 잘한 거야. 고야마는 당신을 살려 준 것을 내세워 나가쓰노와 거래할 수 있어."

어? 하고 생각했다. 야지 말이 맞지 않은가. 나오야는 여전히 붕 떠 있던 머릿속을 다스리려고 제 이마를 세게 쳤다.

"바로 그거야! 네 말이 맞다, 야지! 오, 너야말로 대체 어떻게 생겨먹은 놈이냐. 시노 어르신이 너를 이렇게 키우느라 정말 심혈을 기울이신 모양이구나."

참으로 훌륭한 '지네' 아닌가. 다리만 백 개 달린 게 아니다. 지혜와 힘도 백 인분을 갖췄다.

이오리 선생 말처럼 확고한 화친 따위는 바랄 수도 없다. 하지만 거래라면 가능하다. 아카네가 있으면 소야 단조를 움직일 수 있다. 길이 보인다.

"그렇다면 차라리 우리가 먼저 제안해 볼까. 괴물을 쓰러뜨리기 위해 손 잡고 싸우자고. 그것을 위해서라도 아카네 님은 우리와 함께 계시는 게 좋아."

"나가쓰노 무사에게 매달리자는 겁니까?"

긴지로가 낮은 목소리로 말했다. 휘둥그레 뜬 눈이 한 곳만을 응시하고 있다.

"미안합니다, 하카리야. 지금까지 당신들이 우두마두들에게 얼마나 당해 왔는지는 잘 압니다. 하지만 지금은—,"

"아뇨, 아닙니다요."

긴지로는 고개를 저었다.

"상관없습니다. 관저에서도 우리 고야마 북부 2조 주민들을 저버렸잖아요."

"저, 저버린 건 아닙니다. 다만 사정이 사정인지라 반카타도 행동에 나서지 못하고 있을 뿐이지요."

"다카바 님이 목숨을 걸고 산을 내려가셨는데도 귀를 기울여 주지 않았다지 않습니까."

"그거야 문지기 번사들이 어리석은 탓에."

"그 전에도 우리가 나가쓰노 측의 잔인한 인간사냥을 목이 쉬도록 호소했지만 관저 나리들은 들어주시지 않았습니다. 몇 명 안 되는 산번 번사님들이 신경을 써 주셨지요."

하카리야 긴지로의 목소리에는 그동안 참고 참아 온 자들의 원한의 울림이 담겨 있어서, 나오야도 더는 대꾸할 수 없었다. 관저와 관저시 생활밖에 모르는 나오야에게는 뺨을 치는 듯한 뼈아픈 말이었다.

"고비나타 님, 나리만 해도,"

긴지로는 나오야에게 몸을 돌렸다.

"반카타의 시노 님에게서 직접 명을 받고 북부 2조로 왔다고 하셨지만, 저희는 그런 엉뚱한 일은 들어 본 적이 없습니다. 나리는 번사도 아니시고 시노 님의 측근처럼 보이시지도 않거든요."

기가 죽은 나오야에게 긴지로는 내처 말했다.

"더 캐묻지는 않겠습니다. 하지만 고비나타 님 한 분을 보내 주신다고 무슨 수가 나는 것도 아닌데."

나오야는 주눅이 들어 입술을 깨물었다. 무슨 생각을 하는지 야지가 눈을 가늘게 뜨고 있다.

"산번 번사님들도 괴물과 싸우다 그렇게 돌아가셨는데, 관저 나리들은 관저시에 틀어박혀 나 몰라라 하고 계시니, 우리만 죽어나는 거죠."

담담하지만 가차 없는 말이 이어졌다.

"우리가 할 줄 아는 것은 산림 개척밖에 없습니다. 무력합니다. 이 위기에서 구해 주기만 한다면 누구한테라도 매달릴 겁니다."

하카리야 긴지로는 고쳐 앉고 두 손으로 바닥을 짚은 뒤 아카네에게 머리를 깊이 숙였다.

"부탁드립니다, 아카네 님. 오라버님께 말씀 좀 잘해 주십시오. 저희를 구해 주십시오."

나오야는 크게 놀라며 깨달았다. 아까 긴지로가 눈을 크게 뜨고 멍하니 있었던 것은 방심해서가 아니었다. 낙담해서도 아니었다. 고민하고, 확인하고, 체념하느라 그랬던 것이다. 북부 2조의 위기를 방치하는 관저 나리들을.

"긴이치, 긴이치."

여자가 누군가를 부르는 소리가 들렸다. 이어서 머릿수건을 두른 수척한 여인이 출입구를 지키는 야지의 몸을 양손으로 밀어내다시피 하며 이쪽으로 고개를 들이밀었다.

"누이, 이게 무슨 짓이야!"

긴지로가 꾸짖었다. 여인은 하카리야의 가족 같았다. 긴이치는 가족 사이에서만 통하는 이름일 것이다.

"볼일이 있으니까 불렀지. 나리, 마님, 용서해 주세요. 어허, 이 사람 뭐야, 왜 붙잡아!"

여인은 밀어내려고 하는 야지를 향해 입을 씰룩이며 드세게 안으로 들어왔다.

"용서하세요, 마님. 저는 하카리야 긴지로의 누이 오몬이라고 합니다."

오몬은 몸을 움츠리며 고개를 숙이고 나서 눈물에 젖은 아카네의 얼굴을 올려다보았다. 아카네는 움찔했지만 헝클어진 머리칼을 매만지며 여인에게 말했다.

"저는 마님이 아닙니다. 그냥 아카네라고 불러 주세요."

"예, 아카네, 님."

오몬은 외우려는 것처럼 이름을 천천히 중얼거리더니 아카네에게 바짝 다가갔다.

"이름이 귀에 익어요! 게다가 얼굴도—쏙 빼셨잖아요."

"이런, 누이. 무슨 소리야?"

"잠자코 있어! 넌 몰라, 긴이치."

"제가 누굴 닮았다는 거죠?"

아카네의 물음에는 대답하지 않은 채 오몬은 양손으로 아카네의 손을 가만히 잡으며 물었다.

"아카네 님, 나이가 어떻게 되세요?"

"서른여덟입니다."

오몬은 아카네의 손을 쓸어 주면서 고개를 끄덕인 다음 또 물었다. "오라버니가, 계시지 않나요? 쌍둥이 오라버니가."

이 물음에 놀란 사람은 아카네만이 아니었다. 이건 또 무슨 엉뚱한 말인가.

아카네가 대답했다. "아, 예. 저와 오라버니는 쌍둥이랍니다."

그러자 오몬은 별안간 눈물을 뚝뚝 흘리기 시작했다. 아카네의 손을 끌어올려 제 이마에 문질렀다. "역시 내가 잘못 본 게 아니구먼. 마님이 바로 그 아카네 님이었어. 아아, 고야마에 잘 돌아오셨습니다."

야지조차 눈만 끔뻑거릴 뿐 어느 누구도 말을 하지 못했다.

"제, 제가, 고야마에 돌아왔다고요?"

그렇게 묻는 아카네의 눈동자가 크게 흔들렸다.

"예. 기억 안 나세요? 하긴 아카네 님이나 이치노스케 님이나 어렸으니까."

이번에는 아카네가 그 자리에서 펄쩍 뛰어오를 것처럼 경악했다. “이, 이치노스케? 그 이름을 어떻게 아세요?”

그러고는 나오야와 긴지로에게 말했다. “이치노스케는 오라버니의 어릴 적 이름이에요!”

“누이, 좀 침착해. 찬찬히 얘기해 봐. 대체 무슨 소리야?”

긴지로가 누이를 달래며 일동을 둘러보았다.

“누이는 하카리야의 맏딸로, 저보다 여덟 살이 많은데, 소싯적 얘기를 하는 것 같군요.”

“그래요.” 오몬은 아카네의 손을 꼭 쥐었다. “아카네 님은 오라버니와 함께 갓난아기 때부터 세 살 때까지 고야마 북부 2조의 묘코지 절에서 자라셨어요.”

경악스러운 이야기였다. 그런데 ‘묘코지’라는 절은 나오야도 들은 적이 있다. 야지를 발견하고 키워 주었다는 절 아닌가. 당사자 야지도 양 눈썹을 번쩍 치켜세우고 달려들 것처럼 오몬을 쳐다보고 있다.

“처음 그 절에 오셨을 때는, 두 분의 어머님도 함께 오셨지요. 우리 어머니가 시중을 들었고요. 저도 어머니를 따라 묘코지에 갔으니까, 다 기억납니다.”

“하, 하, 하카리야는,”

긴지로가 말을 더듬으며 얘기했다. “북부 2조에서 산림 개척이 시작되기 전에는 이곳 나무꾼들의 우두머리였습니다. 깊은 산속 절에도 드나들며 주지 스님과 가깝게 지냈다고 합니다.”

오몬은 동생 긴지로가 모르는 과거를 이야기하고 있었다.

"제가…… 고야마 태생이고…… 어머니와 오라버니와 함께 이 산골에서 살았다는……."

아카네가 넋 나간 얼굴로 중얼거렸다. 오몬은 고개를 크게 끄덕였다.

"아카네 님은 어머님을 쏙 빼셨어요. 얼굴을 보고 금방 알았으니까요."

아카네의 얼굴과 이름에 오몬은 두근거리는 가슴을 어쩌지 못하고 이곳으로 뛰어들어 왔을 것이다.

"오몬 씨…… 저는…… 어머니는? 어머니는 왜? 오라버니나 저나 부모님 얼굴을 기억하지 못합니다."

오몬은 목소리를 낮췄다. "아카네 님의 어머님께서는, 묘코지에서 돌아가셨어요."

어머니는 돌아가셨구나. 아카네는 몸서리를 쳤다.

"말씀해 주세요, 오몬 씨. 어머니와 오라버니와 저는 왜 묘코지에 있었던 거죠?"

오몬은 곤혹스러워하는 얼굴로 고개를 저었다. "저도 어렸으니까 잘 모릅니다. 두 분의 아버님도 뵌 적이 없어요. 어머님이 돌아가시자 두 분은 절을 떠나 다른 곳으로 가게 되셨는데, 제가 따라가며 울고불고 해서 스님께 호되게 꾸지람을 들었지요. 이제 그분들은 돌아오지 않는다, 깨끗이 잊어라. 정말 냉정하게 말씀하셨어요."

하지만 이렇게 돌아오셨군요. 오몬은 다시 눈물을 뚝뚝 흘리며 아카네의 손을 잡았다.

"아아, 반갑습니다. 보고 싶었어요."

아카네는 오몬의 손을 가만히 마주 잡아 준 다음 작심한 얼굴로 긴지로를 보았다. "묘코지라는 절은 여기서 먼가요?"

"니다니무라에서 북쪽으로 더 올라가야 합니다."

"멀지 않아." 야지가 불쑥 말했다. 나오야는 야지의 눈에 전에 없는 빛이 깃든 것처럼 느껴졌다. 수수께끼의 열쇠를 쥔 묘코지는 야지에게도 인연이 깊은 곳이다.

"저를 데려가 주세요. 더 자세한 기억을 떠올릴지도 몰라요."

"하지만 아카네 님."

그렇게 끼어드는 나오야에게 아카네가 예리한 시선을 던졌다. "오라버니가 쓰노사키 성시에서 번경을 향해 출동하려면 아직 시간이 있어요. 그 전에 오몬 씨의 이야기를 확인해 두면—."

사정은 일변할 수 있다. 무예를 인정받아 나가쓰노에서 소소한 녹봉을 받다가 지략을 발휘해 번주의 측근으로까지 출세한 외지인, 근본 없는 '개 무사'라고 취급받는 소야 단조, 고야마를 어지럽히는 가증스러운 우두마두의 지휘관이 알고 보니 고야마 사람이었다고 한다면.

"오라버니가 자기 출신을 정확히 알고 마음이 달라진다면 나가쓰노와 고야마는 힘을 합칠 수도 있어요. 그렇게 되면 그 괴물을 해치우는 게 가능할지도 몰라요. 꼭 과거를 확인해서 제가 직접 오라버니를 설득해야 합니다!"

2

북부 2조에서 나고 자란 미노키치는 말이라는 동물과 그다지 친숙하지 않다.

하지만 이마에 꽃처럼 난 흰 털을 보고 ‘하나‘하나’는 꽃이라는 뜻’라는 이름을 지어 준 이 말은 각별했다. 촌장 모자에몬을 등에 태운 하나는 덩굴을 끊어서 고삐로 삼은 미노키치를 얌전히 따랐을 뿐 아니라 미노키치가 산길을 헤맬 뻔했을 때에는 앞장서서 길을 열어 주었다.

합숙소 지붕이 보이는 곳까지 다다르자 미노키치는 큰 소리로 오센과 영감을 불렀다. 거의 울부짖는 목소리로 둘을 부르며 하나를 끌고 동네 뒷산을 뛰어내려 갔다.

가스케는 나카무라에 무사히 도착했고 사건도 이미 전해졌다. 뛰어나와 미노키치를 맞아 준 오센은, 하나와 그 등에 실신한 채 실려 있는 촌장의 모습에 눈알이 튀어나올 것처럼 놀라며 새된 목소리로 외쳤다.

“미노키치, 너, 살아 있었구나! 촌장님은 왜 이래? 돌아가신 거야? 소에이 님은? 아, 가스케는 촌장님 댁에 있어. 영감님, 영감님! 미노키치가 돌아왔어요!”

통메장이 집안인 나가하시 가에서는 이미 괴물에 대비하여 대대적으로 준비를 마친 상태였다.

아무도 본 적 없고 들어본 적도 없는 식인 괴물 이야기. 가스케

혼자 그렇게 말했을 뿐이라면 무시해 버렸을지 모르지만,

"소에이 님께서 전하랍니다. 괴물에 대비해서 마을을 단단히 지키고 있으래요."

이 말은 통했다. 촌장의 후계자 다이치로는 소에이에게 큰 신세를 진 적이 있다. 다이치로는 소에이의 됨됨이를 알고 그를 '선생님'이라 불렀다.

"선생님이 그리 말씀하셨다면 괜한 말이 아니다."

그래도 반신반의하는 주민들을 재촉하고 있을 때 미노키치가 모자에몬을 말에 태우고 돌아온 것이다. 미노키치의 체험이 가스케의 전언에 힘을 실어 주었고, 마을에서 목격한 연기가 불탄 요새에서 나온 연기였음을 사람들이 납득하자, 그때부터 정말로 다급하게 대비에 착수했다. 덕분에 미노키치는, 다이치로가 지휘를 마치고 나서 여전히 깊은 잠에 빠진 조부 모자에몬의 베갯맡에 앉을 때까지 아무런 심문도 받지 않았다.

생약에 해박한 오센의 아버지가 모자에몬의 상처를 처치했다. 그 역시 반신반의하는 사람들 가운데 하나였지만, 미노키치가 괴물이 뱉어 낸 신물에 사람의 살이 녹고, 또 괴물이 자기 배 속에서 녹고 있던 것을 꾸역꾸역 토해 놓더라고 이야기하자 속이 미식거리는 듯 신음을 토했다.

"그러니까 뱀 같은 놈이구나."

"예. 배가 뚱뚱한 뱀 같았어요."

"그럼, 독은 있더냐?"

사람들 몸에 독이 퍼지는 광경은 보지 못했다. 괴물에게 물린 사람들은 찢기거나 멀리 날아가거나 목구멍 속으로 삼켜졌다. 하지만 상대는 그 괴물이다. 뭐가 더 있을지 알 수 없다.

"해독제를 준비해야겠군."

오센의 아버지가 바쁘게 자리를 뜬 뒤, 다이치로는 잠든 모자에몬을 가운데 두고 미노키치와 단둘이 남게 되자 새삼 물었다. 너는 어디 사는 애니? 미노키치는 사실대로 말했다.

"그래?" 다이치로는 조부의 상처투성이 얼굴을 바라보았다. "오다이님이 모든 걸 알면서도 너를 숨겨 주셨단 말이지?"

"오센 누나가…… 내가 가지고 있던 수건의 문장을 보고."

하카리야의 문장이라고 하자 다이치로는 고개를 끄덕였다. "저울과 저울추, 절굿공이는 고야마 쪽 촌장 가문의 표식이야. 우리는 저쪽 촌장의 표식을 사용하지 않아. 덕분에 그게 고야마 쪽 표식이라는 걸 다들 알고 있지."

미노키치는 처음으로 합숙소 사람들 외에 다른 나카무라 사람을 만났다. 아랫볼이 통통한 다이치로의 얼굴은 상냥해 보였고 목소리도 부드러웠다. 눈매가 모자에몬을 많이 닮았다.

그 눈이 깜빡이다가 미노키치가 허리끈에 매단 지네 짚공예품에 머물렀다.

"이 뱀 퇴치 부적은 누가 준 거지?"

미노키치는 당황해서 부적을 손에 꼭 쥐고 감추었다. 다이치로가 웃으며 말했다.

"꾸짖으려는 게 아니야. 그런 얼굴 할 것 없다. 너는 우리 할아버지를 살려 준 은인이야."

나가하시 모자에몬은 입을 절반쯤 벌린 채 잠들어 있었다. 안색은 백랍처럼 하얗다.

"하나가, 옮겨 주었거든요."

"아, 그 말 말이냐? 나이가 꽤 들어 보이던데, 좋은 말이구나."

그렇게 말하더니 다이치로는 흠, 하고 고개를 갸웃거렸다.

"허나, 참 묘하지. 그렇게 거대한 괴물이 습격했으면 냄새나 소리만으로도 무서웠을 텐데."

"네, 마구간 말들은 괴물이 나타나자 모두 도망쳐 버렸어요. 하지만 하나만은."

"오히려 괴물이 하나 앞에서 내뺐단 말이지? 이상한 일이군."

미노키치도 그렇게 생각했다. "게다가 그 괴물은 말을 잡아먹지 않았어요."

만약 말들이 도망치지 않고 마구간에 남아 있었어도 괴물에게 공격받는 일은 없지 않았을까? 생각해 보니 아마도 그랬을 것 같다는 생각이 든다.

"인간만 공격한 건가?"

조부의 잠든 얼굴을 보며 다이치로가 작은 목소리로 물었다. "선생님은, 어떻게 되셨을까?"

그것은 미노키치도 모른다. 모른다고 대답하고 싶었다. 괴물에게 그렇게 얻어맞고 날아갔으니 살아 있기는 힘들 거라고 말하고 싶지는 않았다.

"선생님도 뱀 퇴치 부적을 지니고 계셨나?"

"예, 가스케 형이 만들어 주었으니까요."

"그럼 아마 무사하시겠군." 다이치로는 눈을 가늘게 뜨며 애써 웃음을 지었다. "오다이님을 도와서 같이 돌아오실 거야. 그렇지?"

미노키치는 고개를 끄덕이고 주먹으로 얼굴을 훔쳤다.

"자, 부엌에 가서 뭐든 먹고 와. 하녀들이 밥을 짓고 있을 거다. 너는 나카무라 촌장님을 살려 낸 은인이니까 배터지게 먹어도 돼."

그 말대로 부엌에 가 보니 열심히 일하던 하녀들이 와락 모여들어 미노키치의 시중을 들어 주었다.

하녀들이 이것저것 물었지만 미노키치는 괜한 소리 했다가는 다이치로가 곤란해질지도 모른다고 생각했다. 게다가 배가 부르자 피곤이 몰려와 고개를 들고 있기도 힘들 만큼 졸음이 쏟아졌다. 미노키치는 변소에 가겠다고 일어나 부엌을 빠져나왔다.

산에서 돌아온 뒤 아직 가스케 형의 얼굴도 보지 못했다. 오센 누나와 영감님은 합숙소에 있을 것이다.

하나는 어디 있을까. 합숙소 사람들도 보고 싶지만 지금은 하나가 보고 싶었다. 무거운 다리를 끌고 저택 뒤로 돌아가 보니 마구간에 말 다섯 마리가 묶여 있었다. 가장 앞쪽에 하나가 있다.

작업복 바지에, '나무통 테'가 그려진 한텐을 걸친 남자가 말을 돌보고 있었다. 이 집의 마구간지기일 것이다. 둥글게 묶은 볏짚으로 말을 닦아 준다. 그는 미노키치를 보자 말을 건넸다.

"오, 꼬마, 몸은 좀 어때?"

"아저씨, 나 여기 있어도 돼요?"

"응? 집 안에 들어가 있지 그러냐?"

마구간지기도 미노키치가 촌장을 구조해 공을 세웠다는 사실을 아는 듯했다.

"여기가 좋아요. 하나랑 같이 있고 싶거든요."

"하나? 네가 요새에서 끌고 온 말 말이냐?"

마구간지기는 하나를 턱짓으로 가리켰다. "늙은 말이지만 똑똑하더구나. 그러니까 요새 번사님들도 잘 보살펴 주었겠지."

척 보기만 해도 그 정도는 알 수 있는 모양이다. 그렇다, 하나는 현명하다. 그래서 공연히 괴물을 무서워하지 않았다. 자기가 먼저 나서서 맞서면 괴물이 꼬리를 내린다는 것을 알고 있었는지도 모른다.

"얘야, 여기 말들은 너나 하나를 아직 낯설어할 테니까 발길질을 조심해라."

미노키치는 하나에게 다가가, 발치에 수북이 쌓여 있는 짚더미를 헤치고 그 속에 숨었다. 하나가 머리를 내리고 미노키치의 볼을 날름 핥았다. 마구간지기가 웃었다.

"둘이 벌써 친하구나."

미노키치는 손을 뻗어 하나의 앞다리를 만졌다. 그 온기에 눈물을 쏟을 뻔했다.

하나와 있으면 마음이 놓인다. 하나와 있으면 괴물도 무섭지 않다. 하나는 늙은 말이라고 한다. 하지만 강하고 현명하다. 우리 할배랑 다를 게 없다.

그제야 미노키치는 잠에 빠져들었다.

시끌시끌하다. 말들이 푸릉푸릉 코를 울리고 발굽 소리 부산하게 서성대고 있다.

미노키치는 잠에서 튀쳐나오듯 눈을 번쩍 뜨며 발딱 일어섰다. 마구간지기와 한텐을 걸친 젊은이가 말들을 밖으로 끌어내고 있었다.

"일어났냐, 꼬마? 하나를 끌어내 줄래? 얘네 전부 풍작의 집으로 옮겨야 하니까."

얼마나 잤을까. 머릿속이 멍하고 생각이 자꾸 헝클어진다. 그런 미노키치를 마구간지기가 재촉했다.

"서두르렴. 얘네, 우리 마을의 귀한 재산이야."

"그래 봤자 더 귀한 말들한테 쫓겨나는 거잖아. 이러니저러니 떠들지 마." 젊은이가 마구간지기에게 핀잔을 주었다.

"일어나라, 꼬마야. 얼굴이 왜 그렇게 꾀죄죄해. 행여 그런 꼴로 안에 들어가지 마라. 중대한 일이 생겼으니까."

"괴, 괴물이 왔나요?"

미노키치에게 중대한 일은 그것밖에 없었다. 하지만 마구간지기와 젊은이는 너털웃음을 터뜨렸다. "그런 엉뚱한 게 아니다. 아주 대단한 손님이 오셨단다."

"수석님의 가신들이 타고 온 말을 위해 여기 마구간을 빨리 비우고 청소를 해야 해."

미노키치로서는 영문을 알 수 없는 말이었다. 수석님? 누구지? 가신?

어리둥절해하는 미노키치가 답답했는지 마구간지기가 조급하게 다가와 팔을 붙들어 벌떡 일으켜 세우더니, 몸에 묻은 검불을 털어 주었다.

"촌장님이 다쳐서 누워 계시니 다이치로 님이 얼마나 힘드시겠냐. 우리가 실수하면 안 돼. 자, 서두르자."

마구간지기가 미노키치에게 하나의 고삐를 건넸다. 하나에게 안장은 얹지 않고 재갈만 물려 놓았다.

"처지지 말고 따라오렴."

'풍작의 집'은 마을 남쪽 나지막한 곳에 있는 듯하다. 미노키치는 마구간을 나와 저택 뒤로 빙 돌아 오르막길을 오르다가 별 생각 없이 돌아보았고 그만 깜짝 놀랐다.

촌장 저택 현관에 번쩍번쩍하는 장식이 달린 탈것이 서 있다. 상자처럼 생긴 그것 측면에 달린 발이 둘둘 말려 위로 올라가 있다. 안쪽에 둥근 방석 같은 것이 있고, 두 사람이 앞뒤에서 어깨에 메는 식인지 굵은 막대가 하나 질러져 있다. 그래서 생전 처음 본 저것을 '탈것'이라고 짐작했다.

"저게 뭐죠, 아저씨?"

말들을 끌고 가던 마구간지기는 미노키치의 물음에 왠지 목소리를 죽여 대답했다.

"저건 가마라는 거다. 굉장하지? 이런 동네에 가마라니, 네 눈이 오늘 호강을 하는구나."

기울어 가는 봄 햇살이 가마의 색색가지 장식에 반사되어 눈이 부실 지경이다.

"잘 봐 둬. 그래도 그렇게 빤히 쳐다보면 못써. 허리 숙여. 숙여! 저건 수석님의 부인께서 타신 가마야."

마구간지기는 황공하다는 듯이 목소리를 죽이며 급히 말했다.

수석님 부인. 그 일행이 타고 온 말을 저택 마구간에 쉬게 한다는 말인가.

풍작의 집에는 마구간이 없어 말들을 뒤뜰에 묶어 놓았다. 촌장의 마구간지기는 급하게 말을 돌보면서, 비가 쏟아질 염려가 없어서 다행이라고 했다. 나카무라의 말들을 촌장이 소유하고 있는 것은 아니다. 말 한 마리는 열 사람 치 일을 하는 귀한 일꾼이라고 한다. 그래서 조심해서 다룬다. 수레를 끌게 하더라도 길이 좋은 곳에서만 끌게 한다.

'수석님 부인'인지 누군지가 촌장 저택을 방문한 것은 정말 대단한 일인지 풍작의 집에서도 사람들이 내내 수군거렸다. 반가운 표정으로 흥분하고 있다.

괴물과 마을 방어는 다 잊어버렸나? 미노키치는 합숙소로 돌아가고 싶었다.

말들을 묶어 놓은 곳으로 가 보았지만, 지키는 사람이 있어서 하나를 마음대로 끌고 나갈 수 없었다. 체념하고 혼자 합숙소로 향했다.

합숙소 앞에는 영감이 있었다. 앞뜰 턱의 가장자리에 서서 한 손을 눈 위에 차양처럼 대고 마을을 살펴보고 있다. 미노키치가 부르자 그는 손을 내리고 굽은 몸을 움직여 얼른 다가왔다. 하고 싶은 말이 있는지 이 빠진 입을 우물거렸지만 결국 아무 말도 하지 않고 미노키치의 머리를 쓰다듬어 주었다.

"오, 미노키치!"

오센이 나와 둘 곁으로 다가왔다.

"너, 어디 있었던 거야!"

아까 보았을 때는 울고 있을 여유도 없었던 오센은 이제는 눈물을 뚝뚝 흘리며 마음껏 울기 시작했다. 꽤 오래전부터 울었는지 눈꺼풀이 퉁퉁 부었다. 소에이 님과 아카네 님 때문에 울고 있었구나 하고 생각하니 미노키치도 코 끝이 시큰해졌다.

오늘 아침에 소에이, 가스케와 함께 셋이서 뒷산에 올랐다. 지금은 해 질 녘. 긴 하루였다.

가스케는 산에서 헤어졌을 때와 똑같은 차림이었다. 무엇을 하나 살펴보니, 뒤뜰에 말뚝들을 박은 뒤 새끼줄을 두르고 거기에 쇠붙이들을 잔뜩 걸어 두고 있었다.

"나는 남자들과 함께 교대로 보초를 서러 나가야 하고, 오센도 밥을 짓고 물을 길어 와야 해."

그러므로 영감과 미노키치도 합숙소를 비우고 마을로 옮기는 게 좋겠다고 했다.

"저런 울타리로는 괴물을 못 막아. 그래도 쇠붙이를 전부 모아서 매달아 놓았으니까 괴물이 뒷산에서 내려오면 알 수 있지."

주민들은 마을 한복판에 모여 있는 것이 좋다. 그럴 수만 있다면 모두 촌장 저택에 들어가 있는 것이 좋다고 가스케는 말했다. 합숙소의 세 사람은 이곳에서 경황없이 일을 하느라 '수석님 부인'에 대해서는 모르는 듯했다.

미노키치가 아는 대로 말해 주자 오센과 가스케는 몸을 움찔할 정도로 놀랐다. 하지만 영감은 태연했다.

"순시 나오셨겠지."

웅얼거리는 소리가 겨우 언어로 변했다. 영감은 갈라진 목소리로 나가쓰노 사투리보다 더 느릿느릿하게 말한다.

"순시? 하지만 부인이 오셨다니까요, 영감님."

"마님은 오쿠라님의 따님이시지. 이곳과 인연이 있으셔."

미노키치는 '오쿠라님'이 무엇인지 모르지만 오센과 가스케는 알고 있는 듯했다.

"아, 이곳은 예전에 '오쿠라님'의 산이었으니까."

"그래도 마님만 오시다니, 이상하네."

우느라 퉁퉁 부은 얼굴로 제법 의젓하게 중얼거리던 오센은 곧 깜짝 놀란 표정을 지었다. "영감님! 근데 어떻게 마님에 대해서 잘 아세요?"

영감은 빙글빙글 웃을 뿐이다.

미노키치는 걱정되었다. 풍작의 집에서도 그랬지만, 합숙소 사람들도 귀한 손님이 왔다는 사실에 흥분해서 괴물 걱정은 머리에서 사라져 버린 게 아닐까.

"이럴 때 놈이 쳐들어오면."

가스케는 긴장을 풀지 않고 있었다. "그러게" 하고 대답한다. "그런 일이 일어나면 큰일이니까 더 잘 준비해야지. 근데 미노키치, 마님은 가신들의 호위를 받고 계시겠지?"

"네, 말을 타고 왔어요."

"수석님의 가신이라면 무사 중에서도 빼어난 무사들일 거다. 믿음직스럽네."

"하지만, 우리 말을 믿어 줄까요?"

"촌장님이 깨어나서 다 들려주시면 좋을 텐데."

미노키치와 가스케가 불안한 시선을 나누고 있는데 오센이 문득 얼굴을 번쩍 들었다.

"거기 둘, 세수하고 옷도 갈아입어!"

"왜, 오센?"

"촌장님 댁에 가서 다이치로 님을 도와야지. 괴물을 직접 겪은 너희가 꼭 필요해!"

이 말은 지금 나카무라에 예상치 못한 커다란 위기가 다가오고 있다는 사실을 부인 일행에게 납득시키는 것을 도우라는 의미다.

가스케가 갑자기 당황하기 시작했다. “오센, 그, 그런 말을 어떻게 내가, 마님 앞에서.”

“다이치로 님 이야기만으로 부족할 경우엔 너희가 말씀드려야지. 아무리 얼굴이 못생겼어도 부인 앞에 나서야 해. 어렵다고 망설이다가 끔찍한 일을 겪기 전에 그렇게 하는 게 더 충성스러운 일이야.”

부어오른 눈꺼풀 속 눈에 강렬한 빛이 깃들었다. “오다이님이라면 틀림없이 그렇게 하실 거야.”

“오다이님은 우리랑 신분이 다르셔!”

“가스케, 긴 소리 할 것 없어! 빨리 세수하고 오라니까!”

모두 함께 촌장님 저택으로 가자고! 오센이 그렇게 재촉하자 영감은 빙긋 웃으면서, 입술을 오물거리며 고개를 저었다. “나는 여기 있으마.”

“영감님, 또 왜 이러세요.”

“그래요, 괴물이 오면 어쩌려고요.”

“나는 살 냄새고 뭐고 싹 말라 버린 늙은이야.”

영감은 굽은 허리를 더 구부려 미노키치의 코앞에 얼굴을 들이대며 말했다.

“이젠 산속의 나무나 바위랑 다를 게 없는 몸뚱이야. 짐승의 코도 냄새를 맡지 못할 게다.”

그는 눈가에 한층 깊은 주름을 지으며 생각이 많은 표정으로 눈을 끔뻑였다.

"산에서 내려온 괴물을, 나도 봐야겠어."

미노키치는 영감님의 끔뻑이는 눈매를 보고 하나의 깜빡이는 눈매를 떠올렸다. 어떤 것에도 흔들리지 않는다. 차분하고 따스하다. 하나가 괴물을 두려워하지 않듯이 영감님도 무서워하지 않는다. 그런 느낌이 든다.

근거라고는 그게 전부였지만 미노키치는 완전히 납득하고 말았다. 영감님도 참, 하고 중얼거리는 오센도, 더는 재촉하지 않는 가스케도 똑같이 느낀 듯했다.

합숙소를 떠나는 세 사람의 뒤쪽 산 너머로 빛바랜 핏빛 태양이 지고 있었다.

3

오오타라야마와 오타라야마를 감싼 밤하늘에서는 수많은 별이 빛나고 있었다.

오늘 밤은 눈이 휘둥그레질 정도로 달과 별이 선명하다. 지금까지 본 적이 없는 풍경이다. 피안으로 건너온 것 같네.

그렇게 생각하며 몸을 일으키는데 등이 쑤셨다. 엉덩이도 아프다. 잠자리는 눅눅하고 푹신한데 온몸이 삐걱거리는 것처럼 쑤신다.

살아 있네.

사카키다 소에이는 자신의 질긴 목숨에 말문이 막혔다. 배 속에서부터 웃음이 터져 올라와 크크큭 하고 웃었다.

"깨어나셨군요, 나리."

굵고 갈라진 목소리가 들렸다. 소에이는 똑바로 누워 있었기 때문에 밤하늘은 보였지만 주위는 분간할 수가 없었다.

그때 눈앞에 얼굴 하나가 쓱 나타났다. 푹 삶아 낸 새끼줄 같은 피부를 가진 노인이다.

첫눈에도 그렇게 알아차릴 수 있었던 것은 별빛 덕분만은 아니었다. 노인의 좌우로 큼지막하게 튀어나온 귓바퀴가 뒤쪽의 깜박깜박한 불빛을 받아 빛났다. 횃불이다.

"내가 어떻게 된 거지?"

물어보았다. 말을 하자 뒷목이 쑤셨다.

"글쎄올시다, 저도 직접 보질 못해서. 아마 덤불에 떨어진 덕분에 목숨을 건지신 것 같습니다요."

노인의 목소리도, 주름살투성이 목도 웃고 있었다.

"일어나 보세요."

그렇게 말하기 무섭게 노인은 소에이의 팔을 잡고, 한 손은 등 아래로 밀어 넣어 그를 힘껏 일으켰다. 그 순간 소에이는 허리와 엉덩이가 견딜 수 없을 정도로 아팠지만, 어느새 자리에 앉아 있었다. 겨우내 쌓인 낙엽이 썩어서 고운 흙처럼 보이는 자리에 누워 있었던 것이다.

"노인이 날 구해 주었나? 고맙군."

"저는 아무것도 한 일이 없습니다요. 무사 나리를 발견했을 뿐이지요. 운이 지독하게 좋은 분이시군요."

횃불은 경쾌한 소리를 내며 타고 있다. 이곳은 숲 속의 작은 구덩이 같은 곳으로, 나무뿌리들이 위로 튀어나와 있었다.

소에이는 먼저 손가락을 움직여 보았다. 짚신을 벗었던 건지 아니면 벗겨진 건지 발이 맨발이어서 발가락도 움직여 보았다. 전부 문제없이 움직였다. 그러고는 오른손으로 뒷목을, 왼손으로 허리를 쓸어 보았다. 무릎도 문제없이 움직였다. 내일 아침이면 밝은 태양 아래에서 멍투성이 몸을 보게 되겠지만, 심각한 부상은 아닌 듯했다. 참으로 억세게 운이 좋았다.

"그 끔찍한 식인 괴물이 나리를 내동댕이쳤어요. 그래도 잡아먹히지 않았으니 다행이지요."

노인이 말했다. 그는 작업복 위에 솜을 넣은 조끼를 걸쳤고, 천을 대고 정강이 중간까지 촘촘하게 짜 올린, 희귀한 짚신을 신고 있었다. 노인은 작은 나뭇가지를 꺾어 모닥불에 던져 넣었다. 말투는 담담했다.

"그 괴물 말인가?"

노인은 고개를 끄덕였다. "저희 마을도 당했어요."

아, 그렇구나. "니다니무라 말이군."

노인은 놀란 표정을 지었다. 이쪽을 쳐다보는데, 백발 섞인 긴 눈썹의 오른쪽 가장자리만 성겼다. 묵은 흉터가 있는 탓이다.

평범한 농부는 아닌 것 같다고 생각한 소에이는, 노인이 곁에 있는 한층 굵은 나무뿌리에 기대어 놓은 총을 발견했다. 소에이의 심장이 갑자기 빨리 뛰었다.

"이보게, 노인. 당신, 니다니무라의 포수가 아닌가? 혹시 마을 파수꾼 아닌가?"

노인이 의아한 눈초리로 소에이를 쳐다보았다.

"미노키치라는 손자가 있지 않아? 열 살쯤 된 잽싸고 영리한 꼬마 말이야."

그러자 노인은 너무 놀란 나머지 들고 있던 나뭇가지를 떨어뜨리고 말았다. "나리, 제 손주를 아십니까!"

"음, 알지. 당신은 미노키치의 할아버지로군."

소에이는 니다니무라의 파수꾼인 포수 겐이치에게 미노키치에 대해 들려주었다. 겐이치가 도중에 대나무 수통을 건네주었다.

"그렇다면, 미노키치가 나가쓰노 요새에 있었단 말인가요?"

소에이는 자세를 바로 하려 했지만 여기저기가 쑤셔서 아직은 무리였다. 해서 그 자세 그대로 고개만 숙이고 말했다.

"그래. 내가 데려갔네. 그런데 그 아이를 끝까지 지키지 못하고 혼자 괴물한테 당해서 이 꼴이 된 거야. 뭐라 할 말이 없네."

잠시 모닥불이 탁탁거리는 소리만 들렸다. 소에이가 가만히 눈길을 드니 흔들리는 불길을 쳐다보는 겐이치의 눈이 빛나고 있었다.

"미노키치는 발이 빠르니까, 나리께서 그 식인 괴물과 대치하시는 틈에 잽싸게 도망친 게 틀림없습니다. 그렇게 고개 숙이실 필요 없어요."

"……그런가. 당신도 무사해서 다행이야."

소에이는 손바닥으로 얼굴을 썩썩 쓸었다. 광대뼈 부근이 아프고 마른 피가 들러붙어 있었다.

밤바람이 불어왔다. 이 자리만 쑥 패어 있어서 바람은 머리 위를 달려 지나갔다. 모닥불 연기를 보고 이 자리가 바람그늘에 있다는 것을 알 수 있었다. 북부 2조의 산을 훤히 아는 겐이치를 만난 것은 행운이었다.

"그런데 여기는 어디지?"

"오오타라야마 기슭입니다."

"그렇다면 아직 나가쓰노 쪽인가? 당신은 내내 여기 있었던 거야?"

말없이 고개를 끄덕인 노인은 손을 뻗어 곁에 있는 튼튼해 보이는 자루를 끌어당겼다. 그 속에서 작고 새카만 것을 몇 개 꺼내 소에이에게 내밀었다.

곶감이었다. 깨물어 보니 이가 들어가지 않을 만큼 딱딱하다.

"마을이 습격당한 뒤 한번 돌아가 보았는데, 살아 있는 사람은 한 명도 만나 보지 못했거든요."

"하지만 혼자서는 어쩔 수도 없어. 고야마 관저시에 도움을 청하러 가거나—."

겐이치가 코웃음을 쳤다. "나리, 산에서 사냥해 보신 적 있습니까?"

"없네. 들판에서건 산에서건 사냥이라고는 통."

"그 괴물은 커다랗지만, 딱 한 마리뿐입니다. 혼자 추적하는 게 빠릅니다."

소에이가 눈을 휘둥그레 떴다. "그 괴물을 죽일 작정인가?"

"죽이지 못하면 북부 2조 사람들이 또 잡아먹힐 텐데요. 이미 잡아먹힌 사람들의 원수도 갚아야 하고."

모닥불 불빛을 받은 겐이치의 눈이 이글이글거렸다. 소에이는 사냥꾼의 눈이라고 생각했다.

"하지만 그놈은 무지막지하던데. 요새가 당하는 광경을 보았나? 칼이고 화살이고 총이고 다 소용이 없더군. 긴 혀와 꼬리로 요새를 때려 부수고 갈고리 같은 발톱이 달린 발로 닥치는 대로 짓밟고."

겐이치는 연방 고개를 끄덕이며 들었다. 이미 안다, 나도 이 눈으로 보았다는 뜻이다.

"저도 이곳을 돌아다니며 여러 가지를 보았습니다. 하지만 그놈을 잡으려면 잠자리를 찾아내는 수밖에 없습니다."

괴물의 둥지를 공격하겠다는 걸까?

"그놈은 오오타라야마에서 내려왔어요. 저는 그 산을 오를 겁니다."

확신에 찬 말이었다. 다만 그것이 산을 잘 아는 사냥꾼의 감인지, 아니면 그 이상의 어떤 근거가 있어서 내린 결론인지는 소에이도 알 수 없었다.

"나가쓰노의 무사께서 낭인이시라니, 희한하군요. 직무를 수행하다가 무슨 실수라도 하신 겁니까?"

겐이치가 거리낌 없이 물었다. 소에이는 딱딱한 곶감을 자근자근 깨물다가 그만 웃음을 터뜨리고 말았다.

"나는 나가쓰노 번사도 아니고 그곳 주민도 아니야. 떠돌이일 뿐이지. 어쩌다 보니 오랫동안 식객으로 있다가 이 소동에 휘말려 들었을 뿐이라네."

"그렇습니까?"

밤기운에 등이 시려 소에이는 양손으로 제 몸을 문질렀다. 겐이치가 일어서려고 하다가 낯을 찡그리며 제 허리를 눌렀다.

"나리, 저기에 도롱이가 있습니다. 추우면 그걸 걸치세요."

도롱이를 가져다주려고 했던 건가? 소에이는 천천히 일어섰다.

"나는 사카키다 소에이라고 하네. 그냥 소에이라고 불러, 영감."

"저는 미노키치의 할배입니다."

"그럼 겐 영감이라고 부르지. 겐 영감, 그 허리는 본래 굽었던 건가, 아니면 이번에 다친 건가?"

"마을이 습격당할 때 다쳤습니다."

"그럼 여기 눕게. 내가 좀 봐 주지."

"네? 아뇨, 괜찮습니다요."

"됐으니까 어서 누워."

일단 움직이자 삐걱대던 소에이의 몸도 점차 편해졌다. 겐이치의 몸을 살펴보니 성치 않은 곳은 허리가 아니라 엉덩이였다. 어디서 넘어지거나 굴러떨어지면서 강한 충격을 받았을 것이다.
“약 같은 게 있나?”
“그 자루에요. 대피소에서 가져온 게 있습니다.”
약이 몇 꾸러미 있었다. 소에이가 코에 대고 냄새를 맡아 보았다. 전부 가루약이었고 고약 종류는 없었다.
“고야마에서는 생약 정제가 성해서, 산림 개척도 그 약재를 키우려는 작업이지? 당신은 약을 잘 알지 않아?”
“저는 파수꾼이라서요. 산하고 총밖에 모릅니다.”
“하는 수 없지. 조금 아프겠지만 꾹 참고 내가 하라는 대로 따라 주게.”
소에이가 자기가 아는 치료법으로 처치하자 겐이치의 표정이 변했다.
“선생님, 의원이셨습니까?”
“아니, 이건 활법이라는 기술이야.”
겐이치는 무릎도 성치 않았다. 소에이가 무릎 쪽을 조금 거칠게 다루어서 악, 하고 비명을 질렀던 그는, 치료가 끝난 뒤 가뿐하게 일어설 수 있게 되자 마술이라도 본 듯한 표정을 지었다.
“선생님은 역시 의원이셨군요.”
“아니라니까. 이번엔 날 좀 도와주게.”
자신에게 활법을 쓰려면 겐이치의 도움이 필요하다. 팔을 비틀어 당기게 하거나 여기, 저기, 하며 부위를 지정해서 두드리게 하는 동안 소에이의 통증도 가벼워졌다.

마무리로 약을 한 꾸러미씩 복용했다. 대피소에 있던 약은 "진통약이거나 해열약, 혹은 복통약"이라고 하니, 삼분의 일의 확률로 나으면 다행이고, 어긋나더라도 부작용이 나타나지는 않을 것이다.

"소에이 님은 별난 무사님이시군요."

겐이치는 어이가 없다는 듯이 말했지만 그 목소리에는 친밀감이 담겨 있었다.

"겐 영감, 나랑 같이 나카무라에 가지 않겠어? 어차피 나가쓰노에 들어와 있으니 말이야. 괴물의 둥지를 찾으러 가더라도 마을에 들러 필요한 물건을 조달해서 떠나는 게 좋을 테고."

겐이치는 고개를 저었다. "저는 이대로 충분합니다. 총만 있으면 됩니다."

"그 괴물한테는 총도 소용없다니까."

"어떤 짐승한테나 급소가 있습니다."

소에이도 미노키치에게 비슷한 말을 한 기억이 있지만, 과연 그 괴물에게 약점이 있기나 할까?

"그놈 잠자리에서 매복했다가 단 한 발로 죽일 겁니다. 소에이 님은 돌아가세요. 바람그늘을 골라 숲을 빠져나가면 안전하게 돌아가실 수 있습니다."

"미노키치를 만나고 싶지 않아? 그 아이도 나카무라로 돌아갔을 텐데."

"무사하다면 나중에 만나겠지요." 겐이치는 고르게 박힌 단단한 이를 드러내며 빙긋이 웃었다. "그때까지 미노키치를 잘 부탁드립니다, 선생님."

노인의 몸에 가득 차 있고 그의 표정으로도 드러나는 이 감정은 자신감이 아니다. 분노와 공포와 의무감. 그리고 또 하나 보태자면—,

'지식, 일까?'

"겐 영감, 아까부터 듣자하니 영감은 그 괴물에 대해서 뭔가 아는 것 같던데, 전에 본 적이 있는 짐승인가?"

겐이치는 눈을 빠르게 깜빡였다. "천만에요. 그럴 리가요."

대답이 너무 빨랐다. 그의 눈빛이 흔들리고 있었다.

"하지만 전혀 상상도 하지 못한 괴물을 난생 처음 맞닥뜨린 것처럼 보이질 않는군. 혹시 뭐라도 알고 있다면 가르쳐 주게. 아무리 사소한 거라도 괜찮아. 부탁하네. 나도 그놈을 죽이고 싶어서 그러니까."

겐이치는 미간을 좁히며 소에이의 얼굴을 정면에서 빤히 쳐다보았다. 소에이도 피하지 않고 마주 바라보았다. 시선이 충돌—하진 않았고, 방금 활법 처치를 주고받으며 양자 사이에 통한 친밀감이 마침내 소에이를 도와주었다.

"선생님, 원래 어디 분이십니까?"

"에도에서 흘러왔네. 지금은 여러 지방을 떠도는 나그네야. 나가쓰노에도 고야마에도 인연 같은 거 전혀 없는."

"칼이 없으신데."

"큰 칼은 전에 전당포에 잡혔어. 산에 들어왔을 때 찬 와키자시는 괴물한테 얻어맞아 날아갔을 때 잃어버린 것 같고."

겐이치는 한숨을 지었다. 이때만큼은 노인 같은 말투로 변했다.

"그 괴물에 대해서라면 아버지한테서 듣고, 제 아버지도 자기 아버지한테서 듣고—."

귀동냥으로 아는 거지만, 이라고 말한다.

"그건 이곳 산의 악한 기운이 뭉쳐서 생긴 원령입니다."

"제대로 된 생물이 아니로군."

"그렇습니다. 이 지역의 액이지요. 그래서 그놈을 쓰러뜨릴 수 있는 건 이곳 사람뿐입니다. 외지인은 못 합니다. 나가쓰노나 고야마 사람. 예전에는 한 지방이었으니까요."

소에이는 잠시 그 말을 곱씹었다. 이 지역의 액. 산의 악한 기운. 그러고 보니—.

"괴물이 나타나기 전에 이상하게 비릿한 바람이 불어왔고, 그때 미노키치가 말했네. 이 바람은 산이 노여워하시는 증거라고."

—산이, 주렸어.

겐이치는 눈을 가늘게 뜨고 고개를 끄덕였다. "미노키치한테는 아직 제대로 말해 주지 않았는데, 잘 기억하고 있었군요."

"주렸다는 말은 오래 굶어 화가 났다는 뜻이라고 하던데."

"그렇습니다. 그놈은 원령이라 먹어도 먹어도 배가 차질 않아요. 그래서 분노하며 난동을 부리는 거지요."

먼 옛날 이 산에 생겨난 액이다—.

"제 아버지는 그렇게 말했습니다. 초봄부터 그런 바람이 불고 들개나 새들이 놀라서 도망치면 정말 조심해야 한다고."

과연. 그러나 겐이치는 아까 괴물이 오오타라야마에서 내려왔다고 단정하듯이 말했다. 오오타라야마는 산신이 계시는 산이라고 했다.

"괴물은 산신의 화신인가? 졸개인가?"

겐이치는 소에이를 노려보았다. "엉뚱한 말씀을 하시네요, 선생님. 산신님이 그렇게 추한 모습으로 인간을 잡아먹겠습니까."

"그럼 괴물은 산신의 원수인가?"

자못 초조한 듯 겐이치는 입술이 일그러지도록 입을 꾹 다물었다. "저는 선생님처럼 많이 알지는 못합니다. 다만 아버지한테서 들은 이야기밖에 모릅니다."

"아, 알겠어. 그걸 말해 줘. 부탁하네."

겐이치는 모닥불을 쑤석이며 여전히 조금 마뜩잖은 표정을 띠었지만, 마침내 낮은 목소리로 말했다.

"아버지는 사냥꾼이라 젊은 시절에 이 지역 산들을 돌아다녔는데."

고야마에서 '산림 개척'이 시작되기 훨씬 전이었다.

"그때 들은 이야기랍니다. 어느 날 동료 사냥꾼인 고헤이라는 사람이 길을 잃었답니다."

겐이치는 이 대목에서 냄새라도 맡는 듯 콧등에 잔주름을 만들었다.

“고헤이는 술주정뱅이라 산에 들어갈 때도 엉터리로 빚은 술을 들이켰답니다. 그 아들 고이치도 손자 고스케도 술주정뱅이가 되었으니 그게 집안 내력이었나 봅니다.”

여하튼 술에 취해 길을 잃은 고헤이는 동서남북은커녕 오르막 내리막도 분간하지 못할 정도로 혼란에 빠졌다.

“능선에 걸린 별빛을 마을 불빛으로 착각하고 오오타라야마를 계속 올라가 버린 적도 있었답니다.”

그때 산신이 계시는 깊은 숲 속에서 희미하게 코를 고는 듯한 소리와 생선 썩은 듯한 악취를 감지하고 취기가 확 달아났다.

—더 가면 안 되겠다!

“너무 무서워 오줌을 지리며 숲을 빠져나와 덤불을 헤치고, 데굴데굴 구르다시피 해서 산을 내려왔답니다.”

코 고는 듯한 소리와 악취. 이 점은 분명 그 괴물을 떠올리게 한다. 그러나 워낙 오래전의 이야기다.

“그때 고헤이가 본 것이 지금 난동을 부리는 놈의 어미인가? 암수 괴물이 짝을 지어 오오타라야마를 영역으로 삼고 있다는 건가?”

겐이치는 날카로운 표정을 띠며 고개를 저었다. “아니, 산에 있는 건 한 마리입니다. 필시 한 마리밖에 만들지 못했을 겁니다.”

“만들지 못했다?”

"선생님, 뒤를 보세요."

그 말에 뒤를 돌아보자 가까운 나무뿌리에 괴상하게 생긴 검은 덩어리가 널브러져 있었다.

"선생님 몸에 감겨 있던 그놈의 혀입니다."

겐이치가 소에이를 발견했을 때는 이미 새카만 덩어리로 변했다고 한다.

"몸에서 풀어내서 저기로 던지자 순식간에 저렇게 되었습니다."

소에이는 그것을 만져 보았다. 손가락으로 쿡 찌르자 구멍이 뚫렸고 그 자리부터 무너져 갔다. 마치 축축한 잿더미나 덜 마른 진흙 더미 같았다.

"썩은 건 아닙니다. 이제는 냄새도 안 나고요."

소에이는 고개를 끄덕였다. "짐승의 살점은 이런 식으로 변하지 않지."

"그래서 하는 말입니다만, 저건 사악한 기운이 뭉쳐서 생긴 원령입니다."

수명도 없고 번식도 하지 않는다.

"겐 영감, 그럼 누가 저걸 만들었단 거지?"

겐이치는 잠자코 모닥불을 응시하고 있었다.

"거기까지는 모르나? 아니면 알지만 차마 말 못 할 정도로 무서운 건가?"

모닥불에서 탁탁 소리가 나며 불티가 날아오른다.

"우류 가의 혈통에는 주술을 부리는 힘이 전해져 왔습니다."

소에이는 자기 귀가 의심스러웠다.

"주술? 신기한 술법 같은 거 말인가?"

"산신에 기도해서 바람을 일으키거나 비를 뿌리거나 물줄기를 바꾸는 겁니다."

생명을 낳는 자연의 힘까지 조종하는 주술이라고 한다.

"그럼 그 괴물도 주술로?"

그런 주술이 가능하다 해도 대체 무엇 때문에?

"우류 가는 이 땅에 오래전에 뿌리를 내린 향사 집안이라고 들었는데……."

"네, 그렇습니다."

"그 우류 님이 자신의 주민을 덮치고 먹어치우는 괴물을 만들어서 뭘 어쩌자는 거지?"

겐이치는 얼굴을 찡그렸다. "선생님도 뜻밖에 답답한 구석이 있으시군요. 처음부터 제 편을 없애려고 괴물을 만드는 바보가 어디 있겠습니까."

괴물을 꼬드겨서 적을 물리치려는 것이라고 한다.

황당한 이야기였다. 소에이는 어이가 없어서 하마터면 웃을 뻔했다.

"그 말은 곧, 전투에 무사 대신 괴물을 내보내서 싸우게 한다는 건가?"

"그렇지요. 하지만 전투가 벌어지면 이쪽도 죽습니다. 뭐, 그건 괴물이 있든 없든 마찬가지죠."

노인의 냉랭한 말에 소에이도 웃음을 거두고 말았다. 살짝 소름이 돋았다.

괴물은 무기나 한가지다. 무기는 적과 싸우는 도구이지만 제 편에게 쓰면 똑같이 타격을 준다. 전투는 적과 하는 것이지만 일단 무기를 쥐면 아군도 아무 피해 없이 끝나지는 못한다.

"곤겐 님도쿠가와 이에야스이 천하를 놓고 싸우실 적에,"

세키가하라 전투는 백 년이나 지난 일이다.

"고야마 일대는 때마침 나가쓰노의 류자키의 영지로 편입되어 있었습니다."

듣고 보니 이상한 말이다. "때마침? 고야마는 예전에 나가쓰노와 한 지방이었다고 하지 않았나?"

"그렇습니다. 하지만 허구한 날 전쟁으로 세월을 보내는 세상인데, 나가쓰노도 결코 큰 지방이 아니었으니까요. 우에스기, 다케다, 다테 등 사방의 장군들에게서 공격을 받았고, 그때마다 이쪽에 속했다 저쪽에 속했다 했지요."

강한 군대에게 항복할 때마다 나가쓰노의 류자키씨는 순종의 증거로 고야마의 산촌과 거기 사는 주민을 상대방에게 바쳤다는 것이다.

"그전에는 산림 개척이란 걸 하지 않아서 고야마의 생약이 요즘처럼 발달하진 않았지만, 실은 그 당시에도 유명했습니다."

약재가 되는 초목이 자라는 산과, 그것을 생약으로 정제하는 지식과 기술을 가진 주민은 어느 군대에게나 귀중했다. 그래서 고야마는 때로는 인질로, 때로는 전리품으로 요긴하게 쓰였다. 바쳐지고, 빼앗기고, 다른 세력에게 가로채이고, 다시 돌아와 한동안 류자키씨의 지배를 받는 등, 이리저리 소속이 바뀌는 일이 반복되었다.

소에이는 기억을 떠올렸다. 고야마는 일찍이 '나가쓰노 류자키씨의 버리는 돌'이라 불렸다고 촌장 나가하시 모자에몬이 말한 적이 있다. 모자에몬은 자못 깔보듯이 말했는데, 그런 내력을 가리켰던 것인가.

그리고 류자키의 중신이던 시절, 우류씨는 일족의 고향이기도 한 고야마를 다스리며 녹봉을 받고 있었다. 주군의 형편에 따라 이쪽저쪽에 선물처럼 넘겨지는 땅과 그 주민들과 운명을 함께하며 참아 왔던 것이다.

그 고야마의 우류씨가 류자키씨의 모욕적인 지배를 벗어나 독립할 수 있는 천재일우의 기회로 기대하고 일생일대의 도박에 나선 건, 천하의 향방을 결정지은 세키가하라 전투 때였다고 한다.

"당시 나가쓰노의 류자키 님은 우에스기와 손을 잡고 있었지요."

천하를 양분한 전쟁에서 서군에 속했다.

"하지만 고야마의 우류 님은 동군에 승산이 있다고 보고 은밀히 동군에 사자를 보내 곤겐 님과 손을 잡았습니다."

주군을 배반하고 은밀히 동군 도쿠가와 쪽에 가담한 것이다.

도박의 결과는 바라던 대로였다. 세키가하라 전투의 승자는 동군이었다. 마침내 세상에 평화가 찾아와 에도 막부가 들어섰고 도쿠가와 쇼군가의 치세가 시작되었다. 그 치세에 고야마의 우류씨는 조그만 도자마다이묘세키가하라 전투 이후에 도쿠가와 가를 섬긴 영주로서 이 땅을 차지하게 되었지만, 뜻밖에도, 그리고 원통하게도 이웃 나가쓰노의 류자키씨도 그 자리에 그대로 남았다.

"그랬군."

나카무라에서 몇 번 들은 적이 있지만, 흘려듣는 것만으로는 나가쓰노와 고야마가 잉숙이 된 원인을 이해할 수 없었던 소에이도 이제야 알 수 있었다.

나가쓰노의 류자키씨는 지금도 무사의 기풍을 받든다. 그들은 서군의 우두머리 가운데 하나였던 우에스기에 가담하여 참으로 용맹하게 싸웠을 것이다. 내부의 적 우류씨의 배반을 벌충하고도 남을 만큼 아군에게 실적을 보여 줘야 한다는 각오로 전투에 매진했을 것이다.

류자키씨의 이러한 무사 기풍은 이제부터 심기일전하여 무가 정치를 펼치고자 했던 도쿠가와 막부에도 통했다. 그래서 멸문당하지 않고 용서를 받았다. 세키가하라 전투의 일화 중에는 이러한 패장敗將에 관한 미담이 많아서 후에 전쟁 소설의 좋은 소재가 되었다. 세키가하라 전투 이후 우에스기가 보여 준 외교 수완도 자신에게 가담한 많은 무장의 목숨을 구했을 것이다.

한편 전시에 동군에 뛰어들어 아군이 된 우류씨는, 전쟁이 끝나고 돌이켜보면 적이었다가 돌아선 일족일 뿐이다. 류자키씨를 배반하고 도쿠가와 가의 신하가 되었지만, 한번 배반한 자는 언제 또 배반할지 알 수 없다는 냉정한 시선을 받아야 했다. 세상은 아무리 해명해도 한번 배신한 자를 결코 신뢰하지 않는다.

우류씨는 배반의 대가로 다이묘 지위와 고야마 땅을 얻었다. 류자키씨는 가신에게 배신당하고 패했음에도 불구하고 가문과 영지와 위신을 지킬 수 있었다. 두 번 사이에 남은 '주번-지번 관계'는 막부가 쌍방에게 놓은 뜸이자, 목에 메어 놓은 멍에였다.

나가쓰노와 고야마는 말하자면 고통을 통해 갈라선 것이다. 그 탓에 분노와 시샘도 뿌리 깊게 남게 된 것일까.

"자세한 사정까지는 모릅니다" 하고 겐이치는 무뚝뚝하게 말했다. "제 아버지도 몰랐을 테죠. 하지만 저는 지금 그 괴물 이야기를 하고 있는 겁니다."

말없이 생각에 잠겨 있던 소에이는 흠칫했다. "그럼 괴물이 그 시절에 만들어졌다는 건가?"

겐이치는 이마에 주름을 새기며 고개를 끄덕였다. "나가쓰노에서 보자면 우류 님은 배신자입니다. 동군과 서군의 전쟁은 끝났지만 언제 또 공격당할지 알 수 없었겠지요."

두 번의 역량 차이는 뚜렷했다. 제대로 공격한다면 고야마로서는 버틸 재간이 없다.

"그래서 고야마는 주술로 괴물을 만들어 대응하려고 했단 말인가……."

"하지만 당시에는 괴물을 부리지 않고 넘어갔던 것 같다고 하더군요."

부리지 않고 넘어갔다—나가쓰노와 고야마의 내전은 일어나지 않았다.

"나가쓰노도 고야마를 공략할 만한 여유가 없었던 건가. 아니면 지금은 전쟁을 벌이면 안 된다고 자제할 만큼 분별이 있었단 건가."

천하의 향방을 결정짓는 전쟁은 끝났지만 그것으로 모든 것이 단번에 정리되지는 않았다. 오사카 전투로 도요토미 가가 멸망할 때까지 진정한 평화는 없었고, 쇼군가와 번주들 간에도 일정한 긴장이 남아 있었다. 그런 상황에 무쓰 시골구석의 힘없는 번끼리 내전을 치른다면 무슨 재앙을 겪을지 알 수 없었다. 모처럼 인정받은 지위를 잃어버리면 만사 헛수고로 끝나는 것이다.

"그래서 그 괴물은 그 뒤 오오타라야마에서 내내 요란하게 코를 골며 자고 있었던 겁니다."

겐이치는 괴물이 낮잠이라도 잔다는 듯이 말했지만, 소에이는 주술로 만든 괴물이라면 아마도 주술로 봉인되었을 것 같다고 생각했다. 산신이 사는 금단의 산속 어딘가에.

그 괴물이 왜 지금 나타났는가?

봉인의 주술이 풀려 버렸나? 아니면 그 주술을 아는 자가 괴물을 깨어나게 해서 마침내 나가쓰노와 일전을 치르려는 것인가.

'나가쓰노의 소야 단조와 우두마두의 인간사냥 때문일까?'

고야마의 산촌 주민들이 인간사냥으로 고통받자 괴물이 분노하며 잠에서 깨어난 걸까? 그렇다면 왜 고야마의 주민을 먹어치웠는가.

소에이의 팔에 다시 소름이 돋았다. 전쟁이 일어나면 피아가 똑같이 다친다. 스스로 의지를 갖지 못하는 무기는 피아를 구별하지 못한다. '무기'인 괴물에게는 고야마 주민이든, 고야마 마을이든, 나가쓰노 번사든, 나가쓰노 요새든, 다 싸워서 평정해야 할 대상일 뿐이다.

괴물은 존재 자체가 '전쟁'이다. 산촌의 밤기운과 상관없이 소에이는 몸서리를 쳤다.

"겐 영감, 그놈을 죽이려면 먼저 우류 가에 내려온다는 그 주술을 쓸 수 있는 자를 알아내야 하지 않겠나?"

겐이치는 눈을 부릅뜨고 코를 씰룩거렸다.

"그 사람이 어디에 있는지 알 수 없잖습니까."

"우류 가에 속한 사람이니 고야마 관저시에 있을 거야. 아마도 상당한 신분이 있는—,"

"그렇다면 저는 더욱 만날 수가 없지요."

정말 들으려고도 하지 않는다.

"선생님, 저주로 만들었다고 해도 재료는 어떤 동물일 겁니다. 두꺼비나 개구리나 도마뱀 같은."

생물을 기반으로, 거기에 흙덩이나 진흙을 이겨 붙인 뒤 악의와 독기를 봉해서 그 추한 꼴을 빚어낸다. 괴물의 잘린 혀가 순식간에 뭉그러져 버린 것도, 거기에 임시 생명을 주던 '기반' 생물에서 분리된 탓이 틀림없다고 겐이치는 주저 없이 단언했다.

"그러니까 급소를 치면 죽일 수 있어요. 아마 심장일 겁니다. 아니면 미간이거나."

늙은 포수는 곁에 있는 총을 천천히 끌어당겨 수건으로 닦기 시작했다. 철이 둔하게 빛났다.

소에이는 조금 겁이 났다.

"그 괴물에게는 눈이 없었어. 그러니 미간도 없지."

"눈이 없다?"

"그래. 눈동자가 자리할 눈구멍도 없더군. 정말이지 기괴하고 거대한 괴물이었네. 만약 심장도 없다면 어떻게 할 거지?"

겐이치는 딱하다는 듯이 말했다. "선생님, 굳이 저를 따라오실 필요는 없다니까요."

"미안. 하지만 나도 겁이 나서 이러는 건 아니야."

소에이는 머리를 긁적였다.

"겐 영감, 괴물에 얽힌 그 이야기들, 특히 우류씨의 주술에 대해서 알고 있으리라 짐작 가는 사람은 또 없나? 나도 나름대로 견문이 넓다고 생각하지만, 이런 괴이한 이야기는 처음 들었어."

"못 믿겠다고 하셔도 저는 상관없습니다."

"그렇게 발끈하지 말고 생각 좀 해 보게. 누구 없어?"

무기는 총 한 자루. 억측과 감에만 의지해서 저 괴물과 겨루는 건 성급하다. 좀 더 단서가 필요하다.

수건으로 총을 닦다가 멈춘 겐이치는 마뜩잖은 얼굴로 생각에 잠겼다. 잠시 후 그가 눈길을 들었다.

"묘코지 스님이 계시군요."

북부 2조에서 더 산을 올라간 곳에 오래된 절이 있다고 한다.

"산림 개척이 시작되기 전부터 있던 절입니다. 이제는 거의 황폐해진 절인데, 스님 한 분이 지키고 계세요. 가끔 마을 주민들이 살펴보러 가곤 했지요."

문득 겐이치는, 그러고 보니 스님은 무사하신지, 라고 말하며 당황했다.

"저도 그 절을 까맣게 잊고 있었군요."

"평소 왕래가 거의 없는 모양이군."

"너무 깊은 산속에 있어 놔서요."

"유서 깊은 절인가?"

"글쎄요, 내력은 모르겠습니다."

겐이치는 그런 것은 알아보려고 한 적도 없다는 듯 눈을 끔뻑이다가 문득 무엇이 생각난 것처럼 미간을 찡그렸다.

"그러고 보니 묘코지에는 종이 없군요."

종루는 있지만 종이 없다. 처음부터 없었던 것 같아요, 라고 한다.

"묘코지의 '울지 않는 종'이라고 합니다. 이 산의 얘깃거리 가운데 하나죠. 근데 그것도 괴물과 관련이 있는 이야기였던 것 같은데……."

아버지가 뭐라고 했더라, 하며 겐이치는 연방 고개를 갸웃거렸다.

"그 절의 스님은 제가 젊었을 적에도 이미 노인이었어요. 지금은 사람보다 도깨비에 가까운 노인이 되었겠지요. 옛날 일이라면 뭐든지 아시는 분입니다만."

"좋아, 먼저 그 절로 가 보세."

거의 기도하는 심정으로 소에이는 마음을 먹었다.

4

나카무라 마을이 조용히 잠든 깊은 밤.

미노키치는 홀로 풍작의 집 지붕에 올라가 있었다. 이곳에 하나가 있다. 나지막이 솟은 터에 있는 집이라 전망이 좋다. 밤기운을 피하기 위해 거적을 두르고 손에는 감등龕灯 휴대용 전등으로, 둥근 통 안에 초를 넣어도 쓰러지지 않도록 고안되었다. 오직 정면만을 비춘다을 든 채 합숙소 뒤쪽에 거뭇하게 웅크린 산을 노려보며, 혹시 가스케가 매달아 놓은 쇠붙이가 딸랑거리지는 않는지 귀를 기울이고 있었다.

가스케와 미노키치가 오센의 종용을 받고 나가하시 가로 돌아갔지만, 다이치로가 둘을 불러들이는 일은 없었다. 촌장의 용태는 어떤지, 저택 안 상황은 어떤지, 나카무라에 닥치고 있는 괴물의 위협을 다이치로가 마님과 가신들에게 정확히 전했는지 어땠는지는 통 알 수 없었다. 그러다가 가스케와 오센도 각자 할 일에 쫓겨 제 갈 곳으로 가 버리고 말았다.

심야인데도 촌장 나가하시 가는 불을 켜 놓았다. 주위 집들에서는 주민들이 뒤엉켜 자고 있다. 지붕 위에서 주변을 빙 둘러보니 감등이나 등롱을 든 파수꾼들이 마을 여기저기에 있는 모습이 보였다.

하지만 모닥불은 없었다. 남자들은 무기가 될 만한 것들을 모아 두는 일도 금지당했다. 이는 다이치로의 명령이라고 한다. 미노키치는 불안하고 불만스러워 저도 모르게 불평을 하고 말았다. 그러자 말들을 돌보기 위해 이곳에 혼자 남은 마구간지기가,

"꼬마야, 너도 생각이 짧구나. 마님이 오셨는데 우리가 모닥불 환히 밝히고 괭이와 낫을 꼬나들고 있어야겠냐? 폭동이라도 일으킨 줄 알 것 아니냐."

하고 핀잔을 주며 이마를 찰싹 쳤다.

미노키치는 답답했다. 소에이 님이 계셨으면, 아카네 님이 계셨으면, 제대로 대처할 수 있을 텐데.

'부인도 하필 이럴 때 온담.'

나가하시 가의 부엌에서 얼핏 듣기로는 어린 딸도 같이 왔다고 한다.

머리가 부글부글 끓는다. 그리고 그 머리는 속이 텅 비어 있다.

오늘 밤은 별이 아름답다. 밤하늘을 우러러보자 반짝반짝 빛나는 풍경이 쏟아진다. 그러고 보니 미노키치가 다쳐서 아직 말도

제대로 못 할 때 아카네가 작고 예쁜 과자를 준 적이 있었다. 별처럼 생긴 것이 입안에 넣으니 깜짝 놀랄 만큼 달콤했다. 저 별도 먹을 수 있으면 얼마나 좋을까.

아카네 님과 소에이 님은 어디 계신지. 이제는 못 돌아오시나?

이런 생각은 곤란해. 약해지려는 마음을 물리치려고 미노키치는 고개를 강하게 도리질했다. 그 탓에 감등 속의 작은 촛불이 흔들렸다.

지붕 위에서 일어서서 합숙소 쪽을 쳐다보았다. 영감님도 깨어 있는지 저택 안에 아주 작은 불빛이 켜져 있었다.

조용하다. 말들도 잠들었다. 콧김 소리도 발굽 소리도 들리지 않는다.

미노키치는 뒤를 돌아본 뒤 끄응 하고 기지개를 켜면서 촌장 저택 너머에 있는 마을 입구 쪽으로 시선을 던졌다. 가도로 통하는 언덕길이 완만하게 숲 사이를 통과해 내려오고 있다. 그 부인의 화려한 가마도 저 길로 왔을 것이다.

언덕길 초입에 파수꾼 한 명이 서 있었다. 불빛이 둥그니까 그는 등롱을 들고 있을 것이다. 오른쪽 왼쪽으로 천천히 왔다 갔다 한다. 가만히 서 있으면 졸음이 쏟아지기 때문이리라.

미노키치의 배에서 꼬르륵 소리가 났다. 몇 각에 오센이 내준 주먹밥을 먹었을까. 그때 더 많이 먹어 둘 걸 그랬다.

한숨이 나왔다. 아무래도 풀이 죽는다. 빈손으로 두 눈두덩을 비비고 볼을 탁탁 치고 나서 고개를 번쩍 들었다.

마을 초입의 불빛이 사라졌다.

파수꾼이 자리를 옮겼는지도 모른다. 촌장 저택 쪽으로 돌아왔나? 더 오른쪽으로 갔나? 왼쪽? 아니면 언덕길을 내려갔나?

없다. 안 보인다. 불빛이 꺼져 있다.

그래, 그냥 꺼졌을 뿐이겠지. 밀랍이 다 탔거나 기름이 떨어졌겠지. 아마 그럴 것이다—.

눈을 깜빡이고 다시 한 번 주의 깊게 살펴보았다. 그런데 가도로 이어지는 언덕길이 보이지 않았다. 아까는 별빛을 받아 희미하게 떠오른 길이 보였는데, 지금은 주변의 숲과 마찬가지로 암흑으로 덧칠되어 있다.

미노키치 가슴에서 심장이 벌떡거리기 시작했다.

그 암흑이 움직이고 있다.

스르륵. 형태가 있는 암흑.

아아, 그래, 그놈은 저렇게 움직였지. 다리를 접어 몸에 붙이고 뱀처럼 미끄러진다. 숲 속을. 캄캄한 밤의 밑바닥을. 나는 안다. 알지만, 저렇게 이쪽으로 다가오는 것이 믿기지 않았다. 믿고 싶지 않았다.

암흑 덩어리는 언덕길을 지나 나카무라 내부로 들어왔다. 묵직한 진흙을 품은 검은 물이, 나가하시 가 바로 앞, 주민들이 뒤엉켜 자는 집들 사이로 흘러들 듯이.

그리고 그것은 그 자리에서 형태를 갖췄다.

벌떡 일어선다. 다리를 편다. 커다란 대가리를 쑥 든다. 두 갈래로 갈라진 꼬리를 말면서 밤하늘을 잘라 내려는 것처럼 드높이 쳐든다.

소리쳐 알려야 해. 미노키치가 가슴 가득 숨을 들이마시자 코를 찌르는 악취가 밀려왔다. 그 순간 발치에서 말들이 날뛰기 시작했다.

"괴물이다!"

미노키치가 고함쳤을 때 괴물도 포효를 내질렀다. 웃는 것처럼 들린다. 기뻐하는 것이다. 배가 고파 견딜 수 없었는데 이제야 먹잇감을 만났네. 먹잇감이다! 먹이가 널렸다! 남김없이 먹어치우자!

포효만 내지른 게 아니었다. 괴물은 한순간 뒷다리만으로 벌떡 일어나 발톱 달린 앞다리로 손뼉을 쳤다. 그러고는 그 자리에서 펄쩍펄쩍 뛰었다. 먹이다, 먹이다, 먹이다!

"하나! 괴물이 왔다!"

미노키치가 구르듯이 지붕을 내려왔다.

여기저기서 불빛이 움직인다. 새로운 불빛이 켜진다. 공포와 경악의 목소리가 터져 오른다. 곧 괴물의 꼬리가 춤을 추면서 때려 부술 듯이 옆에 있던 집의 지붕을 공격했다.

산에서 보았을 때보다 뒷다리가 더 건장해졌다. 목은 가늘게 들어가 한층 도마뱀과 비슷해졌다. 긴 혀가 튀어나온다. 달려오는 파수꾼의 불빛이 이내 꺼졌다.

"하나! 아저씨!"

마구간지기가 뛰어나왔다. 잠에 취했던 눈이 금세 맑아졌다. 눈알이 튀어나올 것 같았다.

"뭐, 뭐야, 저거."

"저게 바로 그 괴물이에요!"

방금까지 마을 자체가 숨소리를 내며 평온하게 자고 있었다. 그런데 비명이, 노성이, 뭔가 부서지고 사람들이 당황해서 뛰어다니는 소리가 그 숨소리를 대신했다. 사람들이 부산하게 움직이고 말들이 흥분한다. 이곳 사람들은 요새 번사들과는 다르다. 아무도 괴물에 맞서려고 하지 않는다. 오로지 도망치거나 놀라 주저앉을 뿐이다. 괴물은 손쉽게 다가와 발로 짓밟고 혀로 감아 커다란 아가리로 삼키고, 사람들이 의지하는 무른 껍데기 같은 집들을 꼬리로 쳐부수었다.

"아저씨, 말을 풀어 줘요!"

미노키치가 하나의 고삐를 잡았다.

"무슨 소리! 이 귀한 말들을!"

마을의 말들은 두려움에 떨고 있었다. 머리를 치켜들고 입에 거품을 문 말도 있다.

"살살 달래서 괴물 옆으로 데려가요! 괜찮아요! 말들이 가까이 가면 괴물이 도망칠 테니까."

마구간지기는 눈을 부릅뜬 채 고개를 좌우로 저으며 뒷걸음질했다. "안 돼, 안 돼."

그는 말들을 묶은 줄을 푼 뒤 엉덩이를 쳐서 괴물의 반대편에 있는 합숙소 쪽으로 몰았다.

"가! 가! 도망쳐! 제발 도망쳐!"

"안 돼요, 아저씨!"

마구간지기가 하나의 고삐도 빼앗으려고 하자 미노키치는 저항했다. 마구간지기의 얼굴은 공포로 굳어 있었다.

"너, 너 맘대로 해!"

마구간지기도 말들을 쫓아 도망치고 말았다. 미노키치는 고삐를 손에 단단히 감아쥐고 하나의 눈을 쳐다보았다.

"좋아, 가자!"

하나를 데리고 풍작의 집에서 촌장 저택을 향해 뛰기 시작했다. 괴물은 이미 가까운 집 두 채를 때려 부수고 나가하시 가 쪽으로 향하고 있었다.

"모두 숲으로 도망쳐!"

미노키치는 목이 터져라 외치고 다시 달렸다. 베개를 안고 눈의 초점을 잃은 채 정신없이 달려오는 남자가 있었다. 그 뒤로 한 여자가 아이를 업고 도망친다. 괴물의 꼬리가 호를 그리며 하늘을 갈랐다.

"위험해! 엎드려!"

여자는 얼른 쪼그려 앉았지만 꼬리가 등에 업은 아이를 낚아챘다. 자식을 빼앗기고 비명을 지르는 여자를, 다시 돌아온 꼬리가 강하게 쳐서 날려 버렸다.

발소리와 노성이 와락 커졌다. 마을 남자들이다. 저마다 낫과 괭이 등을 들었고, 횃불을 휘두르는 자도 있었다. 그들은 고함을 내지르며 괴물에게 달려갔다.

"훠이, 훠이!"

"우와아! 우와아!"

공포와 당혹으로 언어를 이루지 못한 고함이었다. 그저 소리를 지를 뿐이었다. 거기에 호응이라도 하듯 괴물의 배와 모가지가 고록고록 하는 소리를 냈다. 미노키치의 귀에는 무섭고 익숙한 소리였다.

"물러서! 가까이 가면 안 돼!"

괴물이 신물을 뱉었다. 모두 녹아 버린다. 미노키치는 뚝 멈춰 서고 말았다.

"피해! 피해! 모두 물러서!"

오른쪽 집에서 기이한 것이 나왔다. 가만 보니 가스케였다. 새끼줄을 십자로 묶어 손잡이를 만든 문짝을 양손으로 쳐들어 제 몸을 보호하고 있다.

괴물의 고록고록 소리가 한층 높아졌다. 미노키치는 하나를 끌고 뒤로 물러나며 애타게 소리 질렀다. "모두 숨어!"

괴물은 아가리를 벌리고 꾸엑 소리를 내며 위장에 있던 것들을 게워 냈다.

가스케는 몸을 낮춘 채 받쳐 든 문짝으로 그것을 고스란히 받아냈다. 시큼한 악취가 번지고 문짝이 지지직거렸다. 신물이 튀어 발치로 떨어졌다.

괴물은 아가리를 절반쯤 벌린 채 커다란 대가리를 오른쪽으로 기울였다. 신물 공격이 가로막혔다는 것을 이해하지 못하겠다는 듯 동작을 멈추었다.

지금이다. 미노키치는 하나를 데리고 달리기 시작했다. 하지만 미노키치보다 먼저 가스케에게 뛰어가는 사람이 있었다. 다이치로였다. 달리면서 괴물의 대가리를 겨냥해 뭔가를 던졌다.

쨍강! 하는 가벼운 소리가 났고 괴물의 입가가 액체에 젖었다. 깨진 토기가 발톱 위로 떨어졌다. 다이치로가 이어서 또 하나를 던졌다. 이번에는 괴물의 코에 맞아 깨졌고 뭔가가 줄줄 흘러 떨어졌다.

기름이다. 토기에 기름이 담겨 있었다. 미노키치는 움찔하며 주위를 둘러보았다. 불씨가 도처에 널렸다. 등롱에 횃불. 어느새인가 나가하시 저택 앞에는 쇠 바구니가 놓여 있었고 거기에서 장작불이 타오르고 있었다. 그것으로 불을 붙이려는 것이다!

토기 투척은 계속되었다. 다이치로는 양손으로 다룰 수 있을 만한 토기를 들고 있었다. 앞으로 나아가 가스케와 함께 문짝 뒤에 숨어서 전후좌우로 움직이며 토기를 던진다. 하지만 토기는 모두 괴물의 대가리에 맞을 뿐 커다란 아가리 속으로는 들어가지 않았다.

"가스케 형, 가스케 형."

미노키치가 가스케를 부르며 하나를 끌고 달려갔다.

"물러서요! 이제 물러서요!"

가스케는 깜짝 놀라 주저앉을 뻔했다. 다이치로가 문의 새끼줄을 잡고 버텼다.

"미노키치, 오지 마!"

"난 괜찮아요, 하나가 있어요!"

하나가 상황에 어울리지 않는 태평한 발굽 소리를 내며 미노키치를 따라왔다. 꼬리를 흔들고 귀를 쫑긋 세운다.

효과는 즉각 나타났다. 괴물이 몸을 뒤로 물렸다. 관절이 크게 꺾이고 더 강력해진 것처럼 보이는 뒷다리가 제자리걸음만 했다. 괴물은 하나에게서 대가리를 돌리더니 숨이 가쁜 것처럼 아가리를 벌리고 헐떡였다.

"지금이다!"

다이치로가 문짝 뒤에서 벌떡 일어나 혼신의 힘을 다해 토기를 던졌다. 토기는 괴물의 아가리 속으로 화살처럼 날아들어 아랫니에 맞으며 깨졌다. 기름이 줄줄 흘러 떨어졌다.

"불! 불을 붙여! 쏴! 쏴!"

다이치로의 호령에 뒤쪽에서 작은 불덩이들이 일제히 날아갔다. 불화살이다. 반궁을 든 여러 남자들이 화살 끝 솜뭉치를 기름에 적시고 불을 붙인 뒤 시위에 메겨서 쏘고 있다. 문짝도 그렇거니와 토기와 불화살까지 제대로 준비해 놓은 다이치로는 만반의 대비를 해 두었던 것이다.

불화살은 잇달아 괴물의 대가리에 맞고 떨어졌다. 입속에서 불길이 타올랐다. 괴물이 포효했다. 처음 들어 보는 고통의 포효였다. 낭패의 포효였다. 미노키치의 마음속에서도 희망이 타올랐다.

"하나, 이놈을 마을에서 몰아내자!"

미노키치는 마음을 단단히 먹고 하나의 등으로 기어올랐다. 말을 타는 것은 처음이다. 안장도 없다. 하지만 미노키치가 걸터앉자 하나는 능숙하게 태워 주었다. 고삐를 한 번 흔들자 믿음직스럽게 울부짖고 걷기 시작했다.

괴물은 대가리를 흔들어 불을 끄려고 했다. 뜨거워서 가만있지를 못하고 뒷다리를 동동 굴렀다. 대가리 쪽에 정신이 팔린 탓인지 꼬리는 축 늘어져 땅에 끌렸다. 마을 남자들이 와르르 달려들어 도끼와 괭이로 꼬리를 끊으려고 했다. 남자들 얼굴에 피가 튀었다.

괴물이 대가리를 이쪽으로 돌리자 미노키치는 하나를 앞으로 나아가게 했다. 괴물이 피하면 그 피한 쪽으로 접근했다. 그렇게 한 발 또 한 발 뒷걸음질을 강요한다. 불화살은 다 떨어져서 더 이상 날아오지 않았지만, 괴물 몸뚱이와 아가리는 여전히 불에 타고 있었다. 꼬리도 곧 절단될 것처럼 보였다.

게다가 오늘 괴물은 사람을 잡아먹을 때 혀를 이용하긴 했지만, 혀로 공격하지는 않았다.

'소에이 님 덕분이다!'

산에서 소에이가 괴물의 혀를 잘라 냈기 때문이다.

마치 사람이 뜨거운 것을 입에 넣고 어쩔 줄 몰라 하는 것처럼 괴물은 흉하게 생긴 앞다리를 치켜들어 불타는 대가리와 아가리를 누르며 우왕좌왕했다. 그래도 몸을 뜻대로 움직이지 못하는 이유는 마을 남자들이 꼬리를 누르고 있기 때문임을 알아챌 만한 여유도 없어 보였다.

남자들 사이에서 환성이 올랐다.

"와! 해냈다!"

"꼴좋다! 이놈!"

둘로 갈라진 괴물의 꼬리가 끝에서 한 발쯤 되는 부분에서 절단되었다. 본체에서 떨어져 나간 꼬리는 낚싯바늘에 걸린 물고기처럼 펄떡거렸다. 본체에 붙은 쪽은 도망치는 것처럼 등 쪽으로 말려 올라갔고, 거기에서 뿜어 나오는 피가 사방에 빗물처럼 쏟아졌다. 괴물도 대가리, 등, 어깨 할 것 없이 자신의 검은 피에 젖어 번들번들 빛났다.

뭔가가 폭발하는 듯한 소리가 나기 시작했다.

미노키치는 하나를 타고 괴물을 몰아내는 데 열중하느라 처음에는 그 소리를 듣지 못했다. 주변 남자들과 다이치로도 그랬을 것이다. 가스케 외에도 문을 방패 삼은 남자들이 늘어나 있었다. 그들은 문짝 뒤에 몸을 숨긴 채 괴물을 향해 이것저것 던지거나 떨어진 화살을 주워 다시 쏘거나 횃불을 휘둘렀다. 공포를 물리치려고 열심히 고함을 지르고 영문 모를 소리를 외치며 기합을 넣고 있었다. 그 소란한 와중에 빠직빠직, 슉슉, 모닥불에 올린 생선 꼬치가 익어 가는 듯한 소리가 났다.

괴물의 대가리와 아가리 속의 불길이 그제야 꺼졌다. 불타던 곳은 새카맣게 되거나 빨갛게 문드러졌다. 부상을 당한 탓에 주위 경치나 밝기에 따라 피부 빛깔을 바꾸는 능력을 잃었는지 밤의 어둠에 동화된 새카만 색에서 개구리 같은 색으로 변해 있었다. 등에는 얼룩무늬가 있고 배는 하얗다. 그런데 등의 얼룩무늬가 이상했다. 미노키치는 이상한 소리보다 이 점을 먼저 알아차렸다. 얼룩무늬가 움직이나?

아니, 움직이는 것이 아니다. 벗겨지고 있다. 괴물은 꼬리 절단면에서 여전히 뿜어져 나오는 피를 뒤집어쓰고 있다. 그런데 그 피가 떨어진 부위부터 그것이 빠르게 벗겨져 간다.

벗겨져서 새 피부가 드러난다. 무쇠처럼 빛나는 까만 비늘에 덮인 새로운 몸뚱이가 나타나고 있었다.

하나가 히히힝 우는 소리에 움찔하며 뒤로 물러나면서도 괴물은 뒷다리로 벌떡 일어섰다. 미노키치는 저도 모르게 "어?" 하고 말했다.

괴물의 형상이 변하고 있다. 갑옷 같은 비늘이 피부를 덮어 갈 뿐인 게 아니었다. 둥근 대가리가 점차 가늘어지고 아가리가 뾰족해진다. 모가지도 가늘어진다. 대가리만 보면 완전히 뱀이다.

아울러 양 어깨가 튀어나오고 몸통과 앞다리의 연결 부위에서 살이 부풀어 올랐다. 길이는 여전히 짧았지만 관절이 굵게 불거졌다.

뒷다리는 더 묵직하게 땅을 디뎠고 통통한 몸뚱이는 단단하게 조여져서, 괴물은 뒷다리로만 일어서도 흔들리지 않게 되었다. 괴물은 자신의 변화를 확인하려는 듯 울룩불룩 살이 붙고 있는 앞다리를 대가리 앞에 쳐들고 발톱 세 개를 움직였다. 발톱에서 딸깍 딸깍 소리가 났다.

꼬리가 끊긴 데다 대가리가 작아지고 몸통이 가늘어져서 전체적으로 크기가 작아진 것은 분명했다. 하지만 전혀 안심할 수가 없었다. 작아져서 약해진 것 같지는 않았다.

온몸의 변색이 끝났다. 배 한복판만 남기고 전부 까만 갑옷에 뒤덮인 기이한 모습. 가늘어진 몸뚱이에 어울리지 않을 만큼 늠름한 뒷다리와 강력하고 재빨라진 앞발.

그 대가리가 갸우뚱 기울었고 아가리 가장자리로 빨간 혀가 힐끔 보였다. 끝이 두 갈래로 갈라진 혀다. 소에이가 절단한 혀가 아니었다. 탈피와 변신을 통해 새로운 혀가 되었다.

생물은 이럴 수 없다. 탈피로 상처가 없어지거나 하지 않는다. 자신의 피를 뒤집어쓰고 변신하지도 않는다. 이놈은 진짜 괴물이다.

얼어붙은 듯 움직이지 못하는 나카무라 주민들이 쳐다보는 앞에서 괴물은 대가리를 움직여 있지도 않은 눈으로 주변을 흘겨보았다. 그 움직임이 나가하시 가 앞에 피워 놓은 장작불에서 딱 멈추었다.

괴물이 턱을 당겼다. 아가리가 벌어진다.

그리고 포효가 세상을 흔들었다. 새로운 포효, 다시 태어난 괴물의 투지가 주변을 흔들고 있다.

미노키치는 보았다. 괴물이 포효하면서 토해 낸 숨에 나가하시가의 문 앞에 있던 장작불이 화르륵 타올랐다. 그 불길은 금세 처마로, 지붕으로 번졌다.

괴물이 대가리를 이쪽으로 돌렸다. 횃불을 든 남자들을 향해 울부짖는다. 장작불과 마찬가지로 횃불도 괴물의 숨에 갑자기 크게 타올라 남자들을 집어삼켰다.

아직 이해가 되질 않았다. 괴물이 불을 토한 건가? 아니, 기름 같은 인화성 물질을 토하고 있는 것이다.

사람을 녹여 버리는 신물은 불에 닿으면 활활 타오르는 것이다! 불씨가 없는 곳에서도 괴물의 숨을 쐰 남자들은 데굴데굴 구르며 고통스러워했다. 뜨거워! 살이 녹아! 그리고 그들에게 불티가 튀면 화르륵 불길이 치솟았다.

미노키치는 부르르 진저리를 쳤다. 요새에서도 불이 그렇게 빨리 번졌던 까닭은, 젠조가 불을 지르기 전에 이미 많은 사람과 물건이 괴물의 신물에 젖어서 불붙기 쉬운 상태였기 때문이다.

괴물은 포효를 통해 불길을 맹렬하게 만든 뒤 앞발로 지붕을 쳐부수고 뒷발로 벽을 깨며 다시 마을 한복판으로 들어가기 시작했다.

"불을 꺼! 모닥불을 꺼!"

다이치로의 목소리가 갈라졌다. 가스케가 들고 있던 문짝을 내려놓고 멍한 얼굴로 서 있다.

"물을 뿌려! 뜨거운 물을 가져와!"

그렇게 지시하는 누군가의 말이 으악, 하는 비명으로 변하며 끝났다. 땅이 흔들렸다. 곁에 있는 것들을 남김없이 짓밟은 괴물은 지금 막 고개를 숙이고 뭔가를 덥석 물었다. 사람 살려! 하는 비명이 이내 사라졌다.

불길이 번지자 마침내 하나도 겁을 내기 시작했다. 미노키치는 합숙소로 도망쳐야겠다고 생각했다.

"가스케 형, 합숙소로 가요! 어서!"

미노키치의 목소리에 가스케가 그제야 정신을 차렸다. 문짝을 어떻게 하나 망설이는 눈치였다.

"그냥 버리고 가요!"

괴물이 다가온다. 몸이 휘청거릴 만큼 심한 땅울림. 포효와 비명. 뜨거워, 뜨거워, 를 외치는 남자들.

가스케가 문짝을 버리고 미노키치와 하나에게 뛰어가려고 몸을 돌린 순간 감등 하나가 발치로 굴러 왔다. 얇은 나무판을 구부려 만든 감등이 반원을 그리며 데굴데굴 굴렀다. 그 속에서 짧은 초가 타고 있었다.

괴물이 이쪽을 돌아보았다. 모든 것을 파악하고 있는 듯한 신속함, 똑똑함 그리고 냉혹함. 한순간도 주저하지 않는다. 용서도 없다.

시간이 멈춘 것 같다. 가스케가 이쪽으로 뛰어온다. 미노키치가 손을 내민다. 하나가 채근하듯 발을 구른다.

괴물의 뱀 같은 대가리가 밑으로 내려온다. 아가리가 벌어졌다 닫힌다. 소리는 들리지 않는다. 다만 이상하게 뜨겁다. 피부가 얼얼하게 타는 냄새가 나고 악취 섞인 숨이 불어와 온몸을 빈틈없이 감싼다.

땅을 구르는 감등 속에 들어가 있는 짤막한 초의 불이 크게 타올랐다. 불길은 흘러나와, 도망치는 가스케의 등에 옮겨 붙었다. 괴물의 숨, 몸에 불어오는 그 축축한 안개가 불꽃으로 변한다.

미노키치는 외쳤다. 가스케도 불길에 휩싸여 외치고 있었다. 양손이 허공을 움켜쥐었고 무릎이 꺾였다.

불길을 아슬아슬하게 피한 하나가 땅을 박차며 도망치기 시작했다. 미노키치는 몸을 숙여 하나의 목에 매달렸다. 눈물이 줄줄 흐른다. 얼굴이 아프다. 안개 같은 신물 탓이다. 오른쪽 눈이 뜨이질 않는다. 그래도 하나는 달린다. 합숙소로 가는 길을 달려 올라간다.

"워, 워! 멈춰!"

커다란 남자 목소리가 들렸고, 놀란 듯 히히힝 운 하나의 걸음걸이가 흐트러졌다. 백발 섞인 머리를 조그맣게 틀어 올린 노인이 양팔을 벌리고 앞을 가로막았다. 먼 길을 여행하는 옷차림을 한 늙은 무사였다. 노인이 동작을 멈춘 하나의 고삐를 꽉 움켜쥐더니 뒤를 돌아보며,

"오토와 님, 이리로 오십시오!"

하고 외쳤다.

"자, 타시죠. 이치노히메 님도 어서 오십시오."

하나를 타라고? 누구 마음대로? 미노키치가 발끈해서 외쳤다.

"하나를 만지지 마! 당신들 뭐야!"

그러자 갑자기 매질이 쏟아져 하나의 등에서 떨어지고 말았다.

"무례한 놈!"

땅바닥에 떨어진 미노키치의 등으로 다른 손이 뻗어 와 소년을 우악스레 일으켜 꿇어앉혔다. 역시 여행하는 옷차림을 한 무사로, 이쪽은 좀 더 젊어 보였다. 거만하게 인상을 썼지만 눈매는 긴장하고 있다.

"물렀거라! 여기 계시는 분은 오오이 류자키 가의 오토와 님과 그 영애 이치노히메 님이시다. 너처럼 천한 놈이—,"

멀리서 격렬한 파괴음이 들려와 미노키치와 무사들은 깜짝 놀라 펄쩍 뛰었다. 이곳은 합숙소로 오르는 길의 중간쯤, 오센이 '새집'이라 부르는 공사중인 저택 바로 옆이다. 숲 속 나무들 사이로 빨간 불길이 보였다.

아아, 또 당하는구나. 나카무라도 불타고 있다. 이번에도 막아내지 못한 것이다.

아무도, 그 무엇도 저 괴물에 대적하지 못한다.

미노키치는 울었다. 처음에는 딸꾹질하듯 끅끅거리던 울음이 이내 통곡으로 변했다. 아무리 큰 소리로 울어도 모자라다. 이 분노와 슬픔을 다 토해 낼 수 없다.

오른쪽 눈이 아프다. 눈꺼풀이 딱 달라붙어 뜨이질 않는다. 그래도 눈물이 흘러나와 타는 듯한 통증이 커진다. 미노키치는 주먹으로 땅을 치며 울었다.

부드러운 뭔가가 어깨에 닿았다. 그리고 가만히 턱에도 닿았다.

어느새인가 바로 옆에 어린 여자애가 다가와 있었다. 솜을 넣은 이불로 몸을 꽁꽁 감쌌지만 그 속에 하얀 잠옷을 입고 있는 듯했고 발이 맨발이었다. 안쓰러울 만큼 작고 가녀린 발이다.

"왜 울어?"

미노키치의 얼굴을 들여다보며 여자아이가 속삭였다. 작은 손가락이 미노키치의 볼에 가볍게 닿았다.

"눈, 아파?"

"어, 이치노히메 님!"

늙은 무사가 그제야 놀라며 달려들어 다시 미노키치를 거칠게 떠밀려고 했다. 그러자 이치노히메라고 하는 이 조그만 여자애가 있는 힘껏, 놀랄 만큼 냉정하고 강한 목소리를 냈다.

"고시카와, 이 아이를 때리지 마!"

그러자 늙은 무사가 당황하며 쳐들었던 손을 내릴 뿐 아니라 그 자리에 납작 엎드렸다. 미노키치는 너무 놀라 삶은 조개처럼 입을 멍하니 벌렸다. 뭐지, 이 아이는? 지금 이 늙은 무사를 꾸짖은 건가?

"사요, 그렇게 거칠게 말하면 못써."

상냥한 여자 목소리가 끼어들었고 곧 그 목소리의 주인도 모습을 드러냈다.

한순간 미노키치는 그 사람이 아카네인 줄 알았다. 하얀 피부도, 길게 드리운 검은 머리칼도, 은은하게 풍기는 향기도 아카네를 닮았다.

하지만 그녀는 아카네가 아니었다. 아카네보다 훨씬 젊었다. 세상물정 모르는 미노키치의 눈에도 어딘지 허무한 느낌을 띠고 있었고, 연약해 보였다. 이치노히메와 마찬가지로 하얀 잠옷을 입었고 맨발이었지만, 그 위에 화려한 덧옷을 걸쳤다.

그제야 알았다. 이 사람들은 촌장 나가하시 가에 찾아온 귀한 손님들이 분명하다. 이 모녀가 바로 그 가마의 주인일 것이다.

"용서해 주겠니? 우리가 말을 데려오지 못했구나."

부인이 미노키치의 앞에 쪼그려 앉아 그렇게 말을 건넸다.

"같이 왔던 무사들도 잃어버리고 여기 고시카와와 우라노만 남아서……."

늙은 무사가 고시카와, 젊고 지위가 높아 보이는 쪽이 우라노인 모양이다.

"나가하시 가에서는 저쪽 합숙소라는 곳으로 도망치라고 하던데."

합숙소는 매우 튼튼하게 지어졌고 마을 중심부에서 떨어져 있다. 아마 다이치로가 그렇게 권했을 것이다.

"숲이 점점 깊어지기만 해서 무서워하던 참이란다. 우리가 길을 잘못 들었니?"

"나도 합숙소로 가는 중이에요. 이 길이 맞아요."

"그럼 우리와 같이 가 주겠니?"

뛰어나올 때 추위를 이기려고 잠옷 위에 급한 대로 옆에 있던 것을 걸치고 나온 모녀. 함께 온 두 무사는 여장을 풀지 않고 불침번을 섰는지 여행용 하카마와 하오리에 주름이 가 있었다.

"이, 이쪽입니다."

미노키치는 양손으로 바닥을 짚고 일어나 하나의 고삐를 잡았다.

"저 괴물은 사람은 잡아먹지만 말한테는 약해요. 하나가 있으니까 안심해도 됩니다."

오토와와 이치노히메를 하나의 등에 태웠고, 우라노가 말과 나란히 걸었다. 고시카와는 다리를 조금 절고 있었다. 혼란한 와중에 도망치다가 다쳤는지도 모른다.

미노키치는 하나를 재촉하며 연방 뒤를 돌아보았다. 괴물은 여전히 마을 안을 어슬렁거리고 있을까?

어서, 어서 가자. 합숙소가 이렇게 멀었나. 위를 올려다보니 말 위에 있는 이치노히메의 얼굴이 달님처럼 하얗다. 하나의 목에 두른 손이 작고 연약해서 이치노히메는 단단히 목에 매달리지 못하고 말갈기를 붙들고 있었다.

땡강, 땡강. 길 앞쪽에서 쇠붙이들이 부딪히는 소리가 나자 미노키치는 걸음을 멈추었다.

가스케가 매달아 둔 쇠붙이. 그것들이 서로 부딪혀 소리를 내는 건가? 그렇다면 괴물이 뒷산 쪽으로 온 걸까?

'우리를 기다리고 있나?'

말도 안 돼. 왜 그런 끔찍한 상상을.

하지만 요새에서 도망쳤을 때도 괴물은 어느새 바로 뒤까지 쫓아와 있었다.

앞에 보이는 길은 오른쪽으로 완만하게 굽어 있다. 과연 괴물이 튀어나올까?

땡땡, 땡강, 땡강. 가까이 왔다. 희미한 등롱 불빛. 발소리도 들린다. 숨 쉬는 소리. 사람의 소리만이 아니다.

말이다! 세 마리가 앞뒤로 줄지어 묶여 있고, 마구간지기가 제일 앞쪽 말의 고삐를 쥐고 있었다. 쇠붙이들이 부딪히는 소리가 들린 까닭은, 가스케가 뒤뜰 말뚝에 묶었던 밧줄을 말들을 묶는 데 그대로 썼기 때문이다.

"아저씨!"

미노키치의 목소리에 마구간지기가 엉거주춤한 자세로 불안스레 고개를 들었다. 그 옆에 영감이 있었다. 양손을 품에 찔러 넣고 평소보다 허리를 더 구부린 모습으로 어디가 아픈 듯 비틀비틀 내려온다.

"어디 가세요! 마을은 위험해요!"

미노키치는 하나와 손님 일행을 떠나 마구간지기에게 달려갔다. 가까이 가 보니 마구간지기는 공포에 사로잡혀 눈물을 흘리고 있었다. 영감은 미노키치에게 눈길도 주지 않고 위태로운 걸음걸이로 계속 내려갔다. 허리에 매단 등롱은 당장이라도 꺼질 것 같았다.

"나도 모르겠다. 어렵게 합숙소로 도망쳤는데, 영감님이 나가겠다고 고집을 피우시니."

마구간지기는 더욱 종잡을 수 없는 이야기를 했다. "영감님은 그 무서운 짐승을 자기가 물리칠 수 있다는 거야."

영감은 위태로운 걸음걸이로 서둘러 내려가고 있었다. 하나와 손님 일행도 그냥 지나쳤다. 오토와 일행이 당황한 표정으로 영감을 바라본다. 고시카와와 우라노도 무례한 자라고 화내야 한다는 것을 잊은 듯했다.

어안이 벙벙하기는 미노키치도 마찬가지였다.

"괴물을…… 물리칠 수 있다고?"

그때 미노키치는 알아차렸다. 발치에 뭔가가 점점이 떨어져 있었다. 그가 지나간 자리에.

피다. 영감님이 피를 흘리고 있다. 대체 어떻게 된 일일까.

"아저씨, 왜 말을 끌고 가는 거죠?"

"말이 있으면 초장부터 잡아먹히지 않을 수 있다고 해서."

"그럼 내가 데려갈게요. 아저씨는 저 사람들을 합숙소로 안내해서 숨겨 주세요."

미노키치는 쇠붙이를 땡강땡강 울리는 말 세 마리를 끌고 영감을 좇아갔다. 옆을 지나갈 때 하나에 타고 있던 이치노히메가 애절한 눈빛으로 쳐다보았다. 아씨, 나는 아씨를 저버리는 게 아닙니다. 다만 지금은 영감님을 따라가야 해요!

"영감님, 영감님, 잠깐만요."

따라가 살펴보니 영감이 피를 흘리는 것은 사실이었다. 정강이를 타고 흘러내린다. 배에도 피가 배어 있다.

"영감님, 무슨 일이에요? 뭘 하셨어요?"

영감은 고개를 떨어뜨린 채 멈추지 않고 비칠비칠 걸으며 작은 목소리로 뭐라고 중얼거렸다.

염불이다. 나무아미타불, 나무아미타불.

"영감님, 괴물을 물리치시겠다니, 어떻게요? 나도 도울 수 있을까요?"

마을에서는 화재가 꺼져 가고 있었다. 말들은 콧김을 거칠게 내뿜었지만 난동을 부리지 않고 걸었다.

"미노키치구나."

겨우 정신을 차린 듯 영감은 눈을 끔쩍이며 미노키치의 얼굴을 보았다. 그러고는 믿기 힘들게도 희미한 미소를 지었다.

"걱정할 것 없다. 내가 잘 알고 있어. 그래서 여기서 살아 온 거야."

무슨 말이에요, 영감님?

"이 나이가 되도록 기다려야 했던 것이 행인지 불행인지 모르겠구나. 그래도 이게 내 소임이니까."

마을에서 연기가 흘러나왔다. 말들이 놀라 머리를 젖히려고 했다. 미노키치가 열심히 달랬다. 요새에 있던 하나와 달리 이 말들은 마을의 보배로서 귀하게 관리되어 왔다. 그래서 하나처럼 배포가 있는지는 모르겠다. 도리어 상황을 더 어렵게 만들지도 모른다.

땡땡, 땡강, 땡강. 길을 따라 내려가자 시야가 열렸다.

마을 중앙의 집들은 거의 다 불탔고, 불에 타지 않은 집도 지붕이 내려앉고 벽이 무너졌다. 나가하시 가도 절반쯤 부서졌고, 부러진 들보와 기둥에서 연기가 피어올랐다.

연기 너머에서 칠흑빛 괴물이 몸뚱이를 일으켰다. 반쯤 남은 나가하시 가의 뒤에 엎드려 있었던 것이다. 꺼져 가는 불길이 괴물의 갑옷 같은 비늘에 어른거렸다.

땡땡, 땡강, 땡강. 쇠붙이 소리가 괴물을 유인했다. 먹이 냄새가 나는지 괴물이 콧구멍을 움찔거린다.

말들이 날뛰며 도망치려고 했다. 미노키치는 성한 왼쪽 눈까지 꾹 감고 몸을 웅크렸다. 하지만 말 세 마리는 부릉부릉 콧김을 내뿜고 발굽으로 땅을 차면서도 모두 그 자리에 머물렀다. 괴물이 바로 앞에 있는 데도.

말들은 뭔가 신비한 것이라도 보는 양 눈을 크게 뜨고 있다. 이제는 무서워하지 않는다. 괴물과 대치하자 공포보다 호기심이 솟은 걸까. 기묘한 것을 더 자세히 보려는지 말들이 괴물에게 눈길을 집중하고 있었다.

괴물은 대가리를 끌어당기고 뒷다리도 한 발짝 물러, 말들과 거리를 두었다.

'싫어하는구나.'

고록고록, 하는 불길한 소리가 난다.

"미노키치, 여기 있어라."

영감은 그렇게 말하고 불쑥 앞으로 나섰다. 그러고는 슬쩍 뒤를 돌아본다.

"네 눈은 오센 아버지한테 치료해 달라고 해."

미노키치는 고뻬를 놓고 영감을 따라가려고 했다. 그 순간 괴물이 목을 울리며 이쪽으로 고개를 뻗었다.

영감이 품에서 양손을 빼내 높이 쳐들었다. 그 자세 그대로 더 걸어서 괴물에게 다가섰다. 손바닥에서 피가 뚝뚝 떨어진다. 정강이를 타고 흐르는 피도 멈추질 않는다. 영감이 한 발 나설 때마다 그을음으로 지저분해진 땅바닥에 피로 물든 짚신 자국이 남았다.

"쓰치미카도 님."

영감이 양손을 쳐들고 괴물을 불렀다. 미노키치가 아는 한 영감이 이렇게 낭랑한 목소리를 낸 것은 처음이었다.

그런데, 뭐라고? 쓰치미카도 님?

"고정하소서, 쓰치미카도 님."

믿기 힘든 일이지만, 말이 싫어서 물러섰을 때처럼 괴물은 다가서는 노인을 피해 뒷걸음질을 했다. 영감은 그런 괴물을 쫓아갔다. 그러고는 괴물의 정면으로 비척비척 돌아갔다.

"쓰치미카도 님, 저는 우류의 가신입니다. 부디 고정하소서."

한층 높게 다시 한 번 그렇게 호소한 뒤 영감은 피가 뚝뚝 듣는 손을 초조하게 움직여 웃통을 벗었다.

미노키치는 하마터면 소리를 지를 뻔했다. 영감의 배에서 피가 뚝뚝 듣고 있었다.

꺼져 가는 불길의 빛에 영감의 수척한 배가 드러났다. 선명하게 보이는 두 개의 상처. 굵은 선 두 줄기가 가로로 나란히 나 있고, 이를 동그란 원이 가두고 있다. 피는 이 상처들에서 흘러나왔다.

눈에 익은 무늬였다. 고야마의 산번 무사가 걸치는 한텐에 찍혀 있었다. 주둔소 깃발에도 그려져 있었다. 저것은 '동그라미 안에 산목 두 개', 즉 고야마의 주군 우류 가의 문장 아닌가.

"쓰치미카도 님, 제발 산으로 돌아가십시오."

영감은 괴물에게 다가가 마침내 양손으로 괴물을 밀어내려고 했다. 손바닥이 이쪽을 향한 찰나, 그 두 손바닥에도 '동그라미 안에 산목 두 개' 상처가 나 있는 것이 보였다. 자기 몸에 우류 가의 문장을 판 영감이 피를 흘리며 괴물에게 호소하고 있는 것이다.

괴물이 그 호소에 반응했다. 영감을 두려워하는 것처럼 마지못해 후퇴했다. 괴물은 계속 뒷걸음질을 해서 반파된 나가하시 가를 빙 돌아 마을 중앙을 벗어났다.

"쓰치미카도 님, 간절히 부탁드립니다. 산으로 돌아가십시오."

영감의 목소리가 갈라지고 몸이 크게 휘청거렸다. 손이 허공을 움켜쥐며 그대로 떨어졌다. 손바닥의 피가 괴물에게 튀었다. 영감은 그만큼 바짝 다가가 있었다.

"구로로로로로!"

괴물은 지금까지 들어본 적이 없는 비명 같은 소리를 내지르며 비늘에 싸인 몸뚱이를 휙 돌렸다. 그러고는 땅을 박차며 도망치기 시작했다. 다리를 접고 미끄러지지 않고, 뒷다리로 뛰었다. 속도가 붙자 땅을 힘차게 박차더니 마을을 에워싼 숲 속으로 뛰어들었다.

비명이 멀어져 간다. 괴물이 도망치는 경로가 보인다. 숲 속 나무들이 잇달아 부러졌기 때문이다. 그 강력한 앞다리로 나무를 치며 길을 여는 것이다. 마침내 괴물의 소리는 숲 너머로 사라졌고 그 뒤에는 괴물이 지나간 흔적만 남았다.

영감은 손을 내리고 그 자리에 무릎을 꿇은 다음 천천히 고꾸라졌다.

꿈을 꾸는 듯 몽롱한 표정을 띤 채 멍하니 서 있던 미노키치는 그제야 흠칫 놀라 달려가 영감을 안아 일으켰다.

"영감님! 영감님!"

그 목소리가 신호인 양 여기저기에서 주민들이 나타났다. 다친 사람을 부축하고, 연기를 내는 폐허에 물을 끼얹고, 그래도 안 꺼지는 불은 막대기로 두드려서 끄고, 서로 이름을 불러 무사함을 확인한다.

영감의 몸에서 흘러나오는 피가 미지근했다. 하지만 손발은 차게 식었다. 얼굴은 밀랍처럼 하얗다. 피와 함께 생명이 새어 나온 것이다.

누군가의 그림자가 드리웠다. 촌장의 손자 다이치로이다. 얼굴은 온통 그을음투성이에 옷은 여기저기 찢어졌고 어깨에는 피가 묻었다.

"지혈을 해야겠다. 저쪽으로 옮기자."

그러자 영감이 핏기 없는 입술을 달싹이며 말했다. "내 말, 들어주시오."

"힘쓰면 안 돼요, 영감님."

"내 말, 들어주……."

미노키치에게 귀를 가까이 대라고 손짓한다. 미노키치와 다이치로가 몸을 잔뜩 수그려 영감의 얼굴에 귀를 가까이 댔다.

"이게…… 내 소임이었다오."

아까도 그리 말했다.

"나는, 본시…… 고야마의 우류 가에 속한 자라오."

영감이 맥없이 눈을 끔뻑이자 눈가에 눈물이 맺혔다.

"언젠가, 이런 일이 일어날 때를…… 대비해, 여기서 살았지."

"이런 일이라면, 괴물이 나타나 난동을 부리는 거 말인가요?"

영감은 눈을 감고 턱을 끄덕여 보였다.

"쓰치미카도 님이, 번경을 넘으면 안 되니까. 그러면…… 전쟁이 벌어지니까……."

우리가, 천벌 받을 짓을 했어. 영감은 눈물을 흘리며 속삭였다. 전에도 비슷한 말을 한 적이 있다. 우류 가 놈들은 옛날부터 천벌

받을 놈들이었다고.

"산에서…… 쓰치미카도 님을 만들어서."

천벌 받을 짓이야. 영감은 운다.

"사람이 해도 될 일이 있고, 해서는 안 되는 일이 있어."

"그만하세요, 영감님. 이러다 기운 빠져요."

미노키치가 말렸다. 하지만 다이치로는 위협이라도 하듯 굵은 목소리로 물었다. "쓰치미카도 님이란 게 그 괴물이란 말인가요, 영감님?"

"다이치로 님, 그게 무슨 상관이에요."

"무슨 상관이냐니. 영감님은 이제 틀렸어. 그러니 우리에게 자세히 말해 주면 좋겠어."

영감은 다시 고개를 끄덕였다. 손바닥에서 여전히 피가 나고 있지만 배에서 흘러나오던 피는 멎었다. 미노키치는 그것이 도리어 무서웠다. 피를 너무 많이 흘린 건 아닐까?

"그 괴물을, 그렇게 무서운 짐승을, 우류 측에서 만들었다고? 인형처럼 만든 것이라고?"

"……그렇소."

"어떻게 하면 죽일 수 있지?"

영감은 둘에게 귀를 더 가까이 대라고 손짓했다. 목소리가 나오질 않는 것이다.

"쓰치미카도 님은…… 우류가 만든 재앙이오. 류자키 님이 미워서, 무서워서, 만들었던 건데……."

미노키치로서는 통 이해할 수 없었다. 그러나 다이치로는 영감의 말을 이해한 듯했다. 충격과 피로에 흐릿해져 있던 눈이 맑아졌다.

"그래? 알겠어요. 그러니까 영감님, 어떻게 하면 놈을 없앨 수 있죠?"

영감의 눈꺼풀이 떨리며 반쯤 열렸다.

"……나는…… 너무 오래 살았어."

"영감님, 어떻게 해야 놈을 죽일 수 있냐니까!"

"그런 건…… 보고 싶지 않았어."

영감은 이제 어떤 말도 듣지 않는다. 그저 홀로 중얼거릴 뿐이다. 미노키치는 영감의 손을 꼭 쥐었다. 상대는 마주 쥐어 주지 않았다.

"……쓰치미카도 님…… 왜…… 깨어나셨소."

힐문을 하는지 이 말만은 조금 강하게 들렸다. 그것이 전부였다. 영감의 맥박이 멎었다.

"영감님, 영감님! 영감님!"

영감을 부르며 몸을 흔드는 미노키치를 다이치로가 밀어내며 말렸다. "이제 그만."

그러고는 영감의 눈꺼풀을 감겨 주었다. 다이치로의 손은 화상으로 문드러져 있었다.

"들었지, 미노키치? 그 괴물은 만들어진 것이다."

다이치로의 눈은 한 곳을 응시하고 있었다.

"우류 가가 놈을 만들었군. 류자키 님을 증오해서 이 나가쓰노를 궤멸하려고 만든 거야."

"다이치로 님, 침착하게 생각하세요!"

미노키치는 울상을 지으며 다이치로를 마구 흔들었다.

"그건 산에서 내려온 짐승이에요! 산이 노여워하신 탓이라고요! 사람 손으로 만들 수 있는 게 아니에요!"

"하지만 영감님이 뭐라고 했지? 쓰치미카도 님이라고 했잖아."

너, 모르냐? 다이치로는 의아한 듯이 미노키치를 보았다.

"쓰치미카도 님이라는 건 흙으로 빚은 인형을 뜻해. 흙인형을 뜻한다고."

미노키치는 몰랐다. 하지만 그제야 이해할 수 있었다. 그래서 아까 다이치로는 불쑥 '인형'이라고 했던 건가.

"그놈은 만들어진 거야. 인형 같은 거라고. 고야마 놈들에게 조종당해서 우리 나가쓰노 사람들을 먹어치우려고 난동을 부린 거야."

"아녜요, 다이치로 님!"

미노키치는 다이치로를 마구 흔들다가 마침내 그의 가슴을 팡팡 쳤다.

"우리 마을도 고야마의 마을이야! 고야마 사람들도 놈에게 잡아먹혔다고!"

다이치로와 눈길이 마주쳤다. 미노키치는 움찔했다. 얼마나 차가운 눈빛인가. 지금까지와는 전혀 다르다.

"무슨 상관이냐. 그게 바로 자업자득이란 거다."

남을 죽이려고 하다가 제가 먼저 죽는다. 업보가 제 몸한테 돌아온 것이다.

"꼴좋게 됐지."

다이치로의 입술이 희미하게 일그러졌다.

그때였다. 나카무라의 폐허와 잔해 사이에서 우왕좌왕하던 사람들이 동요했고 여자의 한층 새된 목소리가 날아왔다.

"다이치로 님! 아, 미노키치! 너, 그 눈은 어떻게 된 거니?"

오센이었다. 온몸이 그을음으로 범벅이 되었고 얼굴도 새카맣다. 그녀는 영감을 알아보고 악, 하고 비명을 지르며 그를 안아 일으켰다. "영감님, 영감님!"

"그보다 오센, 무슨 일이지?"

다이치로가 울상을 짓는 오센의 팔을 붙들며 묻자 오센은 고개를 들고 아아, 아아, 하는 소리를 내며 갈팡질팡했다.

"저길 봐요, 다이치로 님. 저게 뭐죠?"

오센이 손으로 가리킨 것은 마을로 통하는 외길이었다. 완만한 언덕길 저쪽이 환했다. 가만히 살펴보니 불 여러 개가 옆으로 나란히 늘어서서 다가오는 것이 보였다.

어느새 여명이 가까운지 동녘 하늘이 희미하게 밝아져 있었다. 그 여명을 등지고 묵묵히 다가오는 이들은 기마 부대였다. 깃발이 나부꼈다.

"아아." 다이치로가 턱이 빠진 듯한 얼굴을 하며 비칠비칠 일어섰다. “저건 수석님이다!”

어? 정말? 하고 소리 지르며 오센이 벌떡 일어섰다.

“수석님이 오셨다! 하긴, 오다이님이 걱정되시겠지!”

또 ‘수석님’이란 말이 나왔다. 대체 그는 누구란 말인가.

미노키치가 묻자 오센이 긴장했다.

“미노키치, 아, 그렇구나. 너는 모르겠지. 아무도 말해 주지 않았구나.”

새카만 오센의 얼굴. 두 눈이 곤혹스러운 듯이 깜빡거린다.

“수석님은 소야 단조 님이야. 그러니까, 오다이님의 오라버니 되시는 분이지.”

미노키치는 곧장 놀라지 않았다. 너무 뜻밖이라 뜻을 미처 새기지 못한 것이다.

“이거 큰일 났군.”

다이치로는 낭패한 나머지 식은땀을 흘렸다.

“어떡하지, 어떡하면 좋지.”

“뭘 그렇게 당황해요, 다이치로 님!” 오센이 일갈했다. “수석님은 우릴 도우러 오신 거예요!”

도우러 와? 미노키치는 혼란스러웠다. 우리 고야마 사람들한테는 지옥의 옥졸 같은 자인데, 나가쓰노 주민들에게는 믿음직한 수호자란다. 그리고 아카네 님이 우리 원수의 누이동생이라니—.

“무서운 괴물이 나타나 요새도 오다이님도 변고를 당했다고 다이치로 님이 성시에 알렸으니까 수석님이 번사들을 데리고 달려와 주신 거겠죠."

오센의 새된 목소리에 다이치로는 낯을 찡그리며 머리를 감싸 안았다.

"근데, 나는 성시에 알린 적이 없단 말이야."

"네? 왜요? 왜 알리지 않은 거예요?"

"왜냐면 마님께서 부탁하셨거든. 오다이님이 돌아오실 때까지 성시에 알리지 말고 숨겨 달라고. 같이 온 가신분들도 무서운 얼굴을 하고 그렇게 요구하시고."

"무서운 얼굴이라니." 오센은 어이가 없었다. "대체 마님께서는 무엇 때문에 우리 마을에 오신 거죠?"

"그게…… 도망쳐 오신 거야."

"수석님을 피해서?"

"그래. 수석님이 따님을 혼인시키려고 하시는데, 마님은 그 혼담이 너무 싫어 따님을 데리고 이리로 도망쳐 오신 거야. 오다이님께 의지하려고."

—시누이에게 중재를 부탁하고 싶어요. 시누이라면 수석님에게 말해서 제가 원치 않는 이치노히메의 혼담을 없던 일로 만들어 줄 수 있어요.

"그건 결국," 오센은 너무 태평하다 싶을 정도로 얼빠진 목소리로 말했다. "부부 싸움이네."

"오센, 그렇게 가볍게 볼 일이 아냐."

다이치로는 머리를 감싸 안은 채 말했다.

"마님은 수석님의 측근은 아무도 믿지 못하겠다면서 굳이 친정집 가신분들을 데려오셨을 정도로……, 아, 맞다!"

다이치로는 그제야 생각났다는 듯이 몸을 움찔하며 미노키치에게 급하게 물었다. "미노키치, 마님은 합숙소로 가셨겠지?"

"아, 예. 마구간지기 아저씨가 모시고 갔어요. 하나도 갔어요. 지금 합숙소에 계실 거예요."

"무사하시구나. 아아, 다행이다."

그는 힘없이 털썩 주저앉았다. 오센은 "이거야 원, 뭐가 뭔지"라고 말하며 긴 한숨을 지은 다음 손으로 새카만 얼굴을 썩썩 문질렀다.

굵직한 목소리가 귀인의 행차를 고했다. 기마대가 다가왔다. 이제 마을 초입을 지났다. 말들의 발굽 소리. 흔들리는 깃발. 어려운 한자가 가득 적혀 있어 미노키치는 읽지 못했다. 다만 동그라미 안에 '이리야마가타산 모양을 두 개 나란히 놓은 문양'가 들어간 문장은 나가쓰노의 류자키씨의 가문家紋이다. 미노키치는 직접 인간사냥을 겪지는 않았지만 산속에서 이 깃발을 내건 우두마두 부대를 피해 피신한 적이 여러 번 있다.

소야 단조.

우두마두의 우두머리는 예전에 칼부림을 하다가 왼쪽 눈을 잃었다고 한다. 덕분에 금방 알아볼 수 있을 것이다. 검은색 일색으로 단단하게 무장하여 아침 공기를 묵직하고 불길하게 뒤흔드는 무사들 속에 섞여 있어도.

주변에 흩어져 있던 나카무라의 생존자들이 자리에 엎드려 절했다. 두 손을 모으며 절했다. 고맙습니다, 수석님이 와 주셨으니 이제 살았습니다, 망극합니다.

다이치로는 고쳐 앉은 뒤 양손을 땅바닥에 댔다. 오센도 미노키치를 끌어당겨 엎드려 절하게 했다.

하지만 미노키치는 보고 있었다. 까맣게 차려입은 외눈박이 무사가 말에서 내렸다. 무기와 갑옷이 묵직한 소리를 냈다.

간밤의 악몽은 끝났다. 여명과 함께 시작되는 것은 새로운 전쟁이었다.

황신 荒神

1

"북부 2조의 니다니무라란 말이지."

검은 정강이 보호대를 찬 다리가 미노키치 앞을 천천히 왔다 갔다 했다.

합숙소 봉당. 미노키치는 양손을 등 뒤로 결박당한 채 엎드려 있다. 종종 찰싹, 하는 소리가 울리는 까닭은 이 우두마두들의 우두머리가 말채찍을 휘두르기 때문일 것이다.

곁에는 다이치로와 오센이 있다. 둘 다 미노키치처럼 결박당한 채 고개를 숙이고 있다. 미노키치가 고야마 사람이라는 것을 알고도 숨겨 주었으므로 똑같은 취급을 받고 있는 것이다.

세 사람 뒤에는 영감의 시체가 거적에 아무렇게나 싸인 채 놓여 있었다.

연행된 것은 미노키치 일행만이 아니었다. 부인과 이치노히메,

가신 고시카와와 우라노도 칠흑빛 무기와 방호구로 무장한 단조의 수하들에 의해 안쪽 방에 갇혔다. 조금 전까지만 해도 고시카와와 우라노로 짐작되는 이들이 격하게 항변하는 목소리와 이치노히메의 가녀린 울음소리가 들려왔다. 지금은 그 소리도 들리지 않는다.

미노키치와 다이치로도 그간의 경위와 알고 있는 것들을 전부 자백했다. 아카네에 대해서도, 영감이 남긴 말에 대해서도, 영감이 괴물을 몰아내던 모습에 대해서도 전부 얘기했다. 감춘다고 뭐가 어떻게 되지도 않는다.

그 뒤 소야 단조는 의미심장한 표정을 띤 채 계속 왔다 갔다 하며 생각에 잠겨 있었다.

미노키치는 호소하고픈 것이 아직 많았다. 영감님 장례를 치르게 해 달라. 다이치로 님과 오센 누나는 아무 잘못 없다. 괴물은 먹잇감이 있는 장소에 다시 찾아온다. 나카무라를 위해 대비해 달라. 아카네 님과 소에이 님을 찾아 달라.

다이치로는 창백한 얼굴을 하고 침묵을 지키고 있다. 상처를 치료받지 못한 채 피로 얼룩진 옷을 그냥 입고 있다. 오센은 어깨를 떨며 소리 죽여 울고 있다.

도망칠 길은 전혀 없다. 합숙소는 예전에 그랬던 것처럼 우두마두들의 주둔소가 되어 철저히 경비되었다. 마을 주민들이 어떻게 하고 있는지 알 도리가 없었다.

소야 단조의 발이 미노키치의 앞에서 딱 멈추었다.

"꼬마야."

채찍이 턱 밑으로 들어와 미노키치의 얼굴을 들어 올렸다.

"네 고향 마을 근처에 묘코지라는 오래된 절이 있을 거다. 아느냐?"

미노키치는 우두마두들의 우두머리의 외눈을 올려다보았다. 분하지만 무서웠다. 얼마나 차가운 눈빛인가.

"대답해라, 꼬마!"

소야 단조를 수행하는 무사가 위압적인 목소리로 말했다. 다른 우두마두들보다 나이가 더 있어 보이는 이 무사는 혼자만 붉은 테두리를 두른 검은 투구를 썼다. 단조의 부관인 걸까.

미노키치는 고개를 끄덕였다. 다친 오른쪽 눈은 이제 아프지 않았지만 눈꺼풀을 뜰 수가 없었다. 이대로 보이지 않게 될지도 모른다.

"우리 동네보다 더 높은 곳에 있는 절인데, 스님이 한 분이 계세요."

단조는 조금 의외라는 표정을 지었다.

"스님뿐이냐? 다른 사람들은 없고?"

"거의 못 쓰게 된 절인걸요."

동네 아이들 사이에는 그런 절에 혼자 사는 스님은 인간이 아니라 산신령 아니냐 하는 소문이 돌았다. 원래는 늙은 너구리라는 둥 큰 뱀이라는 둥.

"절의 위치를 아느냐?"

"어, 네. 험하지만 길도 있어요."

"그럼 네가 우리 길잡이를 해라."

단조는 말채찍으로 미노키치의 볼을 살짝 치고선 부관을 돌아보았다. "사헤이지, 부대를 둘로 나눠라. 하나는 내가 이끌고 고야마로 들어간다. 다른 하나는 우루시바라가 맡아 여기를 지켜라."

예, 하고 거명된 두 사람이 대답했다.

"그리고 증원 부대를 빨리 보내라고 연락해라. 준마를 준비해. 우루시바라, 주민을 놓치면 안 돼. 밖에서 들어오려고 하는 자도 체포해서 못 나가게 해라."

"알겠습니다."

사헤이지라는 부관은 단조를 올려다보았다. "그럼 수석님께서 몸소 아카네 님을 찾으실 겁니까?"

"그렇다. 다만 먼저 묘코지로 가야겠다."

부관은 조금 의아한 듯 미간을 찡그렸고, 미노키치도 의아했다. 소중한 동생 아카네 님을 찾는 것을 뒤로 미루면서까지 단조는 왜 묘코지에 연연하는 걸까. 그 황폐한 절을 알고 있는 것처럼 들리기도 한다.

얼굴을 부관에게 향하고 있는 단조는 마치 미노키치의 의문에 대답하기라도 하듯이 이렇게 말했다.

"확실치는 않지만 짚이는 점이 있어서 그런다."

그는 입가에 엷은 미소를 지었다.

"걱정 마라. 아카네는 무사하다. 그 애가 괴물에게 잡아먹히는 일은 있을 수 없으니까."

절대로 없다고 단언한다.

"그러나 요새가 무너지고 화재도 일어났다고 하지 않습니까."

"아카네는 살아남았다. 그건 내가 알아."

의아한 듯이 미간을 찡그리고 있는 부관은 입을 다물었다. 미노키치는 더욱 알 수가 없었다. 물론 아카네 님이 살아 계시기를 바라지만, 아무 근거도 없이 어떻게 무사하다고 장담할까.

"사헤이지, 나는 사냥을 하겠다고 말하고 있는 것이다."

엷은 웃음을 크게 지으며 단조가 말했다.

"마을을 습격한 괴물을 추적해서 잡을 거란 말이다."

"예. 물론 그런 해로운 짐승을 방치할 수는 없습니다."

"그냥 해로운 짐승 정도가 아니다. 우리가 잘 부리기만 하면 나가쓰노에 큰 보탬이 될 거다. 대포보다 믿음직한 무기가 될 거다."

이 말에 다이치로는 저도 모르게 몸을 벌떡 일으켰다. 미노키치도 이런저런 생각할 틈도 없이 외쳤다. "말도 안 되는 소리!"

그 순간 미노키치는 토시를 찬 부관의 손에 호되게 얻어맞아 영감 옆까지 날아갔다.

"괘씸한 놈, 무엄하다!"

성한 왼쪽 눈에서 불꽃이 튀어 번쩍번쩍했다. 단조의 유쾌한 웃음소리가 들렸다.

"그리 화낼 것 없다, 사헤이지. 힘없는 꼬마가 괴물을 두려워하는 건 당연하지. 너희도 괴물을 직접 보면 무서워서 도망칠지도 모른다."

이 세상의 짐승이 아니니까—하고 소야 단조는 말했다.

"저기 죽은 늙은이가 했던 말에 따르면 그 괴물은 나가쓰노의 류자키씨에 대한 증오심 하나로 빚어진 저주 덩어리라지 않더냐."

물론 영감은 그렇게 말했다. 하지만 미노키치는 소야 단조의 말투에서 더 강한 확신이랄까 속셈 같은 것을 느꼈다. 부관의 표정도 더욱 의아한 듯이 일그러지는 것을 보면 이는 미노키치의 섣부른 짐작만은 아니다.

"그렇습니다. 그 저주 덩어리를 어떻게 사냥하시겠습니까? 곰이나 들개 따위를 잡는 것과는 방법이 다를 텐데요."

단조는 그 물음에는 대답하지 않고 영감의 시체 쪽으로 다가가 미노키치의 몸을 발로 거칠게 밀어낸 뒤 말채찍으로 거적을 들추었다. 영감의 손바닥이 나타났다. 동그라미 안에 산목 두 개가 들어간, 피투성이 표식.

"우류가 만든 괴물은 우류의 가문을 두려워한다. 그러나 나가쓰노 사람을 만나면 뼈까지 씹어 먹겠다는 듯이 덤벼든다."

단조의 목소리도 저주와 같은 울림을 띠었다.

"그걸 이용하는 거다. 괴물 코앞에 먹이를 매달아서 끌어내는 거다. 그러고 나서 생포한다. 그러려면 비책이 필요한데, 그 비책이 묘코지에 있다."

더는 참을 수 없었는지 부관이 노골적으로 물었다. "수석님은 괴물에 관해 무엇을 아시는 겁니까?"

"눈치가 빠르구나, 사헤이지." 단조는 또 웃었다. "그건 때가 되면 알게 될 거다. 일단은 묘코지를 발판 삼아 아카네를 찾겠다. 아카네만으로는 부족해서, 아카네가 가지고 있지 않은 것도 찾게 될지 모르지만, 묘코지의 스님이 내 말에 얌전히 따라 준다면 그 수고를 아낄 수 있을 것이다. 나를 믿어라, 사헤이지."

들을수록 영문 모를 말이라 의아함뿐만 아니라 불안까지 싹튼다. 가만 보니 다이치로와 오센도 겁에 바짝 질려 있다.

"알겠습니다" 하고 말하며 머리를 숙인 부관은 단조의 다음 말에 눈이 휘둥그레졌다.

"오토와를 데려가겠다. 괴물의 먹잇감으로 딱 어울린다."

그 자리에 있던 모든 자들이 숨을 삼켰다. 부관도 낯이 창백해졌다.

"하, 하지만 수석님, 오토와 님은—,"

"나가쓰노의 류자키씨의 피가 흐르는 오쿠라님의 딸이다. 고야마의 우류의 저주를 끌어내려면 그보다 나은 미끼도 없지."

"수석님의 부인이십니다!"

"잊었느냐. 오토와는 이미 내 아내가 아니다."

단조는 목소리에 힘을 주지도 않고 듣는 이의 귀를 찌르듯 날카롭게 말했다.

"내 뜻을 어기고 주군의 명을 거부했을 뿐 아니라 이치노히메를 납치해서 도망쳤다. 오토와는 주군에게 적대한 반역자다. 너희 모두 오토와를 반역자로 대하는 데 주저하지 마라!"

부관도, 나란히 서 있던 우두마두들도 냉큼 엎드렸다. 주위가 고요해졌다.

미노키치는 구역질이 났다. 절절하게 깨달았다. 소야 단조는 나카무라가 위급하다는 소식을 듣고 구조하기 위해 달려온 것이 아니다. 마음에 들지 않는 혼담이 싫어서 도망쳐 온 처자식을 쫓아 왔을 뿐이다.

오토와 님. 한순간 아카네 님과 헛갈렸다. 천녀처럼 곱고 가련할 만큼 연약한 사람. 작고 사랑스러운 따님의 어머니.

—왜 울어?

미노키치를 걱정하며 위로하듯 물은 어린 따님의 또릿또릿한 눈동자.

소야 단조는 그 따님과 어머니를 갈라놓고 괴물에게 먹이로 주겠다고 한다.

"송, 송구한 말씀이오나 한 말씀 올립니다."

다이치로가 울상을 지으며 무릎걸음으로 다가가 단조의 발에 매달리려고 했다.

"수석님, 그건 안 됩니다. 마님을 산에 데려가시면 안 됩니다. 그렇게 무서운 일을 하셔서는 안 됩니다."

수석님은 외지 출신이십니다. 다이치로는 호소했다.

"나가쓰노 사람에게 오쿠라님 집안이 얼마나 귀한 가문인지 모르십니다. 천벌을 받습니다. 괴물의 먹잇감이라면 제가 하겠습니다. 저를 데려가 주십시오. 제발 부탁드립니다."

봉당 바닥에 이마를 찧는 다이치로를 단조는 우뚝 선 채 내려다보았다. 그러고는 짤막하게 말했다.

"이자의 목을 쳐라, 사헤이지."

말릴 틈도, 피할 겨를도 없었다.

칼날이 번뜩였고, 피가 튀었다. 다이치로는 소리도 없이 옆으로 쓰러졌다. 오센이 울부짖으며 정신없이 도망치려고 했다. 부관이 피 묻은 칼을 오센에게 겨누며 한 발 앞으로 나섰다.

미노키치가 오센에게 몸을 부딪치면서 다가와, 작은 등을 내보였다.

"용서하세요! 제발 용서해 주세요!"

외눈박이 소야 단조의 온전한 오른쪽 눈이 쓱 올라갔다. 흰자위는 몹시 하얗고 검은자위는 작은 점처럼 오그라들어 있다. 그 눈을 똑바로 쳐다보며 미노키치는 목소리를 쥐어짰다.

"내가 길 안내든 뭐든 다 할게요. 절대로 거스르지 않겠습니다! 그러니 오센 누나는 용서해 주세요!"

숨이 막힌다. 정신이 아뜩해지려고 한다. 그래도 미노키치는 버텼다.

단조가 분노를 토해 내듯 심호흡을 한 번 했다.

"이 꼬마를 끌고 가라."

한 우두마두가 앞으로 나와 미노키치를 난폭하게 일으켜 세웠다. 미노키치가 덜덜 떨면서 말했다. "하, 하나를 같이 데려가 주세요."

"뭐라고?"

"요새에 있던 말이에요. 괴물을 두려워하지 않는 용감한 말입니다. 틀림없이 도움이 될 거예요."

합숙소 봉당에서 끌려 나갈 때 오센의 얼굴이 보였다. 미노키치는 눈빛과 표정으로 간절하게 마음을 전했다. 괜찮아, 나는 괜찮아요.

단조의 부대가 곧 준비를 마치자 미노키치는 하나의 등에 올라탔다.

오토와도 우두마두들에게 에워싸인 채 말을 타고 있었다. 나가하시 가에서 도망쳐 나왔을 때의 옷을 그대로 걸치고 있었지만, 잔인하게도 그녀는 화사한 겉옷 위로 포승에 묶여 있었다. 오토와를 데려가는 소야 단조의 옆얼굴에서는 한 조각의 연민도 보이지 않았다.

지나가는 길에 돌아다본 합숙소 뒤뜰에는 참수된 고시카와와 우라노의 시체가 뒹굴고 있었다. 미노키치의 귀에서 어린 딸이 엄마를 부르는 비통한 울음소리가 떠나질 않았다.

바로 옆에서 말을 타고 가는 소야 단조.

여기에도 괴물이 있다고 미노키치는 생각했다.

2

산속 동굴에서 하룻밤을 보낸 나오야와 야지, 촌장 긴지로와 엔슈, 아카네는 동 트기를 기다려 묘코지를 향해 산을 오르기 시작했다.

왜 엔슈까지 함께 가는지 아카네와 긴지로가 의아해하자 나오야가 무뚝뚝하게 대답했다.

"엔슈 님을 주민들과 함께 두고 싶지 않아섭니다. 제 눈으로 지켜봐야겠어요. 강제로라도 데려갈 겁니다."

당사자 엔슈는 어색한 얼굴을 하고 입을 다물고 있었다. 가는 동안 피로가 쌓여 힘들 게 분명한데도 더 힘들어하는 아카네를 거들며 불평 한 마디 없이 따라왔다.

해가 중천에 걸렸을 무렵, 점점 험해지는 산길을 거의 기다시피 하며 오르다가 마침내 긴지로가,

"오, 저기입니다."

하고 말하며 가리킨 나무들 사이로 낡은 산문이 보였다. 그 너머에 황폐해진 절이 있었다.

본당, 강당, 부엌이 딸린 요사 등은 손질되어 있지 않았다. 하지만 말끔하게 정돈해 놓은 상태였다.

종루도 훌륭했다. 하지만 이상하게도 정작 종이 없었다. 맥이 빠진 듯, 묘하게 불편한 분위기를 풍기는 풍경이었다.

나오야는 종루로 다가가 별 생각 없이 위를 보았다가 더 기묘

한 것을 발견했다. 안쪽의 나무 반자가 빈틈없이 투각透刻되어 있었다.

'이건 뭐지?'

정취 있는 화조풍월 같은 문양도 아니었다. 그렇다고 불경이나 기원문도 아니었다. 지렁이가 꿈틀거리는 듯 어지러운 곡선들이다.

아카네와 엔슈는 불안한 듯이 서로 붙어 서서 경내를 둘러보고 있었다. 나오야가 두 사람을 곁으로 불렀다.

"오, 이곳은."

"종루입니다. 그러나 종이 없어요."

이상하네요, 하고 말하며 아카네도 고개를 갸웃거렸다. "불가사의한 모습이군요."

"가난한 절이라 팔아치웠는지도 모르죠. 종은 비싸니까."

그렇게 말한 엔슈도 이내 천장의 투각 장식에서 시선을 멈췄다. "오오, 훌륭한 조각이군."

"어디 다른 지방에서도 이런 장식을 보신 적이 있습니까?"

화가는 고개를 저었다. "처음 봅니다. 들어본 적도 없고요."

진기한 장식이군, 하며 눈을 반짝거린다. 아직 그만한 원기는 남아 있는 듯했다.

아카네는 종루 기둥을 가만히 만져 보았다.

"뭐 기억나시는 건 없습니까?"

나오야가 묻자 아카네는 미안한 듯 눈길을 내리며 고개를 가로

저었다.

“스님! 스님!”

긴지로는 주변을 돌아보고 건물을 들어갔다 나왔다 하며 큰 소리로 스님을 불렀다.

기척이 없다. 긴지로는 큰 소리로 스님, 스님, 하고 계속 불렀다. 아무 대답이 없었다.

“니다니무라가 그렇게 당했을 때 스님한테도 위기를 알려 드리려고 즉시 사람을 보냈지만.”

그 사람이 떠난 뒤 돌아오질 않아 스님 안부를 확인할 방법도 없이 지금에 이르고 말았다고 긴지로는 괴로운 표정을 지으며 말했다.

“스님도…… 그 괴물에게…….”

깊은 산속에 봄답지 않은 냉랭한 바람이 불어 주인 없는 황폐한 절을 쓸고 지나갔다. 다섯 사람은 일단 본당 구석에 있는 방에 들어가 발을 쉬었다.

“그런데 이 절은 대체 어떤 절입니까.”

북부 2조에서 산림 개척이 시작되기 전에 어떻게 이렇게 큰 절이 건축되었을까.

“염불종 사원입니다.”

“하카리야는 이 절의 신도입니까?”

“아뇨, 고비나타 님. 여기는 그런 일반적인 절이 아닙니다.”

전란이 계속되던 시절에 이 근방 산지에서 전사한 우류 가의 가신들의 위패를 모시는 절이라고 한다.

"그래서 묘들도 전부 오래된 것들뿐입니다."

"그럼 우류씨가 세운 절인가……."

그런데 지금은 망각되고 외면받고 있다. 얼른 이해되지 않는 이야기였다.

"종루에 종이 없군요. 게다가 천장에는 기이한 투각 장식이 있고."

"종은 처음부터 없었습니다. 이런 곳에서 함부로 종을 치면 산의 정기를 흐트러뜨릴 수 있으니까요."

그래서 '묘코지의 울지 않는 종'이라고 한단다.

"종이 없으니 울릴 방법이 없지요."

"그럼 종루도 필요 없지 않습니까?"

"아, 하긴 그렇군요."

긴지로는 투각 장식에 어떤 의미가 있는지 알지 못하며 누구한테서 들은 적도 없다고 했다. 이 종루를 각별히 진기한 것이라고 생각할 기회도 없었을 것이다.

"필시 깊은 까닭이 있겠지요."

알 듯 말 듯한 말이다.

"주지 스님은 어떤 분입니까?"

"묘넨이라는 분입니다. 연세를 직접 여쭤 봤지만 잊어버렸다면서 웃으시더군요."

"여기엔 늘 주지 스님만 계십니까?"

"예. 마을 사람들이 거들어 드릴 일이 없나 하고 가끔 찾아뵙고 있습니다만."

하지만 긴지로가 어렸을 때는 주지 외에도 다른 승려가 있었고, 사람들이 살고 있었다고 한다. 그의 누이 오몬도 그렇게 말했다.

"저도 여기서 살았던 거군요……."

주변을 둘러보며 아카네가 천천히 일어섰다. 꿈꾸는 듯한 눈빛이었다.

"묘지는 어디죠? 제 어머니 묘가 있을지도 모르겠군요."

안내하려고 일어서려는 긴지로를 야지가 제지했다. "내가 가지."

야지는 아카네와 함께 자리를 뜰 때 말했다.

"스님은 보나마나 산에 계셔."

"혼자 산속을 돌아다니신다는 건가?"

야지는 고개를 끄덕였다. "알려 드리지 않아도 괴물에 대해서는 잘 아셔. 그래서 오오타라야마에 가신 거야. 기다리면 돌아오셔."

추측이 아니라 단언이다.

"스님은 왜 거기 가셨지? 오오타라야마에 무슨 볼일이 있으신 거야?"

나오야는 초조한 마음에 목소리를 높였다.

"야지! 이 절은 너한테도 고향집 같은 곳이다. 알고 있는 걸 다 말해 봐."

"스님한테 들어."

야지는 뿌리치듯 말했다.

"그 전에 당신은 저 수상한 화가나 어떻게든 처리하는 게 좋을 거야."

엔슈가 움찔하며 몸을 웅크렸다. 긴지로도 나오야의 얼굴을 불안스레 돌아보았다.

나오야는 분노와 실망감에 입맛이 썼다.

"거짓말해서, 죄송합니다."

풀이 죽어 몸을 웅크린 엔슈가 작은 목소리로 말했다.

"고비나타 님이 화내시는 것도 당연합니다. 그러나 저는 절대로 고비나타 님을 속이려고 한 게 아닙니다. 오히려 폐를 끼치면 안 된다는 생각에."

"폐를 끼쳐?"

"예. 제가 고야마에서 직접 나가쓰노로 넘어가면 고야마에서 친절하게 대해 준 고비나타 님이 처벌을 받게 되실 거라는 얘기를 들었거든요."

사가미의 양부모님 집에 편지를 띄워서, 나오야의 편지가 오면 그 내용을 즉시 알려 달라고 부탁했다. 그러고는 짐짓 사가미로 돌아간 척하며 편지 왕래를 계속했고, 그동안 나가쓰노에 머물러 있었다.

얌전히 변명하는 말투가 나오야의 분노를 더욱 자극했다.

"저를 그렇게 걱정해 주었다면 왜 불목하니 이키치에게 고에이지 절의 약사여래상에 숨겨져 있는 봉납 에마를 보여 달라고 강요하셨습니까?"

사정을 모르는 긴지로는 어리둥절한 얼굴을 했다. 엔슈도 어안이 벙벙한 표정을 짓고 있다. 속이 빤히 들여다보인다. 나오야는 목청을 돋웠다.

"시치미 떼도 소용없어! 외지 사람인 당신이 그 봉납 에마를 어떻게 알았지? 화가라고 볼 수 없는 행동이잖아. 기쿠치 엔슈, 당신 대체 누구야! 고야마에서 뭘 찾아내려는 거지?"

엔슈는 입을 절반쯤 벌린 채 나오야가 아니라 긴지로를 쳐다보았다. 긴지로는 쩔쩔매며 둘의 얼굴을 번갈아 바라보았다.

"고비나타 님." 엔슈는 칠칠치 못하게 입가를 늘어뜨렸다. "무슨 말씀인지 통 모르겠군요. 저는 정말로 그냥 화가일 뿐입니다."

"더 이상 거짓말 늘어놓지 마라!"

"거, 거짓말이 아닙니다. 그 봉납 에마만 해도 제가 꺼낸 얘기가 아니에요. 이키치가 먼저 꺼낸 이야기입니다. 대체 뭐를 그려 놓은 에마인지 보고 싶지 않느냐고 이키치가 운을 띄웠던 겁니다."

이번에는 나오야가 멍한 표정을 지을 차례였다.

"이키치가?"

어이가 없었다. 얼굴이 분노로 빨갛게 달아올랐다.

"이키치가 그런 소리를 할 리가 있나!"

"하지만 그 사람은 봉납 에마에 대해 알고 있지 않았습니까."

"그건 전임 불목하니 로쿠조한테 듣고—아니, 여하튼 이키치는 마음 착하고 올곧은 사람이야. 고야마의 비밀을 당신 같은 외지 사람한테 흘릴 리가 없지."

호오, 하고 엔슈가 목소리를 높였다.

"이키치가 마음 착하고 올곧은 사람이라고요? 과연 정말로 그럴까요?"

태도가 돌변하는군, 이 가짜 화가 놈.

"고비나타 님, 당신이 그렇게 이키치를 자신 있게 옹호하는 까닭은 그 불목하니를 조금 아둔한 사람이라고 생각하기 때문이겠죠? 누굴 속일 만한 꾀가 없는 사람이라고 얕잡아보기 때문이 아닙니까?"

천만에요, 하고 엔슈가 말했다.

"물론 이키치는 얼핏 머리가 아둔한 사람처럼 행동하지요. 저한테 봉납 에마 이야기를 꺼냈을 때까지만 해도 저도 감쪽같이 속아서 그렇게 믿었으니까. 하지만 그게 아닙니다. 그 사내의 아둔한 모습은 다 연극입니다. 저를 농락하려고 눈을 번들거리며 이렇게 말했거든요."

엔슈는 분노로 몸을 떠는 나오야에게 다가섰다. "불당에 숨겨진 봉납 에마에는 세상에 공개되면 재앙이 떨어진다는 무서운 그림이 그려져 있다고 하더군요. 엔슈 님, 보고 싶으시죠? 제가 안내할 테니까 살짝 보실래요."

"말도 안 되는 소리!"

나오야가 무릎을 세우며 재빨리 일어나 허리에 찬 칼을 쥐었다. 긴지로가 달려들었다. "고비나타 님, 안 됩니다!"

"놔! 놔라, 하카리야!"

그렇게 옥신각신할 때 아카네가 돌아왔다. 그녀는 앗, 하고 비명을 지르며 엔슈와 나오야 사이로 뛰어들었다.

"무슨 짓이에요!"

"물러서요! 고야마를 위협하는 더러운 간첩 놈은 베어 버려야 해!"

긴지로가 온 힘을 다해 들러붙는 통에 칼을 뽑을 수 없었다. 게다가 아카네의 손바닥이 그의 뺨을 쳤다. "그만두라니까!"

나오야는 온몸이 얼어붙었다. 여자에게 뺨을 맞고 기가 죽는다는 것은 무사로서 있을 수 없는 일이었지만 아카네의 기백이 그를 압도했다.

"보기 흉하다고 생각하지 않으세요, 고비나타 님?"

최후의 일격처럼 날아온 일갈에 나오야의 허리에서 힘이 빠졌다. 긴지로도 나오야에게 매달린 채 덩달아 주저앉았다.

"대체 무슨 일이에요?"

어안이 벙벙한 나오야를 대신하여, 엔슈가 그의 안색을 곁눈질로 살피며 변명했다. 나오야의 어머니라고 해도 이상하지 않을 만큼 나이가 있지만 그렇게 보이지 않는 아카네의 소녀 같은 눈동자에 그늘이 드리웠다.

"정말 섬뜩한 에마군요. 엔슈 님, 그 에마는 지금도 고에이지에 있나요?"

"저는 이키치의 꼬드김을 뿌리치고 곧 고야마를 떠났기 때문에 그 뒤 상황은……."

격한 감정이 수그러들자 나오야는 오한이 들었다. 이키치가 설마. 엔슈는 거짓말쟁이다. 이키치에게 그런 꿍꿍이가 있을 리 없다.

"고비나타 님, 그 에마는 어떻게 되었죠?"

아카네가 강하게 묻자 나오야는 그제야 고개를 들었다. "누군가가 훔쳐 가서 지금은 행방을 알 수 없습니다."

고에이지의 육각당에 일어난 절도 사건을 들려주자 아카네는 물론이고 엔슈마저 겁에 질린 얼굴을 했다. 이 표정은 연극이 아니란 말인가. 이 화가는 역시 일개 화가일 뿐인가?

"두렵고 수상한 일이군요."

아카네가 고쳐 앉으며 말했다.

"나가쓰노에서 보냈든 막부에서 보냈든 저는 간자니 밀정이니 하는 건 전혀 모릅니다. 하지만 고비나타 님. 여기 엔슈 님은 은밀한 조사 같은 걸 하실 분이 아닙니다. 화가일 뿐, 다른 누구도 아니에요. 그것만은 저도 말할 수 있어요."

그럼요, 그럼요, 고맙습니다, 오다이님, 하고 말하며 엔슈는 연방 고개를 숙였다.

"저도 나카무라에서 엔슈 님을 처음 봤을 때는 정체를 조금 의심했어요."

별난 사람으로 보였으니까, 라고 말한다.

"하지만 시간이 지나다 보니 이분 머릿속에는 그림밖에 없다는 것을 알고 의심을 풀었어요."

그 대목에서 아카네는 도저히 못 참겠는지 작게 웃었다. "이분은 일단 그림을 그리기 시작하면 아무것도 생각하지 않으시거든요. 괴물이 요새를 공격했을 때 눈앞에서 괴물이 날뛰고 번사들이 달려들어 공격을 하는 데도 옆에 있는 창호지를 찢어서 그림을 그리려고 하셨으니까."

"그, 그게 좀처럼 보기 힘든 광경이라서."

엔슈의 변명에 아카네는 더 크게 웃었다. "괴물을 눈으로 직접 보고 싶다며 한창 싸우고 있는 번사들 속으로 뛰어들려고 하시더군요. 분별이라고는 요만큼도 없고, 도저히 제정신이라고 할 수 없는 행동이었어요. 이런 사람이 어떻게 정탐꾼 노릇을 하겠어요."

긴지로도 기가 막힌 듯 탄식했고, 엔슈는 더는 버티지 못하고 얼굴을 돌려버렸다.

"오다이님 말씀이 맞습니다. 저는 머릿속에 그림밖에 없는 얼간이라서……."

작은 목소리로 털어놓듯이 말한다.

"그런데도 화가로서는 너무나 평범합니다. 지금까지 양부를 만족시킨 그림을 단 한 번도 그려 내지 못했습니다."

부끄럽군요, 라고 하면서 몸을 웅크린다.

"음…… 저야 엔슈 님을 결코 평범한 분이라고는 생각하지 않지만."

"고마운 말씀이지만 오다이님, 이건 가량이 뛰어나고 아니고의 이야기가 아닙니다. 문제는 눈입니다. 저는 화가로서의 눈이 어둡습니다. 그래서 봐야 할 것을 못 봅니다."

몹시 슬픈 표정이다.

"양부에게도 네 눈은 옹이구멍이냐는 핀잔만 들었습니다. 이렇게 돌아다니게 된 것도, 여기저기서 놀라운 것들을 구경해서 네 눈을 가린 비늘을 벗겨 내고 돌아오라며 양부가 여행을 보냈기 때문입니다."

그래도 소용없더군요, 하고 한탄한다.

"벌써 두 해 가까이 이 지방 저 지방을 돌아다녔지만 여전히 평범한 사람으로 남았습니다."

화가의 동그랗게 움츠러든 등을 쳐다보며 나오야는 맥이 풀렸다. 이제 무엇을 믿어야 좋을지 알 수 없었다.

"그 봉납 에마에는 대체 무엇을 그려 놓았을까요?"

긴지로가 팔짱을 끼며 말했다.

"세상에 드러내면 끔찍한 재앙이 떨어진다고 하잖습니까. 일테면 그 괴물 같은."

나오야가 냉큼 말했다. "아, 그건 저도 그렇게 생각했습니다."

"어라?" 엔슈가 이쪽으로 몸을 돌렸다. "물론 뛰어난 화가가 그린 것이 생명을 얻어 그림에서 빠져나와 세상에 나타났다는 일화라면 옛날부터 아주 많습니다. 어쩌면 그 괴물도—,"

엔슈는 주먹을 쥐고 몸부림치다가 이마를 탁 쳤다. "그런 거였다면, 역시 그때 봐 둘걸!"

아카네가 나오야에게 '봤죠?'라고 하듯이 미소를 지어 보였다. 이 사람이 이렇다니까요.

"그렇군요. 엔슈 님이 이키치라는 사람의 권유를 거절하셨다니, 뜻밖입니다."

"그때는 이키치 자체가 훨씬 무서워서 그랬을 겁니다. 그자의 표변한 모습에 겁을 먹고 말았어요."

권유를 사양하는 엔슈에게 이키치는 이런 말까지 했다고 한다.

—그럼 이 일은 고야마의 누구한테도 말하면 안 됩니다요. 특히 고비나타 님한테는 비밀로 해 주셔야 해요.

"제가 고야마에서 보란 듯이 나가쓰노로 건너가면 고비나타 님이 처벌을 받을 거라고 말한 사람도 실은 이키치입니다."

엔슈는 정말입니다, 믿어 주세요, 하는 표정으로 나오야를 바라보았다. 아카네는 다시 미소를 지으며 말했다.

"그러고 보니 엔슈 님은 에마를 보러 나카무라의 조호지 절에 가고 싶다고 하셨지요."

"아, 예, 그랬지요. 지금 와서 생각해 보니 허망한 꿈이었던 것 같습니다만—."

"돌아가셔서 보실 수 있어요." 긴지로가 격려하듯 말했다.

그렇지요, 하고 말하며 화가는 힘없이 미소 지었다. "저 계획도, 고야마에서 이키치와 그런 일이 있었기 때문에 떠올린 겁니다. 나가쓰노와 고야마는 이웃이니까 똑같은 관습이 남아 있을지도 모른다고 생각하고 물어보니 정말 그렇더군요."

"나가쓰노에서는 이미 사라진 관습입니다" 하고 긴지로가 말했다. "그렇다고 나쁜 관습이었던 건 아닙니다. 망자가 저승에서 즐겁게 살았으면 좋겠다는 바람을 담아서 호사스러운 물건들이나 생전에 좋아했던 것들을 에마에 그려서 공양한 겁니다."

그런 에마에 무서운 것을 그릴 리가 없다.

"그러니까 원래 고신지라는 절에 숨겨져 있던 봉납 에마는 형식은 에마여도 실은 뭔가 다른 것이었던 게 아닐까요?"

아카네가 흠칫 놀라며 눈을 크게 떴다. "혹은 선후가 바뀐 건 아닐까요?"

"예? 그건 무슨 말씀이죠, 오다이님?"

"그림 속 괴물이 세상에 나타난 것이 아니라 옛날에 이 세상에 있던 괴물을 그림으로 그려서 가둬 두고 부적으로 봉한 것이 아닐까요?"

긴지로는 눈을 동그랗게 떴다. "그런데, 그 그림을 세상에 드러내는 바람에."

"네, 괴물이 되살아나고 만 겁니다."

네 사람은 저마다 생각에 잠겨 입을 다물었다.

그림 속에 뭔가를 가둔다? 그림으로 그린 대상이 세상에 나타

난다? 나오야에게는 이키치의 그런 모습이 모두 연극이었다는 것 못지않게 믿기지 않는 이야기였다.

이건 생각이 사물을 변화시킨다는 얘기다. 이를테면 저주와 마찬가지다. 저주는 효험이 있다, 저주로 병이나 재앙을 일으키고 사람을 해칠 수 있다, 고 믿는 것과 마찬가지다.

하지만 병에는 원인이 있고 재앙에도 원인이 있다. 그것을 없애 주는 것이 생약의 효험이다. 고야마 사람들은 모두 그렇게 배워 왔고, 그 점에 긍지를 품고 있다.

애초에 육각당이 망가지고 봉납 에마가 사라진 사건은 괴물의 출현보다 나중 일이다. 시간 순서가 거꾸로다.

'아니, 정말 거꾸로인가?'

가령 이키치가 엔슈 말처럼 수상쩍은 자라면 그 이전에 봉납 에마를 빼돌릴 수 있지 않았을까. 엔슈를 끌어들인 까닭은 그 사실이 들통 날 때 엔슈의 소행으로 꾸미기 위해서가 아닐까.

"어? 이 냄새는."

긴지로가 코를 킁킁거리며 자리에서 일어섰다.

"이건 '오로' 냄새인데."

본당 밖에서 약 냄새를 띤 김이 흘러들어 왔다.

"부엌 쪽이에요." 아카네도 수긍한다.

그때 야지가 돌아와 나오야에게 고개를 끄덕이며 말했다.

"숲에서 캐 온 '오로'를 달이고 있어."

괴물의 신물을 피하는 데 '오로'가 도움이 될지도 모른다. 이오리 선생의 조언이었다.

일동은 본당에서 부엌으로 이동했다. 그런데 넓은 부엌에 자리 잡은 아궁이는 먼지를 뒤집어쓴 상태였고 불을 땐 흔적이 없었다. 야지는 풍로에 무쇠 냄비를 얹어 놓고 '오로'를 달이고 있었다.

그 달인 물을 각자 나누어 가진 다음 적당히 식혀서 얼굴과 손발에 바르고 옷에도 발랐다. 잠시 그 작업에 몰두했다.

문득 보니 아카네가 손길을 멈추고 넋을 놓고 있다.

"왜 그러세요?"

그 물음에 아카네는 눈을 깜빡이며 정신을 가다듬었다.

"오래전에 똑같은 일을 한 것 같은데……."

누군가의 도움을 받아 이렇게 얼굴과 손발에 뭔가를 바른 기억이 있다.

"바로 여기, 이 부엌에서."

그런 기억이 떠올랐다고 했다.

"혹시 제가 여기서 지냈을 때에도 그 괴물이 나타났던 걸까요?"

문득 커진 아카네의 목소리를, 잔뜩 쉬었지만 강단 있는 목소리가 불쑥 가로막았다.

"아니, 벌레 퇴치약을 발랐던 거겠지요."

생기 없게 비쩍 마르고, 마디마디 작은 혹이 불거진 뒤틀린 고목이 넝마처럼 낡은 까만 옷을 걸치고 부엌 뒷문에 서 있었다.

"스님."

야지가 얼른 무릎을 꿇고 절했다.

묘넨 스님이었다.

대체 몇 살일까. 얼핏 봐서는 짐작이 가질 않는다. 눈이 움직이고 입가에 미소 같은 것이 떠올랐기에 겨우 사람임을 알 수 있었을 정도다. 그만큼 수척했다. 이런 모습으로 숲에 서 있으면 낡은 옷을 걸쳐 놓은 고목처럼 비칠 것이다.

"놀라게 해서 미안하오. 나이만 먹어서 이렇게 보기 흉한 꼴이 되었다오."

두려워하는 아카네와 엔슈의 표정을 보았는지, 늙은 주지가 두 사람에게 온화하게 말을 건넸다. 그의 손목과 손가락의 마디들이 혹처럼 불거져 있다.

나뭇진을 바른 듯한 그을린 얼굴에서 두 눈이 반짝거린다. 나오야의 어깨에도 미치지 않는 작은 체구였지만, 나오야는 그 체구에서 발산되는 기에 압도되어 몸가짐을 가다듬었다.

묘넨이 말했다. "야지, 잘 돌아왔다."

예, 하고 대답하며 야지가 머리를 끄덕였다. 나오야는 깜짝 놀라 제 눈을 의심했다. 야지의 두 눈에서 별안간 눈물이 몇 방울 떨어졌기 때문이다.

"허어, 울지 마라. 모든 것은 돌고 도는 인과의 굴레, 얽히고설킨 업의 소산일 뿐. 이런 날이 왔다고 누굴 탓하겠느냐."

그렇게 말한 뒤 묘넨은 활달하다고 해도 좋을 만큼 맑은 눈빛으로 아카네를 쳐다보았다.

"아카네 님도 돌아오셨구려. 이 어리석은 중놈의 쪼그라든 얼굴은 기억 못 하시겠지."

하기야 너무 어렸을 때니까, 라고 말하며 자애로운 눈길로 아카네를 바라보았다.

"어머니 아키네 님을 쏙 빼셨군."

정중하게 고개를 숙이는 노승 앞에서 아카네는 머리카락 끝까지 바르르 떨고 있었다.

"어제까지만 해도 제가 고야마 출신이라는 것도 몰랐고, 이 절에 대한 기억도 전혀 없습니다."

묘넨은 고개를 끄덕였다. "아무것도 알려 주지 않는 편이 아카네 님을 위한 거라고 주변 사람들이 생각했겠지요."

기억나거나 떠오르는 얼굴이라도 있는지, 아카네는 문득 먼 데를 바라보는 듯한 눈빛을 띠었다.

"예, 아마 그랬을 거예요. 하지만 저는 이렇게 돌아왔습니다. 스님, 이것도 인과의 굴레 때문인가요?"

"그렇소. 아카네 님은 역시 현명하시군."

고개를 끄덕인 묘넨은 문득 괴로운 표정을 지으며 목소리에 힘을 주었다.

"여기로 돌아오셨으니 모든 걸 아셔야 하오. 고야마의 오랜 고질병 '쓰치미카도 님'을 다스리려면 당신의 힘이 필요합니다."

"쓰치미카도 님?"

나오야보다 먼저 긴지로가 당황하며 물었다. "스님, 무슨 말씀이신지요?"

"오, 하카리야도 있었나? 잘 듣게, 지금 산에서 난동을 부리는 괴물의 정체가 바로 그걸세."

흙으로 만든 인형. 임시로 불어 넣은 생명.

"쓰치미카도 님?" 아카네가 조그만 목소리로 말했다. "흙으로 빚은 인형 같은 건가요? 그 괴물은 그렇게 사람 손으로 만들어진 것입니까?"

"그렇소. 저주의 힘으로 만들어진 겁니다."

일동은 놀라서 말을 잇지 못했다.

묘넨을 따라 모두 본당으로 돌아왔다. 경악과 충격으로 비틀거리는 아카네를 엔슈가 부축했다. 앞장선 묘넨도 병자처럼 걸었기에, 한 발 디딜 때마다 몸이 기우뚱거렸다.

'여기에 오고 나서도 저주라는 말을 들을 줄이야.'

믿기지 않는다고 의심하고만 있으면 이제 앞으로 나아갈 수가 없다. 나오야는 새삼 묘넨과 얼굴을 마주하면서, 자기 처지도 감추지 않고 지금에 이르기까지의 경위를 간단히 설명했다. 묘넨은 어떤 이야기에도 놀라지 않았다. 괴물의 난동뿐 아니라 사부로지 님의 죽음, 그 죽음이 암살에 의한 것이라는 점, 때문에 관저가 봉쇄되었다는 이야기를 듣고도 눈 하나 깜짝하지 않았다.

"알고 계셨나요, 스님?"

참다못해 물었다.

"놀라운 말씀이기는 하나, 이 절의 내력과 그 괴물의 정체만큼이나 놀랍고 무서운 이야기가 또 있겠습니까."

아카네가 입을 열었다. "그럼 부디 그 이야기를 들려주세요."

뭐든 알고 싶다. 자신이 할 수 있는 일이라면 뭐든지 하겠다. 이 여인은 일찌감치 그렇게 마음을 굳혔다. 얼마나 강한 사람인가. 지난 며칠간 죽음의 위기도 겪고 번번이 놀라운 상황에 맞닥뜨렸을 텐데도 의기가 꺾이지 않는다. 나오야의 눈에 아카네의 옆모습이 눈부시게 비쳤고, 아까 그녀에게 맞은 뺨이 다시 살짝 후끈해졌다.

묘넨은 고개를 크게 끄덕였다. 엔슈와 함께 뒤쪽에 얌전히 앉아 있는 긴지로에게 이렇게 말을 건넸다. "하카리야, 당신들 처지가 너무 딱하게 됐군."

묘넨의 위로에 긴지로가 비로소 마음고생을 드러냈다. 눈에 눈물이 고인다.

"자네도 인과의 굴레 속에서 여기로 왔네. 재난을 당한 주민들을 대신하여 명심해서 들어주게. 거기 화가분도—."

묘넨이 문득 숨이 막히는지 밭은기침을 했다. 옆에 있던 야지가 등을 쓸어 주었다.

"당신이 여기에 오신 것은 인과의 굴레가 아니라 부처님의 뜻일 거요. 우리가 저지른 어리석은 짓의 말로를 똑똑히 봐 두라고 부처님께서 당신을 부르신 게지."

예, 하며 엔슈는 엎드려 절했다.

묘넨은 아카네를 향해 말했다.

"오래전 여기 고야마에 정착한 우류씨는 이 땅과 이 산에 영향을 미칠 수 있는 주술을 터득하고 있었습니다. 뭐, 주술이라 해도 음양도 같은 것은 아니라오. 가지기도나 사교 같은 것과도 다른, 아주 소박한 것이었지."

그 주술은, 이 땅과 우류씨가 맺은 단단한 결속, 지식으로서의 주문, 그 주문을 실현할 자질을 갖춘 혈통, 이 세 가지가 있어야 비로소 실현되는 것이라고 한다.

"옛날에는 사람들이 모여 사는 지역마다 비를 기원하고 바람을 부르고 풍작을 빌고 돌림병을 물리치는 주술사가 있었소. 우류씨도 그런 주술사의 후손이지."

이 지방의 향사이며 대지주였던 우류씨에게는 분가가 여럿 있었다.

"우류의 혈족이라고 다 주술을 부릴 줄 아는 것은 아니오. 여러 분가 중, 그 주술 능력이 있는 자를 낳는 분가는 하나뿐."

기도할 때 떡갈나무 잎을 사용하고, 대대로 집 주변에서 떡갈나무를 많이 키웠다고 해서 이 분가를 가이바라柏原 우류씨라고 했단다.

나오야는 저도 모르게 목소리를 높였다. "가이바라라면!"

"그렇소. 오키가로인 가이바라 가는 뿌리를 더듬어 올라가면 본가 우류씨의 일족입니다. 나중에 '쓰치미카도 님'을 만들었다가 이 실책 때문에 가신으로 격하되면서 우류라는 성을 잃어버린 거지요."

"실책?"

곧바로 묻는 아카네에게 묘넨은 먼저 세키가하라 전투를 계기로 일어난 사건을 들려주었다. 고야마 사람이라면 어릴 적부터 수도 없이 들어온 옛날이야기다. 전란의 시대에 강한 세력들에게서 위협을 받던 나가쓰노의 류자키씨가, 복종을 표시할 때마다 인질로 넘긴 고야마 사람들과 우류씨의 고난. 그 서러움을 벗어나 고야마 번으로 일어선 내력.

"그래도 여전히 나가쓰노의 침공을 걱정해야 했소. 그래서 가이바라 우류씨는 비술을 총동원해서 괴물을 만들려고 했는데—."

완성하지 못했다고 한다.

'쓰치미카도 님'은 형태만 갖추었을 뿐 생명이 깃들지 않았다. 그저 움직이지 않는 거대한 흙덩이, 섬뜩하게 생긴 흙덩어리만 남았을 뿐이었다.

"주술이 아무리 뛰어나다 해도 세상에 없는 것을 빚어서 생명을 불어 넣으려고 했소. 쉬울 리가 없지."

실제로는 나가쓰노가 침공하지 않아서 '쓰치미카도 님'이 눈을 뜨지 않았을 뿐, 만약 내전이 벌어졌다면 '쓰치미카도 님'은 생명을 얻고 깨어났을 것이 틀림없다. 이렇게 변명처럼 말하는 자도 있었다.

"허나 나는 그렇게 생각하지 않는다오" 하고 묘넨은 말했다. "본시 인간에게 허용되지 않는 행위를 하려고 했소. 그래서 실패로 끝난 것이지. 그건 누구보다도 그 주술사가 잘 알았을 거요."

그때 가이바라 우류 가의 당주는 할복했다. 미처 '쓰치미카도 님'이 되지 못한 추한 흙덩이는 산신이 계시는 오오타라야마의 품에 안기듯 매장되었다. 그리고 그 위에 사당이 지어졌다.

이 실패는 주술사 집안인 가이바라씨의 위신까지 크게 해쳤다.

"쓰치미카도 님을 만들기 위해 두꺼비나 뱀 같은 추하고 무서운 동물을 제물로 이용했지만, 사람의 피도 필요했다고 하오."

아카네가 속삭이듯이 물었다. "주민의 피 말입니까?"

"아니, 가신인 무사들의 피였소."

나가쓰노의 류자키씨를 몰아내고 겨우 하나의 번으로 일어선 고야마를 지키기 위해서라면 목숨 따위는 아깝지 않다며, 스스로 산제물이 되어 피를 바친 무사들이 있었다.

"오키가로로서 본가를 받들며 언제나 충성스럽게 모시고 있다지만, 가이바라의 손에는 동료들의 피가 묻어 있지요. 그것도 헛되이 낭비된 피가."

물론 소수의 한정된 사람들한테만 알려진 매우 어두운 비밀이다. 하지만 굳게 감추어도 수치는 수치이고 죄는 죄였다.

이야기에 귀를 기울이던 나오야는 문득 짚이는 바가 있어 입을 열었다.

"오키가로는 본래 '시오키징계가로'라고 했다고 합니다. 일일이 주군의 지시를 청하지 않고도 가신들을 징계할 권한이 있는 존귀한 위치로, 가이바라 가가 유일한 시오키가로 집안이라더군요."

그러나 그것은 눈속임이고, 실은 '징계를 받은 가로'라는 뜻이 숨어 있는 것은 아닐까?

"글쎄올시다." 묘넨은 엷은 미소를 지었다. "진실이 뭐든 가이바라씨가 큰 잘못을 저질러 그것을 가문의 허물로 남긴 것만은 틀림없소. 그 떳떳지 못한 전력 때문에 가이바라씨는 주술을 포기하기로, 혹은 애초부터 없었던 것으로 치고 모조리 묻어 버린 것이라오."

묘넨은 고목의 갈라진 틈새 같은 눈을 끔벅이며 아카네를 보았다.

"가이바라 가문에 주술사가 될 수 있는 강한 힘을 품은 아기가 태어나면 산이 그걸 알립니다."

그런 아기가 태어나면 계절을 불문하고 아침이든 밤이든 오오타라야마 정상에 번개가 친다.

"가이바라 가문이 부리는 주술은 산의 힘과 통하는 데가 있기 때문이겠지."

그 유대는 가이바라 가문이 주술을 버린 뒤에도 끊어지지 않아서, 적합한 아기가 태어날 때마다 오오타라야마는 그 사실을 알렸다.

"그럼 그 아기는 집을 떠나 이 절에서 자라게 되지요."

주술을 봉인한 가이바라에게, 오오타라야마의 천둥과 함께 태어난 아이는 축복받은 아이가 아니다. 저주받은 아이다.

"—저도."

"그렇소. 아카네 님과 오라버니 이치노스케 님."

쌍둥이는 드물다. 쌍둥이 오누이는 더욱 드물다. 이치노스케는 함께 태어난 누이보다 몸집이 크고 성장도 빨라 마치 하루라도 빨리 어른이 되어 누이를 지키려고 하는 아이처럼 보였다고 한다.

"두 아이가 불쌍하고 앞날이 걱정된 어머니 아키네 님은 스스로 집을 떠나 이 절로 오셨소."

그리고 깊은 산속에서 생활하느라 기력이 다하여 일찍 죽고 말았다.

"아키네 님이 타계하신 뒤 아키네 님의 친가는 두 아기를 조슈우에쿠사 고리의 지쇼지 절로 옮기기로 했소. 고야마 번 가신으로서는 드물게도 법화종 신도였으니까."

"그렇습니까. 오라버니와 저를 멀리 보내 버리려고 그랬던 게 아니었나요?"

"글쎄올시다. 아카네 님의 백부 가이바라 신에몬 님이라면 아실지도 모릅니다."

아카네는 오키가로의 조카였단 말인가? 그렇다면 나오야가 윗사람으로 모셔야 할 분이다.

"이 절은," 묘넨은 눈길을 들어 본당의 썩어 가는 들보를 올려다보았다. "쓰치미카도 님이 오오타라야마에 묻힐 때 가이바라 가의 주도로 지어졌소."

주술을 봉인하고, 주술사가 될 수 있는 아이를 은밀히 돌보기 위한 곳으로.

"마침 그때 내 아버지가 출가하여 이 절을 지키게 되었지."

묘넨의 부친은 가이바라 가를 모시는 하급 무사였다. "아버지는 우리 집안의 적자였던 내 형을 쓰치미카도 님을 만드는 의식에 바쳤소."

이 절은 쓰치미카도 님에게 목숨을 바친 자들을 공양하는 절이기도 했다.

"시간이 흘러 대가 바뀌어 가는 동안 가이바라 사람들도 주술사 혈통의 내력을 망각했소. 오오타라야마의 천둥과 함께 태어나는 아기도 점차 볼 수 없게 되었고."

이치노스케와 아카네 이후로 사내아이와 계집아이가 하나씩 태어났지만 모두 요절하고 말았다.

"그 뒤 지난 십 년간 가이바라 가에 아기가 태어나도 오오타라야마는 침묵을 지켰소."

이제야 끝났나, 하고 묘넨은 중얼거렸다.

"산과 이 가문을 이어 주던 기운도 끊겼다. 가이바라 가는 그렇게 생각했소. 아니, 그렇게 생각하고 싶었을 거요."

북부 2조의 산림을 개척하기 시작하자 묘코지는 개척에 종사하는 주민들의 보리사가 되었고, 가이바라 가는 이 절에서 깨끗이 손을 떼고 외면했다. 기부가 줄고, 관저시에서 찾아오는 사람도 없다. 깊은 산속에 자리한 묘코지는 황폐한 절이 되었다.

"하지만 끝난 것이 아니었군요."

아카네의 음성이 희미하게 떨렸다.

"스님, 어째서죠? 벌써 백여 년 전에 만들어진 저주가, 그때는 움직이지 않던 저주가, 왜 이제야 힘을 발휘하는 거죠? 우리가 뭔가 잘못을 저질러서 괴물을 깨우고 만 건가요?"

깊은 슬픔과 분노를 곱씹으며 아카네가 물었다.

"저희가 해 온 산림 개척 때문인가요?"

긴지로가 작은 목소리로 물었다. 산을 훼손해서 산이 노여워하시나요? 그의 얼굴이 다시 울상이 되었다.

나오야는 마음속에서 문득 무언가가 강렬하게 번뜩였다. "아, 아닙니다. 사부로지 님이 돌아가셔…… 암살되셨기 때문입니다. 그렇지 않습니까, 스님?"

첩의 자식이라 해도 사부로지는 우류씨의 직계 자손이다. 그 아들이 무참하게 암살되었다. 본래 우류씨를 수호하기 위해 만들어진 '쓰치미카도 님'이 이 악행에 분노하여 깨어났다고 해도 이상할 것은 없다.

하지만 묘넨은 고개를 저었다.

"충신이군요, 고비나타 님은."

"예?"

"하지만 쓰치미카도 님은 애초에 그냥 흙덩이였소. 고비나타 님처럼 충성심 같은 게 있을 리 없다오. 우류 가 자손이 죽든 살든 제 알 바 아니지."

말이 심하다. 항변하려고 하는 나오야를 아카네가 손을 들어 말렸다.

"쓰치미카도 님은 때가 됐기 때문에 그런 모습으로 나타났을 뿐이라오. 그게 전부요."

때가, 되었다.

"예전에 쓰치미카도 님은 미처 완성되지 못한 저주의 덩어리로서 오오타라야마로 되돌아가게 되었지만, 그렇다고 산속의 흙으로 돌아가지는 않았던 거요. 그대로 오랫동안 잠을 잤던 거지."

내내 자면서 산에 의해 키워지고 있었다.

"오랜 세월 동안 쓰치미카도 님은 산의 정기를 야금야금 빨아들였소. 그것을 양식 삼아 몸집을 키워, 사람 손으로는 완성하지 못한 모습으로 스스로 자라서 마침내 올봄에 태어나신 겁니다."

미처 완성되지 못한 저주의 검은 기운을 몸속에 품은 채.

"그런 황당한 얘기가 어디 있습니까!"

나오야의 노성에 아카네의 목소리가 겹쳤다. "아뇨, 황당한 얘기가 아녜요!"

가이바라의 주술사는 산의 힘을 빌린다. 주술의 원천은 산의 기운, 산 자체다.

"그곳에 묻힌 쓰치미카도 님이 그대로 흙으로 돌아가지 않고 오히려 오랜 세월을 통해 생명을 얻게 되었다고 하더라도 전혀 이상할 게 없어요, 고비나타 님."

"쓰치미카도 님이 산에서 흙으로 돌아가지 않고 계속 잠만 잤다는 증거도 있소."

아카네의 날카로운 눈빛과 묘넨의 확고한 말투에 압도당한 나오야는 입을 다물었다.

"오오타라야마의 품에 묻힌 쓰치미카도 님의 존재를 지금까지 극비에 부쳐 왔소. 주민들은 아무 얘기도 듣지 못했소. 다만 몇 사람 예외는 있었지."

북부 2조에서 산림 개척이 시작되기 전부터 산속을 누비며 살아온 사냥꾼들이다.

"그 사람들은 산속을 구석구석 누빈다오. 해서 종종 기묘한 일들을 겪지. 오오타라야마에서 요란하게 코 고는 소리가 들려오고, 비릿한 바람이 불고. 그런 일이 잇따르는 해에는 들개가 마을에 출몰하고 겨울잠에서 깨어난 곰이 일찌감치 능선에서 자취를 감춥니다."

그런 경험을 통해서 그들은 눈치챘다. 오오타라야마에 '뭔가'가 있다.

"사냥꾼들에게서 얘기를 전해 듣고 질문도 받곤 하는데, 그때마다 나는 산에 묻힌 괴물 이야기를 들려주었소. 산사람들에게까지 계속 비밀로 해 둘 수는 없었거든."

사냥꾼들은 산에서 보고 겪은 일들을 아랫동네에 전하지 않는다. 산속의 비밀은 절대로 산 밖으로 옮기지 않는다. 비밀은 지켜지고 토막 났다. 하지만 대대로 산사람들 사이에서만 전해져 왔다.

"현재의 끔찍한 사건 속 쓰치미카도 님의 모습에 대해 전해 듣고, 바로 그것이 산속에 있다는 괴물이구나, 하며 내심 무릎을 친 자들이 있을 거요."

나오야는 현기증을 느껴 한 손으로 얼굴을 눌렀다.

인간이 욕심을 위해 만들었다가 내다 버린 것. 내다 버린 채 망각했던 그것이 깨어나 지금 분노를 펄펄 끓이고 있다.

그 괴물은 사람의 허물이다.

나오야의 두려움을 읽어 냈는지 묘넨이 그의 눈을 쳐다보며 고개를 끄덕였다.

"쓰치미카도 님 몸뚱이 속에 있는 것은, 적을 해치우려고 하는 인간의 업장 덩어리라오. 해서 사람은 공격해도 짐승은 해치지 않지. 다른 짐승들이 쓰치미카도 님을 끔찍이 싫어하고 소란을 피워도 쓰치미카도 님은 산짐승 앞에서는 오히려 약한 모습을 보일 거요."

"그런데요." 엔슈가 묘하게 선선한 목소리를 내며 끼어들었다. "고에이지에 봉인된 봉납 에마는 쓰치미카도 님이라는 괴물하고는 관계가 없는 겁니까?"

"봉납 에마라는 게 뭐지요?"

의아해하는 묘넨에게 엔슈가 더듬더듬 설명했다. 나오야도 거들었다.

"저희는 그 에마에 괴물이 그려져 있는 게 아닐까 하고 생각했습니다."

그럴 리 없다고 묘넨이 부정했다.

"가이바라 가가 쓰치미카도 님의 모습을 그림으로 남겼을 리가 없소. 그런 에마가 있다는 얘기는 전혀 들어본 적이 없다오. 내 아버지한테서도 들어 보지 못했고."

"스님이 미처 듣지 못하신 게 아닐까요?"

가이바라 가가 쓰치미카도 님이 탈 없이 흙으로 돌아가기를 바라며 은밀히 에마를 만들어 바쳤을지도 모른다.

"아니, 그럴 리 없소!"

묘넨의 목소리가 비로소 노기를 띠었다.

"그렇게 에둘러 기원하지 않더라도, 쓰치미카도 님이 만에 하나 깨어날 때를 대비한 계책은 이 절에 따로 준비되어 있지."

주문이라오, 라고 말했다.

"쓰치미카도 님을 달래는 주문. 가이바라 당주께서 할복하기 전에 남기신 것을 내 아버지와 내가 간직해 왔소."

그러나 이것을 사용할 수 있는 사람은 가이바라 일족 중에서 주술사의 자질을 타고난 사람뿐이다.

"그래서 제가 필요한 거군요."

아카네의 말에 묘넨은 고개를 끄덕이고 그 자리에서 돌아앉았다. 그러고는 넝마 같은 옷을 벗기 시작하자 야지가 얼른 거들었다.

묘넨이 윗몸을 드러내자 모두 숨을 삼키며 움찔했다.

주름살이 자글자글한 수척한 등판에 글자가 빼곡히 적혀 있었다. 한자 같기도 하고 범어 같기도 하지만, 어느 쪽도 아니었다.

나오야는 모르는 글자였다. 아카네도 엔슈도 눈을 휘둥그레 뜰 뿐 아무 말도 하지 못했다.

"이 절을 지키는 자는 곧 이 주문을 지키는 자요."

등을 보여 주며 묘넨이 말했다.

"이걸 이용해야 할 때가 올까 봐 두려웠고, 제발 그런 날이 오지 않기를 기도해 왔습니다."

이날을 위해 살았다. 이날을 기다리며 끈질기게 버텼고, 삭정이처럼 늙도록 기다렸으며, 편히 죽기를 바랄 만큼 늙어 꼬부라진 지금까지도, 자신이 죽은 뒤에 이 주문이 필요해지면 어쩌나 하는 생각에 차마 죽지 못했다.

"내가, 물려받겠다고 약속해 놓고."

묘넨과 만난 이후 처음으로 야지가 입을 열었다. 그 눈이 눈물에 젖었다.

"스님께서 거둬 주신 목숨이니 스님께 보탬이 되고 싶다고, 그렇게 말해 놓고."

묘넨은 등을 돌리고 있었다. 하지만 그가 부드럽게 웃는 소리가 들렸다. "괜찮다, 야지."

어, 어어. 누가 소리 내는 건가 싶었는데 긴지로였다. 혼자 엉뚱한 곳을 바라보며 넋 나간 모습으로 이상한 소리를 내고 있다.

"어, 어어, 큰일이다."

아카네와 나오야가 얼굴을 마주 본 뒤 긴지로가 바라보는 쪽을 돌아보려고 했을 때, 활력 넘치는 목소리가 좌중을 제압하듯 울려 퍼졌다.

"얘기가 다 끝난 듯하군!"

나오야는 깜짝 놀라며 재빨리 몸을 도사렸다. 본당은 어느새 포위되어 있었다. 칠흑빛 무사들. 그 열에서 키가 훤칠한 외눈박이 남자가 한 발짝 앞으로 나섰다.

"오라버니."

아카네가 넋이 나간 듯 중얼거렸다. 반듯했던 자세가 무너지며 앞으로 고꾸라지려는 몸을 나오야가 놀라서 붙들었다.

옷을 입고 다시 돌아앉은 묘넨에게 소야 단조가 친밀한 웃음을 지어 보였다.

"오랜만이오, 스님."

"가이바라 이치노스케 님" 하고 묘넨이 응했다. "지금은 소야 단조 님이신가. 당신이 왜 여기 있는 겁니까?"

"뭐, 이것도 인과의 굴레가 빚어내는 업이겠지요. 덕분에 귀한 누이와 재회했소."

단조의 부하들이 들고 있는 총이 나오야 일행을 겨냥하고 있다. 그들을 배경으로 소야 단조가 천천히 걸어왔다.

"아카네, 다행히 건강해 보이는구나. 너는 역시 오라버니를 위할 줄 아는 고마운 동생이다."

너를 찾는 수고가 한결 줄었어, 하고 말했다.

"절 찾아요?"

아카네의 하얀 얼굴이 붉어졌다. 가슴을 한 손으로 누르며 몸을 앞으로 기울였다. "오라버니, 제 말을 들으세요. 저는 지금 여기서 스님께,"

누이의 말을 막으며 소야 단조가 무뚝뚝하게 쏘아붙였다. "우리가 감당해야 할 업이라면 이미 오래전부터 알고 있었다. 열여섯 살에 우에쿠사 고리를 떠날 때 지쇼지의 지코 스님에게 물었지. 그 뒤 은밀히 이 절에도 들러서 여기 계신 스님을 만났다."

단조가 한 손으로 가볍게 신호를 보내자 우두마두들이 바짝 다가와 나오야 일행을 에워쌌다. 엔슈와 긴지로는 그들의 완력에 제압당하고 말았다.

아카네가 경악하자 묘넨은 고개를 끄덕여 보인 뒤, 우두마두에게 덤비려고 하는 야지를 말렸다.

"오라버니는 다 알고 있었어요?"

"그러니까 이 순간을 기다려 왔던 거다. 언젠가 너한테 다 말해 주고 우리 오누이의 응어리를 풀어 줄 이 순간을 말이다."

그런데 아카네—하고 부르며 단조는 손에 든 말채찍으로 나오야를 가리켰다.

"너를 졸졸 따라다니는 이 똥파리 같은 무사 놈은 누구냐."

똥파리? 나오야는 허리의 칼자루를 쥐고 기합을 넣으며 벌떡 일어났다.

"그만두세요, 고비나타 님!"

우두마두들의 기색이 변했다. 중과부적이다. 나오야의 눈앞에서 풍경이 정지했다. 여기서 죽나.

총성 한 발이 울렸다.

나오야를 상대하려고 칼을 휘두른, 가까이에 있던 우두마두가 어깨를 맞고 악, 하는 비명을 질렀다. 엔슈는 머리를 감싸며 웅크렸다. 모든 사람의 동작이 동결된 듯 멈췄다.

본당 옆문 쪽에 남자 두 명이 서 있었다. 총을 겨눈 노인과 봉두난발을 한 낭인. 노인의 총구에서 희미한 연기가 피어오른다.

"우리가 제때 도착했네."

낭인이 호방하게 웃으며 일갈했다.

"여기서 만날 줄이야. 부처님의 가호로군. 무사하셔서 다행입니다, 아카네 님."

그런데, 라고 하면서 머리를 긁적인 다음 천천히 양손을 든다.

"그리 좋은 시간에 도착한 것도 아니었네."

3

묘코지 경내도 무성한 풀과 나무들로 어지러웠다. 숲이 야금야금 파고들어 절을 집어삼킬 기세였다.

그 숲에 있는 거목의 나뭇가지에 미노키치가 밧줄에 칭칭 감긴 채 대롱대롱 매달려 있었다. 길 안내가 끝나자 즉시 이 꼴이 되었다. 죽임을 당하지 않은 것은 다행이지만 이래서는 미노키치가 아니라 도롱이벌레일본어로 '미노무시'라고 한다 아닌가.

소야 단조와 우두마두들은 본당을 포위한 채 잠시 가만히 기다리고 있다가 안으로 들어갔다. 주지 한 명밖에 없는 절이므로 싸움이 일어날 것 같지는 않았다. 단조의 부인이 요사 쪽으로 끌려간 뒤 주위가 조용해지자 절 왼쪽에서 두 사람이 덤불을 헤치며 나타났다.

그 얼굴을 알아본 순간 미노키치는 입으로 혼이 튀어나오겠다 싶을 만큼 놀랐다. 할배다! 게다가 소에이 님! 둘 다 살아 있다. 그런데 어떻게 저 두 사람이 같이 있지?

미노키치는 큰 소리로 부르려다가 가까스로 참았다. 할배는 총을 들고, 소에이 님은 몸을 바짝 낮추고 내부 상황을 살폈다.

그래서 둘은 미노키치를 발견하지 못하고 본당으로 들어갔고, 곧 총소리가 한 번 울려서 미노키치는 또 깜짝 놀랐다. 그게 전부였다. 그 뒤로는 우두마두들이 종종 드나들 뿐이었다.

말들은 산문 옆에 하나로 묶여 있었다. 뭐가 어떻게 되고 있는지 전혀 모른 채 배가 고파졌다. 게다가 춥다. 오줌도 마렵다.

할배는 어떻게 되었을까. 소에이 님은?

'그 부인은 지금 어쩌고 있을까.'

무서워서 울고 있겠지. 이치노히메를 생각하며 울겠지. 구해주고 싶다. 그러려면 먼저 탈출해야 하는데, 이 징그러운 밧줄은 꼼짝도 하지 않는다. 매달려 있으니 체중 때문에 더욱 옥죄어 든다. 우두마두들이 하는 짓이 대개 이렇다.

빌어먹을! 젠장! 빌어먹을! 다리를 버둥거려도 밧줄이 가슴만 꾹꾹 조일 뿐이었다.

그때 머리 위 나뭇가지 사이로 목소리가 들렸다.

"그렇게 버둥거리지 마. 갈비뼈 부러질라."

남자의 목소리다. 어딘지 얼빠진 말투. 미노키치는 몸을 비틀어 머리 위쪽을 올려다보려고 애썼다. 누군가 이 거목의 반대쪽에서 올라오고 있었다.

"어이, 꼬마, 무슨 짓을 한 거야?"

미노키치는 다급하게 대답했다. "아무 짓도 안 했어요. 근데 누구세요? 나 좀 풀어 줘요!"

목소리는 더욱 늘어져서, "글쎄다, 어떡하나" 하고 대답했다. 가만히 웃고 있다.

"희한한 구경거리라 구경하는 중이다. 조금 더 기다리면 뭔 일이 벌어질 듯한걸."

"조금 있다가 우두마두가 오면 나를 베어 죽일지도 몰라요."

"거참 딱하게 됐구나."

남의 일처럼 말하고 있네. 이런 곳에 있으면 자기도 위험할 텐데.

"누구세요?"

"나? 나는—글쎄, 누굴까."

남자는 그렇게 말하더니 봄날의 부드러운 나뭇잎을 손으로 치우며 얼굴을 쓱 내밀었다.

미노키치는 어이가 없었다. 뭐야, 이놈. 목소리만이 아니다. 얼굴도 늘큰하니 얼빠져 있다.

추레한 차림인 그는 더러운 수건으로 뺨을 감싸고 있었다. 안면이 넙데데하고 손은 큼지막하다. 여기서 봐서는 알 수 없지만 어른 같다.

"꼬마 이름은 뭐냐?"

"나, 나는 미노키치."

"그럼, 나는 미노스케. 그렇게 알아 둬."

애초에 이름 같은 건 없으니까, 하고 말하며 남자는 손등으로 입가를 훔쳤다. 으으, 침이다. 이 사람, 입가가 축 늘어져 침이 흘러나온다.

"그런 얼굴로 보지 마."

자칭 미노스케가 침을 흘리며 웃었다. "오랫동안 바보 흉내를 냈더니 진짜 바보 얼굴이 되었지만, 난 바보가 아니거든."

그는 나뭇가지를 타고 미노키치에게 다가왔다. 역시 어른이었지만 몸놀림은 원숭이처럼 날렵하다.

"그럼 날 풀어 줘요!"

"어? 잠깐만 기다려."

본당 옆 격자문이 열리고 사람들이 우르르 나왔다.

"그래, 뭔 일이 벌어지는군."

할배다. 소에이 님도 있다. 촌장님도 같이 있네! 젊은 무사와 또 한 사람은 누구일까. 모두 양손을 등 뒤로 묶인 채 염주처럼 줄줄이 끌려나온다. 그들을 데려가는 우두마두들은 세 명. 요사

쪽으로 가는지 본당 반대쪽 모퉁이를 돌아 모습을 감추었다.

"꼬마가 아는 얼굴도 있냐?"

"우, 우리 할배."

"북부 2조 마을 사람들인가? 혼조무라?"

"니다니무라. 아저씨도 고야마 사람이에요?"

자칭 미노스케는 미노키치의 물음에는 대답하지 않았다. "니다니무라에서 주민들이 싹 사라졌다는데, 진짜냐? 마을이 엉망으로 망가진 건 나도 알아. 거대한 짐승 발자국 같은 걸 봤는데, 그건 뭐지?"

"괴물이에요! 사람 잡아먹는 괴물이 난동을 부리고 있어요."

자칭 미노스케가 나무에서 내려가기 시작했다.

"어디 가요!"

"그대로 잠깐 기다려. 상황 좀 보고 올 테니."

땅바닥으로 뛰어내린다 싶더니 벌써 자취를 감췄다. 어디로 숨었는지 기척도 없다. 대체 뭐하는 사람이지?

본당 쪽에서 날카로운 여자 목소리가 짧게 들려왔다. 아카네 님일까? 화가 나셨나? 우시나?

가만히 있을 수 없어서 미노키치는 다시 다리를 버둥거리며 몸부림치기 시작했다.

격분한 나머지 오라버니에게 덤벼들려고 하는 아카네를 야지가 뒤에서 겨드랑이에 두 팔을 넣어 제압했지만, 아카네는 계속

소리를 질렀다.

"왜 그렇게 끔찍한 짓을 해! 오라버니는 인간의 마음을 잃어버렸어요!"

단조는 말채찍을 흔들며 짐짓 뜻밖이란 표정을 지었다.

"너야말로 끔찍한 말을 하는구나. 내가 인간의 마음을 잃어버렸다면 저 떨거지들은 벌써 목이 달아났지. 너를 도와준 자들이라 해서 살려 준 거다."

소에이 일행을 두고 하는 말이다. 너무 중과부적이라 단조와 그 부하들에게 손을 들고 항복하는 수밖에 없었다. 그래도 소에이는 아카네에게 재빨리 말했다. "미노키치는 무사해요. 미노키치의 할아버지도 이렇게 살아 있고요."

그 순간 우두마두들에게 마구 얻어맞아 말이 끊기고 말았지만, 끌려 나갈 때도 소에이는 아카네에게 눈웃음을 지어 보이며 고개를 끄덕였다. 우리 모두 지금까지 살아남지 않았는가. 앞으로도 어떻게든 될 거다. 어떻게든 해 보자.

아카네에게는 얼마나 든든한 격려였는지 모른다. 하지만 묘넨과 아카네, 고집스레 묘넨 곁을 떠나려고 하지 않는 야지만 남게 되자, 단조는 아카네가 귀를 의심할 만한 말을 내놓았다.

여기에 오토와를 데려왔다. 나가쓰노의 명문 오쿠라님의 딸 오토와를 미끼로 삼아 괴물을 끌어내겠다.

"나가쓰노를 무찌르기 위해 쓰치미카도 님을 만들어 낸 거라면 오토와는 더없이 알맞은 미끼가 될 거다."

그 괴물에 맞서기 위해 나와 네가 여기에 모였다. 가이바라 가의 주술사 피를 물려받은 우리 쌍둥이 오누이가.

"스님이 은밀히 지켜 오신 주문이 마침내 활약할 때가 왔다. 이보다 나은 무대는 없지."

"오토와 님은 오라버니의 부인이십니다! 이치노히메 님의 어머님이시라구요!"

"오토와를 잃어도 상관없다. 딸에게 어울리는 혼처를 정해 두었으니까."

"혼처?"

아카네는 한순간 멍했지만 금세 그 말을 이해했다. 단조는 권력을 키우기 위해 이치노히메를 이용하려는 것이다.

"아직 어린 따님을 어디로 시집보내겠다는 겁니까. 이치노히메 님을 보내면 오라버니가 바라는 그 상대 권력자와의 연줄이 튼튼해지겠지요. 하지만 오토와 님이 그걸 받아들이실 거라고 봐요?"

"주군의 허락은 받아 놨다. 모든 것은 나가쓰노의 번영과 평온을 위해서다."

얼마나 빤한 변명인가. 단조는 오토와를 그저 자식을 얻기 위한 도구로 이용했을 뿐이다. 충신의 마음가짐이 이럴 수는 없다.

아카네는 몸을 부르르 떨며 오라버니가 아니라 그를 따라다니는 우두마두들에게로 돌아섰다. 그 자리에 남은 수하는 세 명. 아카네는 한 명, 한 명의 눈을 쳐다보며 물었다.

"당신들은 이래도 좋습니까? 오쿠라님의 따님을 괴물에게 산제물로 내주고 그 어린 따님을 인질처럼 다른 곳에 시집보내도 좋습니까? 그래서 나가쓰노가 번영하면 그걸로 만족하겠어요?"

셋 중에 둘은 아카네의 눈을 바라보며 동요하지 않았다. 맨 얼굴이었지만 나무 가면을 쓰고 있는 거나 마찬가지였다.

다만 단조가 '사헤이지'라 부르는, 부관인 듯한 자는 도망치듯이 눈길을 내렸다. 단조가 그런 그를 보고 날카롭게 질책했다.

"사헤이지, 왜 움찔하느냐?"

사헤이지는 말없이 주먹을 땅바닥에 대며 고개를 숙였다.

"세키가하라 전투 이래, 우류가 다스리는 고야마는 나가쓰노 류자키씨의 몸속에 자리 잡은 성질 고약한 종기나 마찬가지다. 이를 제거하여 배반으로 입은 상처를 치유할 때 나가쓰노의 전쟁도 끝나는 것이다."

"전쟁은 오래전에 끝났어요! 오라버니 혼자서만 멋대로 인간사냥을 계속해 왔을 뿐이지."

단조가 노해서 소리쳤다. "간신에게 가로채인 영지와 주민들을 되찾는 것이 뭐가 나쁘다는 거냐!"

아카네도 맞서 소리쳤다. "오라버니는 자기 출세를 위해 나가쓰노와 고야마의 불행한 과거를 이용하는 거잖아요!"

단조는 입을 꾹 다물고 눈을 날카롭게 번뜩였다. 야지는 아카네를 지키려고 여전히 그녀를 붙든 채 놓아 주지 않고 있었다.

"출세?"

낮게 중얼거린 단조는 무구를 짤깍짤깍 울리며 아카네에게 다가왔다. 말채찍을 던져 버리고 그 자리에서 한쪽 무릎을 꿇더니 아카네의 턱을 잡았다.

"내가 진정으로 원하는 것이 출세라고 생각하나, 아카네?"

그의 입가가 일그러지며 웃음이 비어져 나왔다. 아카네도, 아카네를 붙들고 있는 야지도 저도 모르게 움찔할 수밖에 없는 웃음이었다.

"권세니 출세니 하는 거, 난 아무렴 상관없다. 우류와 가이바라 놈들을 몰아낼 수만 있다면 나는 일개 낭인으로 남아도 좋다. 다른 사람도 아닌 네가 왜 그걸 몰라!"

아카네는 눈을 휘둥그레 떴다. 음성에서, 외눈에서 오라버니의 마음이 전해져 왔다. 야지도 그것을 눈치챘는지 팔에서 힘을 뺐다.

"오라버니."

아카네가 단조의 손목을 잡았다.

"원한 때문이군요!"

가이바라 가의 주술사의 피를 물려받은 아기라는 이유로 이치노스케와 아카네는 집에서 쫓겨났다. 어머니는 비탄 속에서 병사했다. 의지할 데 없는 쌍둥이는 본래는 이치노스케가 물려받았어야 할 가이바라라는 가문을 잃고, 무가의 자녀가 누려야 할 생활에서 멀리 밀려난 채 엉뚱한 지방으로 쫓겨나 산사에 갇혀 지내야 했다.

"어떻게 원한을 품지 않을 수 있단 말이냐."

단조는 피를 쥐어짜내듯이 신음했다.

"내가 열여섯 살에 조슈의 양부모집을 뛰쳐나와 여기 묘코지에 들른 까닭은 스님에게 매달려 이유를 듣고 싶어서였다. 너와 내가 왜 집을 잃고 부모를 잃고 고향을 잃어야 했는지."

그러나 그렇게 알아낸 진실은 믿기지 않을 만큼 어처구니없고 어리석은 것이었다.

"백여 년이나 전에 미처 완성하지 못한 주술이라고? 만들어지다 만 괴물이라고? 그따위 것 때문에 너와 내가 인생을 빼앗겨?"

그런 옛날이야기 같은 것 때문에.

"그때 나는 작심했다. 어떤 간난고초를 겪더라도 반드시 이 원한을 풀겠다. 우류와 가이바라 놈들의 씨를 말려 버리자. 그리고 내가 빼앗긴 것을 전부 되찾자."

오라버니의 목소리를 들으며 아카네는 도리질을 했다. "하지만, 괴물은 있어요."

"오, 그래. 믿을 수 없는 허풍, 전설, 엉터리라고 생각했지만, 정말 있다는 거 아니냐."

단조의 외눈이 희색을 띠었고, 그 눈빛이 강렬한 눈빛으로 변해 가는 것을 아카네는 보았다.

"쓰치미카도 님은 깨어났다. 왜 지금 생명을 얻어 움직이기 시작했을 것 같으냐?"

내 소원이 이루어진 거야.

"너와 나의 고통과 슬픔, 원한이 통한 거지. 아니, 우리만이 아니다. 우리보다 앞서 태어났던 가이바라 가의 주술사 자손들의 원한도 있다. 마땅히 살았어야 할 인생을 빼앗기고 엉뚱한 곳으로 쫓겨나 분노 속에서 가난하게 죽어야 했던 너와 나의 동포들. 그들의 한이 쌓여서 마침내 지금 쓰치미카도 님으로 결실을 맺은 거라고는 생각하지 않느냐, 아카네."

그렇다면 산속에서 굶주린 채 미친 듯이 분노한다는 괴물은 우리 편이다.

"우리와 함께 분노하는 거다. 만들어지다 말았다, 저주받았다, 라는 이유로 오래도록 방치된 것에 원한을 품고 우리를 위해 이 산을 차지하려고 난동을 부리는 거다."

볼에 따뜻한 것이 흘렀다. 어느새 아카네는 울고 있었다.

"오라버니는, 그 괴물을 몰라."

그게 얼마나 무서운 것인지 겪어 보지 못했잖아. 그러니까 이렇게 엉뚱한 생각을 하는 거야.

"그게 누구 편이 될까요? 누구에게 득이 되겠어요?"

단조는 마치 짖는 것처럼 짤막하게 웃었다. "아카네, 뭘 그리 겁내느냐. 쓰치미카도 님은 사람이 만든 인형이야. 가이바라 가의 주술사인 우리는 그 인형을 부리는 사람들이라고."

그리고 묘넨의 등에 적힌 주문도 있다.

"우리가 주문을 외면 괴물을 진정시킬 수 있다고 한다. 어쩌면 자유자재로 부릴 수도 있을 거야!"

자유자재로 부려? 괴물을 쓰러뜨리는 것이 아니라 사로잡아서 훈련시키겠다는 말인가. 제정신으로 하는 말인가.

아카네는 떠올렸다. 고야마 쪽을 향해 걸린, 나가쓰노 요새의 '보은' 족자. 단조가 쓴 것으로 보인 그 두 글자는 실은 '보복'이란 뜻이 담긴 비아냥거림이었던 것이다.

그 두 글자가 오라버니의 마음속 눈을 막고 있다.

아카네의 몸에서 힘이 빠져나갔다. 양손으로 바닥을 짚으며 거반 무너져 내렸다.

"오라버니, 제발 정신 차려요. 그 괴물은 오라버니 뜻대로 되는 게 아닙니다. 오라버니와 내가 감당할 수 있다고 한다면, 둘이서 목숨을 걸고 그놈을 쓰러뜨려야만 해요."

흥, 하고 단조는 코웃음 쳤다. "당차 보여도 너는 결국 여자구나. 나약해. 자, 지켜봐라."

괴물을 살리는 것도 죽이는 것도 소야 단조의 마음에 달렸다.

"어쨌거나 이 처치 곤란한 놈을 잡아야 한다. 그다음엔 나가쓰노의 류자키씨가 주번의 영주로서, 주민이 잡아먹히고 마을이 불타도록 방치한 우류 가의 실책을 엄히 징벌해야 한다. 그러면 고야마의 민심도 나에게—우리 주군에게 기울 거다. 고야마를 되찾는 데 그게 큰 힘이 될 것이야."

이제야 주군 류자키 다카모치가 생각난 듯했다. 아카네는 한껏 비아냥거리는 투로 말했다. "그런 엉성한 이야기를 막부에서 받아들일 것 같아요?"

단조는 코웃음 쳤다. "물정 모르는 여자가 아는 척하지 마라.

막부의 속셈 따위는 이미 다 파악했다."

아카네는 흠칫 놀랐다. 방금 그 말은, 고야마를 병합하기 위해 나가쓰노는 이미 막부를 상대로 물밑 작업을 하고 있다는 말일까?

인맥. 뇌물. 그런 건가? 이치노히메의 혼담도 막부의 환심을 사기 위한 술책 가운데 하나일지도 모른다.

아카네의 표정을 읽었는지 단조가 계속 말했다. "이런 난리가 벌어지는 동안 고야마의 우류 히사노리는 관저시를 봉쇄한 채 관저에 틀어박혀 있었다. 첩의 아들이 횡사했다는 걸 핑계로."

암살된 것 같다고 하더군, 하고 얘기한다.

"후계를 둘러싼 권력 투쟁의 일단이 드러나 버린 거겠지. 하필이 와중에 말이다."

고야마 번사 고비나타 나오야는 이를 알고 있을까? 알아도 함부로 말할 수 없었겠지만.

"오라버니가 어떻게 그런 사정을?"

"고야마라는 개미굴에서 일어나는 일들은 나가쓰노에 낱낱이 보고되고 있다. 주군께서 고야마 내에 수많은 눈과 귀를 풀어 놓으셨으니까."

나가쓰노의 간첩. 자신에 찬 말투로 보건대 개중에는 단조 자신의 수하도 있을 것이다.

막부에 밀착해 있고 고야마의 내정에도 훤하다. 이 점에 아카네는 기대를 해야 옳을까, 절망해야 옳을까.

그때였다. 낮게 염불 외는 소리가 들렸다. 소에이와 단조가 나타난 이래, 주문이 적힌 등을 감추고 숨소리도 내지 않고 있던 묘넨의 목소리였다.

"허망하고 슬프구나."

염불을 멈추고 고목 껍질의 갈라진 틈새 같은 눈을 끔뻑이며 중얼거린다.

"이치노스케 님, 이십 몇 년 전에 이 어리석은 중이 당신의 운명이 혹독해진 까닭을 들려준 것은 누굴 원망하게 만들기 위해서가 아니었소."

당신의 생명이 소중했기 때문이오.

"그때 내가 분명히 말씀드렸을 거요. 가이바라 가의 주술사의 자손으로 죽을 것인가, 주군도 가문도 다 잃고 살 것인가, 당신이 선택할 길은 둘 중에 하나라고."

그래서? 하고 단조가 목소리를 높인다.

"주술사의 자식으로 고야마에 남으면 기피당하다가 죽임을 당할 것이다, 아무리 억울하고 비참하더라도 추방당해서 살아남아라, 라고 했지. 그 고마운 가르침은 염불과 마찬가지로, 외우고 외우고 또 외워도 아무런 도움도 주지 못했어."

가증스럽다는 듯이 낮을 찡그리며 부처님조차 내치는 듯한 말투로 말한다. 그러자 묘넨은 어깨를 떨어뜨리며 아카네 쪽으로 얼굴을 돌렸다.

"아카네 님, 그럼 당신에게 말씀드리리다."

"아, 예."

아카네는 작업복의 옷깃을 가다듬고 고쳐 앉으며 양손으로 바닥을 짚었다. 야지는 얼른 떨어져서, 더는 말할 힘도 없는 듯 점차 상체가 앞으로 기울어지는 노승 곁으로 돌아갔다.

"쓰치미카도 님이 깨어난 이상, 가이바라 가의 주술사 자손이 그 목숨을 거둬 줘야겠습니다. 왜냐하면 이 주문은,"

이렇게 말하며 자신의 어깨에 한 손을 얹었다.

"염불처럼 외는 것이 아니라오. 주술사가 자기 몸에 적어서 쓰치미카도 님에게 잡아먹혀야 비로소 효력을 발휘하는 주문이지."

아카네뿐만 아니라 천하의 단조조차 할 말을 잃었다. 묘넨은 그녀의 얼굴을 향해 고개를 끄덕여 보인 뒤 계속 말했다.

"쓰치미카도 님은 마음을 가지고 있지 않소. 주술사는 제 살점을 바쳐 쓰치미카도 님과 한 몸이 되고 그 마음이 되는 거요. 그래야 비로소 쓰치미카도 님을 진정시킬 수 있소."

아시겠소? 묘넨의 낮은 물음에 아카네는 몸을 떨면서도 눈앞을 가렸던 안개가 걷히는 기분이었다.

마음 없는 것의 마음이 된다. 혼이 되어 그것을 진정시키고 스스로도 진정된다. 이 방법이라면 필시 그 괴물에게도 통할 것이다.

"당신이나 이치노스케 님 중 누군가가 이 주문을 위한 제물이 되어 주셔야겠소."

제물. 그 무서운 이야기의 울림이 채 사라지기도 전에 소야 단조가 허리의 칼을 뽑아들었다.

"괘씸한 중놈! 아직도 나를 속일 셈이냐!"

야지가 뛰어들어 묘넨을 감쌌다. 칼날의 번뜩임이 아카네의 눈을 찔렀다. 그러나 피가 튀는 일은 없었다. 묘넨을 베려고 단조가 휘두른 칼을 부관 사헤이지가 뛰어들며 칼집으로 막아냈던 것이다.

"고정하십시오, 수석님."

"물러서라, 사헤이지!"

"못 물러납니다!"

묘넨은 야지의 부축을 받으면서도 고개를 들어 단조를 올려다보았다.

"소승의 목숨이라면 내드리리다. 허나 이치노스케 님, 지금 이 몸이 죽으면 등에 있는 주문도 사라집니다. 이 주문은 사람의 생기가 있어야 살아남을 수 있소."

단조의 건강한 오른쪽 눈이 흔들렸다. 칼끝이 살짝 휘청거린다.

"사람의…… 생기?"

"그렇소. 정 의심스러우면 이 자리에서 내 목을 베어 보시오."

"이러지 말아요!"

정신을 차린 아카네가 오라버니의 다리에 매달렸다.

"괴물을 쓰러뜨릴 유일한 방법이에요! 잃으면 안 돼요! 칼을 거둬요, 오라버니!"

사헤이지도 격류에 버티는 바위처럼 움직이지 않았다.

묘넨을 노려보며 소야 단조는 천천히 칼을 칼집에 꽂았다.

"참으로 고약한 주술이로고. 끝까지 우리를 저주하는군."

단조는 몸을 휙 돌려 일동에게 등을 보인 채 물었다.

"괴물을 불러낼 방법은 있나, 스님?"

"있소."

동 틀 무렵 경내 종루의 네 구석에 화톳불을 피우면 된다고 한다.

"저 종루 지붕 안쪽은 복잡하게 투각되어 있소."

아래에서 불을 피우면 위로 올라간 온기가 투각 문양 사이를 지나며 독특한 소리를 낸다.

"쓰치미카도 님이 묻힌 오오타라야마의 깊숙한 곳과 이 절의 중간쯤에 종이 하나 놓여 있는데, 투각 문양의 소리가 그 종과 공명하는 거요."

오오타라야마 전체에, 숲을 넘어 밤하늘의 달마저 진동시키며 울려 퍼지는 그 음색에 끌려 괴물이 묘코지로 찾아온다고 한다.

종이 없는 이곳의 종루는 참으로 기묘한 풍경을 보여 주었다. 깊은 산속에 놓여 있다는 종도 아마 불가사의한 풍경을 보여 줄 것이다. 아카네는 저도 모르게 한숨을 쉬었다.

"그런 장치가……."

오오타라야마의 품에 안긴 종. 아카네는 그것을 떠올려 보았다.

종은 오랜 세월 비바람에 시달렸을 것이다. 언제 올지 모르는, 혹은 영원히 오지 않을지도 모르는 쓰치미카도 님의 재앙을 기다리며.

아카네의 인생도 다르지 않다.

종은 무엇 때문에 자기가 그 자리에 놓여 있는지 알지 못한다. 비상시가 되면 어떤 소리를 내게 되는지도 모른다. 그저 자신을 당연히 종이라고만 생각해 왔다.

그러나 그 참된 쓰임새는 다른 데 있었다.

봄이면 산에 꽃들이 만발하고 여름에는 창공에 뭉게구름이 걸리고 가을이면 단풍이 비에 젖고 겨울이면 봉우리마다 하얀 고깔모자를 쓴다. 새가 날아들고 들개가 짖고 어미 곰이 새끼를 거느리고 숲을 나와 냇물을 건넌다. 종은 그런 풍경과 사건들을 바라보며 자신이 품은 불온한 비밀을 전혀 알지 못한 채 오랜 시간을 보내 왔을 것이다. 역시 아무것도 모른 채 인생을 살아 오면서 기쁨과 슬픔과 때로는 소소한 행복을 겪고, 때로는 사무치는 고독에 눈물을 짓던 아카네와 같지 않은가.

"사헤이지, 증원 부대는?"

"남쪽 요새를 출발한 부대가 저녁까지는 도착할 것 같습니다만."

"그럼 도착을 기다렸다가 화톳불을 피워라."

단조는 돌아서서 희미하게 웃는 눈으로 묘넨을 바라보았다.

"오토와를 미끼로 괴물을 불러들일 테니, 주문을 위한 제물 역할은 스님이 맡아 주시오."

아카네가 놀라기도 전에 야지가 분노하며 고함을 질렀다. "무슨 소리냐!"

"스님은 이미 주문을 몸에 지니고 있다. 그대로 제물이 되는 것이 간편하지."

이번에는 야지가 단조에게 덤벼들려고 하자 아카네가 간신히 막았다.

"오라버니, 스님 말씀을 잊었어요? 주술사 자손이 아니면 주문은 효력이 없어요."

"백 년이나 묵은 얘기 아니냐. 잘못 들었을 수도 있고. 게다가 스님이 또 우리를 속이고 있는지도 모른다."

아카네는 놀라서 기가 막힐 지경이었다. 한순간 가슴이 메스꺼워질 정도로 오라버니가 가련했다.

출생의 비밀을 안 뒤로 이치노스케의 가슴을 채운 것은 복수란 두 글자였다. 오랜 세월 동안 곤경을 극복하고 고독을 견뎌내서 이제야 복수를 하려는 참인데 여전히 뜻대로 되지 않는 것이 앞을 가로막는다. 그것이 화가 나고 초조해서 참지 못하는 것이다. 어린애 같은 태도 아닌가.

"스님은 이런 상황에서 우리를 속일 분이 아녜요. 가장 중요한 것이 주문인데, 잘못 들으셨을 리도 없고요. 왜 그런 엉뚱한 말을 해요?"

"시끄럽다, 아카네!"

"오라버니, 그렇게 목숨이 아까워요? 그럼 숨어서 벌벌 떨고 있어요. 제가 제물이 되겠습니다!"

단조는 득달같이 아카네에게 다가가 손등으로 뺨을 후려쳤다. 혼신의 힘이 실린 타격에 아카네는 옆으로 쓰러졌다.

야지가 얼른 그녀를 부축했다. 아카네를 안아서 보호하며 단조에게 "이런 겁쟁이 자식!" 하고 욕을 했다. "여자를 때리다니, 그러고도 네가 제대로 된 무사냐!"

단조의 낯빛이 변했다. "이 원숭이 같은 놈이!"

"그만하시오! 그만!"

묘넨의 일갈에 모두 동작이 멈췄다. 묘넨의 안색은 낡은 창호지처럼 변해 있었다. 호흡이 힘들어 보였다.

"다시 말하리다."

가슴을 부여잡고 낯을 찡그리며 호소했다

"이 중놈의 목숨 따위는 기꺼이 내주리다. 그러나 주술사의 능력이 없는 제물 때문에 주문이 힘을 발휘하지 못하면, 그때는 어떻게 되겠소?"

단조는 그 물음에는 대답하지 못하고 돌처럼 굳어 있는 우두마두 두 명을 돌아다보았다.

"히사마쓰, 저 중을 묶어라. 고주로, 붓을 가져와!"

그러고는 저항하려는 야지를 윽박질렀다. "네가 얌전히 굴지 않으면 저 중만 더 괴롭다."

"야지, 괜찮다. 물러나 있어라."

주문을 베껴 적어야겠다, 하고 단조가 부하에게 명했다.

"고주로, 붓을 가져오라고!"

묘넨은 야지의 부축을 받아 가까스로 몸을 일으켰다. 안색이 더욱 창백해졌다.

"이치노스케 님, 이건 살아 있는 몸이 아니면 유지되지 않는 주문이라고 내 분명히 말했잖소."

"그래서 산 사람 몸에 적을 거다." 그렇게 일갈한 단조는 목소리를 더 높였다. "사헤이지! 오토와를 끌고 와라!"

사헤이지는 몸이 마비된 것처럼 뚝 멈춰 섰다.

"꾸물대지 마라. 어서 오토와를 데려와. 오토와의 등에 주문을 적는다. 사본만 있으면 몇 번이고 옮겨 적을 수 있다. 인간 제물이라면 얼마든지 조달할 수 있어."

아카네는 사헤이지의 얼굴을 올려다보았다. 우락부락한 얼굴이 볕에 그을었다. 그 얼굴이 얼어붙은 듯이 단조를 응시하고 있다.

아아, 제발. 아카네는 속으로 미친 듯이 빌었다. 제발 이 사람만이라도 마음이 나무 가면과 하나가 된 것이 아니기를.

"수석님." 사헤이지의 낮은 목소리가 들렸다. "제 등을 사용해 주십시오."

그렇게 말하며 바닥에 앉은 뒤 마치 할복을 준비하듯이 허리끈을 풀고 상의를 벗기 시작했다.

단조도 외눈을 휘둥그레 떴다. "사헤이지, 너, 미쳤냐?"

"예! 저 하타나카 사헤이지, 깊은 산속의 정기를 마시고 제정신을 잃었습니다. 그 주문인지 뭔지를 몸에 새기고 싶어 미칠 지경입니다. 고주로, 어서 적어!"

부관의 질타에도 고주로라는 젊은 무사는 응하지 않는다. 붓을 들고 묘넨의 등 뒤로 돌아간 고주로는 그 자리에 가만히 앉아 있었다.

그의 입술만이 희미하게 움직이고 있다. 주문을 읽는 듯했다. 읽을 줄 아는 글자인가?

"오오, 안 돼!"

가쁜 숨을 몰아쉬느라 목을 그렁거리면서도 묘넨은 소리를 쥐어짜내며 고주로한테서 떨어지려고 했다.

"이 사람이 주문을 읽으면 안 돼! 나를 내버려 두시오!"

"어딜 도망치려고, 이 중놈!"

그때 아카네는 느꼈다. 뭐지, 이 냄새? 뭔가가 타는 듯한—.

갑자기 고주로가 비명을 질렀다. 붓을 내던지며 오른손을 얼굴 앞에 들고 잡아먹을 듯이 쳐다본다. 그의 손가락이 까맣게 변색되고 있었다. 그 냄새는 살이 타는 냄새였다!

"고주로!"

"수, 수석님, 이건, 이건 뭡니까?"

변색은 금세 고주로의 다섯 손가락 전부로 번졌다. 아카네는 제 눈을 의심했다. 이것은 단순한 얼룩이나 그림자가 아니었다. 글자 모양을 띠고 있다. 글자들이 젊은 무사의 피부를 기어 올라가며 까맣게 태우는 것이다.

"사, 살려 줘!"

손등을 기어올라 금세 손목에 닿으려고 하는 까만 글자들의 움직임에 고주로는 혼란에 빠져 몸부림쳤다. 히사마쓰라는 젊은 무사가 그를 도우려고 묘넨 위를 넘어 달려갔다. 고주로는 곁에 있는 아무에게나 매달리려고 했다. 단조는 그를 비정하게 내쳤고, 사헤이지도 "안 돼! 만지지 마!" 하고 소리쳐 히사마쓰를 제지했다.

까만 글자들의 움직임은 까만 먹물이 맹물에 섞일 때보다 더 빨랐다. 순식간에 번져 나갔다.

고주로는 그 자리에서 뱅뱅 돌며 몸을 버둥거리다가 이리저리 발을 구르기 시작했다. 얼굴이 잔뜩 굳은 채 비명을 내질렀다. 아악! 아파! 뜨거워!

까만 글자들의 움직임은 속옷 소매 밑을 지나 거침없이 팔뚝을 기어올랐고, 목덜미를 지나 그 위쪽으로 번졌다. 그 끔찍한 광경과 코를 찌르는 악취에 히사마쓰가 저도 모르게 웩, 웩, 하고 토했다.

"으아아악!"

까맣게 변색되는 현상이 마침내 고주로의 얼굴을 뒤덮었다. 그는 남은 한쪽 팔을 들어 얼굴을 마구 긁어댔고, 비틀거리다가 넘어졌다. 고주로는 본당 판자문을 부수며 옆의 작은 방으로 굴러 들어갔다.

"악! 아파! 아파! 아파아아아!"

데굴데굴 구르는 고주로의 까만 옷 밑에서 변색은 더욱 번져 갔다. 젊은 무사는 가슴을 쥐어뜯고 배를 눌렀다. 하지만 남은 한 팔도 까맣게 변하면서 힘을 잃어 갔다. 무릎이 덜컥 꺾인 그는 서 있지도 못했다. 갈라진 비명 소리가 터졌다. 애벌레처럼 꿈틀거리고, 날개 뜯긴 나방처럼 펄떡거리는 가련한 젊은 무사는 까맣게 타들어 갔다. 희미한 연기가 슈웃, 슈웃, 하는 소리를 내며 피어올랐다.

마침내 고주로는 움직이지 않았다. 그 모습이 마치 커다랗고 까만 매듭 같았다.

정신을 차리고 보니 아카네는 단조의 등에 달라붙어 있었다. 끔찍한 광경 앞에서 오라버니가 방패가 되어 주었다. 한순간 아카네는 가슴이 아렸다.

역시 하나뿐인 오라버니다. 열여섯 살 때 그날 밤, 오라버니가 했던 말이 되살아난다.

—이 세상에는 적밖에 없다.

"이게 어찌된 일인가, 스님."

단조가 몸을 홱 돌려 묘넨에게 바짝 다가섰다. 기력이 다한 묘넨은 야지에게 안긴 채 신음하듯이 대답했다.

"이 주문은 거울 문자로 적혀 있소."

글자의 좌우가 바뀌어 있다는 말이다.

"한자와 가나일본 고유의 문자로 이루어진 글이니 그 사실만 알면 누구라도 읽을 수 있소. 그러나 심약한 자, 미숙한 자가 읽으면 저렇게 홀려서 까맣게 타 버리지."

낯이 창백해진 히사마쓰는 본당 구석에 웅크리고 있고 사헤이지도 상체를 드러낸 채 넋을 놓고 있었다.

단조가 말했다. "나는 홀리지 않아."

"그럼 시도해 보시든지."

사헤이지가 얼른 막았다. "잠깐만 기다려 주십시오, 수석님."

"네 눈엔 내가 심약한 자로 보이나?"

"이렇게 수상쩍은 주문에 의지하려는 게 처음부터 잘못입니다!"

목소리에 힘을 주는 부관은 필사적이었다.

"깊은 산속 황폐한 절에 숨어 사는 이 중은 여우나 너구리가 둔갑한 자일지도 모릅니다. 그런 자의 언변에 넘어가시는 건 수석님다운 행동이 아닙니다. 정신 차리십시오!"

사람을 해치는 짐승 따위는 나가쓰노의 근위대 무사들이 힘을 합치면 반드시 죽일 수 있다고 장담한다.

"저희에게 진정한 무용을 과시할 천재일우의 기회를 허락해 주십시오."

그 간언에, 분노해 있던 단조의 어깨에서 힘이 빠져나갔다. 단조가 발을 내딛었다. 아까 내던진 말채찍을 주워 든다.

"네 말이 맞다, 사헤이지."

내가 잘못했다—. 단조의 입가에 쓴웃음이 떠올랐다. 거칠었던 숨소리도 편안해져 간다.

"먼저 괴물을 맞을 준비를 하자. 깊은 산속에 이렇게 많은 사람이 모여 있으니 그 냄새만으로도 굶주린 짐승을 불러들일 수 있을 거야."

결국 제대로 싸우겠다는 말이었다. 아카네는 눈앞이 깜깜해지는 심정이었다. 이래서는 요새의 참사가 그대로 반복될 뿐이다.

이제 아카네가 결심하는 수밖에 없었다. 지금이야말로 최선의 지혜를 짜내야 한다.

단조는 본당에 진을 치려는 듯했다. 거침없이 지시를 내리기 시작했다. 묘넨과 야지를 떼어 놓고 사헤이지에게 아카네를 요사로 끌고 가게 했다. 그곳은 본당보다 더 심하게 황폐했다. 판자문으로 안팎을 구분해 두기는 했지만, 안쪽 장지문들은 부서졌고 창호지는 찢어졌으며 방바닥도 여기저기 꺼져 있었다.

"오토와 님은 어디 계시죠? 다른 분들도 무사하신가요?"

아카네는 그나마 밧줄에 결박당하지 않은 채 사헤이지의 말없는 재촉을 받으며 먼지투성이 복도를 걷고 있었다.

말울음 소리가 들렸다. 단조 일행이 타고 온 말일 것이다. 입을 꾹 다물고 있는 사헤이지에게 아카네는 짐짓 오만하게 말했다.

"정말 황당하군. 수석님 누이동생을 군마나 다름없이 취급하다니."

그렇게 말하자 어디선가 가느다란 여자 목소리가 들려왔다.

"아카네 님이세요?"

오토와의 목소리다. 아카네는 냉큼 복도 저편을 향해 뛰기 시작했다.

요사의 끝에 있는 방이었다. 건물이 낡아 벽이 무너진 점을 이용하여 말들을 안으로 몰아 묶어 놓았다. 오토와는, 깔개를 주워 깔고 판자 조각과 천으로 바람을 막아 둔 구석 쪽에서 몸을 웅크리고 있었다.

"오토와 님!"

아카네는 그녀를 꼭 껴안아 주고 나서 오토와의 결박을 풀기 시작했다. 저벅저벅 따라온 사헤이지는 그 행동을 막지 않을뿐더러 함께 온 감시병을 쫓아 보낸 다음 아카네와 오토와를 지켜 주듯 그 자리에 버티고 섰다.

오토와는 완전히 기진맥진하여 얼른 말도 꺼내지 못하는 상태였다. 아카네는 그녀의 어깨와 등을 문지르고 머리를 쓸어 주며 사헤이지를 돌아다보았다. "고마워요, 고마워요."

사헤이지는 말없이 다가와 한쪽 무릎을 꿇었다. 얼굴이 굳어 있다.

아카네가 물었다. "이치노히메 님은 어디 계시죠?"

"나카무라의 촌장 집에 계십니다."

"무사하신 거군요. 아, 다행이다."

오토와가 조용히 흐느끼기 시작했다.

"오토와 님을 말과 함께 감금한 것은 물론 송구한 일입니다. 그러나 나카무라에서 들은 바로는 괴물이 말을 무서워한다더군요.

저주의 힘으로 빚어진 짐승이기 때문에 사람은 공격해도 다른 짐승에게는 약하다고 합니다. 그렇다면 이곳이 가장 안전한 장소일 것 같았습니다."

사헤이지의 깊은 배려였다. 본당에서 주저 없이 자신의 상체를 드러낸 그는 소야 단조의 부관으로서의 책무와 오쿠라님에 대한 충성 사이에서 분열하고 있었다.

"미안해요. 당신이 얼마나 힘들지 알 것 같아요."

사헤이지는 오토와가 이치노히메를 안고 도망할 때부터 지금에 이르기까지를 설명했다.

"저희 부대가 나카무라에 도착했을 때는 괴물의 공격이 이미 끝나 있었습니다. 그러나 마을의 참상을 보는 것만으로도 충분히 그때 상황을 짐작할 수 있었습니다."

폐허로 변한 나카무라가 아카네의 눈에 생생하게 떠올랐다. 괴물이 뱉는 신물이 불길을 일으킨다는 말을 들으니 요새를 태우던 무서운 화염도 납득이 되었다.

"주민들 말에 의하면 괴물을 몰아낸 사람은 나카무라에서 오다이님을 모시던 일꾼 영감이라고 하던데요."

피를 흘리며 괴물과 대치했던 영감의 행동. 영감이 남겼다는 말.

"영감님은 쓰치미카도 님을 알고 계셨던 거군요."

그렇다면 영감님도 가이바라 가와 관련이 있는 사람이었을 것이다. 쓰치미카도 님이 깨어났을 때를 대비하여 나가쓰노로 이주했을 것이다.

"너무 안쓰럽군요."

아카네의 눈에서 눈물이 떨어졌다. 영감님 역시 산속에 있다는 종과 같은 처지였던 것이다. 아카네와 마찬가지로.

그렇다면 이번에는 아카네의 차례이다.

"하타나카 씨라고 하셨지요."

아카네는 사헤이지를 똑바로 쳐다보았다.

"제발 부탁해요, 제 소원을 하나 더 들어주세요."

사헤이지의 얼굴이 씁쓸하게 일그러졌다. "소원이라는 것이 뭡니까?"

그 낮은 목소리에 아카네의 얼굴이 희망으로 밝아졌다.

"오라버니를 배반하라는 것은 아닙니다. 오토와 님을 살려서 이치노히메 님의 곁으로 돌려보내 드려야 합니다. 나가쓰노 번의 가신이므로 나가쓰노의 주민을 지켜야 합니다. 그것을 위해서 저를 좀 도와주세요."

아카네가 자신의 생각을 말하자 사헤이지는 고개를 저었다. "오다이님, 방금 그 끔찍한 일을 잊으셨습니까? 스님 등에 있는 주문을 베껴 적을 수 있는 사람은 아마도 주술사의 피를 물려받은 수석님과 오다이님뿐일 겁니다. 그러나 수석님은 오다이님을 괴물의 미끼로 쓰시지 않겠지요."

"베껴 적을 수 있는 사람이 한 명 더 있어요." 아카네가 단언했다. "여기 잡혀 있어요."

기쿠치 엔슈. 그 주문을 글자로 읽지 않고 진기한 그림이라 생각하고 무심히 옮길 수 있는 사람. 그의 얼굴을 떠올리며 아카네는 저도 모르게 미소를 지었다.

4

그즈음 요사 반대쪽 끝에 있는 엉망으로 어지럽혀진 방에서 고비나타 나오야는 벌레 씹은 얼굴을 하고 있었다.

긴지로와 엔슈, 나중에 나타난 겐이치라는 포수 노인과 사카키다 소에이라는 낭인. 다섯 명 모두 손발이 결박된 채 염주처럼 줄줄이 엮여 있었다.

종종 밖에서 목소리가 들려서 우두마두들이 돌아다니고 있음은 알 수 있었다. 하지만 여기를 감시하는 자는 따로 없었다. 분하지만 이 상태로는 도망칠 수가 없다. 어떻게든 해 보려고 몸부림치자 도리어 결박이 단단히 조여들었다.

"무사 나리, 그렇게 몸부림 좀 치지 말아 주세요."

쌀쌀맞게 쏘아붙이는 겐이치도 얄밉다. 이 노인은 총을 빼앗길 때 엷은 미소를 지었다.

"내 총은 워낙 고물이라 당신들은 제대로 다룰 수 없을 거요. 괜히 섣불리 만졌다간 손가락만 날아가지."

우두마두들에게 그렇게 말하고 호되게 얻어맞았지만 그래도 천연덕스러운 얼굴을 했다.

천연덕스럽기로 치자면 소에이라는 낭인도 마찬가지였다. 이럴 때는 자는 게 제일이라면서 결박된 채 잠을 청했다. 조금 전에는 코까지 골았다. 그러고 보니 이자는 괴물에 맞서다가 와키자시를 떨어뜨렸다던가 어떻다던가 해서 허리에 칼집만 차고 있다.

긴지로와 엔슈는 지칠 대로 지치고 풀이 죽어서 침묵을 지키고 있다. 어떻게든 이 둘만이라도 도망치게 해 주고 싶다. 우두마두들이 별로 없는 지금 숲으로 도망친다면 성공할 가능성이 있다.

그때 머리 위에서 태평스러운 목소리가 내려왔다.

"오호, 경치 한번 볼만하구먼."

고개를 돌려 올려다본 나오야와 엔슈가 동시에 "어!" 하는 소리를 냈다.

"이키치!"

저 심상치 않은 불목하니가 입가의 침을 손등으로 훔치며 부서진 천장 반자의 틈새로 내려다보고 있었다.

"네가 어떻게 여기에?"

흥분하는 나오야를 보며 이키치가 천장에서 히죽거렸다. "고비나타 님이 북부 2조로 올라간다기에 쫓아와 봤죠."

"나를 쫓아와?"

"북부 2조에 커다란 식인 괴물이 나타났다죠? 산번 번사 다카바는 크게 다쳐서 돌아오고."

그것까지 알고 있다. 역시 이 사내는—. 나오야는 간담이 서늘해지는 한편 속이 부글부글 끓었다.

"당신, 간첩인가?"

굵은 목소리의 주인은 사카키다 소에이였다. 그가 벌떡 일어났다.

"고야마로 들어가 활동했나 보군. 하지만 이렇게 천장에서 엿보고 있는 걸 보니 나가쓰노 쪽 간첩은 아닌 듯해."

막부 쪽인가? 하고 소에이는 대놓고 물었다. 이키치는 칠칠치 못한 얼굴로 웃으며 침을 닦았다.

막부의 정탐꾼? 나오야와 엔슈는 얼굴을 마주 보았다.

"누구든 간에 우리 사정을 알고 있다니 좀 도와주지 않겠어?"

소에이는 결박된 손목을 쳐들어 보였다.

"이대로 있다가는 괴물에게 먹잇감으로 던져질 판이야."

"하지만 밖에서는 나가쓰노 무사들이 괴물을 쓰러뜨리겠다고 열심히 준비하고 있던데."

소에이가 코웃음 쳤다. "틀렸어, 무리야. 불가능해."

"그런가? 내가 생각해도 스님 말대로 주문을 사용하는 게 좋을 것 같은데."

"주문?" 소에이가 비로소 진지한 표정을 지었다. "그건 무슨 얘기지? 아는 대로 말해 봐."

"여기 스님의 등에 괴물을 얌전하게 만드는 주문이 적혀 있다고 합디다. 하지만 그 주문이 효과를 발휘하려면 소야 단조나 그 누이 아카네라는 사람이 산제물이 되는 수밖에 없다던데."

큰 소리를 내면 감시병이 달려올 것이다. 그걸 알면서도 염주처럼 엮인 일동은 술렁거렸다.

이키치는 잠깐 사라졌다가 다시 나타났다.

"밖에 있는 나가쓰노 무사들은 당신들한테 신경 쓸 겨를이 없군."

천장에서 날렵하게 내려와 일동 옆에 쪼그려 앉았다.

"소야 단조는 그 주문을 어떻게 할 생각이지? 왜 그자나 아카네 님이 아니면 주문이 듣지 않는다는 거지?"

"글쎄, 두 사람이 무슨 혈족이라는 것 같더군. 하지만 우두마두의 두목도 누이를 산 제물로 바칠 생각은 없는 듯하고."

소에이가 안도의 한숨을 쉬었다. "그런가……."

"근처 요새에서 증원 부대가 오고 있다니까, 당신들, 도망치려면 지금밖에 없어."

"알았어, 이키치. 이 사람들의 포승을 풀어 줘."

조급해하는 나오야의 얼굴을 이키치가 가만히 내려다보았다.

"고비나타 님, 나는 불목하니 이키치가 아니야."

"그건 아무렴 상관없어. 부탁해. 나는 괜찮아. 여기서 싸울 거니까. 하지만 긴지로와 엔슈 님은."

"그래요. 두 사람은 도망쳐요" 하고 소에이도 말했다. "우리 세 사람의 포승은 일단 풀었다가 다시 묶어 주게. 단단히 묶인 것처럼 보이게 해서, 여차하면 즉시 풀 수 있도록 말이지. 정탐꾼이라면 그 정도 기술은 있겠지?"

이키치는 고개를 갸웃거리며 소에이의 얼굴을 빤히 쳐다보았다. "이보쇼, 무사 나리. 사람한테 뭘 부탁할 땐 공손해야 하는 거 아니야?"

"상황이 상황이잖나. 부려 먹을 수만 있다면 귀신이라도 부릴 거야."

"재밌는 분이구먼."

이키치는 웃으며 긴지로의 포승을 풀어 주기 시작했다. 촌장은 덜덜 떨고 있었다.

"저도 여기 남겠습니다." 엔슈가 그렇게 말하며 자기 다리를 보여 주었다. 상처투성이라 여기저기에서 피가 배어 나왔고 발목이 불룩 부어 있었다.

"어차피 산길을 못 걸어요. 긴지로 씨의 발목만 붙잡게 될 겁니다."

"그러나 여기 남아 있다가는,"

"우두마두들이 괴물과 싸우겠다고 하니까 그 틈에 어떻게든 하는 거예요, 고비나타 씨."

소에이가 아무렇게나 내뱉는다.

"당신도 여기 남아 싸울 거라면 서두르지 말고 호기를 기다리는 게 좋을 겁니다."

"맞아, 나도 그게 나을 것 같네."

긴지로가 자유로워진 손목과 발목을 문질렀다. 이키치는 허리에 찬 대나무 통을 촌장에게 내밀었다. 물이었다.

"숲에 들어가면 증원 부대랑 마주치지 않게 조심해야 해."

"아, 예. 고비나타 님—."

"동굴로 돌아가면 당분간 주민들과 함께 그곳에 숨어 있으세요."

그 괴물의 뿌리는 오키가로 가이바라 가에 있다. 관저로 달려가 알려 본들 당장 도와주러 올 거라는 보장도 없다. 아니, 달려와 준다고 해도 괴물과 함께 나오야 일행까지 몰살해 버릴지도 모른다.

이키치가 바깥을 살펴본 뒤 문을 열어 긴지로를 내보냈다. 그러고는 나오야 일행의 포승을 풀기 시작했다.

겐이치가 그제야 입을 열었다. "당신, 막부의 지네로군. 고야마에서 무얼 캔 거지?"

"산골 늙은이가 무슨 상관이야."

흥, 그래? 하고 말하며 겐이치가 코웃음을 쳤다. "본당 쪽도 살펴보았나? 내 총을 봤어?"

"총은 모르지만 숲 속 나무에 조그만 도롱이벌레 한 마리가 매달려 있더군."

"미노키치 말인가! 무사한 게로군!"

소에이는 몹시 기뻐했지만, 겐이치는 지금 가장 놀란 듯한 모습을 보였다.

"왜 그 아이가 여기에?"

"우두마두들한테 끌려온 모양이야."

"당신이 풀어 주었나?"

"섣불리 풀어 주었다가 또 잡히면 이번에는 정말로 목이 달아나지 않겠어? 해서 그냥 놔뒀지."

"그럼 우리 상황을 알려 주고 나서 풀어 줘. 뒷일은 걱정하지 말라고 해 주고."

"사람을 좀 부리듯 하는 무사님이시네."

"낯선 사람일수록 친절을 베풀어 두라는 말도 있잖아. 나중에 어떤 보답이 돌아올지 몰라."

이 경황에 어떻게 웃음이 나오는지, 소에이와 이키치는 자못 유쾌해 보였다.

"이키치."

나오야는 그를 부를 만한 이름을 달리 알지 못한다.

"네가 왜 여기에 있는 거지?"

이키치는 대답하지 않았다. 그의 손가락 움직임은 능숙했고 눈에는 민첩한 빛이 깃들었다. 덩치 크고 마음씨 곱고 머리는 아둔한 불목하니의 얼굴은 역시 가면이었다.

"고에이지의 육각당에 숨겨진 봉납 에마에 대체 뭐가 그려져 있었던 거죠?"

엔슈가 진지하게 물었다.

"당신이 저를 꼬여서 훔쳐보게 하려고 한 에마 말입니다. 제가 고야마를 떠난 뒤 누군가가 훔쳐 갔다고 하던데, 당신 짓인가요? 덕분에 저만 억울하게 누명을 쓰고 말았습니다."

엔슈의 목소리에 원망이 묻어났다. 나오야는 차마 엔슈의 얼굴을 보지 못했다.

"나도 궁금하군. 이키치, 대답해 봐."

이키치는 겐이치의 포승을 풀면서 장작 패기라도 끝냈다는 듯이 가볍게 말했다. "고야마에서 내 볼일은 다 끝났어. 그런데 에도로 돌아가려고 했을 때 북부 2조에 짐승이 나타났다고 하더군. 상황을 확인해 보지 않는 한 에도로 돌아가지 못해."

"어째서?" 엔슈가 물었다. 이키치는 어이없다는 듯 두툼한 어깨를 으쓱해 보였다.

"당신들, 동물 보호령도 모르나? 에도에서는 들개 한 마리 때려죽인 죄로 사람이 사형을 당하는데."

쇼군가에서 동물 살생을 엄격히 금하고, 특히 개를 함부로 대하지 말라고 금령을 내린 것은 나오야도 알고 있었다. 하지만 산간벽지에 자리한 번은 에도와 형편이 다르다. 지금까지 이 금령은 고야마의 가신이나 주민들의 생활에 영향을 끼친 적이 없다.

하지만 이키치는 이렇게 말했다. "어느 지역에서든 동물을 함부로 죽이는 것은 금령에 어긋나는 짓이야."

으음, 하고 소에이가 앓는 소리를 냈다. 그랬군, 이 남자는 에도에서 온 자야.

"허나 그 괴물은 개하고는 성격이 달라!"

"막부가 어떻게 판단할지 모르겠지만 나로서는 못 본 척하고 돌아갈 수도 없으니까."

"그럼 자네가 괴물에 잡아먹히면 되겠네" 하고 겐이치가 내뱉었다.

"허어, 이런, 나는 목숨을 함부로 하지 않는 사람인걸."

이키치가 다시 히죽거렸다.

순진하게 웃는 얼굴은 불목하니 이키치의 얼굴이 틀림없었다. 나오야는 분노와는 다른 감정에 가슴이 먹먹해져서 그만 이렇게 묻고 말았다.

"너는 그렇게 히죽히죽 웃으며 주위 사람들을 속였나?"

이키치는 대답하지 않았다. 엷은 미소를 지은 채 입가의 침을 훔쳤다.

"언제부터 그렇게 위장한 거지? 아무리 고아라지만 너도 고야마 사람인데. 왜 고향을 배반하고 막부를 위해 일하지? 너를 불쌍히 여기며 키워 준 로쿠조에게 미안하지도 않나?"

거기까지 말했을 때 나오야는 문득 엉뚱한 사실을 깨달았다. 고에이지의 전임 불목하니 로쿠조가 이키치의 정체를 전혀 몰랐을까? 어쩌면 로쿠조도—.

"그만해요, 고비나타 씨."

사카키다 소에이가 부드럽게 말렸다.

"이런 정탐꾼을 추궁해 본들 솔직하게 대답할 리가 없잖아요. 들으면 들을수록 뭐가 진실이고 뭐가 거짓인지 알 수 없게 될 뿐이지."

"하지만!"

"흥분하지 말아요. 적어도 지금 이 사내는 우리 적이 아니니까."

이키치는 의기양양한 얼굴을 했다. "낭인 나리 말씀이 맞아, 고비나타 씨."

"이자는 간첩입니다. 배반자란 말입니다!"

"그렇게 단정하기는 쉽지 않을 것 같은데."

소에이는 여전히 담담하다.

"막부의 정탐꾼 노릇을 꼭 고야마에 대한 배반이라고 할 수는 없겠지요. 오히려 고야마를 위해 막부 품으로 뛰어든 사람일지도 모릅니다."

이 말에 나오야도 허를 찔린 기분이었다.

"그, 그런가, 이키치?"

"자꾸 추궁하지 말라고 했잖아요."

소에이는 쓴웃음을 지었고 겐이치마저 입가를 씩 올리며 웃었다.

이키치는 결박을 끝내자 손뼉을 짝, 치고 일어섰다. "자, 하라는 대로 다시 묶었어. 이 매듭은 세게 당기면 바로 풀릴 거야."

나오야는 포기할 수 없었다. 아직 물어볼 것이 남아 있었다.

"잠깐만. 네가 말한 '고야마에서 볼일'이란 게 뭐지? 그게 왜 끝난 거야?"

그리고 왜 이런 수고까지 무릅쓰며 우릴 돕는 거지? 그냥 놔둬도 될 텐데.

이키치는 나오야를 내려다보며 손등으로 입가의 침을 훔쳤다.

"고비나타 씨, 당신은 여기서 죽을 거야. 괴물에게 먹히거나 나가쓰노 무사에게 칼을 맞거나. 어느 쪽이든 당신에게는 내일이 없어."

동정하는 투가 아니다.

"알아. 나도 각오하고 있다."

방 한쪽 구석의 마룻바닥이 꺼져 있다. 이키치가 그곳으로 걸어가 나무판을 들어 올렸다.

"아, 봉납 에마는?" 하고 엔슈가 다급하게 물었다. "당신 때문에 누명을 쓰고 체면도 잃었습니다. 저도 여기서 죽게 될 테니까 망자에게 공양하는 셈 치고 말해 줘요!"

마루판을 붙든 채 이키치는 뒤를 돌아보며 웃었다. "망자에게 공양하는 셈 치고? 화가 선생은 말씀도 참 근사하게 하시네."

그렇지, 그건 말이야, 라고 하면서 애를 태운다.

"에마라고 해서 꼭 그림을 그려 넣으란 법은 없지."

글자를 쓸 수도 있으니까.

"그 에마에는 생약 조제법이 적혀 있었어."

'간도리'와 똑같은 증상을 일으킬 수 있는 독약의 조제법이라고 한다.

"위험한 것이긴 하지만 그 조제법을 알면 꽤 쓸모가 있지. 그래서 고야마의 우류씨가 꽁꽁 감춰 둔 거고."

다른 세 사람은 얼른 이해가 되지 않는 듯했지만 나오야는 벼락을 맞은 듯이 깨달음을 얻고 온몸이 얼어붙었다.

그런 독약이 고야마에 존재한다면 사부로지 님의 두 번째 '간도리' 투병 건도 납득이 된다.

'그건, 그 독약을 이용한 암살이었던 게 아닐까.'

머릿속이 새하얘지고 등줄기로 전율이 치달았다.

이키치는 안색도, 할 말도 잃어버린 나오야를 절반은 즐기듯 절반은 동정하듯 지켜보았다.

"그 조제법은 우류 가의 비밀이야. 아무 데나 적당히 숨겨 둘 수는 없지. 섣불리 문서로 만들어 두어도 위험하고. 그래서 에마로 만들었을 텐데, 약재가 되는 풀이나 나무도 그려 넣어서 이해하기가 쉬워졌지. 일석이조가 된 거야."

나오야를 대신하여 소에이가 감탄한 듯이, 옳거니, 하고 추임새를 넣었다. "뭐가 뭔지는 잘 모르겠지만 그건 그것대로 보통 일은 아닌 것 같군."

"그렇죠, 낭인 나리."

"내 이름은 사카키다 소에이다."

"예, 예. 그런데 고비나타 씨." 이키치는 계속 말했다. "그 에마는 만들어진 직후 고신지에 숨겨졌어. 하지만 약사여래상을 고에이지로 옮길 때 꺼낸 다음 내내 다른 곳에 숨겨 놓았던 것 같아."

고에이지의 육각당에 있었던 것은 가짜라는 말이다.

"흐음. 만에 하나, 진짜로 그런 에마가 존재한다는 사실이 알려지더라도 쉽게 찾아낼 수 없도록 가짜를 넣어 두었다는 것인가."

소에이가 말했다. 이키치는 고개를 끄덕인 다음 침이 말라 가려워졌는지 입가를 거칠게 긁었다. "고생이 많지."

이 무슨 말투인가. 속에서 분노가 끓어올라 나오야는 다시 일어섰다. 이럴 때 흐리멍덩하게 주눅 들어 있으면 안 된다. 그는 이키치 쪽으로 몸을 기울이며 말했다.

"허나 너는 진품을 찾아냈겠지? 그러니까 볼일이 끝나서 고야마를 뜨려고 했던 거 아닌가?"

이키치의 '볼일'이란 그것이었던가.

"진품 에마는 어디에 있었지? 누가 감추고 있었던 거야?"

가슴이 아프고, 목소리가 갈라진다.

"사부로지 님은 그 독약으로 암살당하신 건가? 누구 짓이지? 넌 알고 있나? 알고 있다면 말해 줘. 아니면, 혹시 네가—네가 사부로지 님을,"

다른 사람들은 눈을 동그랗게 뜨고 있다. 이키치만 곁눈을 던지며 다시 히죽 웃었다.

"오해하면 곤란해. 고비나타 씨, 나는 어린아이 죽이는 짓은 안 해."

그런 극악한 짓을 저지를 이유도 없고, 하고 잘라 말한다.

"내가 말이 너무 많았군. 나도 입이 가벼워서 탈이란 말이야. 뭐, 그 이후 사정은 고비나타 씨가 관저로 돌아가서 들으면 될 거요."

살아서 돌아갈 수 있다면 말이지만, 하고 심술궂게 덧붙인다.

나오야는 슬프고 분하고 답답해서 이를 부득 갈았다.

"그, 그럼 육각당의 그 범행은 뭐지?"

"아, 그건 어느 간첩의 짓이었어. 육각당에 고야마의 중요한 보물이 있다는 정보를 어설프게 전해 듣고 훔치러 온 거지."

몹시 거친 자였는지, 약사여래상 대좌를 마구 훼손했을 뿐 아니라 소리를 듣고 달려온 이키치에게 칼을 휘둘렀다고 한다.

"나도 어쩔 수 없이 반격하다가 찔러 죽이고 말았지만."

그날 한밤중에 일어난 일이어서 절 사람들은 전혀 모른다.

"시체가 나뒹굴고 있으면 내가 곤란해질 판이라 다른 곳으로 옮겨다 묻었어."

처음으로 이키치의 눈에서 빈틈없는 교활한 빛이 반짝였다.

"다만 사건 현장은 그대로 놓아두는 것이 나한테 유리할 것 같더군."

"유리하다고?"

"고에이지를 뜰 수 있는 핑계가 되니까."

자신이 경비와 문단속을 게을리한 탓에 육각당이 망가지고 말았다는 것이다.

"너무 죄송해서 떠나 버린 것이니 나중에 의심받을 염려도 없지."

한순간 다른 감정이 깨끗이 날아가 버릴 만큼 나오야는 어이가 없었다. "겨우 그걸 위해서 그렇게 울고 자살하는 시늉까지 했단 말이야!"

"기왕 할 거면 제대로 해야지."

더구나 그렇게 연극을 하는 와중에 나오야에게 기쿠치 엔슈에 대한 의심을 심어 주기까지 했다. 얼마나 철저한 사기꾼인가.

소에이가 유쾌한 듯 쿡쿡 웃었다.

"내가 말했잖아요, 고비나타 씨. 간첩이란 원래 그런 자들이라고."

무엇이 진실이고 무엇이 거짓인지 그 경계조차 짐작할 수가 없다.

"그 간첩은 나가쓰노의 간첩이었나?" 하고 소에이가 물었다.

"글쎄. 뭐, 소야 단조가 권세를 휘두르게 된 뒤로 나가쓰노에서 워낙 간첩이 많이 넘어왔으니까."

참 성가셨지, 하고 이키치는 낯을 찡그린다.

"아, 고비나타 씨. 그렇다고 아무나 의심하진 마슈. 그 못생긴 하녀는 진짜 정직한 사람이니까."

오스에를 말하는 것이다. 이키치의 눈빛과 음성이 살짝 부드러워졌다.

"그런 아가씨가 괴물에 먹혀 버리게 되면 불쌍하지. 고비나타 씨, 부디 여기서 괴물을 쓰러뜨려 줘요."

이키치는 바닥 밑으로 재빨리 사라졌다.

모든 것이 혼란스러워 나오야는 넋을 놓고 말았다.

"정신 바짝 차려요, 고비나타 씨."

사카키다 소에이가 나오야를 질타한 뒤, 손으로 턱을 긁적이며 궁리했다.

"놀라운 막간이긴 했지만, 본무대는 지금부터요. 어쨌거나 괴물을 여기서 죽이지 않으면 우리가 살 길이 없는 것 같지 않아요? 근데, 어떻게 죽이지?"

5

미노키치가 도롱이벌레처럼 매달려 있는 동안 해는 서서히 서쪽으로 기울었다. 약 스무 기 남짓 되는 우두마두 부대가 묘코지에 도착했다. 가까운 곳에서 왔다지만 그래도 빠르다. 우두마두는 늘 그렇다. 그래서 '악귀들'이라 불리며 두려움의 대상이 되었다.

그런 그들에게도 강행군이었으리라. 말들은 흙먼지로 범벅이 되었다. 미노키치는 하나를 생각하고 단조의 부인을 생각했다. 이런 판국에 나는 이런 데서 뭘 하고 있는 거지.

머리 위에서 부스럭거리는 소리가 들렸다. 자칭 미노스케다. 돌아와 주었구나!

"왜 이렇게 늦어요!"

"목소리가 크다, 도롱이벌레."

자칭 미노스케는 미노키치를 나뭇가지로 끌어올린 뒤 품에서 꾸러미를 꺼내 펼쳤다. 떡이다.

"밧줄, 밧줄을 풀어 줘요."

"그대로 먹어."

미노키치는 군소리 없이 개처럼 입으로 떡을 물었다. 목에서 꿀꺽꿀꺽 소리가 났다.

자칭 미노스케는 미노키치를 묶은 밧줄 끝을 쥔 채 본당과 요사 쪽 상황을 들려주었다. 고야마 사투리를 쓰는 이 남자의 말을 미노키치가 못 알아들을 리 없다. 하지만 내용이 너무 엉뚱해서 그걸 이해하는 것은 떡을 삼키는 일보다 더 어려웠다.

"주문이라니, 그게 뭔데요? 아카네 님이 산제물이 되다니, 그런 엉터리 같은 얘기가 어디 있어요!"

계속 침을 흘리는 자칭 미노스케는 작은 눈을 끔뻑거리며 미노키치를 보았다.

"너는 고야마 아이 아니냐. 그런데 나가쓰노 악귀의 누이동생이 걱정스러워?"

"아카네 님은 친절하고 날 살려 주셨으니까."

미노키치는 달리 이유를 댈 수 없었다. 소야 단조와 아카네 님을 도저히 한 묶음으로 생각할 수 없었다.

"아저씨한테도 도움을 받았네. 할배와 소에이 님의 포승도 풀어 주었다면 두 사람이서 어떻게든 할 거예요. 아카네 님도 구해 줄 거고요."

본당에서 소야 단조가 모습을 드러냈다. 그 순간 우두마두들이 아연 활기를 띠었다. 단조는 힘 있는 목소리로 일동을 부르고 뭔가 지시를 내리기 시작했다.

"괴물 사냥을 할 모양이군."

역시 새로 도착한 부대는 무장도 요란하여 대형 활이나 투창, 투망 등도 가져왔다. 부대는 단조의 지휘를 받아 바쁘게 움직여 그것들을 장치하거나 전투 준비를 하기 시작했다.

미노키치는 도리질을 했다. "저 따위로는 아무 소용도 없어. 헛수고예요."

자칭 미노스케는 흐음, 하고 말했다. "괴물이란 놈이 그리 대단하냐? 나도 불에 탄 폐허나 흐물흐물 녹아내린 시체 더미는 보았지만—,"

그 대목에서 말을 그쳤다. 미노키치가 숨을 헐떡였기 때문이다. 지금까지 겪은 광경들을 한꺼번에 떠올리다가 기억에 빠져서 허우적거린다.

"그래, 알았다. 그만하자."

자칭 미노스케가 뜻밖에도 온화한 태도로 미노키치의 어깨를 가볍게 토닥여 주었다.

"자, 너는 도망쳐. 여기 산길은 잘 알지?"

"난 도망치지 않아요. 할배와 소에이 님한테 갈래요. 부인도 구해야 하고."

"뭐? 꼬마가 그렇게까지 나설 필요는 없어."

"아저씨도 마찬가지죠. 근데 아저씨는 진짜 누구예요?"

"나? 나는,"

자칭 미노스케는 가만히 웃었다. 그러다가 문득 미노키치가 허리에 찬 짚공예품을 바라보았다.

"나는 이거다. 지네. 고야마에서는 아마 그렇게 부를 거야."

"지네? 이건 뱀을 물리치는 부적이에요."

가스케가 만들어 준 것이다.

"그런 부적은 모르겠고, 이래 봬도 나는 북부 지네들의 두목인 왕지네였다."

침을 훔치며 슬쩍 가슴을 편다.

"그럼 얼간이가 아닌 거예요?"

"그럼. 내가 실은 왕지네라는 걸 모르는 놈들한테는 심하게 무시당했지만, 다들 얼간이 앞에서는 말이 많아지지. 덕분에 일하기 쉬웠다."

그래도 친절하게 대해 준 사람이 있었다고 말했다.

"그 은혜를 갚으려고 온 거야. 다음부터는 정말 상관하지 않을 거다."

갑자기 후련해하는 듯한 말투로 변했다.

"꼬마하고도 여기까지다. 그래도 네가 꼭 나가쓰노 악귀의 부인을 돕고 싶다면, 그 부인은 저 건물에 말이랑 같이 있단다."

자칭 미노스케가 본당 옆 건물을 가리키며 "조심해" 하고 말했다. 그다음 순간 그는 눈앞에서 사라져 있었다.

미노키치의 밧줄도 풀려 있었다. 대단한 손놀림이다. 언제 풀어 놓은 거지?

“저 사람—,” 미노키치는 저도 모르게 중얼거렸다. “산신님의 사자인가.”

붙잡힌 사람들과 미노키치를 불쌍히 여긴 산신님이 은혜를 베푸신 걸까?

미노스케가 가르쳐 준 건물로 접근하려면 일단 숲으로 들어가 빙 돌아서 가는 수밖에 없다. 우두마두들이 경내 구석구석에 흩어져 있어서 정말로 조심하지 않으면 큰일 난다.

미노키치가 살금살금 접근하는 동안에도 우두마두들은 전투 준비에 여념이 없었다. 본당 뒤에서 구덩이를 파는 자. 대형 활을 땅에 고정하는 자. 무슨 까닭인지 종이 없는 종루를 깨끗이 쓸고 닦아 불을 피울 준비를 하는 자도 있다. 미노키치는 혀를 찼다. 불 같은 거 피워 봤자 또 화재가 일어날 뿐인데, 아무것도 모르는 구나.

말들이 묶여 있는 곳이 보였다. 아, 하나도 있다! 무사할 뿐 아니라 건강해 보인다. 기뻐서 덤불에서 뛰쳐나가려고 한 순간 누군가가 뒤에서 목덜미를 콱 잡았다.

“켁켁!”

“조용히!”

거칠게 당겨져서 일어나 보니 눈앞에 갸름한 얼굴이 있었다. 머리는 짧게 쳤고 작업복을 입었다. 이 사람은 누구?

상대방이 먼저 물었다. “네가 포수 영감의 손자냐?”

나를 안다! “어, 예.”

"영감은 무사하다. 넌 여기서 뭐 하고 있지?"

"사람들을 구하러 가요. 단조의 부인이 말들과 같이 있다고 하던데."

"너 혼자?"

"왜, 안 돼요? 근데 누구세요? 이 절에는 하녀가 없었는데."

그러자 상대방이 눈을 동그랗게 떴다. "하, 하녀?"

뭘 이렇게 놀라나. 미노키치는 그만 웃고 말았다.

"그쪽, 여자잖아요. 어디서 왔어요? 스님을 시중드시나요?"

"어떻게 내가 여자인 줄 알았지?"

집요하네.

"남자처럼 입었지만 여자 냄새가 나네요."

미노키치는 말을 하는 김에 코를 킁킁거려 보였다. "'오로' 냄새도 나는데, 빨래라도 하고 있었나요?"

남자처럼 생긴 여자가 질렸다는 표정을 지었다.

"산골짜기 꼬마 원숭이가 냄새 하나는 기가 막히게 맡네" 하고 화난 투로 말한다. "내 이름은 야지야. 그렇게 불러."

"어, 예. 그쪽도 우두마두들한테 붙잡혀 있었어요? 용케 도망쳤네."

"붙잡히긴. 어이, 꼬마 원숭이, 좀 도와줄래?"

붙잡힌 사람들을 다 풀어 주겠다고 한다.

"우두마두들이 괴물과 싸우게 되면 그때가 기회일 거야."

"그놈들, 모두 잡아먹힐 거예요."

"그 틈에 우리는 모두 산을 내려간다."

냉정하기 짝이 없는 말투였다.

"스님과 아카네 님만 무사하시다면, 괴물은 나중에 어떻게든 물리칠 수 있을 거다. 알았나, 꼬마 원숭이."

주문인지 뭔지 하는 거 말인가? 미노키치는 전혀 이해할 수 없었지만 이러니저러니 얘기할 여유가 없었다.

"알았어요. 얼른 가요."

오늘은 이상한 사람을 여럿 만난다. 어쩌면 이 야지라는 여자도 산신님의 사자인지 모르지, 하고 미노키치는 생각했다.

그렇다면 우리는 행운을 잡은 거다.

6

증원 부대가 도착하자 묘코지 경내가 한결 부산해졌다. 요사의 어지러운 방 안으로 석양이 비껴들었다.

"꽤 바빠 보이는군. 감시병도 없고, 이제 슬슬 시작되려나."

사카키다 소에이가 태평하게 말하며 엔슈를 돌아보았다. "화가 선생, 당신은 숲 속에 숨어요. 건물 안에 있으면 위험하니까."

고비나타 나오야도 고개를 끄덕였다. "이번에도 높은 나무에 올라가 피신하시는 것이 좋겠습니다. 거기서 하룻밤 휴식을 취하다가 아침에 하산하세요."

겐이치는 냉큼 포승을 풀고 손목을 문지르며 일어섰다. “저는 총을 찾아봐야겠습니다.”

“겐 영감, 잠깐만.”

소에이가 그를 불렀을 때 창호지가 찢어진 문이 덜컥 열렸다. 붉은 선이 들어간 투구를 쓴 단조의 부관이 문밖에 서 있었다. 옆구리에 총과 고비나타 나오야의 칼 두 자루를 끼고 있다.

“어!” 소에이가 목소리를 높였다.

부관은 포승이 풀려 시원해하는 겐이치에게 눈을 부라리더니 그 발치에 총을 던졌다.

겐이치는 재빨리 총을 주워들었다.

“이제부터는 나가쓰노 무사들의 싸움이다. 늙은 포수가 있을 곳이 아니다. 떠나라.”

겐이치는 얼른 총을 점검하고 입을 삐죽거렸다. “총알이 없군. 불씨도 없고 화약봉지도 없고.”

“내 알 바 아니다. 그런 고물은 지팡이로나 쓰든지.”

부관은 고비나타 나오야를 내려다보았다. “너도 꺼져라. 고야마 무사가 나설 자리가 아니다.”

다만 그의 칼을 던지지는 않고, 칼을 돌려 칼자루 쪽을 내밀었다.

“도망가게 해 주는 것은 고맙다만,” 소에이도 손목에 힘을 주어 포승을 풀었다.

“우리만 도망칠 수는 없어.”

"나도 마찬가지."

칼 두 자루를 허리에 찬 고비나타 나오야는 부관에게 고개를 숙였다. "당신의 배려는 정말 고마워. 하지만 나도 괴물과 싸우게 해 줘. 이 판국에 나가쓰노가 어딨고 고야마가 어딨나."

안 그래도 피로하고 초췌한 기색이 짙었던 고비나타 나오야는 이키치라는 자가 나타난 뒤로 점차 기운을 잃고 있었다. 방금 한 말도 투지를 보여 주고 있다기보다는 어딘지 자포자기의 울림을 띠고 있었다.

부관의 안색이 험악해졌다. "결박이 엉성했던 모양이군."

소에이가 그에게 웃음을 지어 보였다. "아니, 당신처럼 친절한 사람이 나타나 슬쩍 풀어 주었던 거요."

이 한마디에 부관은 움찔했다. "누구지? 누가 풀어 주었나?"

"글쎄올시다. 말해 줄 수도 있지만—."

소에이는 그렇게 운을 띄우며 속을 떠보기로 했다. "그 대신 하나 물읍시다. 말들과 함께 갇혀 있는 그 여인은 누구요?"

겐이치와 함께 묘코지에 도착했을 때 경내 한쪽 구석에 묶인 말들과 안장의 표식을 보고 나가쓰노 무사들이 와 있음을 알아챘다. 놀라서 상황을 살피는데 요사 쪽에서 가녀린 울음소리가 흘러나왔다. 살짝 엿보니 사게가미머리를 묶어 뒤로 늘어뜨린 모양를 하고 호사스러운 겉옷을 입은 여인이 포승에 묶인 채 울고 있고 우두마두 하나가 열심히 달래고 있었다.

부관은 어금니를 꽉 악물었다. 잘은 모르겠지만 아픈 데를 찌른 질문인 듯했다. 소에이는 내처 추궁했다.

"나는 떠돌이 낭인이라 나가쓰노 주군의 주변은 잘 모르겠어. 하지만 지금 당신들과 수석님의 마음은 완벽히 하나로 뭉쳐 있지 않은 듯하군. 신분 높은 여인이 울자 감시병도 곤혹스러워했다고."

그렇게 추궁하자 부관은 낭패한 기색이었다. 그는 소에이를 쏘아보았다.

"화가 기쿠치 엔슈인지 뭔지, 따라와라."

오다이님이 부른다고 한다. 엔슈도 소에이도 놀랐다.

"오, 오다이님이?"

"아카네 님은 지금 어디 계시지?"

"잠자코 따라와 보면 안다."

엉거주춤하게 서 있는 엔슈에게 소에이가 말했다. "좋아, 나도 가겠습니다."

"너는 볼일 없다!"

"그럼 소리를 질러 버릴까."

부관의 낯이 분노로 창백해졌다. 지금은 소에이의 언변이 이겼다.

"고비나타 씨, 미안하지만 잠시 여길 부탁합시다. 감시병이 오면 모두 얌전히 묶여 있는 척해 줘요."

"저, 저 혼자? 어떻게,"

"부탁 좀 합시다. 겐 영감은—,"

이미 자취를 감췄다. 정말 고집스러운 영감이다.

소야 단조와 우두마두들은 괴물과 싸울 준비를 하느라 여념이 없을 테고 이 부관도 자신의 은밀한 행동을 주도면밀하게 단속하고 있을 것이다. 감시병의 모습은 보이지 않았다. 세 사람은 발소리를 죽이며 서둘러 복도를 걸어갔다.

낯익은 장소로 나왔다. 말이 늘어나 있었다. 급조한 마구간 구석에는 그 여인과, 그녀의 가녀린 어깨를 꼭 껴안은 아카네가 있었다.

"오오, 아카네 님!"

아카네는 소에이를 보자 뭔가가 툭 꺾인 듯 금방 울어 버릴 듯한 얼굴, 그리고 이를 애써 감추고 의연한 척하려는 얼굴이 되었다.

어떤 장소에서 어떤 차림을 하고 있어도 이 사람은 아름답다. 소에이는 아카네를 처음 만났을 때 느꼈던 것과 똑같은 놀라움을 느꼈다. 하얀 구슬이 부드럽게 빛나는 듯이 아름답다.

그 빛은 아마도 이 사람의 성품이 지닌 따스함과 강인함이 발하는 광채일 것이다. 그날, 고야마 소년 미노키치를 돕겠다고 잠시도 망설이지 않고 결단한 아카네의 옆모습을 보았을 때 그렇게 확신했다.

"소에이 님도 함께……."

아카네는 왠지 어깨를 떨어뜨렸다.

"하지만, 차라리 이게 잘된 일인지도 몰라요."

스스로를 설득하려는 듯이 단언했다. "하타나카 님, 그럼 부탁합니다."

부관이 고개를 끄덕였다. "여유가 없습니다. 서두르세요."

예, 하고 대답한 아카네는 그 여인을 부관에게 맡긴 뒤 소에이와 엔슈를 재촉해서 옆방으로 자리를 옮겼다. 본래는 창고였는지 바닥에 널을 깐 조악한 방이었고, 뚜껑 없는 궤나 부서진 고리짝 따위가 흩어져 있었다. 그것들을 문 앞에 쌓아 누가 쉽게 들어오지 못하게 막았다.

"왜 이렇게 해 두시는 겁니까?"

아카네는 소에이에게 애써 미소를 지어 보였다. "지금부터 여기서 비밀스러운 일을 하려고요."

아카네는 둘을 곁으로 불러 얘기했다. 단조와 아카네의 출생의 비밀. 묘넨의 등에 적힌 주문. '쓰치미카도 님'을 진정시키기 위해 해야 할 일, 오토와의 배경—.

너무나 놀라운 이야기에 소에이는 할 말을 잃었다. 엔슈는 가라앉은 얼굴로 입을 다물고 있다.

화가의 손에 자신의 손을 가만히 포개며 아카네는 재촉했다.

"엔슈 님, 부탁해요. 제 등에 스님의 주문을 베껴 그려 주세요. 당신이라면 하실 수 있겠죠? 주문을 글자라 생각지 말고 진기한 그림이라고 생각해 주시면 됩니다."

"어떻게…… 제가 어떻게……."

엔슈는 입에서 딱딱 소리가 날 정도로 떨고 있었다. 소에이도 그제야 정신을 되찾았다. “아카네 님, 주문을 등에 옮겨서 괴물의 제물이 되겠다니, 제정신이십니까.”

“예, 저는 멀쩡합니다.”

“왜 당신 혼자 그런 일을.”

“그게 제 역할입니다.”

아카네는 이번에는 자연스러운 미소를 지어 보였다. “그래야 저도 구원을 받습니다.”

소에이가 발끈했다. “대체 무엇으로부터 구원을 받는다는 겁니까! 오라버니의 죄업으로부터입니까?”

“모, 목소리가 너무 커요.”

만류하는 엔슈를 밀어내며 소에이가 다그쳤다.

“소야 단조가 무슨 짓을 했든 동생인 당신에게는 아무 책임도 없습니다. 늘 이렇게 오라버니의 죄를 자기 죄로 알고 마음고생하는 건 옳지 않다고 제가 몇 번을 말씀드렸습니까.”

아카네는 전혀 동요하지 않았다. 그 미소가 온화하여 이 경황에도 매혹될 만큼 아름답다.

“오라버니나 저나 죄인이에요, 소에이 님.”

당연히 죄인이지요, 라고 아카네는 단언했다.

“지금까지 저를 속이고 잊으려고 해 왔어요. 잊을 수 있다고 생각한 적도 있어요.”

하지만 안 되더군요.

“이 산에서, 오라버니와 제가 만든 죄의 증거를 만나고 말았으니까."

무슨 말인지 이해가 되질 않았다. 엔슈는 다시 덜덜 떨기 시작했다.

"그걸 이해시키려면 두 분에게 제 치부를 밝혀야 합니다."

이십 년쯤 전, 이치노스케와 아카네가 열여섯 살이었을 때. 조슈 우에쿠사 고리의 양부모집을 뛰쳐나온 이치노스케가 아카네에게 작별을 고하려고 몰래 지쇼지를 찾아온 날 밤—.

"아무도 분명히 말해 주지 않았지만 저는 어릴 때부터 느끼고 있었습니다. 오라버니나 저나 모종의 깊은 이유 때문에 세상을 피해 살아야 하는 처지라는 것을. 이렇게 목숨을 부지하는 것만으로도 다행이고, 그 이상을 바라서는 안 된다는 것을."

하지만 이치노스케는 자신의 불행에 분노하고 울분을 느꼈다. 유일한 혈육 아카네는 그 심정을 아플 정도로 잘 알고 있었다.

"그래서 그날 밤 떠나는 오라버니를 말리지 않았습니다."

—이 세상에는 적밖에 없다.

"오라버니 말대로 아무 뒷배도 없이 집안을 뛰쳐나온 젊은 무사를 누가 도와주겠어요. 무슨 살길이 있겠습니까. 다시 만나기 힘들겠구나. 그렇게 생각했어요."

오늘이 마지막이구나. 그래서 아카네는.

"오라버니와 저는 집안도 부모도 잃고 서로에게 하나밖에 없는 혈육입니다. 더구나 쌍둥이죠. 몸은 둘이지만 마음은 하나라는 생각을 버팀목 삼아 살아 왔습니다."

내 몸의 절반을 떠나보낸다. 그 고통과 쓸쓸함이 스며들어 둘은 이성을 잊었다.

그래서 아카네는 그날 밤 오라버니에게 휩쓸려 버리고 말았다.

숨으로 느껴질 만큼 희미한 속삭임.

“저는 오라버니와, 죄를 지었습니다.”

소에이는 눈앞이 어두워졌다. 잘못 들었을 리 없다. 아카네는 그날 밤, 쌍둥이 오라버니와 정을 통했다고 고백하고 있다.

“이튿날 아침 혼자 남아 정신을 차리고 보니 모든 것이 꿈만 같아서…….”

얘기하는 아카네의 눈동자가 젖어 있다. 볼에서 핏기가 가시고 입술만 빨갛다.

“잊어버리려고 했습니다. 흐르는 세월 건너편에 묻어 두고 망각하는 길을 택해야 한다고.”

하지만 그러지 못했다. 그러지 못했기 때문에, 아카네는 지코 스님이 타계한 뒤 소야 단조로 벼락출세한 오라버니의 초청을 못 이기고 나가쓰노로 옮기고 말았던 것이다.

“소에이 님.” 잔인하기까지 한 용기를 짜내어 아카네는 소에이를 똑바로 쳐다보았다. “쓰치미카도 님은 오라버니와 저의 생가인 가이바라의 주술이 낳은 것입니다. 그것은 가이바라의 후예입니다. 오라버니와 저와 똑같은 피를 이었죠.”

이제야 납득이 되었다—.

그 괴물은 이치노스케와 아카네의 자식이다.

"그러니 굶주려 난동을 부리고 분노하며 날뛰는 자식을 어미인 제가 진정시키지 않으면 누가 하겠습니까."

궤변이다. 말도 안 되는 소리다. 하지만 소에이는 항변할 말을 찾지 못했다. 저항하고 또 저항해도 아카네의 생각이 옳다고 느끼고 만다.

'이제는 내가 아카네 님에게 휩쓸리는구나.'

거품을 무는 듯한 소리가 났다. 엔슈였다. 그는 부자연스럽게 덜컥 엎드려 우는 소리를 냈다.

"죄송합니다, 죄송합니다. 들어서는 안 되는 것을 들었습니다."

하지만 길게 숨을 한 번 토하고 작심한 듯 몸을 일으킨 화가의 표정은 달라져 있었다. 아카네의 심정이 옮겨 붙은 듯했다. 처연하고 조용하다.

"알았습니다, 오다이님. 말씀대로 하겠습니다. 이 기쿠치 엔슈 일생일대의 중대한 일입니다!"

화가의 강인한 말에 아카네는 눈물을 떨어뜨렸다. "고맙습니다."

곧 하타나카 사헤이지라는 부관이 묘넨을 이곳으로 데려올 거라고 했다.

"그럼 바로 준비하겠습니다."

목욕재개까지는 힘들더라도 손과 얼굴을 씻고 마음을 정갈히 해야 한다. 엔슈는 바로 자리를 떴고 소에이와 아카네만 남았다.

아카네는 손가락으로 눈물을 찍어 내며 그로부터 멀리 떨어지려 했다. 마치 소에이가 부정 탈까 봐 저어하는 것처럼. 그러고는 작은 목소리로 속삭였다. "간절히 부탁드리는데, 저를 말리지 말아 주세요."

그때 소에이의 자제심이 무너졌다. 말보다 먼저 몸이 움직여 아카네를 끌어당겨 꼭 껴안았다. 그녀의 떨림이 몸으로 전해졌다.

아카네는 곧 소에이에게서 떨어진 다음 그의 손을 잡아 눈물로 젖은 자기 볼에 댔다.

"합숙소에서 보낸 날들은 즐거웠어요."

소에이는 고개만 끄덕였다. 아카네는 더는 견디지 못하고 오열했지만 이내 울음을 삼키고 다정한 눈빛으로 그를 올려다보았다.

"그런데 소에이 님, 당신은 정말 어떤 분이에요? 한때 길쌈 가옥에는 고야마의 간첩 아니냐고 하는 여자들도 있었답니다."

소에이도 마침내 웃었다. "당신은 어떻게 생각하셨습니까?"

"천축에서 온 선인인가 하고."

이번에는 둘이서 조용히 웃었다.

"실은 에도의 가난한 고케닌 집안의 차남입니다. 가문은 형님이 물려받았죠. 저는 도장의 대리사범이나 습자소 사범 노릇으로 하루하루 연명했습니다. 오, 그래, 이래 봬도 우산살에 기름종이 바르는 일에서는 명수입니다."우산살, 혹은 헌 우산살에 기름종이를 바르거나 교체하는 일은 하급 무사들이 흔히 하는 부업거리였다.

지위도 없고 돈도 없고 처자식도 없다.

“작년 시월 중순이었나요, 제 형님이 일꾼 하나를 죽였습니다.”

무슨 기물을 파손했다는 사소한 잘못이었다고 한다.

“성마른 사람답게 성급한 짓이었지요. 저는 크게 화를 냈습니다. 그 일꾼은 야마가타의 무로노쇼라는 곳에서 돈 벌러 나온 자로, 오랫동안 매해 겨울이면 우리 집에 와서 성실하게 일했습니다.”

그런 성실한 일꾼의 목을 불문곡직 베어 버린다. 더구나 그런 짓이 허용된다. 태평성세라는 겐로쿠1688년~1704년 시대였기에 세상은 흥청거렸고 무사도는 체면치레에 불과한 것으로 떨어졌다. 그래서 더 고압적이었다. 그런 모습이 소에이는 몹시 싫었다.

“일꾼들이 돈을 벌러 에도로 올라오는 철이 막 시작된 참이라 그 죽은 일꾼의 동료들은 에도를 비울 수 없었습니다.”

그렇다면 나라도 가자. 망자의 머리카락이나마 고향 무로노쇼에 전해 주자.

“고향에서 가장의 귀향을 기다리는 가족들에게 한마디 사죄라도 하고 싶었습니다.”

무로노쇼의 유족들은 그를 비난하기는커녕 도리어 연방 고개를 숙이며 감사를 표했다. 그래서 소에이는 더욱 괴로웠다. 발길을 돌려 에도로 돌아갈 마음이 전혀 들지 않았다. 해서 ‘검술 수행’을 핑계로 발길 닿는 대로 무쓰를 여행하였고, 그러다가 나가쓰노에 들렀다.

“그나저나 저도 참 보탬이 안 되는 놈이에요.”

어차피 떠돌이로 돌아다닐 거였다면 좀 더 일찍 여행에 나섰어야 했는데.

"어디로요……?"

"이십 년쯤 일찍, 무쓰가 아니라 조슈의 산사로. 당신이 열여섯 살이 되기 전에."

그리고 아카네와 함께 떠났으면 좋았을 것이다. 어디든 무슨 상관이랴. 지금 이 자리에 다다르지 않을 수 있는 장소라면 어디든 좋았을 것이다.

아카네는 소에이의 손을 꼭 쥐었다. 눈을 감고 따뜻한 웃음을 지었다.

"그 마음만으로도 아카네는 충분히 행복합니다."

거짓말, 이라고 말하고 싶었다. 진정한 행복이 이리 슬픈 것일 수는 없다. 시간을 되돌릴 수 없다는 것이 아쉽다. 분하다.

"소에이 님, 부탁이 있어요. 당신이니까 드리고 싶은 부탁이에요."

아카네가 소에이의 가슴에 기댔다.

"제가 쓰치미카도 님을 진정시키고 나면 오라버니가 어떻게 나올지 알 수 없어요."

괴물을 뜻대로 부려 보겠다는 말까지 했다고 한다.

"그 괴물을 나가쓰노의 무기로 쓰겠다는 겁니까?"

"네. 오라버니는 자신이 가이바라 가의 주술사의 피를 물려받았다는 사실에 크게 기대하고 있어요. 확실한 근거도 없는데."

아카네도 괴물을 어떻게 진정시킬 수 있는지 알지 못한다. 스님의 말만 믿고 그저 그 괴물의 '마음'이 될 수 있기를 기도할 뿐인데, 라고 말하며 아카네는 입술을 깨물었다.

"그러니까 제가 쓰치미카도 님과 하나가 되면 반드시, 반드시 쓰러뜨려 주세요."

살려 두지 말아라. 하지만 죽이는 것은 아니다. 아카네와 함께 괴물을 구하는 것이다. 오랜 저주와 분노에서 풀려나는 것이다.

어찌 이리 잔인한 부탁을 한단 말인가.

"알겠습니다."

소에이로서는 다른 대답이 있을 수 없었다.

"이 사카키다 소에이, 목숨을 바쳐서라도 당신의 부탁을 들어 드리겠습니다."

두 사람의 시간은 거기까지였다. 아카네가 일어서려고 했다.

"이제 스님이 오셔요."

옆에서 말들이 콧김을 내뿜었다. 그러자 문이 달각거리며 미노키치의 얼굴이 불쑥 나타났다. 놀랄 틈도 없이 "이눔!" 하는 소리가 들렸고 소년의 얼굴이 사라졌다.

"왜 안 된다는 거예요! 아카네 님과 소에이 님을 겨우 찾았는데."

미노키치 외에 고비나타 나오야의 종자 야지라는 젊은이도 있었다. 저자도 역시 고집스럽다.

"무사하군." 야지가 짤막하게 말했다. "그 무사가 스님을 데려온대.”

“오오, 무사히 모시고 나온 게로군?”

“주문을 베껴 적는다니—정말로?”

음, 하고 소에이가 고개를 끄덕였다.

“그렇게 됐다. 이해해 줘.”

야지는 입을 굳게 다물고 고개를 떨어뜨렸다. 미노키치는 어리둥절했다.

“소에이 님, 아까 우리 할배랑 같이 계시지 않았어요?”

“그래, 미노키치. 겐 영감은 근처에 숨어서 괴물을 쏠 생각이다.”

“그럼 나도 도울래요. 내가 손가락 휘파람을 불면 할배가 알아들을 테니까.”

산에서 서로를 찾을 때 보내는 신호라고 한다.

“좋아, 그건 너한테 맡기마. 계획을 짜고 나면 나는 무기를 조달해야 해.”

하타나카 사헤이지가 보호해 주더라도 이렇게 계속 모여 있으면 곤란할 것이다.

“바닥 밑을 이용하면 돼” 하고 야지가 말했다. “나는 지붕 위로 올라가겠어.”

실례, 라고 하는 낮은 목소리가 들렸다. 하타나카 사헤이지가 돌아왔다. 안색이 망자처럼 변한 묘넨을 업고 있었다. 그 외에 우두마두 한 명이 따라왔다. 그의 동안은 소에이에게 낯익었다. 오토와가 우는 바람에 당황해하던 감시병이다. 지금은 긴장한 생쥐처럼 주변을 살피고 있다.

아무래도 아군이 한 명 더 늘어난 듯하다. 소야 단조는 오쿠라 님에 대한 나가쓰노 무사들의 충성을 과소평가한 듯하다.

"준비는 잘됐나?"

서두르는 하타나카 사헤이지의 오른쪽 볼에 지렁이처럼 길게 부어 오른 자국이 있었다. 야지의 표정이 어색했다. 서로 사정을 파악하기도 전에 한바탕 싸운 걸까? 역시 참으로 만만치 않은 종자다.

아카네가 쿡쿡 웃었다. 손짓으로 야지를 불러 작게 속삭인다. 야지의 눈이 놀라움으로 커졌고 볼이 살짝 홍조를 띠었다.

아카네의 귀엣말에 소에이도 깜짝 놀랐다. "너, 여자였어?"

"왜 그렇게 놀라세요, 소에이 님?"

더욱 놀랐다. "미노키치는 알고 있었냐?"

"그런 얘기는 관두고 딴 얘기나 해."

야지가 쑥스러워했다. 아니, 수줍어한다. 그 무뚝뚝한 얼굴을 보며 아카네가 말했다.

"미안해요. 잠자코 있을 걸 그랬죠. 하지만 요새에서 도망치면서 당신 등에 업혔을 때 바로 알아 버렸는걸요."

역시 같은 여자니까, 하며 소에이가 감탄한다. 야지는 더욱 뚱한 얼굴을 했다.

"내내 스님 옆에 있었나요?"

야지는 고개를 저었다. "그러고 싶었지만—."

묘넨이 허락하지 않았다.

"내 등에 주문을 적어 달라고 했는데."

"그건 당신 소임이 아닙니다."

야지는 항의하듯 날카로운 눈초리로 아카네를 쳐다보았다. "하지만 스님을 위해서라면 어떤 일이든 하고 싶었어. 난 아기 때 이 산에 버려졌어. 스님이 거둬 주시지 않았으면 그때 죽었단 말이야."

스님이 살린 목숨이라고 했다.

"그러니까 소중히 해야지요."

아카네의 목소리가 따뜻하다.

"야지, 당신은 산에 버려진 것이 아니라 본디 산의 자식인 게 아닐까요? 전 그런 생각이 들어요. 왜냐면 당신이 있어서 지금까지 얼마나 마음 든든했는지."

차분한 미소를 지으며 아카네가 소에이에게 말했다. "야지는 산신님의 사자인지도 몰라요."

그러자 미노키치가 경쾌한 목소리로 말했다. "역시! 나도 그런 생각을 했어요!"

야지가 당황했다. "어이, 꼬마 원숭이, 이상한 소리 하지 마."

미노키치는 주눅 들지 않았다. "아카네 님, 산신님의 사자라면, 제가 또 한 사람을 알아요."

"오, 그래?" 아카네가 눈을 휘둥그레 떴다.

"그 아저씨, 덩치 크고 침을 흘리고 이상한 말만 하지만, 원숭이처럼 빠르고, 떡도 주었어요."

얘, 그자는 막부 정탐꾼이야, 이키치라는 음흉한 놈이라고.

하지만 소에이는 아무 말도 하지 않았다. 어쩌면 아카네와 미노키치의 말이 맞을지도 모른다. 제 몸을 던져 사람들을 구하려고 하는 아카네를 산신님도 기특하고 가엾게 여겨서 자비를 베푸시는 건지도 모른다.

아니, 분명 그렇다. 그러기를 바라자.

"야지, 괴물이 없어지면 당신의 걱정도 응어리도 사라지겠죠. 그럼 산을 내려가 본래의 자기 모습으로 돌아가세요. 그리고 행복하게 살아요."

야지는 눈도 깜빡이지 않고 아카네를 응시했다. 아카네는 온화하게 고개를 끄덕인 뒤 미노키치에게 시선을 돌렸다.

"미노키치도. 씩씩하고 착한 아이로 지내렴."

"네. 하지만 아카네 님, 금방 다시 만날 수 있어요. 같이 산을 내려가요."

천진하게 웃는 얼굴이 눈부시다. 그 자리에 있던 모두가 눈길을 떨어뜨렸다.

아카네만이 여전히 홀로 눈부신 웃음으로 응했다. 소녀처럼 밝고 활기차게 단 한 마디.

"그래!"

7

다시 별이 총총한 하늘이 산을 뒤덮었고 미노키치는 묘코지 본당 지붕 위에 있었다.

경내 여기저기에 횃불이 놓였고, 우두마두들이 움직이자 감등도 함께 움직였다. 캄캄한 곳은 종이 없는 그 종루뿐이었다. 네 구석에 화톳불을 피울 준비를 해 놓았지만 아직 불을 붙이지는 않았다.

'어떻게 하겠다는 거지?'

그 뒤로 지금까지, 미노키치는 우두마두들에게 들키지 않게 조심하며 다락에 오르거나 건물을 나와 숲 속에 숨거나 하면서 야지의 지시를 따랐다. 모두 도망치는 거 아니었느냐고 묻자, "시끄러!" 하고 핀잔을 들었다.

미노키치는 숲에서 손가락 피리를 몇 번 불어 보았지만 할배가 대답하는 소리는 들리지 않았다. 하지만 근처에 있는 것은 분명했다. 아까 사수로 보이는 우두마두들이 화약봉지 개수가 맞지 않는다고 소란을 피웠으니까. 할배가 훔쳐 낸 게 뻔했다.

고비나타는 계속 묶여 있었고 소에이도 곧 함께 묶여 있는 시늉을 하기 시작해서, 미노키치는 우두마두의 물건 중에서 물이나 음식을 훔쳐서 둘에게 가져다주었다. 그 참에 고비나타의 칼과 소에이가 발견한 낡은 와키자시를 마루 밑에 숨겼다.

미노키치가 그렇게 움직이고 있을 때 고비나타가 몹시 걱정스러운 얼굴을 하며 말했다.

"그런 거 신경 쓸 거 없다. 너는 빨리 도망쳐."

"고비나타 씨, 이 아이는 괜찮아요" 하고 소에이가 말했다.

"괜찮다니요! 이제 무슨 일이 벌어질지—,"

미노키치는 반듯하게 대꾸했다. "소에이 님은 괴물을 쓰러뜨릴 비책이 있다고 하셨어요. 내가 도울 거예요."

그러자 고비나타는 얼굴을 잔뜩 찡그리며 입을 다물고 말았다.

"그래, 부탁한다" 라고 말하는 소에이도 어디가 조금 아픈 듯한 표정을 지었다.

미노키치는 생쥐처럼 재빨리 움직였다. 다만 단조의 부인에게 먹을 것을 가져다주려고 하자 야지한테 "거긴 얼씬도 마" 하고 꾸중을 들었다.

"너 때문에 발각되면 큰일 나."

무엇이 발각된다는 것인지 모르겠지만 부인의 울음소리가 그쳐서 다행이었다.

'다른 마을은 무사할까.'

미노키치는 왠지 문득 고향 생각이 났다.

또 한 사람, 야지가 화가라고 했던 사람도 있다. 해 질 무렵에 미노키치가 소에이와 아카네를 만난 방에서 기다시피 하며 나와 기절하고 말았다. 미노키치가 도와줄까 생각했는데 얼굴에 지렁이처럼 생긴 자국이 난, 그 우두마두가 저벅저벅 걸어와 화가의 뒷깃을 잡고 질질 끌고 가더니 하나의 발치에 내던졌다.

미노키치는 아카네를 딱 한 번 보았다. 그녀는 본당으로 가서 소야 단조와 무슨 이야기를 하다가 곧 감시병과 함께 요사로 돌아왔다.

"꼬마 원숭이."

속삭이는 소리가 들렸고, 야지가 미노키치와 나란히 섰다. 이 사람도 자칭 미노스케와 마찬가지로 아무 기척 없이 움직이니까 예사롭지가 않다.

"이제 금방이다. 준비는 됐어?"

"야지가 신호하면 부인을 하나에 태우고 숲 속으로 도망치면 되잖아요."

몇 번이나 집요하게 들어서 미노키치는 귀에 못이 박힐 지경이었다. 야지뿐만 아니라 고비나타한테서도 들었다. 숲에 들어가면 몸을 숨겨라. 우리가 괴물을 쓰러뜨릴 때까지 계속 숨어 있어라.

"하지만, 함께 도망칠 수 없다면 나는 할배를 도울래요."

"그 노인은 혼자서도 괜찮아."

"스님이나 아카네 님이나 소에이 님은요?"

"시끄러."

미노키치가 뚱한 표정을 지어 보이자 야지가 무뚝뚝하게 말했다. "다른 사람들은, 내가 지킨다."

"혼자서는 안 될 텐데."

"안 되긴. 난 산신님의 사자다. 너도 네 입으로 그렇게 말했잖아."

"하지만 여자인데."

"무시하지 마. 난 번사 시노 다쓰노스케 님의 종자다."

시노 님이라면 미노키치도 안다. 완력이 세고, 다른 사람들에게 관대하고, 늘 웃는 산번 무사님이다.

"예? 시노 님의 종자였어요? 뭐예요, 그런 얘긴 빨리 했어야지."

"알았으면 입 다물어."

"하지만 야지는 여자니까 시노 님과 씨름을 해 본 적은 없겠네요? 시노 님은 씨름을 좋아하는데. 장사예요. 마을로 내려오면 늘 우리를 모아 놓고—,"

어? 야지가 이상한 표정을 짓는다.

"왜 그래요, 야지?"

쉿! 하고 날카롭게 제지하며 야지가 미노키치의 머리를 꾹 눌렀다. "엎드려."

밑에서 소야 단조의 목소리가 들려왔다. 본당에서 경내로 나온 것이다. 우두마두들의 투지를 자극하고 있었다.

"상대가 누구든 우리 근위대 무사들의 적수는 못 된다. 나가쓰노 무사들의 위력을 세상에 알릴 좋은 기회로 삼아라!"

예이! 하고 대답하며 우두마두들이 기세를 올린다. 증원 부대를 보태도 서른 명이 채 안 된다. 요새 쪽보다는 인원이 많지만 괴물을 감당할 수 있을 것 같지는 않다.

여차하면 이번에도 하나와 말들로 놈을 몰아내자고 미노키치는 생각했다. 상황이 더 위급해지면 영감님이 했던 대로 흉내 내보는 거다. 그때 영감님은 "난 우류의 가신이다"라고 말했다. 고야마 사람이라는 말일 것이다. 고야마 사람의 피와 우류 번주님의 문장 때문에 괴물이 달아났던 거라면 미노키치도 할 수 있다.

"시작되는군." 야지가 낮게 말했다. "잘 들어, 꼬마 원숭이. 앞으로 무슨 일이 일어나도, 무슨 광경을 봐도 방해하면 안 돼. 그저 하라는 대로만 해. 그게 네가 할 일이야."

윽박지르는 듯한 눈초리와 말투에 미노키치도 고개를 끄덕이는 수밖에 없었다.

우두마두들이 경내를 뛰어다니고, 종루에서 횃불이 흔들리고 있다. 종루 네 구석에 마련해 놓은 화톳불이 잇달아 타오르기 시작했다. 불티가 날아올랐다.

우두마두들이 종루를 에워싸고 수비 태세를 갖춘다. 단조와 그가 이끄는 몇몇만이 말을 타고 있었다. 말발굽 소리가 요란했다.

야지는 지붕을 뒤덮은 암흑의 일부가 된 것처럼 미동도 하지 않았다. 미노키치도 움직이지 않았다.

마침내 특이한 소리가 들려왔다.

처음에는 울음소리인 줄 알았다. 부인이 다시 운다고 생각했다. 하지만 아니었다. 도저히 사람의 소리라고 할 수 없을 만큼 커다란 소리로 변했다.

종 없는 종루에서 들려온다. 높게 혹은 낮게, 혹은 굽이치며 혹은 떨리며. 소리가 무뎌진다 싶으면 곧 피리 소리처럼 맑아진다.

텅 빈 종루에서 뭔가가 울리고 있었다. 귀를 기울여 보니 그 소리가 곧 갈라지기 시작했다. 한 가지 음색이 아니었다. 들려오는 방향도 둘로 갈라졌다.

산이었다. 밤의 장막에 가려진 오오타라야마의 숲 속 깊은 곳에서 또 하나의 음색이 울려 퍼지고 있었다.

"종이 울리고 있어." 야지가 말했다. "스님이 말씀하신 대로다."

그렇게 말하고는 미노키치의 머리를 더 세게 눌렀다.

"가만히 있어. 쓰치미카도 님이 온다."

그리 오래 기다릴 것도 없었다.

우오오오오오오—.

지붕에 납작 엎드려 있어도 미노키치는 온몸이 떨리고 무릎이 후들거리는 것을 느꼈다. 저 으르렁거리는 소리. 니다니무라, 요새, 그리고 나카무라. 이로써 네 번째다. 그것이 다가오고 있다.

미노키치는 야지의 손을 치우고 지붕 위에서 몸을 일으켰다. 멀리 건너다보이는 밤하늘, 낫처럼 생긴 날렵한 달과 반짝이는 별들 아래에서 오오타라야마의 숲이 희미하게 흔들리고 있다. 미노키치의 눈이 흔들리는 탓이 아니다. 캄캄한 그늘이 흔들리고 있었다.

그것은 기름이 흘러들듯이 나카무라로 쳐들어왔다. 자기 피를 뒤집어쓰고 더욱 흉포하게 변신했다. 나무들을 쳐 넘기고 발톱을 딱딱 울리고, 찢어발긴 사냥감에서 뿜어 나오는 피에 미쳐서 펄쩍펄쩍 날뛰던 괴물.

밤의 바닥을 부르르 진동시키며 포효가 다가온다.

본당에서 새어 나오는 불빛이 사람들의 움직임을 보여 주었다. 우두마두 두 명이 나란히 서서 한 사람은 묘넨을 부축하고, 한 명은 머리부터 겉옷을 들쓴 부인을 끌고, 잰걸음으로 종루로 다가간다.

"야지, 스님이! 부인이!"

"조용히 해."

우두마두들은 종루 토대에 발을 걸치고 스님을 내려놓았고, 부인의 어깨를 눌러 그 자리에 앉혔다. 스님의 고개가 기울어 있다. 기절한 걸까? 앞으로 푹 고꾸라지고 만다. 이미 죽은 건 아닐까.

부인은 겁에 질려 있다. 머리에 뒤집어쓴 겉옷을 다시 단단히 여미고 등을 동그랗게 구부려 웅크린다.

휙, 휙, 휙. 채찍이 허공을 가르는 소리가 났다. 까만 그림자가 숲을 가르며 다가오고 밤하늘을 배경으로 괴물의 대가리 윤곽이 또렷이 떠오르자 미노키치는 알 수 있었다. 놈이 두 갈래로 갈라진 혀를 날름거리는 소리다. 먹잇감 앞에서 입맛을 다시고 있는 것이다.

곁에서 야지가 자기도 모르게 목소리를 높였다. "저건가? 생김새가 달라!"

"나카무라에서 변해 버렸어요."

한층 작게, 그러나 한층 흉포하고 민첩하게 변했다. 괴물은 사냥감을 노리는 것처럼 대가리를 낮게 도사리고 묘코지 경내로 단숨에 들어왔다. 이제 뱀처럼 미끄러지며 움직이지는 못한다. 하지만 강인하게 내딛는 발은 놀랍도록 민첩했다.

우두마두들이 칼과 방패를 들고 바삐 움직였다. 단조가 큰 소리로 지시를 내리며, 말의 배를 걷어차서 다가오는 괴물 옆으로 우회했다.

"지금이다!"

그 소리와 함께 경내 나무 위에서 그물이 날아왔다.

"쏴라, 쏴라, 쏴라!"

화살이 난다. 돌멩이가 난다. 산문 앞에 설치한 대궁에 두 명이 달라붙어 시위를 당겼다. 끼릭끼릭끼릭. 목표물을 조준하고 있는 대궁 앞에서 괴물이 발톱을 휘두르자 그물이 맥없이 찢어졌다.

"저런 건 아무 소용도 없다니까!"

괴물은 아가리를 벌리고 대가리를 번쩍 쳐들며 경내로 단숨에 들어왔다. 우두마두들이 우르르 달려들어 포위했다. 그들이 들고 있는 감등과 횃불의 불빛이 검은 광택이 있는 비늘에 비친다.

미노키치는 간이 오그라들고 식은땀이 솟았다. 틀렸다. 틀렸다. 형편없이 당한다. 우두마두들이 한꺼번에 덤벼도 저 괴물은 못 당한다. 개미떼가 사마귀를 당하겠냐. 목숨만 아까울 뿐이다.

이번에는 우리 모두 여기서 죽고 말 것이다.

"야지, 어떡하죠?"

소야 단조가 껄껄 웃는 소리가 미노키치의 떨리는 목소리를 지우며 드높이 울려 퍼졌다.

"오오, 덤벼라! 그래, 날뛰어 봐라! 그래야 저주 덩어리답지! 과연 볼만하구나!"

우두마두들의 포위망 뒤에서 말을 타고 왔다 갔다 하는 단조는 히힝 울며 흥분한 말의 고삐를 조이며 얼음처럼 빛나는 칼을 높이 쳐들고 소리를 질렀다.

"두려워 마라, 제군! 이 괴물은 나를 이길 수 없다! 놈은 인형이고 나는 인형을 조종하는 주인이다!"

이 말을 이해하기라도 한 것처럼 괴물이 이빨을 드러내며 단조 쪽으로 몸을 틀고 앞다리를 크게 휘둘렀다. 그 발치에 접근해 있던 우두마두가 흡사 인형처럼 허공으로 날아 종루 지붕을 넘어갔다. 그자의 손을 떠난 창이 단조를 향해 날아갔다.

미노키치는 숨을 삼켰다.

말을 탄 단조는 날아온 창을 콱 잡은 뒤, 창을 거꾸로 돌려 곧바로 괴물을 겨냥해 던졌다. 괴물이 모가지를 유연하게 구부리자 창끝이 이마 가장자리를 스치며 작은 불꽃을 튀겼다.

괴물이 분노를 끓이며 포효했다. 땅이 흔들리고 경내를 에워싼 나무들이 부르르 떨린다.

"좋아! 좋아!"

단조는 더 호탕하게 웃었다. 그러나 왜 미노키치에게는 그 웃음이 노성처럼 들리기도 할까. 소야 단조는 괴물과 함께 분노하고 있다. 분노하면서도 왠지 환희하는 것처럼 보였다.

"네놈은 굶주릴 대로 굶주렸을 것이다. 자, 여기 네가 찾는 먹이가 있다! 이리 와라. 가까이 와라!"

우두마두들은 고함을 지르고 포위망을 좁혀서 괴물을 종루 쪽으로 몰아가려고 했다.

그때였다.

종루 지붕 밑에 웅크려 있던 부인이 가만히 등을 폈다. 겉옷을 벗은 다음 재빠르고 유연한 손놀림으로 그 옷을 곁에 엎드린 묘넨에게 덮어 주더니 자리에서 일어선다. 부인은 하얀 홑옷만 걸치고 있을 뿐이었다.

네 구석의 화톳불이 얼굴을 비추었다.

부인이 아니잖아—.

"야지, 저건 아카네 님이에요!" 미노키치가 튀어 오르듯 벌떡 일어나며 외쳤다. "아카네 님이 저기에! 이게 뭐야! 안 돼! 안 돼요, 아카네 님!"

"떠들지 마!" 야지가 미노키치의 뺨을 쳤다. "자, 어서 가! 하나를 끌고 숲으로 도망쳐!"

"싫어! 아카네 님을 도와야 해!"

붙잡으려고 하는 야지의 손을 피해 미노키치는 본당 지붕에서 굴렀다. 떨어지기 직전에 재빨리 지붕 가장자리를 잡고 대롱대롱 매달렸다가 이내 땅바닥에 엉덩이부터 떨어졌다.

우두마두들도 경악한 모습이었다. 모두 입을 멍하니 벌리고 얼어붙은 채 괴물과 대치한 아카네에게 시선을 모으고 있다.

심지어 소야 단조까지도.

"저건—오토와가 아니야. 아카네?"

마상에서 미동도 하지 못한 채 이 한 마디를 신음처럼 말하고는 이내 발끈했다.

"아카네가 저기서 뭘 하는 거냐! 이놈들, 아카네를 끌어내라!"

히히힝 울며 뒷다리로 선 말에서 뛰어내려 종루를 향해 뛰기 시작한다.

"아카네, 도망쳐!"

"안 됩니다, 수석님!"

덩치 커다란 우두마두가 온몸을 던지다시피 해서 단조의 돌진을 막았다.

"무슨 짓이냐, 사헤이지!"

"오다이님의 뜻입니다."

여기서 지켜보십시오, 하며 단조의 어깨를 붙든다.

미노키치도 보았다. 아카네가 편안하게 서서 괴물을 향해 미소를 지었다. 입가가 희미하게 움직이고 있다.

괴물은 아카네와 마주한 채 동작을 멈췄다. 혀를 불러들이고 아가리를 닫았다. 목을 울린다. 그 고록고록 하는 소리가 아니다. 후루후루, 하며 울리는 더 작고 부드러운 소리다.

화톳불. 아카네의 하얀 볼에 붉은 불꽃이 비친다. 괴물의 까만 비늘 위에서 불꽃의 빛이 춤을 춘다.

아카네는 괴물에게서 눈을 떼지 않은 채 몸을 감싸고 있던 홑

옷을 벗어 내렸다. 눈처럼 하얀 상반신이 드러났다.

그 피부를 타고 위로 아래로 까만 줄들이 돌아다니고 있었다. 등에서 가슴으로, 어깨에서 목덜미로. 아카네가 작은 목소리로 뭔가를 중얼거리고 있다. 염불인가? 아니, 아니다. 노래처럼 들린다.

'주문?'

주문을 외고 있는 건가? 하지만 무엇을 읽는 것은 아니다. 괴물을 똑바로 올려다보는 시선에는 흔들림이 없다.

주문이 저절로 흘러나오는 건가? 목을 이용하여, 입술을 통하여 묘한 노래처럼 괴물을 향해 울려 퍼진다.

아카네는 미소를 지은 채 눈을 감고 가슴 앞에 두 손을 모았다. 그러는 동안에도 주문의 노랫소리는 이어진다.

괴물은 먼저 오른쪽으로, 이어서 왼쪽으로 고개를 기울였다. 한 발 앞으로 다가선다. 또 한 발을 내딛는다. 하지만 공격하지는 않는다. 아카네에게 이끌리는 것이다.

아카네는 눈을 떴다. 그러고는 마치 괴물을 포옹하려는 것처럼 천천히 양팔을 벌리며 내밀었다.

"쓰치미카도 님."

그 미소는 한없이 따뜻하다.

"자, 이리 오세요."

후루후루, 후루후루. 괴물의 목이 울린다.

어서 빨리 달려가자. 미노키치는 일어서려고 했다. 그런데 엉덩이가 아프다. 발이 저리다. 분하다. 시간이 멈춘 것처럼 느껴진다.

주변의 모든 것이 멈춰 있었다. 움직이는 것은 춤추는 불티, 화톳불의 불길. 그리고 아카네의 입술뿐이었다. 들리는 것은 신비한 노랫소리와 거기에 응하듯, 장단 맞추듯 괴물이 목을 울리는 소리.

다음 순간 괴물의 대가리가 움직였다.

모가지가 물 흐르듯 늘어났다. 아가리가 벌어지고 혀와 가지런한 이빨들이 드러났다. 아카네가 문득 떠올랐다. 허공으로 떠올랐다. 둥실둥실 날아올랐다.

머리부터 괴물의 아가리 속으로 사라져 갔다. 날씬한 장딴지 두 개가 미노키치의 눈에 각인된다.

"아카네 님—!"

괴물은 아카네를 삼키자 도마뱀처럼 생긴 몸통을 부들부들 떨었다. 발톱을 딱딱 울리고 앞다리를 번쩍 쳐들었다. 두 뒷다리가 땅을 쿵쿵 울렸다.

그 대가리가 위를 향해 들렸다. 아가리를 벌리고 헐떡인다. 목을 울리는 소리가 한층 커진다. 마치 물에 빠지기라도 한 듯한 모습이다.

괴물이 몸부림치기 시작했다. 고통스러워하고 있다.

이마 한복판에 하얀 점이 불쑥 나타난다. 그 수가 점차 늘어나고 서로 연결되어 선으로 변해 간다. 점은 더 늘어나 면적을 넓혀

간다. 그 움직임은 조금 전 아카네의 피부 위에서 움직이던 것과 같았다. 저것도 주문인가? 주문이 괴물로 옮겨가 표면을 뒤덮고 있는 걸까?

다시 변신이 시작되었다. 까만 광택이 나는 비늘들이 주문의 글자들 움직임에 밀려나듯이, 머리에서 가슴으로, 배로, 다리 끝으로 씻겨 내려가듯이 사라져 간다. 비늘이 사라지자 주문 자체도 사라졌고, 몸속이 비쳐 보일 듯이 맑은 피부가 드러났다.

괴물은 두 앞다리로 대가리를 감쌌다. 몸뚱이 모양도 변해 간다. 몸뚱이에 흡수되는 것처럼 꼬리가 사라졌다. 발톱도 사라졌다. 툭툭 불거진 다리 관절이 매끈해지고 두 뒷다리가 부드럽게 뻗어 나간다. 앞다리에서 발가락 다섯 개도 쑥쑥 늘어난다. 그 발가락으로 얼굴을 가리며 괴물이 몸을 웅크렸다.

주문은 소리도 없이 괴물의 온몸을 내달리고 사라졌다. 남은 것은—.

사람이다.

괴물은 거의 사람 모습에 가까워졌다. 대가리가 뾰족하고 머리카락이 없고 귀도 없다. 그런 부분에만 아직 뱀의 모습이 남아 있다. 매끄러운 몸이 새하얗게 빛난다.

어떤 생물과도 닮지 않았다. 사람에 가장 가깝다. 그렇게 변한 괴물이 두 손을 내리자 얼굴이 드러났다.

눈꺼풀이 벌어져 있었다.

한 쌍의 검은 눈동자. 눈동자가 문득 위로 움직이고 다시 밑으로 움직인다. 눈꺼풀을 깜빡인다.

희미한 따각 따각 소리. 발톱이다. 이제 갈고리 모양이 아니다. 긴 발톱도 사람의 그것처럼 변했다. 미노키치는 아카네의 예쁜 손가락을 떠올렸다.

숨 쉬는 소리가 들렸다. 괴물의 가슴이 부풀었다가 가라앉았다. 숨을 쉬고 있다. 두 다리로 서서 양팔을 천천히 몸 옆으로 늘어뜨렸고, 머리도 희미하게 위아래로 움직이고 있다. 입술은 보이지 않지만 입매가 여자처럼 부드럽다.

"—아카네."

소야 단조가 비칠거리며 앞으로 나아갔다. 칼을 떨어뜨린다. 눈은 괴물에 못 박혀 있다. 술 취한 듯한 걸음이다.

아무도 입을 열지 못했다. 움쭉달싹도 할 수 없었다. 시간은 여전히 정지 상태.

"이것이 주문의 힘인가."

단조가 높은 어조로 말했다.

"이것이, 우리 주술사 핏줄의 힘인가."

비틀거리는 걸음으로 괴물에게 다가간다. 이제 아무도 말리지 않는다. 우두마두 몇 명은 주저앉아 있었다.

"—아름답구나."

괴물과 마주 보며 단조가 말했다.

"얼마나 아름다우냐. 얼마나 강력하냐."

진심에서 나오는 찬사와 만면의 웃음. 아까 아카네가 그리했던 것처럼 단조 역시 변신한 괴물을 향해 두 팔을 벌렸다. 괴물이 단조를 바라본다. 새로 얻은 두 눈으로 마주 바라본다. 그 검은 눈동자에 외눈박이 사내를 담고 조용히 호흡을 반복하고 있다.

"아카네, 이게 우리 오누이의 운명이냐!"

칠흑의 남자는 환희에 차서 외쳤다.

아니야, 아니야. 미노키치는 그 자리에 주저앉아 고개를 저었다. 저건 아카네 님이 아니야. 저게 아카네 님일 리가 없잖아.

단조는 큰 소리로 외쳤다. "그렇다면 축복하자꾸나. 아카네, 나와 함께 이 산을 차지하자. 아니, 아예 천하를 차지해 버리자!"

포효와 같은 웃음. 괴물의 두 눈이 그 모습을 바라본다.

그러고는 문득 눈을 부라렸다.

괴물은 매끄러운 입을 한껏 벌리고 뱀처럼 빠르게 상체를 뻗더니 단조를 덥석 물어 삼켰다. 요란한 웃음소리가 뚝 끊겼다.

"수석님!"

정신을 차린 우두마두들이 무기를 들고 모여 들었다. 괴물은 하늘을 우러르며 배를 출렁였고, 이런 모습이 된 뒤 처음으로 소리를 내질렀다. 여자의 비명이다. 날카롭고 애절하게 누군가를 만류하는 듯, 혹은 필사적으로 저항하는 듯한 음성이 울려 퍼졌다.

괴물의 왼쪽 눈이 터졌다. 새빨간 피가 종루 지붕에 튀었다. 달빛을 띤 듯한 하얗고 매끄러운 살갗에 다시 변화가 일어나기 시작했다. 가죽처럼 매끈하고 강철처럼 검은 비늘이 발끝에서부터 되살아났다.

"안 돼, 빨리 쓰러뜨려야 해!"

소에이가 소리쳤다. 그는 칼을 들고 본당 뒤에서 뛰어나왔다. 고비나타도 함께였다. 우두마두들을 향해 소리를 지른다.

"괴물이 아카네 님의 마음으로 있을 때 쓰러뜨려야 해! 봐, 변하고 있다! 저 까만 비늘은 소야 단조의 마음이다! 괴물을 차지해서 이 땅을 정복하려고 한다! 방해하는 자는 전부 먹어치워서 없애려고 하는 마음이다!"

괴물이 난동을 부리기 시작했다. 우두마두들 쪽은 보고 있지 않았다. 몸속에서 충돌하고 싸우는 두 마음이 괴물을 날뛰게 하는 것이다.

까만 비늘은 눈 깜짝할 사이에 괴물의 허벅지까지 번져 올라가 허리까지 달했다. 당황하며 공격하는 우두마두들의 칼과 창을 모두 튕겨냈다.

"안 돼, 듣질 않아! 화살! 화살을 쏴!"

화살이 비 오듯 쏟아졌다. 괴물의 검은 마음과 하얀 마음은 배 부근에서 싸우며 올라갔다 내려가기를 거듭하고 있었다. 괴물이 손으로 망가진 왼쪽 눈을 누르자 손가락 사이로 피가 흘러내렸다.

"미노키치, 손가락 피리를 불어!"

소에이의 목소리가 날아들었다. 엎드려 있던 미노키치는 흙투성이가 되어 일어섰다.

"겐 영감, 어디 있나! 괴물의 급소를 알았다!"

소에이가 검은 숲을 향해 외쳤다. 미노키치는 손가락 피리를 불었다. 한 박자 쉬었다가 종루 뒤 숲에서 응답하는 손가락 피리 소리가 울렸다.

"겐 영감, 모가지를 노려! 등과 목이 만나는 곳이다!"

사람과 같은 형태로 변했다면 약점도 사람과 다르지 않을 것이다. 목덜미부터 발끝까지 힘줄이 뻗어 있다.

"그곳을 쏘면 다리를 못 쓰게 될 거다!"

총소리가 한 번 울렸다.

난동을 부리는 괴물의 어깨에서 피가 튀었다. 괴물은 비명을 지르며 종루 지붕으로 쓰러졌다. 가슴 높이까지 올라가던 비늘이 기세가 꺾인 듯 배까지 내려왔다. 괴물의 팔이 허공을 가르며 종루 기둥을 쳤다. 쿵, 하는 진동과 함께 지붕이 기울었다. 화톳불이 쓰러졌다.

"쏴! 쏴! 쏴! 목덜미다! 바로 지금이 모두 힘을 합칠 때다!"

소에이의 질타에 우두마두들도 정신을 가다듬었다. 연달아 총을 발포했다. 탄환은 잇달아 목덜미에 적중했다. 괴물이 괴성을 지른다.

"안 돼, 안 돼! 쏘지 마!"

미노키치도 목청껏 소리쳤다. 울고 있었다. 저것은 아카네 님이다. 산속 괴물이 아카네 님이 되고 말았다. 하지만 저것은 소야 단조인 걸까. 하얀 피부와 검은 비늘. 터져서 피를 흘리는 왼쪽 눈과 흑수정처럼 맑은 눈동자를 가진 오른쪽 눈.

대체 누구인지 미노키치는 알 수 없었다. 그저 목청껏 울 뿐이다. 가슴이 찢어지고 당장 이 자리에서 숨이 끊어질 것 같았다.

"미노키치, 우리는 아카네 님을 돕는 거다."

누군가의 손이 등을 만졌다. 돌아보니 고비나타였다. 얼굴에 피가 튀어 있다. 미노키치를 안아 일으키고 손으로 눈물을 닦아 주었다.

"울면 안 돼. 너처럼 이 산에 사는 사람을 위해 아카네 님은 당신 몸을 던져서 괴물을 다스리려고 하시는 거다. 그 마음을 외면해서는 안 돼."

힘주어 타이르는 고비나타의 눈에서도 눈물이 나오고 있었다.

"우리를…… 위해서?"

"그래. 자, 일어나. 너는 괴물에게 한 번도 진 적이 없다고 말했지? 아카네 님에게 끝까지 용감한 모습을 보여 드리자."

다시 연달아 총이 발사되었다. 그 가운데 손가락 피리 소리가 한 번 울렸다. 할배의 신호다. 나 여기 있다, 미노키치.

미노키치는 묘코지를 에워싼 한밤의 숲을 향해 소리쳤다. "할배! 아카네 님을 살려 줘!"

발포. 괴물의 목덜미에서 무언가가 터지는 듯한 소리가 나고 피가 튀었다. 마구 난동을 부리고 발을 구르고 양팔을 휘두르던 괴물이 힘없이 자세를 무너뜨렸다. 다리에서 힘이 빠진 것이다.

"좋아! 이제 거의 다 됐다!"

"쏴! 쏴!"

화약 냄새. 희미하게 흐르는 연기. 귀청을 찢는 총소리. 한 발, 두 발, 세 발.

마침내 괴물의 두 다리가 움직이질 않았다. 괴물은 크게 휘청거리더니 기울어진 종루 지붕을 덮치듯이 쓰러졌다. 기와가 깨졌다. 종루가 그 거구를 미처 지탱하지 못하고 무너졌다. 건물이 화톳불을 덮쳤고 불붙은 장작들이 사방으로 흩어졌다.

끼에에에에!

물새 울음소리 같은 소리를 낸 괴물은 불룩한 배를 위로 드러낸 채, 종루 지붕을 깔아 뭉개면서 쓰러졌다.

"좋아, 쳐라!"

저 우락부락한 부관이 기합을 지르자 우두마두들이 괴물에게 우르르 몰려들어 공격을 가했다. 고비나타도 뛰어갔다. 주저앉은 미노키치의 옆을 야지가 바람처럼 지나갔다.

번뜩이는 많은 칼날이 흑백으로 양분된 괴물의 몸뚱이를 베었다. 창이 찔렀다. 피가 튀고 핏물이 흐르고 검은 비늘이 사라져갔다. 늘어난 하얀 피부가 이내 핏빛으로 물들었다.

"오오, 이걸 봐."

마침내 검은 비늘이 모두 사라졌다. 온 피부가 흰색으로 돌아오자 괴물은 움직임을 멈췄다. 작은 동산 같은 몸뚱이에서 기가 빠져나갔다. 팔다리도 축 늘어졌다.

괴물은 죽은 건가? 아카네 님은 죽어 버렸나? 미노키치는 겨우 일어나 다리를 끌며 무너진 종루로 다가갔다.

괴물을 에워싼 자들은 모두 어깻숨을 쉬고 있었다. 창백한 얼굴. 새빨간 얼굴. 날카롭게 긴장한 눈. 눈물 때문에 핏발이 선 눈.

괴물 대가리 옆에 소에이가 버티고 서 있었다. 손에 든 와카자시는 이가 빠져 있다.

괴물은 망가지지 않은 오른쪽 눈을 크게 뜨고 있었다. 눈동자에 희미한 막이 쳐진 것처럼 보이는 까닭은.

'울고 있구나.'

흑수정 같은 눈동자가 움직여 자신을 에워싸고 내려다보는 사람들을 둘러보는 듯했다.

천천히 눈꺼풀이 닫혔다.

흰 뱀의 얼굴. 어찌 이리 고울까.

미노키치는 정신없이 바라보고 말았다. 소에이 님도 넋을 빼앗겨서, 저런 표정을 띠고 막대기처럼 우두커니 서 있는 걸까—.

문득 돌아보니 소에이만이 아니었다. 죽어 가는 괴물을 에워싼 우두마두들도 전혀 움직이지 않았다. 움직이지 못했다.

그중 한 사람, 고비나타가 뭔가를 떨쳐내듯 고개를 강하게 가로젓고 소에이에게 다가갔다.

"사카키다 씨."

목소리가 희미하게 떨렸다.

"제가 이런 말을 하는 건 주제넘은 짓이지만."

고비나타는 자기 칼을 일단 칼집에 도로 넣은 다음, 그 칼집을 허리에서 빼내어 소에이에게 내밀었다.

"무가의 여인이 각오하고 맞이한 최후입니다. 부디 목을."

소에이가 칼을 받아들었다.

"송구합니다."

안 돼. 나는 보고 싶지 않아. 미노키치는 눈을 꽉 감고 등을 돌렸다.

멀리 오오타라야마 산속에서 한층 높고 청량하게 그 신비한 공명이 울려 퍼지다가 사라졌다.

얼마나 그렇게 등을 돌린 채 주먹을 꼭 쥐고 고개를 숙이고 있었을까. 누가 머리를 쓱 쓰다듬어서 미노키치는 얼굴을 들었다.

"할배!"

할배는 얼굴이 그을음투성이였고 옷은 흙으로 범벅이 되었으며, 몸은 때에 절어 꾀죄죄했다. 등에 총을 메고 있다.

"너도 잘 봐 둬."

할배의 재촉에 돌아다보았다.

괴물의 하얀 몸이 정수리와 발끝에서부터 점차 재로 변해 가고 있었다.

신기하다. 종루는 괴물 밑에 깔려 있고 화톳불은 모두 쓰러져 장작이 여기저기 흩어져 있다. 여전히 타들어 가는 장작도 있지만 대개는 꺼졌다.

그런데 괴물만이 불타고 있다. 푸르스름한 불꽃이 몸뚱이 안쪽에서 타올랐고, 괴물의 몸이 재로 변해 가고 있다.

오오타라야마에서 바람이 불어 내려왔다. 악취를 품은 바람이 아니다. 산의 분노가 아니다. 눈에 안 보이는 맑은 계곡물이 흘러오는 듯하다.

모두 자연스레 고개를 들고 그 청량한 바람을 얼굴로 느꼈다. 옷소매가, 헝클어진 머리칼이 바람에 나부낀다. 춥지는 않다. 다만 맑다. 모든 것이 씻겨 나가는 듯한 심정이었다.

괴물의 재도 사라져 간다. 바람을 타고 허공으로 날아올라 사람들 머리를 넘어, 숲 속 나무들의 우듬지를 넘어, 초승달과 별들이 떠 있는 밤하늘로.

하늘로 오르는 것이다.

"산신님의 자비로다."

할배가 중얼거렸다. 눈을 가늘게 뜨고 있다.

"……응."

고개를 끄덕이던 미노키치는 문득 깨달았다. 눈을 깜빡여 보았다. 손가락으로 눈을 비벼 보았다.

나카무라에서 다친 뒤로 뜰 수 없었던 오른쪽 눈이 깨끗이 나아 있었다.

8

동녘 하늘이 희뿌예지기 시작했다.

우두마두들—나가쓰노 번사들이 나란히 말을 타고 철수하는 참이었다.

나오야는 본당 앞에 서서 그들의 수를 대강 헤아려 보았다. 괴물의 습격으로 열 명쯤 줄었다. 부상자도 많다.

부대를 지휘하는 사람은 하타나카 사헤이지. 싸움 와중에 빨간 선이 들어간 투구를 잃어버렸다. 볼에 지렁이처럼 돋은 흉이 눈에 띈다.

그 사헤이지의 위로를 받으며 소야 단조의 부인 오토와가 말을 타려고 했다. 간밤의 공포와 아카네를 잃은 슬픔에 지칠 대로 지쳐서 혼자서는 팔도 들어 올리지 못한다.

오토와가 이쪽을 돌아보았다. 사헤이지의 손을 가만히 물리친 다음, 휘청거리면서도 나오야에게 허리를 굽혀 공손하게 절을 했다.

나오야도 얼른 무릎을 꿇고 고개를 숙였다. 아무런 망설임도 저항도 느껴지지 않았다. 이 사람 역시 아카네가 지켜 주려고 한 사람이다.

하타나카 사헤이지가 부하에게 오토와의 부축을 맡긴 뒤 나오야에게 뚜벅뚜벅 걸어왔다.

"당신들 덕분에 오토와 님이 무사했다. 고맙다."

인사를 받아야 할 일은 아니었다.

"당신들, 순순히 쓰노사키 성으로 돌아가도 괜찮습니까? 소야 단조 님은 주군의 뜻을 어기고 도망한 마님을 쫓아오신 거라고 들었는데."

"수석님은 이제 계시지 않아."

사헤이지의 목소리는 낮지만 단호했다.

"원래 주군도 이치노히메 님의 혼담을 싫어하는 오토와 님을 설득해서 데리고 돌아오라고 수석님께 명령하셨다. 오토와 님을 처벌하라는 명은 없었어."

나오야는 천천히 고개를 끄덕였다. 묵묵히 출발 준비를 하는 나가쓰노 번사들은 무거운 분위기 속에서도 뭔가 씐 것이 떨어져 나간 듯한 얼굴을 하고 있었다.

'저들도 역시 가이바라 가에 대한 소야 단조의 원한, 이라는 저주에 사로잡혔던 건가.'

나오야는 생각했다. 만약 그때 단조가, 아카네와 하나가 된 '쓰치미카도 님'에게 먹히지 않고 도리어 조종하는 데 성공했다면 어떻게 되었을까.

단조는 '쓰치미카도 님'을 부려서 고야마를 정복하려 했던 게 아닐까? 그렇게 고야마를 차지한다면 그다음은? 옛날에 고야마와 하나였던 나가쓰노 땅까지 차지하려는 속셈을 품고 있지 않았을까. 그도 그럴 것이 '쓰치미카도 님'이라는 무적의 무기를 갖고 있는 것이다.

단조는 충성스러운 무사가 아니었다. 영민을 사랑하는 무사도 아니었다. 그의 내면에 있었던 것은, 가슴속 깊은 곳에서 불타는 자기만의 바람. 즉 자기를 위해, 사랑하는 누이를 위해, 빼앗긴 인생을 되찾고 싶다는 집념과 집착이 아니었을까.

"아아, 이게 고야마 쪽에서 올려다보는 오오타라야마 풍광인가."

조금씩 밝아지면서 별들이 자취를 감추는 하늘을 올려다보며 사헤이지가 말했다. 그의 시선 끝에서는 오오타라야마의 윤곽이 떠오르고 있었다.

"눈에 잘 새겨 두지. 우리가 다시 이쪽으로 건너올 일은 없을 테니까."

나오야는 흠칫하며 그의 얼굴을 쳐다보았다.

"어느 쪽에도 득이 안 되는 싸움은 이제 끝났다."

사헤이지는 그렇게 말하며 나오야에게 고개를 끄덕여 보였다.

"우리 모두는 비밀을 갖게 되었어. 이 산에서 일어난 일들은 중대한 비밀이야."

나오야도 고개를 크게 끄덕였다.

"우리는 오토와 님의 중재를 기대할 수 있지만, 그래도 산에서 사람을 해치는 짐승을 죽였다고 당당하게 밝혀서는 안 돼."

"동물 보호령이 내려졌으니까요."

"나카무라 주민들한테도 잘 설명할 생각이다."

"우리도 마찬가지입니다."

마침 기쿠치 엔슈가 나가쓰노 번사에게 업혀서 나타났다. 눈을 뜨고 얼굴을 들고는 있지만 첫눈에도 상태가 심상치 않았다. 술에 취하기라도 한 것처럼 머리를 건들거리며 내내 뭐라고 중얼거리고 있다.

"주문을 베껴 적은 뒤 기절해 버렸습니다. 요사에 눕혀 놓았지만."

그 싸움이 벌어지는 와중에 깨어나 모든 과정을 목격한 듯하다.

"그 뒤로 거의 말이 통하지 않아요. 넋이 나간 사람처럼 아름답다는 둥 무섭다는 둥 헛소리만 늘어놓고 있어요."

그때 갑자기 엔슈가 번사의 등에 업힌 채 몸을 뒤로 젖히며 큰 소리로 외쳤다.

"지필묵을 줘! 스승님, 이 엔슈가 놀라운 것을 보았습니다!"

애처롭다. 나오야는 그에게서 눈을 돌렸다.

"엔슈 님이 안정을 찾으시면 고비나타가 사죄드린다고 전해 주십시오."

"음, 알겠어."

사헤이지는 두터운 손바닥으로 나오야의 어깨를 탁 친 뒤 수하들이 모여 있는 곳으로 물러가려고 했다. 그러다가 문득 걸음을 멈추었다.

"어이, 호위꾼!"

가만 보니 무너진 종루 옆에 사카키다 소에이가 서 있었다.

"어서 오지 않고 뭐 하나. 철수한다."

그 부름에 소에이는 뒤를 돌아보고 이쪽으로 걸어왔다.

"나카무라가 걱정되긴 하지만, 혹시 나는 돌아가면 즉시 목이 날아가는 거 아닌가."

말투는 여전히 태평하다.

"모르지. 하지만 이 사건을 주군께 보고하려면 너처럼 언변 좋은 자가 있어야겠다. 여러 말 말고 같이 돌아가자."

"흐음. 그럼 그렇게 할까."

그제야 소에이는 나오야에게 웃음을 지어 보였다. "고비나타 씨, 그럼 이만."

"예."

소에이의 심중을 헤아리면, 나오야는 이런 대답밖에 할 수가 없었다.

"아, 소에이 님!"

미노키치가 본당 툇마루에서 뛰어내려 구르듯이 달려왔다. 뒤에서 겐이치도 가만히 나타났다.

미노키치는 야지에게 치료를 받았는지 팔에 광목이 감겨 있었다. 아이는 쏜살같이 달려와 소에이에게 달려들었다.

"나카무라로 돌아가시는 거죠?"

"음. 오센한테는 네가 무사하다고 잘 전하마."

미노키치는 소에이의 소매를 잡고 있었다. 당장이라도 터지려고 하는 울음을 꾹 참고 있다.

소에이는 쪼그려 앉아 미노키치의 머리를 쓸어 주었다. "계속 건강하고 착하게 지내렴. 아카네 님과 약속한 거 잊지 말고."

"예."

"넌 배짱이 대단한 놈이야. 겐 영감 못지않은 훌륭한 파수꾼이 될 거다."

"네, 꼭 그렇게 될 거예요."

"그래도 이게 마지막은 아닐 거다. 인연이 닿으면 또 만날 수 있겠지."

씽긋 웃으며 소에이는 가 버렸다.

나가쓰노 번사들도 출발했다. 소임을 다한 묘코지는 이제는 정말 주인 없는 절이 된다.

"우리도 가자."

"예, 고비나타 님. 서둘러야 할 것 같군요."

겐 영감이 조금도 서두르지 않는 투로 말하자 미노키치가 펄쩍 뛰었다. "아, 그렇지! 고비나타 님, 야지가 발견했어요. 산기슭 쪽에서 횃불 행렬이 올라오고 있는 걸."

"뭐? 그런 말을 왜 이제야 하냐."

관저에서 번사들이 달려오는 것이다. 다카바 진고로 님의 보고를 그제야 받아들였나. 그러나 지금으로서는 번사 부대가 출동한 의도를 의심하지 않을 수 없다. 아니, 번사 부대를 파견한 자의 의도를.

'다카바 님은 무사하실까?'

나오야는 가슴이 아렸다. 그때는 아직 괴물의 유래를 알지 못했기 때문에 어쩔 수 없었지만, 그를 관저시로 내려보내는 것이 아니었다.

오키가로 가이바라 신에몬 님은 지금 어떤 생각을 품고 계실까. 모든 것은 거기에 달렸다.

"횃불 행렬이 니다니무라 쪽으로 향하고 있으니 아직 시간이 있겠군요."

겐이치의 말에 나오야는 급하게 생각했다.

"좋아, 그렇다면 겐 영감과 미노키치는 혼조무라 주민들이 있는 곳으로 돌아가게. 마을 북서쪽 바위 밭에 있는 동굴이야."

"아, 그 동굴 말이군요."

"알고 있다니 다행이군. 부탁하네."

먼저 피신한 하카리야 긴지로가 무사히 도착했어야 하는데.

"향후 전망이 보일 때까지 모두 숨어 있는 거다."

겐이치와 미노키치는 어리둥절한 얼굴을 했다.

"왜죠?"

미노키치가 냉큼 물었지만, 겐이치는 노회한 노인답게 나오야의 안색을 살폈다. 그 눈빛이 날카로워졌다.

"됐으니까 고비나타 님 말씀대로 하자."

"그러니까 왜 숨어 있어야 하는 건데요?"

"왜는 무슨! 미노키치, 언제부터 할배 말에 말대꾸하게 된 거냐."

미노키치는 살짝 토라졌다. "고비나타 님은 어떻게 하실 거예요?"

"나는 알아서 하마."

마음을 채찍질하며, 나오야는 말했다.

'다쓰노스케, 잘 지켜봐.'

이번에는 내가 북부 2조 주민들을 지킨다.

나오야와 야지는 서둘러 하산하여 몰래 관저시로 들어갔다. 찾아가는 곳은 제2벽에 있는 시노 가 저택.

우선 시노 효고노스케를 만나 그간의 사정을 말한 다음, 주군을 알현할 수 있게 해 달라고 청해야 한다. 그렇게 하면 누구에게 방해받을 염려가 없다.

저택에 당도하자 야지는 안으로 사라졌고 나오야는 별채에서 기다렸다. 마침내 야지를 따라 시노 효고노스케가 나타났다.

"고비나타 나오야, 이제 돌아왔습니다."

고개를 숙이며 인사한 순간 나오야는 정신이 아뜩해지는 기분이었다. 그로부터 몇 날이 지났던가.

나오야한테도 긴 시간이었지만 그건 마주 앉은 효고노스케한테도 마찬가지였던 모양이다. 잠을 제대로 이루지 못했는지 안색이 파리했다. 진바오리갑옷 위에 입는 하오리와 기마용 하카마를 입었다.

"사부로지 님의 장례가 끝날 때까지 관저시 봉쇄는 해제되지 않는다."

지금도 경비 지휘로 분주한 것이다.

"잘 돌아왔다. 야지, 고생 많았다. 물러가 있어라."

왜 야지를 물리칠까? 야지는 순순히 물러갔다.

"시노 님—."

상체를 앞으로 기울이며 입을 여는 나오야를 효고노스케가 손을 가볍게 쳐들어 제지했다. "니다니무라에 번사 부대를 보낸 것은 나다. 다카바 진고로의 보고를 듣고 주군도 북부 2조 주민들을 걱정하신다."

효고노스케는 나오야의 눈을 정면으로 바라보며 시선에 힘을 주었다.

"사람을 잡아먹는 괴물이 나타났다는 다카바의 이야기는 사실인가?"

"예." 나오야는 고개를 끄덕이며 대답했다. "그러나 이미 죽였습니다."

여러 사람을 희생하며.

"저는 그 전말을 목격하고 왔습니다. 시노 님, 아니, 어르신, 급히 보고를 드립니다."

"잠깐."

다시 나오야를 제지한 뒤 자리에서 일어난 효고노스케는 장지문 앞으로 걸어가 무릎을 꿇고, "가로님" 하고 불렀다.

나오야는 눈을 휘둥그레 떴다.

가이바라 신에몬이다. 오키가로가 나오야의 앞으로 걸어 나왔다. 그러고는 앞에 가만히 앉았다.

“네가 돌아오기를 가로님도 기다리셨다.”

옆에 앉으며 효고노스케가 말했다.

가이바라 신에몬은 효고노스케보다 다섯 살 연상이다. 상투는 거의 백발로 변했다. 주군 가의 일을 관장하는 그는 온화하면서도 엄격하고, 턱없이 성실하지만 친절하다. 치우침이 없는 인품을 나오야는 지금까지 존경해 왔다. 아니, 차라리 사모해 왔다고 해도 좋다.

그 인물을 이런 심정으로 대면할 줄이야.

“고비나타.”

귀에 익은 목소리였다.

“용케 살아서 돌아와 주었구나. 나에게 말해 봐라. 아무것도 감출 필요 없다.”

너는 북부 2조 산속에서 무엇을 보았느냐.

나오야는 이야기했다. 우선 괴물 이야기로 좁히기로 하고, 초조한 마음을 애써 안정시키고 나서 최대한 상세하게 전했다.

이야기를 하다가 깨달은 바가 있었다.

‘가로님은 아무것도 감출 생각이 없으시구나.’

귀를 기울이면서 가이바라 신에몬은 차차 몸을 웅크리고 있었다. 그렇게 보였다. 어깨가 처지고 턱이 떨어지고 무거운 짐이라도 진 것처럼 등이 구부러졌다.

뭔가를 얼버무리려거나 자기 처지를 방어하려거나 사사로운 계산을 하는 표정이 아니었다. 북부 2조에서 일어난 일 전부가 이 사람한테도 뜻밖이었고, 예상 밖이었으며, 무서운 일이었던 것이다.

마침내 나오야의 이야기가 일단락되자 가이바라 신에몬은 이렇게 중얼거렸다.

"아카네가, 제 역할을 다해 주었단 말인가."

그 이름을 기억하고 있다.

"그 아이한테나 이치노스케한테나 늘 미안했다."

눈을 감고 미간에 깊은 주름을 새긴 신에몬을 위로하듯이 시노효고노스케가 말했다.

"가로님은 다카바 진고로의 보고를 듣고 즉시 조슈 우에쿠사고리에 사람을 보내셨다. 이치노스케와 아카네는 그곳의 지쇼지라는 절에 있었으니까."

"그럼 가로님은 오누이의 행방도 모르고 계셨습니까."

놀란 나머지 나오야는 저도 모르게 힐난하는 투로 말하고 말았다. "나가쓰노의 소야 단조가 바로 그 이치노스케라는 점도 알지 못하셨다고요?"

천천히 고개를 든 오키가로는 씁쓸한 표정을 지으며 말했다. "주군의 관저에 틀어박혀 편하게 살다 보니 한없이 타태해진 거지. 이 늙은이의 건망증을 비웃어도 좋다."

그 모든 이야기가 옛날이야기인 줄로만 알았다.

백 년이나 전에 살았던 선조들의 과오, 실현되다 만 '쓰치미카도 님'이 진짜 깨어날 리가 없다고 생각했다.

"그 오누이를 조슈로 쫓아낸 사람은 당시 오키가로였던 내 아버지였다. 변명처럼 들릴 줄은 알지만 그때도 나는 아버지의 그 결정을 가혹하다고 생각했다."

—아버님, 이제는 일어날 것 같지도 않은 재앙 때문에 어린 오누이를 쫓아내는 건 너무 가혹합니다.

"아버지는 그래도 이것이 가이바라 가의 결정이라고 하셨다."

이치노스케와 아카네가 불쌍했다. 그래서 둘의 인생을 엄하게 감시하지 않았던 것이다.

"갓난아기 시절에 딱 한 번 보았을 뿐이지만 내 조카뻘이니까."

산에서 괴물이 날뛰고 있다. 다카바 진고로의 보고에 가이바라 신에몬은 자기 귀를 의심했다. 다카바는 부상과 고열로 허덕이면서도 제법 조리 있게 이야기했고, 그 내용은 가이바라 가에 대대로 전해져서 신에몬도 어릴 때부터 들어 왔던 '만일의 재앙'과 꼭 닮았다.

그래서 오누이를 데려오려고 조슈로 사람을 보냈다. 도저히 믿을 수 없다고 생각하며. 잘못된 정보이기를 바라며.

다시 신에몬이 눈을 감았다. 그 늙은 몸은 당장이라도 무너져 내릴 것 같았다. 나오야는 하고자 했던 말과 질문을 상실했다.

"빨리 혼조무라에 사람을 보내 안심시켜 줘야겠군." 효고노스케가 중얼거린다.

"어, 어르신."

"돌아왔을 때 네 얼굴을 보고 추측한 것이지만, 혹시 마을 주민들에게 당분간 계속 숨어 있으라고 명령한 게 아니냐?"

정확히 꿰뚫어 보고 있었단 말인가.

"나나 가로님이나 너에게서 믿음을 얻지 못한 모양이군."

나오야가 뭐라 말하기 전에 효고노스케가 내처 말했다. "너와 같은 경험을 하면 아무도 믿을 수 없게 되어도 무리는 아니지."

"죄송합니다."

"다만, 살아남은 주민들도 해로운 짐승을 죽였다는 사실을 공공연하게 말하고 다니면 곤란해. 그러지 말라고 단속해야 해."

고야마 번사의 우두머리도 나가쓰노의 하타나카 사헤이지와 똑같은 생각을 한다.

가이바라 신에몬이 손으로 다다미를 짚으며 몸을 일으키더니 돌연 엄숙하게 그를 불렀다. "고비나타 나오야."

나오야도 수하로서 예를 갖췄다. "예!"

"자네가 본 '쓰치미카도 님'은 무서운 형상이었나?"

"예, 무서웠습니다. 다만—,"

나오야는 아카네가 깃든 뒤 두 눈을 번쩍 뜬 괴물의 흰 얼굴을 떠올렸다.

"최후의 순간에는 이 세상의 존재라고 생각할 수 없을 만큼 아름다웠습니다."

오키가로는 만족한 듯이 고개를 끄덕였다.

가이바라 신에몬이 떠나자 효고노스케는 다시 나오야와 마주 앉았다.

"이와타의 요양소로 돌아갈 거냐?"

"예?"

"잊었느냐? 너는 공식적으로는 요양소에 있는 걸로 되어 있어."

아아, 정말 까맣고 잊고 있었다.

"돌아가면 다카바 진고로와 베개를 나란히 하고 쉴 수 있겠군."

"다카바 님은 회복하셨습니까?"

"이제 큰 위기는 없다고 하는군."

다행이다.

"여하튼 잠시 쉬고 목욕이나 해 둬라. 그 험한 꼴로 주군을 알현할 수는 없으니까."

그 대목에서 효고노스케는 입을 다물었다가 표정에 변화 없이 낮은 목소리로 말했다.

"가이바라 님은 할복을 명령받으실 거야."

할복자살한다는 말이다.

"사부로지 님을 '간도리'로 잃은 것만으로도 오키가로의 책임은 막중해. 게다가 이번 재난까지 겹쳤으니."

나오야의 가슴이 수런거리기 시작했다. 사부로지 님의 죽음. 거기에도 풀어야 할 의혹이 있다.

그러나, 그 이야기를 어떻게 꺼낸다? 나오야가 의심하는 근거는 이키치의 말이 전부다. 달리 근거가 될 만한 것이 전혀 없다.

—어르신, 북부 2조에서 막부의 지네를 만났습니다. 그 정탐꾼 말이 여차저차 하던데, 그 독약이 사부로지 님에게 사용된 것은 아닐까요?

생각만 해도 어리석은 발언이다. 고에이지의 절도 사건도, 정작 중요한 에마가 없어졌으니 근거로 제시할 수 없다.

더 곤란한 사정은, '쓰치미카도 님' 사건 이상으로, 관저의 암살 사건에 누가 어떻게 관여해 있는지 짐작조차 할 수 없다는 것이다.

아니, 그 이전에 나오야는 역시 이키치에게 속고 있는지도 모른다. 그 얘기는 새빨간 거짓, 이키치가 지어낸 소리가 아닐까?

"사부로지 님의 방바닥 밑에서 인형이 나왔다는 사건은 그 뒤 어떻게 되었습니까?"

효고노스케는 뜻밖이라는 듯 잠시 눈을 껌뻑였다. "누구한테서 들었지?"

"다카바 님을 요양소로 옮겨 드렸을 때 오노 선생님한테서 들었습니다."

흠, 하고 효고노스케는 콧김을 내뿜었다. "쓸데없는 얘기를 퍼뜨리는 의원이로군."

"쓸데없는 얘기입니까."

"그건 그냥 해코지였어. 말하면 못된 장난 같은 것이지."

관저에서 첩이 전횡을 휘두르자 정실 마님의 측근이 이를 고까워한 나머지 하녀를 포섭해서 시킨 짓이라고 한다.

"그런 짓으로 사람을 죽일 수는 없지."

"그럼 사부로지 님이 암살되셨다는 것은."

"있을 수 없어."

낭설이라고 단언했다. "다만 관저마님은 아직 납득하지 못하고 계시지. 해서 관저 봉쇄는 그대로 유지되고 있다."

"그렇습니까……."

"다른 번이라면 몰라도 이 고야마에서 여전히 저주니 뭐니 하는 어리석은 것을 믿다니."

효고노스케는 불쾌하다는 듯이 말하다가 어색하게 말을 멈췄다.

"저도 그렇게 생각했습니다, 어르신" 하고 나오야는 말했다. "그리고 아마 잘못된 생각이 아닐 겁니다. 우류 가문이 생약 생산에 힘을 쏟아 보다 효능이 좋은 약을 찾아 노력을 거듭해 온 까닭도 백 년 전에 '저주'라는 것에 의지했다가 실패한 일을 깊이 반성했기 때문이 아니겠습니까."

효고노스케는 잠시 말없이 나오야를 바라보다가 마침내 입을 열었다. 그렇지.

"수고 많았다."

나오야는 엎드려 절했다.

이제 해가 중천에 올랐다. 화창한 봄날.

나오야는 별채 툇마루로 나왔다. 눈을 감고 눈부신 햇살을 얼굴로 느끼는데 무슨 기척이 들렸다. 눈을 뜨니 발치에 야지가 쪼그려 앉아 있었다.

나오야는 쓴웃음을 짓고 말았다. "조금은 쉬었어? 야지는 불사신이로군."

세수를 했는지 말끔하다.

"고에이지에 다녀왔어."

"뭐?"

"나쓰 님과 고비나타 마님에게 당신이 무사하다는 걸 전하고 왔어."

둘은 손을 맞잡고 기쁨에 겨워 울었다고 한다.

"……고맙군."

어머니를, 나쓰를 만나고 싶다. 하지만 당분간은 참아야 한다.

"오스에라는 시끄러운 하녀도 울더군."

"시끄럽긴 하지만 심성은 고운 처녀지."

"흥." 야지가 코웃음을 쳤다. "그리고 당신이 북부 2조로 올라갔을 즈음에 자취를 감춘 불목하니에 대해서도 많이 걱정하던데."

움찔했다. 그래, 이키치는 육각당 절도 사건 때문에 면목이 없다며 그 절을 떠났다. 아무것도 모르는 나오야의 어머니와 오스에는 앞으로도 내내 이키치 때문에 마음고생을 할 것이다.

나오야의 표정이 변했기 때문인지 야지는 바늘처럼 날카로운 눈초리를 띠었다.

"그 불목하니가 무슨 짓을 한 건가?"

야지는 늘 이런 식이다. 여자임이 드러난 뒤에도 무뚝뚝한 말투는 변함이 없다.

묵직한 고민을 감당하기 힘들 때마다 나오야는 늘 다쓰노스케에게 고민을 털어놓았다. 그 다쓰노스케는 이미 이승에 없다. 그가 믿고, 그를 따르던 야지가 이제 그 역할을 맡아 주어도 다쓰노스케라면 허락할 것이다.

"야지, 가까이 와 봐. 큰 소리로 말하기 곤란하니까."

나오야는 이키치에 대하여 들려주었다. 야지는 조용히 귀를 기울였다.

"황당하네."

다 듣고 나자 눈부신 것을 본 사람처럼 눈을 가늘게 뜬다.

"고비나타 마님은 고에이지의 그 불목하니에게 아주 친절하게 대해 주신 것 같은데."

"음, 어머니가 이키치한테 신경을 많이 써 주셨지."

"그러니까 이키치라는 자는 고비나타 마님을 생각해서 당신 목숨을 구해 준 거네."

막부의 정탐꾼이란 자가 그런 동정심을 지니고 있을까? 하물며 그자가.

"물론 포승은 늦춰 주었지만, 내가 그것 때문에 살아난 건지는 모르겠군. 이키치도 분명히 말했어."

—고비나타 씨, 당신은 여기서 죽을 거야.

야지는 쪼그려 앉아 생각에 잠겼다. 두 팔로 무릎을 안고 몸을 천천히 흔들며.

"고비나타 님."

처음으로 제대로 불러 주었다.

"나는 지혜가 없어. 그래도 열심히 생각하고 있어. 그러니까 도와줘."

"뭘?"

야지는 열심히 머리를 굴리면서 말을 꺼냈다. "소야 단조는 주군 류자키의 허락을 받고 자기 딸을 어딘가로 시집보내려고 했지."

"음."

"아카네 님은 딸을 정략의 도구로 삼는다고 화를 냈어. 무슨 뜻이지?"

"아, 그러니까 그건."

나오야도 생각을 정리하며 대답해야 했다.

"소야 단조의 딸이라기보다 나가쓰노의 명문가 오쿠라님의 피를 이어받은 이치노히메를 시집보내면 류자키씨는 어느 유력자와 든든한 인연을 맺는 거지. 그걸 노렸을 거야."

"어느 유력자?"

"무쓰의 후다이다이묘에도 막부 성립 이전부터 도쿠가와 가를 섬긴 제후는 몇 안 되고, 고심해서 알랑대도 금방 이득이 따르는 것도 아니지. 그렇다면 아마 막부의 중신을 노렸을 거야. 로주막부 최고 관직으로 네다섯 명 정도 있었다나 메쓰케감찰관나 부교 정도."

혹은 근래 에도에서 권세를 키우고 있다는, 쓰나요시 쇼군의 측근일지도 모른다.

"게다가 뜻대로 혼담이 진행되면 상대방에게 지참금 명목으로 떳떳하게 거금을 건넬 수 있지. 실은 뇌물일 뿐이지만."

"그 뇌물을 바쳐서 나가쓰노는 무슨 이권을 원하지?"

야지가 급소를 짚었다.

"여러 가지가 있을 수 있지. 막부 요인의 환심을 사려는 활동은 어느 번에서나 해. 그래서 중책을 얻거나 어려운 공사를 모면하거나."

하지만 지금, 나가쓰노의 소야 단조가 노린 것이라면 한 가지밖에 없다.

"나가쓰노의 지번에 해당하는 고야마를 떳떳하게 병합하기 위한 조치일 거야."

역시, 하고 야지는 고개를 끄덕였다.

"고비나타 님, 그렇다면 고야마도 비슷한 활동을 한다고 해도 이상할 게 없겠지."

나가쓰노의 활동을 방해하고 우류씨와 주민을 지키기 위해 다른 요인에게 접근한다. 대가를 제시하며 비호를 부탁한다.

"그건—그렇겠지."

"그때 내놓을 수 있는 것으로, 고야마는 돈이나 신붓감보다 귀한 것을 가지고 있지 않아?"

나오야는 숨을 죽이고 야지의 얼굴을 보았다.

"봉납 에마에 기록된 그 약" 하고 야지가 말했다. "편리한 독약. 혹은 그 비슷한 것을 만들 수 있는 우류씨의 지혜와 기술이지. 이키치는 그것을 확인하려고 했던 게 아닐까."

그것이 그자의 '볼일'이었다—.

"자, 잠깐만, 야지."

나오야의 심장이 사납게 뛴다.

"그런 일이라면 이키치가 굳이 고에이지에 살면서 시간을 끌 필요가 없어. 조제법을 알아내서 바로 돌아가면 되는데."

"그렇지 않아. 이건 고야마 쪽에서 제안한 거래니까."

막부 측 정탐꾼으로서 고에이지에 있던 이키치는, 그 거래에 관여하게 된 이상—.

"이것이 조제법이다, 이것이 그 약이다, 하고 넘겨주는 것을, 예, 그렇습니까, 하고 넙죽 받아서 돌아간다면 순진한 거지."

효과를 확인하기 전에는 거래가 체결되지 않는다. 그것도 한두 번의 시험으로는 안 된다. 사람을 바꾸고 조건을 바꾸고 계절을 바꾸어서 여러 번 시험해서 입증시켜야 한다. 독약이 '간도리'와 똑같은 증세를 내보이고, 이를 아무도 분간해 낼 수 없다고 확신할 수 있을 때까지.

"—야지."

나오야는 경악하여 입을 멍하니 벌렸다. 앉아 있는 데도 무릎이 덜덜 떨렸다.

"그럼 너는 사부로지 님도 독약 시험에 이용당하셨다는 거냐?"

야지는 움직이지 않았다. 시선에 흔들림이 없다.

"주군의 아드님이야!"

"그러니까 확실한 시험이지. 고야마가 얼마나 진지한지 보여줄 수 있고."

"귀한 도련님이라고!"

"후계자는 아니야. 첩의 아들일 뿐이지."

물론 우류씨를 계승할 적자가 아니다.

"그러나, 그런 거래를—주군이 모르실 리가 없잖아. 주군의 허락도 없이 추진할 수 있는 일이 아니야."

그렇다면 주군은 자식을 시험에 이용하고, 자기 눈앞에서 죽어도 괜찮다고 허락했다는 말이 된다.

당황하는 나오야를 향해 야지는 가만히 한숨을 쉬었다. "사부로지 님이 독약 시험으로 돌아가셨다고는 할 수 없어."

"뭐?"

"고비나타 님은 왜 사부로지 님의 두 번째 발병이 독약 탓이라고 단정하지? 첫 번째 쪽인지도 모르잖아?"

앓았지만 가볍게 극복한 '간도리'였다.

"죽일 작정은 없었던 거야. 가볍게 앓게만 하고 바로 독약을 끊는 거지. 그 시험은 잘 끝났던 거야."

하지만 어처구니없게도 그로부터 반년도 지나지 않아서 사부로지가 정말로 '간도리'에 걸려 중태에 빠졌다—.

"당신도 사부로지 님이 처음 발병했을 때 '간도리'에 걸렸어."

나오야는 야지를 바라보며 고개를 끄덕이는 수밖에 없었다.

"실은 당신도 병을 앓은 게 아니었던 거 아닐까? 사부로지 님과 같은 시기에 관저 안채에서 독약 시험에 이용당한 거 아냐?"

나오야는 떨리는 손으로 입을 막았다.

건장한 젊은이인데도 병이 좀처럼 낫지 않았던 까닭은 독약을 계속 투여받았기 때문이다. 다른 환자와 구분하기 위해 요양소 내에서도 격리되었다—.

그리고 무엇보다 상록미가 주어졌다.

관저마님이 졸랐다고는 해도 주군이 깨끗하게 허락한 이유는 나오야의 '병'이 무엇인지 주군이 알고 있었기 때문이 아닐까?

"내가 이키치라는 자였더라도 이 사정을 알았다면 당신을 동정했을 거야" 하고 야지는 말했다. "자기도 모르는 사이에 독약 시험에 이용되어 위험한 처지로 내몰리고, 끝내는 산속 절에서 괴물에 잡아먹히게 될 듯한 사람이니까."

—외아들이 이렇게 죽는다면 기에 님이 불쌍하지.

그래서 도와준 건가?

"게다가 사실 나는 작년 말에 시노 나리와 긴고 님이 나눈 대화 내용도 마음에 걸렸어."

—아직 낫지 않았다니, 나오야의 병은 정말 '간도리'일까?

—달리 무슨 병이겠습니까.

—'간도리'라면 나도 잘 알아. 나오야 같은 젊은이의 병이 이렇게 악화되다니 아무래도 이해가 안 가는군.

그렇게 의아해했단 말인가.

야지는 서둘러 보탰다. "그러니까 나리는 독약에 대해서는 모르시는 게 분명해."

"아, 그건 그러시겠지."

막부 요인에게 거래를 제안한 사람은 보병조 대장 시노보다 훨씬 높은 자일 것이다. 주군을 바로 곁에서 모시는 몇 안 되는 자들 가운데 하나일 것이다. 그리고 그중 한 사람은 짐작이 간다.

독약을 사용하는 일이라면 의원이 필요하다.

번의 오노 세이사쿠. 동생 이오리 선생님도 직접 가담했는지 어떤지는 몰라도 사정을 알고 있었던 게 아닐까? 그래서 나오야한테 친절하게 대해 준 건 아닐까?

오노 가는 주군 우류씨의 친족이다. 이 중대한 거래를 고안하고 주군을 설득해서 실행하는 데 부족할 게 없는 위치다.

나오야는 그만 양손으로 제 머리를 감싸 안았다.

야지의 목소리가 귓가에서 소곤거렸다. "고비나타 님이 원한다면 내가 알아볼 수도 있어."

고개를 숙인 채 나오야는 호흡을 골랐다. 들이마시고, 내뱉고. 들이마시고, 내뱉고.

"아니, 됐어, 야지."

적어도 지금은 그럴 때가 아니다. 소동을 피워 봤자 아무것도 회복되지 않고, 이키치가 관여한 '거래'도 만약 성사된 상태라면 깨지고 말 것이다.

"시간이 조금 더 지나면 자연히 드러날 수도 있겠지."

야지는 마뜩잖아했다. 나오야는 가슴으로 치받는 감정을 꾹 눌렀다.

"야지, 슬프지 않아?"

"뭐가."

다시 길게 한숨을 쉬고 나오야는 가까스로 이렇게 말했다.

"모두가 이런 일을 나쁜 짓이라고 생각하는 건 아냐. 좋다고 생각하고 벌이는 짓이야."

저주도 산속 괴물의 경우도. 소야 단조가 나가쓰노에서 추진한 양잠 진흥책이나 인간사냥도 마찬가지다. 우리 번을 부강하게 만들기 위해. 우리 번의 영민을 위해. 소중한 가족을 위해. 이 땅에 사는 주민을 지키기 위해.

"그래서, 추궁하면 할수록 악행은 흔적을 감추지. 남는 것은 슬픔과 불신뿐."

—고비나타 씨. 그렇다고 아무나 의심하진 마슈.

나오야는 주먹을 꽉 쥐고 힘주어 얼굴을 훔쳤다. 등을 꼿꼿이 폈다.

"나는 산에서 죽지 않고 내려왔어. 아무 보탬도 되지 못한 내가 살아남은 것은."

필시 누군가는 이 일을 기억하고 있어야 하기 때문이다.

인간의 근성을. 인간의 업을. 죄는 잊혀도 사라지지는 않는다는 것을.

"우리는 더 나은 내일을 바라며 하루하루 살아가고 있어. 그런 선한 바람 때문에 죄악을 반복하는 일이 없도록, 소심한 내가 확실히 기억하고 있어야 해."

산속 괴물을. 최후에 눈물지었던, 그러나 만족스러워하던 아카네의 그 눈빛을.

"지금은 그것으로 족해. 그거면 됐다고 말해 줘, 야지."

야지는 대답이 없다. 말없이 가만히 일어선다.

"대야 가져올게. 당신, 좀 씻어야겠어."

그렇게 말하더니 얼굴을 잔뜩 찡그리고 "냄새!" 하고 쏘아붙였다. "코가 문드러지겠어."

"그건 너도 마찬가지야, 야지."

대꾸하면서 나오야는 그제야 웃었다.

종장의 봄숲

미노키치는 하나를 끌고 오타라야마 산길을 오르고 있다.

오늘은 날이 화창하다. 창공에 솜을 찢어 놓은 듯한 구름이 둥실 떴다. 바람은 얌전하고 햇살은 따뜻하다. 혼조무라에서 쉬지 않고 걸어온 미노키치는 땀을 조금 흘렸다.

하나가 걸음을 멈추고 콧소리를 냈다.

"꼬마 원숭이, 왜 이렇게 늦어."

나무 뒤에서 야지가 쓱 나타났다. 허를 찔린 미노키치는 움찔했다.

"뭐야, 대피소에서 만나기로 해 놓고요."

"기다리다 지쳐서."

"야지는 발이 너무 빨라요. 도깨비처럼 나타나서 사람을 놀라게 하고."

야지는 하나 곁으로 가서 목덜미를 쓸어 주었다.

"하나는 나를 알아채던걸."

"코가 좋으니까요."

둘은 묘코지에 갔다가 오오타라야마에 오를 예정이다. 산속에 있다는 종을 직접 확인하기 위해서다. 야지도 묘넨에게 종에 대한 이야기를 들었고 장소도 대강 짐작하지만, 본 적은 없다고 한다.

종은 나가쓰노 땅에 있으니 혼자 몰래 건너갔다 돌아오겠다고 하자 미노키치가 자기도 따라가고 싶다고 졸랐다. 나는 꼬마 원숭이니까 야지처럼 산행에 익숙하거든요.

"대단한 짐이군."

야지가 하나 등에 실린 바구니를 쳐다보았다. 꽃과 공양물로 가득하다.

"마을 주민들이 공양해 달래요."

묘코지에 도착하면 하나는 그곳에 묶어 둘 것이다. 둘의 걸음이라면 절과 종이 있는 곳을 왕복하는 데에는 일 각도 걸리지 않을 거라고 야지는 말했다.

묘코지는 하나밖에 없던 묘넨이라는 주인을 잃자 정말로 폐사가 되고 말았다. 무너진 종루는 그대로 남아 있었지만, 그 뒤로 몇 번 비가 내려서 횃불의 그을음과 여기서 일어난 사건의 험악한 흔적을 깨끗이 씻어내 주었다.

미노키치와 야지는 구역을 나눠 경내와 본당을 얼른 청소했다.

“이 절은 어떻게 되는 거죠?”

“곧 새 주지 스님이 오셔. 목수들이 와서 수리도 할 거고. 시노 나리 말씀이니까 틀림없어.”

야지가 말하는 시노 나리는 산번 시노 다쓰노스케 님의 부친을 말한다. 번사의 우두머리 가운데 한 사람으로, 지위가 높은 무사님이라고 한다.

그 말을 듣자 미노키치는 조금 마음에 걸리는 이야기가 떠올랐다.

“야지, 어제 관저시에서 올라온 약장수가 그러던데—.”

마침내 혼조무라에 사람이 찾아갈 수 있게 된 것이다.

“관저에서 어느 높은 분이 할복을 했다고. 정말이에요?”

야지는 무뚝뚝하게 대답했다. “산골짜기 꼬마 원숭이가 상관할 일이 아니야.”

물론 그야 그렇겠지만.

“고비나타 님은 아니겠죠?”

희한하게도 야지가 눈을 크게 뜨고 깜빡였다. 그러고는 언짢은 표정을 지으며 말했다. “그 사람은 그렇게 높은 무사가 아냐.”

“그럼 아닌 거네요?”

“걱정 마.”

그 말투가 조금 부드러워졌다.

둘은 청소를 마치자 본당 뒤 숲으로 들어갔다. 조금 높은 데라 절 전경과 몇 기의 묘지도 내려다보이는 그곳에 작은 봉분이 솟아 있고, 아직 나무 냄새가 가시지 않은 묘표가 서 있다. 묘넨의 묘다.

그날 밤 종루가 무너지기 직전에 야지는 묘넨의 시체를 아슬아슬하게 끌어냈다. 하지만 살릴 수는 없었다. 그때 미노키치가 받은 느낌은 정확하여, 우두마두에게 실려가 종루에 앉게 되었을 때 묘넨은 이미 절명해 있었다.

—주문을 다 베끼자 잠자듯이 숨을 거두셨지.

신비한 주문은 하나밖에 없었다. 아카네의 등에 옮겨 적을 때마다 묘넨의 등에서 주문이 사라져 갔다.

—주문의 기운으로 간신히 목숨을 잇고 계셨을 뿐 인간으로서의 묘넨 스님의 몸은 오래전에 기운을 다했는지도 몰라.

소에이 님은 그렇게 말하셨다. 그 밖에도 그날 밤 일어난 이런 저런 일들에 어떤 의미가 있는지 설명해 주셨지만, 미노키치는 반쯤밖에 이해할 수가 없었다. 분명한 점은 아카네 님이 미노키치 일행을 살려 주셨다는 것, 그리고 이제는 아카네 님을 볼 수 없다는 것뿐이었다.

그 소에이 님도 그날 밤 동 틀 무렵에 헤어진 뒤로 만난 적이 없다. 우두마두들과 함께 나가쓰노의 나카무라로 돌아가셨다.

—인연이 닿으면 또 만나겠지.

"어?"

묘넨의 묘에 꽃을 공양하려던 야지가 미간을 찡그렸다.

"이건 뭐지? 짚신인가?"

묘표 옆에 짚으로 짠 이상한 것이 떨어져 있다. 흙이 묻어 있지 않았다. 미노키치는 그것을 주워 가만히 살펴보았다.

"뱀을 퇴치하는 부적이네요. 짚으로 짠 지네."

하지만 너무 서투네. 심하게 크고 모양도 일그러졌고, 발 길이도 제각각이고 수도 모자라 도통 지네처럼 보이지 않는다.

"왜 이런 것이 여기에?"

야지가 의아해했고, 미노키치도 형편없이 생긴 지네 짚공예품을 만지작거리며 고개를 갸웃했다.

"아, 혹시."

짐작이 갔다.

"미노스케라는 아저씨, 그 사람일 거예요."

스스로 북부의 왕지네라고 했다.

"그게 누구지? 무슨 소리야?"

미노키치는 도롱이벌레처럼 나무에 매달려 있을 때 그와 나눈 대화를 야지에게 들려주었다. 야지의 눈초리가 금세 험악해졌다.

"그 칠흘리개 남자가 스스로 지네라고 떠벌였다고?"

"네. 하지만 나는 산신님의 사자가 아닐까 생각했어요. 정체를 알 수 없는 사람이지만 나를 살려 주었으니까."

야지는 미노키치의 손에서 짚공예품 지네를 가져가, 손가락으로 문질러 보거나 뒤집어 보거나 하며 찬찬히 살펴보았다. 그러고는 혼잣말처럼 중얼거렸다.

"상황을 끝까지 살펴보았다는 뜻일까?"

"네?"

"아니면, 공양한 건가?"

"이렇게 엉터리로 만든 지네를?"

야지는 조심스러운 손놀림으로 짚공예품 지네를 원래 자리에 내려놓았다.

"뭐, 좋아. 어쨌든 형편없는 솜씨구나. 네 이야기를 듣지 못했다면 지네인 줄도 몰랐을 거야."

"내가 말하지 않았으면 모두 야지가 여자란 걸 몰랐을 것처럼 말이지."

종이 있는 곳까지는 길도 없는 산속을 올라가야 했다. 짐승 다니는 길도 보이지 않았다. 야지에게 뒤처지지 않겠다고 큰소리친 만큼 주저앉을 수 없었다. 미노키치는 이를 악물고 걸었다.

그 보람이 있었다. 그것을 발견한 순간 피로가 한순간에 날아갔다.

"와아……."

종은 진짜로 있었다. 홀로 탁 트인 공간에, 느닷없다는 인상을 주며 오도카니 엎어져 있다. 미노키치가 두 팔을 둘러도 손끝이 닿지 않을 만큼 큰데, 종이 땅바닥에 털썩 앉아 있는 것 같아서 묘하게 애교가 느껴졌다.

종은 붉은 녹으로 뒤덮여 있었다.

"이렇게 놓여 있는데 어떻게 울렸을까요."

"정확하게는 '공명'했다고 말해야 한다더군."

야지는 손가락으로 종을 만져 보았다. 녹이 벗겨져 사각사각 떨어졌다.

"표면에 뭔가를 새긴 흔적이 있어. 종루 지붕 안쪽에 있는 투각 문양과 같은 건가?"

그래서 공명한 건가? 하고 말한다.

"손가락이 그냥 푹푹 들어가네요."

조금 세게 누르자 검지 한 마디가 종에 박히고 말았다.

"아주 약해져 있구나."

"쇠붙이 같지가 않아요. 재 같아요."

야지는 미노키치에게 다가가 그 손을 제지했다.

"가만 놔둬. 이 종도 제 역할을 마친 거야. 비바람에 시달리며 산속의 흙으로 돌아가겠지."

미노키치가 돌아가자고 재촉했다.

"그래. 우물쭈물하다가 우두마두한테 들키면 큰일이다."

"요새가 망가져서 지금은 우두마두들도 이곳을 순찰할 상황이 아닐 테지만."

야지는 녹슨 종을 마지막으로 일별하고 고개 숙여 인사했다. 미노키치도 따라했다.

두 사람 주위에서 나무들이 속삭인다. 부드러운 산들바람. 새들도 일제히 지저귄다.

미노키치는 가슴 가득 바람을 들이마셨다.

"—아, 냄새 좋다."

봄의 산이 풍기는 꽃향기다.

나카무라 합숙소에서 걸레질을 하던 오센은 손을 멈추고 고개를 들었다. 그녀의 볼을 미풍이 쓰다듬는다.

올봄은 들개들의 움직임이 이상한 것 말고는 여느 봄과 다를 게 없었다. 하지만 그런 난리가 일어났기에 마을은 거의 파괴되었고 사람도 많이 죽었다.

차분하게 돌이켜보니 전혀 여느 봄 같지가 않았다. 새소리가 들리지 않고 꽃향기도 날아오지 않았다.

오오타라야마 산자락에 있는 이 마을에는 봄이 되면 온갖 꽃들이 만발한다. 그래서 여느 해라면 산에서 내려오는 바람은 숨이 막힐 정도로 짙은 꽃향기를 품고 있다. 그런 향기를 올해는 맡을 수 없었다. 지금도 역시 맡을 수가 없다.

합숙소는 오늘부로 다시 빈집으로 돌아간다. 오센은 청소를 마치면 집으로 돌아가, 내일부터 길쌈 가옥에서 일하기로 되어 있다.

영감님은 죽었다. 가스케도 죽었다.

그날 산에서 돌아온 사람은 소에이 님뿐이었다. 마님과 근위대와 함께 내려왔다. 미노키치는 없었다. 수석님도 보이지 않았다.

반카타 무사들은 마님을 호위하여 곧장 합숙소로 들어갔다. 곧 그중에 한 사람과 소에이 님이 나와서 여전히 갇혀 있던 오센을 풀어 주고 산에서 일어난 일들을 들려주었다.

오센은 고통스럽거나 슬프거나 무섭다기보다는 일단 영문을 통 몰랐다. 그 무서운 괴물. 자기 눈으로 보고 귀로 듣고 눈앞에서 목격한 참사도 지나고 보니 악몽 같았다. 건물의 잔해를 보면, 아아, 그때 부서지고 불타 버렸지, 하고 머리로는 이해하지만 가슴은 미처 따라가지 못했다.

그러니 보지도 듣지도 못한 일들이 마음에 깊이 파고들 리 없었다.

오다이님이 돌아가셨다고요? 괴물을 죽이기 위해 스스로 목숨을 던지셨다고요?

어떻게 그런 일이 있을 수 있죠?

"울지 마, 오센."

소에이 님은 그렇게 말했다.

"네가 울면 아카네 님이 슬퍼하셔."

그럴까? 울고 울고 또 울어 눈알이 녹을 정도로 울어야 하는 거 아닌가? 오센은 아카네 님이 그렇게 좋았다. 그렇게 상냥한 사람은 만나 본 적이 없었다. 그렇게 아름다운 사람도 만나 본 적이 없었다.

하지만 눈물이 나오질 않았다. 가슴이 답답해서 악을 쓰고 싶었다. 분한 건가? 화가 나나? 사태가 이렇게 된 것은 대체 누구 탓인가? 누구에게 화를 풀어야 하나.

괴물에게 죽은 주민들의 장례도 경황없이 치렀다. 촌장과 그 후계자 다이치로 님도 죽어서 구심점을 잃은 나카무라는 나이 든 남자들이 협의하며 관리했다. 오센의 아버지도 그 가운데 한 사람이었다.

그 아버지도 "울지 마라"라고 했다. "벌어진 일은 어쩔 수 없지. 운다고 죽은 사람이 살아 돌아오는 것도 아니잖니."

망자 중에는 시체가 제대로 남아 있지 않은 자들도 많았으므로 장례식이 간소해 차라리 다행인지도 몰랐다. 격식대로 오랫동안 장례를 치렀다면 모두 마음이 망가지고 말았을 것이다.

산에서 돌아온 근위대 무사들은 오센의 눈에도 지칠 대로 지쳐 보였지만, 딱 하루만 합숙소에서 쉬고 경황없이 나카무라를 떠났다. 마님과 이치노히메 님을 태운 가마와 소에이 님과 함께.

마님도 몹시 지치셨을 것이다. 그래도 끔찍한 일이 일어난 이 마을에는 더 이상 머물고 싶지 않으셨는지 가마는 도망치듯 나카무라에서 멀어져 갔다.

그러고 보니 또 한 사람, 촌장님과 아카네 님을 따라 요새에 갔던 기쿠치 엔슈라는 나그네 화가도 있다. 이 사람도 목숨을 건져 돌아왔지만, 딱하게도 육신뿐만 아니라 마음까지 넝마처럼 망가졌는지 기인으로 변하고 말았다. 계속 뭐라고 중얼중얼 혼잣말을 하고 시선은 엉뚱한 쪽을 헤맨다. 밥상을 내주어도 손대지 않고 젓가락을 국물에 찍어 벽에 그림을 그리려고 해서 사람들을 놀라게 했다.

"이거 큰일이군."

소에이 님도 곤혹스러워하며 슬픈 얼굴을 했다.

"쓰노사키 성시에서 요양시키면서 친가에 연락해 데려가라고 전하는 수밖에 없겠어."

"소에이 님은 성시에서 볼일을 마치면 마을로 돌아오시나요?"

"—모르겠다."

그렇게 말하고 오센의 어깨를 탁탁 두드려 주었다.

"인연이 닿으면 또 만나겠지. 미노키치한테도 그렇게 말했다. 그게 사람 사는 세상의 낙이지."

혹시 다시는 못 만나더라도.

"시간이 흐르면 좋은 기억을 떠올릴 수 있게 되겠지. 그렇게 되도록 나도 노력하마."

오센으로서는 감히 엄두도 나지 않는 이야기였다. 마음의 테를 다시 단단히 조이고, 아무것도 이해하지 못한 채 아무것도 믿지 않는 편이 편하겠다고 생각했다.

모두 떠나서 일단 빈집으로 돌아간 합숙소에는 괴물한테 집이 파괴당한 주민들이 들어가게 되었다. 개중에는 다친 사람도 있고, 몸은 무사해도 그날 밤의 공포로 완전히 혼란에 빠져 병자처럼 변해 버린 사람도 있었다. 밤이 되면 공포에 울부짖는 아이들도 있었다.

오센은 살아남은 여자들과 함께 그들을 돌보느라 여념이 없었다. 지난 열흘 정도를 새벽부터 늦은 밤까지 일에 치여 지냈지만, 덕분에 견딜 수 있었다. 부지런히 일하는 동안은 아무것도 떠올리지 않을 수 있었고 고민도 없었다.

하지만 그것도 오늘로 끝났다. 마을의 잔해가 정리되었고 거적을 두른 조잡한 집이나마 몇 채 지었으므로 모두 마을로 돌아갔다. 다소 불편하더라도 원래 생활로 돌아가자, 그래야 더 빨리 재기할 수 있다, 고 오센의 아버지는 말했다.

그리하여 합숙소는 정말로 빈집이 되었다.

어쩔 수 없는 일이다. 그리고 이것으로 족하다.

'하긴 모두 사라졌으니.'

합숙소를 제 집으로 삼았던 사람들은 이제 아무도 없다. 오센 혼자 오도카니 남으니 사라져 버리고 싶은 심정이었다.

걸레질이 끝났다. 수건을 빨아 널고 대야의 물도 비운 뒤 말린다. 인기척이 사라진 합숙소의 높은 천장에까지 햇빛이 어른어른 비친다.

오센은 뒤뜰로 나섰다. 빨래 건조장으로 천천히 갔다가 아직 정리하지 못한 한 가지를 발견했다. 가스케가 만든 뱀 퇴치 부적, 짚으로 짠 작은 지네였다. 빨래 건조장 기둥에 매달려 있었다.

그것을 떼어 손바닥 위에 얹었다.

그 순간 오센의 마음에서 둑이 터졌다.

아카네 님과 소에이 님, 영감님과 가스케, 그리고 나. 거기에 미노키치까지 가세하여 시끌벅적했다. 즐거웠다. 얼마나 즐거웠는지 모른다.

'미노키치 덕분에 목숨을 건졌으면서 고맙다는 인사도 하지 못했네.'

오센은 소리 내어 울었다.

합숙소 뒤뜰의 숲이 수런거린다. 나뭇가지가 사락사락 부드럽게 흔들린다. 바람이 불어와 오센을 가만히 감싸 주고 지나간다. 달콤하고 포근한 향기를 품은 바람. 오센의 젖은 볼에, 목에, 목덜미에, 꼭 움켜쥔 손가락들 사이로 그 향기가 스며든다.

오센은 흠칫하며 눈을 번쩍 뜨고 숲을 올려다보았다.

'아카네 님이다.'

이 향기는 아카네 님의 머리카락 냄새다. 이건 아카네 님의 온기다.

왜 알아채지 못했을까.

뒷산 너머 오오타라야마의 높은 곳에, 맑디맑은 창공 아래에 아카네 님이 계신다. 앞으로는 늘, 영원히.

이제야 겨우 이 산에, 여기 사는 주민들에게 닥친 사건이 눈에 보였다. 마음의 눈에 보이고 납득이 되었다.

그것이 끝났다는 점도 알 수 있었다.

산골의 봄 향기에 싸여 오센은 언제까지고 홀로 우두커니 서 있었다.

*

사가미 번의 어용화가 집안인 기쿠치 가의 보리사에는 기묘한 그림이 남아 있다. 겐로쿠 시대 중엽, 3대 당주 기쿠치 엔류의 양자 엔슈가 두 해 남짓 무쓰를 여행하고 돌아와서 그린 것이다.

건장한 몸과 명랑한 인품을 가진 엔슈는, 화가로서의 기량이 뛰어났지만 작품에는 그리 빼어나게 훌륭한 점이 없어서 본인도 고민했다. 그의 무쓰 여행은 붓 한 자루와 함께한 수행이었고, 이 기쿠치 가의 부자뿐만 아니라 제자들도, 그 여행으로 엔슈의 내면에 잠들어 있는 재능이 깨어나기를 간절히 바랐다.

그러나 여행에서 돌아온 엔슈는 수척한 병자가 되어 있었다. 몸은 쇠약해지고 마음은 망가졌다.

뭔가에 씐 것처럼 혼잣말을 중얼거리고, 종종 소소한 잡음에도 벌벌 떨고 한밤중에 비명을 내지르며 벌떡 일어나곤 했다. 늘 붓과 화구를 달라고 해서, 그걸 준비해 주면 영문을 알 수 없는 선을 마구 그었다. 때로는 붓으로 제 눈을 찌르려고 했다.

몇 개월이 지나도 기행을 멈추지 않는 엔슈 때문에 기쿠치 가는 마침내 감금용 방을 만들었다. 깊이 상심한 엔류는 양자 엔슈가 불쌍하여 파양하지는 않았지만, 그를 4대 당주로 삼아 기쿠치 가를 물려주는 것만은 포기해야 했다.

그런데 그로부터 얼마 지나지 않아 엔슈는 문득 맑은 정신을 되찾았다. 여행을 떠나기 전처럼 서글서글하고 따뜻한 얼굴로 식솔들에게 화구를 가져다 달라고 졸랐고, 차분히 이렇게 말했다.

"이제야 어떻게 그려야 할지 알겠습니다."

그 후 꼬박 사흘 밤낮에 걸쳐 작품을 완성하고 나서 엔슈는 그 옆에 엎드려 죽었다. 망자의 얼굴은 만족스러운 듯 미소를 짓고 있었다.

완성된 그림을 본 사람은 양부 엔류뿐이다. 그는 몸소 천으로 그림을 단단히 싸서 끈으로 묶었고, 기쿠치 가의 인장을 찍은 뒤 꽁꽁 감추었다. 그러고는 엔슈를 장사지내기 무섭게 양자의 마지막 작품을 절에 맡겨 버렸다.

제자들이 그림을 봉인해서 숨긴 이유를 스승에게 물었다. 엔류는 짤막하게 대답했다.

"엔슈 필생의 걸작이지만, 유감스럽게도 이 세상에 있어서는 안 되는 것, 사람이 봐서는 안 되는 것을 그렸다."

그래서 후세에 이 그림을 본 자는 아무도 없었다.

편집 후기

2011년 3월 11일. 일본 북동부 연안에서 거대한 지진이 발생한다. 뒤따른 쓰나미는 해안도시들을 덮쳤고 곳곳에서 정전과 화재가 잇따랐다. 누구 하나 손쓸 사이도 없이 2만 5천 명에 달하는 사람들이 행방불명되거나 목숨을 잃었다. 특히 원자력 발전소의 가동이 중지되며 누출된 방사능은 치명적인 손실과 피해를 끼쳤다. '후쿠시마 대재앙'으로 세계는 '원자력 발전에 대해 심각하게 생각해 봐야 한다'는 인식을 가지게 되었다. 하지만 사고로 인한 경각심은, 적어도 일본에서는 그리 오래가지 않은 듯하다. 아베 정권은 "안전성이 확인된 원전은 재가동하겠다"는 뜻을 굽히지 않았고, 끝내 실행에 옮겼다.

이 사건은 작가 미야베 미유키에게 어떤 영향을 주었을까. 동일본 대지진 이후 그는 작업실과 집을 합쳤다. 혼자서 두 군데나 사용하는 건 사치다, 원전이 멈췄으니 절전해야 한다, 는 생각이 들어 한군데에서 전부 해결하기로 했다. 올봄(2015년 5월 22일), 북스피어 편집부와 독자들이 인터뷰를 위해 도쿄를 찾았을 때 들려준 얘기다. "3월 11일부터 15일까지는 매일 지진이 이어졌습니다. 그때마다 긴급 지진 속보가 삐-, 삐- 하고 울려서 밤에 잠들 수가 없었어요. 저는 겁이 많아서 줄곧 작업용 책상 밑에 이불을 깔고 잤습니다. 그리고 책상 아래에 아담한 스탠드를 두고 거기서 책도 읽고 글도 썼어요." 책상 밑 생활은 꽤 여러 날 동안 이어졌다고 한다.

일본에서 2014년에 출간된 『괴수전』은 '나가쓰노'와 '고야마'라는 가상의 번을 무대로 삼고 있다. 이제껏 발표된 미야베의 시대물이 작가의 고향인 '후카가와'와 인근 지역을 배경으로 하고 있다는 점을 고려하면, 이러한 설정은 자연스럽게 『외딴집』을 떠올리게 한다. 『외딴집』은 가상의 번인 '마루미'를 무대로, 막부의 중직을 맡았던 이가 주요 인물로 등장하고 시정 사람들의 소소한 이야기보다는 번의 존속을 위해 비상식적인 행위를 서슴지 않는 무가 사회의 비정한 모습을 그린 작품이다. 『괴수전』 출간 직후 《한 권의 책》을 통해 작가는, "시대소설에서 시정 사람들에 관한 이야기가 아닌, 번과 같이 커다란 무대를 설정한 작품을 쓰면 '그곳에서 신이란 무엇인가'에 대해 생각하게 된다. 『외딴집』에서 가공의 번에 대한 이야기를 썼을 때도 그랬지만, 그곳에 사는 사람들이 무엇을 두려워하는지를 생각한다"고 얘기한 바 있다. 그리하여 『외딴집』에서는 재정상의 곤란과 민중의 궁핍을 해결한다는 명목으로 사상과 문화를 통제했던 '가가 님'을, 『괴수전』에서는 번의 발전을 도모한다는 명분으로 강압적 정책을 실시하고 '인간사냥'도 서슴지 않는 '소야 단조'를 두려움의 대상으로 등장시킨다. 정치권력의 문제를 다루고자 할 때 작가는 가상의 배경을 설정하는 듯하다.

가상의 두 번인 나가쓰노와 고야마는 영산을 사이에 두고 있는 이웃인데 이들이 갈라서게 된 이유는 다음과 같다. (1) 나가쓰노를 다스리는 류자키(A)가 있었다. (2) 우류(B)는 본래 나가쓰노에 속한 고야마를 다스리며 녹봉을 받는 A의 가신이었다. (3) 전국시대 때 크고 작은 전쟁이 반복됐는데, 강한 군대에게 항복할 때마다 나가쓰노는 순종의 의미로 고야마를 바치곤 했다. (4) 더 이상 주군의 형편에 따라 모욕을 당할 수 없다고 생각한 B는 세키가하라 전투가 벌어졌을 때 승부수를 던진다. (5) 천하를 동과 서로 양분한 전쟁에서 A가 서군을 응원하는 동안 A 몰래 동군에 가담한 것이다. (6) 마침내 동군이 전쟁에서 승리하자 B는 고야마를 독립된 번으로 다스릴 수 있는 자격을 획득한다. (7) 하지만 용맹하게 싸움으로써 무사의 기풍을 보여 준 A도 도쿠가와 이에야스의 인정을 받아 나가쓰노를 온전히 보전할 수 있었다.

두 번이 갈라서게 된 이유가 고야마의 배신 때문이라는 것, 표면적으로는 이것이 소야 단조가 고야마를 상대로 벌이는 '인간사냥'의 이유이다. 하지만 고야마 입장에서 보면 이건 어디까지나 나가쓰노에 대한 신뢰의 문제였다. 각각 다툼의 근원은 내가 아니라 상대에게 있다고 여긴 것이다. 이러한 악감이 절정에 달하는 순간 정체불명의 괴물이 등장하며 이야기는 시작된다.

미야베 미유키의 에도시대물 가운데 '괴물'이라는 이름에 어울릴 만한 존재가 등장한 적이 한 번 있었다. '마구루'라는 존재를 퇴치해야 할 운명을 가지고 태어난 여인의 이야기, 「피리술사」에서였다. 시기적으로 볼 때 작가는 '마구루' 에피소드를 통해 괴수물의 가능성을 타진해 본 게 아닌가 싶다. 「피리술사」가 좋은 반응을 얻는 동안 미야베는 '일찍이 괴수 영화에 열광했던 사람들도 만족할 수 있을 정도'의 질적인 완성도를 추구하기 위해 노력했다. "이번에는 무엇보다도 '염원의 괴수물'을 쓰자고 생각했습니다. 저는 괴수물을 무척 좋아해서 〈울트라 Q〉부터 시작된 '울트라 시리즈'를 전부 보며 자란 세대입니다. 언젠가 괴수물을 꼭 쓰고 싶다는 마음을 품어 왔지요. 하지만 어떻게 쓰면 좋을지 몰랐어요. 시행착오를 거듭하면서 설정을 현대에서 에도로 바꾸고 한국영화 〈괴물〉에서 힌트를 얻으면서 난폭하게 날뛰는 괴수 이야기를 쓸 수 있겠다는 자신이 생겼습니다. 독자분들은 그야말로 60년대 영화 〈대마신大魔神〉과 같은 특촬 시대극이 가진 레트로한 분위기를 즐겨 주셨으면 하는 마음입니다. (다만) 옛날 괴수물이나 특촬 시대극은 표면에 내세운 야단스러운 줄거리 속에 어떤 테마, 우의寓意를 품고 있었다고 생각합니다. 결코 해답을 알기 쉬운 말로 드러내 주지는 않지만 어렸을 때에도 마음속으로 그 배경에 있는 거대한 메시지 같은 것을 막연하게 느꼈습니다." 이 얘기를 듣고 비로소 소설 속 '괴수'를 마주하며 느꼈던 기시감이 어디에서 비롯되었는지 알 수 있었다. 왜 현재의 후쿠시마 현이 속한 동북의 무쓰 지방을 작품의 무대로 삼았을까 하는 궁금증도 풀렸다. 마지막으로 궁금한 건 이런 거다. 나와 내 또래가 어릴 때 열광한 『괴수대백과사전』을 구하려면 어떻게 해야 하는가. 혹시 소장하고 계신 분은 연락 한번 주시길 부탁드린다.

초판 4쇄 발행 2016년 12월 2일

지은이 미야베 미유키
옮긴이 이규원

발행편집인 김홍민 · 최내현
책임편집 유온누리
편집 안현아
마케팅 홍용준
표지디자인 이혜경디자인
용지 한승
인쇄 현문
출력 현문
제본 현문

펴낸곳 도서출판 북스피어
출판등록 2005년 6월 18일 제105—90—91700호
주소 (121—130) 서울특별시 마포구 방울내로 11길 43 101-902
전화 02) 518—0427
팩스 02) 701—0428
홈페이지 www.booksfear.com
전자우편 editor@booksfear.com

ISBN 978—89—98791—43—8 (04830)
978—89—91931—29—9 (세트)